MO HAYDER · DIE BEHANDLUNG

Mo Hayder

DIE BEHANDLUNG

ROMAN

Aus dem Englischen von
Christian Quatmann

Goldmann Verlag

Die Originalausgabe erschien 2001 unter dem Titel
»The Treatment«
bei Bantam Press, London,
a division of Transworld Publishers Ltd

Umwelthinweis:
Dieses Buch und der Schutzumschlag
wurden auf chlorfrei gebleichtem Papier gedruckt.
Die Einschrumpffolie (zum Schutz vor Verschmutzung)
ist aus umweltfreundlicher und recyclingfähiger PE-Folie.

2. Auflage
Copyright © der Originalausgabe 2001 by Mo Hayder
Copyright © der deutschsprachigen Ausgabe 2002
by Wilhelm Goldmann Verlag, München,
in der Verlagsgruppe Random House GmbH
Satz: Filmsatz Schröter GmbH, München
Druck und Bindung: GGP Media, Pößneck
Printed in Germany
ISBN 3-442-30870-4
www.goldmann-verlag.de

1. KAPITEL
(17. Juli)

Als alles vorbei war, musste sich Detective Inspector Jack Caffery von der Mordkommission Südlondon eingestehen, dass ihn an jenem wolkenverhangenen Juliabend in Brixton am meisten die Krähen aus der Fassung gebracht hatten.

Sie waren schon da, als er aus dem Haus der Familie Peach trat – gut zwanzig Vögel, die ihn vom Rasen des Nachbargartens aus zu beobachten schienen und sich weder um die Polizeiabsperrung scherten noch um die Neugierigen oder die Beamten von der Spurensicherung. Einige der Krähen hatten den Schnabel geöffnet, während andere nach Luft zu schnappen schienen. Sie starrten ihn an, als wüssten sie, was in dem Haus passiert war. Als machten sie sich insgeheim darüber lustig, wie sehr ihn der Anblick schockiert hatte, der sich ihm am Tatort geboten hatte, und als spotteten sie über seine unprofessionelle Reaktion, darüber, dass er die ganze Geschichte viel zu persönlich nahm.

Erst später gestand er sich ein, dass das Verhalten der Krähen völlig normal gewesen war, dass sie keinesfalls seine Gedanken gelesen oder gewusst haben konnten, was der Familie Peach Schreckliches zugestoßen war. Doch in diesem Moment ließ ihn bereits der Anblick der schwarzen Vögel erschaudern. Am Ende des Gartenweges blieb er stehen, streifte den Schutzanzug ab und reichte ihn einem Kriminaltechniker. Dann schlüpfte er in die Schuhe, die er jenseits des Absperrbands aus Plastik hatte stehen lassen, und ging auf die Vögel zu. Sie schlugen mit ihren blauschwarzen Flügeln, flatterten hoch und setzten sich ein Stück entfernt in einen Baum.

Der Brockwell Park im Süden Londons ist ein aus Baumgruppen und Wiesenflächen bestehendes, riesiges Dreieck, dessen Spitze bis zum Bahnhof Herne Hill reicht. Wie ein Riegel schiebt sich die knapp zwei Kilometer lange Grünfläche durch die Stadtlandschaft. Westlich des Parks liegt Brixton, wo die Gemeindearbeiter am frühen Morgen manchmal Sand auf die Straße streuen, um das nachts vergossene Blut zu bedecken. Im Osten grenzt der Park an den Stadtteil Dulwich mit seinen blumengeschmückten Altenresidenzen und neoklassizistischen gläsernen Kuppeldächern. Donegal Crescent, wie die Adresse des Tatorts lautete, lag umittelbar am Rand dieses Parks. Am Anfang der ruhigen, kleinen Straße lag eine mit Brettern vernagelte Kneipe, an ihrem Ende ein indischer Lebensmittelladen. Ansonsten war sie von Reihenhäusern des sozialen Wohnungsbaus aus den Fünfzigerjahren gesäumt. In den Vorgärten wuchsen weder Bäume noch Blumen, und die Fenster und Türen waren braun gestrichen. Nach vorne gingen die Häuser auf eine ungepflegte, hufeisenförmige Grasfläche hinaus, wo sich gegen Abend Kinder auf ihren Fahrrädern austobten. Caffery konnte sich gut vorstellen, dass sich die Peaches hier ziemlich sicher gefühlt hatten.

Er stand mit hochgekrempelten Ärmeln vor dem Haus und war froh, endlich wieder an der frischen Luft zu sein. Er drehte sich eine Zigarette und schlenderte dann zu einigen Beamten hinüber, die neben dem Einsatzwagen der Spurensicherung standen. Als er näher kam, brachen die Männer ihr Gespräch ab. Er wusste genau, was sie dachten. Obwohl Caffery erst Mitte dreißig und durchaus kein hohes Tier war, eilte ihm in Südlondon ein gewisser Ruf voraus. Ja, die *Police Review* hatte ihn sogar einmal als einen »unserer jung-dynamischen Aufsteiger« bezeichnet. Er wusste also, dass er in Polizeikreisen hohes Ansehen genoss, und fand diese Vorstellung eher komisch. *Wenn die wüssten,* dachte er nur und hoffte, dass keiner der Beamten seine zitternden Hände bemerken würde.

»Und?« Er zündete die Zigarette an und starrte auf eine versiegelte Plastiktüte, die ein junger Kriminaltechniker in der Hand hielt. »Was gefunden?«

»Wir haben das hier drüben im Park entdeckt, vielleicht zwanzig Meter hinter dem Haus der Familie Peach.«

Caffery betrachtete den Inhalt der Tüte, einen Kinderturnschuh von Nike, der kaum größer war als seine Handfläche. »Wer hat den gefunden?«

»Die Hunde, Sir.«

»Und?«

»Kurz darauf haben sie leider die Spur verloren. Zuerst waren sie ganz wild, kaum zu halten.« Ein Sergeant, der das blaue Hemd der Hundeführerstaffel trug, stand auf den Zehenspitzen und wies über die Dächer zu der Stelle, wo in der Ferne die Bäume des Parks dunkel in den Himmel ragten. »Zuerst sind sie die ganze Zeit dem Weg am westlichen Rand des Parks gefolgt, aber nach ungefähr einem Kilometer war plötzlich Schluss.« Er blickte skeptisch zum Abendhimmel auf. »Und jetzt wird es auch noch dunkel.«

»Ja, leider. Am besten, wir fordern Suchhubschrauber an.« Caffery gab dem jungen Mann den Turnschuh zurück. »Verwahren Sie das Ding in einer luftdichten, sterilen Tüte.«

»Wie bitte?«

»Haben Sie etwa nicht gesehen, dass Blut daran klebt?«

Die Scheinwerfer des Helikopters flammten auf und tauchten das Haus der Familie Peach und die Bäume unten im Park in gleißendes Licht. Im Vorgarten untersuchten Beamte der Spurensicherung in blauen Gummianzügen Zentimeter für Zentimeter den Rasen auf Spuren. Und jenseits des Absperrbandes standen die schockierten Nachbarn in kleinen Gruppen rauchend und flüsternd beisammen und umdrängten sogleich neugierig jeden Kripobeamten, der ihnen zu nahe kam. Auch die Presse war schon da und wartete ungeduldig auf Neuigkeiten.

Caffery stand neben dem Wagen der Einsatzleitung und blickte nachdenklich auf das Haus, ein zweistöckiges Reihenhaus mit grobem Kieselputz. Die Fensterrahmen waren aus Aluminium, über der Haustür sah man einen feuchten Fleck, und oben auf dem Dach war eine Satellitenschüssel installiert. In den

Fenstern hingen weiße Gardinen, dahinter zugezogene dunkle Vorhänge.

Caffery hatte die Familie Peach – beziehungsweise das, was von ihr noch übrig war – zwar erst hinterher zu Gesicht bekommen, aber die Leute kamen ihm dennoch bekannt vor. Beziehungsweise nicht sie selbst, sondern der Typ, den sie verkörperten. Die Eltern, Alek und Carmel, gehörten nicht unbedingt zu jenen Opfern, die automatisch das Mitgefühl der Ermittler weckten: Beide waren Alkoholiker, beide waren arbeitslos, und Carmel Peach hatte sogar die Sanitäter beschimpft, als man sie zum Rettungswagen gebracht hatte. Den neunjährigen Rory, den einzigen Sohn des Paares, hatte Caffery allerdings nicht gesehen. Als er am Tatort eingetroffen war, hatten die Beamten des zuständigen Reviers schon das halbe Haus auseinander genommen und bereits in sämtlichen Schränken, auf dem Dachboden, ja sogar hinter der Wandvertäfelung nach dem Jungen gesucht. In der Küche hatte man einen Blutspritzer auf der Fußleiste entdeckt und in der Tür, die nach hinten in den Garten hinausführte, eine zertrümmerte Scheibe. Gemeinsam mit einem anderen Beamten war Caffery zu einem mit Brettern vernagelten Nachbarhaus gegangen, hatte sich die Taschenlampe zwischen die Zähne geklemmt und war dann auf dem Bauch durch ein Loch in der Hintertür in das Haus hineingekrochen. Entdeckt hatten die beiden allerdings nur die üblichen Obdachlosen-Hinterlassenschaften. Ansonsten kein Lebenszeichen. Auch von Rory Peach keine Spur. Alles in allem sprachen die Fakten eine sehr deutliche Sprache, und für Caffery beschworen sie zudem Ereignisse aus seiner Vergangenheit herauf, Erinnerungen, gegen die er sich nicht wehren konnte. *Hör endlich auf mit dem Schwachsinn, Jack. Pass auf, dass du nicht noch mal völlig ausrastest.*

»Jack?« Wie aus heiterem Himmel stand plötzlich seine Chefin, Chief Inspector Danniella Souness, neben ihm. »Alles in Ordnung?«

Er sah sie an. »Danni, mein Gott, gut, dass Sie da sind.«

»Was ist hier eigentlich los? Sie sehen ja verboten aus.«

»Danke, Danni.« Er rieb sich mit den Händen über das Gesicht und streckte seine Glieder. »Ich bin ja auch schon seit Mitternacht in Bereitschaft.«

»Und was genau ist hier los?« Sie zeigte auf das Haus. »Hab ich recht verstanden – ein kleiner Junge wird vermisst? Rory?«

»Ja. Eine ganz üble Geschichte. Der Junge ist erst neun Jahre alt.«

Souness atmete hörbar aus und schüttelte den Kopf. Sie war stämmig gebaut und nur eins sechzig groß, doch in ihrem Männeranzug und den schweren Stiefeln brachte sie glatt siebzig Kilo auf die Waage. In diesem Aufzug, mit ihrem kurz geschorenen Haar und ihrer blassen Haut sah sie eher wie ein jugendlicher Straftäter bei seinem ersten Gerichtstermin aus als eine vierzigjährige Chefinspektorin. Doch das täuschte. Sie nahm ihren Job ausgesprochen ernst. »Und was sagen die Kollegen von der Kripo?«

»Die haben sich hier noch nicht blicken lassen.«

»Typisch – die faulen Säcke.«

»Die Jungs vom zuständigen Revier haben schon die ganze Bude auseinander genommen, aber bisher nichts gefunden. Ich hab Suchtrupps und Hundestaffeln in den Park geschickt und Suchhubschrauber angefordert.«

»Und woher wissen Sie, dass der Kleine sich im Park befindet?«

»Die Häuser hier stehen alle direkt am Rand des Parks.« Er wies auf die Bäume, die hinter den Dächern aufragten. »Außerdem gibt es einen Zeugen, der gesehen hat, wie irgendetwas das Haus Nummer dreißig durch die Hintertür verlassen hat und dann zwischen den Bäumen verschwunden ist. Im Übrigen war die Hintertür nicht abgeschlossen, und dann gibt es noch ein Loch im Zaun. Außerdem haben unsere Jungs am Rand des Parks einen Schuh gefunden.«

»Okay, okay. Klingt plausibel.« Souness verschränkte die Arme vor der Brust und beobachtete aufmerksam die Kriminaltechniker, die Fotografen und die Beamten des zuständigen Reviers, die geschäftig herumliefen. Im Eingang des Hauses überprüfte gerade ein Kameramann seinen Batteriegürtel und

verstaute dann seine schwere Betacam vorsichtig in einer Kiste.
»Sieht fast so aus, als würde hier irgendein verdammter Film gedreht.«

»Die Kollegen von der Spurensicherung wollen die ganze Nacht durcharbeiten.«

»Und was ist mit dem Rettungswagen? Die Idioten hätten mich vorhin fast über den Haufen gefahren.«

»Ach so, das war die Mutter. Man hat sie zusammen mit dem Vater ins King's Hospital verfrachtet. Sie kommt auf jeden Fall durch, aber den Mann hat's böse erwischt. Hat offenbar einen Schlag auf den Hinterkopf bekommen, der arme Kerl«, sagte Caffery und legte sich die Hand in den Nacken. Dann sah er sich um, neigte sich ein wenig zu ihr vor und sagte leise: »Danni, es gibt da ein paar Fakten, von denen die Schmierblätter auf keinen Fall Wind bekommen dürfen.«

»Zum Beispiel?«

»Wir haben es hier nicht mit einem Streit um das Sorgerecht zu tun. Der entführte Junge ist das Kind beider Eltern, es gibt also sonst niemanden, der Anspruch auf den kleinen Rory erheben würde.«

»Also Erpressung?«

»Nein, auch das nicht.« Die finanziellen Verhältnisse der Familie Peach waren nun wahrlich nicht dazu angetan, einem potenziellen Erpresser Hoffnungen zu machen. »Wenn ich Ihnen erzähle, was in dem Haus sonst noch so alles passiert ist, werden Sie sofort kapieren, wieso wir die Schmuddelpresse da raushalten müssen.«

»Also, was ist denn nun wirklich passiert?«

Caffery wies mit dem Kopf auf die Journalisten und die Nachbarn. »Am besten, wir verziehen uns in den Wagen dort drüben.« Er legte Souness die Hand auf den Rücken. »Ich möchte auf keinen Fall, dass uns jemand belauscht.«

»Also gut.« Souness kroch in den Wagen der Spurensicherung, und Caffery schob sich hinterher. Innen hingen Spaten, Schneidewerkzeuge und sonstige Hilfsmittel an den Wänden, und in der Ecke summte ein Kühlschrank, der offenbar zur Aufbewahrung verderblicher Beweisstücke diente. Er schloss die Tür und schob Souness mit dem Fuß einen Hocker zu. Als sie sich gesetzt hatte, nahm er ihr gegenüber Platz, stützte die Hände auf die Knie und sah sie aufmerksam an.

»Ja, und?«

»Ziemlich beunruhigend, die ganze Geschichte.«

»Was heißt das?«

»Der Täter muss sich längere Zeit in dem Haus aufgehalten haben.«

Souness legte die Stirn in Falten und schüttelte konsterniert den Kopf. Offenbar hatte sie das Gefühl, dass er sich über sie lustig machte. »Er hat sich längere Zeit in dem Haus *aufgehalten*?«

»Genau. Und zwar rund drei Tage. Er hat die Leute gefesselt und ihnen weder etwas zu essen noch zu trinken gegeben. Detective Sergeant Quinn behauptet sogar, dass spätestens innerhalb der nächsten zwölf Stunden einer von ihnen gestorben wäre.« Er hob die Augenbrauen. »Das Schlimmste ist allerdings der Gestank.«

Souness verdrehte die Augen. »Klingt verlockend.«

»Und dann ist da noch dieses Geschmiere an der Wand.«

»Herrgott.« Souness lehnte sich zurück und fuhr sich mit der Hand durch ihr Borstenhaar. »Klingt ganz schön pervers.«

Er nickte. »Ja. Aber der Kerl kann noch nicht weit sein. Wir haben den ganzen Park abgeriegelt, den kriegen wir.«

Er wollte schon wieder aus dem Wagen steigen. »Jack?«, hielt Souness ihn zurück. »Da ist doch noch etwas.«

Er stand einen Augenblick schweigend da und rieb sich mit der Hand den Nacken. Fast kam es ihm vor, als ob sie mit ihren wachen Augen direkt in seinen Kopf geschaut hätte. Sie mochten einander, ohne genau sagen zu können, worauf ihre wechselseitige Sympathie beruhte. Jedenfalls arbeiteten sie gerne zusammen. Trotzdem gab es da ein paar Dinge, über die er auch mit ihr lieber nicht sprach.

»Nein, nein, Danni«, murmelte er schließlich und brachte umständlich seinen Schlips in Ordnung. Er wollte lieber gar nicht wissen, wie weit sie ahnte, was in ihm vorging. »Am besten, wir gehen jetzt los und schauen uns mal etwas im Park um.«

Draußen war inzwischen die Nacht hereingebrochen. Über dem Brockwell Park stand tief und rot der Mond am Himmel.

Vom hinteren Ende des Donegal Crescent aus schien es, als würde sich der Brockwell Park kilometerweit erstrecken und den gesamten Horizont ausfüllen. Seine Hügel waren fast kahl, bis auf ein paar schäbige, unbelaubte Bäume auf der Kammlinie und eine Gruppe immergrüner Exoten auf dem höchsten Punkt. Am Westhang hingegen drängten sich auf einer mehrere Fußballfelder großen Fläche zahllose Bäume dicht aneinander: Bambus, Silberbirken und Kastanien. Die Bäume gruppierten sich um vier stinkende Weiher und sogen sogar die Feuchtigkeit aus dem Boden ringsum. Man konnte sich hier beinahe wie im Dschungel fühlen, und im Sommer schien es manchmal, als ob die Weiher dampften.

Nur ein paar Minuten, bevor die Polizei gegen 20 Uhr 30 den Park abriegelte, ging an diesem Abend unweit der Tümpel ein einzelner Mann spazieren, dessen Miene seine innere Anspannung verriet. Roland Klare war ein einsamer Mann, der fast das Leben eines Einsiedlers führte, mit merkwürdigen Gewohnheiten und Phasen völliger Lethargie. Nur hier und da überkam ihn plötzlich eine unbegreifliche Sammelwut. Klare war gewissermaßen das menschliche Gegenstück eines Aaskäfers und konnte einfach alles gebrauchen. Den Park kannte er wie seine Westentasche, und er kam des Öfteren hierher, um Abfalleimer zu durchstöbern oder unter Parkbänken nach interessanten Fundstücken Ausschau zu halten. Die Menschen mieden ihn. Schon der penetrante Gestank, den er verströmte – eine Mischung aus ranzigem Schweiß und Urin –, hielt die Leute von ihm fern.

Jetzt stand er, die Hände in den Taschen, unter den Bäumen und starrte auf einen Gegenstand vor seinen Füßen. Er hob das Objekt auf, betrachtete es aufmerksam und hielt es ganz nahe vor sein Gesicht, da es inzwischen fast völlig dunkel geworden war. Eine Pentax-Kamera – gute Marke, auch wenn das Gerät schon reichlich mitgenommen aussah. Roland Klare interessierte sich für Kameras. Zwischen all dem Müll, den er zusammengetragen hatte, verwahrte er irgendwo in seiner Wohnung drei kaputte Kameras und sogar diverse Bestandteile einer Dunkelkammer. Er steckte die Pentax rasch in die Tasche. Dann wühlte er in der Hoffnung auf weitere Fundstücke noch ein wenig mit den Füßen im Laub. Erst am Morgen hatte es kräftig geregnet, doch die gnadenlose Nachmittagssonne hatte das lange Gras bereits wieder getrocknet. Knapp einen Meter entfernt lag ein Paar rosa Gummihandschuhe, die Klare zusammen mit der Kamera in seiner Tasche verschwinden ließ. Als er nichts mehr fand, setzte er schließlich seinen Weg in der Dämmerung fort. Unter einer Straßenlaterne inspizierte er die Gummihandschuhe und fand, dass es sich nicht lohnte, sie zu behalten. Zu abgetragen. Also warf er sie in der Railton Road in einen Mülleimer. Aber die Kamera? Nein, eine solche Kamera, von der trennte man sich nicht so leicht wieder.

Es war ein ruhiger Abend für India 99, den zweimotorigen Squirrel-Hubschrauber vom Luftstützpunkt Lippits Hill. Die Sonne war bereits untergegangen, und die Hitze und die niedrig hängende Wolkendecke machten der Mannschaft zu schaffen, also flogen die Männer möglichst rasch die zwölf Standardziele ab, die zu ihrer Runde gehörten – Heathrow, den Millennium Dome, Canary Wharf, etliche Kraftwerke, darunter auch das in Battersea. Sie wollten gerade einen weiter gehenden Kontrollflug unternehmen, als sich die Zentrale meldete. »Hallo, India Lima an India neun neun.«
   Der Kommandant hielt sich das Mikrofon vor den Mund. »Was ist los, India Lima?«
   »Wo sind Sie?«
   »Wir sind gerade über – hm, ja wo denn?« Er beugte sich ein wenig vor und blickte auf die erleuchtete Stadt hinunter. »Wandsworth.«

»Gut. Eigentlich wollten wir ja India neun acht mit der Sache beauftragen, aber denen geht langsam der Sprit aus. Der Einsatzort liegt im Bereich TQ3427445.«

Der Kommandant sah auf die Karte. »Ist das nicht der Brockwell Park?«

»Richtig. Ein vermisstes Kind. Die Polizei hat das Gebiet zwar großräumig abgesperrt, aber dieser Inspector hat gesagt, dass ihr seine letzte Hoffnung seid. Er weiß nicht mal genau, ob das Kind sich überhaupt in dem Park befindet – nur eine Vermutung. Liegt ganz bei euch, ob ihr das übernehmen wollt.«

Der Kommandant schob das Mikrofon zur Seite, sah auf die Uhr und blickte dann nach vorne ins Cockpit. Der Luftbeobachter und der Pilot hatten den Wortwechsel verfolgt und hielten die Daumen nach oben. »Also gut.« Er notierte die Zeit und die Auftragsnummer und brachte das Mikro dann wieder in Position.

»Na, dann schießen Sie mal los, India Lima. Ruhiger Abend heute – wir schauen mal nach. Und mit wem haben wir es dort zu tun?«

»Mit einem gewissen Inspector Caffery. Von der Mordkommission«

»Mordkommission?«

»Genau.«

2. KAPITEL

Das Gehäuse der Kamera war an einigen Stellen beschädigt. Als Roland Klare das Gerät später in seiner Sozialwohnung im obersten Stock des Arkaig Tower, eines Hochhauses an der Nordspitze des Brockwell Parks, näher inspizierte, entdeckte er, dass die Pentax noch weitere, allerdings weniger offenkundige Schäden aufwies. Nachdem er das Gehäuse gründlich mit einem Geschirrtuch gereinigt hatte, versuchte er den Film im Innern des Apparates weiterzudrehen, stellte aber fest, dass der Transportmechanismus klemmte. Sosehr er sich auch bemühte, das Gerät schüttelte und an der Kurbel herumdrehte, die Spule ließ sich einfach nicht bewegen. Schließlich legte er die Kamera im Wohnzimmer auf die Fensterbank, stand eine Weile nachdenklich da und blickte aus dem großen Fenster.
Der Himmel über dem Park war jetzt in glühendes Orange getaucht, und nicht sehr weit entfernt konnte er die Rotoren eines Helikopters hören. Er kratzte sich mechanisch an den Armen und überlegte verzweifelt, was er tun sollte. Die einzige funktionstüchtige Kamera, die er besaß, war eine Polaroid. Auch diesen Apparat hatte er nicht ganz korrekt in seinen Besitz gebracht. Aber Polaroidfilme waren schließlich ziemlich teuer, deshalb fand er es sinnvoll, die Pentax aufzubewahren. Er seufzte, nahm das Gerät wieder in die Hand und versuchte abermals, den Mechanismus zu bewegen. Dabei setzte er sich auf einen Stuhl, klemmte die Kamera zwischen die Beine und machte sich hingebungsvoll daran zu schaffen. Nach zwanzig Minuten fruchtloser Bemühungen gab er schließlich entnervt auf.
Frustriert und schwitzend machte er einen kurzen Eintrag in

ein Buch, das er in einem Schreibtisch neben dem Fenster verwahrte. Dann legte er die Kamera mitsamt Film in eine violette Blechdose auf der Fensterbank, wo sie während der folgenden fünf Tage blieb, und zwar zusammen mit einem Schraubenzieher, drei Medikamentenfläschchen und einer Plastikbrieftasche mit Union-Jack-Aufdruck, die er in der vergangenen Woche in einem Bus gefunden hatte.

Sämtliche Londoner Gefängnisse bestehen darauf, über jeden vorbeifliegenden Helikopter informiert zu werden, um nicht unnötig in Unruhe zu geraten. Als die Besatzung des India 99 rechts vor sich die vertraute Sporthalle mit dem Glasdach und das achteckige Überwachungszentrum auftauchen sah, schaltete der Kommandant auf Kanal acht und gab dem Königlichen Gefängnis Brixton ihre Identität durch. Dann flogen sie weiter Richtung Brockwell Park. Außerhalb des Helikopters regte sich kein Lüftchen, und der orangefarbene Lichterglanz der Stadt brach sich an der niedrigen Wolkendecke und wurde von dort auf das Dächermeer zurückgeworfen. Man hätte fast meinen können, dass der Helikopter sich durch eine rote Glutschicht vorwärts schob. Inzwischen hatten die Männer die Acre Lane erreicht, deren Häuser wie eine lange Kette locker aneinander gereihter, glitzernder Perlen unter ihnen lag. Danach flogen sie über die verstopften Straßen jenseits der Brixtoner Water Lane, unter sich ein Häuser- und Kneipengewirr, bis die Maschine plötzlich – *flack, flack, flack* – nach oben gerissen wurde und die Männer unter sich den dunklen Brockwell Park sahen.

In dem nur schwach beleuchteten Cockpit sagte eine Stimme: »Ist größer, als ich gedacht hatte.«

Die drei Männer beäugten skeptisch die riesige dunkle Grünfläche unter sich. Der von einem Lichtermeer umgebene, unbeleuchtete Park dort unten schien gar nicht mehr enden zu wollen, fast so, als hätten sie London bereits hinter sich gelassen und schwebten über den Weiten des Ozeans dahin. Nur in der Ferne markierten die funkelnden Lichter von Tulse Hill die äußerste Grenze der riesigen Grünanlage.

»Himmel.« In dem dunklen kleinen Cockpit rutschte der Luftbeobachter im fahlen Licht der Armaturenbeleuchtung unruhig auf seinem Sitz hin und her. »Wie sollen wir hier denn was finden?«

»Wird schon irgendwie gehen.« Der Kommandant zog die Funkfrequenztabelle aus der Seitentasche seiner Hose und warf einen Blick darauf. Dann rückte er die Kopfhörer und das Mikrofon zurecht und nahm mit der Bodenkontrolle in Brixton Kontakt auf. »India neun neun an Lima Delta.«

»Guten Abend, India neun neun. Wir haben einen Helikopter über uns – sind Sie das?«

»Richtig. Wir würden gerne auf Frequenz fünfundzwanzig mit den Einsatzkräften sprechen.«

»Geht in Ordnung, India neun neun.«

Dann hörte der Kommandant plötzlich Inspector Cafferys Stimme. »Hallo, neun neun. Wir können Sie sehen. Danke, dass Sie gekommen sind.«

Der Luftbeobachter beugte sich über den Wärmebildmonitor. Ein schlechter Abend für diese Technik – die von unten aufsteigende Hitze stellte die Infrarotkamera auf eine harte Probe und ließ alles auf dem Bildschirm in demselben milchigen Einheitsgrau erscheinen. Dann sah er in der linken oberen Ecke des Monitors eine leuchtend weiße Gestalt, die mit den Armen in der Luft herumfuchtelte. »Okay, ich hab ihn.«

»Keine Ursache«, sagte der Kommandant in sein Mikrofon. »Ist doch selbstverständlich. Wir haben jetzt Blickkontakt mit Ihnen da unten.«

Der Beobachter justierte die Kamera, bis die Einsatzkräfte unten am Boden deutlich zu erkennen waren: hell leuchtende Gestalten, die sich von den Bäumen ringsum abhoben. Ja, das mussten insgesamt wenigstens vierzig Beamte sein. »Himmel, die haben den Park echt gründlich abgeriegelt.«

»Sie haben Ihre Leute ganz ausgezeichnet positioniert«, sagte der Kommandant zu Caffery.

»Ich weiß. Heute Abend geht uns hier unten niemand durch die Lappen.«

»Ziemlich großes Gebiet, und Tiere gibt es dort unten auch, aber wir werden unser Bestes tun.«

»Danke.«

Der Kommandant beugte sich vor und sagte zu den Männern vorne im Cockpit: »Also, dann fangen wir mal an.«

Der Pilot flog zunächst über dem südlichen Teil des Parks eine Rechtskurve. Knapp einen Kilometer weiter westlich sahen sie jetzt unter sich den ausgetrockneten Bootsweiher, der sich von der Umgebung hell abhob. Zwischen den Bäumen funkelten die vier Seen dunkel zu ihnen herauf. Die Männer teilten den Park in Zonen ein und flogen in rund hundertfünfzig Metern Höhe konzentrische Kreise, während der Luftbeobachter vor seinem Monitor hockte. Er trug Ohrenschützer gegen den Lärm der Rotorblätter. Ständig tippte er neue Befehle in seinen Laptop ein, konnte aber nirgends Wärmeflecken erkennen. Die schwitzenden Einsatzkräfte auszumachen, die zudem noch im Freien gestanden hatten, war kein Problem gewesen, doch ansonsten waren wegen der Hitze kaum Wärmeunterschiede festzustellen, und natürlich konnte sich unter dem sommerlichen Laubdach alles Mögliche verbergen. Die Instrumente waren buchstäblich mit Blindheit geschlagen. Als sie wieder eine Kurve flogen, sagte der Luftbeobachter zu seinem Kommandanten: »Wir könnten genauso gut in den Wind pinkeln.« Das Wort »pinkeln« wählte er ganz bewusst und verzichtete auf einen derberen Ausdruck, denn schließlich wurde alles, was er hier oben von sich gab, elektronisch aufgezeichnet. »Ja, das ist richtig: Genauso gut könnten wir in den Wind pinkeln.«

Unten standen Caffery und Souness neben dem Wagen der Spurensicherung und starrten zu den Lichtern des Helikopters hinauf. Caffery hoffte inständig, dass die Männer dort oben den Fall für ihn lösen und Rory Peach finden würden. Inzwischen war es eine Stunde her, seit der Besitzer des indischen Lebensmittelladens die Nummer 999 gewählt und damit den Alarm ausgelöst hatte.

Ein Großteil des Arbeitslosengeldes der Peaches ging für

Carmels Superking-Zigaretten drauf, sodass die Leute am Wochenende meist pleite waren und in dem Laden an der Ecke anschreiben ließen. Als bis Montagabend niemand die Rechnung vom vergangenen Wochenende beglichen hatte, hatte sich der indische Ladenbesitzer auf den Weg zum Haus Nummer dreißig gemacht, um sein Geld einzutreiben. War nicht das erste Mal gewesen, wie er Caffery erzählte, und Angst vor Alek Peach hatte er angeblich auch keine. Trotzdem begleitete ihn sein Schäferhund, als er um 19 Uhr bei den Peaches klingelte.

Keine Reaktion. Er klopfte laut an die Tür. Wieder nichts. Widerwillig setzte er seinen Weg fort und ging mit dem Hund in den Park.

Sie spazierten zunächst an den Gärten auf der Rückseite der Reihenhauszeile vorbei und wollten gerade in den Park einbiegen, als sich der Schäferhund plötzlich umdrehte und laut anschlug. Der Ladenbesitzer blickte sich ebenfalls um. Auch wenn er es später nicht beschwören konnte, hatte der Mann den Eindruck, dass dort drüben unter den Bäumen etwas vorbeihuschte. Ja, ein dunkler Schatten, der sich rasch von der Rückseite des Peach-Hauses entfernte. Zunächst dachte er an ein Tier, weil der Schäferhund wie wahnsinnig bellte und an der Leine zerrte, doch dann war der Schatten rasch zwischen den Bäumen verschwunden. Neugierig zog er den widerstrebenden Hund zum Haus Nummer dreißig zurück und spähte durch den Briefschlitz.

Diesmal begriff er sofort, dass in dem Haus etwas nicht stimmte. Auf der Innenseite der Tür lagen mehrere Briefe auf dem Boden, und die Treppenwand war mit großen Buchstaben besprüht.

»Jack?«, rief Souness in den Lärm des über ihnen kreisenden Helikopters hinein. »Woran denken Sie gerade?«

»Ich bin mir ganz sicher, dass der Junge irgendwo in diesem Park sein muss«, brüllte er zurück und wies mit dem Finger auf die Bäume. »Irgendwo dort drüben.«

»Und woher wollen Sie wissen, dass er nicht längst wieder draußen ist?«

»Glaube ich nicht.« Er bildete mit den Händen einen Trichter und beugte sich zu ihr vor. »Wenn er den Park inzwischen wieder verlassen hätte, müsste ihn jemand gesehen haben. Schließlich führen sämtliche Parkausgänge auf große Straßen hinaus. Der kleine Junge ist nackt, er blutet ...«

»WAS?«

»ER IST NACKT, UND ER BLUTET. DAS DÜRFTE SELBST IN BRIXTON DEN EINEN ODER ANDEREN PASSANTEN DAZU VERANLASSEN, DIE POLIZEI ZU INFORMIEREN, MEINEN SIE NICHT?«

Er ließ die Hände wieder sinken und beobachtete den Hubschrauber. Allerdings hatte er noch weitere gute Gründe für die Annahme, dass Rory sich noch in dem Park aufhielt. Schließlich wusste er, wie eine solche Kindesentführung normalerweise ablief: Sollte Rory nicht mehr am Leben sein, dann bestand statistisch eine sehr hohe Wahrscheinlichkeit, dass man ihn innerhalb eines acht Kilometer großen Radius um den Ort der Entführung auffinden würde, und zwar weniger als vierzig Meter von einem befestigten Weg entfernt. Weitere internationale statistische Erhebungen sprachen eine noch grausamere Sprache: Nach diesen Erkenntnissen würde der Entführer den kleinen Rory nicht gleich umbringen, sondern ihn noch etwa vierundzwanzig Stunden am Leben lassen. Außerdem sprachen die Ergebnisse wissenschaftlicher Untersuchungen dafür, dass bei der Entführung eines Jungen in Rorys Alter fast immer sexuelle Motive eine Rolle spielten. Und zusätzlich war unter solchen Umständen zu vermuten, dass es sich bei dem Täter um einen Sadisten handelte.

Dass Caffery sich mit den Vorlieben und Gewohnheiten pädophiler Männer so gut auskannte, war kein Zufall: Er hatte es in der Vergangenheit schon einmal mit einem ganz ähnlichen Verbrechen zu tun gehabt. Allerdings lag die Geschichte schon siebenundzwanzig Jahre zurück. Damals war sein Bruder Ewan – im gleichen Alter wie heute Rory – am helllichten Tag verschleppt worden. Eigentlich hätte Caffery Souness beiseite nehmen und ihr vorschlagen müssen: Vielleicht wäre es besser, wenn Sergeant Logan die Ermittlungen leitet. Ich weiß nämlich

nicht, ob ich nicht völlig ausraste, wenn wir diesen Dreckskerl kriegen.
»UND WAS MACHEN WIR, WENN DIE MÄNNER DORT OBEN NICHTS FINDEN?«, brüllte Souness.
»KEINE SORGE. DIE WERDEN SCHON WAS FINDEN.« Er hob das Funkgerät zum Mund und schaltete auf den Kanal des Helikopterkommandanten. »Neun neun, irgendwas Neues da oben?«

Hundertfünfzig Meter weiter oben neigte sich der Kommandant in dem dunklen Cockpit so weit nach vorne, wie die Leitungen es zuließen, die ihn wie eine Nabelschnur mit dem Dach des Helikopters verbanden. »Hey, Howie? Die wollen wissen, was hier los ist – Howie.« Er konnte das Gesicht des Luftbeobachters nicht erkennen, der vornübergebeugt auf den Bildschirm starrte und dessen Augen hinter seinem Helm verborgen waren.
»Ich tue, was ich kann. Sieht aus wie ein beschissenes Schneefeld, wie weiße Sauce. Ich kann nur Sachen erkennen, die sich deutlich bewegen.« Er betätigte einen Schalter, sodass sich die Hitze auf seinem Monitor plötzlich schwarz abbildete. Dann versuchte er es zunächst mit Rot und dann mit Blau. In manchen Fällen war es hilfreich, wenn man eine andere Farbe aktivierte, doch an diesem Abend verhinderte die diffuse Hitze, die von unten aufstieg, jedes klare Bild. »Können wir vielleicht noch mal ein paar Rechtskurven fliegen?«
»Okay.« Der Pilot schwenkte nach rechts und flog wieder ein paar Kreise. Unter dem Hubschrauber zog jetzt ein dichtes Waldgebiet vorbei. Der Luftbeobachter starrte auf den Monitor. Dann machte er sich am Joystick des Laptops zu schaffen, und die Infrarotkamera, die unter dem Cockpit am Boden des Helikopters befestigt war, ließ ihr Auge über den Park schweifen.
»Und – was Neues?«
»Weiß nicht. Ich sehe da irgendwas im Bereich zehn Uhr, allerdings ...« Da es an der nötigen Tiefenschärfe fehlte, war es schwierig, etwas Genaues zu erkennen, und sobald sie in die Nähe des Objektes kamen, versetzte der Luftwirbel der Rotor-

blätter die Baumkronen in Aufruhr. Der Mann glaubte, ein merkwürdig rundes Objekt von der Größe eines Autoreifens ausgemacht zu haben. Aber dann peitschten die Äste wieder wie vom Sturm geschüttelt hin und her, und er hatte das Gefühl, sich alles nur eingebildet zu haben. »Scheiße.« Wieder beugte er sich über den Monitor und veränderte mehrmals den Bildausschnitt. »Vielleicht sollten die sich das mal näher ansehen.« Er tippte auf den Monitor. »Sehen Sie das?«

Der Kommandant neigte sich vor und starrte ebenfalls auf den Bildschirm. Obwohl er nicht genau erkennen konnte, was sein Kollege meinte, lehnte er sich auf seinem Sitz wieder nach hinten und ging auf Cafferys Frequenz. »Neun neun an Einsatzkräfte.«

»Ja – haben Sie was gefunden?«

»Könnte sein, dass wir eine Wärmequelle entdeckt haben, aber wir sind uns nicht ganz sicher. Möchten Sie sich das mal näher ansehen?«

»Natürlich.«

»Okay. Ganz in der Nähe ist ein See oder ein Bootsweiher oder so was …«

»Der Bootsweiher?«

»Ja, der Bootsweiher – und ungefähr zweihundert Meter davon entfernt fängt der Wald an.«

»Ja, ich kann Ihnen folgen.«

Der Kommandant beugte sich vor und blickte auf den Punkt auf dem Monitor, den der Luftbeobachter mit dem Finger markiert hatte. »Sie müssen ungefähr hundert Meter in den Wald hinein …«

»Okay. Verstanden.«

Der Kommandant signalisierte dem Piloten mit der flachen Hand, die Maschine auf der Stelle schweben zu lassen, und dann starrten die drei Besatzungmitglieder schweigend auf den Bildschirm. In den Kopfhörern war nur ihr Atem zu hören, während sie zusahen, wie die Beamten als weiß glühende Flecken auf dem Monitor langsam näher kamen.

»Gut so«, murmelte der Kommandant. »Vielleicht können

wir Ihnen die Suche noch etwas erleichtern.« Er betätigte einen Hebel, und auf der Unterseite des Helikopters flammte plötzlich ein gewaltiger Scheinwerfer auf. Das Licht war so stark, dass es aus nächster Nähe sogar Beton durchbrennen konnte. Die Einsatzkräfte unten am Boden ließen sich von diesem Licht wie von einem Stern leiten und hasteten unter den Bäumen dem leuchtenden Strahl entgegen. Inzwischen hatte der Luftbeobachter die ringförmige Wärmequelle auf dem Monitor wieder verloren und war plötzlich unsicher, ob er sich die Erscheinung nur eingebildet hatte oder nicht.

»Howie?«, fragte der Kommandant von hinten. »Befinden wir uns überhaupt an der richtigen Stelle?«

Der Luftbeobachter schwieg. Er saß nach vorne gebeugt da und versuchte, die Wärmequelle wieder auf dem Monitor sichtbar zu machen.

»Howie?«

»Ja – ich glaube, aber ...«

»Bodeneinheiten an neun neun«, meldete sich Caffery über Funk. »Wir sind ziemlich ratlos hier unten. Können Sie uns vielleicht helfen?«

»Howie?«

»Ich weiß nicht, ich blicke nicht mehr durch. Aber ich *habe* etwas gesehen.« Er verkleinerte den Bildausschnitt und schüttelte den Kopf. Der Lärm der Motoren und der Rotorblätter, die Hitze und die Gerüche, dies alles setzte ihm so zu, dass er sich nur schwer konzentrieren konnte. Unten standen die Polizeibeamten und starrten ratlos zu dem Helikopter hinauf. »Scheiße«, murmelte der Kommandant. »Howie, verdammt noch mal.« Er konnte Caffery nicht länger warten lassen, deshalb sagte er: »Also ... ich weiß nicht ...«

»Hm, ärgerlich.«

Der Kommandant verlor allmählich die Geduld. »Und was ist mit dem Treibstoff?«

Der Pilot schüttelte den Kopf. »Noch ungefähr ein Viertel.«

Der Kommandant stieß einen Pfiff aus. »Also müssen wir bald tanken. Zwanzig Minuten, Howie, reicht das?«

»Also, ich sehe nichts. Scheint so, als hätte ich mich getäuscht.«

Der Kommandant seufzte. »Okay, verstanden.« Er ging auf die Frequenz der Bodenkontrolle. »India Lima, uns geht allmählich der Saft aus, wir fliegen jetzt nach Fairoaks rüber, um nachzubunkern. Sieht ganz so aus, als hätten wir hier nichts erreicht. Sehe ich das richtig, Howie?«

»Ja.« Howie strich sich unbehaglich mit dem Finger über den Kinnriemen. »Ja, war offenbar blinder Alarm. Ja.«

»Neun neun an Einsatzkräfte. Wir sind genauso ratlos wie Sie.«

»Sind Sie sicher?«, fragte Caffery mit brüchiger Stimme. »Sind Sie sicher, dass wir uns an der richtigen Stelle befinden?«

»Ja, *Sie* schon, aber wir haben leider die Wärmequelle aus den Augen verloren. Verdammt heißer Abend, wir haben hier oben mächtig mit Interferenzen zu kämpfen.«

»Verstanden. Na ja, trotzdem besten Dank für Ihre Bemühungen.«

»Tut mir aufrichtig Leid.«

»Schon in Ordnung. Einen schönen Abend Ihnen dort oben.«

Der Kommandant konnte den winkenden Caffery auf dem Monitor erkennen. Er rückte seinen Helm zurecht und schaltete wieder auf die Frequenz der Bodenkontrolle. »Höchst bedauerlich, aber wir haben im Bereich TQ3427445 leider nichts gefunden. Wir fliegen jetzt Richtung India Foxtrot.« Er trug den Zeitpunkt und die Dauer der Mission in das Logbuch ein, dann verschwand der Helikopter in der dunklen Nacht.

Unten am Boden beobachtete Caffery, wie sich der Hubschrauber langsam entfernte, bis sein Licht kaum mehr größer war als der Widerschein eines Satelliten.

»Sind Sie sich darüber im Klaren, was das bedeutet?«

»Nein«, erwiderte Souness. »Nein, was denn?«

Es war schon spät. Die Polizeikräfte hatten inzwischen das Gebiet abgesperrt, in dem der Hubschrauber die Wärmequelle gesehen haben wollte. Dann begannen die Beamten auf allen vieren den Bereich Zentimeter für Zentimeter zu durchsuchen. Wieder keine Spur von Rory Peach. Schließlich wurde die Aktion abgeblasen, und Caffery und Souness forderten eine Spezialeinheit an, die das Gelände am folgenden Tag gleich in der Morgendämmerung durchkämmen sollte. Zum Abschluss noch eine Lagebesprechung, bevor die beiden um 23 Uhr schließlich in die Zentrale in Thornton Heath zurückfuhren. Caffery parkte den Wagen direkt vor dem Gebäude und schob die Schlüssel in die Tasche. »Sollte der Junge noch irgendwo in dem Park sein, dann strahlt er vermutlich keine Wärme mehr ab, andernfalls müsste es doch möglich sein, ihn mit der Infrarotkamera sichtbar zu machen.« Auch wenn er es kaum zu denken wagte, hoffte er insgeheim, dass der Junge bereits tot war. Schließlich wusste er, dass es Erfahrungen gab, die so grauenhafte Spuren hinterließen, dass ein menschenwürdiges Leben kaum noch möglich war. Jedenfalls seiner Überzeugung nach. »Kann gut sein, dass wir schon zu spät dran sind.«

»Es sei denn« – Souness stieg nachdenklich aus dem Wagen, und die beiden überquerten gemeinsam die Straße –, »es sei denn, der Junge ist gar nicht in dem Park.«

»Ach, sicher ist er in dem Park. Hundertprozentig.« Caffery öffnete mit Hilfe seiner Magnetkarte die Tür und ließ Souness den Vortritt. »Die Frage ist nur: *Wo?*«

Das alte Backsteingebäude, in dem die Mordkommission untergebracht war, lag in der unscheinbaren Shrivemoor Street. Die meisten Beamten bezeichneten ihren Arbeitsplatz deshalb einfach als »Shrivemoor«. Die Büros der Mordkommission befanden sich im zweiten Stock, wo sämtliche Fenster hell erleuchtet waren. Inzwischen hatten sich dort oben bereits die meisten Mitarbeiter eingefunden, die man von überall her zusammengetrommelt hatte, vor allem die Experten, die den Zentralcomputer bedienten, aber auch fünf verdeckte und sieben offizielle Ermittler. Sie wanderten zwischen den Schreibtischen hin und her, tranken Kaffee und sprachen leise miteinander. In der Küche standen drei Sanitäter in weißen Schutzanzügen verlegen herum, ließen sich von einem Beamten die Stiefelsohlen fotokopieren und mit einem Klebeband Fussel und Haare von der Kleidung entfernen.

Während Souness damit beschäftigt war, einen starken Kaffee zu kochen, spritzte sich Caffery zur Erfrischung kaltes Wasser ins Gesicht und sah rasch die »Eingänge« auf seinem Schreibtisch durch. Dabei entdeckte er zwischen diversen Rundschreiben, Berichten und Obduktionsbefunden auch ein Exemplar von *Time Out*. Das Blatt war so gefaltet, dass ihm sofort die Schlagzeile »Künstler, die Verbrechen künstlerisch verarbeiten« ins Auge fiel. Daneben ein Foto von Rebecca mit geschlossenen Augen und zurückgeworfenem Kopf. Mitten auf der Stirn trug sie eine Gefangenennummer.

Rebecca Morant – Flittchen der Schmuddelpresse oder seriöse Künstlerin? Nur Leute, die hinter dem Mond leben, haben noch nichts von dem Vergewaltigungsopfer Morant gehört, einer jungen Dame, die inzwischen zum Liebling der Kunstwelt avanciert ist. Wegen ihrer auffallenden Schönheit ist die luchsäugige Rebecca Morant bei der Kritik anfangs auf Skepsis gestoßen, bis sie für den ultra-coolen Vincent-Preis nominiert wurde …

Caffery klappte das Magazin zu und legte es mit der Titelseite nach unten in die Ablage. *Musst du denn unentwegt mit dieser Geschichte hausieren gehen, Becky?*
»Also Leute, passt mal auf.« Er klopfte mit einer leeren Sprite-Dose gegen die Wand. »Hört mal zu, Leute. Wir mussten Sie leider etwas überstürzt hierher bitten, deshalb bringen wir es am besten rasch hinter uns. Kommen Sie doch bitte mal mit.« Er hielt das Video in die Höhe und ging in das Dienstzimmer, das er sich mit Souness teilte. Dabei signalisierte er den übrigen Beamten, ihm zu folgen. »Los, kommt schon, Leute, dauert ja nur zehn Minuten. Falls jemand aufs Klo muss, bleibt dafür hinterher noch genug Zeit.«

Das Büro war so klein, dass nur bei geöffneter Tür alle Beamten in dem Raum Platz fanden. Souness stand vor dem Fenster und hielt einen Becher Kaffee, während Caffery das Video in das Gerät schob und wartete, bis sich alle in dem Zimmer versammelt hatten.

»Okay. Sie alle wissen, worum es hier geht. Chief Inspector Souness koordiniert die Befragungen der Anwohner. Wer dafür eingeteilt ist, sollte sich also nach der Besprechung mit ihr kurzschließen. Sobald es hell wird, werden wir auch den Brockwell Park nochmals absuchen. Wer zum Suchtrupp gehört, sollte dort pünktlich erscheinen. Im Übrigen ist höchste Diskretion geboten. Sonst noch was? Ach ja. Auch wenn wir für den Fall zuständig sind, müssen wir uns mit dem Sittendezernat abstimmen, und mit dem Jugendschutz in Belvedere sollten wir auch sprechen, um sicher zu gehen, dass Rory dort nicht bereits aktenkundig ist. Also« – er zeigte auf den flimmernden Bildschirm und holte tief Luft – »wenn Sie gleich die Bilder sehen, werden Sie vermutlich sofort an Maudsley denken.« Er hielt inne. Der Name Maudsley, eine psychiatrische Klinik in Denmark Hill, ließ bei einigen der Beamten sichtlich die Alarmglocken schrillen. Genau das wollte er eigentlich verhindern: Er hoffte, dass sich die Beamten bei ihren Nachforschungen völlig rational verhielten und sich durch die Art des Verbrechens nicht zu Überreaktionen hinreißen ließen.

»Und schreiben Sie den Mann auf keinen Fall von vornherein als Psychopathen ab«, sagte er. »Auch wenn vielleicht einiges dafür spricht.« Er blickte in die Gesichter der anderen. »Kann nämlich durchaus sein, dass genau *das* beabsichtigt ist. Ist vielleicht eine Art Tarnung. Durchaus möglich, dass wir es mit einem Wald-und-Wiesen-Pädophilen zu tun haben, der ganz bewusst eine falsche Spur gelegt hat, um gegebenenfalls auf Unzurechnungsfähigkeit zu plädieren. Und denken Sie daran, dass er sich ganze drei Tage in dem Haus aufgehalten hat. *Drei Tage.* Klingt nicht gerade wie ein Psychopath. Und denken Sie auch darüber nach, was diese drei Tage bedeuten könnten. Hat er sich vielleicht deshalb so viel Zeit gelassen, weil er keine Angst gehabt hat, gestört zu werden?«

Oder bedeuten die drei Tage womöglich, dass ihm seine miesen Spiele mit Rory so viel Spaß gemacht haben, dass er gleich das ganze Wochenende dageblieben ist?

Dann richtete er die Fernbedienung auf das Videogerät. Auf dem Bildschirm erschien Donegal Crescent in der Abenddämmerung. Unterhalb der Zeitanzeige war eine Gruppe Schaulustiger zu sehen, die sich vor der Absperrung zusammendrängten, um einen Blick auf das kleine Reihenhaus zu erhaschen. Auf den Gesichtern der Leute war der Widerschein des lautlos zuckenden Blaulichts der Einsatzfahrzeuge zu erkennen. Caffery stand mit verschränkten Armen an der Wand und beobachtete aus den Augenwinkeln seine Kollegen. Die Bilder, die gerade über den Monitor liefen, waren der erste Eindruck, den sie von dem Schauplatz des Verbrechens erhielten. Er wusste, dass ihnen das Haus der Familie Peach gerade wegen seiner Normalität ganz besonders gespenstisch erscheinen würde.

»Das Haus liegt am Rand des Brockwell Parks«, sagte er ruhig. »Damit Sie eine Vorstellung davon haben, wo das ist – der Turm, den Sie dort im Hintergrund sehen, ist der Arkaig Tower an der Railton Road. Die Kollegen, zu deren Revier die Gegend gehört, bezeichnen das Viertel bisweilen auch als Crack-Mekka.«

Die Kamera zeigte jetzt den Weg, der zur Eingangstür des Hauses führte, und machte dann einen Schwenk, sodass plötzlich die kleine Grasfläche gegenüber dem Eingang zu sehen war und die schockierten Gesichter der Nachbarn sich vor dem Abendhimmel bleich abzeichneten. Jeder Punkt, den man von dem Haus aus sehen konnte, bot umgekehrt auch die Möglichkeit, dass jemand von dort aus die Vorgänge auf dem Grundstück beobachtet hatte. Aus diesem Grund hielt die Kamera sämtliche Details der Umgebung fest und machte dann abermals einen 180-Grad-Schwenk auf die Frontseite des Hauses. Schließlich erschien im Bild eine 30, die in goldenen Ziffern an die Wand geschraubt war.

»Sämtliche Türen und Fenster waren geschlossen.« Die Kamera zeigte jetzt die von der Polizei aufgesprengte Eingangstür

und präsentierte dann in Großaufnahme das intakte Schloss.
»Die Kollegen mussten die Tür aufbrechen. Allerdings war die Hintertür nicht abgeschlossen, auf diesem Weg dürfte der Täter ins Haus gelangt sein. Passen Sie mal auf.«

Sie befanden sich jetzt in dem Haus, und der Eingangsbereich wurde von dem Halogenlicht der Kamera überflutet. Nicht mehr ganz frische Tapeten, ein grauer Teppichboden samt abgewetztem Plastikläufer. Zwei schlecht gerahmte Drucke warfen an der Wand lang gezogene, wackelige Schatten, und auf der untersten Treppenstufe lag eine riesige, grellbunte Wasserpistole. Am Ende des Gangs sah man wieder eine Tür. Das Bild wurde plötzlich undeutlich und fing an zu flackern. Dann war auf dem Monitor eine kleine Küche zu sehen. Neben einer Brotdose stand ein lasiertes Terracotta-Huhn, das in die Kamera starrte. Hinter einem im Luftzug flatternden Vorhang eine zerbrochene Scheibe und dahinter ein Ausschnitt des dunklen Hofes und der Bäume im Park weiter hinten.

»Also, das hier ist sehr wichtig.« Caffery stützte sich mit dem Ellbogen auf den Monitor, beugte sich ein wenig vor und zeigte mit dem Finger auf den Bildschirm. »Glas auf dem Boden, die Tür nicht abgeschlossen. Durch diese Tür ist der Täter nicht nur hereingekommen, sondern auch wieder verschwunden. Der Eindringling zerschlägt die Scheibe und öffnet die Tür. Das müsste nach unserer Einschätzung etwa Freitagabend gegen 19 Uhr gewesen sein.« Die Kamera zoomte jetzt durch die zertrümmerte Scheibe und zeigte in Großaufnahme den kleinen Hof hinter dem Haus. Eine ziemlich große Wäschespinne, ein Kinderfahrrad, ein paar Spielsachen und vier mit einer ranzig-gelblichen Flüssigkeit gefüllte, umgestürzte Milchflaschen. »Der Eindringling bleibt dann zusammen mit der Familie Peach bis Montagnachmittag in dem Haus. Dann erst wird er gestört, schnappt sich Rory Peach und verschwindet durch dieselbe Tür.« Auf dem Monitor erschien jetzt wieder die Küche, dann machte die Kamera einen Schwenk und zeigte einige Blutspuren am Türrahmen. Caffery drückte auf die Fernbedienung und blickte erwartungsvoll in die Gesichter seiner schweigenden Kollegen.

Doch niemand sagte etwas oder stellte eine Frage. Alle starrten nur auf das Blut auf dem Bildschirm.

»Unsere medizinischen Experten gehen davon aus, dass die Verletzungen des Jungen zum derzeitigen Zeitpunkt noch nicht tödlich sind. Vermutlich ist der Eindringling mit dem Kleinen durch diesen kaputten Zaun dort drüben in den Park geflüchtet. Vielleicht hat er auch eine Möglichkeit gefunden, die Blutungen zu stillen – vielleicht mit einem Handtuch oder so etwas, da die Hunde die Spur rasch verloren haben. Okay.« Das Bild kam jetzt wieder in Bewegung. »Also gut, als Nächstes möchte ich Ihnen zeigen, wo man die Familie gefunden hat.«

Auf dem Bildschirm tauchte kurz das Gesicht einer Frau auf und verschwand dann wieder: Detective Sergeant Quinn, die für die erkennungsdienstliche Erfassung des Tatorts zuständig war. Sie hatte gemeinsam mit Caffery zunächst die Videoaufnahmen überwacht und anschließend dafür gesorgt, dass die Scherben auf dem Küchenboden genau fotografiert und dann entfernt wurden. Dann hatte sie einige Polizeibiologen zum Tatort beordert. Während Caffery mit der Helikopterbesatzung gesprochen hatte, waren die Wissenschaftler in ihren Schutzanzügen durch das Haus gegangen und hatten Spezialchemikalien wie Ninhydrin und Silbernitrat auf diverse Objekte und Flächen aufgetragen, um mögliche Spuren sichtbar zu machen.

»Den Vater, Alek Peach, hat man hier gefunden. Er war mit den Handgelenken und den Füßen an diese beiden Heizkörper gefesselt. Seine genaue Lage lässt sich von dem Abdruck ablesen, den sein Körper hinterlassen hat.« Caffery zeigte seinen Kollegen den großen dunklen Fleck, der sich im Wohnzimmer zwischen den beiden Heizkörpern auf dem Flokati-Teppich abzeichnete. »Der Mann hat eine schwere Verletzung am Hinterkopf. Er ist deshalb im Augenblick nicht vernehmungsfähig. Sieht nicht gut aus für ihn. Die Stelle, wo wir Carmel gefunden haben, werden Sie sehen, wenn wir jetzt mit der Kamera nach oben gehen.«

Carmel lag inzwischen mit Beruhigungsmitteln voll gepumpt im Krankenhaus. Doch auf dem Weg dorthin hatte sie im Rettungswagen eine erste Aussage gemacht. Obwohl eine oberflächliche Untersuchung keine Kopfwunden ergeben hatte, sprach einiges dafür, dass sie während ihrer dreitägigen Tortur irgendwann das Bewusstsein verloren hatte: Das Letzte, woran sie sich erinnern konnte, war, dass sie am Freitagabend gegen 18 Uhr das Abendessen gemacht hatte. Später war sie dann geknebelt und an ein Wasserrohr gefesselt in dem begehbaren Kleiderschrank im ersten Stock wieder aufgewacht. Und dort hatte sie gelegen, bis drei Tage später der Ladenbesitzer durch den Briefschlitz hereingeschaut hatte. Den Eindringling hatte sie weder gesehen noch mit ihm gesprochen. Auch gab es angeblich niemanden, der einen Grund gehabt hätte, der Familie so etwas anzutun. Beim Abtransport hatten die Sanitäter die Trage so gedreht, dass Carmel Richtung Treppe schaute. So versuchten die Männer zu verhindern, dass sie sehen konnte, was der Eindringling hinter ihr an die Wand gesprayt hatte.

»Nachdem Sie das gesehen haben«, sagte Caffery und sah seine Kollegen an, »werden Sie sicher verstehen, dass wir nicht möchten, dass die Öffentlichkeit etwas von dem Geschmiere erfährt.«

Dann blickte er wieder auf den Bildschirm. Die Kamera bewegte sich jetzt die Treppe hinauf, und im ersten Stock waren ein paar Schatten zu erkennen. In dem Augenblick, als Caffery das Geschmiere gesehen hatte, war ihm klar gewesen, dass er damit etwas in der Hand hatte, um falsche von echten Geständnissen zu unterscheiden.

Die Kamera wackelte. Irgendjemand stieß einen Fluch aus und fragte dann laut: »Habt ihr das hier gesehen?« Dunkelheit. Plötzlich gleißendes Licht, die Blende der Kamera schloss sich augenblicklich und fing dann wie eine Iris an zu flattern. Als das Bild schließlich wieder scharf war, kniffen die Polizisten die Augen zusammen, um besser lesen zu können, was der Täter an die Wand gesprayt hatte:

♀ GÈfÀḥR

Caffery stoppte das Video, damit die Kollegen den Text genau studieren konnten. »Weibliche Gefahr!« Dann schaltete er das Gerät aus und machte das Licht wieder an. »Ich möchte, dass wir den Fall bis morgen lösen – wieso, brauche ich Ihnen wohl nicht zu sagen.«

Auf dem Flugplatz Fairoaks nahm der Luftbeobachter in der Küche den Helm ab und rieb sich die Ohren. Noch immer war er sich nicht wirklich darüber im Klaren, was er gesehen hatte. »Eigentlich hätte ich mir das gerne noch etwas näher angesehen, weißt du.«

Der Kommandant verpasste ihm einen Klaps auf den Rücken. »Ach, die Polizei ist sich ja nicht mal sicher, ob der Junge sich überhaupt noch in dem Park befindet.«

»Trotzdem – ein kleines Kind.«

»Vielleicht können wir ja später noch mal hinfliegen.«

Doch während der Helikopter aufgetankt wurde, kam die Meldung, dass in Purley ein Verkehrspolizist von einem Auto überfahren worden war. Der Autofahrer war aus dem Wagen gesprungen und Richtung Flugplatz Croydon geflüchtet. Die Sache hatte Vorrang, und India 99 wurde sofort nach Croydon beordert. Als seine Schicht um 2 Uhr früh zu Ende war, fiel es dem Luftbeobachter schon etwas leichter, den rundlichen weißen Flecken zu verdrängen, den er im Brockwell Park oben in den Bäumen gesehen zu haben glaubte.

3. KAPITEL

Auf der Jack-Steinberg-Intensivstation im King's Hospital erhielten sämtliche Hirnverletzte ein interkraniales Druckentlastungsventil und wurden während der ersten vierundzwanzig Stunden künstlich beatmet – ganz gleich, ob der Patient noch selbstständig atmen konnte oder nicht. Aber auch ohne die hohe Dosis Medazolam, die man ihm verpasst hatte, wäre Alek Peach, der wichtigste Zeuge der Polizei, kaum in der Lage gewesen, zu sprechen, da er intubiert war. Seine Frau Carmel stand noch immer unter Beruhigungsmitteln. Trotzdem wäre Caffery augenblicklich ins Krankenhaus gefahren und dort wie ein werdender Vater vor Alek Peachs Zimmer auf und ab gegangen, hätte Chief Inspector Souness ihn nicht zurückgehalten.

»Man lässt Sie doch ohnehin nicht zu ihm, solange er an dieser Maschine hängt, Jack.« Auch wenn sie Cafferys ungestüme Entschlossenheit zu schätzen wusste, verfügte sie über ausreichend Erfahrungen mit dem Krankenhauspersonal. Und sie wusste, dass es überhaupt keinen Sinn hatte, etwas erzwingen zu wollen. »Die Ärzte haben uns versprochen, ihm *vorher* Blut zu entnehmen, falls eine Transfusion nötig sein sollte. Dieser Oberarzt hat uns sogar sein Wort gegeben, und mehr können wir im Augenblick leider nicht machen.«

Inzwischen war es 1 Uhr nachts, und die Beamten der Abteilung wussten genau, was sie am nächsten Tag zu tun hatten. Auch der Brockwell Park war völlig abgeriegelt. Deshalb fuhren Souness und die anderen Beamten erst mal nach Hause, um vor Sonnenaufgang noch ein oder zwei Stunden zu schlafen. Caffery war bereits vierundzwanzig Stunden auf den Beinen, doch seine Nervosität ließ ihn einfach nicht zur Ruhe kommen.

Er trat an seinen Schreibtisch, goss sich einen Schluck Bell's in ein Glas und trommelte mit den Fingern gegen das Gehäuse des Telefons. Schließlich hielt er es einfach nicht mehr aus, schnappte sich den Hörer und wählte die Nummer der Intensivstation.

Der zuständige Oberarzt, ein gewisser Dr. Friendship, reagierte ungehalten. »Nein heißt nein, und damit basta«, sagte er und hängte ein.

Caffery starrte den stummen Hörer an. Natürlich konnte er noch mal anrufen und zwanzig Minuten auf das Krankenhauspersonal einreden, aber er wusste genau, dass man ihn nur abwimmeln würde. Er seufzte, legte den Hörer auf und goss sich einen weiteren Whisky ein. Dann legte er die Füße auf den Schreibtisch, saß mit gelockerter Krawatte da und starrte durch das Fenster auf die Hochhäuser von Croydon, die glitzernd in den nächtlichen Himmel aufragten.

Gut möglich, dass er auf diesen Fall fast ein halbes Leben gewartet hatte. Ja, im Grunde genommen wusste er bereits, dass er es mit seinem wichtigsten Fall zu tun hatte. Der Grund dafür war das Verbrechen, dem sein Bruder vor mehr als einem Vierteljahrhundert zum Opfer gefallen war.

Ein Vierteljahrhundert? Ist das wirklich schon so lange her, Ewan? Wahrscheinlich ist es sogar schon zu spät, um noch intakte DNS zu finden. Ja, wie lange dauert es eigentlich, bis eine Leiche eins wird mit dem Erdreich, sich vollkommen in ihre Bestandteile auflöst?

Er wusste, dass diese neue Geschichte ihn psychisch völlig überforderte. Wann immer er ein paar Minuten allein war, spürte er nur zu deutlich: Statt zu verblassen, nahmen seine Probleme von Tag zu Tag sogar noch zu – vermehrten sich geradezu epidemisch.

Ewan war neun Jahre alt gewesen. Genauso alt wie der kleine Rory. Sie hatten damals gestritten – zwei Brüder in einem Baumhaus, die sich wegen irgendeiner Lapalie in die Haare geraten waren. Dann war Ewan, der Ältere von beiden, von dem Baum heruntergeklettert und schmollend Richtung Bahndamm gegangen. Er hatte an jenem Tag braune Clark's-Sandalen, eine kurze braune Hose und ein senfgelbes T-Shirt getragen. (Caffery wusste das ganz genau. Diese Angaben hatten sich seinem Gedächtnis eingebrannt, weil er es damals mit eigenen Augen gesehen und weil er es später x-fach auf Polizeiplakaten gelesen hatte.) Niemand hatte Ewan je wieder gesehen.

Jack hatte damals zugeschaut, wie die Polizei die Böschungen am Bahndamm abgesucht hatte, und in jenem Augenblick war in ihm der Entschluss gereift, später selbst einmal Polizist zu werden. *Eines Tages finde ich dich, Ewan, eines Tages ...* Deshalb wohnte er bis heute in demselben Reihenhaus im Süden Londons wie in seiner Kindheit und starrte beinahe täglich über den Garten hinter dem Haus und den Bahndamm hinweg auf das Haus, in dem bis heute jener alternde Pädophile lebte, den alle – auch die Polizei – mit Ewans Verschwinden in Verbindung gebracht hatten: Ivan Penderecki. Zwar hatte die Polizei Pendereckis Haus damals durchsucht, dort allerdings keine Spur von Ewan entdeckt. Und seither hatten sich Penderecki und Caffery wie ein verfeindetes Ehepaar fortwährend stumm beobachtet. Jede Frau, mit der Caffery zusammen gewesen war, hatte versucht, ihn von dort fortzulocken, die Kette zu sprengen, die ihn an den groß gewachsenen Polen schmiedete. Allerdings hatte Caffery diese Möglichkeit nicht einmal für eine Sekunde in Betracht gezogen. Dieser Penderecki war seine fixe Idee. *Nicht einmal Rebecca hatte so viel Einfluss auf ihn wie der alte Widerling jenseits der Gleise.* Ja, auch Rebecca verlangte von ihm immer wieder, seinen Bruder Ewan endlich zu vergessen. *Kann denn selbst Rebecca mit dem Kerl nicht konkurrieren?*, fragte er sich.

Er trank den Scotch aus, goss sich sofort einen neuen ein und zog das *Time-Out*-Heft aus dem Papierstapel, der sich inzwischen in seinem Ablagekästchen gesammelt hatte. Natürlich hätte er sie auch anrufen können, schließlich wusste er genau, wo sie sich jetzt aufhielt, denn in ihrer Wohnung in Greenwich übernachtete sie fast nie: »Ich muss dort nur immer wieder an diese schreckliche Geschichte denken.« Deshalb ging sie fast jeden Abend zu ihm nach Hause, legte sich sofort ins Bett und presste ein Kopfkissen an sich, während in dem Aschenbecher neben dem Bett ein Dannemann-Zigarillo vor sich hin glomm. Er sah auf die Uhr. Schon ziemlich spät, selbst für Rebeccas Verhältnisse. Wenn er sie jetzt anrief, musste er ihr von der Peach-Geschichte erzählen und von den frappierenden Parallelen zwischen Rorys und Ewans Entführung. Und wie sie dann reagieren würde, das konnte er sich nur zu gut ausmalen. Er machte es sich also auf dem Stuhl bequem und blätterte in dem *Time-Out*-Exemplar.

Über die inzwischen berüchtigte Vergewaltigung, der Morant im vergangenen Sommer zum Opfer gefallen ist, sagt die junge Künstlerin: »*Ja, diese Erfahrung hat meine Arbeit zutiefst beeinflusst. Erst danach ist mir wirklich klar geworden, wie einfach es ist, sich in einem Film eine fiktive Vergewaltigung anzuschauen oder darüber zu lesen und sich einzubilden, dass man etwas begriffen hat. Doch in Wahrheit handelt es sich bei derart sekundären Erfahrungen lediglich um Bilder, mit denen man sich vor der wirklichen Brutalität eines solchen Verbrechens schützt. Deshalb ist es meiner Ansicht nach herablassend, von solchen Erlebnissen nur verlogene Abbilder zu liefern.*« Mit dieser Haltung hat sie im Februar in den Medien für eine heftige Kontroverse gesorgt. Damals ist nämlich (vielleicht nicht ganz zufällig?) bekannt geworden, dass es sich bei den plastischen Abbildungen verstümmelter Genitalien (s. Abb.), die sie in ihrer »*Exzesse*«-Ausstellung gezeigt hat, um Abgüsse handelt, für die sie echte Opfer von Vergewaltigungen und sexuellem Missbrauch als »Modelle« verwendet hat.

Privat sprach Rebecca nie darüber, was ihr vor einem Jahr widerfahren war. Caffery war selbst am Tatort gewesen und hatte aus nächster Nähe gesehen, wie sie bewusstlos und völlig hilflos an einem Haken an der Decke gehangen hatte: das blutüber-

strömte Exponat, das ein eiskalter Mörder zum Abschied zurückgelassen hatte. Er hatte sich in einem winzigen Krankenhauszimmer in Lewisham geduldig angehört, was sie ihm über die Ermordung ihrer Mitbewohnerin Joni Marsh zu sagen hatte. Es hatte geregnet an jenem Tag, und während der gesamten Vernehmung waren draußen vor dem Fenster die Tropfen auf die Blätter des Ahornbaums niedergeprasselt.
»Also, wenn Sie diese Frage lieber nicht ...«
»Nein, nein, ist schon in Ordnung.«
Zu dem Zeitpunkt war er in Rebecca schon halb verliebt gewesen. Sie hatte mit gesenktem Kopf vor ihm gesessen, nervös mit ihren schlanken Händen gespielt und versucht, ihre Erniedrigung, ihre Entwürdigung in Worte zu fassen. Und er hatte Mitleid mit ihr gehabt, ihr die Vernehmung so leicht wie möglich gemacht und dabei gegen sämtliche Vorschriften verstoßen, um die Tortur für sie ein wenig erträglicher zu machen. Ja, er hatte ihr mehr oder weniger alles gesagt, was er selbst wusste, damit sie bei seinen Fragen bloß noch nicken musste. In der Verhandlung war sie dann mitten in ihrer Aussage plötzlich verstummt und hatte kein Wort mehr gesprochen, bis der Polizeiarzt ihr gestattet hatte, den Zeugenstand zu verlassen. Selbst heute noch war das Gespräch augenblicklich zu Ende, sobald er mit ihr über damals reden wollte. Oder schlimmer noch: Sie fing an zu lachen und schwor, dass die ganze Geschichte sie völlig kalt gelassen hätte. In der Öffentlichkeit dagegen ging sie mit ihrem damaligen Leid fast hausieren und stellte ihre Traumatisierung so ungeniert zur Schau wie die Kleider, die sie trug:

Das Ergebnis: empörte Frauenrechtlerinnen, eine geifernde Regenbogenpresse und eine Rebecca Morant, die mit den Medien Katz und Maus spielt. Und welche Zukunftspläne hat die Dame? *»Ich fände es zum Beispiel irre witzig, wenn dieser Giuliani in New York meine Arbeiten verbieten würde.«* Und die am häufigsten gestellte Journalistenfrage: *»Wann hören Sie endlich mit der Kunst auf und tun das, was Ihnen am meisten Spaß macht, nämlich modeln?«* Ex-

zesse 2 ist vom 26. August bis zum 20. September in der Zinc Gallery in Clerkenwell zu sehen.

Solange ihr die Öffentlichkeit diesen Schwachsinn abnimmt, wird sie natürlich weitermachen. Er klappte das Magazin zu, stützte das Kinn in die Hand und versuchte, nicht an sie zu denken. Draußen vor dem Fenster funkelten die Londoner Straßen wie ein glitzerndes Labyrinth. Er dachte kurz darüber nach, ob der arme Rory Peach wohl noch einmal die Chance haben würde, diese Lichter zu sehen.

»Kaffee?«

Er zuckte leicht zusammen und öffnete die Augen. »Marilyn?«

Marilyn Kryotos, die Büroleiterin und Betreuerin der Datenbank, stand in der Tür und starrte ihn an. Sie hatte einen rosa Lippenstift aufgelegt, trug ein marineblaues Kleid und hatte sich eine Häschenbrosche aus Perlmutt an die Brust gesteckt. »Haben Sie hier etwa *geschlafen*?« Ihre Stimme klang halb beeindruckt und halb entsetzt. »Hier im Büro?«

»Was soll's.« Er richtete sich auf seinem Stuhl auf und rieb sich die Augen. Draußen wurde es gerade hell, und hinter den Croydoner Hochhäusern hatte sich der Himmel bereits rosa verfärbt. In dem Whiskyglas schwamm eine tote Fliege. Er sah auf die Uhr. »Ganz schön früh dran heute Morgen, was?«

»Bei Tagesanbruch – war doch vereinbart. Die halbe Belegschaft ist schon hier. Und Danni ist schon auf dem Weg nach Brixton.«

»Mist.« Er rückte sich seine Krawatte zurecht.

»Brauchen Sie vielleicht einen Kamm?«

»Nein, nein.«

»Würde aber nicht schaden.«

»Ich weiß.«

Er ging zu der Tankstelle auf der anderen Straßenseite hinüber, die rund um die Uhr geöffnet hatte, kaufte sich ein Sandwich, einen Kamm und eine Zahnbürste und hastete dann zurück. Unterwegs schnappte er sich im Umkleideraum schnell ein frisches Hemd aus dem Spind. Dann ging er in die Herrentoilette, zog sich das Hemd aus, wusch sich die Achselhöhlen und hielt zum Schluss den ganzen Kopf unter den Wasserhahn. Schließlich trat er an das Heißluftgerät und trocknete im warmen Luftstrom seine Haare. Er wusste, dass er sich im Auge des Taifuns befand. Er wusste, dass schon bald alle Drähte heiß laufen würden, dass die Presse und das Fernsehen die Nachricht schon bald in Windeseile im ganzen Land verbreiten würden. Doch bis dahin musste er noch jede Menge Papierkram erledigen, das weitere Vorgehen mit dem Gemeindedirektor abstimmen und sich so etwas wie eine Presseerklärung aus den Fingern saugen. Die Uhr lief, und er musste auf alles gefasst sein.

»Haben Sie den Artikel über Rebecca schon gelesen?« Kryotos stand plötzlich mit einem Becher Kaffee und einer Keksdose vor ihm.

»Sie meinen die *Time-Out*-Geschichte?« Er nahm den Kaffee entgegen, und sie gingen gemeinsam in das Dienstzimmer hinüber, das er sich mit Souness teilte.

»Super Fotos, was?«

»Ja.« Er stellte den Kaffee auf den Schreibtisch und schnappte sich das neue Fahndungshandbuch, eine blau-weiße Lose-Blatt-Sammlung, die seit den Ermittlungen im Fall Lawrence in sämtlichen Polizeirevieren auslag. Er blätterte darin herum und überlegte gleichzeitig, was er an dem vor ihm liegenden Tag alles zu erledigen hatte.

»Ich hab schon im Krankenhaus angerufen«, sagte Kryotos. »Alek Peach hat die Nacht überstanden.«

»Wirklich?« Er sah sie erstaunt an. »Und? Kann er schon sprechen?«

»Nein. Er hat noch immer diesen Schlauch in der Luftröhre, aber sein Zustand ist stabil.«

»Und Carmel?«

»Steht nicht mehr unter Beruhigungsmitteln und wird noch heute früh entlassen.«

»Himmel, das hätte ich nicht erwartet.«

»Keine Panik. Wir haben sofort jemanden hingeschickt. Sie wird zunächst bei einer Freundin wohnen.«

»Na gut. Dann sprechen Sie mit dem Beamten und sagen Sie ihm, dass er sich melden soll, sobald die Dame sich bei ihrer Freundin eingerichtet hat.«

»Beamt*in*. Es handelt sich um eine Frau.«

»Also gut, mit der Beamt*in*. Sagen Sie ihr, dass sie sich melden soll, sobald Carmel sich bei dieser Freundin eingerichtet hat, und kündigen Sie bitte schon mal an, dass ich so bald wie möglich dort vorbeischauen werde. Und noch eins, Marilyn: Könnten Sie bitte eine Suchanfrage nach Hendon durchgeben?«

»Klar doch.« Sie stellte die Dose ab, schnappte sich einen Stift von seinem Schreibtisch, setzte sich auf Souness' Stuhl und notierte die wichtigsten Suchbegriffe, die er ihr nannte. »Entführung«, »Gewalttäter«, »Handschellen« und »Kind« – in der Altersgruppe zwischen fünf und zehn. Er musste nicht besonders scharf nachdenken, was er Kryotos diktierte, sie war ohnehin die vermutlich cleverste Mitarbeiterin in der ganzen Zentrale. Egal, worum es sich handelte, sie bearbeitete sämtliche Informationen, die über ihren Tisch liefen, mit einer Umsicht und Ruhe, um die er sie manchmal beneidete.

»Und – ist das alles?«

»Nein, Augenblick noch.« Er dachte kurz nach, klappte das Handbuch zu und legte es wieder auf die Fensterbank. »Warten Sie mal, am besten, Sie nehmen auch den Begriff ›Kinderschänder‹ mit in die Liste auf, okay? Und schauen Sie noch mal in das Pädophilen-Register.«

»Okay.« Sie verschloss den Stift mit der Kappe, stand auf und nahm die Dose vom Schreibtisch. Dann blieb sie stehen und betrachtete lächelnd seine noch immer etwas derangierte Frisur. Hier und da wurde sie im Kollegenkreis damit aufgezogen, dass ihr Interesse an Jack Caffery, der im Übrigen *zwei* Jahre jünger war als sie, den Rahmen kollegialer Sympathie weit überschritt. Wann immer das passierte, lief sie rot an und faselte etwas von einer intakten Ehe mit zwei wundervollen Kindern – Dean und Jenna – und dass sie Jack Caffery lediglich kollegial-freundschaftliche Gefühle entgegenbringe und sich ihre Beziehung *für immer und ewig* darauf beschränken werde. Doch der Einzige, der diesen Behauptungen wirklich Glauben schenkte, war Caffery selbst. »Bananenbrot.« Sie klopfte auf den Deckel der Dose. »Haben Dean und ich zusammen gemacht. Klingt vielleicht bescheuert: Aber getoastet und mit Butter bestrichen schmeckt das Zeug einfach himmlisch, obwohl man sich natürlich nicht selbst loben soll.«

»Marilyn, vielen Dank, aber ...«

»... Sie besorgen sich natürlich selbst was zum Frühstück. Mein Bananenbrot ist Ihnen natürlich viel zu *süüüß*.«

Er lächelte. »Tut mir Leid.«

»Trotzdem sind Sie sich hoffentlich darüber im Klaren, dass es Leute gibt, die von meinem Bananenbrot gar nicht genug kriegen können?«

»Marilyn, wie könnte ich daran auch nur eine Sekunde zweifeln?«

»Warten Sie nur, Jack.« Sie trug die Dose erhobenen Hauptes wie eine Kellnerin auf der Handfläche durch das Zimmer. An der Tür drehte sie sich um und sagte: »Eines Tages krieg ich Sie doch noch rum.«

4. KAPITEL

(18. Juli)

Mrs. Nersessians Haus mit seinen bleiverglasten Fenstern und dem sorgfältig bemalten Wagenrad an der Frontseite funkelte wie ein polierter Edelstein. Sie brauchte eine ganze Weile, bis sie sämtliche Riegel und Sicherheitsketten der Haustür geöffnet hatte. Plötzlich wurde Caffery bewusst, dass er eine vage Vorstellung von der Person gehabt hatte, bei der Carmel Peach vorläufig untergekommen war, nur dass Bela diesem Bild überhaupt nicht entsprach: Sie war eine kleine rothaarige Frau mit olivfarbenem Teint und langen Ohrringen. Sie trug eine schwarze Rüschenbluse, und an ihrem Hals baumelten mehrere Goldketten. Als Caffery ihr seinen Dienstausweis präsentierte, umfasste sie mit ihren sorgfältig manikürten Fingern sogleich sein Handgelenk und zog ihn ins Haus.

»Die Ärmste ist gerade im Schlafzimmer und ruht sich ein wenig aus. Bitte, kommen Sie doch herein«, forderte sie ihn auf. »Folgen Sie mir.«

Auf dem Weg zur Treppe kamen sie an einer Sammlung gerahmter Familienfotos und vier in Perlmutt gefassten Marienbildern vorbei. An der Decke hing ein glitzernder Lüster. Bela Nersessian ging langsam voraus, klammerte sich am Geländer fest und bewegte sich in ihrem engen knielangen Rock ein wenig seitlich vorwärts. Ungefähr nach jeder dritten Stufe hatte sie einen neuen Einfall, blieb stehen und sah ihn an. »Also, ich würde an Ihrer Stelle unbedingt diese Seen im Brockwell Park absuchen lassen.« Oder: »Bevor Sie wieder gehen, sollten wir noch ein kurzes Gebet für den kleinen Rory sprechen, Mr. Caffery. Einverstanden?«

Oben auf dem Treppenabsatz schaltete Mrs. Nersessian eine

kleine Stehlampe an, schüttelte ein gelbes Seidenkissen auf, das auf einem Stuhl lag, nahm vor der Schlafzimmertür Aufstellung, strich sich die Bluse glatt und holte tief Luft.

Sie klopfte an die Tür. »Hier ist jemand, der mit dir sprechen möchte, Liebes.« Sie machte die Tür auf und steckte vorsichtig den Kopf in das Zimmer. »Ah, da bist du ja, meine Beste. Hier ist jemand, der mit dir sprechen möchte.« Sie trat einen Schritt von der Tür zurück, stellte sich auf die Zehenspitzen und flüsterte Caffery ins Ohr: »Sagen Sie ihr, dass ich ständig bete, bester Mann, sagen Sie ihr, dass wir alle für Rory beten.«

In dem Schlafzimmer roch es nach Parfüm und Rauch. Überall rosa Seidendecken: auf dem Bett, auf dem Heizkörper, auf der Ankleidekommode – er kam sich vor, als wäre er in eine Schmuckschatulle geraten. Das Zimmer lag auf der Rückseite des Hauses. Bei geöffneten Vorhängen hätte man von hier aus den Park sehen können. Aber vielleicht hatte die klein gewachsene Polizistin, die auf einem rosa bezogenen Sessel direkt neben dem Fenster saß, genau das befürchtet und sie deshalb zugezogen.

Als die Polizistin Caffery sah, stand sie halb auf, murmelte »Sir«, setzte sich wieder und wies mit dem Kopf auf das Bett, auf dem Carmel Peach lag und den Eintretenden den Rücken zukehrte. Carmel trug ein T-Shirt, auf das hinten das Logo der Fußball-WM 1998 aufgedruckt war, dazu weiße Leggings. Die Frau hatte eine raue Haut und dünne Gliedmaßen. Ihre Arme waren stellenweise dunkelblau verfärbt. Vor sich auf dem Bett hatte sie ein Päckchen Superkings, ein Feuerzeug und einen Kristallaschenbecher. Ihr Gesicht konnte er zwar nicht sehen, aber wenigstens erkennen, dass ihre beiden Handgelenke bandagiert waren: Wie inzwischen jeder wusste, hatte Carmel Peach tagelang versucht, ihre Hände aus den Handschellen zu befreien, um ihrem Sohn zu Hilfe zu kommen.

Caffery machte die Tür hinter sich zu und stand einige Sekunden unschlüssig da. *Genau diese Situation hast du schon mal erlebt, Jack, weißt du noch?* Ihm fiel wieder ein, wie er damals völlig hilflos in der Tür gestanden und seine Mutter betrachtet hatte, die am ganzen Körper bebend auf dem Bett gelegen und sich wegen Ewan die Augen ausgeheult hatte. *Falls du in ihren Gedanken überhaupt eine Rolle spielst, dann nur, weil sie möchte, dass du endlich wieder verschwindest.*

»Sie sind doch dieser Inspector, nicht wahr?« Sie drehte sich nicht mal um und würdigte ihn keines Blickes.

»Ja richtig, ich bin von der Polizei. Geht es Ihnen inzwischen etwas besser?«

Ihr Blick war unverwandt auf die Vorhänge gerichtet. »Haben Sie – also, Sie wissen schon?«

»Mrs. Peach ...«

Sie hob abwehrend die Hände, als ob sie seine Worte nicht ertragen könne, fügte sich dann jedoch. »Also, dann reden Sie schon.«

»Tut mir Leid.« Er blickte sich in dem Zimmer um, sah die Polizistin kopfschüttelnd an und war froh, dass Carmel sein Gesicht nicht sehen konnte. »Tut mir aufrichtig Leid. Aber es gibt nichts Neues.«

Zunächst zeigte sie keine Reaktion. Nur ihre nackten Füße verkrampften sich kurz, sonst nichts. Er wollte schon weitersprechen, als sie sich plötzlich heftig zusammenkrümmte, sich stöhnend und keuchend mit den Fäusten auf den Bauch trommelte und sich wütend hin und her wälzte, bis das Betttuch völlig zerwühlt war. Die Polizistin war sofort zur Stelle. »Ist ja schon gut, Carmel, ist ja schon gut.« Sie ergriff Carmels Hände und strich ihr mit den Daumen besänftigend über die Handrücken. »Ganz ruhig. Ist ja gut.« Allmählich beruhigte sich die Frau wieder. »Ist ja schon gut. Ich verstehe, dass Sie erregt sind, trotzdem dürfen Sie sich nichts antun.«

Sie sah Caffery an, der völlig erstarrt an der Tür stand. Eigentlich hätte er sofort an das Bett treten und Carmels Hände festhalten sollen, aber ihm fiel plötzlich wieder ein, wie seine Mutter sich damals in die Arme gebissen hatte, während auf der anderen Seite des Bahndamms die Polizei Pendereckis Haus durchsucht hatte. Er sah wieder vor sich, wie sie ihre Arme fast zerfleischt hatte, um sich von der unerträglichen Spannung zu befreien. Und auch diesmal stand er der Situation hilflos gegenüber.

Die Polizistin setzte sich wieder auf ihren Stuhl, und Carmel schien jetzt einigermaßen gefasst. Sie holte tief Luft, strich sich dann mit der Hand über die Stirn und schüttelte den Kopf.

»Und Alek? Was ist mit Alek?«

»Ich – also er ist noch im Krankenhaus. Die Ärzte dort tun ihr Möglichstes.«

»Trotzdem wird er es kaum schaffen.«

»Tut mir wirklich Leid, Carmel, aber ich würde gegen meine Dienstpflicht verstoßen, wenn ich Ihnen die Wahrheit verschweige. Ja, Sie müssen sich tatsächlich auf das Schlimmste gefasst machen.«

»Ach, halten Sie doch den Mund, halten Sie einfach Ihren *verdammten* Mund!« Sie vergrub das Gesicht in den Händen. »Lassen Sie sofort den Arzt kommen«, forderte sie. »Sagen Sie dem Mann, dass ich unbedingt ein stärkeres Beruhigungsmittel brauche. Schauen Sie mich doch an, verdammt noch mal – die Scheiße, die er mir gegeben hat, bringt doch nichts.«

»Mrs. Peach, ich weiß, was Sie durchmachen. Trotzdem ist es sehr wichtig, dass Sie uns alles sagen, woran Sie sich erinnern können. Sobald Sie mir alles erzählt haben, lasse ich den Arzt kommen.«

»Nein – jetzt sofort. *Besorgen Sie mir irgendwas, ich halte diesen Zustand einfach nicht mehr aus!*«

»Carmel, der Arzt hat Ihnen doch schon etwas gegeben, und wir tun wirklich alles, was in unseren Kräften steht.« Er trat einen Schritt weiter in den Raum hinein, sah sich nach einer Sitzgelegenheit um und entdeckte einen rosa Korbsessel, in dem ein Teddy saß. Er lehnte den Bären vorsichtig gegen die Fußleiste, nahm dann Carmel gegenüber Platz, stützte die Ellbogen auf die Knie und sah sie an. »Wir haben dort draußen fünfzehn Kripobeamte und zwanzig Uniformierte, und ich weiß nicht, wie viele Freiwillige. Wir nehmen diesen Fall sehr ernst und konzentrieren all unsere Kräfte auf die Fahndung. Sobald unser Gespräch zu Ende ist, stelle ich Ihnen einen Beamten zur Verfügung, der ausschließlich für Sie da ist, wann immer Sie es wünschen.«

»Aber« – wieder wälzte sie sich auf dem Bett hin und her – »ich weiß doch gar nicht, was passiert ist.« Sie vergrub ihr Gesicht in den Händen und fing leise an zu schluchzen. »O Gott, mein kleiner Junge ist verschwunden, und ich weiß nicht mal, was passiert ist.«

Es lag schon eine Weile zurück, seit der Verband der Amateurschwimmer seine Vorschriften geändert hatte: Wegen der allgemein gewachsenen Sensibilität für die Risiken des Kindesmissbrauchs hatte der Verband seinen Lehrern empfohlen, die Kinder möglichst wenig anzufassen und den Unterricht lieber vom Rand des Schwimmbeckens aus zu erteilen. Nicht alle Schwimmbäder setzten diese Empfehlungen strikt um, und in vielen Fällen blieb es dem einzelnen Lehrer überlassen, ob er seine Unterweisungen vom Beckenrand aus oder im Wasser erteilen wollte. Doch im Brixtoner Schwimmbad gab es einen Lehrer, der sich streng an die Empfehlungen des Verbandes hielt. Obwohl erst seit kurzem dort tätig, war Chris »Fisch« Gummer stets darauf bedacht, den Kindern in seinen Kursen auf keinen Fall zu nahe zu kommen. Ja, bisweilen konnte man fast den Eindruck gewinnen, dass er ihnen eine regelrechte *Aversion* entgegenbrachte.

»Scheint fast so, als ob die Kinder ihn irgendwie nervös machen«, sagten die anderen Schwimmlehrer, wenn sie ihn wieder einmal dabei beobachteten, wie er in seiner weiten roten Badehose seinen Unterricht erteilte. Im Übrigen trug er stets eine rote Badekappe, obwohl er prinzipiell nicht ins Wasser ging. »Man fragt sich manchmal, wieso der Mensch sich das alles zumutet.«

Und so machten sie ihre Witze über Gummers Erscheinung und bezeichneten ihn abwechselnd als Pinguin, Fisch oder sogar als Flugbombe. Auch wenn alle diese Beschreibungen recht gut zutrafen, die Bezeichung »Fisch« war tatsächlich am treffendsten: Der völlig unbehaarte Körper des Mannes wurde nämlich von einem kleinen, fast dreieckigen Kopf gekrönt, während sich sein Leib in der Mitte etwas wölbte. Seine dünnen Waden kontrastierten auffallend mit seinen kräftigen Oberschenkeln und gingen schließlich in riesige – deutlich nach außen gedrehte – Füße über. »Haben Sie etwa Schwimmhäute zwischen den Zehen?«, musste er sich des Öfteren anhören. Obwohl das natürlich nicht der Fall war. Und wenn er seine Füße dann hinterher inspizierte, fand er jedes Mal, dass die Zehen eher zu lang und zu dünn waren, und konnte beim besten Willen nichts entdecken, was irgendwie an Schwimmhäute erinnert hätte. Aber ob nun Fisch oder nicht – tatsächlich bot er eine für einen Schwimmlehrer reichlich skurile Erscheinung. Hinzu kam noch, dass er deutlich älter war als die übrigen Lehrer.

»Ist wahrscheinlich pervers, der Typ.«

»Nein – dann hätte der doch hier nie einen Job gekriegt.«

Eines hatte man ihnen immer wieder eingebläut: Wer sich einmal etwas hatte zu Schulden kommen lassen, konnte *nie* mehr auf eine Anstellung als Schwimmlehrer rechnen. Dabei war es völlig unerheblich, wie lange ein solches Vergehen zurückliegen mochte.

»Es sei denn, er ist gar nicht vorbestraft«, sagte einer der Bademeister, »weil man ihm nie auf die Schliche gekommen ist.«

»Oder weil er seinen Namen geändert hat.«

»Geht doch gar nicht, wenn du vorbestraft bist.«

»Glaubst du?« Einer der älteren Schwimmlehrer knackte mit den Fingern und beobachtete Gummer, der am Rand des Beckens darauf wartete, dass zwei Mädchen ihre Schwimmgürtel anlegten. »Und wieso nicht?«

Die anderen Schwimmlehrer verstummten plötzlich und sahen zu Gummer hinüber. Der Mann schien an diesem Tag besonders nervös. Er betreute gerade eine Gruppe Sechs- bis Siebenjährige, und anscheinend hatten die beiden Mädchen Probleme, ihre Gürtel anzulegen.

Gummer machte keinerlei Anstalten, ihnen zu helfen. »Wieso braucht ihr denn heute so lange? Was ist denn los?«

Hinter ihm flüsterte ein Kind. Er drehte sich um. »Was? Was

habt ihr denn heute bloß?« Betretenes Schweigen. Auf der Zuschauertribüne saßen an diesem Tag mehr Eltern als sonst, das hatte er sofort bemerkt, außerdem fehlten einige der Schüler. »Was geht hier eigentlich vor sich?«, fragte er und sah wieder die beiden Mädchen an. »Wollt ihr es mir nicht sagen?«

»Rory«, sagte das größere der beiden Mädchen unvermittelt – ein ernstes Kind aus Trinidad mit zahllosen dünnen Zöpfen. Die Kleine trug einen pinkfarbenen Spice-Girls-Badeanzug und hatte die Zehennägel dazu passend rosa lackiert. »Es ist wegen Rory.«

»Rory?« Er hob die Augenbrauen. »Wer ist Rory?«

»Rory vom Donegal Crescent.«

»Was ist mit ihm? Was ist mit ihm los?«

Beide Mädchen schwiegen. Die kleinere der beiden, die noch etwas dunkelhäutiger war und einen grünen Zweiteiler trug, schob sich den Finger in den Mund. »Wir haben die Polizei gesehen.«

»Und hat die Polizei euch erzählt, was passiert ist?«

Die zwei Mädchen sahen sich an und dann wieder ihn.

»Nein? Dann wisst ihr also gar nicht, was passiert ist?«

»Nein.« Das größere der Mädchen schüttelte den Kopf. »Aber es weiß doch ohnehin jeder, was passiert ist.«

»Ihr *wisst* also, was passiert ist? Hm, dann müsst ihr ja ziemlich schlau sein.« Er stützte sich mit den Händen auf die leicht angewinkelten Knie und beugte sich mit zusammengekniffenen Augen ein wenig vor. Natürlich wusste er ganz genau, dass die Eltern, die sich auf der Tribüne eingefunden hatten, ihn misstrauisch anstarrten, als ob sie einen bestimmten Verdacht gegen ihn hegten. »Los, dann erzählt mir mal, was passiert ist.«

»Es war der Troll.«

»Ach so.« Er hatte schon darauf gewartet, dass dieser Name fallen würde. Er richtete sich wieder auf, schnappte sich einen Stapel Schwimmflossen und warf sie ins Wasser. Dann blieb er kurz stehen und sah zu, wie sie davontrieben. Schließlich rieb er sich die Hände an seinem T-Shirt und blickte wieder die Mädchen an. »Der Troll?«

Das kleinere Mädchen starrte auf ihre Füße.
»Und – habt ihr den Troll vielleicht schon mal gesehen?«
»Nein«, sagte das größere Mädchen.
»Und woher wisst ihr dann das alles? Hat vielleicht von euren Freunden schon mal jemand den Troll gesehen?«
Sie nickte und sah ihn an.
»Und kannst du mir vielleicht sagen, wer von deinen Freunden?«
»Ein paar«, erwiderte sie und blickte teilnahmslos ins Wasser. Er wusste sofort, dass sie log. »Der Troll wohnt in den Bäumen im Park.«
»Wirklich?«
»Und er ist an dem Fallrohr hochgeklettert. An dem Fallrohr von Rorys Haus.«
»Ach so.«
»Ja, er ist daran hochgeklettert und hat sie alle umgebracht, und dann hat er sie in ihren Betten aufgegessen.«
Das kleine Mädchen in dem zweiteiligen grünen Badeanzug fing bei diesen Worten an zu weinen. Sie wischte sich mit dem Handrücken die Tränen aus dem Gesicht.
»Ist ja gut. Schon gut.« Fisch richtete sich abrupt auf, weil die Tränen ihn offenbar verwirrten. »Ich glaube, dass ihr da ein bisschen zu voreilig seid. Niemand weiß genau, was passiert ist.« Da er Angst hatte, dass die Eltern mitbekamen, was unten am Beckenrand vor sich ging, stellte er sich so vor das kleine Mädchen, dass sie von der Tribüne aus nicht zu sehen war. »Bis jetzt weiß doch kein Mensch, ob es der Troll gewesen ist – oder?«
Schließlich nickte sie, hörte aber immer noch nicht auf zu weinen. »Also gut.« Er drehte sich um, sah die anderen Kinder an und klatschte in die Hände. »Los, auf geht's. Kein Grund zur Beunruhigung. Und jetzt ab ins Wasser. Wer will, kann einen Schwimmgürtel anlegen.«
Als er später nach Hause ging, kam er an vier Parktoren vorbei und stellte fest, dass sie alle geschlossen und mit Polizeiaushängen beklebt waren. Ungewöhnlich aufgewühlt setzte er sei-

nen Weg fort. In der Wohnung schluckte er augenblicklich seine Pillen und spülte sie mit schwarzem Kaffee hinunter. Dann trat er mit zitternden Händen ans Fenster.

Es gab in Brixton eine ganze Reihe von Fenstern, die einen direkten Ausblick auf den Park ermöglichten. Einige davon befanden sich in den Zwillingstürmen im Norden, andere in den halb fertigen Gebäuden der Clock-Tower-Grove-Wohnanlage, wieder andere, darunter auch Gummers, gehörten zu den Sozialwohnungen oberhalb der Ladenzeile in der Effra Road. Gummer öffnete das Fenster und lehnte sich ein wenig hinaus. Bis zum Donegal Crescent waren es von hier aus gut anderthalb Kilometer. Zwar konnte er die Polizeiabsperrung oder die kleine Ansammlung von Journalisten und Neugierigen, die sich am anderen Ende des Parks auf dem Tulse Hill eingefunden hatten, von seinem Fenster aus nicht sehen, doch eines fiel ihm sofort auf: die ungewöhnliche Stille. An einem Sommertag wie diesem waren in dem Park sonst überall Kinder in bunten Kleidern zu sehen. Doch heute weit und breit kein Mensch. Das Einzige, was er hörte, war das Summen der Insekten und das Dröhnen der Bässe, das von unten aus einem Autoradio in der Effra Road zu ihm heraufdrang. Jenseits der Baumwipfel waren in der Ferne die menschenleeren Rasenflächen zu erkennen, die sich bis oben auf den Hügel hinzogen. Er schloss das Fenster und zog die Vorhänge zu.

Es dauerte ewig, bis Carmel sich wieder halbwegs beruhigt hatte. Caffery und die Polizistin sahen sich ein paar Mal viel sagend an und starrten dann wieder auf die Tapete, bis das Ativan schließlich zu wirken anfing und Carmel sich allmählich entspannte. Sie suchte tastend nach den Superkings, die irgendwo neben ihr auf dem Bett liegen mussten. Dann zündete sie sich zögernd eine Zigarette an, zog den Aschenbecher zu sich heran und fing schließlich an zu sprechen. »Aber das hab ich doch alles schon Ihren Leuten in dem Rettungswagen erzählt.«

»Aber ich würde es gerne noch mal hören, falls uns etwas entgangen ist.«

Tatsächlich hatte sie wenig mehr zu berichten als das, was sie dem Kollegen im Krankenwagen bereits erzählt hatte. Kaum ein neuer Hinweis, der ihm wirklich weitergeholfen hätte. Sie wusste noch, dass sie sich nach dem Abendessen unwohl gefühlt und Rory nach unten geschickt hatte, wo der Junge noch ein wenig mit Alek an der PlayStation spielen sollte. Danach hatte sie sich hingelegt. Sie war ziemlich beunruhigt gewesen, weil die Familie am nächsten Tag nach Margate fahren wollte, und hatte Angst gehabt, krank zu werden. Danach ein kompletter Filmriss. Ihre Erinnerung setzte erst wieder ein, als sie in dem Wäscheschrank zu sich gekommen war. In den Stunden vor dem Überfall hatte sie weder Geräusche gehört noch in der Nachbarschaft eine verdächtige Person bemerkt. Merkwürdig erschienen war ihr lediglich ihre Übelkeit. »Wir wollten doch am nächsten Tag in Urlaub fahren. Deshalb ist in den drei Tagen ja auch niemand vorbeigekommen. Die haben alle gedacht, dass wir gar nicht da sind.«

»Zu dem Kollegen haben Sie gesagt, dass Sie etwas gehört haben, das wie ein Tier geklungen hat?«

»Ja. Atemgeräusche und so ein eigenartiges Schnauben. Draußen vor dem Wäscheschrank.«

»Wann war das?«

»Am ersten Tag, glaube ich.«

»Und wie oft haben Sie das gehört?«

»Nur dies eine Mal.«

»Und glauben Sie immer noch, dass sich ein Tier in Ihrem Haus aufgehalten hat? Könnte es vielleicht sein, dass der Eindringling einen Hund dabeigehabt hat?«

Sie schüttelte den Kopf. »Ich habe sonst nichts gehört – kein Bellen – nichts, und ein Hund war es auch nicht. Es sei denn« – sie berührte ihre Fersen –, »er hätte auf den Hinterbeinen gestanden.«

»Und was könnte es Ihrer Meinung nach gewesen sein?«

»Keine Ahnung. Ich hab so was noch nie gehört.«

»Haben Sie denn oben in dem Schrank mal was von Rory oder Alek gehört?«

»Ja, von Rory.« Sie machte die Augen zu und nickte. »Er hat geweint – in der Küche.«
»Wann war das?«
»Kurz bevor ihr gekommen seid.« Sie erschauderte, als ob die Worte ihr körperlich Schmerzen bereiteten. Sie drückte die Zigarette aus, zündete sich sofort eine neue an und fing an zu husten. Es dauerte eine Weile, bis sie sich wieder gefasst hatte. Schließlich wischte sie sich mit der Hand zuerst über die Augen und dann über den Mund, strich sich das Haar aus der Stirn und sagte: »Da ist *noch* was, was ich Ihren Leuten gestern Abend verschwiegen habe.«
Caffery blickte von seinen Notizen auf. »Wie bitte?« Die Polizistin sah ihn mit hochgezogenen Augenbrauen an. »Was haben Sie da gesagt?«
»Da war noch was.«
»Und was?«
»Ich glaube, er hat Fotos gemacht.«
»*Fotos?*«
»Ich hab durch den Schlitz unten an der Tür ein Blitzlicht gesehen. Und ich hab auch gehört, wie er den Film weitergespult hat. Ja, es muss so gewesen sein – er hat fotografiert.«
»Und was hat er Ihrer Meinung nach fotografiert?«
»Weiß ich nicht. Will ich auch gar nicht wissen.« Sie fing wieder an zu zittern und rieb sich die Arme. »*Es war so furchtbar, so schrecklich.* Mein Gott, wie konnte ich nur drei Tage wie ein verängstigtes Mäuschen in diesem Schrank hocken? Aber ich hab ja nicht geahnt, dass er Rory mitnimmt. Wenn ich das gewusst hätte …«
»Sie haben sich absolut *nichts* vorzuwerfen, Carmel. Schauen Sie sich doch nur mal an, wie Ihre Arme aussehen. Sie haben alles versucht …« Caffery verstummte plötzlich betreten. *Pass auf, dass du nicht alles nur noch schlimmer machst.* Er blätterte in seinen Unterlagen. »Also, ich weiß, wie schwierig das alles für Sie ist, aber wir brauchen leider noch eine Unterschrift von Ihnen. Es handelt sich um eine Genehmigung. Wir haben nämlich ein Schulfoto von Rory gefunden, und wir möchten es vervielfälti-

gen, um es möglichen Zeugen zu zeigen. Außerdem habe ich einige Kleider und Schulbücher von Rory an mich genommen.«
»Kleider? Schulbücher?«
»Für die Hunde. Und ...«
»Und was?«
... weil wir daran vielleicht Hautpartikel finden, aus denen sich Rorys DNS isolieren lässt. Damit wir ihn identifizieren können. Weil er vermutlich, auch wenn ich das nicht laut ausspreche, bereits tot ist.

In London herrschten die heißesten Juli-Temperaturen seit Jahren, und Caffery wusste, was bei solchem Wetter innerhalb von achtundvierzig Stunden geschehen konnte. Ferner wusste er, dass es für die Eltern nicht zumutbar war, Rory zu identifizieren, falls es nicht gelang, den Jungen bis zum folgenden Morgen zu finden.

»Und?«, wiederholte sie.

»Ach nichts. Ist nur wegen der Hunde. Am besten, Sie unterschreiben ganz einfach diese Formulare.«

Sie nickte, und er reichte ihr die Formulare und einen Stift.

»Mrs. Peach?«

»Ja?« Sie unterschrieb die Vordrucke und gab sie ihm über die Schulter zurück, ohne sich umzudrehen.

»Leider habe ich bisher noch keine Angaben über Rorys genaues Alter. Einige der Nachbarn sagen, dass er neun ist.« Er nahm die Papiere entgegen und schob sie in seine Mappe. »Ist das richtig?«

»Nein. Das ist nicht richtig.«

»Nein?«

»Nein.« Sie drehte sich um und sah ihn an. Es war das erste Mal, dass er ihr voll ins Gesicht blickte. Das Erste, was ihm auffiel, waren ihre Augen, die irgendwie tot wirkten – wie damals bei seiner Mutter, als Ewan verschwunden war. »Er wird erst im August neun. Er ist acht. Ja, erst acht Jahre alt.«

Unten blieb Caffery kurz im Gang stehen, um sich bei Mrs. Nersessian zu bedanken. »War mir ein Vergnügen. Die arme

Frau. Ich mag gar nicht daran denken, was die Gute durchmacht.«

Das winzige blitzsaubere Wohnzimmer war bis obenhin mit Nippes voll gestellt. Auf dem spiegelblanken Tisch stand eine Bowle-Schale, und die Glasvitrine war mit einer ganzen Glastiersammlung ausgestattet. Auf dem mit Plastik überzogenen Sofa saß ein vielleicht zehn Jahre altes Mädchen mit dunklen Augen. Die Kleine hatte eine kurze Hose und ein rot gestreiftes T-Shirt an und blickte Caffery schweigend entgegen. Mrs. Nersessian schnippte mit den Fingern. »Annahid, lass uns jetzt bitte allein. Du kannst dir oben ein Video anschauen, aber bitte nicht zu laut. Rorys Mama schläft.« Das Kind löste sich langsam von dem Sofa und ging aus dem Raum.

Mrs. Nersessian wandte sich wieder in Cafferys Richtung und legte ihm die Hand auf den Arm. »Nersessian. Das ist ein armenischer Name. Sie werden nicht sehr oft mit Armeniern zu tun haben. Deshalb sollten Sie eines wissen: Sobald Sie ein armenisches Haus betreten, müssen Sie etwas essen.« Sie huschte in die Küche und machte sich dort zu schaffen. Zuerst holte sie irgendwas aus dem Kühlschrank, dann sah er, wie sie ihr feinstes Geschirr aus dem Schrank hervorkramte. »Ich mach Ihnen nur schnell ein kleines Pistazien-Loukoum«, rief sie ihm durch die Tür zu. »Und etwas Minztee, und dann sprechen wir noch ein Gebet für Rory.«

»Nein, danke – ich –, also ich wollte mich nur kurz bei Ihnen bedanken, Mrs. Nersian ...«

»*Nersessian.*«

»Nersessian. Den Tee müssen wir auf später verschieben, Mrs. Nersessian. Unsere Fahndung läuft auf Hochtouren.«

Sie tauchte mit einem Geschirrtuch in der Hand in der Tür auf. »Aber mein Bester, Sie müssen doch essen. Schauen Sie sich doch nur an – kein Gramm Fett am Leib. Gerade in schwierigen Situationen muss man genug essen, um in Form zu bleiben.«

»Ich verspreche Ihnen, dass ich Sie auf eine Tasse Tee besuche – sobald wir Rory gefunden haben.«

»Rory.« Sie legte sich die Hand aufs Herz. »Ach, der arme

Junge. Aber Gott wird ihn beschützen. Das spüre ich ganz deutlich. Gott hat ein Auge auf ihn, und – *Annahid!*«, sagte sie plötzlich, und ihr Blick ging seitlich an ihm vorbei. »Annahid! Hab ich nicht *gesagt* ...?«

Caffery drehte sich um. »Das hat der Troll getan.« Das kleine Mädchen stand mit weit aufgerissenen Augen in der Tür und sprach ernst auf Caffery ein. »Der Troll ist von seinem Baum heruntergeklettert und hat ihn geholt.«

Mrs. Nersessian schnalzte tadelnd mit der Zunge und scheuchte die Kleine mit dem Geschirrtuch wieder hinaus. »Du gehst sofort wieder nach oben.« Dann wandte sie sich in Cafferys Richtung und sah ihn mit halb geschlossenen Augen an, während sie mit der freien Hand ihr Haar wieder in Ordnung brachte. »Tut mir Leid, Mr. Caffery, tut mir aufrichtig Leid. Diese Kinder leben heutzutage in einer merkwürdigen Fantasiewelt.«

Nirgendwo in London ist das Leben so aufregend und bunt wie in Brixton, wo in den viktorianischen Häusern in den letzten Jahrzehnten ein lebensfrohes karibisches Völkchen heimisch geworden ist. Seit den Neunzigerjahren hat sich hier allerdings noch eine weitere Gruppe breit gemacht: die – vornehmlich weiße, trendige – Kunstszene. Hierher gezogen sind diese Leute wegen des »Lokalkolorits« und haben es dann Stück für Stück aus dem Viertel getilgt. Totsaniert, könnte man auch sagen. Im Brixtoner Bahnhof steht die Statue eines Jungen von der *Windrush*, einem vormals deutschen Schiff, das die Briten nach dem Krieg requirierten. Auf ihm kamen 1948 die ersten Schwarzen aus der Karibik nach England. Die Arme des Jungen sind verschränkt, und er trägt ein Tuch um den Hals. Vor ihm auf dem Boden steht eine kleine Tasche. So stand die Statue auch an diesem Tag da und stützte sich nach hinten mit dem Fuß gegen die Wand, während die trendigen Brixtoner Neubürger mit ihren Gucci-Mappen achtlos an der Figur vorübereilten und sich in einen der Züge drängten.

Ein hochsommerlicher Ferientag, und die Straßen dampften vor Hitze. Die Straßenkehrer waren schon da gewesen und hatten kaum die letzten Nachtschwärmer mit den harten Strahlen ihrer Wasserschläuche in die U-Bahn-Schächte getrieben, als das Wasser auf den Straßen auch schon wieder verdunstet war. Über dem Park kreiste jetzt ein anderer Helikopter, an dem sich die Sonnenstrahlen glitzernd brachen. Ein Fernsehteam, das von den Geschehnissen in Südlondon Wind bekommen hatte, flog über den Park, um die sensationslüsterne Öffentlichkeit mit möglichst spektakulären Bildern zu versorgen. Aus der Luft waren deutlich die Suchtrupps der Polizei unten im Park zu erkennen, während in den angrenzenden Straßen zahlreiche Zivilbeamte von Haus zu Haus gingen und Erkundigungen einzogen.

Guten Morgen, Madam, entschuldigen Sie die Störung – ich bin von der Polizei ...

Handelt es sich um die Sache, über die das Fernsehen heute früh berichtet hat? Den kleinen Jungen?

So gingen die Beamten von Haus zu Haus. Durch den kleinen Vorgarten zur Tür, dann ein kurzer Wortwechsel, anschließend wieder auf die Straße hinaus und durch den angrenzenden Vorgarten zum Nachbarn:

Gestern Abend hat es hier einen Zwischenfall gegeben. Können Sie mir vielleicht sagen, wo Sie um die Zeit gewesen sind?

Ich konnte diesen Park noch nie ausstehen. Sehen Sie die Bäume da drüben? Ständig sieht man dort diese merkwürdigen Gestalten. Sind mir ganz und gar nicht geheuer, diese Typen – wenn Sie wissen, was ich meine.

Bei den Polizisten, die in roten Jacken und mit schwarz-gelben Stäben in den Händen den Park durchkämmten, handelte es sich um Profis, doch denen war das dichte Gehölz im Umkreis der kleinen Seen ganz und gar nicht geheuer. Trotz des hochsommerlichen Wetters war es zwischen den Bäumen für Londoner Verhältnisse ungewöhnlich dunkel. Die Polizisten munterten sich gegenseitig auf und witzelten, dass sie in dem Dickicht vermutlich jeden Augenblick auf einen Allosaurus stoßen würden, doch in Wahrheit war ihnen ziemlich mulmig zu Mute. Auch die Froschmänner, die in den beiden Seen nach dem kleinen Jungen suchten, waren nervlich so angespannt, dass sie häufiger als üblich auftauchten, um ihre Atemgeräte zu überprüfen.

Caffery trat aus dem Haus der Familie Nersessian, drehte sich eine Zigarette und ging ein Stück am Rand des Parks entlang. Seit rund einem Jahr konnte er Ansammlungen von Bäumen nicht mehr leiden. Doch ihn störte nicht etwa der Anblick der Bäume selbst oder das Rascheln der Blätter im Wind – nein, was ihn irritierte, war der Geruch: das muffige Laub am Boden und die feuchte Rinde. Sobald er diesen Geruch wahrnahm, fühlte er sich elf Monate zurückversetzt – musste unwillkürlich an den Tag denken, über den Rebecca nicht sprechen wollte, und war sich plötzlich wieder der Wand bewusst, die zwischen ihnen stand. Ja, in diesen Situationen hatte er bisweilen das Gefühl, dass es ihn jeden Augenblick zerreißen würde.

Er kehrte den Bäumen den Rücken zu und blickte am Arkaig Tower und den Hochhäusern von Herne Hill hinauf. Mochten sie aus der Ferne auch wie stolze Burgen erscheinen, wenn man zwischen ihnen umherging, musste man vor allem aufpassen, dass man auf den öden Grasflächen nicht in Hundescheiße trat. Zwischen den Hochhäusern lagen benutzte Kondome und Injektionsnadeln im Gras – dazu noch jede Menge anderer Müll. Auch dort drüben war gerade eine Gruppe von Kripobeamten im Einsatz. Als Caffery sich die Zigarette anzündete, sah er, wie zwei von ihnen die Balkone inspizierten. Er wollte schon in östlicher Richtung weitergehen, um sich den Kollegen anzuschließen, die in der Effra Road die Haus-zu-Haus-Befragung durchführten, als er wie angewurzelt stehen blieb. Die Haare standen ihm buchstäblich zu Berge. Er war sich plötzlich absolut sicher, dass ihm von hinten eine Gefahr drohte. Mit pochendem Herzen wirbelte er herum. Weit und breit nichts zu sehen: nur der Suchtrupp, der schweigend den Park durchkämmte, summende Insekten, Autos auf der Dulwich Road und tief über dem Horizont ein paar Schönwetterwolken. *Herrgott, Jack* – er zog noch ein paar Mal an der Zigarette und ließ sie dann durch den Schlitz in einen Gully fallen –, *und du hast dir eingebildet, dass die Kollegen nervös sind ...*

Der Beamte, der Roland Klare in seiner Wohnung im Arkaig Tower aufsuchte, war ein gewisser Detective Constable Logan. Klare mochte die Polizei nicht sonderlich, ja, er misstraute ihr zutiefst, und dieser Logan behandelte ihn besonders herablassend: Offenkundig interessierte sich der Mann sogar wesentlich mehr für den Ausblick auf den Brockwell Park als für das, was Klare ihm vielleicht hätte sagen können. Er stand am Fenster direkt neben der Keksdose, in der die Pentax verborgen war, und blickte auf die Wipfel der Bäume hinunter. »Schöner Ausblick.«

»O ja, sogar ein sehr schöner Ausblick.«

»Na, dann wollen wir mal.« Detective Constable Logan trommelte – *direkt neben der Kamera* – mit den Fingern auf die Fensterbank, drehte sich dann um, inspizierte mit gerümpfter Nase das Zimmer und beäugte die zahllosen Fundstücke auf den Tischen samt den beschrifteten Schachteln, die Klare sorgfältig übereinander gestapelt hatte.

Klare wich dem Blick des Polizisten nicht aus: Er hatte von dem Mann keine andere Reaktion erwartet, wusste nur zu gut, dass sein System auf einen Menschen, der die *Motive* seiner Sammelwut nicht kannte, reichlich chaotisch wirken musste. Aber alles war sauber und hatte seine Ordnung, das konnte niemand bestreiten und das wiederum diente auch Klare selbst als Rechtfertigung dafür, dass er *selbst* bisweilen nicht mehr recht wusste, was all diese Dinge zu bedeuten hatten und wo und warum dies alles einmal angefangen hatte. »Also dann« – Logan setzt sich auf das Sofa, schlug die Beine übereinander und knöpfte die Jacke zu – »würde ich jetzt gerne auf den Vorfall von gestern Abend zu sprechen kommen.«

»Ja-a?«

Klare setzte sich ebenfalls. Inzwischen glaubte er zu wissen, wie er die Fragen wahrheitsgemäß beantworten konnte, ohne etwas über die Kamera zu verraten. Er faltete die Hände auf dem Schoß, gab sich Mühe, Logan ruhig anzusehen, und erklärte, dass er am Vorabend zwar im Park gewesen sei, dort aber nichts Ungewöhnliches bemerkt habe. Logan ließ nicht locker: »Sind Sie sicher? Denken Sie noch einmal gründlich nach«, und Klare überlegte. Er legte den Kopf in den Nacken und schloss die Augen. Nein, mit der Kamera hatte es nichts Außergewöhnliches auf sich, entschied er schließlich. Nichts Ungewöhnliches, dass so etwas im Park herumlag. Und mit den Handschuhen hatte es auch nichts auf sich – jeder, der mit halbwegs offenen Augen durch den Park ging, konnte schließlich unter den Bäumen alles Mögliche finden. Außerdem konnte er die Kamera natürlich verkaufen.

»Nein.« Er öffnete die Augen und schüttelte entschieden den Kopf. »Nein, nichts Ungewöhnliches.«

Und dieser Logan schien sich mit der Antwort tatsächlich zufrieden zu geben.

Kurze Zeit später stand Klare am Fenster und sah zu, wie der Polizist – der unten auf dem Vorplatz so winzig wie eine Fliege erschien – das Haus verließ. Als er sicher war, dass der Bulle weg war, zog er die Vorhänge zu, holte die Kamera aus der Keksdose und gab sich redlich Mühe, den Film herauszunehmen. Als ihm dies nicht gelingen wollte, setzte er sich – durch den Besuch des Polizisten und dessen kühle Herablassung noch immer aufgewühlt – auf das Sofa, holte ein paar Mal tief Luft und starrte auf seine Hände.

Unten in der Dulwich Road berichtete Logan währenddessen den Kollegen, dass er nichts Neues zu vermelden habe. Dabei hielt er ihnen demonstrativ seine leeren Hände entgegen. Ja, der Mann hatte nicht den Hauch einer Ahnung, wie unendlich nahe er gerade dem einzigen Beweisstück gekommen war, das eine Aufklärung des Falles innerhalb weniger Stunden ermöglicht hätte.

5. KAPITEL

Auf dem Bauschild der Wohnanlage, die die Hummingbird-Immobiliengesellschaft gerade am östlichen Rand des Brockwell Parks hochziehen ließ, waren unter einem blauen Himmel blühende Bäume zu sehen. Die von Sträuchern und geschmackvollen Straßenlaternen gesäumten Gehsteige auf der Tafel waren mit gut gekleideten Geschäftsleuten bevölkert. Die Straßen waren völlig frei von jenen Schmutzspuren, wie sie Baufahrzeuge hinterlassen, und auch von x-förmig mit Klebeband markierten Fenstern war auf dem Bild nichts zu sehen. Die Mädchen vorne in den Präsentationsräumen erklärten jedem Besucher sofort: »Natürlich ist die Anlage noch nicht fertig, das wird nach unseren Schätzungen wohl noch einige Monate dauern« – und dann führten sie potenzielle Käufer durch einen Nebeneingang in eine mit Backsteinen gepflasterte Straße, an deren Ende ein paar luxuriöse Stadthäuser mit fünf Stockwerken und Blick auf den Brockwell Park standen: und zwar mit eigenem Garten und Garage für schlappe 295 000 Pfund und zudem noch drei Monate früher fertig als ursprünglich geplant. Ein exklusives Angebot für Angehörige des mittleren Managements, deren Einkünfte für ein richtiges Anwesen in einem Ort wie Dulwich allerdings beim besten Willen nicht reichten.

Eine Familie war bereits kurz vor den Sommerferien eingezogen. Die Handläufe und Holzpartien im Haus Nummer fünf waren in glänzendem Schwarz gehalten, und neben dem kleinen Treppenaufgang standen zwei kegelförmig gestutzte Lorbeerbäume. Einer der Arbeiter, die noch auf dem Gelände tätig waren, hockte in der Mittagspause häufig auf einem Stapel Deckenbalken und beobachtete die blonde Frau, die mit ihrem kleinen

Sohn mehrmals täglich in ihrem zitronengelben Daewoo von irgendwelchen Besorgungsfahrten heimkehrte. Der Arbeiter war ein figurbewusster Mann – zurzeit machte er gerade eine Eiweißdiät –, und wann immer er ein bisschen Inspiration brauchte, riskierte er den einen oder anderen Blick auf die Blondine. Echt hübsch die Frau, doch leider etwas übergewichtig. Ja, eigentlich hatte die ganze Familie ein paar Kilo zu viel. Die Leute sahen einfach nicht gesund aus. Das schimmernde Haar, die sonnengebräunte Haut, die guten Kleider – das alles vermochte das Übergewicht nicht wettzumachen, fand er, während er auf seinem Thunfisch und einer Scheibe Vollkornbrot herumkaute.

An jenem Nachmittag hatte er im Brockwell Park und am Rand der Grünanlage mehrmals Suchtrupps der Polizei gesehen und sogar mit einem Zivilbeamten gesprochen, der auf der Baustelle aufgekreuzt war und ihn ausgefragt hatte. Er wollte gerade seine Klamotten zusammenpacken und nach Hause gehen, als er vor dem Haus Nummer fünf einen etwa fünfunddreißig Jahre alten, dunkelhaarigen Mann sah. Vielleicht wieder so ein Zivilfahnder, dachte der Arbeiter, doch andererseits erschien der Typ mit seinem gut geschnittenen Haar und dem perfekt sitzenden Anzug dazu irgendwie zu elegant. Dann öffnete die Blondine die Tür.

»Hallo.« Die junge Frau hatte unter ihrem honigblonden Haar ein hübsches kleines Gesicht mit blassem Teint. Sie trug eine weiße Hose und ein blau gestreiftes T-Shirt. Neben ihr in der Tür stand ein alter schwarzer Labrador. Caffery sah sofort, dass er es hier mit Leuten zu tun hatte, wie sie sonst in der Gegend nicht so häufig anzutreffen waren.

»Tag.« Er zeigte ihr seinen Dienstausweis. »Inspector Caffery.«

»Wie das Bier?«

»Exakt – genau wie das Bier.«

»Geht es um den kleinen Jungen?« Sie hatte sehr große, fast silbergraue Augen. Wäre er nur etwas näher an sie herangetreten, hätte er sich darin spiegeln können, das war jedenfalls sein Eindruck. »Den kleinen Rory.«

»Ja.«
»Dann kommen Sie doch bitte herein.« Sie beugte sich zu dem alten Hund hinab und zog ihn am Halsband ins Haus, während sie Caffery mit der anderen Hand hereinwinkte. »Kommen Sie doch gleich mit nach hinten – und schließen Sie bitte die Tür hinter sich. Mein Sohn und ich machen gerade Schokotrüffeln. Die größte Schmiererei haben wir Gott sei Dank schon hinter uns. Trotzdem muss ich noch schnell den Tisch abwischen.« Sie blieb vorne im Eingang stehen, öffnete die Tür zu der kleinen Garderobe und schaltete das Abzugsgebläse ein. »Tut mir Leid, dass es hier so komisch riecht. Riechen Sie was?«
»Nein.«
»Sagt mein Mann auch, dass ich mir das nur einbilde.«
»Frauen haben bekanntlich eine feinere Nase«, erwiderte Caffery.
»Natürlich – damit sie rechtzeitig die Windeln wechseln können.«
»Ist Ihr Mann auch zu Hause?«
»Nein, der ist noch in der Arbeit. Bitte, kommen Sie doch herein.«
Sie führte ihn in den Wohnbereich des Hauses, einen riesigen zusammenhängenden Raum, der lediglich durch eine hüfthohe Küchenzeile in Küche und Wohnzimmer unterteilt war. Rechter Hand eine große lichtdurchflutete moderne Küche: skandinavisches Design, große Oberlichter, Naturholz, unter den Hängeschränken Lichtschienen und auf den Arbeitsflächen an den Wänden in Reihen angeordnete, schwere Glasbehälter. Auf der linken Seite dann ein geräumiger Wohnbereich mit Sisalboden und großformatigen, blanken Fenstern, durch die das Sonnenlicht hereinfiel. Der gesamte Raum war so gestaltet, dass man zugleich kochen, sich unterhalten oder fernsehen konnte. Modernes Wohnen.
»Ach, hallo«, sagte Caffery.
»Hallo.« In der Küche stand ein acht- bis neunjähriger Junge mit Unschuldsmiene, wohl um seiner Mutter zu signalisieren, dass er in ihrer Abwesenheit nichts Verbotenes getan hatte. Er

hatte etwas schräg gestellte Augen, eine relativ markante Nase, kurz geschnittenes Borstenhaar und ein von der Sonne so stark gebräuntes Gesicht, dass es fast schien, als ob er gerade vom Strand nach Hause gekommen wäre. Außerdem trug er Plastiksandalen und über der blauen Badehose ein T-Shirt. Sein Mund war mit Schokolade verschmiert.

»Nein, so was, aber er kann es einfach nicht lassen.« Sie strich dem Jungen die Haare aus der Stirn. »Mein Sohn Josh.«

Caffery gab dem Kleinen die Hand. »Hallo.«

»Ist ja nicht so schlimm«, sagte Josh düster und schüttelte Caffery die Hand. »Aber sonst bin ich ein ganz netter Junge.«

Caffery nickte lächelnd.

»Und ich bin Benedicte Church.« Die junge Frau schenkte Caffery ein entzückendes Lächeln und reichte ihm dann gleichfalls die Hand. »Sie können auch Ben sagen.« Dann nahm sie hinter ihrem Sohn Aufstellung und legte ihm die Hände auf die Schultern.

Sie war so gar nicht wie die typische Mittelklasse-Hausfrau, sondern sogar außerordentlich hübsch – wie Caffery fand –, mit relativ kurzen Beinen und einem Prachthintern. Dauert bestimmt 'ne ganze Weile, bis so ein Po seinen Reiz verliert, dachte er. Plötzlich wurde ihm bewusst, dass er sie anstarrte, während sie sich das Haar aus der Stirn strich und leise zu ihrem Sohn sagte: »Kleiner Mann, du wäscht dir jetzt hübsch das Gesicht. Okay? Und danach darfst du ein paar Trüffeln essen.«

Josh verschwand gehorsam im Bad. Als sie das Rauschen des Wassers hörte, senkte Benedicte den Kopf und sah Caffery fragend an. Ihr Lächeln war plötzlich wie weggeblasen. »Schreckliche Geschichte«, flüsterte sie. »Im Fernsehen erfährt man ja nichts Genaues. Haben *wir* ebenfalls Grund zur Besorgnis?«

»Kann nicht schaden, wenn man die Augen offen hält.«

»Ich hab gestern Abend den Helikopter gehört.« Sie wies mit dem Kinn Richtung Park. Bereits wenige Meter jenseits des Gartens waren auf der Rückseite des Hauses die ersten Bäume zu sehen. »Jedes Mal wenn ich höre, dass die Polizei einen Kriminellen sucht, muss ich an die Belagerung damals in der Balcombe Street denken. Ich seh dann sofort ein paar Gangster vor mir, die einfach hier zur Tür hereinspazieren und uns tagelang als Geiseln festhalten. Na ja.« Sie lächelte. »Leute, die zu viel Zeit zum Grübeln haben, neigen nun mal zu paranoiden Vorstellungen. Kaffee?«

»Ja, gerne.«

»Möchten Sie auch eine ...« Sie zeigte auf den Teller mit den Schokotrüffeln. »Wenn Ihnen das Zeug nicht zu süß ist!« Sie goss Kaffee in zwei Isle-of-Aran-Becher, füllte den Zuckertopf auf und stellte dann alles auf ein Tablett. »Sie können es sich dort drüben ruhig schon bequem machen.«

Er trat in den Wohnbereich. Die Wände waren hier in einem leuchtenden hellgrünen Ton gehalten, und die Sofas hatten helle naturfarbene Bezüge. Das ganze Ambiente bezeugte, dass die Familie finanziell recht gut gestellt sein musste. An einer Ecke des großformatigen TV-Gerätes haftete noch ein Stück Styropor. Offenbar gerade erst ausgepackt. Er setzte sich auf eines der Sofas und blickte in den Garten hinaus. Der Hund hatte es sich an einem sonnigen Plätzchen bequem gemacht und sah ihn verschlafen an. Ringsum standen noch diverse, halb ausgepackte Pickford-Umzugskartons herum.

»Sind Sie gerade erst eingezogen?«

»Ja, vor vier Tagen.« Sie holte Milch aus dem Eisschrank und füllte sie in ein kleines Glasgefäß. »Wir sind die Ersten hier in der ganzen Anlage. Eigentlich völlig *verrückt*. Weil wir nämlich am Sonntag schon wieder für zehn Tage nach Cornwall fahren.«

»Hübsch hier.«

»Ja, echt toll. Weniger Spaß macht es allerdings, wochenlang aus Umzugskartons zu leben. Aber das Haus ist früher fertig geworden als geplant, deshalb haben wir die Gelegenheit gleich genutzt. Und den Urlaub konnten wir auch nicht mehr umbuchen.« Josh kam aus dem Bad zurück und hüpfte um den Teller mit den Trüffeln herum. »Meinst du doch auch, Bärchen, dass wir die Ferienwohnung nicht einfach wieder kündigen konnten? Was hätten sonst die Seehunde gesagt?«

»Oh, die wären bestimmt ganz traurig gewesen.« Der Junge

stand inzwischen auf einem Hocker und zog den Teller mit den Trüffeln zu sich heran. »Die schönen Seehunde.«

Der Hund schleppte sich bis zu dem Sofa, auf dem Caffery saß, sah ihn traurig an und legte sich dann auf den Rücken. »Hallo.« Er bückte sich hinab, um das Tier zu kraulen, als er plötzlich am Rande seines Blickfeldes zwischen den Bäumen eine schemenhafte Bewegung sah. Doch dann war auch schon wieder alles genau wie vorher. Vielleicht ein Tier, eine Lichttäuschung, einer der Männer, die dort nach dem kleinen Rory suchten? Dann trat Benedicte mit dem Tablett an den Tisch, und er bemühte sich, nicht mehr daran zu denken.

»Danke.« Er nahm die Tasse entgegen, lehnte sich zurück und sah aus dem Fenster. Zwischen den Bäumen war alles ruhig. Absolut ruhig. »Sie wohnen wirklich nahe an dem Park«, sagte er.

»Sehr nahe.«

»Ich weiß.«

»Und wo haben Sie vorher gewohnt?«

»Brixton.«

»Brixton? Ach so, ich war eigentlich der Meinung, dass wir hier in Brixton *sind*.«

»Ich meine im Zentrum – an der Coldharbour Lane. Ich weiß nicht mal recht, was uns dort am meisten gestört hat – die Drogensüchtigen oder die Schickis. Allerdings muss ich zugeben, dass ich diese Seite des Parks – also den Donegal Crescent und so weiter – kaum kenne.« Sie hielt inne und blickte in die Küche, wo Josh damit beschäftigt war, die Trüffeln mit einem Messer von dem Backblech zu heben. »Bärchen, bring mir bitte mal die Untertasse dort drüben, und dann kannst du in das Planschbecken gehen.«

»Ist aber kein Planschbecken, sondern …«

»Natürlich – eine einsame Insel im Pazifischen Ozean.« Sie sah Caffery lächelnd an. »Also gut«, sagte sie zu Josh. »Bring uns bitte zuerst die Untertasse, und dann kannst du nach Tracey Island gehen.«

»Okay.« Josh stieg zufrieden von dem Hocker herunter und brachte den beiden auf einem Teller vier frische Schokotrüffeln.

»Sehr lieb von dir.« Seine Mutter machte es sich mit ihrer Tasse auf dem Sofa bequem. »Jetzt kannst du uns noch davon anbieten, und dann darfst du gehen.«

»Danke.« Caffery nahm eine der Trüffeln.

»Keine Ursache.« An Joshs Kinn klebte noch immer etwas Schokolade, ja, sogar an seinem Oberschenkel, wo er sich die Finger abgewischt hatte, war ein dunkler Streifen zu erkennen. Er sah Caffery verschwörerisch an und sagte dann leise: »Das hat der Troll getan, das wissen Sie doch – oder?«

Caffery, der die Trüffel bereits halb zum Mund geführt hatte, saß plötzlich kerzengerade da. »*Wie bitte?*«

»Los, komm schon, Bärchen.« Benedicte zog Josh an seinem T-Shirt zu sich herüber. »Ich möchte nämlich auch eine Trüffel.«

Josh senkte den Kopf. »Trotzdem ist es der Troll gewesen«, murmelte er.

»Sicher doch, Liebling.« Sie schob sich eine Trüffel in den Mund, verdrehte die Augen und sah Caffery amüsiert an.

Aber Josh ließ sich nicht beirren. »Der Troll ist durch das Fenster eingestiegen und hat den Jungen aus dem Bett geholt.« Er stellte die Untertasse auf den Fußboden und stand mit finsterem Gesicht vor den beiden. Dann machte er mit den Händen ungestüme Kletterbewegungen. »Wahrscheinlich ist er am Fallrohr hochgeklettert.« Er ließ die Hände wieder sinken und blickte seine Mutter ernst an. »Er isst nämlich Kinder, Mami – echt.«

»Josh, jetzt reicht es aber.« Benedicte sah Caffery an. Sie war leicht errötet. Sie neigte sich vor und gab ihrem Sohn ein paar leichte Klapse auf die Beine. »Also, Josh, jetzt hör endlich mit diesem Unsinn auf. Oder willst du vielleicht, dass Mr. Caffery dich für ein Baby hält? Komm, stell jetzt bitte noch die Untertasse in die Spüle.«

Der Troll.

Je mehr Caffery von Josh über dieses Phantom zu erfahren suchte, umso absurder fielen die Antworten aus, bis sie schließ-

lich wieder auf die eine zentrale Tatsache zurückkamen: Der Troll lebte angeblich in den Wäldern und war ein Kinderesser. Benedicte Church war es anscheinend peinlich, dass ihr Sohn die Geschichte, die er offenbar auf dem Spielplatz aufgeschnappt hatte, für bare Münze nahm. »Das erzählen die anderen Kinder doch nur, um dir Angst zu machen«, sagte sie. »In diesem Alter sind Kinder einfach schrecklich leicht zu beeindrucken.«
In welchem Alter? Er wollte schon sagen: *Mit fünfunddreißig vielleicht, so wie ich?* Denn inzwischen hatte sich in seinem Unterbewusstsein bereits ein Bild des Trolls eingeprägt und ergriff immer deutlicher Besitz von ihm. Als er sich später von Benedicte Church verabschiedet hatte, verspürte er einen unbändigen Drang, diesen Park dort drüben möglichst weit hinter sich zu lassen, während er im Licht der untergehenden Sonne die Silhouetten der abgekämpften und desillusionierten Polizisten sah, die nach dem verschwundenen Jungen suchten. Plötzlich ergriff ein merkwürdiges Gefühl von ihm Besitz. Weder wusste er, woher es kam, noch, wie er es in Worte fassen sollte. Aber er war zuversichtlich, dass sich das dumpfe Gefühl schon bald in eine klare Vorstellung verwandeln würde.

»Troll?«, sagte er später, als er wieder im Büro war, zu Souness. »Sagt Ihnen das was? Das Wort ›Troll‹?«

»Was?« Souness strich sich mit der Hand über das Bürstenhaar und furchte die Stirn. Sie hatte gerade ein paar Pressetermine absolviert, und am Kragen ihrer Bluse zeichnete sich ein Make-up-Streifen ab. Sie saß an ihrem Schreibtisch, starrte auf das Display ihres neuen Mobiltelefons und versuchte, die Logik des Gerätes zu verstehen, indem sie alle möglichen Knöpfe drückte. »Was?« Sie sah ihn an. »Was haben Sie gesagt?«

»Sämtliche Brixtoner Kinder, mit denen ich bisher gesprochen habe, schwafeln irgendwas von einem Troll.«

»Mir ist das Wort *Troll* nur aus dem Szene-Jargon in San Francisco bekannt. Es bezeichnet einen alten Schwulen, der es mit kleinen Jungen treibt. Einen schmutzigen, hässlichen alten Homo, der von Baum zu Baum springt und es auf hübsche kleine Jungs abgesehen hat.«

»Also ein Perverser?«
»Könnte man so sagen.«
Caffery saß da, stützte das Kinn in die hohle Hand und starrte auf sein Spiegelbild, das sich auf der Fensterscheibe undeutlich vor dem Hintergrund der laternengesäumten Londoner Straßen abzeichnete.
»Über die Fotos hat man Sie hoffentlich informiert?«, sagte er. »Laut Carmel hat der Kerl nämlich während der drei Tage in dem Haus fotografiert.«
»Ja.« Sie blickte wieder von ihrem Display auf. »Ein paar von unseren Jungs beschäftigen sich bereits mit der Sache.«
»Wenn es irgendwo da draußen Fotos gibt – Scheiße.« Er schüttelte den Kopf.
»Tja. Wär bestimmt kein Vergnügen, sich die Bilder anzuschauen.«
Er zuckte die Schultern. »Und was meinen Sie?« Inzwischen war es fast Mitternacht, und die Suchtrupps brauchten unbedingt eine Pause. Die Männer hatten den ganzen Tag nichts gefunden. Und da man im Park nicht den geringsten Hinweis auf Rorys Verbleib entdeckt hatte, hatte Souness die Leute angewiesen, auch die angrenzenden Straßen gründlich zu durchkämmen: Geräteschuppen, Garagen, unbebaute Grundstücke. Doch von Rory weit und breit keine Spur. Auch die Befragung der Anwohner hatte keinen einzigen Hinweis ergeben. Es sah fast so aus, als ob der kleine Rory Peach in einer der am dichtesten besiedelten Gegenden des Landes einfach spurlos verschwunden war, und niemand hatte irgendetwas mitbekommen. Auch in den Häusern am Donegal Crescent hatte am Donnerstagabend kein Mensch gehört, wie eine Scheibe eingeschlagen wurde. Ferner hatte angeblich niemand gesehen, wie der Eindringling das Haus wieder verlassen hatte. Obwohl die Medien die Kripo von morgens bis abends mit Fragen gelöchert hatten, gab es einfach nichts Neues zu vermelden. Im Grunde genommen war die Polizei nicht einen Millimeter weiter als vierundzwanzig Stunden zuvor. Trotz seiner Müdigkeit musste Caffery immer wieder daran denken, was vor siebenundzwanzig Jahren einer der Poli-

zisten zu seiner Mutter gesagt hatte: *Sie müssen sich einfach damit abfinden, dass Sie die Wahrheit wohl nie erfahren werden.* Auch die Kollegen waren inzwischen nervlich ziemlich am Ende: Der kleine Rory war jetzt schon die zweite Nacht von seiner Familie getrennt, und Caffery hatte einigen jüngeren Kollegen gut zureden müssen, die mit der Situation psychisch einfach nicht zurechtkamen.

»Wenn mich nicht alles täuscht« – Souness schaltete ihr Handy aus und schob es in die Tasche –, »macht Ihnen gerade diese Vorstellung am meisten zu schaffen.«

Caffery – der gerade seinen Stuhl zurückgeschoben hatte und darüber nachdachte, ob er die Flasche Scotch, die sie unter dem Schreibtisch in einer Reisetasche verwahrten, hervorkramen sollte – war plötzlich hellwach. Er legte die Hände auf den Schreibtisch und saß eine Weile reglos da. Dann sah er sie an. »Welche Vorstellung?«

»Also, ich meine ...« Sie lehnte sich auf ihrem Stuhl zurück und öffnete den obersten Knopf ihrer Hose, um sich etwas Luft zu verschaffen. »Ich meine, dass der Fall *auffällig viele Übereinstimmungen* mit der Entführung Ihres Bruders Ewan aufweist.« Sie zog die Augenbrauen hoch. Sie gab ihren Worten keinen besonderen Nachdruck – und ihre Stimme hatte weder einen ironischen noch einen vorwurfsvollen Klang. Sie bot ihm lediglich an, über das Thema zu sprechen. »Ja, das meine ich.«

»Okay.« Er hob die Hand. »Ich glaube, das reicht erst mal.« Sobald der Name Ewan fiel, hatte er augenblicklich das Gefühl, dass eine fremde Macht von seinen Gehirnwindungen Besitz ergriff und an seine tiefsten Geheimnisse rührte. Deshalb kam ihm der Name seines Bruders auch fast nie über die Lippen. Als jetzt plötzlich ein anderer Mensch diesen Namen so selbstverständlich aussprach, wie zum Beispiel Brian oder Dave oder Alan oder Gary, da verlor Caffery plötzlich die Fassung. »Vermutlich sollte ich Sie jetzt fragen, woher Sie von der Sache wissen.«

»Ach, die Geschichte kennt doch jeder hier.«

»Na toll.«

»Die halbe Belegschaft war doch damals auf Ihrer Party, als

dieser Ivan Penderecki, also, als dieser Mensch – am besten, wir vertiefen das nicht weiter. Aber Paulina hört in der Pädo-Abteilung noch ab und zu was über den Mann. Wenn sie nicht gerade ihre Fingernägel maniküre oder mit meiner Kreditkarte einkaufen geht, stellt sie manchmal ihre privaten kleinen Recherchen an, und dabei ist ihr etwas Interessantes zu Ohren gekommen. Sie hat nämlich herausgefunden, dass der Name dieses Penderecki im Zusammenhang mit einem siebenundzwanzig Jahre zurückliegenden Entführungsfall auftaucht. Und das Tatopfer damals war ein kleiner Junge namens Ewan Caffery. Und dann stellt sich noch heraus, dass der Name eines gewissen Jack Caffery, der heute als Inspector bei der Polizei tätig ist, damals ebenfalls in sämtlichen Zeitungen abgedruckt war. Na ja, und da liegt es natürlich selbst für eine misstrauische Lesbe ziemlich nahe, zwei und zwei zusammenzuzählen.« Sie bückte sich und brachte die Bell's-Flasche zum Vorschein, schraubte den Verschluss auf und füllte zwei Kaffeebecher fast zur Hälfte mit aromatischem Whisky. »Hier, bitte.« Sie schob ihm eine der Tassen zu und lehnte sich dann wieder in ihrem Stuhl zurück. »Die Geschichte hab ich bereits gekannt, bevor ich überhaupt hier angefangen habe – ja sogar schon, bevor ich Sie zum ersten Mal gesehen habe.«

»Umso besser.« Caffery ließ sich in seinen Stuhl sacken und zog den Scotch zu sich herüber. »Na, dann kann ich nur sagen: Willkommen in meinem schönsten Albtraum, Chief Inspector Souness. Gut zu wissen, dass Sie sich schon so lange daran erfreuen.«

»Also, jetzt hören Sie doch endlich auf. Ist doch total kindisch, diese Reaktion. Vielleicht sollten Sie mal die Möglichkeit in Erwägung ziehen, dass ich Ihnen das alles lediglich aus Sympathie erzählt habe, mein lieber Detective Inspector.«

»Ja, schon gut.« Er inspizierte das Innere seiner Tasse. Etwa auf halber Höhe hatte der Kaffee einen braunen Ring hinterlassen.

»Mein Gott, jetzt stellen Sie sich doch nicht so an, Jack, ich will Ihnen nur helfen – auf meine etwas ungeschickte Art.«

»Weiß ich ja. Entschuldigung. Mir zieht sich bei diesem Thema immer ...« Er legte sich die Hand auf die Brust.

»… die Brust zusammen?« Sie leerte ihre Tasse und goss sich gleich noch einen Scotch ein. »Versteh ich. Aber wieso erwirken Sie nicht einfach eine Wiederaufnahme der Ermittlungen gegen Penderecki?« Sie verstummte und wartete auf seine Antwort.

»Jack, wenn *Sie* in dieser Sache eine Wiederaufnahme der Ermittlungen erwirken, dann wird jemand anderer mit den Nachforschungen betraut und kann sich hier die Nächte um die Ohren schlagen.«

Er schüttelte müde den Kopf. »Nein, ist schon in Ordnung.«

»Hat Ihnen das schon mal jemand geraten?«

»Ich weiß nicht mehr, wie viele wohlmeinende Menschen mir das schon empfohlen haben. Aber der Kerl ist einfach zu clever. Der würde mir doch sofort eine Klage wegen böswilliger Verleumdung, übler Nachrede und so weiter an den Hals hängen.«

»Oder verzichten Sie nicht vielleicht deshalb auf eine Wiederaufnahme, weil Sie genau wissen, dass Sie unter diesen Umständen keinesfalls die Ermittlungen führen könnten?«

»Tja, das kommt noch erschwerend hinzu – war mir leider kurzzeitig entfallen.«

»Sie sind ein ganz schöner Sturkopf, wenn ich das mal so sagen darf.«

»Oh, danke. Ich deute das einfach mal als Kompliment.«

Auf Souness' Gesicht erschien der Anflug eines Lächelns. »Ich möchte doch nur verhindern, dass Ihnen diese Peach-Geschichte mehr zusetzt als unbedingt nötig. Ich möchte einfach nicht, dass der Fall Ihr Privatleben ruiniert. *Das* ist meine Sorge.«

Caffery gab sich redlich Mühe, ihr Lächeln zu erwidern. Eigentlich hätte er sie bitten müssen, ihm die Ermittlungen zu entziehen, ihr sagen sollen, dass er die Dinge schon jetzt nicht mehr unter Kontrolle hatte. Doch er rieb sich nur die Stirn, leerte sein Glas und sagte: »Ewan war damals neun, Rory ist acht – ist mir noch gar nicht aufgefallen, dass es da eine Verbindung geben könnte.« Er stand auf, öffnete die Tür und bat Logan herein. Logan trat ein und zog eine Augenbraue hoch, als er die beiden so dasitzen sah.

»'tschuldigung.« Er räusperte sich verlegen, als ob er sie gestört hätte.

»Ich habe noch einen kleinen Auftrag für Sie. Sie sind doch mit dem Fahndungscomputer vertraut, nicht wahr?«

»Sir.«

»Und geben Sie morgen den Kollegen auf den Bezirksrevieren durch, dass sie in ihren Archiven nachsehen sollen, ob dort in den vergangenen zehn Jahren irgendwo das Wort ›Troll‹ aufgetaucht ist. Das ist übrigens auch Ihr Suchwort. Fragen Sie bitte an, ob jemand mal was von einem Perversen gehört hat, der im Brockwell Park sein Unwesen treibt und als ›Troll‹ bezeichnet wird.« Er unterbrach sich, weil er plötzlich bemerkte, dass Logan nur mühsam ein Lachen zu unterdrücken vermochte. »Was ist denn los?« Er starrte Logan an. »Was ist so komisch?«

»Gar nichts, Sir.« Doch bevor Logan den Blick senkte, sah er noch kurz Souness an, die die oberen Knöpfe ihres Hemdes geöffnet hatte, und schielte dann auf die halb leere Whisky-Flasche. Caffery hatte die Krawatte abgelegt, und neben dem Schreibtisch standen Souness' Schuhe am Boden. »Gar nichts«, wiederholte Logan errötend und wandte sich zum Gehen. »Ich mach mich sofort an die Arbeit.«

Als Caffery die Tür hinter ihm schloss und sich wieder umdrehte, schüttelte sich Souness vor Lachen. Sie hatte die Ellbogen auf die Knie gestützt und das Gesicht in den Händen vergraben. Dabei lachte sie so hemmungslos, dass sie am ganzen Körper bebte. »Das muss man sich mal vorstellen?« Sie strahlte ihn an. »Einfach großartig: Der Pin-up-Boy der Londoner Mordkommission und ausgerechnet meine Wenigkeit.« Sie rieb sich das Gesicht. »Unglaublich: Da mach ich mir die Mühe, mich als Super-Lesbe zu präsentieren, und die Kerle sind zu doof, davon was zu merken. Was nicht in ihr jämmerliches kleines Weltbild passt, davon kriegen diese Vollidioten einfach nichts mit.«

Obwohl ihm eigentlich nicht danach zu Mute war, huschte ein Lächeln über Cafferys Gesicht. Als Souness später nach Hause gehen wollte, hielt er sie noch kurz auf: »Vielen Dank, Danni.

Ich weiß, dass Paulina schon auf Sie wartet. Danke, dass Sie sich so viel Zeit für mich genommen haben.«

Cafferys viktorianisches Cottage lag ruhig da. Er parkte seinen ramponierten alten Jaguar direkt hinter Rebeccas schwarzem VW-Käfer und zog sich bereits auf dem Weg zur Eingangstür die Krawatte vom Hals. Rebecca war trotz der späten Stunde noch wach – aus dem Wohnzimmer im hinteren Teil des Hauses drang leise Musik. Vorne im Eingangsbereich lagen zwei metallic-grüne Stöckelschuhe, in denen der schon fast verblasste Name Miu Miu prangte. Er blieb kurz stehen, wie er es in letzter Zeit immer tat, wenn er nach Hause kam, und versuchte zu erraten, in welcher Stimmung er sie wohl antreffen mochte. Dann öffnete er die Tür.

Sie machte gerade auf dem Sofa einen halben Kopfstand und betrachtete kichernd ihre zappelnden Zehen. Dabei trug sie Khaki-Shorts und eines von seinen grauen T-Shirts: An einem Kissen lehnte wie angetrunken eine Flasche Blavod, und im Aschenbecher glomm ein Zigarillo vor sich hin.

»Zufrieden?«

»Hey!« Sie ließ die Beine sinken und drehte sich um. Dann grinste sie ihn an, und er war froh, dass sie guter Dinge war. Leicht erhitzt und beschwipst, aber wenigstens gut gelaunt.

»Jedenfalls scheinst du gut drauf zu sein.«

»Na ja, geht so.« Im Hintergrund lief eine CD – irgendein Gedudel – *Air* oder so was. »Abgefüllt.«

»Kleine Säuferin.« Er beugte sich zu ihr hinab und küsste sie. »Hab den ganzen Tag versucht, dich anzurufen.« Er ging in die Küche und hängte seine Jacke an den Haken hinter der Tür. Dann griff er sich seinen Glenmorangie und ein Glas.

»Ich war heute mit ein paar Slade-Stipendiaten in Brixton. Scheint so, als ob die mich für den lieben Gott halten oder so was.«

»Blasphemie.« Er zog die Schuhe aus, ließ sich auf das Sofa fallen und entkorkte den Whisky. »Aufgeblähtes Ego – was?«

»Na ja.« Sie nahm ihr langes braunes Haar, das seitlich vor ihrer Schulter hing, warf es nach hinten und krabbelte dann zu ihm hinüber: Ihre stets leicht gebräunten, sesamölfarbenen Beine waren eine wahre Pracht.« »Mamma mia«, hatte ihm Souness einmal nach einer halben Flasche Scotch gestanden: »Man braucht die Frau bloß anzusehen, und schon lodert die Flamme der Leidenschaft.«

»Ich hab heute in den Nachrichten jemanden gesehen, den ich kenne.« Rebecca legte ihm die Arme auf die Schultern und küsste seinen Nacken. »Allerdings nur von hinten. Aber ich habe dich an deinem Hintern erkannt – und weil nicht zu übersehen war, wie mies du drauf bist.«

Er leerte sein Glas, goss sich nach und spielte mit ihren Fingern. Seit drei Tagen hatten sie kaum Zeit füreinander gehabt – das war ihm erst bewusst geworden, als sie die Beine mit ihren hellbraunen Pretty-Polly-Strümpfen übereinander geschlagen und ihm damit den Schweiß auf die Stirn getrieben hatte.

»Mensch, du musst doch fix und fertig sein.«

»Vier Stunden Pause. Um fünf muss ich wieder im Büro sein.«

»Es geht um diesen kleinen Jungen, nicht wahr?«

»Hm. Ja.« Er hob ihre Hand und inspizierte ihre Finger, verglich ihre perlweißen Nägel mit seinen eigenen. Der Daumen seiner linken Hand war schwarz, ein Bluterguss, mit dem er leben musste. Eine Art Stigma – das er sich an dem Tag zugefügt hatte, an dem Ewan verschwunden war. Ein Wundmal, das sich in den siebenundzwanzig Jahren seither nicht verändert hatte.

»Lassen wir das Thema – bitte.«

»Wieso?«

Wieso? Weil Ewan in Cafferys Vorstellung ohnehin bereits mit dem kleinen Rory verschmolzen war – und das weißt du ganz genau, Becky. Ganz sicher sind dir die Parallelen nicht entgangen, und wenn wir erst mal anfangen, wenn es so weit kommt, dann sind wir sofort wieder bei Ewan, und dann ist es vorbei mit der guten Laune, und dann könnte ich vielleicht etwas Dummes über dich sagen und von diesem Bliss anfangen und…

»Weil ich müde bin. Ich hab mich bereits den ganzen Tag mit dem Thema beschäftigt.«

»Na gut.« Sie biss sich auf die Unterlippe und gab sich mit seiner Auskunft zufrieden. »Schön«, sagte sie dann und schob lächelnd die Hand unter sein Hemd. »Und wie wär's damit? Bist du scharf?«

Er seufzte und stellte sein Glas auf den Boden. »Klar doch.« Sie kicherte. »Blöde Frage. Bist du ja immer.«

»Und ich hab gedacht, dass ich ständig schräg drauf bin.«

»Nein, du bist ständig geil – richtig. Schräg drauf bist du nur, wenn du gerade keinen Ständer hast.«

»Los, komm schon.« Er zog sie rittlings auf seinen Schoß und ließ seine Hände unter ihr T-Shirt gleiten. »Hast du die neue Ausgabe von *Time Out* schon gesehen?«

»Ja, kenn ich.« Sie fing an, sein Hemd aufzuknöpfen und schloss die Augen, als er ihre Brustwarzen berührte und mit den Fingern stimulierte. »Da kannst du mal wieder sehen, wie toll ich bin«, murmelte sie verträumt und bog den Kopf zurück. »O Gott, ist das gut. Und – hast du den Artikel gelesen?«

»Ja. Ich bin stolz auf dich.«

Das war schlicht gelogen. Er rückte auf dem Sofa in eine etwas bequemere Position und ließ die Hände über ihre geschmeidige Haut gleiten, betastete ihre festen Bauchmuskeln, ihre wohlgeformten Hüften. Rebecca hatte ihm mal erzählt, dass ihr künstlerischer Durchbruch ihren Körper irgendwie verändert habe, dass ihre Haut seither weicher, ihre Taille noch schlanker geworden sei, dass sich seither an ihren Füßen keine Hornhaut mehr bilde und dass sogar ihr Gang ruhiger und sinnlicher geworden sei. Doch in Cafferys Wahrnehmung war das genaue Gegenteil der Fall: Sie war härter und unruhiger geworden. Und er wusste nur zu gut, dass das mit den widerlichen Gemeinheiten zusammenhing, die dieser Bliss ihr angetan hatte.

Auch in den Kunstwerken, den plastischen Arbeiten, die sie seither geschaffen hatte, wurde dieser Bruch sichtbar. Vor jener Gewalterfahrung hatte Rebecca eine völlig andere Art von

Kunst geschaffen. Jetzt waren aus ihren Arbeiten die Farben verschwunden, und die Konturen bildeten das dominierende Element. Irgendetwas war mit ihr passiert, trotzdem galt ihr Begehren weiterhin Jack. Und so lag er jetzt neben ihr, noch immer ebenso hoffnungs- wie hilflos ihren Reizen verfallen, noch immer in sie verliebt, obwohl sie sich so sehr verändert hatte – ja, sie war wie ein süßer Schmerz in seinem Herzen, und nicht nur dort. Schon der Rauch der Zigarillos, die sie in dem Aschenbecher verglimmen ließ, reichte aus, um ihn sexuell zu erregen.

Er öffnete die Augen und blickte in ihr ruhiges, wie von ferne lächelndes Gesicht mit den geschlossenen Augen. *Ich sollte die Vorhänge schließen*, dachte er versonnen und blickte zur Terrassentür hinüber, hinter der eine Grimasse der Geilheit lauerte ...

»Scheiße!« Er zog Rebeccas T-Shirt herunter.

»Was ist denn?«

»Rutsch zur Seite. Los, mach schon.«

Sie rutschte beiseite, und er sprang auf und riss die Terrassentür auf. Penderecki hatte bereits den hinteren Teil des Gartens und fast den Zaun erreicht. Wie von Sinnen stürmte Caffery los, doch Penderecki hatte vorgesorgt und eine grüne Plastikkiste für Milchflaschen mitgebracht, die er als Stufe benutzte, um sich über den Zaun zu schwingen und in dem Gestrüpp seitlich des Bahndamms zu verschwinden. Als Caffery die Kiste erreichte, hörte er nur noch von weitem das Keuchen des Mannes, das sich rasch entfernte. Er stand barfuß und mit offenem Hemd an dem Zaun, hob die Kiste auf und warf sie Penderecki hinterher.

»*Wenn du dich hier noch einmal blicken lässt, bring ich dich um.*« Er stand halb nackt in dem Garten, den seine Mutter angelegt hatte, und sah, wie der alte Mann weiter hinten im Unterholz verschwand. »Und vergiss das nicht – Penderecki.« Er legte die Hände auf den Maschendraht, atmete ein paar Mal tief ein und bemühte sich, der unbändigen Wut in sich Herr zu werden. »Vergiss das nicht!«

Ist doch nur wieder eine seiner Dreckstouren. Am besten, du ignorierst das alte Schwein ...

Er ließ den Kopf sinken. Diesen Penderecki zu ignorieren, das war für ihn bereits seit vielen Jahren die mit Abstand härteste Herausforderung. Manchmal genügte allein das Bewusstsein, dass der Kerl auf der anderen Seite der Schienen wohnte, und er fühlte sich, wie wenn an einem stillen Nachmittag im Haus eines Nachbarn endlos das Telefon klingelt. Und wenn dann diese Wut in ihm aufstieg, rief er sich selbst zur Ordnung: *Mein Gott, lass es doch klingeln – ist ja nicht für dich.* Penderecki wusste nur zu gut, wie er Caffery am besten provozieren konnte. Deshalb hielt er jede Woche eine andere Gemeinheit für ihn bereit: Mal klingelte ständig das Telefon, dann wieder fand er eine hingekritzelte Notiz oder einen Brief, in dem der perverse alte Sack Cafferys Theorien über den Verbleib seines Bruders um eine neue Variante bereicherte. Einfälle hatte der Kerl – das musste man ihm lassen, aber natürlich schenkte Caffery diesen Ergüssen keinen Glauben.

Mal schrieb Pendrecki, Ewan sei damals von einem Zug erfasst und so weit mitgeschleppt worden, dass die Polizei seine Leiche nie gefunden habe. Dann wieder behauptete er, Ewan habe zwar zunächst überlebt, sei aber später in einem Wohnwagen auf einer abgelegenen Farm verhungert, wo er – Penderecki – ihn während der Durchsuchung seines Hauses versteckt habe. Oder: Ewan hatte angeblich als Sex-Sklave bei Penderecki gelebt, bis er eines Nachts ganz plötzlich einfach zu atmen aufgehört hatte. Oder: Ewan sei noch am Leben und wohlauf und heute selbst als Pädophiler in Amsterdam aktiv ... Jeder dieser Briefe war so widerlich und gemein, dass Caffery seinen Vorsatz bisweilen fast vergessen hätte. Doch er hatte sich nun einmal vorgenommen, diese Schmierereien samt und sonders zu ignorieren.

Eine Hand berührte ihn an der Schulter. Er zuckte zusammen. »Rebecca.« Er schüttelte den Kopf. »Tut mir echt Leid.« Vor Zorn bebte er am ganzen Körper.

»Ist doch nicht deine Schuld. Miese Ratte, der Kerl.«

»Er versucht immer wieder, mich zu provozieren.«
»Ich weiß.« Sie küsste seinen nackten Hals. »Das alte Schwein macht es dir so schwer wie möglich.«
»Ja, kann schon sein.« Er fingerte in seiner Tasche nach dem Tabak. »Er hat mir von jeher das Leben zur Hölle gemacht.«
Sie legte ihm die Arme um die Taille. So standen sie schweigend da und starrten in die Dunkelheit jenseits des Bahndamms. Dann sahen sie, wie in Pendereckis Haus die Lichter angingen. Scheint so, als ob er seine Gemeinheiten noch vertiefen möchte, dachte Caffery. Seit Monaten schon nahm die Zahl der Schreiben, die er von jenseits des Bahndamms erhielt, rapide zu. Erst vor drei Tagen hatte wieder so ein Brief vor der Tür gelegen:

Lieber Jack,
nach siebenundzwanzig Jahren ist es jetzt an der Zeit, Sie endlich darüber aufzuklären, was Ihrem Bruder damals zugestoßen ist. Sie werden mir gewiss glauben, dass ich Ihnen die WAHRHEIT sage, und zwar die REINE WAHRHEIT, doch nicht etwa, weil ich Mitleid mit Ihnen hätte, nein, vielmehr weil mich mein »Gewissen« plagt und Sie es VERDIENT haben, die Wahrheit zu erfahren.
Er hat keine Schmerzen gelitten, Jack, und keine Angst gehabt, weil er es nämlich WOLLTE. Als ich ihn entjungfert und ihm befohlen habe, meinen Schwanz zu lecken, hat er diesem Wunsch Folge geleistet, weil er es so WOLLTE. Ja, er hat zu mir gesagt, dass er alles für mich tut, dass er sogar bereit ist, meine Hinterlassenschaften aufzuessen, wenn Sie wissen, was ich meine, weil er mich so sehr liebt. Das mag in Ihren Ohren grausam klingen und in meinen nicht weniger, aber es sind die Worte Ihres Bruders, Jack, Ihres einzigen Bruders, und deshalb sollten Ihnen diese Worte HEILIG sein, und Sie dürfen nicht glauben, dass ich mir das alles nur ausgedacht habe. Außerdem sollte ich Ihnen vielleicht sagen, dass er am Ende durch einen UNFALL, einen reinen UNFALL ums Leben gekommen ist und nicht etwa, weil ich Ihrem Bruder etwas Böses tun wollte – nein, viel-

mehr weil es ein UNFALL war. Und jetzt hat er seinen Frieden gefunden.
GOTT SEGNE UNS ALLE.

Und dann dieses ewige Herumspionieren, dieses ständige Herumschleichen in seinem Garten. Caffery drehte sich eine Zigarette. Er hasste diesen Penderecki, weil der Kerl ihn ständig unter Druck setzte, er hasste ihn, weil das Schwein ihn stets aufs Neue an früher erinnerte. Rebecca küsste wieder seinen Hals und schlenderte dann zu der alten Buche hinüber, die am Ende des Gartens stand. Sie presste ihre Handflächen gegen den Stamm. »In dieser Buche habt ihr doch damals euer Baumhaus gehabt, nicht wahr?«

»Ja.« Er senkte den Kopf und zündete sich die Zigarette an.

»Dann ...« Sie legte ihr Ohr an den Stamm des Baumes, als ob sie seinen Puls hören wollte, und blickte nach oben in das weit ausladende Geäst. »Und wie seid ihr damals – ah, verstehe.«

»Rebecca.«

Doch bevor er sie noch aufhalten konnte, kletterte sie auf den Eisensprossen, die Jacks Vater damals für seine beiden Söhne an dem Baum befestigt hatte, behände den Stamm hinauf. Oben legte sie sich wie ein Gnom in die Beuge eines dicken Astes. Erstaunlich, wie leicht so ein Baum einen menschlichen Körper aufnehmen kann, dachte er und sah zu ihr hinauf. Komisch, dass wir früher von dort oben freiwillig wieder heruntergeklettert sind, um uns aufs Neue den Gefahren der Prärie auszusetzen. »Los, komm schon«, rief sie. »Wirklich toll hier oben.« Er trat seine Zigarette aus und kletterte widerstrebend zu ihr hinauf. Erstmals seit langer Zeit verspürte er wieder das vertraute Gefühl, als er die in unregelmäßigen Abständen angebrachten Sprossen berührte. Die Nacht war sternenklar. Auf einer Höhe mit Rebecca angelangt, lehnte er sich ihr gegenüber an einen Ast, presste die Füße gegen den Stamm und spürte die raue warme Rinde an den Sohlen. Im Hintergrund durchschnitt der grüne Strahl des Millennium-Lasers im Greenwich Park den Nachthimmel.

»Schön hier oben, findest du nicht?«

»Kann schon sein ...«

Er hatte sich in letzter Zeit nur noch selten hier oben aufgehalten – vielleicht einmal im Jahr, und seit er Rebecca kennen gelernt hatte, überhaupt nicht mehr. Er war davon ausgegangen, dass sie es bestimmt nicht gerne sehen würde, wenn er hier oben herumhockte und über alles nachdachte. Der Ausblick hatte sich kaum verändert. Noch immer die lang gestreckte Narbe des Bahndamms. Noch immer Pendereckis – seit Jahren nicht mehr frisch gestrichenes – Haus auf der anderen Seite. Die Dachrinne war defekt, sodass die Rückseite des Hauses über und über mit Moos bewachsen war. Pendereckis Bruchbude wirkte in der langen Reihe gepflegter Reihenhäuser genauso deplatziert wie das mit Holz verkleidete Haus direkt neben dem Heim der Familie Peach.

Herrgott, rief er sich selbst zur Ordnung, *kannst du nicht endlich aufhören, ständig überall Parallelen zu sehen. Rory ist nicht Ewan, und Ewan ist nicht Rory. Reiß dich endlich zusammen.*

»Auch Zeus' Wiege hing am Ast eines Baumes, und der junge Gott wurde dort von Bienen verpflegt.« Rebecca saß jetzt auf dem Ast und ließ ihre Beine baumeln. »Hör endlich auf, ständig an ihn zu denken. Ich weiß, dass du an Ewan denkst.«

Caffery schwieg. Er entzog ihr seine Hand und ließ den Blick jenseits des Bahndamms umherschweifen.

»Mein Gott.« Sie schüttelte den Kopf und schaute zu den Sternen hinauf. »Willst du denn einfach nicht begreifen, was hier gespielt wird? Dieser Penderecki setzt dir dermaßen zu, dass du keinen klaren Gedanken mehr fassen kannst. Und je mehr er dich schikaniert, desto zwanghafter reagierst du. Diese Geschichte frisst dich noch bei lebendigem Leib auf, dieses ewige Grübeln über deinen Bruder ...« Sie wies mit dem Kopf Richtung Bahndamm. »Der lässt dich doch am ausgestreckten Arm verhungern – dieser Scheiß-Perverse da drüben.«

»Bitte nicht jetzt, Rebecca ...«

»Doch. Ich meine das völlig ernst. Schau dich doch nur an: ein kaputter, trübsinniger, gebrochener elender Kerl, der abends, wenn er zu Hause zur Tür hereinkommt, so aussieht, als hätte ihn jemand an den Füßen rückwärts durch den Hades gezerrt – *und das alles wegen Ewan.* Du schleppst ihn ständig mit dir herum, bist in Gedanken pausenlos mit ihm beschäftigt. Schon beim geringsten Anlass brennen bei dir sämtliche Sicherungen durch. Und jetzt ermittelst du auch noch in einem Fall, der gewisse Parallelen mit deiner eigenen Geschichte aufweist ...«

»Rebecca ...«

»Und jetzt ermittelst du auch noch in einem Fall, der ganz ähnlich gelagert ist, und nur Gott allein weiß, wohin das alles noch führen wird. Du bist doch nicht mehr Herr deiner selbst. Und irgendjemand wird das auszubaden haben – vielleicht sogar du selbst. Vielleicht endest du wie Paul.«

»Jetzt reicht es mir aber!« Er hob abwehrend die Hand. »Es reicht.« Er wusste genau, worauf sie hinauswollte. Er wusste, dass Paul Essex, der Kollege, mit dem er damals gemeinsam diesen Malcolm Bliss gejagt hatte, dass dieser Paul Essex für alle Ängste stand, die Rebecca mit seinem Job verband. Essex war ums Leben gekommen, hatte irgendwo in Kent auf dem Rücken in einem Wald gelegen, und sein Blut war in den weichen Boden gesickert. Caffery war von seinem Freund nichts geblieben als der Führerschein. Er hatte das Dokument damals in dessen Brieftasche gefunden und den Eltern überreicht. Offenbar glaubte Rebecca, dass es mit ihm selbst ein ähnliches Ende nehmen würde.

»Was hat der denn mit dieser Geschichte zu tun?«

»Sehr viel sogar.« Sie schnalzte mit der Zunge. »Weil es *dir* nämlich genauso ergehen könnte, wenn du nicht allmählich zur Vernunft kommst – und dir Ewan aus dem Kopf schlägst. Und das weißt du selbst *ganz genau.* Wenn du dich nicht allmählich wieder in den Griff bekommst, dann passiert wieder exakt das Gleiche wie beim letzten Mal.«

Er sah sie an. »Was soll das heißen – *beim letzten Mal?*«

»Ah – jetzt hörst du plötzlich zu.«

»Wovon sprichst du überhaupt?«

»*Er* weiß genau, wovon ich spreche.« Sie sah lächelnd in die

Dunkelheit hinauf. »Der da oben weiß ganz genau, wen ich meine.«

»Becky ...«

»Hör mir mal genau zu: Du wirst es wieder tun. Du bist ja bereits auf dem besten Weg ...« Sie legte ihm einen Finger auf die Brust. »Dieser Hass, den du in dir trägst, wird immer mehr zunehmen. Und wenn du nicht endlich die Kraft aufbringst, von hier wegzuziehen und diesen elenden alten Perversen dort drüben aus deinem Leben zu verbannen, wenn du dich jetzt wieder in einen Fall verrennst, der sämtliche Sicherungen in dir durchknallen lässt, dann wirst du es wieder tun – einfach so: *Peng!*«

»*Hör endlich auf!*« Er schob ihre Hand beiseite. »Was redest du denn da für eine *Scheiße*?«

»Ich weiß ganz genau, wovon ich rede, Jack. Ja, ich sehe es in deinen Augen. Ich weiß, was damals in dem Wald passiert ist.«

Er starrte sie schweigend an, traute sich nicht, sie zu fragen, was sie wusste, hatte Angst, dass sie sagen würde: *Ich weiß, dass du Bliss umgebracht hast. Ich weiß, es war kein Unfall, auch wenn das vielleicht alle anderen glauben.* Er saß lange einfach schweigend da.

Rebecca neigte den Kopf zur Seite. »Warum willst du denn nicht darüber sprechen, Jack?«

»Nein, Rebecca«, sagte er. Seine Hände zitterten. »Die entscheidende Frage ist doch, warum *du* nicht darüber sprechen willst.«

»O nein.« Sie hob die Hand. »Jetzt sprechen wir über *dich*.«

»Nein, nein. Wenn wir schon mal dabei sind, dann sprechen wir über *alles*, was passiert ist. So sind nun einmal die Regeln.« Er machte Anstalten, nach unten zu klettern.

»Wo willst du hin?«

»Ins Haus. Vielleicht noch ein bisschen laufen – nur weg von dir.«

»Hey«, rief sie ihm hinterher, als er im Mondlicht über den Rasen ging, »eines Tages wirst du kapieren, dass ich Recht gehabt habe.«

6. KAPITEL
(19. Juli)

Am Morgen steckte am Gartentor ein vom Tau benetztes Schreiben. Penderecki hatte die Zeit genutzt und diesmal ein noch längeres Schreiben als üblich aufgesetzt, und Caffery, der das Papier normalerweise einfach zerknüllt und in den Mülleimer geworfen hätte, stand mit der Aktentasche in der Hand auf der Straße und las.

Hallo Jack,

Caffery fühlte sich an die wirren Ausführungen des Yorkshire Rippers erinnert. Er erschauderte. Da stand er nun an einem strahlenden Sommermorgen nur ein paar Meter von seinem eigenen Haus entfernt: Jogger liefen an ihm vorbei, der Briefträger kam gerade den Weg entlang, und am Ende der Straße sah er bereits den Milchwagen. Trotzdem jagten ihm Pendereckis Wahnideen kalte Schauder über den Rücken.

Und jetzt kenne ich wahrhaftig DEINEN Namen. Alles hat seine Zeit, jedes Ding unter dem Himmel hat seine Zeit. Der HERR wird mich rufen und nicht DU – und zwar, wenn es SEIN Wille ist. Und der HERR allein wird mir Gnade gewähren und die Seele SEINES Dieners zu sich rufen und inmitten seiner HEILIGEN Engel für makellos befinden. Die Schafe stehen zur Rechten GOTTES und die Böcke zur Linken, Jack. Die Schafe werden in das Himmelreich eingehen und die Böcke zur Hölle fahren. Und in deiner Unwissenheit blickst du in meine Augen und siehst dort einen Bock. Nicht wahr? Du glaubst, dass ich ein Bock bin. Aber GOTT sagt, dass es den Böcken bestimmt ist, den ANDEREN (den GUTEN und REINEN) in die Augen zu schauen und sich selbst darin zu erblicken. DENKE darüber nach, JACK.

Caffery stieg in den Jaguar und atmete den schweren Duft des Leders ein, das sich schon um diese frühe Morgenstunde aufgeheizt hatte. *Dass es den Böcken bestimmt ist? Du bist doch nicht mehr Herr deiner selbst.* Rebecca hatte ihn am Vorabend mit ihrer Prognose zutiefst erschüttert. Er überlegte, ob man es inzwischen schon an seinem Gesicht ablesen konnte. Ob das Wort »Killer« bereits in seinen Augen brannte. War er so leicht zu durchschauen? Er rieb sich die Schläfen und ließ den Wagen an, dann richtete er den Spiegel und legte den Gang ein.

In Brixton zog sich der Tag endlos hin. Spätnachmittags schließlich stand er vor dem Lido am Rande des Brockwell Parks, trank einen Kaffee bei McDonald's und drehte sich eine Zigarette. Er war müde und total depressiv. Das Blut an dem Turnschuh stimmte mit der DNS überein, die man aus Rorys Unterwäsche isoliert hatte, doch von Rory selbst fehlte jede Spur. Die Einsatzkräfte hatten den Park und die umliegenden Straßen wieder und wieder durchkämmt. Die Männer gingen zwar weiterhin ihrer Pflicht nach, doch jeder wusste, dass die Suche in dem bisher favorisierten Areal gescheitert war. Etwa im Stundentakt verbreiteten sich in den Suchtrupps neue Gerüchte. Mal hieß es: Jemand hat in Battersea in der Nähe des Flusses einen Jungen wie Rory gesehen – das ist unser nächster Einsatzort. Dann wieder erzählte jemand: Drüben in Clapham gibt es einen Perversen, der über einer stillgelegten Fabrik wohnt. Ich hab gehört, dass einige von uns später dorthin geschickt werden sollen. Die Kosten der Operation beliefen sich inzwischen auf zwanzigtausend Pfund täglich, trotzdem hatten die rund hundert Anrufe, die bislang im Lagezentrum eingegangen waren, keinen einzigen brauchbaren Hinweis erbracht. Souness und Caffery tappten im Dunkeln, und jeder wusste das.

Gegen 17 Uhr 30 erhielt Souness einen Anruf. »Peach schafft es.« Sie stand ein Stück von Caffery entfernt auf der Straße und kam dann – mit dem Handy rudernd – zu ihm herüber. »Peach muss nicht mehr künstlich beatmet werden – wir können mit ihm sprechen.«

»Und ich hab gedacht, der Mann stirbt.«

»Ja, ich auch. Wir dürfen zwanzig Minuten mit ihm sprechen. Das muss reichen.«

Caffery überließ es Souness, seinen Jaguar zu fahren. Sie rückte sich mit einem fast scheuen Lächeln auf dem Fahrersitz zurecht. Natürlich konnte sich seine alte Kiste mit dem zweisitzigen roten BMW, den Souness ihrer Freundin Paulina gekauft hatte, überhaupt nicht vergleichen. (»Sie müssten Paulina mal am Steuer erleben, Jack: ganz die große Dame. Und den Rückspiegel benutzt sie nicht etwa dazu, um den Verkehr hinter sich auf der Straße zu beobachten, o nein, sondern um etwa einmal pro Minute ihr Make-up zu überprüfen. Stellen Sie sich das mal vor.«) Der Rücksitz des Jaguars war mit Klebeband geflickt, und die Kotflügel vorne waren mit Fiberglas ausgebessert. Eigentlich war er gar nicht so wild auf einen Jaguar gewesen, nur dass er damals – vor zehn Jahren – nicht genug Geld für einen anderen Schlitten gehabt hatte. Doch trotz dieser Mängel fuhr Souness den Wagen auf dem Weg nach Denmark Hill mit einer fast ehrfürchtigen Scheu.

Das King's Hospital wurde außen gerade renoviert. Souness und Caffery mussten wegen des Baulärms beinahe schreien, um sich zu verständigen. Im Innern glich das Krankenhaus einer Stadt mit eigenen Regeln. So gab es dort etwa eine Forbuoy's-Filiale, ein Reisebüro, eine Bank und ein Postamt. Die Gänge waren spiegelblank, und die Menschen eilten durch die Korridore mit derselben geschmeidigen Entschlossenheit, die auch die Personen in Fritz Langs *Metropolis* auszeichnet. Der Stationsarzt, ein gewisser Dr. Friendship, war ein groß gewachsener Mann. Er trug ein blaues Hemd und eine rot karierte Krawatte und begrüßte die beiden am Eingang der Jack-Steinberg-Intensivstation.

»Wir haben ihn inzwischen von den Geräten abgehängt. Ich habe ihm für alle Fälle ein Schmerzmittel gegeben, allerdings bin ich selbst überrascht, wie schnell er sich erholt. Obwohl er drei Tage nichts zu trinken bekommen hat, war er nicht einmal sonderlich dehydriert. Ja, seit wir ihn nicht mehr künstlich beatmen, hat sich sein Zustand so gut entwickelt, dass wir sogar schon daran gedacht haben, ihn auf die Wachstation zu verlegen.« Er führte sie in den Eingangsbereich der Station, wo fünf leere Betten die Wände säumten. »Entweder verlegen wir ihn, oder wir schicken ihn sogar nach Hause. Erstaunlich widerstandsfähig, der Mann. So – da wären wir.« Alek Peach saß am Fenster und wandte ihnen sein Profil zu. »Stark wie ein Bulle, der Mann – ja, wie ein Bulle.«

Tatsächlich ein Bulle von einem Mann. Wenn je ein Bulle – mit einer blauen Krankenhausdecke zugedeckt – auf einem Stuhl hätte Platz nehmen können, dann hätte er vermutlich ausgesehen wie Alek Peach. Obwohl der Mann zusammengesunken dahockte, war er sich seiner Größe bewusst: Zweifellos konnte nur ein Skelett aus Stahl eine solch stattliche muskelbepackte Gestalt aufrecht halten. Peachs schwarz gefärbtes Haar war vielleicht etwas zu lang. Er trug einen grünen Pyjama, und unter seinem Stuhl hingen ein schwarzer Beatmungsbeutel und ein Urinal. Er saß wortlos da, als die beiden Polizisten näher kamen.

Souness nahm sich einen Stuhl und setzte sich, während Caffery die hellgrünen Vorhänge zuzog, mit denen sich dieser Teil des Zimmers vor fremden Blicken schützen ließ. Er räusperte sich. »Mr. Peach. Sind Sie sicher, dass Sie der Situation gewachsen sind?«

Peach drehte langsam den Kopf. Seine schwarzen Elvis-Koteletten mussten wieder einmal nachgefärbt werden. Als er nicken wollte, fiel sein Kopf so kraftlos nach vorne, als ob es ihm Mühe bereitete, seinen riesigen Schädel aufrecht zu halten.

»Passt schon.« Caffery nahm neben Souness Platz und musterte den Mann. »Zunächst einmal möchten wir Ihnen sagen, wie Leid es uns tut, was Rory widerfahren ist, Mr. Peach. Wir tun unser Bestes. Bitte, geben Sie die Hoffnung nicht auf.«

Als er Rorys Namen hörte, kniff Peach die Augen zusammen und wischte sich mit seiner riesigen Hand über das Gesicht. Sein Daumen verharrte auf der Nasenwurzel, und die Handfläche ruhte auf seinem Mund. So saß er einige Sekunden da, ohne ein einziges Mal zu atmen. Dann sank seine Hand plötzlich herab und vollführte auf seiner Brust merkwürdige kreisförmige Bewegungen, während er mit weit aufgerissenen Augen zur Decke hinaufstarrte.

Caffery sah Souness an und sagte: »Alek, wir machen es so kurz wie möglich, das verspreche ich Ihnen. Ich weiß, wie schwierig das für Sie ist: Aber es würde uns sehr helfen, wenn Sie uns sagen könnten, was in Ihrem Haus genau passiert ist – was der Fremde während der drei Tage getan, wo er Sie festgekettet hat und ob er das Haus zu irgendeinem Zeitpunkt verlassen hat.«

Peachs Hand hielt abrupt in der Bewegung inne. Auf seinem Gesicht spiegelte sich seine innere Anspannung wider. Er senkte den Blick und starrte auf den Pulsoximeter an seinem Daumen, als ob er seine ganze Willenskraft aktivieren müsse. Caffery und Souness sahen ihn erwartungsvoll an, doch Peach saß nur schweigend da. So viel war jetzt schon klar: In den zwanzig Minuten, die der Arzt ihnen gegeben hatte, würden sie aus dem Mann kaum etwas herausbringen. *Scheiße.* Caffery lehnte sich auf seinem Stuhl zurück und presste sich die Hand gegen die Stirn. »Können Sie uns nicht wenigstens sagen, wie *alt* der Mann war? Ob er weiß oder schwarz war? *Irgendetwas?*«

Alek Peach drehte sich zur Seite und sah ihn aus halb geöffneten Augen an. Er hob zitternd seine – von zahllosen Injektionen blau und grün verfärbte – geschwollene Hand und zeigte mit dem Finger auf Caffery. In seinem Gesicht stand plötzlich ungezügelter Hass, als ob Caffery in sein Haus spaziert wäre, es sich dort im Wohnzimmer auf dem Sofa bequem gemacht und die Füße auf den Tisch gelegt hätte.

»Sie.« Seine Brust hob sich bedrohlich und zeichnete sich unter dem Baumwollpyjama deutlich ab. »*Sie.*«

Caffery zeigte mit dem Finger auf sich. »Meinen Sie *mich*?«

»Ja, *Sie*.«
»Was ist mit mir?«
»Ihre Augen. Ich kann Ihre Augen nicht leiden.«

Auf der Männertoilette stellte sich Caffery auf den Rand der WC-Schüssel und schob ein Papierhandtuch in den Rauchmelder an der Decke. Dann verriegelte er die Kabinentür, drehte sich eine Zigarette, lehnte den Kopf gegen die Wand und rauchte genüsslich, bis ihm die Wirkung des Nikotins ein wenig Erleichterung verschaffte. Statt sich in Peachs verzweifelte Situation einzufühlen, hatte er auf die Feindseligkeit des Mannes sofort mit Wut reagiert. Das Blut war ihm in den Kopf geschossen, und es hatte ihn kaum mehr auf dem Stuhl gehalten. Erst Souness' Hüsteln und ihr warnender Blick hatten ihn wieder so weit zur Vernunft gebracht, dass er beim Verlassen der Station nicht wütend die Tür hinter sich zugeknallt hatte.

»Na also«, murmelte er. »Da hat Rebecca ja mal wieder ins Schwarze getroffen. Du bist eine beschissene kleine Zeitbombe.« Er schnipste die Asche in die Toilettenschüssel und kratzte sich an der Hand. Ja, sie hatte den Nagel auf den Kopf getroffen. Als ob alles sich gegen ihn verschworen hätte, um die Treffsicherheit ihrer Diagnose zu bestätigen. Als ob sie Penderecki und Peach bestochen hätte, damit sie es ihm ins Gesicht sagten: *Aber GOTT sagt, dass es den Böcken bestimmt ist, den ANDEREN (den GUTEN und REINEN) in die Augen zu schauen und sich selbst darin zu erblicken.*

Ihre Augen. Ich kann Ihre Augen nicht leiden.

Niemand würde je begreifen oder auch nur erahnen, wozu er sich damals hatte hinreißen lassen. Niemand würde je erfahren, wie dieser Malcolm Bliss ihm – Caffery – damals, blutüberströmt und in einen Stacheldraht verheddert, mitten in einem Wald lachend ins Gesicht gesagt hatte, dass er Rebecca umgebracht und in einem Haus in der Nähe tot zurückgelassen habe. *Und gefickt hab ich sie vorher natürlich auch noch.*

Deswegen hatte Caffery ihn umgebracht, nur einmal kurz die Hand bewegt. Dabei war der Stacheldraht direkt in die Schlagader eingedrungen und hatte sie irreparabel beschädigt. *Herrgott*, hatte er gemurmelt, als er später den Obduktionsbefund gelesen hatte. *Offenbar hast du fester an dem Draht gezogen, als du eigentlich wolltest.* Aber das war auch schon alles gewesen. Bereits seit einem Jahr wartete er jetzt in einem Zustand dumpfer Anspannung vergeblich auf Anzeichen von Schuldgefühlen. Allerdings war er bisher davon ausgegangen, dass alle glaubten, Bliss sei durch einen Unfall ums Leben gekommen. Nie wäre er auf die Idee gekommen, dass man ihm bloß ins Gesicht zu sehen brauchte, um darin den Killer und den Lügner zu erkennen.

Nein, verdammt noch mal. Du darfst sie nicht mehr so nahe an dich heranlassen. Er warf die Zigarette in die Kloschüssel. Wenn Rebecca ihm nicht sagen wollte, was letztes Jahr passiert war – lieber vor der Presse als mit *ihm* darüber sprechen wollte –, dann sollte sie fortan auch nicht mehr in seinen Gefühlen herumwühlen und irgendwelche idiotischen Verbindungen zwischen Ewan und seiner, Jacks, angeblich nicht vorhandenen Selbstbeherrschung herstellen.

Als Souness auf dem Gang vor der Intensivstation erschien, wurde ihm mulmig zu Mute. Auf der Rückfahrt nach Shrivemoor saß sie mit zusammengepressten Lippen stumm neben ihm auf dem Beifahrersitz. Hier und da befingerte sie vorsichtig jene Stellen in ihrem Gesicht, die während der zwei Tage im Park zu viel Sonne abbekommen hatten. Eigentlich hatten sie sich von Peach so detaillierte Auskünfte über das Verhalten des Eindringlings erhofft, dass Detective Sergeant Quinn und die Spurensicherung sich noch einmal gezielt bestimmte Bereiche des Hauses vornehmen konnten, also vor allem solche Zonen, in denen der Fremde sich länger aufgehalten und vielleicht Haare oder Gewebe zurückgelassen hatte. Allerdings bekundete Souness' Gesicht nur zu deutlich, dass diese Hoffnung sich nicht erfüllt hatte. Keiner von beiden sprach ein Wort, bis sie Shrivemoor erreicht hatten.

»Also keine erfreulichen Neuigkeiten, nehm ich mal an.«
Souness seufzte und knallte einen Stapel Papiere auf den

Schreibtisch. »Nein.« Sie ließ sich in ihren Stuhl fallen, lehnte sich mit offenem Mund zurück und legte die Hände auf ihre sonnenverbrannten Wangen. Sie verharrte eine Weile in dieser Position, starrte zur Decke hinauf und versuchte, ihre Gedanken zu ordnen. Schließlich beugte sie sich vor, stützte ihre Hände auf die Knie und sah Caffery an. »Wir sitzen *voll* in der Scheiße, Kumpel – aber *voll*.«

»Keine einzige Spur?«

»O doch, wir haben da eine Spur – eine fantastische Spur sogar. Der Kerl hat Turnschuhe getragen – *glaubt* Peach jedenfalls.«

»Also *glaubt* er es nur?«

»Ja«, entgegnete sie nickend, als sie sein enttäuschtes Gesicht sah. »An die Marke kann er sich auch nicht mit Sicherheit erinnern – aber er meint, dass es *vielleicht* eine Billigmarke wie Hi-Tec gewesen sein könnte.«

»Hi-Tec-Schuhe? Super. Endlich mal ein konkreter Hinweis.«

»Toll, was?« Sie kratzte sich am Kinn. »Ich habe alles aus dem Mann rausgeholt, was er wusste. Er hat sich wirklich Mühe gegeben – also, *ich* glaube ihm wenigstens. Ich glaube, dass er einfach nicht mehr weiß.« Sie machte eine halbe Drehung mit dem Stuhl, schaltete den PC ein und fing an, ihren Bericht zu tippen:

Am 16. Juli habe ich mich in meinem Haus am Donegal Crescent 30 aufgehalten. Mein Sohn Rory und ich haben unten im Tiefparterre an der PlayStation gespielt. Am folgenden Tag wollten wir eigentlich für ein verlängertes Wochenende nach Margate fahren. Sonst war niemand in dem Raum. Ich glaube, dass meine Frau Carmel Peach sich zu dieser Zeit oben aufgehalten hat. Allerdings hatte ich sie zu dem Zeitpunkt seit vielleicht einer halben Stunde nicht mehr gesehen und auch nichts von ihr gehört, deshalb bin ich gegen 19 Uhr 30 nach oben gegangen, um nachzusehen, wo meine Frau ist. Etwas Verdächtiges habe ich nicht gehört, und sämtliche Türen waren abgesperrt, die Fenster geschlossen.

Ich ging also in die Diele hinauf und drehte mich Richtung Treppe. In dem Augenblick muss mich von hinten ein Schlag getroffen haben. Dabei fiel kein einziges Wort ...

Caffery, der Souness über die Schulter schaute, zeigte auf den Bildschirm. »Hat er denn nicht gehört, wie das Fenster in der Küche eingeschlagen worden ist?«
»Er sagt – nein.«
»Dann steht dieser Kerl also plötzlich wie der Weihnachtsmann einfach bei diesen Leuten im Flur.«
»Klingt jedenfalls so.«
Er legte die Stirn in Falten, stützte sich mit der Hand auf den Monitor und las den Rest des Berichts:

Dabei fiel kein einziges Wort, und von dem Augenblick an kann ich mich an nichts mehr erinnern. Erst später bin ich mit Kopfschmerzen und einem völlig ausgedörrten Hals wieder aufgewacht. Ich weiß nicht, wie lange ich bewusstlos gewesen bin. Ich war mit Handschellen irgendwo festgekettet, außerdem hatte ich einen Knebel im Mund, und meine Augen waren verbunden. Ich wusste nicht, in welchem Raum ich war, aber ich habe meine Frau weinen hören, und es klang, als ob das Weinen aus dem Gang kam, der sich nach meinem Empfinden irgendwo über und hinter mir befinden musste. Deshalb habe ich angenommen, dass ich im Wohnzimmer bin. Außerdem habe ich den Teppichboden erkannt, weil er nämlich neu ist. Ich wusste nicht, wie spät es ist, weil es dunkel war, aber als dann die Sonne aufging, konnte ich durch die Augenbinde das Licht erkennen, und ich hatte den Eindruck, dass es aus der Küche im hinteren Teil des Hauses in den Raum fiel. So habe ich dort drei Tage gelegen und während dieser ganzen Zeit meinen Sohn weder gesehen noch gehört, obwohl ich meine Frau zwischendurch des Öfteren habe weinen hören. Ich weiß nicht, was mit meinem Sohn passiert ist. Einmal konnte ich den Mann kurz durch einen Schlitz unter der Augenbinde sehen. Ich glaube, er war sehr groß, vielleicht sogar größer als ich. Ich würde sagen, er war Ende zwanzig, Anfang dreißig, denn er erschien mir sehr stark, und er muss auch stark gewesen sein, um mich aus dem Gang in das Wohnzimmer zu schleppen. Er hatte schmutzige weiße Turnschuhe an den Füßen, ich konnte die Marke nicht erkennen, aber sie sahen aus wie alte Hi-Tecs oder so was. Er hatte sehr große Füße. Ich habe gehört, wie er an der Wand irgendwelche Übungen gemacht hat, und einmal hat er sich in die Ecke des Raumes gehockt – das konnte ich an seinen Atemgeräuschen erkennen –, als ob er sich auf mich stürzen will, hat es dann aber doch nicht getan. Ich weiß auch noch, dass er ständig so merkwürdig geschnüffelt hat – als ob er etwas riecht. Genau wie meine Frau, die hat in letzter Zeit auch ständig behauptet, dass sie etwas riechen kann. Am Montagmorgen, glaube ich, habe ich dann das Bewusstsein verloren. So wie ich meinen Sohn kenne, kann ich mir nicht vorstellen, dass er das Haus freiwillig mit einem Fremden verlassen hätte. Ich kenne den Mann nicht, der in meinem Haus gewesen ist, und ich wüsste auch niemanden, der einen Groll gegen mich persönlich oder gegen meine Familie hegt.

»Und das war's dann auch schon.« Souness öffnete eine neue Datei und fasste zusammen, wie der Zeuge auf sie gewirkt hatte – wie sie seinen Geisteszustand, seine Intelligenz, seine sprachliche Kompetenz und seinen Gemütszustand einschätzte (Mitleid erregend: »Peach war während der Vernehmung zweifellos sehr verwirrt«, schrieb sie, »und hat ständig geweint, sobald der Name seines Sohnes erwähnt wurde.«)

»Und was ist mit den Fotos – und mit der Kamera?«

»Nichts.« Sie schüttelte den Kopf. »Carmel muss sich das wohl eingebildet haben. Ich habe ihn gefragt, aber er kann sich definitiv nicht an Fotoaufnahmen erinnern.«

»Und da ist er sich ganz sicher?«

»O ja – ich habe ihn sogar zweimal gefragt.«

»Scheiße.« Während Souness weiter an ihrem Bericht tippte, setzte sich Caffery an seinen Schreibtisch und überflog kurz die Notizen, die Kryotos an seinen Monitor geklebt hatte. Die einzigen Nachrichten: Rebecca hatte angerufen, ein paar Journalisten wollten ein Interview. Außerdem vermeldete Kryotos, dass sie die Abteilung kontaktiert habe, die sich mit der Identifizierung – innerhalb des Stadtgebietes aufgefundener – anonymer Leichen befasste. Aber Caffery wusste sofort, dass sie dort nichts erreicht hatte: Ganz London interessierte sich brennend für Rory Peach. Sicher hätte sich die für anonyme Leichenfunde zuständige Abteilung schon mit Shrivemoor in Verbindung gesetzt, falls irgendwo ein toter kleiner Junge gefunden worden wäre. Er klebte sich die letzte Post-it-Nachricht an den Finger und starrte geistesabwesend auf das Papier. Wo konnte der kleine Rory Peach nur abgeblieben sein? Und gab es vielleicht irgendwo Fotografien, auf denen das Verbrechen dokumentiert war? Ein Blitzlicht. Das Surren einer Kamera. So etwas konnte man sich doch nicht einfach einbilden. Oder hatte Carmel sich das vielleicht nur ausgedacht? Aber falls sie die Wahrheit gesagt hatte, dann war es immerhin möglich, dass Alek im Wohnzimmer von den Fotoaufnahmen nichts mitbekommen hatte, weil der Fremde seine Fotos vorne im Gang gemacht hatte. *Was, zum Teufel, kann jemand mit Fotos von einem blöden Hausflur anfangen?*

Er lehnte sich in seinem Stuhl zurück und seufzte. Ihm fiel einfach nichts mehr ein. »Wenn wir von dem Kerl wenigstens die DNS hätten, dann könnten wir in dem Viertel einen Reihentest durchführen.«

Souness blickte auf. »Richtig. Wenn wir eine Leiche hätten, dann dürfte es eigentlich nicht sehr schwierig sein, DNS zu beschaffen.«

»Und wie gehen wir jetzt weiter vor?«

»Ach, Jack, das wissen Sie doch selbst genauso gut. Noch mal ausführlich mit Peach sprechen, falls die Ärzte es erlauben, ein exaktes Opferprofil und die Ausweitung unserer Fahndungsaktivitäten und ...« Sie hielt inne. »Den Park samt Umgebung können wir jedenfalls erst mal vergessen ...« Noch bevor sie ihn mit der erhobenen Hand beschwichtigen konnte, holte Caffery tief Luft. »Ich weiß, ich weiß, die Idee gefällt Ihnen nicht ...«

»Stimmt *haargenau* – ich glaube nämlich weiterhin, dass wir ihn irgendwo dort finden. Wie hätte der Kerl denn den Park mit einem strampelnden Kind verlassen sollen, ohne dass ihn jemand dabei gesehen hätte?«

»Und wenn das Kind nun einfach neben ihm hergegangen ist?«

»Niemand hat den Jungen gesehen. Außerdem fehlt keines von Rorys Kleidungsstücken. Er muss also nackt gewesen sein.«

»Und wenn der Täter Kleider mitgebracht hat?«

»Rory hat geblutet und stand unter Schock – ich kann mir das einfach nicht vorstellen.«

»Aber im Park ist er nicht.«

»Nein«, räumte Caffery ein und tastete mit der Hand nach der Reisetasche unter dem Schreibtisch. Er brauchte jetzt unbedingt einen Drink. »Sieht nicht so aus.« Er brachte eine Flasche Scotch zum Vorschein und sah Souness an, doch die schüttelte bloß den Kopf.

»Nein.« Sie drückte auf die Maustaste und ließ ihren Bericht nebenan im Büro ausdrucken. Dann stand sie auf, streckte sich und sah auf die Uhr. »Schon verdammt spät. Ich muss mich unbedingt ein paar Stunden aufs Ohr hauen.«

Sie ging nach nebenan, um den Kollegen je eine Kopie ihres Berichts in das Fach zu legen, sodass Caffery ein paar Minuten allein war. Er hielt die Flasche in der Hand und betrachtete seine Augen, die sich vor dem Hintergrund der Croydoner Hochhäuser im Fenster spiegelten. Und wie sollte es weitergehen, wenn Rebecca Recht hatte – wenn jeder, der ihn aus der Nähe betrachtete, in seinen Augen die gefletschten Zähne eines Killers sehen konnte?

Wenn du nicht endlich die Kraft aufbringst, von hier wegzuziehen, wenn du dich jetzt wieder in einen Fall verrennst, der sämtliche Sicherungen in dir durchknallen lässt, dann wirst du es wieder tun – einfach so: Peng!

Er hatte die Tasse halb voll gegossen, leerte sie in einem Zug und starrte sein Gesicht und seinen grünen Schlips an, den er wie einen Schal um den Hals gehängt hatte.

… Du wirst es wieder tun.

Nein, sie irrt sich, dachte er. Sie sagt das bloß, damit ich aus dem Haus ausziehe. Als Souness schließlich zurückkam, drehte er sich um und sah sie an. »Danni?«

»Ja, was?«

»Was hat sich vorhin eigentlich abgespielt? Ich meine, wieso hat Peach das mit meinen Augen gesagt?«

»Hm – keine Ahnung.« Sie zuckte die Schultern und beugte sich über ihren Computer, um das Gerät auszuschalten. »Sie wissen doch, wie die Leute in solchen Situationen reagieren – wahrscheinlich leidet er unter posttraumatischem Stress. Wollte vielleicht lieber mit einer Frau reden – selbst mit einer hässlichen alten Lesbe.« Sie richtete sich wieder auf, schlüpfte in ihre Jacke, sah ihn lächelnd an und klopfte ihm auf die Schulter. »Mit Ihren Augen ist alles in Ordnung, Jack, glauben Sie mir. Fragen Sie doch einfach eine der jungen Kolleginnen, ob mit Ihren Augen irgendwas nicht stimmt, dann werden Sie schon die richtige Antwort erhalten.« Sie hustete, streckte sich und strich sich mit den Händen über die Jacke. »Im Übrigen sind Sie mit dieser Frage bei mir an der falschen Adresse. Fällt leider nicht in mein Ressort.«

7. KAPITEL

Er rief Rebecca an. Das Gewicht des gesamten Tages lastete noch auf ihm. »Lass uns einfach nach Hause fahren, ein bisschen was kochen und dann ins Bett gehen ...« Doch sie war nicht zu bremsen. Sie war gerade in Brixton – und zwar auf einem privaten Empfang in einer Galerie an der Coldharbour Lane –, und sie wollte unbedingt, dass er sie dort abholte. »Also gut«, sagte er, »ich komme gleich dort vorbei, und dann kaufen wir ein bisschen was ein – Wildreis und Lammfleisch und eine Flasche Rotwein – und kochen zu Hause was Schönes.« Aber er spürte sofort ihren Widerstand und dass sie unbedingt auf der Party bleiben wollte.

Als er den Wagen auf der Effra Road parkte, eilten scharenweise hübsche junge Frauen an ihm vorüber, die aus Westlondon und den umliegenden Grafschaften per Bus angereist waren und auf ihren merkwürdigen langen Beinen und mit zurückgeworfenem Kopf und strahlenden Gesichtern Richtung Zentralbrixton marschierten. Sah ganz danach aus, als ob sie gar nicht wüssten, was knapp einen Kilometer entfernt im Brockwell Park passiert war, und als ob sie noch nie von Rory Peach gehört hatten. Er schob den Schlüssel in die Tasche, ging über den Windrush Square in die Coldhabour Lane und steuerte dort das am hellsten strahlende Gebäude an, eine große lebendige Säule aus Hitze und Farbe: die Air Gallery, ein riesiges Industriegebäude aus texturiertem Beton und galvanisiertem Stahl. Als er näher kam, sah er unten im Eingang des Gebäudes Rebecca, die an einem Cocktail nippte und auf die Uhr schaute.

Er konnte sich noch gut an die Zeiten erinnern, als sie völlig entspannt – die Hände auf dem Rücken verschränkt und mit lässig gekreuzten Beinen – auf ihn gewartet hatte. Jetzt stand sie, in einer kurzen Lederweste und einer knallrosa Kampfhose und mit ihren neuesten Accessoires behängt, fast breitbeinig da und hatte eine Ausstrahlung, die nichts Gutes ahnen ließ.

»Jack.« Sie schob ihren langen braunen Arm unter sein Jacket, zog ihn an sich und erwartete auf Zehenspitzen einen Kuss. Ihre Nase war warm, und ihr Atem roch nach Orange und Cointreau. Er bemerkte sofort, dass sie betrunken war. »Ich habe gerade mit einem Typen von der *Times* gesprochen, und Marc Quinn ist auch da – weißt du, der Typ mit dem Kopf aus gefrorenem Blut. Also Quinn ist da und außerdem noch Ron Mu.«

»Großartig – können wir jetzt gehen?«

»Außerdem hab ich diesem Menschen von der *Times* erzählt, dass ich vorhabe, noch mehr von meinen Vaginas zu machen ...«

»Wird ihn sicher gefreut haben.« Er versuchte, ihr den Cocktail wegzunehmen, aber sie grinste ihn nur an und schwenkte direkt vor seiner Nase eisklirrend das mit einer erdbeerfarbenen Flüssigkeit gefüllte Glas.

»*Diabolo*«, sang sie und machte eine lockende Bewegung mit dem Zeigefinger. »Ein *Diiii-aaabolo* – der *Teufel*.«

»Becky.« Er wurde allmählich nervös. »Können wir jetzt bitte was zu essen einkaufen und dann nach Hause fahren ...« Er hielt inne. Eine Japanerin in PVC-Stiefeln und einem weißen Plastikmantel trat soeben aus der brechend vollen Galeriebar und starrte Rebecca an. Caffery kannte bereits die magnetische Wirkung, die seine Freundin auf Fremde ausübte – auch wenn ihm das nicht gefiel. Er sah die Frau an. »Was ist los?«

Die Japanerin musterte ihn mit einem langen kühlen Blick, zog eine Kamera aus der Tasche und hatte bereits zweimal den Auslöser betätigt, bevor er überhaupt kapierte, was los war. »Hey!« Sie huschte zurück in die Galeriebar, und Caffery fasste Rebecca am Arm. »Los, komm schon – lass uns endlich gehen.« Er nahm ihr den Drink aus der Hand und stellte das Glas vor der Galerie einfach auf den Gehsteig. »Komm, wir müssen noch einkaufen.«

Sie trottete lächelnd neben ihm her und plauderte über all die

Journalisten, denen sie begegnet war. Er hatte es eilig und achtete nicht auf ihr Gerede. Woher kam nur plötzlich diese gnadenlose Fröhlichkeit? Etwa einen Monat nach Abschluss der Ermittlungsarbeiten war sie plötzlich wie ausgewechselt gewesen. In den ersten Wochen, als sie ständig Termine im Krankenhaus gehabt hatte und er mit den Ermittlungen befasst war, hatte zwischen ihnen ein merkwürdiges Schweigen, eine fast unwirkliche Atmosphäre geherrscht. Bliss' Name war damals kein einziges Mal gefallen. Doch dann hatte Rebecca gleichsam über Nacht plötzlich angefangen zu reden. Aber nicht etwa mit ihm, nein, mit irgendwelchen Idioten von der Presse. Mit ihm sprach sie bis heute nicht darüber.

Und wie wär's, wenn du zur Abwechslung mal mit mir *darüber sprechen würdest?*

Hab ich doch schon. Schließlich hast du meine Aussage zu Protokoll genommen.

Und dann hatte sie plötzlich angefangen, sich hinter ihrer idiotischen Kunst zu verschanzen. Gipsabgüsse von den Genitalien anderer Frauen. Genauso absurd wie deprimierend – die Wende. Manchmal hatte er das Gefühl, dass sie im Stande war, die Regungen ihres Herzens vollkommen von ihrem Körper abzukoppeln, und das auf eine Weise, die ihm – in seiner schlichten Art – völlig unbegreiflich erschien.

»Du hättest ruhig ein bisschen netter zu der Frau sein können«, sagte sie, als sie gerade bei Tesco's um die Ecke bogen. »Du weißt ja nicht mal, wer sie war. Vielleicht arbeitet sie für eine Zeitung.«

»Vielleicht war sie aber auch bloß eine blöde Zicke.«

»Du willst einfach nichts begreifen.« Sie ging ein paar Schritte hinter ihm her, betrachtete gelangweilt die Produkte in den Regalen und ließ wie ein Schulmädchen die Arme schlenkern. »Ich muss mich auf solchen Veranstaltungen nun mal produzieren – das gehört zum Spiel.«

»Aber ich hab keinen Bock darauf.« Er ging einfach weiter, ohne auf sie zu warten, wollte den Einkauf möglichst rasch hinter sich bringen und dann nach Hause gehen. Nebenbei beobachtete er mechanisch die anderen Kunden und überlegte, ob Rory Peachs Entführer wohl darunter sei. Er rechnete schon fast damit, dass jeden Augenblick jemand mit dem Finger auf ihn zeigen und sagen würde: *Warum suchen Sie nicht dieses entführte Kind? Woher nehmen Sie nur die Frechheit, sich in der Pasta-Abteilung von Tesco's rumzutreiben, obwohl der kleine Rory noch immer wie vom Erdboden verschluckt ist?* Er warf eine Packung Reis in den Korb und ging dann weiter. Rebecca schlenderte hinter ihm her. »Ich hab einfach keinen Bock darauf, dir den ganzen Abend dabei zuzusehen, wie du mit jedem Flachkopf herumalberst, der ein Mikrofon oder einen Stift halten kann.«

»Oooohhh«, trällerte sie hinter ihm. »Warum sind wir denn heute Abend so schlecht gelaunt?«

Er sagte nichts, ging nur etwas schneller.

»Liegt es vielleicht an dem Fall, mit dem wir gerade befasst sind?«, flüsterte sie und trat näher an ihn heran. »Fühlen wir uns durch die Geschichte vielleicht an etwas erinnert, was wir lieber *vergessen* möchten? Ist *das* vielleicht der Grund?«

»Könnten wir vielleicht mal das Thema wechseln?«

»Oh, Jack! War doch nur ein *Spaß*.« Sie ging an ihm vorbei, blieb dann stehen, nahm eine Flasche Rotwein aus dem Regal und drehte sich zu ihm um. »Du musst lernen, die Dinge etwas leichter zu nehmen – du nimmst alles so *ernst*.«

»Ja, mir ist es auch völlig ernst, Becky. Hör endlich auf mit diesem Quatsch.« Er ging an ihr vorbei. »Es sei denn, du möchtest wirklich offen mit mir sprechen – aber das kann ich mir kaum vorstellen.«

»Oooh!« Sie ging jetzt neben ihm her und grinste ihn an. »Keine Ahnung, wovon du sprichst.«

»Ich finde das alles überhaupt nicht komisch.«

»Musst du schon *mir* überlassen, ob ich etwas komisch finde. Immerhin ...« Sie bog plötzlich den Kopf zurück, warf die Flasche in die Luft und beobachtete das Glitzern des Glases über ihrem Kopf. Dann fing sie die Flasche wieder auf und lächelte ihn fröhlich an. »... bin *ich* damals vergewaltigt worden.«

»Mein Gott.« Er ging angewidert weiter, doch sie war sofort wieder neben ihm und grinste ihn von der Seite an.

»Offenbar kannst du die Vorstellung nicht ertragen, dass ich im Gegensatz zu dir nicht traumatisiert bin«, sagte sie. »Worüber soll ich mir denn den Kopf zerbrechen? Schließlich habe *ich* es erlebt. Und ich setze mich schon irgendwie damit auseinander.«

»Glaubst du etwa, dass du dich mit deiner Arbeit wirklich damit *auseinander setzt*? Meinst du im Ernst, dass du dich damit *auseinander setzt*, wenn du irgendeinem Arschloch vom *Guardian* erzählst, wie diese Erfahrung deine Kunst beeinflusst hat? Scheint so, als ob du eine reichlich perverse Vorstellung davon hast, was es bedeutet, sich mit etwas *auseinander zu setzen*.«

»Oooh – sogar pervers!« Sie beschleunigte ihr Tempo, drehte sich dann zu ihm um und ging rückwärts durch den Gang zwischen den Regalen hindurch. »*Perrr-vers*«, trällerte sie, ließ die Flasche wieder durch die Luft wirbeln und hätte sie beim Auffangen fast verfehlt. Ein Pärchen schob sich misstrauisch an ihr vorbei und drückte sich fast ängstlich gegen die Regale. »Also dieser Typ ...« Rebecca stellte sich Caffery mit strahlendem Gesicht in den Weg. Erst jetzt konnte er die Aufschrift auf ihrer Lederweste richtig erkennen. Dort stand in weißen Buchstaben Artikel fünf der Anstaltsregeln von Alcatraz geschrieben: *Sie haben ein Anrecht auf Nahrung, Kleidung, einen Schlafplatz und medizinische Betreuung. Alle sonstigen Annehmlichkeiten sind lediglich auf die Großzügigkeit der Anstaltsleitung zurückzuführen.* »Also dieser Typ sagt zu seiner Freundin: ›Komm, lass uns Analsex machen ...‹«

»Rebecca ...«

»Also der Typ sagt: ›Komm, lass uns Analsex machen.‹ Und sie sagt: ›Analsex? Ist das nicht ein bisschen pervers?‹ Und er sagt ...«

»Bitte – halt doch endlich den Mund ...«

»Und er sagt: ›Pervers? *Pervers?* Was ist denn das für ein Wort – aus dem Mund einer Zehnjährigen.‹« Sie ließ ihren Oberkörper vornüber sinken, presste die Flasche gegen ihre Beine und schüttete sich aus vor Lachen. »*Einer Zehnjährigen!*«

»Ja, sehr witzig.« Er versuchte, irgendwie an ihr vorbeizukommen, doch sie hüpfte ständig hin und her und versperrte ihm den Weg.

»Also, Jack, stell dich doch nicht so an. Du solltest häufiger das Handbuch der gelungenen Paarbeziehung konsultieren. Dort heißt es nämlich: Lachen Sie über die Witze Ihres Partners ...«

»Würdest du jetzt bitte aufhören!« Er hielt ihr drohend einen Finger vor das Gesicht, und sie fuhr überrascht zurück. »Kannst du bitte mal für eine Sekunde die Schnauze halten!« Er trat ganz nahe an sie heran und sprach fast flüsternd, damit niemand anderer ihn hören konnte. »Kannst du bitte mal versuchen, dir vorzustellen, wie es für *mich* war, als ich dich damals gefunden habe und du *an diesem verdammten Scheiß-Haken unter der Zimmerdecke gebaumelt hast.* Ich hab damals geglaubt, dass du tot bist – er hat nämlich zu mir gesagt, dass er dich zuerst gefickt und dann umgebracht hat. Was glaubst du, wie ich mich damals gefühlt habe?«

Sie klimperte mit den Augen, und diese Reaktion brachte ihn vollends in Rage. Er knallte den Einkaufskorb mit solcher Wucht auf den Boden, dass die Flaschen klirrten, und tastete in der Tasche nach seinen Schlüsseln. *Sie will es nicht anders, sie hat es darauf angelegt.* Dann holte er tief Luft und machte sich darauf gefasst, dass sie rempelnd und schimpfend neben ihm hergehen würde. Er wollte sie wegstoßen, sie durchschütteln, ihr wehtun. Und als er schließlich am Ausgang stehen blieb und sich umdrehte, wusste er, dass ihm genau das gelungen war.

Sie stand im gleißenden Neonlicht reglos zwischen den Regalen mitten im Gang – eine einsame kleine Gestalt, ganz allein in dem riesigen Supermarkt. Er ging ein paar Schritte in den Gang zurück. »Becky?«

Sie machte eine knappe Kopfbewegung und drückte das Kinn ein wenig nach unten, sagte aber nichts. Er nahm ihre kalte Hand. *Toll – dann hast du es also geschafft – herzlichen Glückwunsch.*

Beschämt und wütend auf sich selbst, lief er mit Rebecca durch die Brixtoner Straßen zum Auto zurück. Sie fuhren schweigend nach Hause. Dort ging sie mit einer Flasche Blavod und einer Packung Zigarillos sofort nach oben und legte sich, ohne etwas zu essen, ins Bett. Den ganzen Abend wechselten sie kein weiteres Wort.

8. KAPITEL

(20. Juli)

Widerstrebend dehnte die Mordkommission die Suchaktion und die Ermittlungsarbeiten über den unmittelbaren Bereich des Parks und die umliegenden Straßen hinaus aus. Detective Sergeant Fiona Quinn fuhr zum Donegal Crescent. Zwar war der Zutritt zu dem Haus noch immer untersagt, damit die Spezialchemikalien der Spurensicherung ihre Wirkung entfalten konnten, doch sie ging trotzdem hinein und kehrte in der Ecke, in der sich der Täter laut Alek Peach die meiste Zeit aufgehalten hatte, nochmals die Partikel auf dem Teppichboden gründlich zusammen. Alek Peach hatte das Krankenhaus inzwischen – ohne Rücksprache mit den Ärzten – einfach verlassen.

»Was?«

Caffery stand mit ungläubigem Gesicht in der Tür des Dienstzimmers. Er hatte noch sein Jackett an, sein Haar war nass, und er hielt eine Tasse von dem köstlichen Kaffee in der Hand, für den Kryotos auf dem Revier berühmt war.

»Jawohl, heute früh.« Souness hatte ihren linken Fuß auf dem rechten Knie platziert und war damit beschäft, mit einem Schraubenzieher einen Stein aus dem Profil ihres Cowboystiefels zu entfernen. Neben ihr auf dem Schreibtisch lagen mehrere mit Rastern überzogene und nach Zonen eingeteilte Karten, auf denen die von den Suchtrupps bisher durchkämmten Areale verzeichnet waren. Ihr Sonnenbrand hatte über Nacht eine bräunliche Färbung angenommen, die ihre normalerweise unauffälligen Augen sternenblau erscheinen ließ. »Der Mann ist zwar gesundheitlich über den Berg – aber sein Zustand ist ihm offenbar egal, der ist nur daran interessiert, sich möglichst schnell eine Superking zwischen die Zähne zu schieben. Der Stationsarzt ist stinksauer.«

»Und wo ist er jetzt?«

»Bei den Nersessians.«

Der Beamte, den Souness zu den Nersessians geschickt hatte, rief an und erstattete Bericht über Alek Peachs Befinden: »Der Mann hat den Weg vom Krankenhaus bis Guernsey Grove nur geflennt.« Er hatte Mrs. Nersessian – die ihm mit weit geöffneten Armen und einem tragischen Ausdruck auf dem Gesicht entgegengeeilt war – bei der Ankunft vor ihrem Haus einfach ignoriert und war direkt nach oben in das Zimmer gegangen, in dem Carmel Peach noch immer auf dem Bett lag. Dann hatte er sich einfach neben sie gelegt und die Arme um sie geschlungen. So hatten sie wohl eine Stunde wortlos dagelegen und geraucht, als ob der blaue Dunst der eigentliche Kitt ihrer Ehe wäre. Und übrigens, hatte der Beamte gefragt, der inzwischen bereits ein Pfund Baklava und vier Tässchen Mokka verdrückt hatte, was schuldete Mrs. Nersessian den Peaches eigentlich? Wenn es ihr nur darauf ankommt, möglichst viele Leute mit ihren in Weinblätter gewickelten *mazzas* abzufüllen, wieso muss sie dann diese Leute auch noch tagelang beherbergen?

Caffery hörte Souness schweigend zu. Er hatte nachts kein Auge zugetan. Rebecca hatte mit geschlossenen Augen neben ihm gelegen, doch er hatte genau gespürt, dass sie genauso wenig schlief wie er selbst. Er wusste, dass sie ein gespenstisches Bild von sich selbst vor Augen hatte – ihren eigenen, völlig verdrehten Körper, der von der Decke herabbaumelte. Ja, er hatte in ihr sämtliche frisch vernarbten Wunden wieder aufgerissen, über die sie nicht sprechen wollte – tatsächlich hätte er ihr genauso gut einen Schlag ins Gesicht verpassen können. Jetzt rieb er sich die Augen. »Danni.«

»Hm, ja.«

»Ich geh noch mal mit der Hundestaffel in den Park – nicht lange.«

»Was?« Sie sah ihn an. »Was soll das heißen? Wir sind doch fertig dort?«

»Ich meine mit den Leichen-Spürhunden. Wir finden den Jungen doch ohnehin nicht mehr lebendig.« Er kratzte sich im Nacken »Ich meine, dazu ist es inzwischen definitiv zu spät.«
»Das möchte ich nicht gehört haben, Jack. Ich möchte nicht, dass Sie so etwas sagen.«
»Trotzdem möchte ich mit den Hunden noch mal in den Park.«
Sie sah ihn lange an. »Hm. Also Jack – wenn man Ihnen den kleinen Finger gibt ...« Dann machte sie sich kopfschüttelnd wieder an dem Stein in ihrer Sohle zu schaffen. Als sie endlich fertig war, warf sie das Steinchen in den Papierkorb und putzte sich die Hände ab. »Na gut, dann tun Sie, was Sie nicht lassen können. Aber erzählen Sie um Gottes willen keinem von diesen Schreibknechten, was Sie mit den Hunden dort tun. Ich möchte nämlich nicht, dass die Zeitungen darüber berichten.«

Nebenan hatte sich Marilyn Kryotos inzwischen ihrer Schuhe entledigt, wie sie es immer tat, bevor die Beamten zur Arbeit erschienen. Sie führte gerade ein Telefonat, und Caffery blieb einen Augenblick auf der anderen Seite ihres Schreibtischs stehen und beobachtete sie. Sie sah ihn zwinkernd an, und er malte ein Fragezeichen in die Luft. Als sie das Gespräch beendet hatte, richtete sie sich in ihrem Stuhl auf und drückte sich die Hände ins Kreuz. »Das Revier in Dulwich.«
»Und?«
»Das hier.« Sie gab ihm das Blatt, auf dem sie sich ein paar Notizen gemacht hatte. Das Suchwort »Troll« hatte einen äußerst merkwürdigen alten Fall wieder zum Vorschein gebracht. Es handelte sich dabei um einen sexuellen Übergriff auf einen elfjährigen laotischen Jungen namens Champaluang Keoduangdy. Passiert war der Zwischenfall damals in dem momentan trocken liegenden Bootsweiher im Brockwell Park. »Ich werde heute noch versuchen, den Mann ausfindig zu machen, doch bis dahin müssen wir uns mit einem Inspector in Brixton begnügen, der schon in den Achtzigern dort gearbeitet hat und sich vielleicht noch an was erinnern kann.«

»Und – hat man den Täter damals überführt?«
»Nein – außerdem sind solche Leute zu der Zeit noch nicht registriert worden.«
»Würden Sie bitte für mich mit dem Opfer und mit diesem Inspector Termine vereinbaren?«

Im Brockwell Park stieg die Sonne hinter dem riesigen Arkaig Tower immer höher. Noch lag ein Teil der Anlage im Schatten des Ungetüms. Zwei Hundeführer in blauen Hemden zogen sich neben dem Einsatzwagen ihre Schutzanzüge an. Auf dem Beifahrersitz des Lieferwagens lagen zwei Schutzmasken, und die Hunde im hinteren Teil des Gefährts waren nicht dieselben, die während der vergangenen zwei Tage zum Einsatz gekommen waren. Vielmehr waren die Tiere auf Verwesungsgerüche trainiert.

»Sie wissen doch hoffentlich, dass die Hunde vielleicht Schaden anrichten, wenn sie ihn finden.« Der Sergeant sah ihn verlegen an. »Es gelingt uns nicht immer, das zu verhindern, sie sind nämlich hungrig.« In einer Dewhurst-Einkaufstüte lagen für die Hunde – seit drei Tagen ungekühlte – Schweinefüße bereit, damit die Tiere später ihren Hunger stillen konnten, falls sie den toten Rory Peach nicht finden sollten.

»Ja.« Caffery rieb sich die Nase und ließ den Blick über die Baumwipfel schweifen. Er war fest davon überzeugt, dass der Junge irgendwo in dem Park versteckt war, und ihm blieb keine andere Wahl, als auf diese Intuition zu vertrauen. »Ja, weiß ich.«

Die Hundeführer begannen die Suche unweit des Wagens und stießen zunächst mit schweren Metallstäben ein paar Löcher in den Boden. Die Hunde kannten das Ritual nur zu gut und wussten sofort, dass es jetzt losging, aufgeregt sprangen sie umher. Während die Hunde die Schnauzen in die Löcher im Boden steckten, das Unterholz durchstöberten und die Uferbefestigung der Seen beschnüffelten, schöpfte Caffery erstmals wieder ein wenig Hoffnung. Allerdings sind hohe Temperaturen nicht nur für die Infrarottechnik eines Helikopters ein Problem, sondern auch für das Geruchsorgan eines Hundes. Nach einer Stunde hatten die Tiere noch immer nichts gefunden. Die Beamten schwitzten in ihren Schutzanzügen und wechselten zunehmend skeptische Blicke. Doch Caffery war noch nicht bereit aufzugeben. Er beobachtete Texas, den größeren der beiden deutschen Schäferhunde. Von Zeit zu Zeit hob der Hund verwirrt den Kopf und sprang nervös im Kreis herum.

»Los, komm schon, Junge.« Der Hundeführer versuchte immer wieder, das Tier zum Weitersuchen zu animieren. »Los, such ....«

Doch allmählich machte das merkwürdige Gebaren des Hundes Caffery stutzig. Die Einsatzkräfte hatten zwar jeden Quadratzentimeter des Parks durchsucht, aber sie hatten irgendetwas übersehen, davon war er überzeugt. Eine dumpfe Ahnung rumorte in ihm, doch der entscheidende Geistesblitz wollte sich noch immer nicht einstellen.

Du weißt doch angeblich ganz genau, wie so ein Mörder tickt – bildest du dir jedenfalls ein –, trotzdem kapierst du nicht, was hier los ist.

Was ist das – ein Troll, Danni?

Ein alter Schwuler, der es mit kleinen Jungen treibt. Ein alter Homo, der von Baum zu Baum springt.

Er sah Rebecca vor sich, wie sie sich vor wenigen Tagen abends an den Ast der Buche geschmiegt hatte. *Auch Zeus' Wiege hing am Ast eines Baumes.* Er dachte an den kleinen Jungen in der Clock-Tower-Grove-Wohnanlage, der gesagt hatte, dass der Troll an Fallrohren hinaufkletterte. Und plötzlich fiel es ihm wie Schuppen von den Augen. Ja, er hatte sich nicht geirrt: Rory war tatsächlich noch in dem Park. Und er glaubte jetzt auch zu wissen, wo.

Um 12 Uhr 30 kam Hal Church aus seinem Möbel-Design-Studio in der Coldharbour Lane zum Mittagessen nach Hause. Er war ein groß gewachsener Mann mit mittelblonden Haaren, die sich oberhalb der sonnengebräunten Stirn bereits etwas lichteten. Mit seinen hochgerollten Hemdsärmeln erinnerte er mehr an einen breitschultrigen Handwerker als an einen Designer.

Benedicte war gerade damit beschäftigt, einige Tesco's-Tüten auszupacken, und Hal legte seine Hände auf ihre Hüften und küsste sie in den Nacken. Dann schob er sie sanft zur Seite, um eine Tüte Brezeln aus dem Küchenschrank zu angeln. Zwischen den beiden hüpfte Josh um die Einkaufstüten und inspizierte neugierig die Einkäufe seiner Mutter.

»Mami, wo ist das Sunny Delight?«

»Sunny Delight.« Hal legte sich die Hand auf die Stirn. »Oh, mein Gott, der arme Junge ist ja schon ganz orange von dem Zeug.«

»Paa-pi!« Josh fuhr herum und hielt sich die Hände vor das Gesicht. »Erzähl doch keinen Unsinn.«

»Hey, was ist los – kleine Orange?«

Josh kicherte und hob drohend die Hände. »Sag das noch mal, Mann, wenn du auf Ärger aus bist.«

»Josh.« Ben zog eine Packung Mozzarella aus einer der Tüten und legte den Beutel auf die Arbeitsfläche, wo schon sämtliche Zutaten für eine Pizza bereitlagen. »Könntest du bitte aufhören, so zu reden? Ich finde diesen Ton gar nicht witzig.«

Josh senkte den Kopf und verzog das Gesicht.

»Josh, komm mal her.« Hal beugte sich zu seinem Sohn hinab, bis sich sein Mund ganz nah an dessen Ohr befand. »Für einen weißen Jungen bist du ganz schön clever«, flüsterte er.

»Du sagst es, Mann.« Josh sah seinen Vater verschwörerisch an.

»Um Himmels willen, hört doch endlich auf mit dem Quatsch, ihr zwei.« Benedicte verpasste Hal einen sanften Stoß in den Bauch. »Los, gib ihm was zu trinken, der arme Junge ist ja schon halb verdurstet.«

»Warum gibst du ihm nicht erst mal 'ne Packung Rothman's, ist doch viel wichtiger? Josh? Und wenn mal wieder 'ne Entziehungskur angesagt ist, brauchst du es bloß zu sagen, okay?«

»Hey, Papi.« Josh stellte die Sunny-Delight-Flasche auf den Küchentisch und holte sich ein Glas. »Mami hat vorhin die Bullen geholt.«

»Die *Polizei*, Josh, nicht die *Bullen*. Wo schnappst du denn diese Wörter nur auf?«

»Die Polizei?« Hal sah Ben besorgt an. »Und wieso?«
»Wir hatten keine andere Wahl.« Josh stellte das Glas auf die Arbeitsfläche und versuchte, die Flasche mit den Zähnen aufzumachen. »Jemand wollte Smurf klauen.«
»Was?«
»Erzähl ich dir später«, murmelte Benedicte und richtete einen viel sagenden Blick in Joshs Richtung. »Josh, nicht mit den Zähnen, bitte.« Sie nahm ihm die Flasche weg und zog den Plastikstreifen mit den eigenen Zähnen von dem Verschluss. »Und jetzt nimmst du dein Glas und gehst brav nach drüben, kleiner Mann. Und wenn du ganz artig bist, lass ich später das Planschbecken voll laufen, und dann spielen wir Tracy Island.«

»O ja!« Josh salutierte und rannte so schnell nach nebenan, dass er beinahe die Limonade verschüttet hätte. »Virgil Tracy an Kontrollzentrum, Thunderbird vier ist jetzt startklar.« Er warf sich auf das Sofa. »F-A-B!«

Als Josh es sich vor dem Fernseher bequem gemacht hatte, öffnete Hal die Brezeltüte, holte sich eine Flasche Hoegarden aus dem Kühlschrank und sah Benedicte erwartungsvoll an. Da er mit Leinsamen- und Ahornöl arbeitete, waren seine Handflächen dunkel verfärbt, sodass die Lebenslinie deutlich zu sehen war. Seine Frau und sein Sohn bedeuteten ihm alles, und deshalb empfand er jede reale oder eingebildete Bedrohung seiner Lieben als Angriff auf die eigene Person. »Nun sag schon. Was ist denn los?«

»Mein Gott, einfach widerlich.« Sie setzte den Wasserkessel auf, strich sich die Haare aus der Stirn und warf einen Blick ins angrenzende Zimmer, um sich nochmals zu vergewissern, dass Josh nicht zuhörte. Im Fernsehen lief gerade eine Episode der Serie *The Simpsons*. Josh saß mit angezogenen Knien auf dem Sofa, hielt das Glas mit dem Orangensaft an die Lippen gepresst und starrte völlig gebannt auf den Bildschirm. »Also, ich bin heute Morgen zuerst zu diesem Campingladen in Brixton gefahren, und weil Smurf nicht allein im Auto bleiben wollte, hab ich sie draußen angebunden. Als ich an der Kasse gerade die Kühltasche bezahlen will, die ich für Cornwall gekauft habe, drehe ich mich zufällig um und sehe, wie dieser Kerl sie belästigt.«

»Sie belästigt?« Hal schob sich eine Hand voll Brezeln in den Mund. »Was heißt das – *belästigt*?«

Benedicte legte einen Finger an den Mund. »Ja, sexuell belästigt«, zischte sie. »Der Kerl hat ihr die Hand zwischen die Beine geschoben.«

»*Was – dem Hund?*«

»Ja, verdammt. Sag ich doch – es war einfach widerlich. Er hat mit der Hand ihren Schwanz hochgezogen, ungefähr so – ja, wie, hm, wie der Tierarzt den Schwanz einer Kuh anhebt. Und dann hat er sich gebückt und sie ganz aus der Nähe inspiziert und sogar versucht – mein Gott wie schauderhaft –, an ihr herumzuschnüffeln oder so was. Ich hab sofort angefangen zu schreien, und der ganze Laden hat mich angestarrt. Aber mein einziger Gedanke war: Der Dreckskerl kommt mir nicht ungeschoren davon ...«

»Und was war das für ein Typ?«

»Na ja, ein groß gewachsener weißer Mann – er hat weiter hinten im Laden gestanden, während ich das ganze Zeug für Cornwall besorgt habe. Aufgefallen ist er mir, weil er eine Kapuze auf dem Kopf hatte. Außerdem stand er so komisch in der Ecke herum, als ob er nicht gesehen werden will oder so. Ich hatte sofort das Gefühl, dass er mich merkwürdig anstarrt, aber dann ist er rausgegangen, und ich hatte ihn schon wieder völlig vergessen, bis ich plötzlich sehe, dass er Smurfs Schwanz hochhebt ...«

»So ein Schwein ...«

»Jedenfalls wollte ich nicht, dass er sich einfach so verpisst. Deshalb bin ich aus dem Laden gerannt und hab Zeter und Mordio geschrien.« Benedicte machte den Kühlschrank auf und suchte nach der Milch. »Doch dann ist der Kerl die Acre Lane hinuntergerannt, und Josh war ja noch in dem Laden, deshalb bin ich wieder reingegangen ...«

»Jesus ...«

»... und hab die Polizei angerufen und denen die Geschichte

erzählt. Ich meine, ausgerechnet unsere Smurf, die fast taub ist und sich kaum noch auf den Beinen halten kann. Und da kommt so ein Dreckskerl ....«
»Und wieso lachst du die ganze Zeit?«
»Was, ich *lach* doch gar nicht. Jedenfalls hab ich die Polizei angerufen. Als ob wir in den vergangenen Tagen nicht schon genug Polizisten gesehen hätten. Aber ich musste den Kerl einfach anzeigen, obwohl die Polizei natürlich auch nichts machen kann.«
Sie hielt inne und sah stirnrunzelnd in den Eisschrank.
»Und dann?«
»Oh, verdammt – schau dir das mal an!« Sie schlug die Tür zu und sah ihren Sohn an, der selbstvergessen vor dem Fernseher hockte. »Josh.«
»Was hat er denn getan?«
»Er hat wieder im Kühlschrank herumgekramt. *Josh!*«
Der Junge blickte unschuldig in ihre Richtung. »Ja?«
»Komm bitte mal her.«
»So was Idiotisches hab ich ja noch nie gehört.« Hal schob sich wieder ein paar Brezeln in den Mund. »Ein Kerl, der unsere Smurf von hinten inspiziert.«
Gehorsam rutschte Josh vom Sofa und kam in die Küche. Benedicte beugte sich zu ihm hinab. »Wieso hast du den ganzen Kühlschrank umgeräumt?«
»Hab ich doch gar nicht.«
»Bist du sicher?«
»Ja.«
»Du weißt doch, dass die Milch umkippt, wenn du sie auf das Gitter stellst.« Sie öffnete wieder die Eisschranktür: »Also, wenn du es nicht getan hast, dann weiß ich nicht, wer es gewesen sein soll. Vielleicht die Heinzelmännchen?« Sie nahm die Milchflasche heraus und hielt sie gegen das Licht. »O Gott.«
»Bahhh!« Hal verzog das Gesicht. »Ekelhaft. Das stinkt ja grauenhaft.«
»O Gott.« Sie verzog angewidert das Gesicht. »Das stinkt ja wie Pisse.«
»Gib mal her.« Hal nahm die Milchflasche mit ausgestreck-

tem Arm entgegen und ging damit zur Spüle. Dann kippte er den Inhalt in das Becken, spülte die Flasche aus und warf sie in den Müll. Schließlich ließ er das Wasser so lange laufen, bis der Abfluss wieder frei war. »Bahhh! Wann hast du *das* Zeug denn gekauft?«

»Das Verfallsdatum ist jedenfalls noch nicht überschritten.«

»Vielleicht ist der Eisschrank ja kaputt.« Hal öffnete die Klappe und warf einen skeptischen Blick auf die Temperaturanzeige. »Sobald wir aus Cornwall zurück sind, schau ich mir das mal näher an.«

Im Brockwell Park nahm Caffery den jungen Sergeant beiseite. »Ich muss Sie mal was Dummes fragen.«

»Nur zu.«

»Können die Hunde auch etwas riechen, das oben in den Bäumen versteckt ist?«

»In den Bäumen?«

Er nickte. »Ja, zwischen den Ästen.«

»Klar doch.«

»Wirklich?«

»Also – na ja.« Der Beamte rieb sich das Gesicht und errötete leicht. »Sie kennen das doch. Manchmal kommt zum Beispiel ein Flugzeug runter. Und dann kann es passieren, dass irgendwelche *Sachen* in den Bäumen hängen bleiben.« Er blickte nach oben. »Wieso?«

»Keine Ahnung.« Caffery vergewisserte sich, dass niemand sonst ihn hören konnte. Falls er sich täuschte, wollte er hinterher keine großen Erklärungen abgeben. »Also, ist nur so 'ne Idee. Kann ja nicht schaden – oder?«

»Na gut.« Der Beamte ging zum Einsatzwagen hinüber und kramte eine – spazierstockgroße – Stahlrute mit einem grünen Plastikgriff hervor. »Texas?« Der Kopf des Schäferhundes schoss herum, und das Tier sah den Beamten neugierig an, als der mit dem Stab gegen den Stamm einer Kastanie schlug. Dann klopfte der Mann mit dem Stab gegen die Äste, und der Hund verstand. Er richtete die Nase steil in die Luft und trottete mit tief hängendem Schwanz hinter dem Beamten her. Caffery ging ein paar Schritte hinter den beiden her.

Sie umrundeten fast den gesamten Park. Gegen 13 Uhr blieb der Hund plötzlich vor einer riesigen Hainbuche stehen, in deren Laub es von Raupen nur so wimmelte. Er stellte sich auf die Hinterbeine, legte die Pfoten gegen den Stamm und war nicht mehr von dieser Stelle wegzubekommen.

Caffery und seine Begleiter befanden sich genau an der Stelle, wo Roland Klare drei Tage zuvor die Pentax-Kamera und die rosa Handschuhe gefunden hatte.

9. KAPITEL

Caffery, der Leiter der Beweismittelstelle und Detective Sergeant Fiona Quinn trafen im Empfangsbereich des Gerichtsmedizinischen Instituts mit dem Pathologen Harsha Krishnamurthi zu einer Art Vorbesprechung zusammen. Sie saßen an einem Tisch, dessen Plastikfläche mit Blumenmustern verziert war, und sprachen darüber, wie Rory Peach am besten zu obduzieren sei. Hinterher ging Caffery auf die Toilette und kühlte sich das Gesicht mit kaltem Wasser.

Erst vor wenigen Stunden hatte er in dem Park in das Geäst des Baumes hinaufgestarrt. Und dann hatte er plötzlich gesehen, wie Rory dort oben festgebunden war. Sein erster Impuls war es gewesen, direkt zu Pendereckis Haus in Brockley zu fahren, den Mann bei seinen wenigen verbliebenen Haaren zu fassen und so lange mit dem Gesicht gegen die Wand zu knallen, bis der alte Widerling keinen Mucks mehr von sich gab. Der Achtjährige war – zusammengerollt – mit einem Seil an einem Ast festgebunden. Aus der Luft betrachtet, musste er in etwa wie ein Autoreifen erscheinen. Er hatte sich mit den Fingernägeln tiefe Wunden in die eigenen Wangen gegraben. Wäre Rory nur ein wenig größer gewesen, hätten die Suchmannschaften ihn vielleicht früher entdeckt – wenn er vielleicht schon zehn oder elf und nicht erst acht Jahre alt gewesen wäre, dachte Caffery. Und dann stand plötzlich wieder jener siebenundzwanzig Jahre zurückliegende Tag vor ihm, und ihm fiel ein, dass damals niemand in den Bäumen am Bahndamm nachgesehen hatte. An die Bäume hatte niemand auch nur im Traum gedacht. Selbst nach so vielen Jahren fiel ihm immer wieder eine neue Möglichkeit ein, wie Penderecki Ewan damals vor der Polizei versteckt haben konnte.

Er trocknete sich das Gesicht mit einem Papierhandtuch ab und eilte durch den Vorraum, wo in riesigen Schubladen diverse Leichen verwahrt wurden. Vorne an den Fächern steckten kleine Etiketten in den dafür vorgesehenen Metallschlitzen – rosa, wenn es sich um eine weibliche Leiche handelte, und blau, wenn die Leiche männlich war. Nicht nur bei der Geburt, selbst noch im Tod werden wir nach Geschlechtern getrennt, dachte er und trat in den Obduktionsraum, wo winterliche Temperaturen herrschten. Die Wände waren wie ein altmodisches Schwimmbecken mit hellgrünen Fliesen gekachelt, und in der Luft hing ein undefinierbarer Blutgeruch – fast wie in einer Metzgerei. Unter den Tischen lagen Schläuche, aus denen Wasser auf den gefliesten Boden strömte. Zwei Wagen mit Leichen, denen man ihren Namen mit Filzstift auf die Wade geschrieben hatte, standen ein Stück abseits an der Wand. Die Habseligkeiten und die Namensetiketten der beiden Toten waren in gelben Müllsäcken auf einem dritten Wagen deponiert. Die Schnitte am Hals der bereits geöffneten Leichen waren mit blauen Papierhandtüchern zugestopft. Ein Assistent in einer grünen Plastikschürze und mit schwarzen Gummistiefeln hatte sich über eine der Leichen gebeugt und entnahm ihr gerade die Eingeweide. Er schüttelte die Gedärme, als ob er gerade eine Ladung frischer Wäsche aus der Waschmaschine geholt hätte.

Rory Peach, der noch vor kurzem ein fröhlicher kleiner Junge gewesen war, lag jetzt – in eine weiße Plastikhülle eingewickelt – beinahe kreisrund eingerollt auf einem Tisch in der Mitte des gekachelten Raumes. Die drei Pathologie-Assistenten, die sich um den Tisch versammelt hatten, erinnerten an ein makabres Gruppenbild. Keiner von ihnen blickte auf, als Caffery in der Tür erschien. Pathologie-Assistenten sind merkwürdig schweigsame – häufig verschlossene – Zeitgenossen, die meist nur mit ihresgleichen verkehren und sich durch einen völlig ungetrübten Realismus auszeichnen. Sie gehen dem Pathologen zur Hand und erledigen bei Obduktionen meist die Knochenarbeit, ohne dabei mit der Wimper zu zucken. Allerdings hatte Caffery noch nie erlebt, dass sich die Männer so merkwürdig verhielten wie an diesem Sommernachmittag. Als sie von dem Tisch zurücktraten und wieder ihren diversen Aufgaben nachgingen – Eingeweide einsammelten und den Boden mit Wasser abspritzten –, brauchte Caffery einen Augenblick, um zu begreifen, dass sie soeben dem kleinen Bündel dort drüben auf dem Tisch ihre Reverenz erwiesen hatten. O Gott, dachte er, das wird eine verdammt harte Veranstaltung werden.

Dann kam Harsha Krishnamurthi herein, ein stattlicher Mann mit grau melierten Haaren. Er fummelte an seinem neuesten Spielzeug herum, einem Diktafon mit Freisprechanlage, brachte sich vor dem Tisch in Position und zog dann die Plastikabdeckung von dem toten Jungen. Die Umstehenden schraken sichtlich zusammen und holten tief Luft.

Der Körper des Jungen bildete einen Halbkreis. Rory lag – die Hände über dem Kopf verknotet – wie ein schlafendes Kätzchen da. Fast schien es, als ob er etwas auf seiner Brust betrachtete. Sein Kopf war mit braunem Klebeband umwickelt, das seine Augen und seinen Mund verschloss. Sein Körper verströmte nicht den geringsten Geruch, als ob sein junges Fleisch für solche Ausdünstungen noch zu rein sei. Und seine Haut war so glatt, als ob er gerade der Badewanne entstiegen war. Krishnamurthi räusperte sich und fragte Caffery, ob es sich bei dem Jungen um dasselbe Kind handle, das man im Brockwell Park oben in einem Baum entdeckt hatte. Caffery nickte: »Ja.« Damit waren die Formalitäten erledigt.

Zunächst durchschnitt Krishnamurthi mit größter Sorgfalt etwa fünf Zentimeter neben dem Knoten das Seil, mit dem Rory gefesselt war. Man konnte die Fessel nämlich nicht nur auf DNS-Spuren hin untersuchen, sondern sie zudem von Knotenspezialisten analysieren lassen. Deshalb legte der Pathologe größten Wert darauf, nichts zu beschädigen. Als er fertig war, ließ er das Seil in einem bereitliegenden Beutel verschwinden. Der Fotograf ging unterdessen um den Tisch herum und fotografierte die Leiche aus sämtlichen Perspektiven, während ein Beamter der Spurensicherung den Beutel mit dem Beweisstück verschloss und beschriftete und dann auf seinen Wagen legte.

Dieser Vorgang wiederholte sich, bis sämtliche Seile entfernt waren und Rory plötzlich völlig anders aussah. Er lag jetzt zusammengekrümmt auf dem Tisch. An seinen Armen, Knien und Fußgelenken waren tiefe Furchen mit aufgeschwollenen Rändern zu erkennen, die die Seile zurückgelassen hatten. Krishnamurthi versuchte vorsichtig, die angewinkelten dünnen Beine zu bewegen. Als sie sich ohne weiteres strecken ließen, hielt er kurz inne, und auf seinem Gesicht erschien ein merkwürdiger Ausdruck. Auch die Umstehenden hielten den Atem an. Krishnamurthi sah rasch auf die Uhr an der Wand und bewegte dann vorsichtig Rory Peachs Füße. Anschließend untersuchte er die Hände und das Gesicht des Jungen.

»Also ...« Er klappte seinen Gesichtsschutz nach oben und wischte sich mit dem Ärmel über die Stirn. »Bisher hat die Leichenstarre erst das Gesicht und den Oberkörper erreicht. Ich werde jetzt ...« Er verstummte einen Augenblick. Caffery spürte, wie der Mann eine Gefühlsaufwallung niederkämpfte. Die beweglichen Füße des Jungen hatten in dem Pathologen einen entsetzlichen Verdacht geweckt. »Ich werde jetzt die Lebertemperatur messen.«

Caffery drehte sich zur Seite. Er hatte schon viele Mordopfer gesehen, die meisten wesentlich schlimmer zugerichtet, als Rory es war. Er hatte einen fünfundvierzig Jahre alten Mann gesehen, von dem einige anonyme Geschäftspartner nichts weiter übrig gelassen hatten als ein fünf Kilo schweres Stück des Rumpfes. Er hatte ein fünfzehnjähriges Mädchen gesehen, das vom Gesicht bis zu den Schultern abwärts von Füchsen buchstäblich zerfleischt worden war. Im Übrigen verspürte er nicht das geringste Bedürfnis, sich durch eine besonders tiefe Erschütterung hervorzutun. Allerdings wusste er so gut wie Krishnamurthi, in welcher Abfolge in den verschiedenen Partien des Körpers die Leichenstarre einsetzt, was die Versteifung der Gesichtsmuskulatur und die Beweglichkeit der Füße über den Zeitpunkt von Rorys Tod aussagten. Er war wie vom Donner gerührt. Zum ersten Mal in seinem Leben musste er den Obduktionsraum verlassen.

Er stand im Vorraum, schob sich ein Pfefferminzbonbon zwischen die Zähne und rieb sich die Hände, um die Bilder des Grauens aus seinem Kopf zu verbannen, als plötzlich die Tür aufging. Souness kam herein und klopfte mit den Händen ihr Jackett ab, als ob ihre Kleidung voller Spinnweben wäre.
»Dieses Pressepack ist einfach unerträglich.« Sie schüttelte sich. »Aber ich hab die Bande trotzdem abgehängt.« Sie drückte die Tür hinter sich zu und vergewisserte sich dann noch mal, dass sie auch wirklich ins Schloss gefallen war. Dann drehte sie sich um und sah sofort, dass Caffery ihren Blick mied und verzweifelt irgendeinen Punkt suchte, den er fixieren konnte. »Alles in Ordnung?« Sie kam ein wenig näher. Seine Lippen hatten sich bläulich verfärbt. »Nein, scheint nicht so. Sie haben es drüben nicht mehr ausgehalten, was?«
»Mir geht's gut. Pfefferminz?«
»Nein, danke.« Sie kaute auf ihrem Daumennagel, blickte Richtung Obduktionsraum und sah dann wieder ihn an. »Komisch. Eigentlich gar nicht meine Art. Aber ich glaube, ich bin ein bisschen neidisch auf Sie.«
»*Neidisch?*«
»Wenigstens haben wir Rory jetzt gefunden. Ist zwar tot, der arme Junge, aber immerhin haben wir ihn – und Mami und Papi können jetzt anfangen zu trauern.« Sie legte ihm teilnahmsvoll die Hand auf den Arm. »Und was ist mit Ihnen, armer Kerl?«
Caffery schwieg. Er traute sich nicht, etwas zu sagen, ja nicht einmal, in der Jackentasche nach dem Zigarettenpapier zu suchen, weil er Angst hatte, dass Souness das Zittern seiner Hände sehen könnte. Er starrte auf die Tür zum Obduktionsraum. »Ich … also, ich glaube, dass wir den Todeszeitpunkt bereits kennen. Jedenfalls, so weit man aus der Leichenstarre Rückschlüsse ziehen kann.«
»Und?«
»Ach, egal – am besten, wir gehen einfach wieder rein.«
Im Sezierraum hatte Krishnamurthi unterdessen weitergearbeitet. Er hatte Nagelproben entnommen und die Scheren, die er dafür verwendet hatte, zusammen mit den letzten Proben in

die Tüte mit den Beweisstücken getan und diese dann dem zuständigen Beamten gereicht. Außerdem hatte er inzwischen das Klebeband von Rorys Gesicht entfernt. Fiona Quinn war zuversichtlich: In einem kleinen Beutel, der auf einem anderen Wagen deponiert war, hatte man nämlich fünf weiße Fasern sichergestellt, die Krishnamurthi mit einem leicht anhaftenden Klebeband aus den Druckstellen an Rorys Handgelenken entnommen hatte. Quinn kam die Aufgabe zu, diese Fasern massenspektrometrisch und gaschromatographisch auf ihre chemische Zusammensetzung und ihre Farbe hin zu untersuchen und dann – hoffentlich – mit den Fasern in den Kleidern eines potenziellen Täters zu vergleichen. Im Augenblick war Krishnamurthi gerade damit beschäftigt, den bereits erstarrten Oberkörper mit sanfter Gewalt gerade zu biegen, sodass der Junge jetzt ausgestreckt auf dem Autopsietisch lag.

Caffery und Souness hatten sich an die Wand gelehnt. Caffery lutschte ein Pfefferminzbonbon, während Souness nervös einen Finger in ihrem Ohr hin und her bewegte, als ob sie sich genierte, das Geschehen dort drüben auf dem Tisch anzuschauen.

Rory maß von seiner linken Ferse bis zum Scheitel 127 Zentimeter und wog 26,23 Kilogramm. Ein Vergleich mit der Tanner-Skala ergab, dass er etwas größer war als der durchschnittliche achtjährige Junge. Ein blutgetränktes Papierhandtuch mit einem blassen Blumenmuster an den Rändern steckte in einer Wunde an seiner Schulter und wurde durch das Gewicht seines Körpers zusammengedrückt.

Nun bewegten sich Krishnamurthi, der Fotograf und die Assistenten in einem komplizierten schweigenden Ritual um den Tisch herum, und jeder von ihnen wusste genau, wann er stehen zu bleiben hatte. Caffery und Souness sahen schweigend zu – beide hatten dieselben Fragen auf den Lippen: War das Blut, das man in der Küche gefunden hatte, möglicherweise aus der Wunde ausgetreten, die jetzt durch das Papierhandtuch abgedeckt war? Und: War Rory Peach sexuell missbraucht worden?

»Vor mir liegt der Körper eines normal ernährten Kindes«, sagte Krishnamurthi leise in sein Mikrofon. Seine Stimme hallte von den kahlen Wänden wider. »Im Gesicht ist der Gewebedruck noch deutlich zu erkennen, die Augenhöhlen sind deutlich ausgeprägt, die Augäpfel selbst liegen tief in den Höhlen. Die Wangenknochen und die Kiefer erscheinen signifikant prononciert. Der Mund und die Nase sind« – er beugte sich vor und betrachtete aus nächster Nähe das Gesicht des Kindes – »sind trocken und verkrustet. Die Haut erweist sich beim Abtasten als elastisch. Ich möchte deshalb, dass die Histologie überprüft, ob eine Hyperkalemie vorliegt. Ferner wünsche ich eine Bestimmung des Natrium- und des antidiuretischen Hormonpegels und eine Messung des Plasmavolumens.«

»Harsha?«

Krishnamurthi blickte Souness an. »Ja, ja. Sobald die mikroskopischen Befunde fertig sind, kann ich Ihnen mehr sagen.« Krishnamurthi war dafür bekannt, dass er im Allgemeinen nicht bereit war, die Fragen der Polizei sofort zu beantworten. »Und wenn ich mir die Organkapseln näher angeschaut habe.«

»Und welchen Befund erwarten Sie?«

»Klebrige Kapseln, vielleicht Blutungen im Verdauungstrakt.«

»Und das heißt?«

»Das sag ich Ihnen, sobald ich nachgeschaut habe.« Er sah sie mit zusammengekniffenen Augen an und räusperte sich missbilligend. »Okay?«

»Natürlich.« Souness hielt sich zurück. Sie durfte ihn auf keinen Fall verärgern. »Ja, gut.«

»Also.« Krishnamurthi beugte sich wieder über den Tisch, um Rorys Hals zu inspizieren. »Am Kehlkopf ist ein schwach ausgeprägtes Würgemal zu sehen, das auf eine Abschnürung der Karotiden und der Jugularvenen hindeutet, und zwar infolge Strangulierung mit einer Schnur, punktförmige Blutungen in den Augen sind allerdings nicht zu erkennen. Ferner sind ein paar Kratzspuren und Hämatome am Hals zu verzeichnen.« Er sah Souness an. »Aber das ist nicht die Todesursache.«

»Nein?«

»Nein.«

Nein, Danni. Caffery blickte auf seine Schuhe. *Daran ist Rory nicht gestorben. Ich glaube, ich weiß schon, wie er gestorben ist.*

»Später sollten wir uns das Würgemal nochmals bei entsprechender Ausleuchtung anschauen«, fuhr Krishnamurthi fort, »und dann weitere Fotos von der Stelle machen.« Er trat einen Schritt zurück und gestattete es einem der Assistenten, Rorys Körper umzudrehen – mit gekonntem Griff und ohne in das Gesicht des Jungen zu blicken. In dem Obduktionsraum herrschte absolute Stille. Als Rory jetzt auf dem Bauch lag, traten die kleinen Dornfortsätze seiner Wirbelsäule unter der dünnen Haut zu Tage. Das Papierhandtuch haftete noch immer an Rorys Schulter. Krishnamurthi sah niemanden an, als er es entfernte und in einen Beutel gleiten ließ. Anschließend inspizierte er die Wunde an Rorys Schulter, trat dann nach einigen Sekunden von dem Tisch zurück und hob den Kopf.

»Hm«, sagte er und sah die Umstehenden an. »Ich glaube, das sollte sich mal ein Zahnarzt etwas näher ansehen.«

Josh spielte in der Hitze des strahlend blauen Nachmittags in seiner Darth-Maul-Badehose im Planschbecken. Er kehrte den Bäumen den Rücken zu und war vollauf damit beschäftigt, das Raumschiff Thunderbird 4 ein ums andere Mal auf den Boden des Beckens zu tauchen und dann an die Oberfläche schießen zu lassen. Das Sonnenlicht spiegelte sich im Wasser, und jenseits des Zaunes im Park summten im Schatten der Kastanien die Insekten.

Hal stand mit einer kalten Cola auf der Terrasse und blickte besorgt in Richtung der Bäume. Inzwischen hatten sich dort nämlich zahlreiche Uniformierte eingefunden und eine Parzelle des Parks mit flatternden Plastikbändern abgesperrt. Offenbar hatte die Polizei etwas entdeckt. Er nippte nachdenklich an seiner Cola. Mein Gott, war er froh gewesen, als sie endlich aus der voll gestopften Wohnung oberhalb des Straßenausschanks in der Front Line weggezogen waren, doch jetzt sah es ganz so aus, als ob die Probleme, vor denen er aus Brixton geflohen war, ihn in seinem neuen Domizil bereits wieder eingeholt hätten.

Die Front Line. Ja, früher einmal waren die Churchs stolz auf die Adresse gewesen und hatten sich dort wohl gefühlt – mitsamt den Kakerlakenfallen unter dem Waschbecken und den Thunfischsandwiches im Phoenix Café, wo Hal sich mit Darcus Howe heiße Gefechte wegen der politischen Kehrtwendung der Labour Party geliefert hatte. Ja, das hatte ihm gefallen: zusammen mit Ben unter ganz normalen Leuten zu leben. Sie hatten noch miterlebt, wie 96 in dem Viertel die Unruhen ausgebrochen waren, als ein gewisser Wayne Douglas im Polizeigewahrsam ums Leben gekommen war – ja, er hatte gerade mit dem Hausschlüssel in der einen und ein paar Leihbüchern in der anderen Hand auf der Straße gestanden, als das Dogstar in Flammen aufgegangen war. Wumps! Und dann waren plötzlich überall an den Türen und Fenstern Leute erschienen und hatten zugesehen, wie aus den Rauchwolken brennende und halb geschmolzene Kartoffelchipstüten herabgeregnet waren.

Aber dann war plötzlich Josh da gewesen, und alles hatte sich schlagartig verändert. Plötzlich trugen sie Verantwortung. Die kreischenden Schizophrenen, die Handtaschenräuber, die reichen jungen Clubgänger, die finsteren Louis-Farrakhan-Anhänger – unglaublich attraktive schwarze Jungmänner in absolut perfekt sitzenden Anzügen, die mit fromm gefalteten Händen an Ecken herumlungerten und in ihrem Hirn schreckliche Pläne auszubrüten schienen –, das alles war ihnen plötzlich gar nicht mehr so glamourös und witzig erschienen. Eines Tages war Josh fröhlich mit seiner Buzz-Lightyear-Figur durch das Zimmer gerannt, und Buzz hatte plötzlich eine furchtbare neue Waffe in der Hand gehalten: eine Injektionsnadel mit der Aufschrift *Einwegspritze für 100 Einheiten Insulin*. Danach hatte Hal sich geschworen, seine Familie unter allen Umständen aus dem Zentrum von Brixton herauszubringen. Doch seine Einkünfte reichten dazu nicht aus. Und dann hatte Benedicte von einer Tante in Norwegen eine größere Summe geerbt, und sie konnten sich plötzlich ein eigenes Haus leisten – gerade weit genug von Zentralbrixton entfernt, um ihnen ein Gefühl der Sicherheit zu geben. Sogar eine Sicherheitsbeleuchtung und einen Schutzzaun gab es in ihrem neuen Domizil. Außerdem lebten sie jetzt etliche Busstationen von der Gefahrenzone entfernt, und das Leben in der neuen Umgebung hatte sich eigentlich ganz gemütlich angelassen.

»*Hal!*«, schrie Benedicte plötzlich aus dem Fenster über ihm. Er stellte die Cola-Flasche auf die Terrasse. »Josh – bleib hier, okay?« Er ging ins Haus und rannte die Treppe hinauf. Sie war im Schlafzimmer und stand am Fußende des Bettes.

»Alles in Ordnung?«

»Na ja.« Sie hatte nur ein T-Shirt und einen pinkfarbenen Slip an und sah aus, als ob sie sich gerade umziehen wollte. Auf der einen Seite ihres Kopfes hingen noch die Lockenwickler, während das Haar auf der anderen Seite schon perfekt saß. »Also, mir selbst geht es gut, aber schau dir nur mal das *Bett* an.«

Hal sah, dass die Seite des Bettes, auf der sie schlief, von oben bis unten nass war. Als ob Smurf auf dem Federbett hin und her gelaufen wäre und es systematisch voll gepisst hätte. »Mein Gott!«

»O Gott.« Ben fuhr sich nervös mit der Hand durch das Gesicht. »Tut mir Leid, dass ich so laut geschrien habe. Im Grunde kann Smurf ja gar nichts dafür. Sie ist einfach schon sehr alt.« Sie seufzte und entfernte das durchtränkte Federbett. »Ständig springt sie auf das Bett, und dann kommt sie nicht schnell genug wieder herunter, wenn es eilig wird.«

Er schüttelte den Kopf. »Du hättest sie heute früh mal sehen sollen. Ein Trauerspiel. Die Hinterbeine – weißt du. Sie hat schon angefangen zu pinkeln, bevor sie überhaupt richtig stehen geblieben war. Ist einfach immer weiter gegangen, und das Zeug ist an ihren Beinen runtergelaufen. Wirklich ein Bild des Jammers.«

»Ich hab ihr noch heute früh ihre Pillen gegeben, aber ich finde, dass wir uns für alle Fälle lieber den Namen des Tierarztes in Helston besorgen sollten. Iiii-gitt!« Ben schnaufte angewidert und schob die Hände unter das Kopfkissen, um das Bett abzuziehen. »Und ich hab gedacht, dass die Zeit der voll gepinkelten Betttücher endgültig vorbei ist.«

»Wahrscheinlich hat sie die Geschichte heute Morgen einfach zu sehr aufgeregt.«

»Na klar. Wenn einem so ein Perverser die Nase beinahe in den Hintern schiebt, dann muss man natürlich vor Aufregung sofort pinkeln. So etwas kann echt nur ein Mann sagen.« Sie warf die Wäsche auf einen Haufen. »Wir dürfen sie in Zukunft nicht mehr nach oben lassen, Hal, okay? Sie muss ab jetzt in der Küche schlafen.«

Er seufzte. »Tja, sieht ganz danach aus, als ob wir nach dem Urlaub eine äußerst unangenehme Entscheidung treffen müssen.« Er drückte dem Hund zwei Finger gegen die Schläfe und betätigte mit dem Daumen einen imaginären Abzug. »Armes altes Mädchen.«

»O bitte, hör auf.« Sie rieb sich das Gesicht an ihrem T-Shirt. Schrecklicher Gedanke, Smurf zu verlieren. Obwohl weder sie noch Hal damit gerechnet hatten, dass der Hund überhaupt so lange leben würde. Auf dem kleinen Schildchen, das Smurf am Halsband trug, hieß es: »Mein Name ist Smurf. Wenn Sie mich finden, rufen Sie bitte die folgende Nummer an:« Und dann folgte die alte Telefonnummer. Ja, sie hatten nicht einmal mehr einen neuen Anhänger machen lassen. Trotzdem wollte Ben einfach nicht wahrhaben, dass der endgültige Abschied sich nicht mehr lange aufschieben ließ. »Können wir nicht über was anderes reden?« Sie nahm das Wäschebündel und ging zur Tür hinaus.

Ja, es war eine Bisswunde. Ein klaffendes rotes Loch in dem weißen Gewebe. Als ob ein Raubtier nach Rory geschnappt hätte. Es gab in demselben Bereich noch vier oder fünf weitere, weniger spektakuläre Bisse, aber an den Stellen, an denen männliche Vergewaltigungsopfer üblicherweise solche Spuren aufweisen, konnte Krishnamurthi nichts entdecken: in der Achselhöhle, im Gesicht und im Bereich des Skrotums. Nur an den Schultern – ein Verfahren, das Sexualverbrecher häufig anwenden, um ihr Opfer gefügig zu machen. Doch als Krishnamurthi den Anus untersuchte, entdeckte er etwas anderes. »Ja.« Er

räusperte sich und richtete sich dann auf. »Ja, da ist eine Auffälligkeit.«
Niemand sagte etwas. Souness und Caffery sahen sich an.
»Und – wissen Sie, was es sein könnte?«
»Das lässt sich bei diesen Lichtverhältnissen nicht genau sagen – dazu brauchen wir zuerst die Laborergebnisse –, aber eine qualifizierte Mutmaßung könnte man schon anstellen.«
Souness nickte. »Verstehe.« Sie sah Caffery an. Er nickte ihr knapp zu und und sah dann Krishnamurthi wieder bei der Arbeit zu. Solange die Fremdsubstanz noch nicht analysiert war, war ein eindeutiges Urteil unmöglich. Konnte sich schließlich theoretisch um alles Mögliche handeln.

Der Fotograf legte einen Film in eine eins-zu-eins-Fingerabdruck-Kamera ein und kramte ein hellblaues rechtwinkliges Lineal aus seiner Instrumententasche hervor. Dann trat Krishnamurthi beiseite, und der Mann legte das Lineal neben die Wunde und fokussierte die Kamera. Souness und Caffery sahen schweigend zu, wie der Fotograf jeden einzelnen Biss an Rory Peachs Schulter dokumentierte. Als er gerade fertig war, kam auch schon der Odontologe des King's Hospital herein.

Mr. Ndizeye, promovierter Kieferchirurg und Adventist, hatte eine dicke Kassenbrille auf der Nase und trug unter seinem weißen Kittel ein Hawaiihemd. Seine Mundwinkel wiesen – wie bei einem Clown – steil nach oben, sodass eine Art Dauerlächeln auf seinem Gesicht lag. Von seiner glänzenden Stirn strömte der Schweiß, als er jetzt die Wunden inspizierte, sich Notizen machte und eine geschmeidige Masse auf die Wunden auftrug, um die nötigen Abdrücke zu nehmen. Die Assistenten tauschten hinter seinem Rücken Blicke aus.

»Und – wie sieht es aus?«, fragte Souness. »Haben Sie was Verwertbares gefunden?«

»Ja, ja.« Ndizeye wartete ungeduldig darauf, dass sein Assistent eine Spritzpistole mit Polysilikon nachfüllte. »Bei manchen dieser Bisse hat der Täter sich viel Zeit gelassen.« Er inspizierte den Wachsabdruck, den er von Rorys Schulter gemacht hatte, und ließ vorsichtig den Finger darüber gleiten. »Radiale Abschürfungen. Das heißt, der Beißer hat gleichzeitig gesogen. Typisch für sadistische Bisse.« Er zog ein Tempo aus der Gesäßtasche und wischte sich die Stirn ab. »Also auf Anhieb zu erkennen sind die Zähne Nummer eins, zwei, drei oben links und oben rechts die Nummer eins und vielleicht noch der zweier.« Er hob den Kopf, und die Augen hinter seiner Brille erschienen plötzlich wie große Fische. »Ja, ich bin sehr zufrieden«, sagte er mit seinem Clownslächeln. »Ich glaube, das ergibt einen perfekten Abdruck.«

Nach der eigentlichen Obduktion wurden unter speziellen Lichtverhältnissen noch weitere Fotos gemacht. Die gerichtsmedizinische Abteilung baute ihre mobilen Stellwände auf, und Souness und Caffery gingen ihrer Wege. Souness hatte eine weitere Pressekonferenz zu überstehen, während Caffery in die Zentrale fuhr, um den beeindruckenden Papierstapel, der sich mittlerweile auf Kryotos' Schreibtisch angesammelt hatte, noch um einige weitere Unterlagen mit den neuesten Ergebnissen zu ergänzen. Als er schließlich spätabends Schluss machte, wurde ihm plötzlich bewusst, dass er seit fast zehn Stunden nichts gegessen hatte und dass er am ganzen Körper zitterte. Also besorgte er sich unterwegs im Crystal Palace einen kleinen Snack, und das Zittern hörte tatsächlich auf. Zu Hause blieb er wie üblich kurz in der Eingangstür stehen, um sich vor der Begegnung mit Rebecca noch ein wenig zu sammeln.

Allerdings hätte er sich diese Mühe sparen können, da Rebecca ohnehin nicht in Stimmung war, mit ihm über die Ereignisse des Tages zu sprechen.

Sie lag in einer karamellfarbenen Wildlederhose und einem kurzen weißen Pullover auf dem Sofa, hatte einen pinkfarben lackierten Finger in den Mund geschoben und starrte gedankenverloren auf den Fernseher. Vor ihr auf dem Tisch lag ein Stapel *Time-Out*-Magazine. Sie blickte nicht einmal auf, als er hereinkam – also musste er das Gespräch eröffnen: »Wie geht es dir?«

Sie sah ihn abwesend an – wie jemand, der ein offenes Fenster betrachtet und es nicht der Mühe für wert befindet, eigens aufzustehen, um es zu schließen.

»Ich hab Kopfweh.«
»Sonst nichts?«
»Nein.«
Er ließ sich neben ihr auf das Sofa sinken und legte den Arm um sie. »Tut mir Leid wegen gestern Abend.«
Sie reagierte weder abweisend noch gereizt. Vielmehr zuckte sie bloß die Schultern und schwieg und starrte eisern auf den TV-Bildschirm. Plötzlich tat es ihm schrecklich Leid, was er am Abend zuvor angerichtet hatte, als er sie kopfüber in Erinnerungen gestürzt hatte, von denen sie nichts mehr wissen wollte. Ihm war völlig klar, dass sie nur durch sehr viel Einfühlungsvermögen wieder zu besänftigen war.

»Komm, gehen wir nach oben«, sagte sie eine ganze Weile später. Er folgte ihr – noch immer durch ihr merkwürdiges Schweigen verwirrt – die Treppe hinauf. Auch im Schlafzimmer wechselten sie kaum ein Wort. Eigentlich hätte ihm das Warnung genug sein sollen – wenn er die Zeichen nur richtig gedeutet hätte.

Rebecca mochte es, wenn Jack sie mit der Zunge befriedigte. Das hatte sich schon am Anfang ihrer Beziehung herausgestellt. »Hat er gleich in der ersten Nacht gemacht«, hatte sie später ihren Freundinnen berichtet, »musste ihn nicht mal darum bitten – echt ein Wunder.« Er konnte sich stundenlang hingebungsvoll mit ihrer Vagina beschäftigen, während sie ihre angewinkelten Beine auf seinem Rücken ruhen ließ. Manchmal musste sie lachen, weil er sich in diesen Situationen unbedingt mit einem Fuß auf dem Boden abstützen wollte. *Wovor hast du eigentlich Angst? Vielleicht vor einem Überfall oder so was?* An diesem Abend sagte sie gar nichts. Sie hob das Becken, damit er ihr die Lederhose ausziehen konnte, legte ihm einfach die Hand auf den Kopf, kraulte sein Haar und blickte nachdenklich zur Decke hinauf. Nachdem sie gekommen war, richtete er sich auf, streifte sein Hemd ab, wischte sich das Gesicht damit ab und wollte gerade seine Hose ausziehen, als Rebecca vom Bett aufstand und sich an ihm vorbeidrängte. Sie hob ihre Sachen vom Boden auf.

»Wohin willst du?«
»Ich will mich waschen.«
»Was?«
»Ich will *mich waschen.*«
Sie ging aus dem Zimmer, und er ließ sich auf das Bett fallen und schlug sich die Hände vors Gesicht. Seine Erektion bereitete ihm beinahe Schmerzen, so sehr hatte er sich gewünscht, in sie einzudringen. *Was, zum Teufel, stellt sie jetzt bloß wieder an?* Er hörte das Quietschen der alten Wasserrohre, hörte, wie sie, als sie mit ihren Verrichtungen fertig war, aus dem Bad und dann nach unten ging und sich eine Weile nicht mehr blicken ließ. Der Wecker tickte und tickte, bis seine Erektion schließlich nachließ. Er stöhnte, lag einfach da und starrte mit pochendem Kopf zur Decke hinauf.

Du hast irgendwas in ihr ausgelöst, Jack, gestern Abend.

Als sie ein paar Minuten später zurückkam, hatte sie seinen alten Frottee-Bademantel um sich geschlungen. Sie war frisch gekämmt und hielt in der einen Hand ein Glas Wodka, in der anderen ein brennendes Zigarillo. Sie stand rauchend vor dem schmalen Bücherregal und las schweigend die Buchtitel, als ob nichts Besonderes passiert wäre. Er stand vom Bett auf und legte ihr die Hände auf die Schultern. »Also, wegen gestern Abend – tut mir furchtbar ...«

»Vergiss es.« Sie machte sich von ihm frei. »Ich leg mich jetzt schlafen.«

Und das war alles. Er stand in der Tür und gab sich alle Mühe, nicht wütend zu reagieren, während sie das Zigarillo in den Aschenbecher auf dem Nachttisch legte, unter die Decke kroch, die Knie hochzog und ein Buch dagegenlehnte. Ihr hübsches kleines Gesicht lag im Schein der Nachttischlampe, und sie konzentrierte sich so ernsthaft und aufmerksam auf das Buch, als ob er gar nicht da wäre. Er wusste, dass es Dinge gab, die er hätte aussprechen sollen. Dinge, die er nur zu gerne gesagt hätte, aber einfach nicht herausbrachte. Aber er war müde, und die Bilder von Rorys Autopsie schwirrten ihm noch im Kopf herum, und er wusste, dass jetzt nicht der richtige Zeitpunkt war, um ein

Gespräch mit ihr anzufangen.»Na gut.« Er drehte sich um und ging in das hintere Schlafzimmer.

Früher hatte er gemeinsam mit Ewan in dem Zimmer geschlafen – Ewans Zimmer nannte er es jetzt. Er kramte seine Turnschuhe hervor und zog seine Jogginghose und ein T-Shirt an. Dann bückte er sich ein wenig und inspizierte die Lichter in Pendereckis Haus jenseits des Bahndamms – eine Gewohnheit, die er wohl nie würde ablegen können, wie er selbst ganz genau wusste. Dann hängte er sich den Hausschlüssel an einer Kordel um den Hals, ging nach unten und ließ die Tür ins Schloss fallen. Von Rebecca hatte er sich nicht verabschiedet.

Sobald sie die Eingangstür zufallen hörte, legte Rebecca das Buch auf den Boden, ließ sich im Bett zurücksinken und starrte an die Decke. Als dann auch noch das Gartentor geschlossen wurde und draußen auf der Straße Stille einkehrte – nur ab und zu fuhr ein Auto vorbei, dessen Scheinwerfer kurz die Zimmerdecke streiften –, richtete sie sich auf, zog das Kissen hinter ihrem Kopf hervor, lehnte sich dann wieder zurück und presste sich das Kissen aufs Gesicht. *O Gott, Jack, das ist doch alles Wahnsinn.* Mit dem Gewicht ihrer Unterarme drückte sie das Kissen auf ihre Nase und ihren Mund und fing an zu schreien.

Sie schrie, bis sie völlig heiser war und ihr der Kopf wehtat. Dann lag sie – noch immer mit dem Kissen auf dem Gesicht – reglos da. Mochte auch ihr Atem den Baumwollbezug befeuchten, ihr Gesicht war völlig trocken – nein, sie hatte nicht geweint.

Im Alter von zwanzig bis dreißig war er gejoggt, um seine überschüssigen Energien loszuwerden, doch inzwischen verschaffte ihm das Laufen hauptsächlich eine Gelegenheit, unbehelligt seinen Gedanken nachzuhängen. Es half ihm dabei, im Kopf nicht ständig gegen Wände anzurennen, und an diesem Abend setzte die gewünschte Wirkung fast augenblicklich ein. Er wusste genau, was Sache war: Er wollte unbedingt, dass Rebecca mit ihm über ihr damaliges Erlebnis sprach, und im Gegenzug verlangte sie von ihm, dass er sich endlich innerlich von Ewan löste – ja, dass er aus dem Haus auszog. In dieser Hisicht war sie genau wie alle anderen, allerdings nur in diesem einen Punkt. Ansonsten war Rebecca völlig anders – deshalb hatte für ihn auch keine andere Frau eine solche Bedeutung. Er liebte und begehrte sie mehr als jede andere. Trotzdem wollte er nicht vor die Wahl gestellt werden. Er trabte dahin und versuchte, nicht daran zu denken, während der Hausschlüssel auf seiner Brust hin und her baumelte und sich mit dem Christophorus-Medaillon seiner Mutter verhedderte. Er rannte durch die ärmlicheren Viertel von Brockley – tapferes kleines Brockley –, an langen Reihen bescheidener Häuser vorbei, zwischen denen im Zweiten Weltkrieg Wernher von Brauns V1 niedergegangen waren. Das Erscheinungsbild der Gegend hatte sich verändert, seit er früher mit Ewan hier gewesen war. Jetzt wurde die Silhouette von der Citibank dominiert, deren teilbeleuchtetes C aufdringlich flackerte und glimmerte. Doch im Umkreis des Gebäudes waren nicht etwa wohl situierte Bankmenschen heimisch, sondern Drogenhändler, die die geräumigen Sechs-Zimmer-Häuser in den Straßen von Hillyfields gekauft hatten und sich mitunter mitten in der Nacht Schießereien lieferten.

Caffery hatte das Haus, in dem er wohnte, bereits mit Anfang zwanzig von seinen Eltern gekauft. Früher einmal hatte es *Seelenfriede* geheißen, doch dann war in den Sechzigern irgendein Idiot mit einer Hand voll Mörtel vorne am Giebel eine Leiter hochgestiegen und hatte den Namen in *Gethsemane* umgeändert. Nach dem Kauf des Hauses hatte die Familie Caffery als Erstes die Steinplatte mit dem merkwürdigen Namen entfernen lassen. »Wir wollen doch nicht das Unglück beschwören«, hatte seine Mutter gesagt. »Wer in einem Haus mit einem solchen Namen wohnt, der fordert das Schicksal ja mutwillig heraus.« Doch auch diese Vorkehrung hatte ihr nichts genützt. Vielleicht wären sie damals wirklich am besten gleich wieder ausgezogen.

Er lief in seinem schweißgetränkten T-Shirt die Straße entlang und bog am Ende links ab, trabte dann am Friedhof von Nunhead vorbei und weiter unter dem sternklaren Himmel nach

Peckham Rye mit seinen dunklen Seen und Grünflächen. Plötzlich musste er an den Brockwell Park und an Rorys Mörder und das Netzwerk denken, das die Pädophilen bildeten. Schon vor Jahren hatte er mal etwas über den größten Organismus der Welt gelesen: einen unterirdischen Pilz, der in Michigan eine rund zehn Hektar große Fläche einnahm. Manchmal fühlte er sich durch das Netzwerk der Pädophilen an jenen Pilz erinnert: Diese Leute lebten völlig unauffällig mitten in der Gesellschaft – *direkt unter unserer Nase* –, und sie alle waren durch ein nicht sichtbares Geflecht miteinander verbunden. Auch wenn dieser Penderecki mittlerweile ein verbrauchter alter Mann war, der keinem Jungen mehr was zuleide tat und seine Gefängnisstrafen abgesessen hatte, gehörte er noch immer zu diesem Netzwerk. Caffery war sich absolut sicher, dass der alte Perverse jemanden kannte, der jemanden kannte, der wiederum jemanden kannte, der wusste, wer Rory Peach ermordet hatte. Über wie viele Zwischenglieder Penderecki mit dem Mörder verbandelt war, darüber konnte er – Caffery – natürlich nur Mutmaßungen anstellen, doch nach seinem Empfinden konnte es sich dabei nur um wenige Stationen handeln.

Er lief zurück nach Brockley, bog an der Eisenbahnbrücke nach links ab und ließ den Blick über die Gleise schweifen. Als Ewan damals verschwunden war, waren die Bäume noch belaubt gewesen – kein Problem, mitten in der Nacht eine Leiche irgendwo im Geäst zu deponieren und rechtzeitig vor Anbruch des Herbstes wieder herunterzuholen. Kein sehr angenehmer Gedanke. Dann gelangte er in die Straße, in der Penderecki wohnte, und lief an diversen Gartentoren vorbei, an bleiverglasten Fenstern, kleinen überdachten Veranden mit Körben an den Wänden und säuberlich aufgereihten Schuhpaaren. In Pendereckis Bad brannte Licht, und Caffery blieb – nur einen kurzen Augenblick – vor dem Haus stehen und starrte wie eine hypnotisierte Motte zu dem Fenster hinauf. Das kristallisierte Glas zerlegte das Licht in farbige Diamanten, und erst nach einigen Sekunden begriff er, dass direkt hinter dem Glas etwas hing – ein längliches buntes Gebilde, vielleicht eine Papierlaterne, wie man sie bisweilen in Studentenbuden zu sehen bekommt. Gar nicht typisch für Penderecki, so ein schrilles Ding aufzuhängen. Es sei denn, er hatte dafür einen Grund. *Vielleicht hat er das Ding ja sogar absichtlich dort installiert, damit du es siehst – wieder eines dieser Spielchen.* Wieder eine dieser Quälereien.

Caffery drehte sich um und lief langsam nach Hause – nach Gethsemane. Dort zog er schweißgebadet die Schuhe und das T-Shirt aus, stellte sich unter die Dusche und dachte daran, wie beengt ein solches Reihenhaus bisweilen erscheinen kann. Dann legte er sich in der Dunkelheit neben Rebecca und lauschte ihrem Atem.

10. KAPITEL
(21. Juli)

Am nächsten Morgen auf dem Revier traf Caffery Marilyn Kryotos in Tränen aufgelöst in der Kaffeeküche an. Er zog ihren Kopf an seine Brust und nahm sie in die Arme. Doch ihr Weinen wurde nur noch schlimmer, und sie zitterte am ganzen Körper. Bisher hatte er Kryotos nur einmal so weinen sehen, und zwar bei Paul Essex' Begräbnis. Plötzlich fühlte er sich ihr zutiefst verbunden.

»Bitte sorgen Sie dafür, dass Danni mich nicht in diesem Zustand sieht – bitte.«

»Ist ja schon gut.« Er stieß die Tür mit dem Fuß zu und hielt sie weiter umschlungen. »Was ist denn los, Marilyn? Sind es die Kinder?«

Sie schüttelte den Kopf und putzte sich die Nase. »Danni hat Quinn gerade erzählt ...«

»Was erzählt?« Er strich ihr über das Haar. »Was hat sie Quinn erzählt.«

»Von der Obduktion gestern.« Sie presste sich die Handrücken gegen das Gesicht. »Die Fotos liegen auf Ihrem Schreibtisch. Quinn möchte all diese Tests durchführen lassen – Sie hat gesagt, Sie sollen sich bitte bei ihr melden.«

»Und was hat Sie so tief getroffen?«

»Der Pathologe meint, dass der Junge noch gelebt hat – oben in dem Baum. Er glaubt sogar, dass der Kleine dort oben noch zwei Tage gelebt hat. Der Junge hat noch versucht, sich von den Fesseln zu befreien ...« Sie riss ein Stück Küchenkrepp ab, knüllte es zusammen und presste es sich gegen die Augen. »Ich weiß ja, dass es dumm von mir ist ... Aber ich muss ständig daran denken, wie der arme Junge dort oben in dem Baum um sein Leben gekämpft hat – mit seinen dünnen kleinen Armen.«

Wieder strich Caffery ihr über das Haar und starrte zur Decke hinauf. Natürlich war ihm das alles bereits klar gewesen, als Krishnamurthi vergeblich versucht hatte, den kleinen Körper gerade zu strecken. Als der Pathologe die kleinen Füße massiert hatte, um festzustellen, ob sie sich noch bewegen ließen. Als der Körper des Jungen völlig frei von Verwesungsstellen auf dem Seziertisch gelegen hatte. Hätte Rory nämlich das Stadium der Leichenstarre bereits hinter sich gehabt, dann wäre er bei diesem Wetter schon nicht mehr zu identifizieren gewesen. Doch die Leiche des Jungen hatte völlig intakt vor ihnen auf dem Tisch gelegen. Ja, die Leichenstarre hatte noch nicht einmal seine Füße erreicht, so kurz erst lag sein Tod zurück.

Caffery zog sie abermals an seine Brust. Er spürte ihre warmen Brüste unter ihrer hübschen weißen Bluse. Noch nie war er Marilyn so nahe gewesen – sie roch nach Frau, sie roch nach Shampoo und Gebäck und Lippenstift, und sie roch völlig anders als Rebecca. Er dachte an die vergangene Nacht – sah Rebecca wieder vor sich, wie sie einfach aus dem Schlafzimmer gegangen war, dachte daran, wie er mit seiner Erektion auf dem Bett gelegen hatte. Auch Marilyn spürte anscheinend die Veränderung, die in ihm vorgegangen war, schien sich ihm in der Umarmung plötzlich ebenbürtig zu fühlen und wurde still. Sie hörte zu zittern auf und atmete wieder gleichmäßig durch den Mund ein und aus. Als sie sich von ihm löste, hatte sie aufgehört zu weinen, doch ihr Gesicht war gerötet, und sie wich seinem Blick aus. Sie ging nach nebenan und setzte sich an ihren Computer, und als Caffery kurz darauf in sein Büro ging, fiel ihm auf, dass sogar die Haut in ihrem Nacken gerötet war.

Im Dienstzimmer stand Souness am Fenster und starrte hinaus. Sie trug einen Marks & Spencer-Männeranzug und darunter ein oben offenes, lilafarbenes Hemd. Sie sagte kein Wort, als Caffery hereinkam, und wies nur mit dem Kopf auf einen blau-weißen Umschlag des Fotodienstes der Londoner Polizei, der auf dem

Schreibtisch lag. Caffery stellte seinen Kaffee ab, schüttelte die Fotos aus dem Umschlag und rief dann Fiona Quinn an.

»Wie viel wissen Sie?«, fragte Fiona Quinn.

»Na ja, hab mir gestern schon meinen Teil gedacht«, sagte er. »Muss ein entsetzlich langsamer Tod gewesen sein.«

»Krishnamurthi hat uns doch gefragt, ob wir einen an Birnenaroma oder Nagellack erinnernden Geruch wahrnehmen, als er die Leiche geöffnet hat, wissen Sie noch?«

»Ja – Azeton.«

»Ketose.« Am anderen Ende der Leitung kramte Quinn in ihren Papieren herum. »Die ersten Symptome des Verhungerns. Der Körper des Jungen hatte seine Fettreserven verbrannt und schon angefangen, Fettsäuren in die Blutbahn auszuschütten.«

»Und das ist also die Todesursache?«, fragte er vorsichtig.

»Nein – nein, so schnell verhungert man nicht. Wir machen gerade die Hämatokritbestimmung – sagt Ihnen wahrscheinlich nichts, aber sein Blut hatte sich bereits verdickt. Außerdem Facies hippocratica. Sie wissen doch, was das ist?«

»Ja.«

»Das ist der Gesichtsausdruck, den Menschen bekommen, die völlig dehydriert sind. Er ... also, er ist verdurstet.«

O Gott – Caffery setzte sich auf seinen Stuhl. *O Gott, o Gott, o Gott.* Dann hatte er also doch richtig vermutet. Er dachte an die Welle der medialen Wut, die jetzt über die Einsatzkräfte der Polizei und die Helikopterbesatzung hinwegfegen würde – weil es nicht gelungen war, das Kind rechtzeitig zu finden.

»Überrascht mich eigentlich, dass der Junge so lange überlebt hat«, sagte Quinn, »aber Krishnamurthi sagt, dass es sich ziemlich lange hinziehen kann. Angeblich hat er sogar schon von einem Fall in einem Pflegeheim gehört, wo es fünfzehn Tage gedauert hat. Manchmal ist es aber auch schon nach Stunden vorbei – kommt ganz darauf an. Man braucht nur ein Fünftel des Eigengewichts an Flüssigkeit zu verlieren.«

»Und Kinder?«

»Tja – bei Kindern sieht die Sache leider nicht ganz so günstig aus. Sie brauchen im Verhältnis zu ihrem Gewicht einen höheren

Flüssigkeitsanteil als Erwachsene. Außerdem hat Rory an zwei außerordentlich heißen Tagen gegen seine Fesseln angekämpft und dabei natürlich sehr viel Wasser verloren. Vielleicht sollten Sie mal versuchen, irgendwie rauszufinden, ob der Mörder ihm während der drei Tage, die der Kerl im Haus der Familie Peach verbracht hat, etwas zu trinken gegeben hat. Vielleicht hat sich ja Alek dazu irgendwie geäußert.«

»Nein, der hat in seiner Aussage nichts davon erwähnt.« Caffery spielte mit einer Büroklammer. Souness hatte sich mit den Händen auf den Schreibtisch gestützt und starrte noch immer aus dem Fenster, allerdings wusste er, dass sie jedes Wort mitbekommen hatte. »Na ja«, sagte er und versuchte seine Gedanken zu sammeln. »Und die Bisswunden? Können Sie uns sagen, wann das ungefähr passiert ist?«

»Ja, erst ziemlich spät – etwa um die Zeit, als der Täter den Kleinen aus dem Haus verschleppt hat. Aus den Wunden stammt auch das Blut, das wir an der Fußleiste und an seinem Turnschuh gefunden haben.«

»Dann hat der Täter ihn also oben in dem Baum festgebunden und dort allein zurückgelassen.«

»Sieht ganz danach aus.«

»Und später ist niemand mehr bei ihm gewesen?«

»Scheint nicht so.«

»Und haben Sie etwas gefunden, woraus sich die DNS des Täters isolieren ließe?«

»Ja – Sie haben doch die Fotos, nicht wahr? Darauf ist das Toluidinblau zu erkennen, das Krishnamurthi verwendet hat. Sieht ganz so aus, als ob es zu einer Penetration oder einem Penetrationsversuch gekommen wäre. Und dann diese Fremdsubstanz?«

»Ja?«

»Samenflüssigkeit.«

War ja klar. Caffery strich sich mit der Hand über die Stirn. *Natürlich. Wir haben es also definitiv mit einem Pädo zu tun – war ja von vornherein klar, also brauchst du jetzt nicht so zu tun, als ob du völlig überrascht wärst.* Er sah Souness an. Sie blickte immer noch aus dem Fenster. Er griff sich einen Schreiber und holte tief Luft. »Gut, dann ... also dann haben wir also die Täter-DNS?«

»Na ja, *vielleicht*.«

»Wieso *vielleicht*?«

»Also ...«, sagte sie vorsichtig, »... Rory hat ja noch ziemlich lange gelebt, dabei hat sein Körper möglicherweise einen Großteil der Samensubstanz chemisch verändert. Wissen Sie, wenn das Tatopfer vor sich hin dämmert und sich kaum bewegt, dann können wir manchmal noch intakte DNS finden, selbst nach ein paar Tagen – aber Rory *hat* sich bewegt, und dabei verändert sich häufig die chemische Zusammensetzung der Fremdsubstanz und ...«

»Schon gut – versuchen Sie's trotzdem.« Er fing an, sich die Details des Gesprächs auf einem Blatt Papier zu notieren. »Und ich möchte nicht wieder wochenlang auf das Ergebnis warten – wie beim letzten Mal.«

»Wenn Sie die Sache offiziell als vorrangig deklarieren, geht es schneller.«

»Hm, Fiona, das war doch auch beim letzten Mal der *Fall*.«

»O Gott, tut mir Leid. Bisweilen hab ich keinen Einfluss darauf, was das Labor macht.«

»Keine Sorge. Denen werde ich schon Beine machen.«

Bereits vor Rory Peachs Ermordung war bei der Kripo die Stimmung ziemlich mies gewesen: Die staatlichen Zuwendungen wurden ständig gekürzt, die Beamten waren allesamt überarbeitet, und dann gab es da noch vier »kritische« Zwischenfälle mit rassistischem Hintergrund, die der Aufklärung harrten, außerdem eine seit vier Jahren ungelöste Serie von Sexualverbrechen, und da waren noch die fünf Schießereien im Drogenmilieu, die es zu durchleuchten galt. Um die Moral war es also nicht sonderlich gut bestellt, was sich auch darin zeigte, dass die Kollegen ihren Routineaufgaben nur lustlos nachgingen: So hatte etwa Logan während der Haus-zu-Haus-Befragung gerade mal drei Parteien pro Tag geschafft. Außerdem wusste Caffery, dass angesichts der Fülle des Materials, das auf Kryotos' Schreibtisch landete, die Ergebnisse nicht so schnell in den Zentralcomputer eingespeist werden konnten, wie dies eigentlich nötig gewesen wäre. Doch die Öffentlichkeit durfte von alledem natürlich nichts erfahren.

Auf der für vormittags angesetzten Pressekonferenz bat Souness die anwesenden Journalisten und TV-Reporter um eine Schweigeminute für Rory. Das Land war schockiert: Die *News of the World* nutzten die Gelegenheit, um abermals die öffentliche Bekanntgabe der Namen und Adressen verurteilter Sexualstraftäter zu verlangen. Als Souness auf der Rückfahrt ins Revier mit ihrem roten BMW vor einer Ampel halten musste, öffnete der Himmel über Südlondon plötzlich seine Schleusen, und wenige Minuten später standen die Straßen völlig unter Wasser. Danni fühlte sich durch die Sturzbäche, die aus den tiefschwarzen Wolken niederprasselten, an die Fluten erinnert, mit denen ein zorniger Gott vor langer Zeit die frevelhaften Menschen gestraft hatte.

Caffery hatte in seinem Dienstzimmer die Fenster weit geöffnet und blickte in den Regen hinaus. Der Duft der Erde stieg ihm in die Nase, und er hätte sich nicht gewundert, wenn draußen auf der Straße eine entwurzelte Palme vorbeigetrieben wäre. Er schloss das Fenster, hockte sich wieder an seinen Schreibtisch und beobachtete Kryotos durch die offene Tür. Offenbar hatte sie sich wieder gefangen, denn sie gab konzentriert immer neue Daten in den Zentralcomputer ein. Die Tränen in der Küche hatten ihn aufrichtig schockiert: Schließlich hatte Kryotos bislang noch nie die Fassung verloren. Ja, er hatte sie sogar wegen ihrer guten Nerven fast ein wenig beneidet und sich schon so manches Mal gefragt, wie sie es nur anstellte, sich die Dinge so weit vom Leib zu halten.

Als ob sie gespürt hätte, dass er sie beobachtete, blickte Kryotos plötzlich auf. Ihre Augen begegneten sich, doch diesmal wandte sie nicht verlegen den Blick ab. Sie schien vielmehr verwirrt – als ob sich über Cafferys Kopf eine Art Sprechblase gebildet hätte, in der sie seine Gedanken lesen konnte. Sie zog ein wenig konsterniert die Stirn in Falten, und Caffery, dem es nicht so recht behagte, dass sie ihm so ungeschützt mitten ins Gehirn schauen konnte, schenkte ihr ein kurzes freundliches Lächeln. Dann stieß er mit dem Fuß die Tür zu und befasste sich mit den Fotos, die er morgens erhalten hatte.

»Wenigstens können wir auf der positiven Seite verbuchen, dass wir über einige gerichtsmedizinisch verwertbare Daten verfügen, seit wir Rory gefunden haben.« Als Souness von der Pressekonferenz zurückkehrte, gab sie sich redlich Mühe, zuversichtlich zu erscheinen. Sie brachte auf einem Tablett zwei Tassen Kaffee herein und eine Dose mit einigen von Kryotos' klebrig flockigen Plätzchen. Dann schüttelte sie den Regen von ihrer Jacke und hängte sie über die Rückenlehne ihres Stuhls. »Immerhin haben wir jetzt diese weißen Fasern, und sobald Quinny genügend DNS beisammen hat, könnten wir vielleicht einen Reihentest anleiern.«

»Und nach welchen Kriterien? Wollen Sie vielleicht in Brixton jeden weißen Perversen über eins achtzig testen?«

»Wir müssen unbedingt Ermittlungsergebnisse vorweisen – schließlich läuft die Sache schon seit drei Tagen, und man erwartet von uns einen Zwischenbericht ...« Sie hielt inne. »Na gut, Jack. Sie haben schon wieder diesen merkwürdigen Gesichtsausdruck. Also schießen Sie schon los. Was haben Sie auf dem Herzen?«

Er zuckte die Schultern. »Der Typ wird wieder zuschlagen, und zwar sehr bald.«

»Ah, darauf hab ich schon die ganze Zeit gewartet. Sie meinen also, dass wir unbedingt ein Täterprofil brauchen.«

»Nur dass er beim nächsten Mal dafür sorgt, dass er nicht wieder gestört wird und seine dreckige Fantasie bis zum bittern Ende ausleben kann – was immer das im Einzelnen bedeuten mag. Der Kerl braucht immer stärkere Reize, und die Familie Peach war sicher nicht der letzte Fall. Ich hab das Gefühl, dass er schon wieder was ausbrütet, ja, dass er die nächsten Opfer bereits ausgewählt hat.«

»Tatsächlich?« Souness setzte sich auf ihren Stuhl und verschränkte die Arme. »Und woher wissen Sie das alles, wenn ich mir die Frage erlauben darf?«

»Wir haben es mit einem knasterfahrenen Mann zu tun.«

»Ach, tatsächlich?«

»Ja. Der Kerl ist vorbestraft. Vielleicht wegen einer ähnlichen Geschichte oder wegen einer anderen Sache.« Er nahm die Brille ab. »Ich habe Marilyn gebeten, im Zentralcomputer nach Freigängern zu suchen, die wegen eines Sexualdeliktes verurteilt sind – aber ohne Zwangsverwahrung.«

»Könnten Sie mir das vielleicht etwas näher erläutern?«

Er schob ihr die Fotos zu. »Sehen Sie das?« In der Pathologie war es zwar niemandem aufgefallen, doch auf den Fotos, auf denen die Leiche des kleinen Jungen mit einer Schwarzlichtlampe ausgeleuchtet war, konnte man deutlich erkennen, was die Hämatome an Rorys Hals hinterlassen hatte. »Sehen Sie die Streifen dort?« Souness nickte. »Und sehen Sie auch diese Streifen gleich daneben? Hier ist einer und da noch einer.«

»Ja, sehe ich.«

»Ja und?«

Souness ließ ihren Stuhl nach vorne kippen und sah mit seitlich geneigtem Kopf schweigend die Fotos an. Sie starrte auf die merkwürdigen Streifen und versuchte, sie zu identifizieren. Als sie kapierte, was los war, ließ sie ihren Stuhl krachend zurückkippen. »O Gott – sicher doch, natürlich.«

Wie die meisten anderen Leute in Brixton hatte auch Roland Klare die Vorgänge am Donegal Crescent im Fernsehen verfolgt. Und jetzt wollte er unbedingt die Fotos sehen, die sich noch in dem Gehäuse der Pentax befanden. In einer Drogerie konnte er den Film natürlich nicht entwickeln lassen, selbst wenn er das verdammte Ding irgendwie aus der Kamera herausgebracht hätte. Allerdings gab es da noch eine Alternative. Als er nachmittags nach Hause kam, blätterte er in seiner Inventarliste.

Ja! Ganz recht. Er war sicher, dass es sich noch irgendwo in der Wohnung befinden musste. Er ging ins Schlafzimmer und wühlte in den Fundstücken herum, die er dort aufgeschichtet hatte. Kaum eine Stunde später hatte er gefunden, was er suchte, und zwar in einer Kiste mit alten Ladybird-Büchern: ein großformatiges, etwas mitgenommenes Taschenbuch mit dem Titel *So bauen Sie sich Ihre eigene Dunkelkammer*. Auf dem Umschlag war ein Mann in einem weißen Kittel zu sehen, der gerade ein Blatt Fotopapier durch ein Becken zog. Klare hatte das Buch vor Jahren einmal zufällig in einem U-Bahn-Kiosk entdeckt. Hocherfreut ging er mit seinem Fund in die Küche, wischte das Buch dort ab, machte sich einen Drink und begab sich dann ins Wohnzimmer. Draußen war es dunkel und hell zugleich: Bis zum Horizont türmten sich riesige Wolkengebilde auf, zwischen denen nur hier und da die Sonne hindurchblitzte. Alle paar Minuten ging ein prasselnder Regenguss nieder. Doch Roland Klare bekam nichts mit von alledem. Er holte sich einen Stift und Papier, ließ sich – mit dem Rücken zum Fenster – auf das Sofa sinken und fing an zu lesen.

11. KAPITEL

Erst gegen Abend fand Caffery Zeit, Detective Inspector Durham einen Besuch abzustatten. Er lenkte seinen Wagen gegen den Verkehrsstrom und fuhr über Beulah Hill, wo die Auffahrten zu den feudalen Anwesen mit Kies befestigt, die Straßen so breit waren wie französische Boulevards und von den Zweigen der Rosskastanien der Saft auf das Pflaster tropfte. In Norwood lagen die Häuser dann schon näher an der Straße, und als er schließlich in Brixton die Water Lane erreichte, befand er sich wieder mitten im Großstadtdschungel.

In Zentralbrixton herrschte dichter Verkehr. Er parkte abseits der Acre Lane in einer Nebenstraße und ging zu Fuß weiter. Die Bässe der Auto-Stereoanlagen hämmerten so brutal laut, dass sein Zwerchfell zu flattern anfing. Merkwürdig, die Vorstellung, dass der Brockwell Park nur rund einen Kilometer entfernt war. Hätte sich Rory Peach auf seinem Ast aufrichten, aus seinem Baum herabblicken können – *Seinem Baum? Seinem Baum? Klingt ja fast, als ob er freiwillig dort hinaufgestiegen wäre –*, dann hätte er direkt auf dieses dunkle Gewirr verfallener Großstadtpracht geblickt. Jedenfalls war das Schwein, das Rory oben auf diesem Baum festgebunden hatte, im Knast gewesen. Was wiederum bedeutete, dass der Kerl dort mit an Sicherheit grenzender Wahrscheinlichkeit Kontakte gehabt hatte und in einer geschlossenen Abteilung gewesen war, in der pädophile Netzwerke geknüpft und lebenslange Freundschaften geschlossen wurden. Also musste er – Caffery – einen Beamten beauftragen, die Pädo-Datei und Kryotos' Ergebnisse sorgfältig zu durchforsten, mit aktenkundigen Pädophilen in Brixton und Umgebung zu sprechen und sich an irgendeinem Punkt Zugang zu diesem Netzwerk zu verschaffen. Er dachte an die unsichtbaren Fäden, die alle Perversen irgendwie miteinander verbanden. Und natürlich fiel ihm – wie sollte es auch anders sein? – wieder dieser Penderecki ein.

Penderecki. Auf dem Weg zu seiner Verabredung mit Detective Durham dachte er über den Mann nach. Ja, eigentlich sollte man sich das Schwein mal richtig vornehmen. Aber wenn ...?

Durham empfing ihn sehr herzlich. Der Mann konnte sich noch gut an die 89er Geschichte erinnern. »Ja, ja – der kleine Champ. Schreckliche Sache.« Vor dem Bürofenster stand eine Straßenlaterne, die plötzlich rot aufflammte. Durham trug ein marineblaues Hemd und einen karierten Schlips und arbeitete bereits seit fünfzehn Jahren in Brixton. Wenn er sprach, machte er sich ständig mit den Fingern an seinem Doppelkinn zu schaffen, drückte und massierte es, als ob ihn sein Vorhandensein noch immer verblüffte. »Das hier hab ich für Sie ausgegraben.« Er machte den Aktenschrank wieder zu, legte einen Ordner vor Caffery auf den Schreibtisch und nahm ihm gegenüber Platz. »Geht es um die Peach-Geschichte? Sehen Sie da eine Verbindung?«

»Weiß ich noch nicht.« Caffery schlug die Akte auf. November 1989: Der elfjährige Champaluang Keoduangdy war damals im Brockwell Park sexuell missbraucht und so schwer verletzt worden, dass er mehrere Tage im Krankenhaus verbringen musste. »Ich habe nach einem Perversen gesucht, den man den ›Troll‹ nennt, und bin dabei auf diesen Fall gestoßen.«

»Da könnten Sie einen Treffer gelandet haben. Hier steht alles drin, was unsere Ermittlungen ergeben haben.« Durham erhob sich, beugte sich über den Schreibtisch und zog mit Daumen und Zeigefinger Champs Aussage zwischen den übrigen Papieren hervor. »Ja, genau. Dieses Wort hat Champ damals ins Spiel gebracht: Troll. Keine Ahnung, wieso.« Er hielt inne. Caffery war auf der Sitzfläche seines Stuhls nach vorne gerutscht, stützte sich mit den flachen Händen auf den Schreibtisch und starrte gebannt in die Akte. »Alles okay?«

Caffery las schweigend weiter. Er fühlte sich, als ob ein Raubtier ihn von hinten angefallen hätte. Vor ihm lag der gerichtsmedizinische Befund. Champ war damals übel zugerichtet worden: Der Täter hatte dem Jungen fast einen ganzen Fleischlappen aus der Schulter gerissen. Caffery schloss die Akte und sah Durham an. Er wusste genau, dass die Farbe aus seinem Gesicht gewichen war. »Dann hat der Täter diesen Jungen also damals *gebissen*?«

»Ja, wussten Sie das denn nicht?«

»Nein ...«, entgegnete Caffery leise.

»O ja ... der Täter hat dem Jungen mit den Zähnen ein Stück Fleisch aus der Schulter gerissen. Kommt manchmal vor bei diesen Perversen. Ekelhaft.«

»Und sonst noch Tätlichkeiten?«

»Na ja, der Kerl hat dem Jungen außerdem noch ein dickes Kabel von hinten in den Körper gerammt, und zwar so brutal, dass dieser Champ damals eine Woche auf der Intensivstation liegen musste.«

Caffery rieb sich die Schläfen. Ja, das war – wenn auch noch undeutlich – eine erste Spur. Er nahm die Brille ab und starrte auf einen Punkt direkt unterhalb von Durhams Kinn. »Sagen Sie, wissen Sie eigentlich, was genau mit Rory Peach passiert ist?«

»Wie meinen Sie das?«

»Dieselbe Art von Verletzung. Absolut identisch. Bisswunden im Schulterbereich und ein fast herausgerissenes Stück Fleisch. Vergewaltigung – rektale Blutungen.«

Durham saß einen Augenblick schweigend da. Sein ohnehin etwas verkniffener Mund, der auf eine gewisse Resignation schließen ließ, wurde noch schmaler, als Caffery ihm diese Neuigkeit erzählte. Er hustete laut, trommelte mit den Fingern auf die Schreibtischplatte und nahm dann wieder Caffery gegenüber Platz. »Hm – so, so.« Er massierte sein Doppelkinn mit solcher Inbrunst, dass es rot anlief. »Na gut, ich ruf nur schnell meine Frau an und sag ihr, dass sie mir ein bisschen was auf die Seite stellt – für die Mikrowelle.«

Als Hal abends nach Hause kam, erschien sofort Smurf in der Diele und legte sich auf den Rücken. Ihr fast nackter Bauch hatte dieselbe Farbe wie bei einem Welpen. »Hallo, altes Mädchen.« Er bückte sich zu dem alten Hund hinab und tätschelte ihm die Brust, warf dann seine Brieftasche auf die Fensterbank und ging in das Fernsehzimmer. Dort küsste er Josh auf den Kopf, holte sich dann ein Bier aus dem Kühlschrank und sah Ben beim Kochen zu. Ihre fast metallic-grauen Augen schienen an diesem Abend noch mehr zu strahlen als üblich. Das erste Geschenk, das Hal ihr gemacht hatte, war ein Mondstein gewesen – der genau zu ihren Augen passte.

»Hal, bist du sicher, dass du nichts riechst?«
»Was soll ich denn riechen?«
»Ich weiß nicht. Aber hier riecht es nach irgendwas.«
»Wo?«
»Überall.« Sie ging in die Diele hinaus.
»Und wie riecht es?« Hal folgte ihr mit dem Bier in der Hand.
»Wie Blähungen – oder wie?«
»Nein. Wie völlig verdreckte Kleider – oder wie Abfall.« Sie stand schnüffelnd mit einem Holzlöffel in der Hand vorne in der Diele. Seit dem Einzug in das neue Haus hatte sich ihr Geruchssinn spürbar verfeinert. Ja, sie hatte sogar schon befürchtet, wieder schwanger zu sein. Aber sie nahm ja die Pille, und sonst sprach nichts für diese Annahme. Vielleicht hatte sie sich einfach noch nicht richtig an die neue Umgebung gewöhnt.

»Bist du sicher, dass wir nicht vergessen haben, etwas auszupacken?«

Benedicte schüttelte den Kopf. Sämtliche Lebensmittel waren sofort in die Küche gebracht worden – sie hatte sie selbst ausgepackt. Außerdem hatten sie aus der alten Wohnung ohnehin nur trockene Lebensmittel und Konserven mitgenommen.

»Dann musst du es dir einbilden.« Er legte seine Arme um ihre Taille. »Du bist ein bisschen gaga, altes Mädchen.« Er versuchte, seine Hände unter ihr blaues Hemd zu schieben, doch sie lachte nur.

»Hör auf, alter Blödmann.« Sie machte sich von ihm los.

»Komm schon und mach mir was zu trinken, ich muss wieder in die Küche. Warum erzählst du mir nicht ein paar schmutzige Witze, während ich die Kartoffeln wasche?«

Er mixte ihr einen Gin Tonic und saß dann mit Josh auf dem Sofa und schaute zu, wie Ben den Lauch klein schnitt. Schon als er sie damals kennen gelernt hatte, war Ben ein Mädchen mit üppigen Formen gewesen. Sie selbst machte sich gelegentlich Sorgen wegen ihres Gewichts, doch er fand sie von oben bis unten einfach hinreißend. Und an Sex hatte sie genauso viel Spaß wie er. Sie waren schon seit ihrer frühen Jugend zusammen, und keiner von beiden hatte seither das Bedürfnis verspürt, außerhalb ihrer Beziehung ein Abenteuer zu suchen. *Schau uns nur an. Wer würde schon vermuten, dass wir ganz wild auf Sex sind?* Ja, als Paar machten sie nicht viel her, trotzdem glaubte Hal, dass nur wenigen Leuten eine so wundervolle Beziehung beschieden war wie ihnen beiden. Die Vorstellung, dass er sie einmal verlieren könnte, bereitete ihm Bauchkrämpfe.

»Papi hat gefurzt«, sagte Josh nach dem Abendessen. Er stand vor dem Kühlschrank, um seine abendliche Schokoladenration herauszuholen. »Er furzt ständig. Er kann auf Kommando furzen.«

»Wohl neidisch – was?«

»Ha-al – Jo-osh, um Himmels willen, was redet ihr denn da?«

Hal stützte sich mit beiden Händen auf die Arbeitsfläche, verzog das Gesicht und ließ einen fahren. Josh hielt sich kichernd die Hand vor den Mund.

»Oh – tut mir Leid«, entschuldigte sich Hal. »Das wollte ich nicht.«

Benedicte schüttelte den Kopf. »Und ob.«

»Nein, echt nicht.«

»Und was wolltest du dann?«

»Sollte eigentlich etwas lauter sein – ungefähr so ...«

Josh rannte kreischend vor Lachen durch die Küche, und Ben wandte sich kopfschüttelnd ab. »*Null Punkte* für die Kür: Norwegen.« Sie wickelte die restliche Tafel Schokolade wieder ein und legte sie zurück in den Kühlschrank. »Und *null Punkte* für

Originalität. Und hör auf, hinter meinem Rücken Grimassen zu schneiden.«

Hal lächelte. Jedenfalls konnte er seine Frau noch zum Lachen bringen. Während sie mit Josh zum Zähneputzen ins Bad ging, goss er zwei Tassen Kaffee ein und schaute dann durch die Tür in den Garten hinaus. Draußen vor der Küche befand sich eine Zedernholzterrasse, von der aus man über wenige Stufen in den Garten gelangte. Der Garten – im Grunde genommen eine große Rasenfläche – war mit einem zwei Meter hohen Zaun eingefasst. Die Familie Church konnte sich also eigentlich auf ihrem mühsam erworbenen Fleckchen Erde im Süden Londons wie in Abrahams Schoß fühlen. Aber natürlich waren die neuen Nachbarn noch nicht eingezogen. Klar – wenn sie wollten, konnten ihn diese Leute künftig beim Rasenmähen beobachten und den kleinen Josh, wenn er im Planschbecken spielte.

Er blickte zu den – mit Klebestreifen markierten, dunklen – Fenstern des Nachbarhauses hinauf und ließ dann den Blick in die Ferne schweifen, wo der Arkaig und der Herne Hill Tower auf der anderen Seite des Parks in den Himmel wuchsen. Plötzlich wurde ihm bewusst, dass er trotz des Sicherheitszaunes und der Alarmanlage mit seiner kleinen Familie weiterhin in Brixton wohnte. Hal erschauderte unwillkürlich, als ihm von der anderen Seite des Zauns der dunkle Park hungrig entgegenstarrte. Ja, es kam ihm fast vor, als ob es plötzlich kälter geworden wäre. Er ging ins Haus zurück und schloss hinter sich die Tür ab. Nach allem, was in den vergangenen Tagen dort vorgefallen war, konnte er den Park nicht mehr ausstehen.

Caffery und Durham saßen noch spätabends in dem ansonsten verlassenen Büro. Von draußen klang das gespenstische Jaulen der Sirenen herein und die Musik aus den Autoradios in den dunklen Straßen. Doch die beiden Männer hörten nichts von alledem. Sie waren völlig in die Keoduangdy-Akte vertieft: Sie betrachteten das Phantombild des Täters, sie versuchten, Informationen über Champs Aufenthaltsort zu bekommen, und hielten im Vorstrafenregister und im Wählerverzeichnis nach seinem

Namen Ausschau. Es gab drei Keoduangdys in Birmingham und zwei in Ostlondon, jedoch mit anderen Vornamen. Trotzdem schickten sie Faxe nach Plaistow im Osten Londons und nach Solihull bei Birmingham und führten zahllose Telefonate. Draußen war es mittlerweile dunkel.

Der Mann, der Champ damals missbraucht hatte, war niemals gefasst worden. Champ hatte zu der Zeit in der Coldharbour Lane gewohnt – ein hübscher kleiner Kerl, und die Erklärung, die er für seinen Aufenthalt im Brockwell Park vorgebracht hatte, war nicht sehr überzeugend gewesen. Seine Aussage steckte voller Widersprüche und Halbwahrheiten.

»Doch eines wusste er ganz genau«, sagte Durham, »nämlich dass der Täter Fotos gemacht hat. Zwischendurch ist er ohnmächtig geworden. Und als er wieder aufgewacht ist, hat er als Erstes ein Blitzlicht gesehen ... oh, und dann ist da noch was.« Er kratzte sich am Kinn. »Der Kerl hat mehrmals eine völlig idiotische Frage an ihn gerichtet.«

»Und was?«

»Magst du deinen Papi?«

»Magst du deinen *Papi*?«

»Ja, genau – magst du deinen Papi? Das ist natürlich Schwulen-Jargon. Aber sonst konnte er sich an nichts mehr erinnern. War keine große Hilfe bei den Ermittlungen.« Durham war davon überzeugt, dass die Ermittlungen keinen Erfolg gehabt hatten, weil Champ nur die halbe Wahrheit gesagt hatte. Ansonsten hatte der Junge nur unverbindliches Blabla von sich gegeben und widersprüchliche Angaben gemacht. Erschwerend hinzu kam noch, dass er Laote war. »Deshalb haben sich die Kollegen auch nicht sonderlich angestrengt – die meisten konnten ja nicht mal seinen Namen richtig aussprechen. Später hat es dann nie mehr einen vergleichbaren Vorfall gegeben, deshalb ist die Sache einfach im Sande verlaufen. Sie kennen das ja.«

»Vielleicht ist der Täter ja wegen 'ner anderen Geschichte in den Knast gewandert.« Caffery nahm die Brille ab und rieb die Gläser am Ärmel seines Hemds sauber. »Unser Peach-Mann hat nämlich gesessen.«

Durham hob fragend die Augenbrauen.

»Das Kind ist mit einem Gürtel gewürgt worden.«

»Ach so.« Durham nickte. Er wusste, was Caffery meinte: die im Knast übliche Praxis, sich ein Vergewaltigungsopfer mithilfe eines um den Hals gelegten Gürtels gefügig zu machen. Durham, der eine vierzehnjährige Tochter hatte, die begeisterte Reiterin war, musste jedes Mal an eine Trense denken, wenn von dieser Praxis die Rede war. Eine Trense, die dazu diente, einem widerspenstigen Pferd den eigenen Willen aufzuzwingen, während man dem Tier zugleich zwei muskulöse Schenkel in die Flanken presste. Ein Polizist, der am Hals eines Opfers solche Male sah, wusste sofort, woran er war.

»Wissen Sie: Komisch, dass Sie in dem Peach-Fall ausgerechnet auf den Troll gestoßen sind ...« Durham befummelte sein Kinn und beobachtete, wie Caffery sich die Brille wieder aufsetzte und dann in sein Notizbuch blickte. »Als ich von der Sache gehört habe, ist mir nämlich sofort dieser miese Scherz mit den Fotos damals in der Half Moon Lane wieder eingefallen.«

Caffery blickte auf. »Fotos in der Half Moon Lane ...?«

»Nie davon gehört?« Durham machte sich wieder an seinem Doppelkinn zu schaffen. »Ja, wie sollten Sie auch? Liegt ja schon zehn Jahre zurück. Oder sogar noch länger. Hat aber mit Champ nichts zu tun gehabt, ist nur zufällig zur gleichen Zeit passiert. Damals hat nämlich jemand in der Half Moon Lane in einem städtischen Mülleimer zwei Polaroids gefunden.«

»Ja und?«

»Aber die Ermittlungen haben nichts ergeben – war offenbar nur ein übler Scherz. Trotzdem hat uns die Geschichte damals ganz schön zu schaffen gemacht, das kann ich Ihnen sagen. Die Anwohner haben uns die Bude eingerannt. Ja, wir haben sogar vor sämtlichen U-Bahn-Stationen Plakate aufgehängt: *Kennen Sie dieses Kind? Es könnte sich in Gefahr befinden etc.*«

»Kann mich nicht daran erinnern.«

»Na ja, der Vater – jedenfalls haben wir ihn damals so genannt, obwohl wir uns nicht sicher waren. Also, der Vater und der Junge – noch ein ziemlich kleiner Kerl – waren beide gefesselt: und nackt. Natürlich waren die Plakate nur ein Versuch – nicht mal die eigene Mutter hätte den Jungen auf dem Fotos erkannt, viel zu unscharf. Als dann auch noch das Labor an den Bildern herumgepfuscht hat, waren sie hinterher eher noch schlechter, wenn Sie mich fragen. Die Vergrößerung war schlicht für den Arsch. Aber bitte nicht weitersagen – Sie wissen schon.«

»Und – glauben Sie auch, dass das damals bloß ein übler Scherz war?«

Durham zuckte die Schultern. »Keine Ahnung. Jedenfalls sind wir schließlich zu der Auffassung gelangt, dass es sich nur um einen miesen Witz handeln kann. Hat sich ja nie jemand bei uns gemeldet, und unsere Ermittlungen haben auch nichts ergeben. Irgendwann hat die Pädo-Abteilung von Scotland Yard dann den Fall übernommen – hier in Brixton haben wir jedenfalls nie mehr was davon gehört.«

»Und was ist aus den Fotos geworden?«

»Waren zuerst im Labor in Denmark Hill, glaub ich, und dann wieder hier bei uns. Aber da wir hier jedes Jahr Revison machen, dürften sie vermutlich zur Aufbewahrung nach Charlton oder Cricklewood gegangen sein. Ich kann mal in unseren Unterlagen nachsehen, wenn Sie möchten.« Durham stand auf, zog an seinem Doppelkinn. Dann stützte er sich mit beiden Händen auf den Schreibtisch und sah Caffery an. »Das Komische ist, dass zu der Zeit die Champ-Ermittlungen noch liefen. Als die Fotos damals hier aufgetaucht sind, hatte ich sofort so ein merkwürdiges Gefühl. Sie wissen schon, was ich meine. Ich hab mich immer wieder gefragt, ob die Geschichte vielleicht was mit diesem Troll zu tun hat – ich meine, mit dem Kerl, der damals Champ missbraucht hat. Natürlich hatte ich dafür keine konkreten Anhaltspunkte – war nur so 'n Gefühl.«

12. KAPITEL

Als Caffery um Mitternacht nach Hause kam, zog Rebecca die gleiche Nummer ab wie am Vortag. Diesmal hielten sie sich in der Küche auf. Sie saß wortkarg auf dem Tisch und trank Wodka aus einem Champagnerglas, während er sich einen Drink eingoss. Aber als er sich dann ein wenig nach vorne beugte und die Vorhänge hinter ihr zuzog, als sein Jackett sich dabei öffnete und er sie küsste, spreizte sie die Beine, und alles begann wieder von vorne: Sie ließ sich zweimal von ihm befriedigen, und als er sich dann aufrichtete und den Reißverschluss herunterzog, saß sie plötzlich kerzengerade da und drehte den Kopf zur Seite.

»Tut mir Leid«, sagte sie, rutschte von der Arbeitsfläche, strich sich über das Kleid und ging aus dem Raum.

Caffery ließ sich mit ausgestreckten Armen auf den Tisch fallen. Er atmete heftig und starrte geistesabwesend auf den feuchten Flecken, den sie auf der Tischplatte hinterlassen hatte. *Bloß nicht die Nerven verlieren, sonst fühlt sie sich nur bestätigt.* Er wartete, bis sein Puls sich wieder halbwegs normalisiert hatte, machte die Hose zu und ging zu ihr ins Wohnzimmer, wo sie schweigend auf den ohne Ton laufenden Fernseher starrte.

»Rebecca.«

»Hm?« Sie sah ihn an. »Was gibt's?«

»Ich weiß, warum du dich so merkwürdig verhältst, Rebecca. Ja, ich weiß es genau.«

»Echt?«

»Du musst endlich mal darüber sprechen. Du musst darüber sprechen, was damals passiert ist.«

»Mach ich doch *ständig*.«

»Ich meine, *nicht* mit der Presse, ich meine mit *mir*.« Er zurrte ungeduldig seinen Gürtel zu. »Oder wir vergessen das Ganze, Becky, machen einfach Schluss. Wenn du es lieber mit der gesamten Londoner Kunstszene treiben möchtest als mit *mir*, dann sollten wir auf diese Farce besser verzichten.«

Für eine Sekunde schien es so, als ob sie etwas sagen wollte, doch dann überlegte sie es sich anders und ließ mit einem übertriebenen Seufzer die Hände auf das Sofa sinken. »*O Gott!* Was ist denn mit *dir* los?«

»Tja, gute Frage – was mit mir los ist. Ich stehe hier mit einem Riesenständer in der Hose vor dir – schau mich gefälligst an –, und du« – er zeigte auf den Fernseher –, »du hockst dich einfach vor die *Scheiß*-Glotze.«

»Hör auf, mich zu belehren, Jack, warum sprechen wir denn zur Abwechslung nicht mal über die dunklen Punkte in *deinem* Leben?«

»Wenn dir dazu sonst nichts einfällt.« Er hob abwehrend die Hände. »Immer musst du alles kaputtmachen.« Er wandte sich zum Gehen. »Wenn du mir was zu sagen hast, weißt du ja, wo du mich findest?«

»Und wo?«

»Im Bad – ich hol mir nämlich jetzt einen runter.«

Er onanierte in der Dusche, zog dann seine Jogging-Klamotten an, verließ wortlos das Haus und schlug die Tür hinter sich zu.

Der Nachthimmel hatte die Farbe des Meeres – jenes tiefe Blau, wie man es bisweilen in einem Korallenatoll zu sehen bekommt. Es war warm, und von irgendwo drang laute Musik aus einem Fenster und verebbte unter dem sternklaren Himmel. Der Schweiß rann ihm in die Augen – während er sich darauf konzentrierte, gleichmäßig auf dem Asphalt dahinzutraben und nicht an Rebecca zu denken. Doch seine Gedanken kreisten unentwegt um genau dieses Thema und um die Klemme, in der sie steckten. Keiner von ihnen beiden war bereit, als Erster einzulenken, so viel war ohnhin klar, sie würden sich nur immer mehr in ihren jeweiligen Standpunkt verbeißen. *Scheiße, Rebecca.* Er liebte sie, daran hegte er nicht den geringsten Zweifel, brachte ihr eine große Zärtlichkeit entgegen, ein Gefühl, dessen er sich nicht so ohne weiteres wieder entledigen konnte. Trotzdem waren aus seiner augenblicklichen Perspektive lediglich die rigiden Frontlinien zu erkennen, hinter denen sie beide sich verschanzt hatten.

»Jack«, sagte Rebecca plötzlich, richtete sich auf dem Sofa auf und blickte zur Tür. Er war ihr so gegenwärtig, als ob er gerade hereingekommen wäre. »Jack, der Grund ist ...« Sie presste sich die Fäuste in die Magengrube. »Also, der Grund ist, dass ich tief verletzt bin. So beschissen verletzt.« Sie hielt inne, starrte mit offenem Mund zur Tür hinüber und lauschte auf den Nachhall ihrer eigenen Worte. Dann verzog sie das Gesicht zu einer Grimasse und musste laut über ihre lächerliche Inszenierung lachen. »O Gott, ich bin ja so *tief verletzt!* Verletzt? Arme, arme Becky!« Sie sprang auf und holte das Champagnerglas aus der Küche, kam schwankend zurück in das Wohnzimmer und verdrehte, die Finger gespreizt, ihre freie Hand vor dem Gesicht – ein Shiva mit langen Fingernägeln, der auf dem nackten Boden tanzte. »Verletzt – du blöde Kuh, verletzt, *verletzt,* verletzt!« In einer alten Dose auf dem Kaminsims war noch etwas Gras. Sie drehte sich singend einen Joint, nippte an dem Wodka und spürte, wie ihre Zunge immer tauber und belegter wurde. Sie ließ sich auf die Knie nieder, stellte das Glas auf den Boden, zündete den Joint an, nahm ein paar Züge und wälzte sich dann, die Hände vor den Augen, am Boden. »O Gott, o Gott, o Gott.«

Ja, sie saßen in der Patsche, sogar ganz tief in der Patsche: Jack, der sich wegen Ewan innerlich zerstörte – wie schrecklich, dass vielleicht bald alles aus war –, und auf der anderen Seite des Schlachtfelds stand sie mit zusammengepressten Lippen und geschlossenen Augen. Jack erwartete von ihr lediglich, dass sie endlich einmal darüber sprach, dass sie sich im Gespräch endlich von ihren Erinnerungen frei machte. *Ich mache dir daraus keinen Vorwurf, Jack, nein, überhaupt nicht.* Sie würde ja so gerne mit ihm darüber sprechen – wirklich. Aber sie konnte es einfach nicht, und genau das war der Punkt. Denn Jack wusste Folgendes nicht: Als damals nach Jonis Ermordung die Ermittlungen begonnen hatten, als er selbst – Jack – im Krankenhaus ihre Aussage aufgenommen und sie sanft gedrängt hatte, seine Fragen zu beantworten, als sie sich durch gespielte Weinkrämpfe um gewisse Fragen des Amtsarztes herumgedrückt hatte – da hatte sie die ganze Zeit gelogen. Ja, selbst was sie vor der Presse zum Besten gab, war nichts als gelogen. Doch sie brachte es einfach nicht über sich, die banale Wahrheit auszusprechen – nicht einmal vor sich selbst. Sie legte die Arme neben sich auf den Boden und starrte zur Decke hinauf. In Wahrheit war es nämlich so, dass sie sich an die Vergewaltigung vor einem Jahr in dem kleinen Bungalow in Kent überhaupt nicht erinnern konnte.

Das Pflaster strahlte die Hitze des Tages ab. Er war bereits eine halbe Stunde unterwegs, als er sich plötzlich seiner Umgebung bewusst wurde. Ja, in der Straße, durch die er gerade hindurchtrabte, stand Pendereckis Haus. Er hatte diesen Weg ganz mechanisch eingeschlagen, ohne darüber nachzudenken – wie von einem inneren Kompass getrieben. Er verlangsamte sein Tempo und betrachtete die Häuser.

Die Umgebung erinnerte an eine dieser merkwürdig gepflegten Straßen, in denen man sich plötzlich wie am Meer fühlt und fest damit rechnet, in einem der Fenster ein »Zimmer zu vermieten«-Schild zu entdecken. Pendereckis Haus lag etwa in der Mitte der Straße und stand mit den übrigen Anwesen in einer Reihe, doch in Cafferys Bewusstsein hatte es einen solch exponierten Stellenwert, dass es ihm zwischen den übrigen Häusern geradezu entgegenleuchtete. Als er das Grundstück erreicht hatte, blieb er auf dem Gehsteig stehen und legte keuchend und schweißgebadet die Hände auf das Gartentor. So stand er einige Sekunden vornübergebeugt da.

Dann richtete er sich auf und blickte an dem Haus hinauf. Wie lange mochte es noch dauern, bis einer seiner Kollegen hier an diese Tür klopfte und sich bei Penderecki nach dem Troll erkundigte? Wie lange – bis Dannis Freundin Paulina mit ihrem klugen Köpfchen die Parallelen zwischen dem Fall Rory und der über zweieinhalb Jahrzehnte zurückliegenden Entführung seines Bruders Ewan entdeckte? Wieder erschien vor seinem inneren Auge jenes unterirdische Netzwerk, das diesen Penderecki garantiert irgendwie mit dem Troll verband.

Er stand jetzt völlig aufrecht da. Irgendetwas an Pendereckis Haus kam ihm an diesem Abend merkwürdig vor. Im Bad brannte wieder Licht, und auch die riesige rot-gelb-grau leuchtende Laterne hing immer noch dort. Fast wollte es ihm so scheinen, als ob sie inzwischen noch größer geworden wäre. Er zog die Stirn in Falten, stand einen Augenblick unschlüssig da und drückte dann langsam die Pforte auf.

Bislang hatte er sich Pendereckis Haus noch nie von dieser Seite genähert. Wenn er sich in der Vergangenheit – selten genug – an das Haus herangepirscht hatte, war er stets von hinten und im Schutz der Dunkelheit gekommen. Schließlich war Penderecki ein Verbrecher und kannte natürlich seine Rechte in- und auswendig. Ja, der Mann hätte ihm, ohne mit der Wimper zu zucken, augenblicklich ein Verfahren wegen Hausfriedensbruch an den Hals gehängt. Der Vorgarten war ein einziges Blütenmeer: vor allem hellrosa leuchtende Malven mit hauchzarten Blüten, die an kandierte Früchte erinnerten und sich im Wind wiegten. Am Fuß der beiden Stufen blieb Caffery stehen.

In der Haustür war noch immer die alte Bleiverglasung zu bestaunen: ein Hügel und eine Windmühle samt dunkel hinterlegten Sonnenstrahlen. Als er die zwei Stufen hinaufstieg, hörte er es bereits: das Summen feucht-klebriger saugender Insektenleiber, die überall ihre – Millionen – Eier ablegten, winzige Leiber, die das in Glas gegossene Sonnenlicht verdunkelten. Augenblicklich war ihm klar: Was immer auch in Pendereckis Bad hängen mochte – eine chinesische Laterne war es auf keinen Fall.

Rebecca erinnerte sich nur an Folgendes:
Nacht. Sie liegt mit Jack im Bett.
Morgens wachen sie auf. Es regnet.

Nachdem Jack zur Arbeit gegangen ist, frühstückt sie Kaffee und Toast.
Sie bemerkt, dass Joni nicht nach Hause gekommen ist.
Sie telefoniert herum und findet heraus, dass Joni sich in Bliss' Wohnung aufhält.
Sie zieht eine alte Shorts und ein T-Shirt an und fährt mit dem Rad zu seiner Wohnung.
Nichts.
Nichts.
Nichts.
Ein Lichtstrahl und irgendwas – ein Messer? Ein Haken?
Nichts.
Nichts.
Wieder ein Licht – ein Arzt leuchtet ihr in die Augen.
Nichts.
Nur ein kleiner Stich – halten Sie still, es tut nicht weh.
Nichts.
Jack, der sich – auf dem Weg zu Essex' Beerdigung in einem geliehenen schwarzen Anzug – im Krankenhaus über das Bett beugt.
Wieder Jack. Bei der Vernehmung. Als sie sich die Hand auf das Gesicht legt und sich schämt, dass sie sich an nichts erinnern kann, sieht er sie mitfühlend an und versucht, ihr die Antwort zu erleichtern.
Hast du gesehen, wie Bliss Joni weggebracht hat?
Weggebracht?
Ja, ich meine, nach vorne in den Gang, wo wir sie gefunden haben.
Ach so, das meinst du. Ich – ja ... also, das hab ich gesehen. Er hatte sie auf dem Arm.
Rebecca schien nicht so leicht zu erschüttern zu sein: Sie trug diese Aura wie einen leuchtenden roten Wintermantel spazieren – mal völlig nonchalant, mal mit einer gewissen Befangenheit. Aber sie war immer da – diese Aura. Sie wusste, dass sie deswegen mitunter spröde wirkte, wusste aber auch, *warum* sie sich so präsentierte. Schon in ganz jungen Jahren hatte sie sich

dieses Auftreten wie eine Schutzhaut übergestreift – als sie begriffen hatte, dass sie weder ihren Vater von seinen obskuren metaphysischen Selbstrechtfertigungen abbringen noch ihre Mutter aus ihren Depressionen herausholen konnte. Eine Journalistin hatte Rebecca deshalb einmal treffend als »Tochter eines englischen Professors und einer klinisch-depressiven Schönheit« beschrieben. Rebecca hatte eine Weile gebraucht, bis sie begriff, dass dieser familiäre Hintergrund die Ursache dafür war, dass sie sich nicht zu ihrer Gedächtnislücke bekennen konnte: Schließlich wäre das dem Eingeständnis gleichgekommen, dass ihre selbstbewusste Persönlichkeit nur eine Lüge war, dass sie damals in jener Situation ihrer selbst nicht mehr mächtig – diesem Bliss völlig ausgeliefert – gewesen war. Sie konnte sich einfach nicht vorstellen, dass sie die Kraft aufbringen würde, über dies alles in Ruhe mit Jack zu sprechen. *Wie ist es nur möglich, dass du dich an die Situation nicht mehr erinnern kannst?*

Seit einem Jahr weigerte sie sich jetzt schon, über jenen Tag zu sprechen. Bis Jack gesagt hatte: *Kannst du bitte mal versuchen, dir vorzustellen, wie es für mich war, als ich dich damals gefunden habe und du an diesem verdammten Scheiß-Haken unter der Zimmerdecke gebaumelt hast?* Erst bei dieser Gelegenheit hatte sie etwas darüber erfahren, was an jenem Tag in Kent mit ihr passiert war. Und jetzt konnte sie die Vorstellung einfach nicht mehr ertragen, Jacks Gesicht über sich zu sehen, weil sie ständig Angst hatte, plötzlich wieder die Visage von diesem Malcolm Bliss vor sich zu haben. Ja, irgendwas rumorte in ihr, verbot ihr, sich ganz einfach entspannt auf den Rücken zu legen oder auch nur eine Nacht wirklich durchzuschlafen. Sie drehte sich auf den Bauch und erhob sich dann aus dem Bett. Ja, für Rebecca war es wahnsinnig wichtig, dass niemand die Wahrheit erfuhr.

Er fand Rebecca zu Hause schlafend vor – oder jedenfalls tat sie so. In einem Aschenbecher, der neben dem Bett auf einem aufgeschlagenen Kunstmagazin stand, lagen zwei Zigarillostummel, an denen Lippenstift klebte. Caffery zog eine andere Jogginghose, ein Sweatshirt und leichte Wanderschuhe an, holte ein paar Werkzeuge aus dem Kämmerchen unter der Treppe und ging dann nach hinten in den Garten hinaus. Er schlich sich durch das Gebüsch – an der Milchkiste vorbei, die Penderecki als Hochstand benutzt hatte –, dann durch Nesseln und zwischen tief hängenden Zweigen hindurch. Auf dem Bahndamm war alles still, der letzte Zug war schon vorbeigerollt. Plötzlich erschien ihm die Luft angenehm erfrischend und klar. Ein Stück entfernt auf dem Bahndamm standen die Signale auf Grün. Caffery überquerte rasch die Gleise und hörte im Unterholz das Rascheln eines erschrockenen Tiers. Auf der anderen Seite stieß er auf einen Wildwechsel – *oder ist das etwa Pendereckis Trampelpfad?* –, der direkt zum Garten des alten Mannes führte.

Auf der Rückseite des Hauses war alles ruhig und dunkel. Der seit Ewigkeiten nicht mehr frisch gestrichene Zaun roch modrig und wackelte. Caffery huschte durch den Garten. Als er näher zum Haus kam, ergriff eine gewisse Beklommenheit von ihm Besitz. Und dann sah er, dass dicke Fliegenschwärme an den Fenstern des klapprigen Anbaus klebten und sich träge bewegten.

Mit seinem Schweizer Armeemesser entfernte er an der Küchentür den Kitt von einer Scheibe und wischte sich anschließend die Holz- und Farbpartikel von seinem Sweatshirt. Jetzt brauchte er bloß noch vorsichtig die kleinen Stifte herauszuziehen und die Scheibe aus der Sprosse zu nehmen. Als Erstes traf ihn ein Schwall übelriechender Luft. Er wusste sofort, was ihn oben im Bad erwartete. Der widerliche Gestank ging ihm durch Mark und Bein. Unvermittelt sah er Bilder von aufgeschlitzten menschlichen Eingeweiden vor sich, von Toten, die aufrecht in ihren Gräbern saßen und in schwärzester Nacht ihren giftigen Atem aushauchten. Dann schob er den Arm durch die Öffnung nach innen, drehte leise den Schlüssel herum und öffnete die Tür. Das Summen der Fliegen klang jetzt noch bedrohlicher. *Ach du lieber Gott,* dachte er, *das darf doch nicht wahr sein.*

Stille.

»Ivan?«

Er blieb stehen, zählte bis hundert und wartete auf eine Antwort.
»Hallo, sind Sie hier?«
Wieder keine Reaktion. Nur das Rauschen seines eigenen Blutes in seinen Ohren. Er trat leise in die Küche.

Bevor Penderecki ihm vor rund zwanzig Jahren auf die Schliche gekommen war und es sich zur Gewohnheit gemacht hatte, sämtliche Türen abzuschließen, war Caffery schon mal in dem Haus gewesen und hatte gestaunt, wie normal es in den Räumen aussah. Es war das Haus eines alten Mannes, feucht und abgewohnt, doch ansonsten völlig normal. Gemusterte Tapeten, ein Gasofen und neben dem Sofa ein sorgfältig gefaltetes Exemplar der *Radio Times*. Milch im Kühlschrank und eine Tüte Zucker auf dem Küchentisch. So hatte man sich das also vorzustellen: die Wohnung eines passionierten Pädophilen. Als er nun durch die Räume ging, war er überrascht, wie wenig sich verändert hatte. Das Haus war kleiner und die Tapete gelber als in seiner Erinnerung. Über der Treppe hatte sich sogar ein Tapetenfetzen von der Decke gelöst, und der Teppich glänzte vor Schmutz. Vorne im Gang vor der Eingangstür lagen ein lokales Anzeigenblatt und diverse Restaurantreklamen am Boden, doch bis auf die Fliegenschwärme war alles genau wie früher. Ja, Jack schien, als ob seine Erinnerung vor seinen Augen wieder Gestalt angenommen hätte.

Auf der schmalen Fensterbank neben der Treppe stand ein Gerät, mit dem Penderecki Telefongespräche abhören konnte – wie Caffery wusste. Daneben lag ein aufgerissenes braunes Kuvert. Der Umschlag war leer, doch als Absender war die Onkologische Abteilung des Klinikums in Lewisham vermerkt. Der erste konkrete Hinweis. Caffery schob das Kuvert in die Tasche. *O Jesus*, dachte er, *o Gott, bitte nicht.* Er ging langsam die Treppe hinauf. Unter seinen Füßen knirschten tote Fliegen. Ringsum ein monotones Summen, als ob die Insekten das ganze Haus in Besitz genommen hätten.

Oben auf dem Treppenabsatz sah er, dass lediglich die Badtür geschlossen war, sonst standen alle Türen offen. Durch einen

Spalt unter der Tür drang Licht nach außen. Der Geruch war hier oben noch widerwärtiger. Während er nach dem Lichtschalter tastete, presste er sich sein Sweatshirt an die Nase. Die Glühbirne machte nur einmal ping, sonst nichts. Verdammte *Scheiße.* Er arbeitete sich tastend in eines der angrenzenden Zimmer vor und schaltete dort das Licht ein, sodass vorne auf dem Treppenabsatz plötzlich ein leuchtendes Rechteck erschien. Dann schaute er rasch in die übrigen Zimmer. Zwei der Räume waren völlig leer – bis auf eine Cola-Dose und einen kleinen Teppich auf den nackten Dielen. In dem dritten Zimmer hingegen schien Penderecki zu hausen.

Auf der Matratze lagen völlig fadenscheinige, schmutzstarrende Betttücher, daneben ein Stapel Zeitungen, auf dem eine Tasse und eine leere Bohnendose abgestellt waren. Ein völlig schmuckloses Zimmer – bis auf ein Poster an der Wand gegenüber, auf dem zwei Jungen mit Strohhüten zu sehen waren. Die Knaben saßen auf einem Holzsteg, und einer von ihnen hatte dem anderen den Arm um die Schultern gelegt. Ein Foto aus den Siebzigern – die Sonne hatte damals noch eine andere Farbe gehabt: weicher und gelber als im dritten Jahrtausend. Die Jungen waren etwa so alt wie Jack und Ewan zu dem Zeitpunkt, als ... Mein Gott, konnte er denn gar nichts anderes denken?

Verdammte Scheiße – bringen wir es endlich hinter uns.

Er presste sich das Sweatshirt an die Nase, trat wieder auf den Treppenabsatz hinaus, holte tief Luft und drückte die Klinke der Badtür herunter.

Die Tür ließ sich mühelos öffnen. In der Mitte des hellgrün gestrichenen Raumes hing – von Fliegenschwärmen bedeckt – Ivan Penderecki.

Sie wurde durch ein Kreischen geweckt. Benedicte richtete sich benommen im Bett auf. Ihr Puls raste, und auf ihrer Haut stand der nackte Schweiß.

»Maaaaaaami!«

»Josh?« Schlaftrunken kroch sie aus dem Bett und torkelte durch den Gang. »Komm ja schon, Süßer.« In seinem Schlafzimmer schaltete sie das Licht ein und blieb blinzelnd in der Tür stehen. Josh saß aufrecht am Kopfende seines Bettes und presste sich ein Kopfkissen gegen die Brust. Seine ausgestreckten Beine waren starr vor Schrecken. Die Haare standen ihm zu Berge, als ob ein Stromschlag ihn getroffen hätte. Er starrte auf eine Lücke zwischen den Vorhängen.

»Mami – der Troll ...«

»Ist ja schon gut, Bärchen.« Benedicte trat ans Fenster und zog die Vorhänge beiseite. Das Fenster war geschlossen, und der Garten lag ruhig und dunkel da. Jenseits des Zaunes zeichnete sich in dunklem Violett die Silhouette des Brockwell Parks vor dem Nachthimmel ab. »Nein, hier ist nirgends ein Troll, Liebling. Weit und breit nichts zu sehen.« Sie machte die Vorhänge wieder zu, setzte sich zu Josh auf die Bettkante und legte die Hand auf seine kleine Stirn. »Alles Mamis Schuld. Warum hab ich dir auch diesen warmen Pyjama angezogen?« Sie versuchte, dem Jungen das Oberteil des Pyjamas über den Kopf zu ziehen. »Mein Gott, du bist ja völlig schweißgebadet, ich zieh dir schnell ein T-Shirt an ...«

»Nein!« Josh warf sich zurück, um das Fenster besser sehen zu können.

»Komm, Liebling, es ist schon sehr spät, und Mami möchte dir doch bloß was anderes anziehen, damit du besser schlafen kannst.«

»Neeeiiin!« Er entzog ihr seine Hände. »Er beobachtet mich. *Er ist hier gewesen.*«

»Josh, ich glaube, du hast geträumt – wie soll denn der Troll hier heraufkommen? Du bist doch ganz weit oben in der Luft, hier kann dir nichts passieren.«

»Alles in Ordnung, kleiner Mann?« Hal stand in der Tür und blinzelte wie eine verschlafene Katze.

Benedicte drehte sich um. »Oh, Hal, tut mir Leid, dass du aufgewacht bist ...«

»Schon in Ordnung.« Er musterte seinen Sohn, der kerzengerade im Bett saß und das Kissen an sich drückte. »Was ist denn los, Süßer?«

161

»Er meint, dass er den Troll gesehen hat ...«
»Er war *wirklich* hier!«
»Er hat den Troll am Fenster gesehen – du weißt schon, den Mann aus dem Park.«
»Ach so – hm.« Hal trat an das Bett und küsste seinen Sohn auf den Kopf. »Soll ich mal nachsehen, ob er weg ist?«
Josh nickte.
»Ooooh.« Hal ging ans Fenster, pfiff leise, presste seine Nase gegen die Scheibe und sah dann in den Garten hinunter. Er verdrehte den Kopf und tat so, als ob er alles ganz genau inspizierte. Nach einigen Sekunden wandte er sich lächelnd wieder um. »Okay, du brauchst keine Angst mehr zu haben, er ist weg.«
»*NEEEEIIN!!*« Josh fing an zu weinen. »*So kannst du ihn ja gar nicht sehen*, er versteckt sich unter dem Fenster. *Du musst das Fenster aufmachen, sonst kannst du ihn nicht sehen.*«
Hal seufzte, zog die Vorhänge zur Seite und entriegelte den Fenstergriff. Er stützte sich auf seine Hände und beugte sich ein Stück aus dem Fenster. Die Luft war weich – eine herrliche, fast tropische Nacht. Der Geruch des Wassers der vier Teiche unten im Park stieg ihm in die Nase. Das Summen der Baustellenscheinwerfer klang fast wie Grillengezirpe. Er tat so, als ob er sich gründlich im Garten umsah. »Hmmm ... Er ist wirklich weg, weit und breit nichts zu sehen. Möchtest du selbst mal nachschauen?«
Josh wischte sich mit dem Ärmel des Pyjamas die Nase ab und blinzelte zum Fenster hinüber.
»Möchtest du?«
Er schüttelte den Kopf.
»Na gut.« Hal machte das Fenster wieder zu und wollte gerade den Griff umlegen, als er kurz zögerte. Er öffnete das Fenster wieder und betastete von außen die Scheibe.
»Hal?«
Keine Antwort. Auf seiner Stirn erschienen kurz ein paar Falten, dann zog er das Fenster wieder zu, ließ den Griff gründlich einrasten und schloss die Vorhänge.
»Siehst du, Josh, weit und breit nichts zu sehen.«

Doch Hals Gesichtsausdruck gefiel Benedicte überhaupt nicht. Irgendetwas war nicht in Ordnung. Sie beugte sich rasch zu Josh hinab. »Gibst du Mami einen Kuss auf die Nase?« Aber Josh zierte sich wie ein Mädchen und machte ein böses Gesicht. »Wie du meinst – dann gute Nacht, Liebling.«

Sie stand an der Tür und wartete, während Hal dem Jungen noch einmal den Kopf kraulte, dann schaltete sie das Licht aus, schloss die Tür und bedeutete Hal, ihr nach unten zu folgen. In der Küche schlüpfte sie in die schmutzigen Turnschuhe ihres Mannes und trat dann mit der Taschenlampe in den Garten hinaus. Hal trottete in seinen Slippern hinter ihr her. »Was ist denn?«, zischte er. »Was ist denn los?«

Sie ließ den Strahl der Taschenlampe im Garten umherwandern und hielt auf dem Rasen Ausschau nach Spuren. »Was hast du gesehen, Hal?«

»Hm?«

»Ich meine, oben am Fenster.« Sie drehte sich um und leuchtete mit der Taschenlampe an der Mauer zu Joshs Fenster hinauf.

»Ach, nichts. Nur einen Handabdruck.«

Benedicte sah ihn bestürzt an. »Einen *Handabdruck*?«

»*Pssst*. Ich möchte nicht, dass der arme Junge noch mehr Angst bekommt.«

»Augenblick mal«, zischte sie, »du hast *mir* gerade einen wahnsinnigen Schrecken eingejagt.« Sie trat näher an die Mauer heran und richtete die Taschenlampe in das Blumenbeet. »Josh glaubt, dass er was gesehen hat, und jetzt erzählst *du* mir, dass du an der Fensterscheibe einen Handabdruck entdeckt hast. Also ...«

»Ben.« Er blickte an der Mauer hinauf. »Das Fenster befindet sich in sieben Metern Höhe – da müsste man ja *fliegen* können.«

Sie inspizierte die Mauer von oben bis unten. Ja, Hal hatte Recht – jedenfalls brauchte man dazu eine Leiter, und sie konnte in dem Beet nichts entdecken. Keine Fußabdrücke – absolut nichts Ungewöhnliches.

»Ben, jetzt beruhige dich wieder.« Hal fing in seinem Pyjama an zu frieren. »Wahrscheinlich hat einer der Bauarbeiter den Abdruck beim Einsetzen der Scheibe hinterlassen.«

Sie stand auf dem Rasen, kaute auf der Unterlippe und kam sich irgendwie blöde vor.

»Bestimmt war es einer von den Bauarbeitern, Ben, wir haben die Fenster von außen nicht geputzt. Und außerdem ...«

»Außerdem, was?«

»Der Abdruck war verkehrt herum.«

»Was?«

»Ja, verkehrt herum, deshalb muss er schon vor dem Einsetzen der Scheibe da gewesen sein.«

Benedicte seufzte. Oh, wie sie diese Ängste hasste, von denen sie neuerdings nachts manchmal heimgesucht wurde. Sie fand es einfach schrecklich, dass der Park so nahe war – gleich hinter dem Zaun –, ja, im Grunde genommen verübelte sie dem kleinen Rory Peach sogar, dass er entführt und umgebracht worden war. Sie konnte es kaum erwarten, endlich nach Cornwall zu fahren. Sie ließ den Strahl der Taschenlampe noch ein wenig in dem umzäunten Garten umherwandern. In Joshs Planschbecken spiegelte sich der Mond, sonst war alles ruhig. *Okay – aber es ist doch kein Wunder, dass man allmählich durchdreht.* Widerstrebend knipste sie die Taschenlampe aus, ging hinter Hal die Stufen hinauf, schloss die Tür hinter sich ab und zog die kleine Gardine zu. Hal war inzwischen hellwach, holte sich ein Bier aus dem Kühlschrank, stützte sich dann mit der Hand auf die Arbeitsplatte und sah sie an.

»Ich kann dich ja verstehen«, sagte er unvermittelt. »Ich hab nämlich diesen Alek Peach im Park gesehen.«

»O Gott.« Benedicte fuhr sich mit der Hand durchs Gesicht und setzte sich auf das Sofa. »Wann?«

»Heute Abend, als ich zusammen mit Josh und dem Hund unterwegs war. Ich hab extra nichts davon gesagt, weil ich dich nicht beunruhigen wollte.«

»Und wie sieht er aus?«

»Grauenhaft. Ich hab ihn schon öfter dort gesehen, wenn ich mit Smurf spazieren gegangen bin.« Als ob sie ihren Namen gehört hätte, erhob sich Smurf, die im Fernsehzimmer geschlafen hatte, mühsam und kam gähnend und mit klickenden Pfoten über den gekachelten Boden zu ihnen her. Hal beugte sich hinab, streichelte sie und kraulte sie an den alten tauben Ohren. »Stimmt doch, Smurf, dass wir ihn schon häufiger gesehen haben? Ich habe ihn auf den Zeitungsbildern nur nicht wieder erkannt.«

»Und was hat er dort gemacht?«

»Keine Ahnung. Er ist an der Stelle auf und ab gegangen, wo ...« Hal richtete sich wieder auf und trank einen großen Schluck Bier. »Er ist an der Stelle auf und ab gegangen, wo sie seinen kleinen Jungen gefunden haben.«

»Ich bin auch dort gewesen«, murmelte sie etwas verlegen. Eigentlich hatte sie nur einen Spaziergang gemacht, doch plötzlich hatte sie vor dem zertrampelten Blumenteppich gestanden. Mitfühlende Menschen hatten dort Karten, bunte Schleifen, Blumensträuße, Kondolenzkarten und kleine Teddybären hingelegt. Der kleine Rory war knapp neun Jahre alt gewesen. Sicher hätte er die Teddys ganz schrecklich gefunden – war ihr unwillkürlich durch den Kopf geschossen. »Ich weiß gar nicht, was sie mit den vielen Blumen machen wollen.«

»Inzwischen sind dort draußen ganze Familien unterwegs, kannst du dir das vorstellen? Richtige kleine Ausflugsgesellschaften, und die Kinder tragen T-Shirts mit dem Aufdruck ›Tod den Pädos‹.«

»Ja, ich weiß.« Sie schüttelte den Kopf. »Und – hat Alek Peach diese Leute gesehen?«

»Ja – er hat alles gesehen. Er stand ein Stück abseits zwischen den Büschen und hat die Szene beobachtet. Du hättest mal sehen sollen, wie er Josh angestarrt hat – als ob er ein Gespenst sieht.«

»Armer Kerl.« Sie stand auf und verstaute die Taschenlampe in einer Schublade. »Ich kann es kaum abwarten, endlich nach Cornwall zu fahren, Hal. Ich muss unbedingt ein paar Tage raus aus Brixton.« Sie küsste ihn auf die Wange. »Und bleib nicht die ganze Nacht hier unten.«

Um 4 Uhr 30 früh verfärbte sich der Himmel über den Häusern tiefblau, nur die Venus stand noch am Himmel. Caffery saß noch immer starr vor Entsetzen auf einem Stuhl neben dem Fenster, an dem Penderecki so oft gestanden hatte, um Jack und Ewan in dem Baumhaus jenseits des Bahndamms beim Spielen zu beobachten. Auf seiner Stirn saßen Fliegen und labten sich an seinem Schweiß, doch er unternahm nichts, um sie zu verscheuchen.

Schon seit vielen Jahren hatte er sich immer wieder vorgestellt, wie es wohl wäre, wenn Penderecki sterben würde – und jetzt war es so weit: Es bestand keine Möglichkeit mehr, vielleicht eines Tages herauszufinden, was damals aus Ewan geworden war. Jetzt saß er also – ganz in seine Angst verstrickt – hier in Pendereckis Haus auf diesem Stuhl und fühlte sich nur unendlich leer.

Als gegen 5 Uhr die ersten Güterzüge über den Bahndamm rollten, geriet Caffery langsam wieder in Bewegung. Er verscheuchte die Fliegen, stand auf und ging mit brennenden Augen nach unten, drehte den Wasserhahn auf, spritzte sich kaltes Wasser ins Gesicht und machte sich an die Arbeit.

Irgendwo in diesem Haus war die Antwort auf seine Fragen verborgen. Er ging ins Bad. Das Summen und der Gestank, der ihm entgegenschlug, ließen ihn würgen. Penderecki war bereits völlig verwest. Unter seinen Füßen hatte sich ein – von Fliegenleibern nur so wimmelnder – stinkender Haufen gebildet. Caffery stand reglos da, bis der Brechreiz endlich wieder nachließ.

Penderecki hatte ein Loch oben in die Decke geschlagen und die Schlinge an einem Balken befestigt. Auf dem Boden lag noch die kleine Gartenhacke, die er dazu verwendet hatte, und der am Boden liegende Putz bezeugte, dass er sich dafür nicht allzu viel Zeit genommen hatte. Sah ganz so aus, als ob er mit den nötigen Utensilien in das Bad marschiert war, ein Loch in die Decke gehauen, das Seil dort oben festgemacht und sich dann einfach aufgehängt hatte. Nicht mal der kleine Badhocker war dabei umgefallen.

In der Toilette lag ein Exemplar von Derek Humphrys *In*

Würde sterben. Mit dem Sweatshirt vor dem Gesicht beugte sich Caffery über das WC und fing an zu lesen. Ein Absatz war wütend mit dem Rotstift durchgestrichen: »Wenn Sie Gott für den Herrn Ihres Geschicks halten, dann hören Sie am besten gleich auf, weiterzulesen. Bemühen Sie sich um die beste verfügbare Schmerztherapie und kümmern Sie sich um einen Platz in einer Sterbeklinik.« Caffery war mit der Grundtendenz des Buches vertraut und begriff, dass Penderecki im letzten Augenblick seine verquere Gottgläubigkeit verworfen und stattdessen auf Humphry vertraut hatte: »Eis verhindert, dass die Luft in der Plastiktüte heiß und stickig wird ...«

Auf dem Boden lag ein leerer Eiswürfelbehälter, und tatsächlich hatte sich Penderecki eine Plastiktüte über den Kopf gezogen. Nach Eintreten des Todes war sein Gesicht so stark aufgeschwollen, dass es die ganze Tüte ausfüllte und sich glitschig an das Plastik anschmiegte. Neben der Tür lag eine Flasche Wodka, und seitlich davon stand ein Teller mit einer Masse, die wie Schokoladenpudding aussah: »Pulverisieren Sie die von Ihnen gewählten chemischen Präparate und geben Sie sie in Ihren Lieblingspudding ...«

Auf dem Pudding saß keine einzige Fliege. Caffery überzeugte sich davon, dass er keine Fußspuren hinterlassen hatte, schloss dann die Tür und fing an, das übrige Haus zu durchsuchen.

Penderecki war bereits in den Vierzigerjahren nach England gekommen – »wahrscheinlich im Gefolge der Konferenz von Jalta«, hatte Rebecca einmal klug angemerkt. Offenbar verstand sie etwas von den demographischen Verschiebungen, denen die Cafferys es zu verdanken hatten, dass dieser Penderecki sich genau auf der anderen Seite des Bahndamms auf einem Grundstück eingenistet hatte. Der gebürtige Pole war unverheiratet geblieben und hatte sich fanatisch eben jener Religion verschrieben, an die er am Ende seiner Tage den Glauben verloren hatte. Wie lange mochte seine Leiche jetzt schon dort oben hängen? Drei, vielleicht vier Tage – ohne dass jemand etwas bemerkt hatte. Immerhin denkbar, dass es in Polen noch jemanden gab – es hingen an der Wand ein paar gerahmte folkloristische Papierarbeiten, die von entfernten Verwandten stammen mochten. Ansonsten hatte Ivan Penderecki offenbar kaum persönliche Dinge besessen. Fast siebzig Jahre alt, und die einzigen Kinder, die in seinem Leben eine Rolle gespielt hatten, stammten aus fremden Familien.

Caffery hätte sogar die Wände eingerissen, wenn er sich davon den kleinsten Hinweis auf Ewan versprochen hätte, doch er fand in dem Haus keine einzige Spur. Er stieg auf den warmen staubigen Dachboden hinauf, doch abgesehen von einem verlassenen Wespennest, das an einem Balken klebte, gab es dort oben nichts zu entdecken. In einem der Schlafzimmer fand er einen Stapel Kataloge für Kindermode – nichts Gravierendes also. Penderecki war schließlich nicht blöde gewesen. Er hatte genau gewusst, dass es bei seinem Vorstrafenregister ein Leichtes gewesen wäre, beim geringsten Verdacht einen Durchsuchungsbeschluss zu erwirken. Doch von diesem relativ harmlosen Hinweis einmal abgesehen, fand Caffery nicht die geringste Spur.

Unten im Foyer drückte er auf die Wahlwiederholung des Telefons. In der onkologischen Abteilung des Klinikums in Lewisham schaltete sich der Anrufbeantworter ein. Er wählte die Nummer 1471. Wieder die onkologische Abteilung. Jemand aus dem Klinikum hatte Penderecki vor drei Tagen angerufen. Seither hatte niemand mehr versucht, Ivan Penderecki zu erreichen. Und das war es dann auch schon.

Wo immer der alte Perverse das Häuflein Knochen, das früher einmal Ewan geheißen hatte, versteckt haben mochte, hier in diesem Haus jedenfalls nicht. Natürlich waren die Kataloge nur die Spitze des Eisbergs – das wusste Caffery nur zu genau. Es musste noch mehr geben als das – irgendwo. Aber genau darin hatte ja Pendereckis Genius bestanden: in der Fähigkeit, Dinge zu verbergen, Magazine und Videos und Fotos zu verbergen – und die Leiche eines kleinen Jungen.

13. KAPITEL

(22. Juli)

Zu Hause zog Caffery seine Kleider aus und steckte sie sofort in die Waschmaschine. Er wusste genau, wie man Kleider vom Geruch des Todes befreit. Rebecca schlief noch. Als sie aufwachte, spürte sie sofort, dass etwas passiert war. »Jack? Was ist los? Wo warst du?«

Er saß in seinen Boxer-Shorts schweigend auf dem Bett und rauchte eine Selbstgedrehte. Die Sonne drang durch die Vorhänge und zeichnete merkwürdige Formen an die Decke.

»O Gott.« Rebecca drehte sich auf den Rücken und ließ die Hände auf die Stirn sinken. Ihr Lidschatten war auf beiden Seiten völlig verschmiert und erinnerte an dunkle Augenringe. »Ist es wegen gestern Abend?«

Er schwieg. Er wusste einfach nicht, was er sagen sollte.

»Jack?« Sie setzte sich auf und legte ihm die Hand auf den Arm. »Tut mir wirklich Leid – ich kann es dir auch erklären. Ich hab doch nur ...«

Er lächelte sie an, nahm ihren Kopf zwischen beide Hände und grinste blöde. Er wusste genau, wie lächerlich er erscheinen musste, doch das war ihm völlig egal. Er war nur müde. »Er ist tot.«

»Wer ist tot?«

»Penderecki.«

»*Tot?*«

»Er hat sich umgebracht. Ich glaube, er hatte Krebs. Hat sich in seinem Bad erhängt.«

»Und du bist die ganze Nacht in seinem Haus gewesen?«

»Ja.«

»Scheiße!« Sie ließ den Kopf auf das Kopfkissen sinken und

sah blinzelnd zur Decke hinauf. Für ein paar Sekunden ließ seine Depression nach, ja, er glaubte schon, dass sie genauso fertig war wie er – dass sie ihn verstand. Doch dann legte sie sich die Hand auf die Stirn, drehte den Kopf in seine Richtung, bis sie seinen Blick traf, und sagte: »Dann kannst du ja endlich hier ausziehen. Am besten, du lässt einfach alles stehen und liegen und verschwindest hier. Siehst du das auch so?«

»Nein.« Er schüttelte den Kopf und begriff augenblicklich, dass er sich getäuscht hatte, dass er noch immer allein war. »Nein, das geht nicht. Ich habe ...« Er blickte aus dem Fenster. »Schließlich hab ich hier alles, was ich brauche.«

Sie setzte sich wieder auf, nahm ihm die Zigarette aus der Hand und inhalierte tief. »Du meinst Ewan.«

Er hatte keine Lust, darauf zu antworten.

»Oh«, seufzte sie, »was denn sonst – natürlich meinst du Ewan.« Er spürte, wie sie seine Schulter berührte. Als er sich umdrehte, hielt sie ihm die Zigarette entgegen, ohne ihn anzusehen. »Du musst natürlich unbedingt weitermachen – dir reicht es nicht mal, dass dieser Penderecki endlich tot ist.«

Er schwieg. Er nahm die Zigarette, ließ den Kopf sinken und betrachtete seinen schwarzen Fingernagel. Sie hatte Recht. Warum konnte er mit der verdammten Geschichte nicht endlich abschließen? Penderecki war tot. Von Ewan hatte er in dem Haus nicht eine einzige Spur entdeckt. Und auch sonst gab es nicht den geringsten Anhaltspunkt. Ja, wieso konnte er diese Sache nicht endlich auf sich beruhen lassen? Aber er wusste genau, dass er dazu nicht in der Lage war. *Irgendwo muss Ewan doch schließlich stecken – vielleicht in einem alten Schuppen oder in einer Garage. Ja, warum nicht? Vielleicht hat Penderecki ja irgendwo eine Garage angemietet ...*

Er stand müde auf, ging ins Bad und ließ dort die Wanne voll laufen.

Roland Klare wusste jetzt, was zu tun war. Er hatte das Buch studiert und wusste endlich, wie sich die Blockierung der Kamera beheben ließ. Er brauchte eine sackartige Vorrichtung, in der er den Fotoapparat reparieren konnte, ohne das Filmmaterial zu belichten. Es dauerte zwar eine Weile, bis ihm eine Lösung einfiel, aber an Ideen hatte es Klare noch nie gemangelt: Also nahm er eine schmuddelige alte Bomberjacke, die er in einer Kleidersammelstelle in Tulse Hill aufgetrieben hatte. Zunächst reinigte er sie und heftete sie dann vorne mit einem Tucker sorgfältig zusammen, bis sie lichtdicht verschlossen war. Nicht sehr beeindruckend die Konstruktion, aber trotzdem nützlich.

Dann setzte er sich mit dem merkwürdigen Sack auf dem Schoß auf das Sofa und schob die Kamera durch einen der Ärmel in das völlig abgedunkelte Innere der Jacke, wo er sie mit der anderen Hand in Empfang nahm. Dann streifte er im Innern des Sacks zwei breite Gummibänder über die umgestülpten Ärmel und vergewisserte sich, dass die Bänder sich so eng an seine Handgelenke schmiegten, dass kein Licht in seine Konstruktion eindringen konnte. Anschließend ertastete er die Kamera und drehte sie so lange in den Händen, bis sie sich schließlich in der richtigen Position befand.

Klares Hände waren für diese Arbeit eigentlich zu groß und klobig, deshalb musste er ganz langsam vorgehen. Die Arbeit verlangte so viel Konzentration, dass er sich vor Anstrengung auf die Unterlippe biss und mit den Augen einen Punkt auf der Jalousie fixierte, um sich durch nichts ablenken zu lassen. Zunächst öffnete er die Rückwand der Kamera und tastete mit den Fingern vorsichtig über die innere Mechanik. Ja, es war tatsächlich ein Film eingelegt, der etwa zur Hälfte abgespult war. Dann suchte er behutsam weiter, bis er die Filmrolle gefunden hatte. »Sehr gut.« Erwartungsvoll beugte er sich nach vorne. Er musste die Finger in eine winzige Öffnung schieben, um sie oben auf die Rolle zu legen. Als dies endlich gelungen war, stellte er fest, dass sich die Kassette nur jeweils um eine Viertelumdrehung vorwärts bewegen ließ. Aber er hatte an diesem Tag reichlich Geduld. Er atmete tief ein, schloss die Augen und ließ seine Finger in der Dunkelheit arbeiten. Mit der linken Hand prüfte er, ob der Transportmechanismus sich bewegte, während er mit der rechten die Rolle vorsichtig weiterdrehte.

Mit seinen Riesenpranken brauchte Roland Klare über eine Stunde, um den Film ganz aufzuwickeln. Als er schließlich fertig war und die Rolle mit dem Daumennagel aus ihrer Verankerung zog, waren seine Finger fast taub. Er zog die Kamera aus dem Sack und überprüfte den Transportmechanismus, der zu seiner Überraschung plötzlich funktionierte. Er musterte die Kamera mit einem erstaunten Blick und ließ den Mechanismus ungläubig mehrmals vor- und zurückschnellen. Seit er den Film herausgenommen hatte, arbeitete die Kamera wieder tadellos. Möglich, dass sie gar nicht so schwer beschädigt war, wie er angenommen hatte. Oder vielleicht war auch der Film nur falsch eingelegt gewesen. Hocherfreut, dass die Pentax noch funktionierte, legte er sie wieder in die Keksdose, konzentrierte sich dann erneut auf seine lederne Hilfskonstruktion und schüttelte sie leicht.

Die Filmrolle war in dem Sack jedenfalls erst einmal sicher aufgehoben, allerdings musste Klare sich eingestehen, dass er nicht weiterwusste. Also musste er noch mal in dem Buch herumblättern. Er seufzte. Ja, er war völlig geschafft und brauchte unbedingt eine Pause. Deshalb trug er den Sack in das dunkle Schlafzimmer hinüber, legte ihn dort auf den Boden, ging dann wieder ins Wohnzimmer und öffnete die Jalousie. Die Sonne stand inzwischen hoch über dem Park. Er ließ den Blick über das im gleißenden Licht flirrende Laubdach schweifen.

Caffery stand unweit der Shrivemoor Street in einer Nebenstraße in einer Telefonzelle. Ein Stück weiter vorne sah er Souness' und Paulinas roten BMW, in dessen Lackierung sich das Sonnenlicht spiegelte. Er rief das Revier in Brockley an, um dort anonym Pendereckis Ableben zu vermelden: »Meine Frau hat schon seit Tagen einen älteren Nachbarn nicht mehr gesehen – würden Sie wohl so freundlich sein ...« Danach fühlte er sich etwas besser, als ob plötzlich ein kleiner Teil der Last von ihm gefallen wäre. Trotzdem kostete es ihn wahnsinnige Mühe, sich auf die anstehenden Ermittlungen zu konzentrieren und in Gedanken nicht ständig nach Brockley abzuschweifen, wo die dunklen Schatten der Vergangenheit sich wie Blei über den Bahndamm gesenkt hatten.

Souness war gerade zum Frühstück gegangen, und die wenigen Beamten, die es bereits um diese frühe Zeit ins Büro verschlagen hatte, wirkten irgendwie bedrückt. Sie kamen mit den Ermittlungen einfach nicht weiter, und die glücklichen Zufälle, die bisweilen die Polizeiarbeit erleichtern, waren bisher nicht eingetreten. Ja, sie waren mit ihrem Latein am Ende. Wie es weitergehen würde, war klar: Die Spuren würden allmählich verblassen, und außerdem konnte man fast sicher sein, dass man bestimmte wichtige Verbindungslinien schlicht übersehen hatte. Was sie jetzt unbedingt brauchten, war eine DNS-Analyse, doch das Labor hatte sich noch nicht gemeldet.

Kryotos war es nicht gelungen, Champaluang Keoduangdy aufzuspüren. Doch sie hatte Caffery ein blau-weißes Kuvert auf den Schreibtisch gelegt. Er ging mit einer Tasse Kaffee in sein Zimmer und schüttelte den Inhalt des Umschlags vor sich auf den Tisch. Dabei kamen zwei Polaroidfotos mitsamt Vergrößerungen zum Vorschein: die Fotos, die 1989 in der Half Moon Lane in einem Mülleimer aufgetaucht waren. Obwohl er die Bilder sehnsüchtig erwartet hatte, konnte er sich jetzt nicht richtig darauf konzentrieren. Immer wieder schweiften seine Gedanken ab, und er sah das Haus auf der anderen Seite des Bahndamms vor sich: die Treppe, die Schränke. *Es muss in der verdammten Bude noch ein anderes Versteck geben.*

»Hör endlich auf mit dem Quatsch.« Er drehte sich eine Zigarette und stellte seine Füße auf den Boden. Verdammt noch mal, er musste sich endlich konzentrieren. Er setzte die Brille auf.

Auf dem ersten der beiden Polaroids war ein vielleicht acht-, neunjähriger kleiner Junge zu sehen. Dass es sich um einen Jungen handelte, sah Caffery sofort, denn das Kind war unterhalb der Taille nackt. Ansonsten war nicht zu erkennen, ob auf dem Foto ein Junge oder ein Mädchen abgebildet war, da das Kind den Kopf ein wenig zur Seite gedreht hatte. Der Knabe war weiß und sehr dünn. An seiner Körperhaltung war zu erkennen, dass seine Hände gefesselt waren – ja, dass er an den weißen Heizkörper gefesselt war, an den er sich lehnte. Auf der rechten Seite des Bildes war ein Ausschnitt einer Garderobe zu sehen, an der seitlich ein Plakat befestigt war. Einer der Ermittler, die sich in den Achtzigerjahren mit dem Fall beschäftigt hatten, hatte fast am Rand einer Kopie mit dem Rotstift eine Stelle auf dem Boden eingekreist und »*Fuß?*« daneben geschrieben. Caffery inspizierte die Stelle genau. Möglich, dass es sich bei dem Objekt, das dort zu sehen war, um einen Fuß handelte – nackt und mit fünf kleinen fleischfarbenen Zapfen. Vielleicht Zehen? Eher dünn und lang – vielleicht die Zehen einer Frau? Doch nein: Auf dem zweiten Foto war deutlich zu erkennen, dass es sich nicht um eine Frau handelte.

Auf diesem – aus einer etwas anderen Perspektive aufgenommenen – zweiten Foto war nämlich ein gefesselter Mann zu sehen. Er hockte mit angezogenen Beinen da, hatte den Kopf zur Seite gedreht und das Gesicht abgewandt. Seine Arme waren über der Brust gekreuzt und mit Betttüchern gefesselt, sodass er fast wie eine Mumie erschien. Hinter ihm war jetzt deutlich die Garderobe zu erkennen. Auf dem Plakat war eine Szene aus *Teenage Mutant Ninja Turtles* abgebildet. Dahinter sah man das vom Bildrand zur Hälfte abgeschnittene, kleine blonde Kind. Über dem Kopf des Jungen war auf dem Foto noch der untere Rand eines Fensters zu sehen. Und das war auch schon alles.

Mein Gott, 1989 – ist ja schon 'ne halbe Ewigkeit her. Caffery kramte in seiner Erinnerung. Damals hatte er gerade seine erste eigene Bude gehabt, war mit dem Zug nach Luton gefahren. Ja, mit wem war er damals zusammen gewesen? Er zermarterte sein Gehirn: Melissa, vielleicht? Oder Emma? Ja, diese Emma hatte wie Meg Tilly ausgesehen, und er hatte sie vor allem wegen ihrer Miniröcke bewundert und wegen ihrer merkwürdigen Kleider. 1989 waren außerdem fast siebzig Leute bei einem Erdbeben in San Francisco umgekommen, in Afghanistan war der Krieg zu Ende gewesen und in Berlin die Mauer gefallen. Und dann war dieser ominöse Champ Keoduangdy noch wegen eines dicken Elektrokabels, das ihm jemand von hinten in den Leib gerammt hatte, auf der Intensivstation gelandet, und irgendwer hatte diese Fotos hier in der Half Moon Lane in einen Mülleimer geworfen.

Hatte sich da vielleicht wirklich jemand bloß einen ziemlich abgeschmackten Scherz erlaubt? Doch falls die Bilder der Wahrheit entsprachen, wieso hatte sich dann niemand gemeldet? Bei einer solchen Geschichte hätte doch innerhalb von dreizehn Jahren *irgendwann* mal etwas durchsickern müssen. Und wenn die beiden Menschen – die in dem Kinderzimmer an die Heizung gefesselt waren – an den Folgen des Verbrechens gestorben wären, weshalb hatte dann niemand die Leichen gefunden? Er suchte auf den Fotos nach weiteren Hinweisen, strich ganz langsam mit dem Finger darüber. Gab es nun zwischen den Bildern, die er vor sich hatte, und den Geschehnissen im Haus der Familie Peach irgendwelche Übereinstimmungen oder nicht? Möglich war auch, dass das Foto gestellt war – die Ausgeburt einer perversen Fantasie. Klar, bei dem am Boden kauernden Mann konnte es sich natürlich um den Troll handeln – und was würde daraus folgen? Ein kleinerer Bruder vielleicht? Und die Wände mit den Blumenmustern und die Garderobe? In Millionen Schlafzimmern sah es genauso aus …

Plötzlich fiel ihm wieder ein, wie sicher sich Carmel gewesen war, dass jemand in ihrem Haus Fotos gemacht hatte. Als er so darüber nachdachte, hatte er plötzlich das Gefühl, dass es noch etwas geben musste, was er wissen sollte. Nur so ein Gefühl – eine vage Intuition. Einer der beiden Eheleute rückte nicht mit der ganzen Wahrheit heraus.

Er rauchte ein halbes Päckchen Tabak, trank vier Tassen Instant-Kaffee und spielte in Gedanken tausend Möglichkeiten durch. Doch als es dann Zeit war, zur Morgenbesprechung zu gehen, war er noch immer nicht weitergekommen, nur ziemlich erschöpft. Auf dem Weg zum Besprechungszimmer hatte er Pendereckis Geruch in der Nase.

Die Fahnder der Mordkommission wussten ganz genau, dass

es beim derzeitigen Stand der Ermittlungen nur zwei Möglichkeiten gab: Entweder man saß untätig herum und wartete auf die DNS-Analyse, oder aber man versuchte, auf anderen Wegen weiterzukommen. Da niemand Lust hatte, bloß Däumchen zu drehen, wurden in der Besprechung die Aufgaben neu verteilt: Ein paar Beamte sollten sich in Brixton umhören und dort in Anwesenheit einer Dame vom Jugendamt Kinder befragen. Vielleicht ließ sich ja etwas Neues über den geheimnisvollen »Troll« in Erfahrung bringen. Eine andere Gruppe sollte Kryotos bei der Suche nach Champaluang Keoduangdy unterstützen. Ein drittes Team schließlich wurde beauftragt, sämtliche registrierten Pädophilen der Gegend gründlich auszuquetschen. Die Beamten sollten das ohnehin schon brüchige Pädophilen-Netzwerk im Londoner Süden noch weiter aufdröseln – hier ein wenig Druck ausüben, dort etwas nachhelfen, bis sie hoffentlich irgendwo auf eine undichte Stelle stießen. Aus diesem Grund sollten auch zwei Beamte von der Pädo-Abteilung von Scotland Yard mit von der Partie sein. Souness' Freundin Paulina, die als Ermittlerin in der Abteilung arbeitete, hatte die Gelegenheit beim Schopf ergriffen und sich freiwillig für den Einsatz gemeldet.

Caffery fand es merkwürdig, dass während der Besprechung anscheinend nur zwei der Anwesenden etwas von seiner psychischen Verfassung mitbekamen. Eine dieser beiden Personen war natürlich Kryotos, die ein untrügliches Gespür für sein Befinden hatte und ihn von ihrem Schreibtisch aus schweigend beobachtete. Die andere war Paulina, die er bisher nur ein paar Mal gesehen hatte.

Sie trug ein modisches taubenblaues Kostüm und saß wie eine edle Porzellanfigurine auf einem der Schreibtische. Während sie mit kühler Eleganz eine Zigarette rauchte, inspizierte sie mit ihren aquamarinblauen Augen die Räumlichkeiten, in denen Souness ihren Arbeitstag verbrachte. Caffery hatte das Gefühl, dass Paulina sofort den Blick auf ihn richtete, wenn jemand das Pädophilen-Netzwerk erwähnte. Ja, fast hätte es so aussehen können, dass sie wusste, was er in der vergangenen Nacht getan hatte – als ob sie seine Gedanken lesen konnte. Schließlich hatte sie Souness auch erzählt, dass er – Caffery – seit ewigen Zeiten hinter diesem Penderecki her war. Deshalb erwartete er schon beinahe, dass sie davon anfangen, ihren irritierenden Blick auf ihn richten und sagen würde: »Vielleicht kann Mr. Caffery uns ja weiterhelfen – vielleicht kennt er jemanden, der uns einen Tipp geben könnte.«

Sie inspizierte ihn so ungeniert, dass er sich augenblicklich in sein Zimmer verzog, als die Besprechung zu Ende war, und die Tür hinter sich zumachte.

Die Krähen erinnerten Rebecca an einen Schwarm Fische – wie sie so auf dem Luftstrom dahinschaukelten, im Zickzack über die niedrigen Dächer von Greenwich schossen; immer wieder blitzte in der Sonne das schwarz schillernde Gefieder der merkwürdigen Vögel auf. Rebecca saß an ihrem Ateliertisch und beobachtete die Vögel – neben sich eine Tasse Kaffee und ein Zigarillo, das im Aschenbecher verglomm. Sie fröstelte.

Sie befand sich in den Räumen, in denen sie bis zu dem Überfall gemeinsam mit Joni gewohnt hatte. Bis zu dem Tag, als dieser Malcolm Bliss Joni das Rückgrat gebrochen hatte und Rebecca ... »O Gott.« Sie erschauderte und zog an dem Zigarillo. Sie wusste, dass sie sich unbedingt etwas Neues suchen, die Wohnung so schnell wie möglich aufgeben musste – mit all den Gerüchen und Erinnerungen und der Treppe, die zu Jonis Zimmer hinaufführte. Aber es war ja so *einfach*, mal eben zu Jack hinüberzugehen und es sich in seinem Haus bequem zu machen: morgens zu hören, wie er duschte, und wenn er abends nach Hause kam, den rauchig-urbanen Duft seines Anzugs zu riechen, seine schweißnassen Arme zu bewundern, wenn er vom Jogging zurückkam, in der Nacht seinen muskulösen Bauch an ihrem Körper zu spüren. *Ja: Und dann ist da natürlich noch seine Obsession, die ihn wahrscheinlich in den Untergang treiben wird.*

Sie lehnte sich auf dem Stuhl zurück und blickte sich um. Die Fensterläden standen offen, auf den polierten Eichendielen zeichneten sich längliche Lichtsäulen ab. An an der Wand rechts von ihr waren auf einem Tapeziertisch die Skulpturen aufgereiht, die schon bald in einer Galerie ausgestellt werden sollten. Wie kleine Männer oder kleine Türme. *Lächerlich. Jack hat völlig Recht. Sie sind lächerlich.* Links von ihr lehnten ihre alten Bilder an der Wand, die Jack so sehr mochte – die Bilder, die sie vor jenem Tag gemalt hatte. Die beiden Arten von Kunstwerken hatten nichts miteinander gemein, sie gehörten verschiedenen Welten an. Links die alten, rechts die neuen Arbeiten. Und dazwischen – in der Mitte des Zimmers – wuchs ein Fleischerhaken aus der Decke und zeichnete sich drüben an der Wand als vager Schatten ab.

Als Jack sie so einfach im Tesco's hatte stehen lassen, war sie am folgenden Morgen auf einen Hocker gestiegen und hatte das Ding in die Decke geschraubt. Natürlich konnte man nichts daran aufhängen, erst recht keinen menschlichen Körper, aber sie wollte den Haken dort haben: Denn sie hoffte, dass er ihr dabei helfen würde, sich vielleicht irgendwann doch noch an die Geschehnisse jenes Tages zu erinnern. Bisher allerdings war diese Hoffnung vergeblich gewesen. Bisher war es ihr nicht gelungen, Licht in das schwarze Loch zu bringen, bisher herrschte in ihrem Kopf nur gähnende Leere – inmitten ihrer alten und neuen Arbeiten. »Wie bist du nur von jener anderen in diese Welt gekommen …?« Sie hielt das Zigarillo zwischen den Zähnen, hob die Arme über den Kopf und versuchte, damit eine Brücke zu bilden, eine elektrische Spannung zu erzeugen, die zwischen beiden Welten hin und her springen konnte. »Ja, von hier nach dort?« Sie versuchte sich Malcolm Bliss vorzustellen – immerhin musste sie zusammen mit ihm in dem kleinen Bungalow gewesen sein … und Joni ebenfalls –, doch ihre Mühe war vergeblich. Genauso gut hätte sie versuchen können, ihre Gedanken durch ein Nadelöhr zu fädeln. Plötzlich sah sie statt Bliss Dalis spindelbeinige Kamele vor sich, und das Bild des Bungalows verschwand einfach, und sie war wieder völlig allein mit dem verdammten Haken in der Decke.

Scheiße, Scheiße, Scheiße.

Sie drückte das Zigarillo aus und stand auf. Aussichtslos: Sie konnte sich einfach nicht erinnern. Umso weniger Grund hatte sie zu der Annahme, dass sie die Szene plötzlich wieder vor sich sehen würde, wenn sie mit Jack schlief. Völlig lächerlich, wie sie sich benahm – lächerlich und kindisch. *Verdammt, reiß dich endlich zusammen!* Sie strich sich das Haar aus dem Gesicht und band es im Nacken zu einem Knoten zusammen. Heute Abend würde sie zu Jack gehen, und dann würden sie noch mal ganz von vorne anfangen.

14. KAPITEL

Die »Barrakudas«, die Zehnjährigen, bei denen sich schon die ersten Anzeichen der Pubertät bemerkbar machten, stellten sich in Pose. Fisch Gummer fühlte sich ziemlich unwohl in seiner Haut.
»Können wir noch ein bisschen spielen?«
»O ja, bitte.«
»Nein, kommt nicht in Frage.« Er blickte auf die große Uhr auf der anderen Seite des dampfenden Beckens. »Ich glaube, wir sind fertig für heute – ist schon nach halb.«
»Doch, bitte, bitte.« Ein muskulöses nigerianisches Mädchen in einem zitronengelben Badeanzug plantschte aufgeregt im Wasser. »Bitte, bitte – lassen Sie uns durch Ihre Beine tauchen.«
»Kommt *nicht* in Frage.«
»Bei den anderen Lehrern dürfen wir das auch.«
»Ist mir egal.«
»Sie stellen sich einfach in das Becken, und wir schwimmen zwischen Ihren Beinen hindurch ...«
»Unter Wasser ...«
»O ja – wie Nixen ...«
»Nein, das geht nicht.«
Drei der Kinder schwammen zu ihm an den Beckenrand und strahlten ihn mit ihren nassen Gesichtern aufgeregt an. »Wir halten einfach die Luft an – sehen Sie, so ...« Ein Kopf verschwand im Wasser.
»O ja, ja!«, kreischte ein Mädchen in einem rosa Badeanzug und machte im Wasser eine Rolle rückwärts.
»Nein!« Allmählich wurde er nervös. Die beiden anderen Mädchen hielten sich am Beckenrand fest und bogen sich vor Lachen.

»Sehen Sie – so«, kreischte ein anderes Mädchen. »Wir halten einfach die Luft an.« Sie hielt sich die Nase zu und verschwand unter Wasser.

»Und Sie stellen sich breitbeinig in das Becken, und wir schwimmen zwischen Ihren Beinen hindurch ...«
Plötzlich sah er, wie eine kleine Hand aus dem Wasser emporschnellte und nach seiner Fessel griff. »Nein!« Er zog seinen Fuß hastig zurück und tastete mit einem Ausdruck blanken Entsetzens auf dem Gesicht nach der Pfeife, die an einer Schnur um seinen Hals hing. »*Hört endlich auf!*«, sagte er. »Nein heißt *nein*. Ein für alle Mal – *nein*.« Das Mädchen ließ sein Bein los, und die anderen Kinder schwammen verwirrt an den Beckenrand. Sie sahen ihn mit großen verständnislosen Augen an, standen ratlos vor ihm im Wasser, wussten nicht, was sie sagen sollten.

Dann legte sich plötzlich das nigerianische Mädchen die Hand auf den Mund und fing an zu kichern. Ihr Lachen wirkte ansteckend, und plötzlich brach die ganze Gruppe in lautes Wiehern aus. Die Kinder sahen ihn lachend an und konnten gar nicht wieder aufhören. Sein erster Impuls war, sich einfach umzudrehen und in den Umkleideraum zu rennen. Jetzt wussten sie, wie sie ihn lächerlich machen konnten, und er wusste, dass das nur der Anfang war.

Den ganzen Tag über tat sich nichts. Nachmittags kamen die Beamten dann nach und nach zurück und legten vor Kryotos ausgefüllte Formulare auf den Schreibtisch, auf denen sie notiert hatten, was sie den Tag über gemacht hatten. In der anschließenden Besprechung berichteten sie über ihre Ergebnisse. Caffery, der sie von nebenan durch die Scheibe in seiner Tür beobachtete, sah schon von weitem, dass keiner der Männer etwas erreicht hatte. Er seufzte, lehnte sich in seinem Stuhl zurück und zündete sich eine weitere Zigarette an. Seit Stunden hatte er nichts mehr gegessen, und jetzt fühlte er sich plötzlich hundemüde. Auch wenn der Name, mit dem Champ damals seinen Schänder bezeichnete hatte, in die lokale Folklore eingegangen war, hatten die Beamten lediglich irgendwelche abstrusen Geschichten aus den Kindern herausgebracht – also wieder nichts Konkretes. Caffery bat telefonisch das Revier in Brixton, die Fotos von den Bisswunden, die der Täter damals im Körper des kleinen Champ Keoduangdy verursacht hatte, an das King's Hospital weiterzuleiten. Er hoffte, dass Ndizeye, der Odontologe der Klinik, feststellen konnte, ob der Mann, der vor rund zwölf Jahren den kleinen Champ gebissen hatte, mit der Person identisch war, die sich in gleicher Weise an Rory Peach vergangen hatte. Ndizeye hatte die Abdrücke, die er von Rorys Rücken gemacht hatte, inzwischen ausgewertet: »Es handelt sich um den Kiefer eines Erwachsenen mit glatten Schneidezähnen. Der Täter muss also über zwanzig sein. Große deutliche Abdrücke. Die Zähne eines Menschen sind genauso unverwechselbar wie die DNS.« Doch egal, wie unverwechselbar die Zähne des Täters auch sein mochten, Caffery brauchte jetzt unbedingt die DNS. Um 16 Uhr 30 kam Kryotos schließlich lächelnd herein.

»Fiona Quinn möchte Sie sprechen«, sagte sie und zeigte auf das Telefon. »Sie hat jetzt die DNS-Ergebnisse.«

Er sprang von seinem Stuhl auf, schnappte sich den Hörer und blickte aus dem Fenster. »Fiona.« Er konnte kaum erwarten, zu hören, was sie zu sagen hatte. Seine Stimme klang belegt. »Wie geht's denn so?«

»Mir geht's gut, Jack, aber ich hab eine schlechte Nachricht. Die DNS ist kaputt.«

»Was – kaputt?«

»Ja, richtig.«

»Scheiße.« Er ließ sich enttäuscht auf den Stuhl sinken.

»Aber Jack, Sie kennen das doch: Sie wissen doch, dass mindestens achtzig Prozent unserer Proben wertlos oder nur bedingt brauchbar sind. Schließlich ist DNS eine hoch sensible Sache.«

»Ja, ich weiß – sagen Sie fast jedes Mal. Ich hab nur gehofft...« Er seufzte. Ohne brauchbare DNS war eine Reihenuntersuchung unmöglich – blieben also nur Ndizeyes Abdrücke. »So eine

Scheiße. Das heißt, Sie haben gar nichts, was uns vielleicht weiterhelfen könnte?«

»Na ja, ich bin noch mal in dem Haus gewesen und hab die Ecke in dem Raum inspiziert, von der dieser Alek Peach in seiner Aussage gesprochen hat ...«

»Ja und?«

»Bis jetzt noch nichts.«

»Und was ist mit den weißen Fasern – aus Rorys Wunden?«

»Bisher noch nichts. Wir warten noch auf die Ergebnisse. Außerdem haben wir ja noch diesen Schuh – vielleicht hilft uns das weiter. Und dann ist da noch dieses Zeug, das Ninhydrin, das die Biologen auf die Wände gesprüht haben. In einigen Tagen wissen wir, ob sich was daraus entwickelt hat. Die Zeugenaussagen, die Sie bisher haben, sind für uns allerdings ziemlich wertlos, ehrlich gesagt. Und selbst wenn der Täter im ganzen Haus Fingerabdrücke hinterlassen hat, gibt es keine Garantie, dass das Ninhydrin sie sichtbar machen kann. Wir können nur hoffen, dass der Mann Fleisch isst – sollten wir es mit einem Vegetarier zu tun haben, dann können wir die Sache vergessen.«

»Okay, okay.« Er schloss die Augen. In seinem Kopf hämmerte es wie nach einem schweren Rausch. »Dann können Sie also mit der Spermaprobe absolut nichts anfangen?«

»Hm – kann ich noch nicht genau sagen.«

Er machte die Augen wieder auf. »Wie bitte?«

»Kann ich noch nicht abschließend sagen.«

»Jesus.« Er ließ die Luft zwischen den Zähnen entweichen. »Das darf doch nicht wahr sein.«

Nebenan waren gerade Souness und Paulina aufgekreuzt. Von seinem Platz aus konnte er Paulinas – überaus gepflegten – rechten Fuß sehen, der in teuren Sandalen steckte und gemächlich auf und ab wippte. Er wandte sich ab.

»Hören Sie«, sagte er zu Quinn, »die Obduktion liegt inzwischen mehr als zwei Tage zurück, und jetzt kommen Sie mir damit, dass Sie nicht ...«

»Es gibt keinen Grund, laut ...«

»Stellen Sie sich mal vor, wir hätten einen Tatverdächtigen in

Untersuchungshaft genommen, dann sähen wir jetzt verdammt alt aus.«
»Sie hören mir ja nicht zu.«
»Ich habe Ihnen aus unserem Etat *Geld* angewiesen, damit Sie die Sache *vorrangig* behandeln. Glauben Sie vielleicht, dass ich tagelang Däumchen drehend hier herumhänge, und dann rufen Sie an und erzählen mir, dass Sie uns die versprochenen Analysen vielleicht demnächst irgendwann liefern …«
»Jack …«
»Jedenfalls hätte ich die verdammte Kohle unter solchen Umständen nicht locker gemacht … Geben Sie doch zu, dass Ihre Leute im Labor wieder mal die absolute Scheiße gebaut haben …«
»*Mr. Caffery!*«
»Ja, was ist?«
Beide schwiegen einen Augenblick. Caffery machte den Mund zu und trommelte nervös mit den Fingern auf die Schreibtischplatte. Er hatte geradezu bildhaft vor Augen, wie Quinn und er sich mit blutunterlaufenen Augen quer durch das Londoner Ortsnetz angifteten. Plötzlich wurde ihm bewusst, dass er laut geworden war, und er spürte, wie Kryotos ihn von nebenan beobachtete. Ja, sie hatte Recht: Er war aufbrausend, unvernünftig, völlig unbeherrscht. Er holte tief Luft, lehnte sich in seinem Stuhl zurück, trommelte wieder mit den Fingern auf die Schreibtischplatte und sagte: »'tschuldigung, tut mir Leid. Was wollten Sie sagen?«
»Schon mal was davon gehört, dass man solche Proben teilen kann – genau genommen vierunddreißig Mal?«
»Nein.«
»Alles eine Frage des Budgets …«
»Dann tun Sie es doch. Sie erhalten in solchen Fällen eine Erschwerniszulage. Warum haben Sie denn nicht schon längst damit angefangen?«
»Ich versuche Ihnen bereits die ganze Zeit zu erklären, dass wir – also dass die Tests bereits laufen.«

Als er ins Haus kam, lag das Kuvert auf der Fußmatte. Das Gespräch mit Fiona Quinn hatte ihm seine restlichen Nerven geraubt. Ja, er hatte sie angebrüllt – *Immer wieder tust du alles, um zu beweisen, wie Recht Rebecca hat!* – und dann für heute das Büro verlassen. Er war hundemüde und wusste, dass dagegen nur eines half: nach Hause fahren und schlafen. Unterwegs hielt er kurz bei Sainsbury's und kaufte vier Flaschen Pinot Grigio, eine Flasche Laphroaig, einen Liter Cola, Milch und eine Packung Nurofen. Als er das Geschäft gerade wieder verlassen wollte, sah er in einem Eimer zufällig ein paar mit Pfingstrosen gemischte Salbeisträuße. Er zögerte kurz und kaufte dann zwei davon. Für Rebecca.

Er hob den Brief auf und ging damit in die Küche. Dort legte er das Schreiben auf den Tisch, stand einen Augenblick unschlüssig da und starrte auf den Umschlag. Der Poststempel datierte vom Mittwoch, und aufgegeben hatte die Sendung Ivan Penderecki – das erkannte er sofort an der Schrift. Vielleicht war der Gang zum Briefkasten sogar das Letzte gewesen, was der Mann überhaupt getan hatte.

Caffery leerte die Einkaufstüten und starrte zwischendurch immer wieder das Kuvert auf dem Tisch an. Er legte vorsichtig eine Flasche Wein in den Kühlschrank und eine weitere ins Tiefkühlfach, durchsuchte die Schränke nach einer Vase. Als er keine finden konnte, fischte er schließlich eine Plastiklimonadenflasche aus dem Mülleimer, schnitt den Hals ab, entfernte das Etikett und ließ sie mit Wasser voll laufen. Er stellte die Blumen in die provisorische Vase und platzierte sie im Wohnzimmer auf der Fensterbank. Dann drehte er sich von dem Stoff, den Rebecca in der Blechdose verwahrte, einen kleinen Joint, nahm ein paar tiefe Züge und öffnete schließlich – als er es nicht länger aushielt – das Kuvert.

In dem Umschlag steckte nur ein Blatt Papier. Einer weiteren Erklärung bedurfte es nicht. Auf dem Blatt war alles erläutert, was er wissen musste: ein von Hand gezeichneter Wegweiser.

15. KAPITEL

Caffery brauchte rund zwanzig Minuten, bevor er begriff, was die Skizze im Einzelnen zu bedeuten hatte. Er saß neben dem offenen Fenster am Küchentisch, drehte das Blatt hin und her und hielt es sogar gegen das Licht. Das kleine Rechteck stand für ein Gebäude – »Anstalt« hatte Penderecki in seiner unverkennbaren Handschrift daneben geschrieben. »Anstalt« konnte alles Mögliche bedeuten. Und was hatte es mit den merkwürdigen Leitersprossen neben der Hütte auf sich? Sollten sie vielleicht Stufen darstellen? Er drehte das Blatt um neunzig Grad, bis die Leiter auf der Seite lag. Sie war etwa in der Mitte unterbrochen. Ein Doppelpfeil verband die getrennten Sprossen miteinander. Über dem Pfeil standen Zahlen: 10–140. Die Sprossen rechts von dem Pfeil waren mit den Nummern 141, 142, 143, 144, 145 markiert. Er ließ den Finger über das Papier gleiten. Oberhalb der Sprosse 145 befand sich ein weiterer Pfeil – darüber ein von Penderecki doppelt eingekreistes X.

Wieder drehte er das Blatt um fünfundvierzig Grad und stellte es fast senkrecht vor sich auf den Tisch. Plötzlich war die Bedeutung sonnenklar. *Oh, verdammte Scheiße – natürlich!* Mit pochendem Herzen richtete er sich auf dem Stuhl auf. Der Bahndamm – Pendereckis Spielwiese. Der Mann hatte die Gleise schließlich unzählige Male überquert, kannte sich hier aus wie die Ratten und die Füchse. Die kurzen Linien auf der Skizze markierten die Schwellen. Und wenn diese Annahme richtig war, dann stand das rechteckige Kästchen wahrscheinlich für das unbenutzte Toilettenhäuschen gleich neben dem Bahnhof von Brockley – *natürlich... sicher*. Das X bezeichnete also eine Stelle, die sich 145 Schwellen jenseits des Bahnhofs befand.

»Ja, das X markiert die Stelle«, murmelte er und drückte den Joint aus. Penderecki hielt auch weiterhin einige entscheidende Fäden in der Hand – dazu reichte seine Macht sogar noch im Tod aus. Caffery nahm ein paar Werkzeuge aus einer Schublade, holte eine kleine Kamera aus Ewans Zimmer und schnappte sich dann den Schlüssel für die Hintertür. »Ich kann dir nur raten, mich nicht wieder reinzulegen, alter Scheißkerl.«

Die Sonne stand schon tief über den Häusern, und in den Gärten auf der Bahndammseite kreischten die Kinder, turnten an irgendwelchen Geräten herum oder jagten sich im Kreis. Caffery bahnte sich parallel zum Bahndamm auf einem Wildwechsel einen Weg durch das Unterholz. Er schlich mit gesenktem Kopf fast geräuschlos durch das üppige Grün. Die Bahnpolizei war auf die Kollegen von der »richtigen« Polizei ohnehin nicht gut zu sprechen. Ein ausgewachsener Inspector direkt neben dem Gleiskörper, das wäre für diese Leute natürlich ein besonders schöner Fang. Ringsum war es merkwürdig still. Ab und zu fingen die Gleise plötzlich an zu singen, und ein Zug raste donnernd vorbei. Dann wieder tiefe Stille – nur in Watte gepackte Samenkapseln, die weich wie Daunen gemächlich zu Boden segelten.

Während er sich seinen Weg durch das Gebüsch bahnte, musste er immer wieder an Ewan denken. Alles hier erinnerte ihn an seinen Bruder, sogar der Metall- und Ölgeruch, der von den in der Abendsonne liegenden Gleisen aufstieg. Ihm fiel wieder ein, wie er damals mit seinem Bruder an dem Bahndamm Cowboy gespielt, wie sie sich gegenseitig Fallen gestellt hatten. *Ewan – mein Gott.* Er wischte sich mit dem Ärmel den Schweiß aus dem Gesicht und traute sich kaum daran zu denken, was ihn am Ziel seiner Expedition erwartete.

Dann erreichte er die öffentliche Toilettenanlage. Ihre mit obszönen Graffiti beschmierte Rückwand starrte ihm entgegen: winzige zertrümmerte und mit Spanplatten notdürftig geflickte Fenster, die an Schießscharten in einem Bunker erinnerten. Er warf nochmals einen prüfenden Blick auf die Skizze und positionierte sich dann so, dass der Bahnhof New Cross hinter und die Station Honour Oak vor ihm lag. Dann fing er an, die Schwellen zu zählen.

Fünfzehn, sechzehn, siebzehn ...
Unterwegs musste er über tote Ratten, getrocknetes Toilettenpapier, von der Sonne ausgebleichte Cola-Dosen steigen. *Fünfzig, einundfünfzig, zweiundfünfzig – hoffentlich kein mieser Scherz, das Ganze.*
Als er sich dem Bahnhof Brockley näherte, hörte die Vegetation seitlich des Bahndamms plötzlich auf. Das Gelände erinnerte an eine – mit Disteln und Sauerampfer bewachsene – urzeitliche Ebene. Doch bereits zehn Meter neben dem Bahndamm stieg das Gelände wieder fast rechtwinklig an. An dem Hang gedieh eine ungemein üppige Vegetation. Was für Tiere mochten sich in diesem Dschungel verbergen? Vielleicht Kapuzineräffchen, die sich schnatternd von Ast zu Ast schwangen? Weiter vorne sah er eine wackelige Fußgängerbrücke, die eine Urwaldschlucht zu überspannen schien.

Hundertdreiundvierzig, Hundertvierundvierzig, hundertfünf ...
Er hatte jetzt die hundertfünfundvierzigste Schwelle erreicht. Er blieb stehen, ließ die Hacke fallen und stellte sich – in Richtung des Pfeiles – quer zum Gleis über die Schwelle. Ein Blick genügte, und er wusste, dass schon vor ihm jemand hier gewesen war. Sah ganz so aus, als ob irgendwer regelmäßig zwischen der Schwelle und dem Fuß des Hangs hin und her gegangen war. Unter den zarten neuen Efeutrieben zeichnete sich deutlich ein Trampelpfad ab. *Los mach schon, hör endlich auf zu grübeln.* Er folgte dem Pfad und zog an den wild wuchernden Schlingpflanzen, die den Hang bedeckten. Dabei entdeckte er zwischen den Pflanzen ein Loch, das gerade groß genug war, um hindurchzukriechen. Er krabbelte hinein.

In dem Hohlraum roch es nach Brennnesseln und Löwenzahn, nach Fuchskot und Öl. Es dauerte ein paar Sekunden, bis seine Augen sich an das Licht gewöhnt hatten. Er verharrte kurz in der Hocke, wischte sich dann den Schweiß von der Stirn und stand vorsichtig auf. Ja, er konnte tatsächlich stehen. Irgendwer hatte in dem dichten Bewuchs eine Art Laube geschaffen. Direkt vor ihm befand sich jetzt die Böschung, hinter ihm ein Vorhang aus Efeu und Brombeersträuchern. *Los, und jetzt auf die Knie – komm schon, knie dich endlich hin!* Er ging in die Hocke und machte sich an diversen trockenen Ästen und Baumwurzeln zu schaffen, die vor ihm eine Art Geflecht bildeten.

Obwohl er auf das Schlimmste gefasst war, fing sein Herz wie verrückt an zu rasen, als er sah, was unter den Ästen verborgen war. Ja, er traute seinen Augen kaum. Er blickte auf ein fast kreisrundes Stück Erde, auf dem kaum etwas wuchs, weil der Boden an der Stelle offenbar vor nicht allzu langer Zeit geöffnet worden war.

Er ließ sich neben dem Kreis zu Boden sinken, inmitten graswachsener Klumpen urzeitlichen Londoner Lehms, hielt seine Fesseln umklammert und fing am ganzen Körper an zu zittern.

»Mensch, man kann ja von hier aus sogar den Ballon in Vauxhall sehen.« Ayo Adeyami ging schnurstracks ins Wohnzimmer auf der rückwärtigen Seite des Hauses, kniete sich auf Benedictes Sofa, öffnete das Fenster und lehnte sich hinaus. »Und da drüben ist das London Eye.«

»Tja – genau.« Benedicte streifte in der Küche ihre Schuhe ab und stellte Smurf eine Schale Wasser hin. Die beiden Frauen hatten gemeinsam mit ihren Ehemännern im Pizza Express zu Abend gegessen. Doch dann hatten sich Ayos Mann Darren und Hal entschlossen, noch »auf ein Bier« in dem Lokal zu bleiben, und die beiden Frauen waren schon mal vorausgegangen und hatten Josh und Smurf mit nach Hause genommen. Ayo hatte die Aufgabe übernommen, während des Cornwall-Urlaubs der Familie Church Benedictes Pflanzen zu gießen, obwohl sie das Haus noch gar nicht gesehen hatte.

Sie war aufrichtig begeistert. »Echt fantastisch. Super!«

»Sag ich ja.«

»Mensch, hier kannst du rumlaufen, wie du willst – sieht dich ja ohnehin niemand.«

»Du sagst es. Hey!« Sie beugte sich über das hüfthohe Küchenelement und sprach mit Josh, der sich im Wohnzimmer sofort vor den Fernseher gesetzt und die *Simpsons* eingeschaltet hatte. »Hey, Freundchen, stell mal bitte die Glotze leise, okay. Los, hopp, hopp – wir haben Gäste.«

Josh nörgelte ein bisschen herum, stellte dann murrend den Ton leiser und legte die Fernbedienung wieder beiseite.

»Sehr schön – danke.« Benedicte holte eine Flasche Freixenet aus dem Kühlschrank. »Siehst du den Kamin?«, sagte sie, klemmte sich die Flasche zwischen die Beine und versuchte den Korken herauszuziehen. »Ist mit Travatino-Marmor verkleidet.«

»Ach Quatsch.« Ayo sah sie über die Schulter an und grinste. »Beton, das hat Darren bei uns zu Hause auch so gemacht.«

»Kluges Mädchen ...« Sie verzog das Gesicht und quälte sich mit dem Champagnerkorken. »Die meisten Leute fallen darauf herein.«

»Die meisten Leute sind ja auch etwas blöde.« Ayo hängte sich noch weiter aus dem Fenster und blickte lächelnd in den milden Abend hinaus. Sie war bereits im siebten Monat schwanger, trotzdem konnte sich ihre Figur immer noch sehen lassen: Ja, von hinten wäre sie mit ihren langen Armen und Beinen sogar fast noch als Teenager durchgegangen. Die wird nie Gewichtsprobleme bekommen, dachte Benedicte.

»Mit den Hochhäusern dort drüben stimmt irgendwas nicht«, sagte Ayo. Sie verrenkte den Kopf nach links und inspizierte den Arkaig und den Herne Hill Tower am anderen Ende des Parks. »Wirken irgendwie bedrohlich.«

»Ja, find ich auch – nicht ganz koscher.« Schließlich löste sich der Korken mit einem leisen »Plopp« aus der Flasche, und Benedicte füllte die beiden Sektflöten. »Champagner?«

»Ach, Ben.« Ayo machte das Fenster zu und setzte sich auf das Sofa. »Vermutlich sollte ich nicht mal an Champagner *denken* – ist doch nicht gut für das Baby.«

»Ach, Unsinn. Ich hab auch gelegentlich einen Schluck getrunken, als ich schwanger war.«

»Echt? Na gut, wenn du meinst.«

»Ist bestimmt nicht so schlimm, wie der ganze Scheiß, den sie einem in der Klinik erzählen.«

»Ja, das stimmt. Ich habe genaue Instruktionen erhalten: keine Chemotherapie, keine Röntgenaufnahmen, kein Ribavirin.« Sie streckte ihre Beine aus und ließ das Kinn auf die Brust sinken. »O Gott, ich weiß schon gar nicht mehr, wie meine Füße früher ausgesehen haben. Und schau dir mal meine Brüste an. Darren ist schon völlig außer Rand und Band. Ah ...« Sie nahm das Glas, das Benedicte ihr anbot, entgegen und stellte es vorsichtig auf ihren Bauch, während sie Josh von der Seite beäugte. »Ben?«, sagte sie dann unschuldig.

»Ja?«

»Hat er dir auch so auf die Blase gedrückt? Musstest du auch jede Nacht zwanzigmal aus dem Bett?«

»Maaa-miii.« Josh richtete sich im Liegen halb auf. »Müsst ihr denn die ganze Zeit *quatschen*?« Er hob die Hand und ließ die Finger auf und zu schnappen. »Bla bla bla bla bla.«

Ayo stieß ihn sanft mit dem Fuß an. »Kleiner Klugscheißer.« Josh kicherte, drehte sich auf den Rücken und tat so, als ob er sie treten wollte. »Bla bla bla bla.«

»*Hilfe!*« Sie versuchte, sich in gespielter Angst aufzurappeln und verschüttete dabei etwas Champagner. »Hilfe, Ben, dein Sprössling will mich treten.«

»Tja, ein bisschen hyperaktiv, der Kleine, vielleicht sollten wir es mal mit 'ner Therapie versuchen.« Benedicte half Ayo auf die Beine und brachte sie vor Josh in Sicherheit. »Komm – wenn du nichts dagegen hast, möchte ich jetzt mal ein bisschen mit unserem neuen Haus angeben. Zuerst zeig ich dir das Zimmer, das mein Leben von Grund auf verändern wird.«

Die zwei Frauen gingen mit den Champagnergläsern in der Hand kichernd die Treppe hinauf. Josh rief ihnen noch ein paar Verwünschungen hinterher. Smurf folgte ihnen, und diesmal ließ Ben den Hund ausnahmsweise gewähren. »Be-en«, flüsterte Ayo, als sie oben angekommen waren. »Ben, was sagst du zu dieser Geschichte? Du weißt schon, die Sache mit dem kleinen Jungen im Park.«

»O Gott.« Ben schaltete oben am Treppenabsatz das Licht ein. »Einfach grauenhaft. Ich bin echt froh, dass wir uns morgen nach Cornwall absetzen.« Erst vor wenigen Stunden hatte sie im Fernsehen gehört, dass zwei Besatzungsmitglieder eines Polizeihubschraubers wegen des Vorfalls ihren Job verloren hatten. Sogar die BBC hatte sich am Ende der Nachrichten fünf Minuten mit dem Fall befasst. Doch am schlimmsten fand Ben eine Videoaufnahme, die von einem Hubschrauber aus gemacht worden war. Ein Fernsehteam hatte am Tag nach der Entführung aus der Luft die Suchtrupps der Polizei unten im Park gefilmt. Bei einer genauen Analyse der Aufnahmen hatte man später angeblich sogar Rory Peach auf den Bildern entdeckt. Die TV-Leute hatten in einem Baum einen winzigen hellen Flecken ausgemacht und die Stelle auf dem Bildschirm mit einem Kreis markiert, damit jeder Zuschauer genau wusste, wohin er starren musste. Benedicte hatte sich nur angewidert abgewandt. »Ehrlich gesagt, möchte ich am liebsten gar nicht mehr darüber nachdenken. Ich hab mich damit schon genug gequält.« Sie schob sich das Haar hinter die Ohren und lächelte Ayo an. »Komm, wechseln wir das Thema, okay? Und jetzt zeige ich dir« – sie legte feierlich die Hand auf den Türknauf und sah ihre Freundin bedeutungsvoll an – »das Zimmer, das mein ganzes Leben verändern wird.« Sie öffnete die Tür. »Trara!«

Ayo spähte in den Raum – vier nackte cremefarbene Wände, blaue Vorhänge und ein blauer Lampenschirm, der in der Mitte des Zimmers von der Decke herabhing. Man konnte die frische Farbe und den Kleber des Teppichbodens noch riechen. »Toll«, sagte sie lächelnd, »sehr hübsch.«

»*Hübsch* ist natürlich noch sehr übertrieben.« Benedicte verzog das Gesicht und knuffte Ayo in den Arm. »Aber ich hab bisher noch nie einen Raum gehabt, wo ich mich mal zurückziehen kann. Und das« – sie machte die Tür wieder zu und öffnete gleich daneben die nächste, dann beugte sie sich ein wenig nach vorne und schaltete das Licht ein – »das ist das Bad.«

Beide Frauen blickten in den Raum. In der Ecke lagen Joshs Turnschuhe, die Ben nachmittags mit dem Schlauch abgespritzt

hatte, weil sie nach einem Spaziergang im Park total verdreckt gewesen waren. Aber auch sonst wirkte die Ordnung irgendwie gestört. Benedicte trat durch die Tür und sah, dass der Boden, die kleine weiße Matte vor der Toilette und sogar die Fußmatte, die über dem Rand der Badewanne hing, durchnässt waren. Der Geruch war eindeutig: Der ganze Boden war mit Urin bespritzt.
»Mein Gott«, murmelte sie, machte das Licht wieder aus und zog die Tür hinter sich zu. »Augenblick mal, Ayo.« Sie eilte die Treppe hinunter. »*Josh! JOSH!*«
Josh saß vor dem Fernseher und hob den Kopf. Als er die Stimme seiner Mutter hörte, wusste er sofort, dass etwas im Busch war. Er ging auf dem Sofa ein wenig auf Abstand zu ihr, und Benedicte verstummte plötzlich, weil sie sich schämte, dass ihr neunjähriger Sohn Angst vor ihr hatte. »*Jo-osh!*«
»Ja?«, sagte er und sah sie fragend an.
»Was ist das da oben für eine Schweinerei?«
Keine Antwort.
»*Josh!* Ich *spreche* mit dir.«
»Was für eine Schweinerei?«
»Du weißt ganz *genau*, was ich meine. Was hast du oben im Bad angestellt?«
Josh saß mit halb offenem Mund da, dann rutschte er auf dem Sofa nach vorne. »Ich ... ich bin doch gar nicht oben gewesen.«
»Irgendjemand muss es ja gewesen sein. Smurf jedenfalls nicht – sie war den ganzen Tag bei mir, und die Tür war zu.«
»Ehrlich, Mami, *ganz* ehrlich.«
»Ach, verdammt noch mal.« Sie kramte aus dem Schrank unter der Spüle eine Plastikschüssel, Gummihandschuhe und ein Reinigungsmittel hervor und knallte dann die Tür wieder zu. »Josh, du weißt doch, dass man nicht lügen darf – vergiss das nicht.« Dann ging sie nach oben, wo Ayo den Boden bereits mit Toilettenpapier abwischte. »Seit wir hier wohnen, erzählt der Junge ständig irgendwelche Lügen. Ja, seit wir hier wohnen, herrscht bei uns das volle Chaos.«
»Hm – vielleicht liegt ja ein Fluch auf dem Haus.«
»Sieht ganz danach aus.« Benedicte zog die Plastiktüte aus

dem Mülleimer unter dem Waschbecken und hielt sie Ayo hin, damit sie das schmutzige Papier loswerden konnte. »Und wenn es nun auf einem alten Navajo-Friedhof steht?« Doch selbst dieser kleine Scherz konnte ihr kein Lächeln entlocken.

Die Mücken hatten ein dankbares Opfer gefunden. Sie umkreisten surrend Cafferys Kopf, drangen in ganzen Formationen aus dem Dickicht, setzten sich auf seine Hände, rammten ihre Rüssel in sein Fleisch und saugten begierig das Blut aus seinen Adern. Er schlug wie wild um sich, doch sie ließen sich nicht vertreiben, waren trunken vor Gier, badeten in seinem Schweiß und setzten ihre Attacken weiter fort, als er in die Hocke ging und sich mit der Hacke an den Wurzeln und dem Erdreich zu schaffen machte. Über den Dächern versank gerade die Sonne im Großstadtdunst und tauchte mit den letzten Strahlen des Tages die grüne Wüste neben dem Bahndamm in rosarotes Licht.

Warum hast du bloß keine Taschenlampe mitgebracht – Idiot?

Wann immer er in seiner Arbeit einen gewissen Fortschritt verzeichnen konnte, richtete er sich auf, um den Fortgang der Plackerei zu dokumentieren – ließ in der wuchernden grünen Höhle das blaue Blitzlicht aufflammen und war nach jedem Foto sekundenlang selbst geblendet. So wühlte er etwa zwei Stunden im Erdreich herum. Gegen 21 Uhr 15 stieß er die Hacke abermals in den Boden und traf dabei auf etwas, das weicher war als das Erdreich und zudem knisterte. *O Scheiße, Scheiße.* Mit wild pochendem Herzen warf er die Hacke beiseite, ließ sich auf die Knie sinken und durchwühlte mit bloßen Händen das Erdreich. Dann sah er plötzlich im fahlen Licht der Dämmerung etwas Helles aufblitzen.

Er hörte auf zu wühlen und ließ sich atemlos auf die Fersen zurücksinken. Eine Welle der Übelkeit schoss durch seinen Körper. Er musste die Augen schließen und tief einatmen, bis das Gefühl allmählich verschwand.

16. KAPITEL

In der Grube war eine blau karierte Plastiktüte versteckt, doch Ewan Cafferys sterbliche Überreste waren nicht darin. Caffery warf sie sich über die Schulter und trottete dann wie ein müder Seemann mit seinem Bündel am Bahndamm entlang. Inzwischen war es dunkel, und am Himmel stand bereits der Mond. Caffery kam nur mühsam voran und bahnte sich vorsichtig einen Weg durch die dicht stehenden Brennnesseln. Vor seinem Gartentor zog er die Schnur mit dem Schlüssel unter seinem schweißnassen T-Shirt hervor. Er war total erschöpft und enttäuscht, doch aufgeben kam für ihn auch jetzt nicht in Frage. Schließlich hatte Penderecki sicherlich etwas damit bezweckt, dass er ihn zu dieser Tüte geführt hatte.

Im Haus war es kühl: Die Terrassentür stand offen, und in der Luft hing der Geruch von Zigarillorauch. Rebecca musste also da sein. Er verzichtete darauf, ihren Namen zu rufen, und ging auch nicht nach oben, um im Schlafzimmer nach ihr zu sehen. Im Augenblick hatte er einfach nicht das Bedürfnis, mit ihr zu sprechen.

Er ging ins Wohnzimmer und leerte den Inhalt der Tüte auf dem Boden aus. Er betrachtete ein paar Minuten die Dinge, die vor ihm am Boden lagen, und ging dann in die Küche. Der Wein im Tiefkühlfach war fast gefroren. Er schüttelte den riesigen Eisklumpen, spülte ein Glas aus, öffnete die Flasche und schenkte sich ein. Das Glas war sofort beschlagen und so kalt, dass seine Finger daran kleben blieben. Er leerte es auf einen Zug, ohne auch nur einen Gedanken an den Geschmack zu verschwenden, füllte es sofort wieder auf und zündete den Joint an, den er im Aschenbecher hatte liegen lassen. Dann ging er zurück ins

Wohnzimmer, setzte sich auf das Sofa, legte die Hände auf die Knie und betrachtete geistesabwesend die Sachen, zu denen Pendereckis Skizze ihn geführt hatte.

Die meisten kinderpornographischen Produkte entstehen in den heimischen vier Wänden. Früher war nur ein kleiner Teil dieser widerlichen Erzeugnisse in den Handel gelangt, und Caffery hatte im Laufe seines Berufsleben bereits ein paar Mal notgedrungen derartiges Material gesehen, da er sogar eine Zeit lang im Sittendezernat gearbeitet hatte. Damals hatte es die als »Schmutzbrigade« bezeichnete Abteilung »Obszöne Publikationen« allerdings noch nicht gegeben. Doch seit ihrer Gründung war vor allem diese Abteilung mit pädophilen Delikten befasst, sodass die Sitte sich darauf beschränken konnte, in der üblichen Erwachsenen-Pornographie herumzuschnüffeln. Zu seiner Zeit hingegen hatten sich die Zuständigkeiten beider Abteilung noch vielfach überschnitten, deshalb wusste er ungefähr, worauf er sich einstellen musste.

Vor ihm auf dem Boden lagen einige Exemplare des Pädophilen-Magazins *Magpie*, mehrere holländische, deutsche und dänische Publikationen mit Namen wie *Boy Love World, Kinderliebe, Spartacus, Piccolo*, außerdem zwei zerfledderte Exemplare des Buches *Show Me*, drei Nummern des holländischen Hochglanzmagazins *Paidika – The Journal of Paedophilia*, diverse einschlägige amerikanische Veröffentlichungen aus den frühen Achtzigerjahren und eine Liste mit Kennwörtern für Websites sowie eine weitere Auflistung, die am oberen Rand mit *WARNUNG! WARNUNG! WARNUNG!* überschrieben war. »Sollte ein Interessent mit einem der oben aufgeführten Benutzernamen sich in Ihren Chatroom einklinken wollen«, hieß es dort, »dann verschwinden Sie AUGENBLICKLICH aus dem Netz.« Ganz unten in der Tüte befand sich eine weitere – mit braunem Klebeband umwickelte – Einkaufstüte mit diversen unbeschrifteten Videokassetten.

Den Joint zwischen den Zähnen, riss Caffery das Klebeband ab und schüttelte die Videos heraus. Dann schob er die erstbeste Kassette in das Gerät, schnappte sich die Fernbedienung, drückte auf »Start«, setzte sich auf das Sofa und zündete den Joint wieder an. Auf dem Bildschirm erschien ein Flackern – und er ahnte, was ihn erwartete. Es lag schon Jahre zurück, seit er zuletzt einen Kinderporno gesehen hatte und sich solche Bilder hatte anschauen *müssen* und – wie die meisten Beamten der Abteilung – nachts wach gelegen und versucht hatte, diesen ganzen Dreck irgendwo in seinem Kopf wegzusperren. Doch am meisten Angst hatte man in solchen Situationen – auch wenn niemand darüber sprechen wollte –, vor der Frage: *Und was ist, o Gott, was soll ich nur machen, wenn mich diese Bilder erregen?* Doch an diesem Abend wusste er ganz genau, was ihn erwartete, und diesmal hatte er nicht etwa Angst vor den Bildern. Sein pochendes Herz galt nicht den Kindern, deren Qualen er gleich auf dem Bildschirm sehen würde – nein, sein Herz schlug nur aus dem einen Grund so heftig, weil er Angst hatte, dass sein Bruder Ewan in der nächsten Sekunde auf dem Bildschirm erscheinen könnte.

Das Band lief und lief, doch auf dem Bildschirm war nichts als Schneegestöber zu erkennen. *Würdest du ihn denn überhaupt noch erkennen?* Immer noch nichts. Er rutschte auf dem Sofa nach vorne, nahm die Fernbedienung und drückte auf die Vorlauftaste. Wieder nur gleißendes Flimmern. Und so ging es immer weiter – nicht ein einziges Bild, bis das Band sich schließlich ausschaltete. Auf der ganzen Kassette kein einziges Bild. Er drückte auf »Eject« und schob die nächste Kassette in den Schacht, startete sie und aktivierte den Vorlauf. Wieder kein einziges Bild.

»Jack?«

Er hob den Kopf und blickte auf. »Geh wieder ins Bett, Rebecca – bitte.«

»Was ist denn los?«

»Nichts – echt nicht. Geh wieder ins Bett.«

Aber er hatte bereits ihre Neugier geweckt. Sie war barfuß und hatte sich lediglich seine grauen Boxer-Shorts und eine kurzärmelige Jacke übergestreift. So tappte sie in den Raum und versuchte, ihm über die Schulter zu schauen. »Was ist denn los?«

»Wirklich, Becky ...« Er stand auf und schob sie mit sanfter Gewalt von den Sachen weg, die auf dem Boden herumlagen.
»Gar nichts. Geh wieder ins Bett – los, bitte.«
Sie schnaufte einmal kurz. »Und – kommst du bald nach?«
»Ja«, sagte er gedankenverloren. »Ich bring dir gleich was zu trinken – versprochen.«
»Na gut.« Sie gab sich mit der Antwort zufrieden, machte gehorsam kehrt und ging wieder die Treppe hinauf, während Caffery dasaß, seine Hände anstarrte und nicht recht wusste, was er tun sollte. Schließlich stand er auf, füllte zwei frische Gläser mit Wein und ging nach oben. Sie lag auf dem Bett und hatte die Hände hinter dem Kopf verschränkt. Die Nachttischlampe brannte, und ihr offenes Haar lag seitlich auf ihrer Brust. Sie hatte die Jacke inzwischen wieder ausgezogen und blickte ihm lächelnd entgegen.
»Hier, bitte.« Er stellte die Gläser auf den Nachttisch und setzte sich an das Fußende des Bettes. »Also, Rebecca, pass mal auf.« Er konnte ihr nicht alles sagen – nicht jetzt. »Tut mir Leid.«
»Was tut dir Leid?« Sie drehte sich auf den Bauch und kam auf allen vieren zu ihm herübergekrabbelt. Sie presste ihre flachen Hände auf seine Brust und küsste seine Schultern, küsste seinen verschwitzten Hals.
»Ich hab unten noch zu tun.«
»Kein Problem.« Sie schlang ihre Arme um seinen Hals. Ihr Haar duftete nach Zigarillorauch und Blumen. Sie presste sich an ihn, ihre weichen Brüste berührten seinen Arm, und ganz gegen seinen Willen wurde er von einer Welle des Begehrens und der Zärtlichkeit erfasst.
»Becky, bitte ...« Sie vergrub ihr Gesicht an seinem Hals und fuhr mit der Hand über seinen Bauch, sodass sich seine Muskeln anspannten. Dann schob sie die Hand in seine Hose. Er griff nach ihrer Hand und zog sie weg. »Nein. Nicht jetzt ...«
Sie gurrte ihn an und schob ihre Hand wieder in seine Hose.
»Becky.«
»Pssst – ist schon gut.«

Sie zog ihre Hand aus seiner Hose, setzte sich auf, streifte ihre Shorts bis zu den Knien herunter, schüttelte sie dann mit den Füßen ab und drehte sich so, dass sie vor ihm kniete. Sie stützte sich mit den flachen Händen vorne auf das Bett, drückte ihren Oberkörper tief nach unten und präsentierte sich ihm von hinten. Er starrte sie nur ungläubig an, wusste nicht, was er tun oder sagen sollte. So primitiv, so plump hatte er sie noch nie erlebt. Er stand auf, knöpfte sich die Hose auf, streifte seine Shorts ab, schob sie mit dem Fuß beiseite und stand dann hinter ihr. »Noch ein bisschen tiefer.« Er zog sie an den Hüften näher zu sich heran. Sie drückte den Oberkörper so tief wie irgend möglich nach unten, schob dann die Hand zwischen ihre Beine, um ihm den Weg zu weisen. »Aber ich werde sofort kommen ...«
»Pssst – ist schon gut.«
Er stürzte sich von hinten auf sie und küsste ihren Rücken, hatte ihre Haare im Mund und tastete nach ihren Brüsten. Sein Herz pochte wie wild, und sein Schwanz drang in sie ein. Als er gerade seine Arme um ihre Taille geschlungen hatte, erklärte sie plötzlich mit glasklarer Stimme: »Hör auf.«
Er erstarrte und öffnete ungläubig die Augen. Sie schaute ihn nur mit großen ernsten Augen über die Schulter an.
»*Was?*« Er zitterte am ganzen Körper, konnte sich kaum mehr beherrschen. »Was ist denn los?«
»Hör auf. Ich hab es mir anders überlegt.«
»Soll das ein Witz sein?«
»Nein, ganz und gar nicht.« Sie sah ihm direkt ins Gesicht. »Echt, Jack, es ist mein voller Ernst.«
Doch es war bereits zu spät. Irgendwo in ihm explodierte etwas. Er fasste sie an den Haaren, riss ihren Kopf zurück und drang mit harten Stößen immer wieder tief in sie ein. Sein Herz raste wie verrückt. »*Jack!*« Sie schluchzte auf und versuchte, auf die andere Seite des Bettes zu kriechen, doch er hielt sie unerbittlich fest. Er wusste, dass sie mit dem Kopf immer wieder hart gegen die Matratze prallte, und er sah das Blut, das seitlich aus ihrem Mund lief, doch er konnte einfach nicht mehr aufhören. Sie fing an zu weinen, Tränen liefen über ihre Wangen, doch er

machte weiter. Erst als er gekommen war, hörte er schließlich auf. Er ließ ihre Haare los, zog seinen Schwanz aus ihr heraus und tappte dann ins Bad. Dort stand er mit gesenktem Kopf in der Dusche, stützte sich mit einer Hand an der Wand ab, während das warme Wasser an seinem Körper herabströmte, und fing an zu weinen.

Carmel Peach hatte das Blitzlicht, das sie durch den Schlitz unter der Tür gesehen hatte, ganz richtig gedeutet. Die in ihrem Haus entstandenen Fotos waren auf einer Filmrolle fixiert, die wiederum in einer vorne mit Klammern zusammengehefteten Bomberjacke steckte, und diese Jacke lag in Roland Klares Schlafzimmer auf dem Fußboden.

Klare hatte das Fotobuch sorgfältig studiert, sich zahlreiche Notizen gemacht und die Dinge aufgelistet, die er brauchte. Inzwischen war es spätabends, und er lief mit der Liste in der Hand durch seine Wohnung, um zwischen all den anderen Sachen die Dinge zusammenzusuchen, die er für die Konstruktion einer Dunkelkammer benötigte. Die größte Entdeckung hatte er allerdings bereits einige Stunden früher gemacht, als er hinter einem Stapel von Illustrierten einen unförmigen Vergrößerungsapparat gefunden hatte, den er bereits einige Monate zuvor dort verstaut hatte. Er hatte das Gerät in Balham im Hof eines Fotoladens in einem Mülleimer gefunden. Ziemlich mitgenommenes Teil, und die Belichtungsschaltuhr ging auch nicht mehr, doch in Klares Welt gab es schlechterdings nichts, absolut *gar nichts*, was er nicht gebrauchen konnte. Den Apparat hatte er inzwischen in seinem zu einer Dunkelkammer umgerüsteten Schlafzimmerschrank aufgestellt. Welch ein Glück!

Doch als er jetzt zwischen den Zimmern hin und her ging und in diversen Kisten und Ecken herumkramte, stand er plötzlich vor einem Problem. Klare kannte in seiner Sammelwut keine Grenzen, ja, er konnte innerhalb weniger Wochen ein ganzes Zimmer mit mehr oder weniger wertlosem Ramsch anfüllen. Also musste er seine Wohnung zwischendurch entrümpeln, um Platz für die verbliebenen Dinge zu schaffen. Allerdings verlor er dabei bisweilen den Überblick und warf auch Dinge weg, die er eigentlich noch benötigte. Und so stellte er jetzt zu seiner Überraschung fest, dass er etliche Sachen entsorgt hatte, für die er noch Verwendung gehabt hätte. Das meiste, das er für seine Zwecke brauchte, hatte er zwar vorrätig, etwa eine Entwicklungsdose (die er in demselben Mülleimer gefunden hatte wie den Vergrößerer), eine alte Waschschüssel, die sich zum Wässern der Abzüge hernehmen ließ, und etliche alte Katzenklos, die als Entwicklerschalen dienen konnten. Ja, obwohl er dies alles vorrätig hatte, stellte er bei Durchsicht seiner Liste dennoch fest, dass ihm noch so manches fehlte, zum Beispiel Entwicklerlösung, eine Dunkelkammerleuchte und verschiedene chemische Flüssigkeiten. Als er jetzt die Liste nochmals überflog, fing sein rechtes Auge plötzlich an zucken. Für das Unterbrecherbad konnte er notfalls auch Essig hernehmen, hieß es in dem Buch, aber eine Dunkelkammerleuchte? Eine Dunkelkammerleuchte, Entwicklerlösung und ein Fixiermittel – diese Dinge konnte er nur kaufen. Sein Gesicht fing vor Erregung an zu zucken. Dann wanderte er, in Selbstgespräche vertieft, durch seine Wohnung und schaute überall nach, ob er auch ganz sicher nichts übersehen hatte, ob nicht in irgendeiner Ecke noch ein paar unentdeckte Flaschen herumstanden. Aber nein – wenn er den Film entwickeln wollte, musste er nach Balham fahren – daran führte kein Weg vorbei – und vielleicht sogar etwas Geld ausgeben.

Vom Wohnzimmerfenster aus bot sich ein herrlicher Ausblick auf den im silbernen Mondlicht liegenden Brockwell Park, doch Roland Klare war viel zu verbittert, um sich daran zu erfreuen. Er zog die Jalousie herunter, ließ sich auf das Sofa fallen, schaltete den Fernseher ein und starrte Stunde um Stunde gedankenverloren auf den Bildschirm.

17. KAPITEL
(23. Juli)

Er fuhr aufs Revier. Wohin sonst hätte er auch gehen sollen? Er vermochte seine Gedanken gerade noch so weit zu sammeln, dass er einen Anzug für den nächsten Tag in den Wagen legte und die Flasche Malt-Whisky in einer Plastiktüte auf dem Rücksitz verstaute. Pendereckis Krempel räumte er einfach in das Kämmerchen unter der Treppe – bis auf die Videokassetten und die Disketten, die er mit nach Shrivemoor nahm.

Das Revier war wie ausgestorben. Er schaltete sämtliche Neonröhren ein, spülte in der Küche eine große Tasse aus, schenkte sich reichlich Malt ein, ging dann in sein Büro und beobachtete die Scheinwerfer, die sich unten auf der Straße langsam vorbeischoben.

Na, Jack, da hast du ja mal wieder was Schönes angerichtet...

Was er getan hatte, entsprach dem Tatbestand der Vergewaltigung. Dabei hatte er nur grüne Ampeln vor sich gesehen, bis zu jenem *Nein*. Aber er konnte es drehen und wenden, wie er wollte, nach Entschuldigungen suchen – eines blieb davon völlig unberührt, nämlich dass er Rebecca vergewaltigt hatte. Ja, er hatte sie verletzt, sogar ihr Mund hatte geblutet. Tja, vielleicht hatte sie ja tatsächlich Recht, vielleicht hatte sie ihm nur beweisen wollen, dass er sich nicht beherrschen konnte. Er stöhnte auf und stützte den Kopf in die Hände. Es gab so viele Spiele, die man spielen konnte – so viele Schwierigkeiten.

Bis in die frühen Morgenstunden saß Caffery an seinem Schreibtisch, starrte aus dem Fenster und füllte sich mit Laphroaig und Londoner Leitungswasser ab, während die Stadt ringsum sanft schlief.

Hal Church stand früh auf und zog seine blauen Shorts und ein T-Shirt an. »Typisch Tourist«, sagte er zu seinem Spiegelbild. »Ja, ein Tourist mittleren Alters.« Er machte eine Runde durch das Haus, schloss in sämtlichen Räumen die Fenster, aktivierte die Alarmanlage und legte seinen Mitgliedsausweis der *Automobile Association* auf das Armaturenbrett des Daewoo. Er blieb einen Augenblick in der Garage stehen: Es roch dort nach einem Gemisch aus frischer Farbe, Lack und Benzin. Unter dem Schiebetor konnte er einen Streifen Sonnenlicht erkennen, und auf dem Rücksitz waren bereits die Kühlbox und Joshs alte Pokémons verstaut. Ja, jetzt war er also erwachsen und fuhr mit seinem Kind und seiner Frau in die Ferien. Plötzlich hatte er das Gefühl, dass das Leben wie im Flug an ihm vorbeirauschte, und ihm wurde fast schwindelig bei der Vorstellung, wie schnell alles ging. Wo blieb nur die Zeit – das Leben?

Gegen 8 Uhr lag der Garten bereits in gleißendem Sonnenlicht – darüber ein unermesslicher tiefblauer Himmel. In Joshs Planschbecken trieb eine dünne Schicht aus toten Insekten und Grashalmen. Hal kippte das Wasser aus dem flachen Wasserbehältnis. »Los, komm schon, Smurf.« Er zog den Labrador, der sofort anfing, von dem Wasser zu schlecken, am Halsband hinter sich her. »Zeit für unseren Spaziergang, altes Mädchen.«

Als die beiden wieder nach Hause kamen, saß Josh in der Küche und schaufelte mit einem großen Löffel Cornflakes in sich hinein. Er hatte zur Feier des Tages sein Obi-Wan-Kenobi-T-Shirt angezogen. Benedicte hatte sich mit Hals grauem Cordhemd, ihren Kaki-Shorts und weißen Segelschuhen herausgeputzt und war gerade dabei, eine Dose Mandarinen aufzumachen.

»Morgen.« Er gab Josh einen Kuss auf den Kopf. Sein Filius aß grunzend weiter. »Morgen, Liebling.« Er hauchte Benedicte einen Kuss auf die Wange. »Gut geschlafen?«

»Ja.« Sie kippte die Mandarinenschnitze in eine Glasschüssel und stellte sie vor Josh auf den Tisch, der finster dreinblickte. Hal hängte Smurfs Leine hinter der Tür an den Haken und beobachtete Benedicte aus den Augenwinkeln. Sie war aufgebracht, das war nicht zu übersehen. Er beobachtete, wie sie mit ihrer

Kaffeetasse zum Kühlschrank ging, an der Milch roch, die Stirn in Falten legte, die Flasche gegen das Licht hielt und leicht hin und her schwenkte. Dann goss sie sich etwas Milch in den Kaffee und drehte sich nach ihm um. »Hal.«

Jetzt kommt es also, dachte er. »Ja?«

»Hal, hast du Smurf wieder nach oben gelassen?«

»Was?«

Benedicte seufzte. Sie war ziemlich schlecht gelaunt, und es gab vor der Abfahrt noch so viel zu erledigen. Als sie nach dem Aufstehen ins Bad gegangen war, hatte sie nämlich etwas entdeckt, worüber sie sich irrsinnig geärgert hatte.

»Der Hund ist oben gewesen und hat in meinen Wäschekorb gepisst.« Hal und Josh sahen sich an. Josh unterdrückte ein Kichern, womit er seine Mutter nur noch mehr reizte. »Das ist überhaupt nicht witzig. Wenn sie noch mal unser ganzes Bett voll pisst, dann kannst *du* hinterher sauber machen.«

»Augenblick mal. Als ich heute Morgen runtergekommen bin, war Smurf angeleint.« Hal war jetzt wieder ernst. »Josh? Hast du sie vielleicht gestern Abend losgebunden?«

»Hm.« Josh klimperte mit dem Löffel gegen seine Zähne und dachte angestrengt nach. »Nein.« Er schüttelte den Kopf. »Nein, ganz sicher nicht. Wahrscheinlich hat sie sich selbst losgemacht.«

»Und das heißt«, Benedicte stellte die Milch wieder in den Kühlschrank und ging zur Spüle hinüber, um sich die Hände zu waschen, »das heißt, dass *du* es gewesen bist. Mr. Hal Church, hiermit erhebe ich Anklage gegen Sie.«

Hal streckte ihr die Zunge heraus. »Ich war es nicht, teuerste Dame.« Er ging in die Diele und nahm den Schlüsselbund vom Telefontisch.

»Wohin willst du?«

»Die Zeitung abbestellen.« Er drehte sich um und streckte ihr abermals die Zunge heraus. »Vor *dir* flüchten, mein böses, böses Frauchen.«

Benedicte schnitt eine Grimasse. »Ist *mir* doch egal.«

Hal vergewisserte sich, dass Josh ihn nicht sehen konnte.

Dann ließ er kurz die Hose herunter, präsentierte ihr seinen nackten Hintern, richtete sich wieder auf und warf die Tür hinter sich zu. Benedicte konnte sich vor Lachen kaum halten, und Josh blickte neugierig auf.

»Was ist denn so witzig?«

»Gar nichts.« Sie ging kichernd zur Spüle und stellte die Kaffeekanne in das Becken. *Du weißt genau, wie du mich nehmen musst, Hal, alter Halunke.* Sie lief geschäftig in der Küche umher, spülte den Kaffeesatz aus den Tassen und verschloss sorgfältig die Müslipackung. Josh aß währenddessen die Mandarinen und ging dann mit Smurf ins Wohnzimmer, um sich im Fernsehen *Liebling, ich habe die Kinder geschrumpft* anzuschauen. Benedicte trank einen Schluck Leitungswasser aus der hohlen Hand. Ihr Mund war plötzlich trocken, und die Zunge lag ihr schwer im Mund. Sie sah auf die Uhr und bemerkte, dass es schon später war, als sie gedacht hatte.

»Oh, verdammter Mist.« Sie strich sich das Haar aus der Stirn.

»Nur noch eine Stunde. Josh, putz dir jetzt bitte die Zähne.« Sie machte die Tür zum Garten zu und drehte den Schlüssel um. Jenseits des Zauns raschelten die Blätter im Wind. Mein Gott, wie sie diesen Park hasste. Dann räumte sie rasch die Teller vom Tisch. »Josh, bitte beeil dich.« Ihr kleiner Sohn hockte noch immer vor der Glotze. An seinem Mund hatte der schwarze Johannisbeersaft, den er getrunken hatte, einen dunklen Rand hinterlassen. Er starrte völlig fasziniert auf den Bildschirm und presste sich sein Lieblingskissen gegen die Brust. Warum muss er beim Fernsehen nur immer dieses Kissen an sich pressen? *Komisch, ist das nicht* Ren und Stimpy, *was er sich da anschaut...? Ich dachte, dass er* Liebling, ich habe die Kinder geschrumpft *sehen will.*

Mein Gott, ich werd gleich verrückt, dachte sie, verdammter Stress. Wenn Hal zurückkam, mussten sie so schnell wie möglich losfahren. »Oooh, Ha-al«, sagte sie laut zu der geschlossenen Haustür. »Beeil dich gefälligst, wir sind schon viel zu spät dran.«

»›Wir sind schon viel zu spät dran‹«, äffte Josh sie nach.

»Sehr witzig.« Sie legte sich die Hand auf die Stirn. »Josh, hab ich nicht gesagt ...« Aber sie wusste nicht mehr, was sie zu ihm gesagt hatte – die flimmernden Farbschlieren auf dem Bildschirm irritierten sie. Besonders intensiv waren die Violetttöne – wie Iris-Saft, und das Gelb erinnerte an leuchtende Sonnenblumen.

»Das violetteste Violett«, murmelte sie und lehnte sich gegen die Spüle. »Das strahlendste Gelb.« Draußen knallte die Sonne in den Garten, und der Rasen geriet plötzlich in Bewegung. *Vielleicht bin ich ja krank*, schoss es ihr durch den Kopf, und dann spürte sie wieder diesen schrecklich pelzigen Geschmack in ihrem Mund. *Verdammt, der Kaffee hat irgendwie komisch geschmeckt*, fiel ihr plötzlich ein. »Josh ...« *Jetzt reiß dich gefälligst zusammen, Ben ...* »Josh, Mami legt sich schnell ein bisschen hin, okay? Würdest du das Papi bitte ausrichten, wenn er zurückkommt?!«

»Klar doch.«

Am besten, ich leg mich gleich hier auf den Boden, ist sicher weich genug.

Sie ließ laut polternd eine Tasse in die Spüle gleiten, ging auf die Toilette, rammte mit der Hüfte das Waschbecken und stützte sich mit den Händen an den Wänden ab, um nicht umzukippen. Die Bodenfliesen kamen ihr entgegen, verschmolzen mit der Wand, und ihr Mund war so trocken, dass sie gierig Leitungswasser aus den hohlen Händen schlürfte. *Was ist denn nur los mit mir?* Draußen vor der Toilette huschte eine riesige dunkle Gestalt durch den Flur. Sie blickte auf.

»Smurf?«

Keine Antwort.

»Josh?«

Doch der konnte sie natürlich nicht hören. Er saß ja im Wohnzimmer vor dem Fernseher. Statt sich weiter den Kopf zu zerbrechen, setzte sie sich einfach auf den Fußboden, stützte den Kopf in die Hände und überlegte, warum ihr Mund so trocken war. Etwas berührte ihre Schulter.

Hal?

»Hast du nicht gesagt, dass du unbedingt ein eigenes Zimmer willst?«
Hal?
»Dann geh jetzt hübsch in dein Zimmer!«
Zimmer. Welches Zimmer? Was redet er denn da von einem Zimmer?
»Los, komm schon.« Ein grelles Licht. Es kam ihr vor, als ob ihre Oberarme in einem Schraubstock steckten. »Lass mich nur ein bisschen ausruhen, Hal, dann geht es schon wieder.« Sie verspürte stechende Schmerzen im Rücken, als ob sie immer wieder auf einen harten Holzfußboden prallen würde. Das Licht blendete sie, und als sie etwas sagen wollte, hörte sie ihre eigene Stimme wie aus weiter, weiter Ferne. »Hal?« Sie konnte nicht sprechen – ihre Zunge schien plötzlich den ganzen Mund auszufüllen. »Kannss du bi …« Sie wollte Josh rufen, brachte aber keinen Ton heraus, hatte das Gefühl, ihn irgendwo schluchzen zu hören, obwohl ihr Kopf rhythmisch gegen etwas Hartes schlug. Peng, peng, peng! Und ihre Arme taten so weh.
»Hilfe, Mami, der Troll ist hier – Hiiilfe! Bitte!«
Der Troll? Was …?
Dann sah sie etwas Dunkles über sich. Ein Gesicht – mit glasigen, triefenden Augen.
»NEIIIIN!« Sie wurde durch ihr eigenes Kreischen geweckt, befand sich irgendwo in einem dunklen, stillen Raum, während ihr Jammern von den nackten Wänden widerhallte.

Souness hatte ein wohl gehütetes Geheimnis: Manchmal spielte sie zu Hause Pressekonferenz. Bei diesen Gelegenheiten saß Paulina abends mit gekreuzten Beinen in ihrem Negligé oben auf dem Tisch, hielt eine Tasse Ovomaltine in der Hand und brüllte ihr irgendwelche Fragen entgegen: »Inspector Souness …« Paulina liebte diese Rolle. Manchmal hielt sie Souness sogar den Griff eines Tennisschlägers vor die Nase. »Was sagen Sie zu dem Vorwurf, dass die Polizei den Brockwell Park gründlicher hätte durchsuchen müssen?«
Souness stand in ihrem Pyjama vor dem Tisch, stemmte die

Hände in die Hüften und studierte gehorsam ihre Antworten ein. Paulina war eine strenge Prüferin. »*Nein!* Du musst mehr *Gefühl* zeigen, mich davon überzeugen, dass es dir ernst ist.«

»*Was?* Soll ich hier vielleicht noch anfangen zu *heulen*? Ich stell mich doch nicht vor acht Millionen Zuschauer und fang an zu flennen – ich bin doch kein verdammter *Ami*, wenn du weißt, was ...«

An diesem Morgen hatte sich die harte Probenarbeit ausgezahlt: Sie hatte eine gute Vorstellung geboten, sich nicht aus der Ruhe bringen lassen. Und als sie dann vor der versammelten Medienmeute kundgetan hatte, dass man Rorys Mörder schon sehr bald überführen werde, war das ihr völliger Ernst gewesen. Gegen 11 Uhr kreuzte sie im Büro auf und hätte am liebsten ein Liedchen geträllert. Umso überraschter reagierte sie, als sie feststellte, dass ihr Büro von innen verschlossen war.

»Jack?«

Sie spähte durch die Glasscheibe und sah ihn mit der Brille auf der Nase und den Füßen auf dem Schreibtisch auf ihrem Stuhl hocken und an der Fernbedienung herumfingern. Der Bildschirm war von der Tür abgewandt. Souness klopfte an das Fenster.

Er hob den Kopf, schaltete den Fernseher aus, nahm die Brille ab, kam zur Tür und schloss auf.

»Alles klar?«

»Ja – nur hundemüde.«

»Hm – und nach Fusel stinken Sie auch. Was schauen Sie sich denn da an?«

»Nichts. Irgend so 'ne Seifenoper.«

»Seifenoper?« Sie zog ihren Piepser vom Gürtel, warf ihn auf den Schreibtisch und öffnete das Fenster. »Würden Sie bitte so lieb sein und das den Kollegen nicht unbedingt unter die Nase reiben?«

»Natürlich nicht.« Er setzte sich an den Schreibtisch und schob sich eine Ladung Pfefferminzpastillen in den Mund.

Souness hatte plötzlich Mitleid mit ihm – der Mann sah fix

und fertig aus. Sie stand hinter ihm und kraulte ihm teilnahmsvoll das Haar. »Sind Sie sicher, dass alles in Ordnung ist, Jack?«
»Ja, bin ich.«
»Irgendwas zu vermelden?«
»Ja – ich hab hier ein paar Abzüge …« Er rieb sich die Augen, rappelte sich auf seinem Stuhl auf und reichte ihr eine Mappe.
»Abzüge – um Himmels willen.« Sie nahm die Mappe und schüttelte die Fotos heraus. »Wieso hab ich davon nichts erfahren?«
»Sind erst vorhin reingekommen. Was man darauf sieht, sind die Abdrücke von Gummihandschuhen. Haben wir dem Ninhydrin zu verdanken.«
»Ninhydrin? Ist das nicht dieses Zeug für verborgene Fingerabdrücke?«
»Richtig, aber der Kerl hat vorne irgendwas auf den Spitzen der Handschuhe gehabt, und das Ninhydrin hat die Aminosäure aufgespürt. Kann sein, dass er sich bloß den Schweiß abgewischt hat – können aber auch Speisereste gewesen sein, Fleisch oder so was. Wir haben echt Glück gehabt. Eigentlich hat die Spurensicherung das Zeug nämlich nur auf die Tapeten gesprüht, aber offenbar ist ein bisschen was auf den Boden getropft. Sie hätten die Abdrücke sonst nie entdeckt.«
»Sagen wir mal, dass es Schweiß ist …«
»Tut mir Leid.« Er schüttelte den Kopf. »Können Sie vergessen. DNS lässt sich daraus nicht mehr isolieren. Natürlich versucht das Labor alles. Außerdem machen sie alle möglichen Tests mit der Samenflüssigkeit, weil sie hoffen, vielleicht doch noch verwertbare DNS zu finden.«
»Also sind Sie pessimistisch?«
»Fingerabdrücke – das können Sie vergessen, und DNS finden wir auch keine mehr.« Er stützte sich mit dem Ellbogen so auf den Schreibtisch, dass Souness das Videogerät nicht sehen konnte. »Immerhin kennen wir die Struktur der Gummihandschuhe – sie haben ein feines Gittermuster.«
»Netzartig?«
»Genau.«

»Carmel Peach?«
»Benutzt keine Gummihandschuhe. Nur oben zum Reinigen der Toilette. Bringt die Dinger aber nie mit nach unten – außerdem benutzt sie eine andere Marke.«
»Dann wissen wir also, wonach wir suchen müssen, wenn wir den Kerl finden.«
»Richtig.«
Die Gummihandschuhe, die das Gittermuster auf dem Fußboden verursacht hatten, waren weit herumgekommen, seit Roland Klare sie im Brockwell Park im Laub gefunden und später an der Railton Road in einen Müllkübel geworfen hatte. Am folgenden Tag – also kurz bevor die Polizei ihre Fahndungsaktivitäten ausgeweitet hatte – war der Inhalt des Kübels von einem Wagen der Stadtreinigung abtransportiert und auf die Müllhalde in Gravesend verfrachtet worden. Dort waren die Handschuhe unter zwei blauen Plastiksäcken mit Bauschutt gelandet.

Caffery war erleichtert, als Souness aus dem Raum ging, um sich einen Kaffee zu holen, und er wieder allein war. Er hatte einen Mordskater von dem Whisky, den er in der vergangenen Nacht in sich hineingeschüttet hatte. Er zog die Kassette aus dem Videoschacht, legte sie zu den übrigen in seinen Aktenschrank, drehte den Schlüssel um und ließ ihn in der Tasche verschwinden. Auch diese Kassette war leer gewesen – genau wie die anderen. Natürlich hätte er das Material eigentlich abgeben müssen. Die Polizei hatte nämlich inzwischen Pendereckis Leiche aus dem Haus abtransportiert. Zurzeit hielt sich gerade ein Spezialtrupp in den Räumen auf, um dort sauber zu machen: Ja, sämtliche Spuren, die Ewan dort möglicherweise hinterlassen hatte, wurden gelöscht.

Caffery ging wieder an den Schreibtisch und wählte Rebeccas Handy-Nummer. *Wir müssen unbedingt reden*, dachte er, *wenn wir noch mal über alles sprechen, gibt es vielleicht doch noch einen Weg.* Doch dann verlor er plötzlich die Nerven und hängte ein, noch bevor sie sich gemeldet hatte. Anschließend saß er eine Weile da und atmete tief durch. Dann griff er wieder nach dem

Hörer, überlegte es sich jedoch abermals anders, legte wieder auf und stand – wütend auf sich selbst – von seinem Stuhl auf. War er nicht hier, um zu arbeiten?

»Genau.« Er ging ins Archiv und besorgte sich dort einige Fotos, die die Spurensicherung von dem Haus der Peaches gemacht hatte. Dann saß er lange an seinem Schreibtisch und starrte die Aufnahmen an. Schließlich legte er sie neben die Fotos aus der Half Moon Lane und betrachtete die Bilder von den Handschuhabdrücken, die Quinn ihm gegeben hatte. Die Küche der Peaches, wo man die Abdrücke entdeckt hatte, war mit einem weichen Linoleumboden ausgelegt. Reines Glück, dass von der Substanz ein paar Tropfen auf den Boden gelangt waren und den Abdruck ausgerechnet an einer Stelle sichtbar gemacht hatten, wo niemand dies erwartet hätte. Das Linoleummuster selbst bildete ein mit Rosen bewachsenes Spalier. Caffery starrte auf das gitterartige Spalier, dachte angestrengt nach und überlegte verzweifelt, was ihm durch den Kopf gegangen war, als er die Fotos erstmals zu Gesicht bekommen hatte. So saß er grübelnd da und musste sich immer wieder zwingen, nicht an Rebecca zu denken.

Plötzlich wurde es in seinem Dienstzimmer fast dunkel. Als er aufblickte, sah er draußen eine riesige Wolkenbank, die immer näher kam. Kurz darauf prasselte heftiger Regen auf das Gebäude. Er drehte sich um: Die Kollegen im Nebenzimmer hatten aufgehört zu arbeiten und starrten in das Unwetter hinaus, das draußen tobte. Kryotos war da und auch Logan. Die beiden lehnten an einem Schreibtisch, hielten Kaffeetassen in der Hand und bestaunten den Wolkenbruch draußen vor dem Fenster. Caffery nahm die Brille ab, lehnte sich an die Tür und nickte Kryotos zu.

Sie stellte ihre Tasse ab und kam zu ihm herüber. »Was gibt's denn?«

»Marilyn«, murmelte er, »haben Sie vielleicht ein Aspirin?«

»Sie sehen echt so aus, als ob Sie eines brauchen könnten – Augenblick mal.«

Sie ging zu ihrem Schreibtisch und durchwühlte die Schubladen. In der Ecke des Raumes war versehentlich ein Fenster offen geblieben. Von draußen prasselte der Regen auf den Schreibtisch, der darunter stand. Caffery drehte sich nachdenklich um, kratzte sich im Nacken und wollte gerade wieder an seinen Schreibtisch gehen. Doch dann blieb er unvermittelt stehen, als ob jemand seinen Namen gerufen hätte. Er drehte sich langsam um und starrte auf das geöffnete Fenster. Als Kryotos schließlich in ihrer Schublade eine Packung Aspirin gefunden hatte und sich wieder aufrichtete, sah sie, dass Caffery in der Ecke vor dem offenen Fenster stand und auf die durchnässten Papiere vor sich auf dem Schreibtisch starrte.

»Ach du meine Güte«, sagte sie, schloss das Fenster und inspizierte die Papiere. »Na ja, nicht so schlimm – jedenfalls ist niemand ums Leben gekommen. Hier.« Sie gab ihm die Schmerztabletten.

Er nahm die Packung entgegen, fasste Kryotos dann am Arm, führte sie in sein Büro und bat sie, auf der anderen Seite des Schreibtischs Platz zu nehmen. »Marilyn.«

»Ja bitte?«

»Können Sie sich noch erinnern – wie viele Wolkenbrüche haben wir diese Woche eigentlich gehabt?«

»Keine Ahnung. Ungefähr hundert.«

»Und wann war noch mal dieses schlimme Unwetter – ich meine das schwere Gewitter?«

»Meinen Sie das Gewitter von vorgestern?«

»Nein – früher.«

»Letztes Wochenende hat es pausenlos geregnet. Und am Montag auch.«

»Ja, Montag – jetzt fällt es mir wieder ein.« An dem Tag hatte es tatsächlich wie aus Kübeln gegossen, fast wie in den Tropen. Hinterher hatte es in London gerochen wie am Meer. »An dem Tag haben wir doch Rory gefunden.«

»Ja, stimmt. Wieso?«

»Ach …« Er schob sich die Tabletten in den Mund, würgte sie hinunter und rieb sich nachdenklich die Stirn. »Ach, nur so.«

Caffery fuhr zum Donegal Crescent, um mit dem Ladenbesitzer zu sprechen, der die Polizei informiert hatte. Er fragte zuerst nach Tabak und präsentierte dann seine Kennmarke: »Erinnern Sie sich noch an mich?« Dann fing er an zu fragen. Er wollte unbedingt wissen, wieso der Hund an dem Nachmittag angefangen hatte zu bellen.

»Hab ich Ihnen doch schon gesagt. Der Hund hat auf der Rückseite des Hauses was gesehen, das weggelaufen ist.«

»Aber Sie sind doch in die andere Richtung gegangen. Außerdem waren Sie fast hundert Meter entfernt. Da muss Ihr Hund aber ein verdammt gutes Gehör haben.«

Der Mann blinzelte ein paar Mal, drehte sich dann um und suchte nach dem Tabak. Sogar von hinten war zu erkennen, dass er darüber nachdachte, was er sagen sollte.

Caffery startete einen neuen Versuch. »Vielleicht hat der Hund sich ja aus irgendeinem Grund umgedreht?«

Der Ladenbesitzer wandte sich wieder in seine Richtung, legte den Tabak auf die Theke, rückte einen Stapel *Evening Standards* zurecht und schüttelte den Kopf. »Nein, ich lass mich von Ihnen nicht durcheinander bringen. Also, wie gesagt: Ich bin mit dem Hund spazieren gegangen, und plötzlich hat er sich umgesehen.«

»Aber wieso?«

»Kann sein, dass er was gehört hat.«

»Müsste aber ein ziemlich lautes Geräusch gewesen sein. Immerhin waren Sie ja ein ganzes Stück von dem Haus der Familie Peach entfernt. Schritte sind auf so eine Distanz unter normalen Umständen jedenfalls nicht mehr zu hören.«

Der Ladenbesitzer nickte. »Sicher – muss schon lauter gewesen sein.«

»Ist vielleicht irgendwo Glas zerbrochen?«

»Möglich«, entgegnete der Mann. »Ja, vielleicht war es so etwas. Ich hab nichts gehört, aber der Hund. Und dann hat er angefangen zu bellen. Mehr kann ich Ihnen nicht sagen.«

»Also ...« Caffery suchte in der Jackentasche nach Kleingeld und bezahlte den Tabak. Hätte das Aspirin schon gewirkt, wäre wahrscheinlich ein Lächeln über sein Gesicht gehuscht. »Tja, so hatte ich mir das auch ungefähr vorgestellt.« Jedenfalls wusste er jetzt, wo sein Problem lag.

Benedicte war in ihrem *eigenen* Zimmer im ersten Stock eingesperrt. Sie erkannte die Vorhänge und die Jalousie und den Geruch des neuen Teppichbodens. Ihr Herz raste vor Entsetzen.
»Hal?«
Ist jemand hier?
»Hal?«
Keine Antwort. Sie versuchte sich aufzusetzen, doch der Raum kippte einfach zur Seite weg, fing wie bei hohem Seegang an zu schaukeln. Sie stürzte bäuchlings auf das Gesicht, knallte mit der Schulter gegen den Boden und riss sich ein Stück Haut von der Wange. So lag sie einen Augenblick keuchend da und verdrehte ungläubig die Augen.
»H-A-A-A-L! Hal, um Himmels willen. Hal!«
Sie schmeckte Blut auf der Zunge. »HAL!« Sie versuchte, Richtung Tür zu kriechen, und bemerkte, dass sie nicht von der Stelle kam. Zu Tode erschrocken fuhr sie herum und sah, dass ihr Bein mit silbernen Handschellen an die Heizung gekettet war. *Handschellen? Jemand muss hier im Haus gewesen sein. Nein, das ist kein Traum. Jemand ist hier im Haus gewesen. Dieser Schatten, den ich gesehen habe ...* Dann fiel es ihr plötzlich wie Schuppen von den Augen. *O Gott,* ihr Magen krampfte sich zusammen: *die Familie Peach, der Polizist – Kann nicht schaden, die Augen offen zu halten* – Josh, der kreischend im Bett gesessen und den Troll am Fenster gesehen hatte – *die Familie Peach – ja, das heißt ...*
»Josh?« Sie warf sich nach vorn, streckte die Arme aus, zerrte an den Handschellen »*JOSH! Oh, mein Gott, Josh – Hal!*« Sie verdrehte den Fuß, schüttelte das Bein, stemmte ihren freien Fuß gegen die Fußleiste und versuchte sich loszureißen. »Josh!« Als sie es nicht schaffte, sich von dem Heizkörper zu befreien, verlor sie vollends den Verstand. Immer wieder warf sie sich auf den Boden und trommelte wie besessen mit den Fäusten auf den Teppich. »*JOSH!!!*«

Als es schließlich begonnen hatte, war das neue Jahrtausend trotzdem eine Riesenüberraschung gewesen. Über Nacht war plötzlich alles anders. Wer abends ins Bett ging, wusste nicht mehr, ob er nicht bereits am Morgen die Kündigung auf dem Schreibtisch finden würde. Auch die Mordkommission, früher immerhin eine eigene Abteilung, war jetzt dem Dezernat für Gewaltverbrechen und damit dem stellvertretenden Polizeipräsidenten von Scotland Yard unterstellt. Deshalb musste Souness neuerdings jede Woche in dem ehrwürdigen Gemäuer zum Rapport antreten. »Betstunde« nannte sie die Veranstaltungen, weil die versammelten Abteilungsleiter den Vize wie den lieben Gott anhimmelten. Wenn sie hinterher wieder in der Shrivemoor Street aufkreuzte, war sie meist schlecht gelaunt. An diesem Tag erschien sie, kurz nachdem Caffery von seinem Besuch am Donegal Crescent zurückgekehrt war. Sie trug einen ganzen Stapel Akten auf dem Arm – zuoberst ihr Mobiltelefon und ein McDonald's-Kaffeebecher. Nachdem sie die Akten vorsichtig auf dem Schreibtisch deponiert hatte, wollte sie gerade loslegen, bemerkte dann jedoch den merkwürdigen Ausdruck auf Cafferys Gesicht. Er saß mit verschränkten Armen in seinem zurückgekippten Stuhl und sah sie fragend an. »O weh«, stöhnte sie, als sie sein Gesicht sah, »was haben wir denn jetzt schon wieder auf dem Herzen?«

»Schon was vor heute Abend?«

»Hm ...« Sie zog die Jacke aus und schloss ihr Handy an das Ladegerät an. »Sehen Sie mich vielleicht deshalb so finster an?«

»Genau.« Er lächelte. »Quatsch.«

»Eigentlich wollte ich ja mit Paulina heute Abend nach Blackheath fahren – auf den Rummelplatz.«

»Ich hatte gehofft, dass Sie vielleicht mit mir zum Donegal Crescent fahren. Allerdings möchte ich Ihnen nicht den Abend verderben. Aber ich glaube, es ist wichtig.«

»Hm ...« Sie sah ihn nachdenklich von der Seite an, schnalzte ein paar Mal mit der Zunge und kratzte sich am Kopf. Schließlich seufzte sie und machte sich an ihrem Hosenbund zu schaffen. »Na gut – immer im Dienst, was? Ich geh nur mal schnell pinkeln, dann ruf ich Paulina an und stehe zu Ihrer Verfügung.«

Benedicte lag erschöpft und zitternd am Boden. Sie konnte kaum glauben, dass sie noch atmete. Tränen strömten über ihr Gesicht – in ihr Haar. Immer wieder hatte sie sich so verzweifelt auf den Boden und gegen die Heizung geworfen, dass sie sich an einer Stelle den Arm aufgeschlitzt hatte. An der Heizung, an den Wänden und auf dem Boden – überall Blut.

»Josh«, weinte sie, »Hal?« Grauenhafte Bilder schossen ihr durch den Kopf: Vielleicht war Josh ja schon tot. Vielleicht hatte diese Ausgeburt seiner Fantasie – der Troll – ihn ja bereits irgendwo am Ast eines Baumes festgebunden. »Reiß dich zusammen«, murmelte sie und legte sich die Hände auf die Augen. »Troll – so was gibt es doch gar nicht ... Reiß dich endlich zusammen.«

Aber wie ist er nur hereingekommen? Ob die Haustür offen steht – und Hal? Ja, Hal – was ist denn aus dir geworden? Aus dem gelben Licht, das durch die Vorhänge hereindrang, und der Stille draußen schloss sie, dass es Nacht sein musste. Auch wenn es ihr so vorkam, als ob sie nur ganz kurz ohnmächtig gewesen wäre, hatte sie offenbar den ganzen Tag bewusstlos in dem Zimmer gelegen. Und wenn es draußen bereits dunkel war und Hal sie immer noch nicht befreit hatte, dann gab es dafür nur eine Erklärung: Er *konnte* es nicht.

Sie wälzte sich auf den Rücken, schob die Hand in die Hose und befingerte ihren Slip. Normal. Weder nass noch klebrig. Sie betastete die Innenseite ihrer Schenkel. Keine Schwellungen oder schmerzenden Stellen. Sie berührte das weiche Fleisch an ihren Oberarmen und stöhnte auf. Ja, irgendwer hatte sie nach oben geschleppt – die Treppe hinauf. Plötzlich fiel ihr wieder ein, wie sie mit dem Hinterkopf immer wieder gegen etwas Hartes gestoßen war. *Ob er mit Carmel Peach genauso verfahren ist?*

»Hal?« Sie drehte sich wieder auf den Bauch, legte die Hände trichterförmig an den Mund und schrie: »*Hal? Josh? Könnt ihr mich hören?*«

Nichts.
Sie presste das Ohr gegen den Boden und lauschte, hoffte, ein Lebenszeichen von ihrem Kind zu hören. Ja, sie lauschte mit der gleichen Intensität wie früher, als sie sehnsüchtig darauf gewartet hatte, dass das Kind in ihrem Schoß sich regte. Nur eine kurze Bewegung, und schon war sie wieder beruhigt gewesen.
»Josh?«
Nichts.
O Gott – ringsum Totenstille. Sie rieb sich die Augen. »*Josh!*«
Ihre Stimme klang hohl. Sie heulte wie ein verlassenes Kind.
»JOSH? HAL?«

Caffery bog von der Hauptstraße in den Donegal Crescent ein und bremste unvermittelt ab. Er ließ das Fenster herunter und schaute in den Abendhimmel hinauf.
»Was war das für ein Geräusch?«
»*Was?*«
»Haben Sie nichts gehört?«
Souness öffnete ebenfalls das Fenster und schob den Kopf ins Freie. Draußen war es inzwischen fast dunkel. Trotzdem waren noch ein paar Kinder mit ihren Fahrrädern unterwegs und spielten unter den Straßenlaternen. »Was *meinen* Sie denn?«
Er schüttelte den Kopf. »Keine Ahnung.« Wieder lauschte er in den Abend hinaus. Doch er hörte nur die Musik, die irgendwo in der Nähe aus einem Fenster dröhnte, das Kindergeschrei und das ferne Zirpen der Grillen im Park.
Du fängst allmählich an zu spinnen ...
»Jack?«
»Hm. War nur 'ne Einbildung.« Er schloss das Fenster wieder. »Nichts.«
Er parkte den alten Jaguar neben einem städtischen Mülleimer, griff an Souness vorbei ins Handschuhfach und brachte eine Taschenlampe zum Vorschein. »Nur für alle Fälle. Vielleicht ist ja der Strom abgeschaltet.«
»Mensch, Sie wären genau der richtige Mann für die Stadtwerke.«

Die Häuser am Donegal Crescent wirkten merkwürdig verschlafen. Die Vorhänge waren zugezogen, die Fenster geschlossen. Fast schien es so, als ob die Bewohner vor der Wahrheit die Augen verschließen, nichts von den Schildern am Straßenrand wissen wollten, auf denen die Polizei um die Mithilfe der Bevölkerung ersuchte. Das Haus Nummer dreißig war irgendwie anders als die übrigen Häuser. Doch nicht etwa wegen der blauweißen Plastikbanderole der Polizei und auch nicht, weil vor dem Anwesen Arm in Arm ein Pärchen stand und andächtig die Fassade bestaunte. Nein, der Grund war vielmehr das Verbrechen, das dort geschehen war. Eine Putzkolonne der Polizei hatte das Haus inzwischen gereinigt und an der Tür ein neues Schloss angebracht. Über die Bezahlung konnte man später noch sprechen, falls das Ehepaar Peach eine Hausratsversicherung abgeschlossen hatte. Doch die beiden hatten sich noch nicht wieder blicken lassen, nicht mal, um irgendwelche Sachen zu holen. Dafür hatte jemand – wahrscheinlich Kinder – links von der Tür in schwarzen Lettern das Wort *TROLL-HAUS* an die Wand gesprüht.

Als die beiden jetzt vor der Tür standen und Souness die Worte sah, trat sie plötzlich nervös von einem Fuß auf den anderen, als ob ihr kalt wäre.

»Was ist los?«

»Ach – nichts.« Sie rieb sich die Nase. »Echt, alles in Ordnung.«

»Können wir?«

»Nur zu.«

Er brach das Siegel und öffnete die Tür mit einem Spezialschlüssel, den Sergeant Quinn ihm gegeben hatte. Keiner von beiden sprach ein Wort. In der Diele war es dunkel. Im Wohnzimmer fiel durch einen Spalt zwischen den Vorhängen von draußen gelbes Licht herein und hinterließ auf dem Sofa einen hellen Streifen. Caffery betätigte den Lichtschalter, doch nichts passierte. Das Haus hatte keinen Strom. Weiter hinten hörte man das Surren des Zählers.

»Hab ich's nicht gesagt?«

»Ja, haben Sie.«
Er ließ den Strahl der Taschenlampe in der Diele umherwandern – die Treppe hinauf und an den Wänden entlang. *Also hier ist es passiert.* Ein kalter Schauder lief ihm über den Rücken. Er unterdrückte den Impuls, in das Wohnzimmer zu leuchten, um ganz sicher zu gehen, dass sich dort niemand versteckte. Die hellen Wände in der kleinen Diele waren mit zwei völlig falsch gehängten Seebildern geschmückt. Als er sich Richtung Küche bewegte, sah er in der Verglasung der Bilder kurz sein Gesicht und den Strahl der Taschenlampe aufblitzen.

Gleich hinter der Küchentür fand er den Zählerkasten. Er zog den Schlüssel heraus, mit dem sich der Strom aktivieren ließ, und schob ihn dann wieder in den Schlitz. Sofort kam Leben in das Haus. Der Eisschrank schaltete sich ein, das Licht in der Diele ging an, und Souness erschien blinzelnd in der Tür. Sie sah sich etwas ratlos in der gewöhnlichen gelb-weißen Küche um, wo auf der Arbeitsfläche noch der Toaster stand und auf dem Kühlschrank eine geöffnete Packung Coco-Pops. Die chemischen Substanzen der Spurensicherung waren noch überall zu erkennen: am Kühlschrank, an der Tür, am Fensterrahmen, überall feiner Staub, mit dem sich Fingerabdrücke nachweisen ließen; an den Tapeten violette Ninhydrin-Flecken, Silbernitrat an den Schränken. Der Duft der Ananas, die auf der Fensterbank in einer Schale lag, überdeckte den diffusen Blutgeruch. Souness und Caffery standen schweigend und betreten in der Küche und wagten kaum daran zu denken, was die Familie Peach in diesem Haus alles durchgemacht hatte.

Benedicte bebte am ganzen Körper. Sie war völlig fertig, das ständige Kreischen hatte ihr die letzte Kraft geraubt. Sie starrte auf ihren gefesselten Fuß, der in einem Segelschuh steckte. Nachdem sie aufgehört hatte zu kämpfen, herrschte plötzlich im ganzen Haus eine gespenstische Ruhe. Jetzt erst vernahm sie ein Geräusch, das sie in ihrer Panik bisher überhört hatte: ein erschöpftes Keuchen, das aus dem Wäscheschrank zu kommen schien ...

»O Gott«, murmelte sie zitternd, »was, um Himmels willen …?«

Sie schob sich, so weit die Fessel es erlaubte, nach vorne und machte sich dann so lang, wie es nur ging. Das einzige Geräusch war das Reiben ihrer Hose auf dem Teppichboden. Schließlich erreichte sie mit den Fingerspitzen den unteren Rand der Schranktür und konnte sie mit letzter Kraft aufziehen.

»Oh …« An der rückwärtigen Schrankwand kauerte eine dunkle Gestalt. Benedicte bäumte sich auf und warf sich gegen den Heizkörper. »Smurf?«

Die dunkle Gestalt machte eine matte Bewegung.

»Smurf?«

Der alte Labrador rappelte sich mühsam auf und kam leise hechelnd näher. Der arme Hund war so erschöpft, dass er sich kaum auf den Beinen halten konnte. Er hatte die rechte Vorderpfote erhoben. Benedicte sah sofort, dass das Bein oberhalb des Knies gebrochen war und wie ein Pendel hin und her schwang. Der Labrador humpelte quer durch das Zimmer und ließ sich dann mit einem Seufzer direkt neben ihr zu Boden fallen. *Oh, mein Gott, Smurf, was hat er nur mit dir gemacht?* Sie strich mit der Hand über das Fell des Hundes, tastete sich an seinen knochigen Beinen nach unten, bis sie eine feuchte heiße Stelle spürte. Anscheinend hatte der Knochen das Fell durchstoßen und sich dann wieder nach innen verlagert. Als sie die Stelle berührte, fing Smurf an zu wimmern und versuchte, das Bein wegzuziehen.

Gebrochen. Dieser Dreckskerl hat ihr das Bein gebrochen.

Ein Mensch, der ein altes Tier wie Smurf so behandeln konnte, der würde auch nicht davor zurückschrecken, Josh zu quälen.

»Oh, Smurf.« Sie vergrub den Kopf im Fell des Hundes. »Was ist hier bloß passiert? Was ist hier eigentlich los?« Smurf hob den Kopf und versuchte, ihr die Tränen vom Gesicht zu lecken. Von Rührung überwältigt, fasste Benedicte plötzlich neuen Mut.

»Okay.« Sie klapperte mit den Zähnen, atmete tief ein und setzte sich auf. »Okay, Smurf. Ich werde mir diesen Dreckskerl schnappen.« Sie streichelte den Kopf des Hundes. »Das verspreche ich dir.«

Sie hob das Knie, bis die Handschelle sich spannte – überlegte, ob ihre Kraft dazu ausreichte, das kupferne Heizungsrohr zu zerreißen. Doch das Bein war bereits dick geschwollen und rot-blau angelaufen. Also hockte sie sich mit angezogenen Knien vor die Heizung und inspizierte die Handschelle. Vier abgeflachte feine Schrauben – nicht größer als ein Streichholzkopf. Wild entschlossen richtete sie den Oberkörper auf und zog Hals Cordhemd aus. Dann entledigte sie sich ihres BHs, hob ihn zum Mund und nagte so lange daran, bis der feine Drahtbügel zum Vorschein kam.

Ja, ich werde den Widerling umbringen, dieses Schwein. Ist mir egal, wie groß der Kerl ist.

Sie zog den Draht aus der Hülle und entfernte mit den Zähnen die schützende Plastikummantelung an den Enden. Dann machte sie sich mit dem spitzen Ende an den Schrauben zu schaffen. Doch der Draht gab sofort nach und hinterließ an den Schraubenköpfen lediglich ein paar Kratzer. »Verdammte Scheiße. Nur nicht aufgeben.« Sie inspizierte den Heizkörper, zog den Drehknauf aus seiner Verankerung und wollte gerade das Kupferrohr untersuchen, als Smurf sich plötzlich aufsetzte und leise Richtung Tür knurrte. Ein tiefes zittriges Knurren – und das, obwohl der Hund eigentlich so gut wie taub war.

Benedicte erstarrte und hockte sich in der Startposition eines Sprinters auf den Boden. *O verdammt ...!* Sie zitterte vor Grauen, und ihre schönen Pläne lösten sich in Luft auf. Irgendwas *schnüffelte* unten an der Tür.

18. KAPITEL

»Wo fangen wir an?«
»Okay – bringen wir es hinter uns.« Caffery legte seine Aktenmappe auf die Arbeitsfläche und packte seine Brille und die Tatortfotos aus. Quinns Team hatte die halbe Küche demontiert: Streifen des Linoleums und rechteckige Stücke aus dem Vorhang waren herausgeschnitten. An der Fußbodenleiste, an der Rorys Blut geklebt hatte, waren noch schwarzes Pulver und Zahlenschildchen zu sehen. Selbst die Gläser auf der Spüle hatte die Spurensicherung bestäubt. An einem Toaster, der zur Untersuchung im Labor gewesen war, hatte jemand die zusammengerollte Schnur mit einem Klebeband befestigt.

Bisher ging die Polizei davon aus, dass der Täter Rory Peach in der Küche in die Schulter gebissen und ihn dabei so schwer verletzt hatte, dass das Blut des Jungen zuerst zu Boden getropft war und dann von dem Papierhandtuch aufgesaugt wurde. Caffery setzte die Brille auf, warf einen Blick auf die Fotos, die die Spurensicherung von der Küche gemacht hatte, und reichte sie dann Souness. Er versuchte sich die Szene vorzustellen: Rory – wie wild um sich schlagend, Alek Peach – angekettet und völlig erschöpft oder sogar bewusstlos. Alek selbst war zwar auf den Fotos nicht zu sehen, dafür jedoch der Abdruck und die Flecken, die er auf dem Boden hinterlassen hatte.

»Dann hat er also so dagelegen.« Caffery stand vornübergebeugt an der Stelle, wo das Linoleum aufhörte und der Teppichboden des Wohnbereichs anfing, und zeichnete die Markierungen in der Luft nach. »Und zwar halb auf dem Küchen- und zum Teil auf dem Teppichboden, und an diesem Heizkörper dort war er festgekettet.« Er zeigte auf den Heizkörper im Wohnbereich.

Souness verzog angewidert die Nase. »Meinen Sie, dass noch Lebensmittel im Kühlschrank sind?

»Was?« Er hob schnüffelnd die Nase. »Ach so, das meinen Sie ... also ich glaube, dass ist nur ...« Carmel, Rory und Alek Peach hatten während der drei Tage alle drei irgendwann Stuhlgang gehabt. Ihnen war ja keine andere Wahl geblieben. Sergeant Quinn hatte sich sogar über die große Menge Urin gewundert, die Carmel ausgeschieden hatte – selbst der Teppich auf dem Treppenabsatz war durchnässt gewesen. »Ich glaube, das liegt – also, das ist der Geruch der Ausscheidungen.«

Wieder verzog Souness das Gesicht und öffnete die Kühlschranktür, um sich zu vergewissern. Sie sah, dass sich an den Wänden an einigen Stellen Schimmel gebildet hatte, an einer Margarinepackung klebte noch der Staub der Spurensicherung, und in dem Fach in der Tür stand ein Glas mit Gewürzgurken. Sonst war der Kühlschrank leer. Sie machte die Tür wieder zu und blickte sich mit herabgezogenen Mundwinkeln in dem Raum um. »Glauben Sie wirklich, dass dieser Gestank auf die Ausscheidungen der bedauerlichen Leute zurückzuführen ist?«

»Kommen Sie mal mit.« Caffery trat in die Diele hinaus und blieb am Fuß der Treppe stehen. Auf der untersten Stufe lag Rory Peachs schwarz eingestäubte Wasserpistole. »Also das hier ist angeblich die Stelle, wo der Täter Alek Peach bewusstlos geschlagen hat – was halten Sie davon?« Beide blickten durch den Gang Richtung Küche, dann ging Souness durch die offene Tür ins Wohnzimmer.

»Wahrscheinlich ist der Kerl von hier gekommen.«

»Sieht ganz so aus. Gut, also sagen wir mal, dass er aus dem Wohnzimmer gekommen ist und Peach von hinten angegriffen hat. Allerdings haben wir hier nirgendwo Blut gefunden. Na ja, gut möglich, dass er erst später angefangen hat zu bluten.«

»Worauf wollen Sie hinaus?«

»Keine Ahnung – reine Spekulation.« Er hielt die Arme auf Schulterhöhe ausgestreckt und wies mit der einen Hand durch den Gang Richtung Küche und mit der anderen in das Wohnzimmer. »Bevor der Täter Alek außer Gefecht gesetzt hat, muss

er sich also zunächst durch die rückwärtige Tür Zugang verschafft, Carmel überwältigt und die Treppe raufgeschleppt haben.« Er nahm zwei Stufen auf einmal, und in seiner Tasche klimperte das Kleingeld. Oben blieb er vor dem Wäscheschrank stehen. »Jedenfalls sagen die Ärzte, dass er sie die Treppe raufgeschleppt hat. Gut. Also hat er sie nach oben gezerrt und dort drüben festgebunden ...«
»Herrgott, hier oben stinkt es ja noch schlimmer.«
»... und dann ist er wieder nach unten gegangen.« Sie gingen die Treppe hinunter, und Souness hielt sich die Nase zu. »Und er hat etwa hier auf Alek gewartet. Ist natürlich nur eine Theorie.« Caffery stand an der Wohnzimmertür und sah Souness mit hochgezogenen Augenbrauen an. »Einverstanden?«
»Ja, könnte so gewesen sein.«
Auf Cafferys Stirn erschienen jetzt noch mehr Falten. »Und?«
»Was – und?«
»Glauben Sie, das so was völlig geräuschlos vonstatten geht?«
»Hm.« Souness schüttelte den Kopf. »Ich fürchte, ich kann Ihnen nicht ganz folgen.«
»Okay. Also passen Sie mal auf. Carmel kann uns nicht weiterhelfen. Sie hat keine Ahnung, wo der Kerl sie überfallen hat. Das Letzte, woran sie sich erinnert, ist, dass sie das Abendbrot gemacht hat. Aber was Alek betrifft ...« Er ging zu einer geschlossenen Tür direkt neben der Küche und legte die Hand auf die Klinke. Das Souterrain. »Wenigstens kann *Alek* sich noch an bestimmte Dinge erinnern.« Caffery öffnete die Tür und ging zwei, drei Stufen nach unten. »Alek war mit Rory hier unten. Die beiden haben gerade an der PlayStation gespielt – als Alek plötzlich auffiel, dass er schon länger kein Lebenszeichen mehr von Carmel gehört hatte.« Souness kam ebenfalls die Treppe herunter und sah sich in dem Raum um. An den Wänden Südstaatenmotive: gekreuzte Pistolen, schwere Ledergürtel, ein gerahmtes Elvis-Bild. Am Boden lag ein weißer Flokati-Teppich, und in einer Ecke befand sich eine verspiegelte Bar. Neben einem einarmigen Banditen im Las-Vegas-Stil hing ein Foto des jungen Alek Peach, der mit einem Cowboyhut auf dem Kopf in die Ka-

mera lächelte. Caffery ging jetzt ganz nach unten und bat Souness, ihm zu folgen. »Kommen Sie bitte mal nach unten – ich möchte etwas ausprobieren. Hier.« Er schaltete den Fernseher und die PlayStation ein und gab Souness die Fernbedienungen.
»Wie wär's mit 'ner Runde *Quake*?«
»Sie werden sich wundern. Ich kenn mich mit Computerspielen ziemlich gut aus.«
»Überrascht mich nicht. Stellen Sie das Ding so laut, wie Sie wollen – am besten ziemlich laut.«
Souness machte es sich in dem Stuhl vor dem Monitor bequem. »Und Sie – was machen Sie jetzt?«
»Bleiben Sie einfach sitzen.«
Er ging nach oben in die Küche, wo der Lärm der PlayStation noch deutlich zu hören war. Dann stellte er sich vor die Tür, die nach hinten in den Garten führte, und tat, was er schon seit Stunden geplant hatte. Sekunden später erschien Souness oben auf der Treppe. »Alles in Ordnung?«
»Ja.«
»Was ist denn passiert?«
»Ach, ich hab nur 'ne Flasche fallen lassen. Hier auf der Terrasse – und zwar bei geschlossener Tür.«
»War nicht zu überhören.«
»Sehen Sie.« Seine Mundwinkel fingen vor Erregung an zu zucken. »Und wieso hat Peach dann nicht mitbekommen, dass der Täter die Scheibe hier in der Tür zertrümmert hat?«
»Meinen Sie etwa, er *lügt*?«
»Nein – ich glaube ihm, wenn er behauptet, dass er am Freitagabend kein splitterndes Glas gehört hat. Weil« – er legte die Tatortfotos auf die Arbeitsplatte – »weil ich nämlich glaube, dass die Scheibe erst am Montag kaputtgegangen ist.«
»Also – tut mir Leid, Jack, jetzt kann ich Ihnen wirklich nicht mehr folgen.«
»Okay.« Er gab ihr die Fotos und ging zu der Tür hinüber. »Das Glas ist nämlich beim Zuschlagen der Tür nach innen gefallen – sehen Sie die Scherben auf den Fotos?«
»Tja.«

»Deshalb haben wir alle – einschließlich Quinn – bisher angenommen, dass der Täter die Scheibe zerschlagen hat, um sich Zugang zu dem Haus zu verschaffen. Er hat die Scheibe eingeschlagen und die Tür von innen aufgeschlossen. Dann macht er die Tür auf ...« Er stieß die Tür auf, um zu demonstrieren, was er meinte. »Sie geht nach außen auf ...«
»Und deshalb liegen die Scherben auch so ordentlich auf dem Boden.«
»Genau.«
»Und weiter?«
Er nickte. »Wenn es *so* gewesen wäre, dann hätte Alek etwas hören müssen, selbst unten in seinem Hobbyraum.«
»Also meinen Sie ...«
»Ich meine, dass die Scheibe erst am *Montag* zu Bruch gegangen ist, nämlich als der Täter *abgehauen* ist. Möglich, dass die Scheibe herausgefallen ist, als er die Tür zugeschlagen hat, vielleicht hat Rory sie aber auch eingetreten, weil er wie wild um sich getreten hat. Und genau das hat den Lärm verursacht, den der Hund des Ladenbesitzers gehört hat. Schauen Sie mal« – er zeigte auf das Foto –, »so hat die Küche ausgesehen, als wir hier eingetroffen sind. Am Boden überall Glasscherben.«
»Richtig.«
»Am Montagmorgen hat es ein Unwetter gegeben – einen Wolkenbruch. Wäre die Scheibe zu dem Zeitpunkt schon kaputt gewesen, dann hätten die Vorhänge dort feucht sein müssen – waren sie aber nicht. Und die Scherben, die angeblich schon seit dem Einbruch dort am Boden gelegen hatten, weisen nicht das geringste Anzeichen von Unordnung auf.«
»Hm ...« Sie betrachtete das Foto. »Nein, sieht tatsächlich aus, als ob die Scherben so in die Küche gefallen und dann einfach liegen geblieben sind.«
»Folglich hat sich während der ganzen Zeit, die der Täter hier verbracht hat, an der Anordnung der Scherben nichts geändert, nicht wahr? Absolut gar nichts?«
»Aber kann es nicht sein, dass er während der drei Tage einfach einen Bogen um die Scherben gemacht hat?«

»Und wie sind dann die Abdrücke seiner Handschuhe *unter* das Glas gekommen?«

Souness schwieg. Sie rieb sich das Gesicht, bis sich die Haut unter ihrem fahlen Haar violett verfärbte. »Hm ...«

»Schauen Sie sich mal das Foto hier an.« Er zeigte ihr eine Aufnahme, die nach der Beseitigung der Glasscherben und nach Anwendung des Ninhydrins entstanden war. Er zählte die Quadrate des Musters, das auf dem Linoleum abgebildet war. »Hier.« Er stellte sich direkt neben die Tür breitbeinig über zwei schwache braune Flecke: über die Handschuhabdrücke, die das Ninhydrin sichtbar gemacht hatte. Dieser Teil des Fußbodens war mit Scherben bedeckt gewesen, als die Polizei das Haus gestürmt hatte. »Die Abdrücke hier müssen schon auf dem Boden gewesen sein, bevor das Fenster zu Bruch gegangen ist.« Er neigte sich ein wenig vor, um ihr auf dem Foto zu zeigen, was er meinte. »Jedenfalls ist der Kerl sicher nicht durch diese Tür hereingekommen.«

»Und wie sonst? Alle anderen Türen und die Fenster waren doch verrammelt. Hat Peach nicht gesagt, dass alles abgesperrt war? Unsere Leute mussten die Tür sogar mit einem Rammbock aufsprengen.«

»Richtig.« Er nahm ihr die Fotos aus der Hand und ließ sie in seine Mappe zurückgleiten. »Wissen Sie, was ich glaube?«

»Nein.«

»Ich glaube, dass Peach ihn hereingelassen hat.« Er nahm die Brille ab und sah sie an. »Ich glaube nämlich, dass Alek Peach ganz *genau* weiß, wer seiner Familie das angetan hat.«

Das Schnüffeln hörte genauso abrupt auf, wie es angefangen hatte. Benedicte hielt den Atem an – *Denk nach, Ben, denk nach ... Was, zum Teufel ...?* In der dröhnenden Stille hörte sie plötzlich, wie eine Flüssigkeit gegen die Tür plätscherte. Sie presste sich entsetzt an den Heizkörper.

Benzin – o Gott, Benzin ...

Das Plätschern erstarb, und dann hörte sie, wie Gas oder Luft ausströmte. Offenbar versprühte der Kerl irgendwas. *Haar-*

spray? Ein explosives Gemisch? Smurf knurrte leise und hatte die Nackenhaare steil aufgerichtet. Plötzlich wandte sich der Troll – *o Gott, das klingt ja, als ob er übermenschlich groß wäre* – draußen vor der Tür ab und polterte davon, torkelte gegen Schränke und Wände und stolperte dann lärmend die Treppe hinunter.

Danach wieder absolute Stille.

»Hal? Josh!« Sein Keuchen erinnert mehr an ein Tier als an einen Menschen ... »Josh!« Sie brüllte so laut, dass die taube Smurf ihren alten Kopf hob und gemeinsam mit ihr zu heulen anfing. »Josh!«

Als ihre Stimme schließlich versagte und unten alles ruhig blieb, als die Tür nicht plötzlich lichterloh in Flammen stand, ließ sie sich erschöpft zu Boden sinken. Sie drehte sich auf die Seite, riss sich mit den Fingernägeln an den Innenarmen tiefe Wunden in das marmorweiße Fleisch und wagte nicht, daran zu denken, welche Torturen der arme, arme Josh durchmachen mochte.

Caffery ließ Souness vor dem Blacka-Dread-Musikladen in der Coldharbour Lane aussteigen, damit sie bei einem Straßenverkauf etwas zu essen besorgen konnte. Während er auf sie wartete, rauchte er eine Zigarette und beobachtete das Treiben ringsum: Drüben an der Ecke vor einem schicken Klamottenladen stand ein weißer Dealer, der sich einen schmierigen Lederhut auf den Kopf gedrückt hatte und gerade Verkaufsverhandlungen führte. Dann traten drei modisch gekleidete, junge Schwarze mit gebleichten Haaren aus dem Ritzi und wechselten unauffällig die Straßenseite, als sie den Dealer sahen. Ein Mädchen, dessen paillettenbesetzter indischer Rock sich im Schutzblech ihres wackeligen Fahrrads verfangen hatte, rief dem Dealer im Vorbeifahren etwas zu.

Caffery zündete sich eine weitere Zigarette an, lehnte sich zurück und bemerkte, dass sich direkt gegenüber das Delikatessengeschäft befand, in dem Rebecca manchmal frischen Mozzarella besorgte. Der Laden war zwar im Augenblick geschlossen, aber er konnte sich noch sehr gut daran erinnern, wie sie einmal mit ihren strahlend wachen Augen zwischen Salamistapeln, meeresgrünen Olivenölflaschen und staubigen – unaussprechlich beschrifteten – Dosen hindurchgeschlendert war. »Wahrscheinlich *merda d'artista*«, hatte sie Caffery zugeflüstert, der staunend eine lange Reihe luftgetrockneter Serranoschinken anstarrte, die an der Rückwand des Raumes an einer Stange hingen. Selbst jetzt konnte er sie undeutlich durch das Fliegengitter erkennen. Als er so zurückdachte, ärgerte er sich beinahe, dass er sie damals nicht am Arm gefasst und zu ihr gesagt hatte: »Weißt du noch, in welchem Zustand Bliss dich damals zurückgelassen hat – wie er dich wie ein Stück Fleisch an der Decke aufgehängt hat?«

O Gott – nicht schon wieder dieses Thema. Er rieb sich müde das Gesicht, überlegte, was Rebecca wohl denken, wo sie sich aufhalten mochte. Jedenfalls war er sich sicher, dass sie nicht heulend zu Hause herumhing und sich auch nicht in der Dusche irgendwelchen magischen Reinigungsritualen unterzog. Er wusste, dass sie nicht in eine Decke gehüllt und mit dunklen Ringen unter den Augen im Untersuchungszimmer eines Polizeireviers hockte. Plötzlich hatte er wieder vor Augen, wie sie ihn mit blutigem Mund über die Schulter angesehen und sein Gesicht studiert hatte. Was mochte sie nur denken? *Dreckiges Schwein?* Vielleicht war es ihr aber auch ganz recht, dass er sich als genau das unbeherrschte Charakterschwein erwiesen hatte, für das sie ihn schon immer gehalten hatte. Möglich, dass ihre Beziehung tatsächlich kaputt war.

»Hey!« Souness klopfte an das Fenster. »Könnten Sie vielleicht ein etwas freundlicheres Gesicht machen und mich in Ihre Schrottkiste einsteigen lassen?« Sie war schweißgebadet, offenbar war es in dem Laden heiß gewesen. Sie hatte Gungo-Erbsensuppe in Styroporschalen und zwei jamaikanische Pasteten mitgebracht. »Haben keine große Auswahl in dem Schuppen. Aber keine Sorge, alles vegetarisch – wenigstens kein Ziegenfleisch.«

Auf dem Rückweg zum Revier schlangen sie das Essen in sich hinein. Souness' Krawatte war mit Suppe bekleckert, und an ihrem Anzug hingen Pastetenkrümel, doch sie bemerkte es nicht einmal. Sie dachte immer noch an Alek Peach: »Und wieso sagt er uns dann nicht einfach, wer es getan hat?« Auf dem Revier schob sie unten am Eingang ihre ID-Karte in das Gerät, dann stiegen beide in den Lift. »Ist doch schließlich sein eigenes Kind, verdammt noch mal?«

»Schuldgefühle. Vielleicht hat er ja geschäftliche Probleme oder so was ... Keine Ahnung. Vielleicht steckt er so tief in der Scheiße, dass jemand sich an ihm rächen wollte. Klar, dass so was Schuldgefühle verursacht – oder meinen Sie nicht? Was glauben Sie, wie der Mann sich fühlt, wenn er seine Familie durch irgendwelche krumme Touren so tief ins Unglück gestürzt hat?«

»Also ich weiß nicht recht.« Sie starrte gedankenverloren auf das undeutliche Spiegelbild, das sie an der Aluminumwand des Aufzugs verursachte. »Da müsste er aber schon verdammt tief in der Scheiße stecken, wenn er so ein perverses Schwein deckt.« Sie seufzte. »Trotzdem haben Sie Recht – irgendwas ist faul an der Geschichte.«

»Je länger ich darüber nachdenke, umso unplausibler kommt mir seine Aussage vor. Hat er nicht gesagt, dass er während der drei Tage, die er an der Heizung festgekettet war, nichts von Rory gehört hat? Kommt Ihnen das nicht merkwürdig vor?«

»Hm ...«

»Wenn Alek von Rory die ganze Zeit nichts mitbekommen hat, wieso konnte seine *Mutter* den Jungen dann hören?« Er hob die Hand und klopfte gegen die Decke des Lifts. »Carmel hat die Schreie des Jungen sogar im ersten Stock gehört. Es ist doch völlig unmöglich, dass Alek nichts gehört hat.«

»Ja, klingt ziemlich plausibel.« Sie sah ihn von der Seite an.

»Dann glauben Sie also, dass er lügt?«

»Aleks Aussage steckt voller Widersprüche. Zum Beispiel die Geräusche des Fotografierens, die Carmel gehört hat. Auch davon hat Alek angeblich nichts mitgekriegt. Und dann die geplante Urlaubsreise. Reiner Zufall? Oder vielleicht doch nicht. Möglich ist auch, dass jemand gewusst hat, dass sie in Urlaub

fahren wollten. Anscheinend hat der Täter *gewusst*, dass niemand ihn stören würde.« Die Lifttüren gingen auf, und Caffery trat rückwärts aus dem Lift und sah Souness an. »Jedenfalls begreife ich nicht, woher ein *Fremder* gewusst haben soll, dass die Familie in Urlaub fährt? Sieht also ganz so aus, als ob die Familie den Täter gekannt hat.«
»Okay. Okay.« Sie schob ihre Karte ein weiteres Mal in ein Lesegerät. Dann traten sie in das verlassene Großraumbüro. Die Bildschirme auf den Schreibtischen waren dunkel, und Kryotos hatte wie üblich die Kaffeetassen abgespült und auf einem Tablett in der Ecke deponiert. In ihrem gemeinsamen Dienstzimmer stützte sich Souness mit den Händen auf die Schreibtischkante und sah Caffery an. »Jack, ich glaube, Sie haben da was entdeckt. Ich weiß zwar noch nicht genau, was, aber ich glaube, das könnte eine Spur sein ...«

Benedicte lag erschöpft und durstig auf dem Rücken. Sie hatte jeden Zentimeter ihres Gefängnisses erkundet, war wie eine Schlange umhergekrochen, hatte sich die Ellbogen wund gerieben. Den Wäscheschrank konnte sie zwar erreichen – doch so sehr sie sich auch streckte: Die Tür und das Fenster lagen mindestens einen Meter außerhalb ihrer Reichweite. Sie versuchte verzweifelt, das Kupferrohr zu verbiegen – ja, sie hatte immer wieder so ungestüm an der Handschelle gezogen, dass ihr Bein dick angeschwollen und der Metallring kaum mehr zu sehen war. Überdies waren die kleinen Schrauben völlig ruiniert – so hingebungsvoll hatte sie sich mit dem Drahtbügel daran zu schaffen gemacht.
Inzwischen hatte sie gelernt, die Tageszeit wenigstens grob einzuschätzen, egal, ob es draußen hell oder dunkel war. Manchmal fuhren in der Ferne, also auf der anderen Seite des Parks, Züge vorbei, die sie auch in Brixton bisweilen gehört hatte. Hin und wieder zuckten an der Elektroleitung über den Schienen kurze Blitze auf. In der Stille der Nacht waren die Züge für sie die reinste Himmelsmusik, bestätigten sie ihr doch immer wieder, dass es dort draußen noch Menschen gab. Außerdem begriff

sie sehr rasch: Wenn die Züge zu rollen aufhörten, musste es zwischen 24 Uhr und 1 Uhr nachts sein.

Aus dem Erdgeschoss drang kein Laut nach oben. Inzwischen wusste sie auch, dass die Flüssigkeit draußen vor der Tür nicht etwa Benzin war, sondern Urin. Der Kerl war extra die Treppe hinaufgegangen, um ausgerechnet *ein, zwei Meter neben dem Bad an die Tür zu pissen. Diese miese kleine Ratte.* Und trotzdem war sie froh, dass er vor der Tür kein Benzin ausgegossen hatte.

Sie setzte sich auf und streckte ihre Glieder. Urin. Bisher war es ihr gelungen, diese Demütigung zu vermeiden – doch sie wusste, dass es sinnlos war, den Drang noch länger zu unterdrücken.

»Ich muss pinkeln, Smurf.« Sie schämte sich vor dem Hund. »Geht nicht anders.«

Sie schob ihre Khaki-Shorts samt Unterhose nach unten, streifte beides über den freien Fuß und knüllte es unten an dem angeketteten Bein zusammen. Dann drehte sie sich so, dass sie mit dem Gesicht Richtung Heizkörper hockte, hielt sich daran fest und schob das freie Bein so weit wie möglich zur Seite. Als der Teppichboden unter ihren Füßen allmählich nass und warm wurde, fing sie fast an zu weinen. Sie konnte nur hoffen – *bitte, bitte, lieber Gott* –, dass sie freikommen würde, bevor sie ihren Stuhl nicht mehr halten konnte.

Plötzlich hörte sie unten im Gang ein Geräusch, und dann wurde die Eingangstür zugeworfen. Benedicte hockte mucksmäuschenstill da und wagte kaum zu atmen.

Ob er weg ist? Und was hat er mit ...?

»*Josh?*« Ihre Stimme überschlug sich. Sie vergaß völlig die Lache, die sich unter ihr auf dem Boden gebildet hatte – sprang wie ein verwundetes Tier umher und verhedderte sich dabei ebenso erbärmlich wie hoffnungslos in ihrer Unterwäsche. »HAL? JOSH? JOSH – DU MIESES SCHWEIN: GIB MIR MEINEN SOHN ZURÜCK! *JOSH*!« Sie hämmerte mit den Fäusten gegen die Wand, kreischte und tobte. Als sie keine Antwort erhielt, brach sie zusammen, lag in ihrem eigenen Urin, legte die Hände über das Gesicht und brach in lautes Schluchzen aus.

Caffery entdeckte in der Kaffeeküche hinten im Schrank noch eine vergessene und verstaubte Flasche Tesco's Gin und Tonic-Wasser. Er hatte mit Souness eine Stunde an Kryotos' Arbeitsplatz gehockt, den restlichen Laphroaig ausgetrunken und mit seiner Vorgesetzten die nächsten Schritte abgesprochen. Zuerst mussten sie mit Bela Nersessian sprechen, da waren sich beide völlig einig. Gleich morgens sollten ein paar uniformierte Kollegen die Frau abholen und aufs Revier bringen. Während der Vernehmung konnte man sich dann bei ihr beiläufig nach Alek Peachs Privatleben und nach seinen geschäftlichen Aktivitäten erkundigen, falls es so etwas gab. Der zuständige Beamte der Nachtschicht vereinbarte das Gespräch für den folgenden Tag, und Caffery sah plötzlich wieder Licht am Ende des Tunnels. Auch Souness war froh, dass die Ermittlungen diese Wende genommen hatten. Um 23 Uhr erklärte sie ihren Arbeitstag für beendet.

»Jack, Sie sollten jetzt auch für heute Schluss machen.« Sie hatte die Jacke schon übergezogen und stand in der Tür und bemühte sich, mit dem Fingernagel die eingetrocknete Suppe von ihrem Schlips zu kratzen. »Ist für mich auch keine Hilfe, wenn sie sich kaputtschuften.«

»Okay, okay.« Er hob die Hand. »Bin gleich fertig.«

Obwohl das natürlich Unsinn war. Er hatte durchaus nicht die Absicht, nach Hause zu fahren. Als Souness schließlich weg war, holte er Pendereckis Videos aus dem abgesperrten Aktenschrank. Dann saß er – den warmen Gin-Tonic vor sich – am Schreibtisch, starrte aus dem Fenster und stapelte die Kassetten in immer neuen Anordnungen übereinander. Ein paar Mal griff er nach dem Telefon, legte aber jedes Mal wieder auf. Rebecca hatte sich den ganzen Tag nicht gemeldet, und er wusste einfach nicht, was er tun sollte. Um 23 Uhr 30 verstaute er die Videos wieder in dem Schrank, trank einen kräftigen Schluck Gin-Tonic, setzte die Brille ab und wählte ihre Handy-Nummer.

Sie klang merkwürdig unbeteiligt.

»Rebecca – wo bist du?«

»Im Bett.«

»Bei mir?«
»Nein, bei mir.« Er stellte sich vor, wie sie verschlafen in ihrem warmen Bett lag, einen ihrer langen braunen Arme seitlich ausgestreckt, das Haar auf dem Kissen – wie eine Nixe. »Nein, ich liege in meinem eigenen Bett.«
»Also, hör mir bitte mal zu ...« Er holte tief Luft. »Tut mir echt Leid, Rebecca, ich liebe dich – ja, wirklich ... ich ...« Er blickte auf die Lichter von Croydon hinaus und wusste nicht, was er sagen sollte. *Aber weiter kann ich wirklich nicht gehen. Ich kann das Haus nicht aufgeben. Außerdem begreif ich dich allmählich nicht mehr.* »Tut mir Leid, Rebecca ...«
»Willst du Schluss machen?«
»Nein, wieso – also, pass mal auf: Ich habe mich wirklich bemüht, habe mir alle Mühe gegeben, aber du hast dich total verändert. Außerdem scheint es ja so, als ob ich alles nur noch schlimmer mache ...«
»Dann willst du also doch Schluss machen?«
Er stöhnte. »Was erwartest du denn von mir – nach gestern Abend? So können wir jedenfalls nicht weitermachen, und ich kann mir auch nicht vorstellen, dass du das willst.«
»*Bitte erzähl du mir nicht, was ich will.*« Sie sprach jetzt lauter. »Woher nimmst du die Frechheit, mir zu sagen, was ich will. Ich weiß nämlich *selbst* nicht, was ich will. Woher solltest *du* es dann wissen?« Sie verstummte. Er hörte, wie sie am anderen Ende der Leitung atmete, sich bemühte, nicht in Tränen auszubrechen.
»Also pass mal auf ...« Er wickelte die Telefonschnur um den Finger und hörte sich selbst plötzlich sagen: »Wenn es dir hilft, dann zeig mich doch an. Ja, zeig mich wegen Vergewaltigung an. Und wenn du schon mal dabei bist, kannst du den Kollegen ja auch gleich mitteilen, was du über Bliss gesagt hast.«
»*Was?*«
»Ja, vielleicht ist es am besten, du zeigst mich einfach an.« Sollte sie das wirklich tun, wäre das Ende seiner beruflichen Laufbahn natürlich besiegelt – eine Vorstellung, die ihn in seinem derzeitigen Zustand nicht weiter schreckte. »Ja, im Ernst, am bes-

ten, du bringst es möglichst schnell hinter dich. Von mir hast du keinen Widerstand zu befürchten.«

»Bist du nicht ganz dicht ...?«

»Doch – das ist mein voller Ernst. Ich bin bereit, die Konsequenzen zu tragen.« Er machte eine kurze Pause. »Rebecca?«

»Ja, was ist?« Ihre Stimme klang plötzlich schwach und ganz weit weg.

»Entschuldige bitte, tut mir wirklich Leid.«

»Schon gut.« Sie schaltete das Handy ab.

Jesus. Er saß lange völlig reglos da und starrte auf den toten Hörer in seiner Hand. Dann legte er auf, rutschte auf dem Stuhl nach vorne, rieb sich die Augen und fuhr sich ein paar Mal mit den Händen übers Gesicht. »So eine gottverdammte Scheiße.« *Was hast du da nur wieder angerichtet? Wie ist es nur so weit mit dir gekommen?* Nichts hatte vorher darauf hingedeutet, dass er Rebecca einen solchen Schwachsinn erzählen würde. *Tolles Gefühl,* dachte er. *Echt tolles Gefühl, sich allmählich selbst zu zerstören. Und – geht es dir jetzt besser?*

Er stöhnte und presste sich die Hand gegen die Stirn. *Dann ist es jetzt wahrscheinlich aus – oder?* Er war viel zu erregt, um nach Hause zu fahren und zu schlafen. Er drehte sich eine Zigarette und starrte aus dem Fenster, während er nachdenklich den Rauch inhalierte. Als die Zigarette zu Ende war, stand er auf, zog die Fotos aus der Half Moon Lane aus dem Umschlag, sah sie lange an und schob sie schließlich wieder in das Kuvert. Dann ging er nach nebenan, zog den Stecker des Diskettenlaufwerks aus Marilyns Computer und schloss es in seinem Büro an den PC an. Als er Pendereckis Disketten aus dem Aktenschrank holte und sich wieder an den Schreibtisch setzte, zitterten seine Hände.

Die Disketten waren von eins bis neun durchnummeriert und enthielten bis zu hundert – von russischen Websites heruntergeladene – Dateien. Caffery hatte während eines eintägigen Kurses in Hendon erfahren, wie miserabel die Polizei technisch darauf vorbereitet war, die Absender solcher Pornofotos aufzuspüren. Gegen die Provider rechtlich vorzugehen war äußerst zeitraubend, und das wussten diese Leute nur zu gut. Wurde ihnen dann irgendwann der Boden unter den Füßen trotzdem zu heiß, wechselten sie nur den Anbieter. Einige der Dateien, die Caffery öffnete, enthielten sogar Tipps, wie man sich am besten vor dem Zugriff der Polizei schützen oder die Festplatte »putzen« konnte. Außerdem fand er die Adresse einer geschützten Mailbox, in der man AVI- und JPG-Dateien deponieren konnte. Weiterhin enthielten die Disketten die komplette Serie der berüchtigten *Kindergarten*-Fotos, die neuesten URLs für russische »Lolita«-Websites und Adressen mit so vertrauten Namen wie FreshPetals.jpg, Buds.jpg, SweetAngel.jpg. In dieser Nacht bekam er jede nur vorstellbare Kategorie von Kinderpornographie zu Gesicht: wunderschöne weich gezeichnete Hochglanzfotos blonder Kinder in T-Shirts, Shorts, mit nackter Brust unter schattigen Bäumen. Manche der Bilder wären auch in einem hochpreisigen Bildband nicht weiter aufgefallen. Doch bei den Fotos aus ein paar Dateien vom anderen Ende des Spektrums drehte sich ihm fast der Magen um, obwohl er in seinem Leben schon einiges zu Gesicht bekommen hatte. Um sich wieder halbwegs zu beruhigen, kippte er noch einen Gin-Tonic.

So sichtete er Datei für Datei, bis ihm vor Erschöpfung fast die Augen zufielen. Irgendwo auf einem der Fotos musste es doch einen Hinweis geben. *Ach, verdammte Scheiße – wonach suchst du denn eigentlich?* Und dann ließ er sich plötzlich in seinem Stuhl zurücksinken und nahm die Hand von der Maus. Inzwischen war es 1 Uhr 30, draußen auf der Straße fuhren kaum noch Autos, und in dem Gebäude war es völlig ruhig. Plötzlich hatte er eine Eingebung, drehte sich langsam um und blickte auf die Videokassetten. Ja, jetzt kapierte er endlich, wieso auf den Bändern keine Bilder waren.

Er ging rasch in das Magazin und besorgte sich dort ein Paar Gummihandschuhe. Schließlich sollten die Kollegen ihn nicht für einen schlichten Perversen halten, wenn er die Bänder später weiterleitete. Dann machte er sich einen weiteren Gin-Tonic und schaltete sämtliche Lichter aus. *Allerdings benimmst du dich genau wie ein Perverser, Jack. Stell dir mal vor, wie du auf einen Außenstehenden wirken würdest: trauriger alter Sack, Fuseltrinker mit ekelhaften Videobändern.* Dann kramte er das alte Schweizer Armeemesser aus seiner Jackentasche, setzte sich vor dem Schreibtisch auf den Stuhl und brachte die Knickleuchte in Position.

Rebecca saß bei offenen Vorhängen in ihrem Atelier, hielt ein Glas Wodka-Orange in der Hand und starrte auf ihr einsames Spiegelbild in dem dunklen Fenster. Weiter hinten waren die Lichter des Canary Wharf Tower und der übrigen Zitadellen der Docklands zu sehen, doch sie hatte dafür keinen Blick. Ihre Hände zitterten. »Ganz ruhig«, sagte sie zu sich selbst. »Kommt zwar alles etwas überraschend, aber ist nun mal nicht zu ändern. Wichtig ist jetzt nur, dass du einen klaren Kopf bewahrst.« Sie leerte das Glas in einem Zug und betrachtete dann ihre Hände. Sie zitterten noch immer. »Um Himmels willen – jetzt reiß dich endlich zusammen, wird schon irgendwie weitergehen.« Sie ging in die Küche, setzte sich an den Tisch und füllte ihr Glas wieder auf. Wodka: das unsichtbare Getränk – das Alkoholikergetränk. Das angeblich geruchsfreie Lieblingsgetränk ihrer Mutter. Aber Rebecca konnte es trotzdem riechen – hatte den Geruch schon mit der Muttermilch aufgesogen.

Sie kippte den Drink hinunter, verzog das Gesicht, blickte dann in das leere Glas und inspizierte den Orangenschnitz. *Du wirst schon darüber hinwegkommen – vielleicht war Jack ja ohnehin nicht der Richtige ...* Sie stand auf, verlor fast das Gleichgewicht, fing sich wieder und ging mit dem Glas zur Spüle hinüber, spülte es aus, goss sich einen weiteren Drink ein, wunderte sich darüber, wie der Saft sich in dem klaren öligen Wodka verteilte. Ja, das sah echt toll aus. Außerdem schmeckte das Zeug verdammt gut, und zwar so gut, dass sie es in einem Zug hinunterstürzte und sich sofort einen neuen Drink machte. Durch die Tür konnte sie die idiotischen kleinen Skulpturen erkennen, die drüben im Atelier aufgereiht standen. »Deine Arbeit«, sagte sie laut und prostete den Figuren zu. *Sieht aus wie ein Sex-Shop, dein Atelier – wegen dieser Scheiß-Dinger.* Am besten, sie schlug sie samt und sonders kurz und klein – *eine große, eine aufrichtige Künstlergeste.* Sie leerte das Glas, stellte es beiseite und stolzierte schnurgerade und mit großer Entschiedenheit – und nur *einem* kleinen Schlenker – Richtung Atelier und war mächtig stolz darauf, dass sie noch so nüchtern war. Als sie die Tür erreichte, wusste sie allerdings nicht mehr, was sie eigentlich hatte tun wollen. Sie stand einen Augenblick da, stützte sich mit den Händen am Türrahmen ab und dachte krampfhaft darüber nach, was sie eigentlich vorgehabt hatte. Doch sie konnte sich beim besten Willen nicht erinnern. Also machte sie kopfschüttelnd kehrt – *blöde Kuh* –, trat wieder an den Küchentisch und schnappte sich die Wodkaflasche. Eigentlich hatte sie dem Schnaps schon allzu reichlich zugesprochen, fand sie, hielt die Flasche gegen das Licht und war der Meinung, dass es für heute reichen sollte. *Aber das ist schließlich eine Ausnahmesituation,* redete sie sich ein, *eine völlig andere ...*

Den nächsten Drink nahm sie dann mit ins Bad. Der Wodka zeigte allmählich Wirkung, und so stand sie leicht schwankend vor dem Spiegel. »Santé«, sagte sie zu ihrem Spiegelbild. »Auf dich und auf Jack.« Sie stürzte den Wodka gierig hinunter und schlug dabei das Glas gegen ihre Zähne. *Ich werd's schon überleben*, dachte sie, als ihr plötzlich schlecht wurde. Sie schloss die Augen, stützte sich mit einer Hand auf den Rand des Waschbeckens und atmete tief ein und aus. Und sowieso: Möchtest du vielleicht mit einem *Bullen* verheiratet sein? Mit den Frauen der Kollegen Kaffee trinken gehen? Ständig über deine Einsamkeit jammern? Samstags mit deinem Göttergatten in der Bar des Golfclubs – wenn es gut geht – ein paar Brandys kippen? Als sie die Augen wieder öffnete, hatte der Raum aufgehört zu schwanken, und ihr eigenes blödes Gesicht glotzte ihr entgegen. »O bitte – verpiss dich.« Sie schlug mit der flachen Hand gegen den Spiegel. »Los, verpiss dich schon.« Dann beugte sie sich über das Waschbecken, um das Glas auszuspülen. Dabei entglitt es ihr und zerschellte.

Sie stand einige Sekunden da und starrte die Scherben an, während das Klirren in ihrem Kopf nachhallte. *Scheiße, Becky, du bist blau.* Sie ging wieder in die Küche und machte sich in einem sauberen Glas einen neuen Drink. *Du musst mit dem verdammten Wodka vorsichtig sein.* Falls sie einen Kater vermeiden wollte, musste sie nach diesem Glas unbedingt aufhören. *Der Kühlschrank*, dachte sie irritiert, *wieso ist der Kühlschrank nur so laut?* Und dann fiel ihr plötzlich ein: *Du musst ja die Scherben noch aus dem Waschbecken entfernen, sonst schneidest du dich später.* Sie stellte das Glas beiseite, war fest entschlossen, nicht mal einen Schluck zu trinken – *sonst machst du noch irgendeinen Unsinn* –, holte eine Zeitung aus dem Schränkchen unter der Spüle und eilte damit ins Bad. Dort rutschte sie aus und landete, ehe sie sich's versah, mit dem Hintern auf dem nackten Boden.

Die Zeitung in der Hand, saß sie einige Sekunden ratlos da und überlegte, ob sie die Situation nun eher witzig oder tragisch finden sollte. Eigentlich hätte sie ja reichlich Grund gehabt, über sich selbst zu lachen und dann einfach wieder aufzustehen. Doch sie fühlte sich plötzlich total schwach, und der ganze Raum war in Bewegung. *Los, aufstehen, Becky, mach schon.*

Sie rappelte sich auf, griff nach der Handtuchstange und versuchte, sich vom Boden hochzuhieven. Sie musste jetzt unbedingt die Scherben wegräumen, dann noch einen Horlicks trinken und anschließend schlafen gehen. *Und morgen ist wieder alles in Ordnung.* Doch die Handtuchstange löste sich aus der Wand, und Rebecca stürzte rückwärts wieder zu Boden und schlug sich den Kopf an der Badewanne an. So blieb sie – die Haare im Gesicht – am Boden liegen und fing an zu schluchzen.

Das Prinzip war ihm bereits von den russischen »Lolita«-Videos her bekannt. Zu der Zeit, als er im Sittendezernat gearbeitet hatte, hatten sie dort eine ganze Ladung der berüchtigten Rodox/Colour-Climax-Lolita-Videos beschlagnahmt. Bei den Episoden eins bis zwölf waren die holländischen Zwischenhändler folgendermaßen vorgegangen: Sie hatten die eigentlichen Videobänder aus den Gehäusen herausgenommen, sodass diese bei der Durchleuchtung nicht mehr als Videokassette kenntlich und weder dem Zoll noch der Post aufgefallen waren. Viele der gängigen Pornos kamen auf diese Weise nach Großbritannien. Doch Caffery vermutete, dass Penderecki sogar noch einen Schritt weitergegangen war.

Er saß mit der Zigarette im Mund und der Brille auf der Nasenspitze – wie ein Diamantenhändler aus dem East End – über ein Video gebeugt und schraubte vorsichtig das Plastikgehäuse auf. Dann öffnete er es behutsam wie ein kostbares Buch und hob die weißen Plastikspulen heraus. Er legte die Zigarette in den Aschenbecher, nahm das Band zwischen die Lippen und rieb es vorsichtig zwischen den Zähnen. Als er den Mund wieder öffnete, klebte das Band an seiner Oberlippe. Genau das hatte er erwartet: Die Polyesterbeschichtung war auf der Innenseite. Jemand hatte das Band von den Spulen genommen und umgedreht und dann zurücklaufen lassen.

Mit seinem Schweizer Armeemesser entfernte er den kleinen weißen Clip, mit dem das Band fixiert war, und drehte es um. Dann war er – eine Selbstgedrehte zwischen den Zähnen – zwanzig Minuten damit beschäftigt, das Band per Hand zurückzuspulen. Auch der Gin-Tonic in der Tasse ging allmählich zur Neige. *Ah, da haben wir ja das Ende des Bandes.* Er fädelte es in dem Gehäuse in den schmalen Schlitz und zog die kleinen Schrauben an. Dann schob er die Kassette in das Videogerät und betätigte die Fernbedienung.

»Ein Kinderporno ist eigentlich gar nicht so spektakulär«, hatte in den Achtzigerjahren mal ein Kollege von der Sitte zu ihm gesagt. »Mal abgesehen davon, dass es sich um Kinder handelt. Doch sonst gibt es kaum einen Unterschied zu den üblichen Erwachsenenpornos. Aber natürlich muss man verdrängen, dass für diese Sachen Kinder missbraucht werden. Wer das nicht schafft, ist ziemlich gefickt. Verzeihen Sie das Wort.«

Caffery machte sich innerlich auf das Schlimmste gefasst, setzte sich wieder auf seinen Stuhl und wartete auf die Panik und die Trauer, die jeden Augenblick Besitz von ihm ergreifen mussten. Und tatsächlich kamen all die alten Gefühle wieder in ihm hoch, als er sich das Video anschaute – nur gedämpfter als früher. *Sieh an*, dachte er und legte das Armeemesser auf den Schreibtisch, hast dich also schon fast damit abgefunden. Woher mögen bloß all diese Kinder kommen?, überlegte er. Und wo sind sie jetzt? Das kleine blonde Mädchen, das er gerade vor sich sah, war kaum einen Meter groß und stand in Ringelsöckchen und mit hochtoupierten Haaren vor einem rosa-goldlackierten Ankleidetisch. *Wer ist dieses Mädchen?* Wo mag sie gerade sein? Was hat man ihr erzählt, dass sie es richtig und gut findet, vor der Kamera die Beine zu spreizen und dabei zu lächeln?

Er sah schlecht ausgeleuchtete Szenen in Wohnwagen, Hotelzimmern, eine Aufnahme, die bei strahlendem Sonnenschein auf einem Balkon entstanden war – in der Ferne waren sogar noch die Wimpel eines Golfplatzes zu erkennen. Allmählich dämmerte ihm, was er da entdeckt hatte: Diese Bänder waren nicht für Pendereckis private Zwecke bestimmt, nein – sie hatten eine viel wichtigere Bestimmung. Es handelte sich nämlich um Masterbänder, daran hegte er keinen Zweifel mehr. Auch die Bildqualität und die Art und Weise, wie das Material verwahrt worden war, deuteten darauf hin, dass es sich um Originalkopien handelte. Caffery war gewissermaßen in den innersten Kern eines Pädophilen-Ringes vorgedrungen. Diese Videokassetten waren das wichtigste Kapital dieser Leute, und diesen Schatz des Bösen hatte Penderecki direkt neben dem Bahndamm verwahrt.

»Scheiße.«

Er stand auf, ruderte mit den Armen und ließ den Kopf kreisen, weil sein Nacken völlig steif war. Dann zündete er sich eine Zigarette an, ging rauchend im Büro auf und ab und starrte auf den Monitor. Eigentlich wäre es seine Pflicht gewesen, sofort die zuständige Abteilung einzuschalten. Außerdem hätte er in Souness' Wohnung anrufen und ein paar Worte mit Paulina wechseln müssen. Aber Penderecki hatte ihm diese Videos gewiss nicht zufällig zukommen lassen. Er drückte die Zigarette aus, ging nach nebenan, schloss die Tür zum Gang ab und kehrte dann in sein Büro zurück. Seine Entscheidung war gefallen: Er konnte die Videos erst aus der Hand geben, wenn er wusste, welche Botschaft – oder welche Gemeinheit – Penderecki ihm auf diesem Weg übermitteln wollte.

Elf Zwanzig-Minuten-Bänder. Fast vier Stunden. Sah ganz so aus, als ob es sich lediglich um fünf verschiedene Episoden handelte, von denen manche über mehr als drei Bänder verteilt waren. Außerdem deuteten die wechselnden Bildqualitäten und Kleidermoden darauf hin, dass zwischen den früheren und den späteren Aufnahmen zehn oder mehr Jahre liegen mussten. Trotz der frühen Morgenstunde arbeitete er unermüdlich weiter und ließ jeweils eines der Bänder ablaufen, während er bereits das Nächste umspulte. Wie am Fließband: Spulen, anschauen, spulen, anschauen.

Gegen 6 Uhr früh hatte er schließlich sämtliche Bänder gesichtet und dabei nur ein Band entdeckt, das er sich noch ein zweites Mal anschauen wollte. Vielleicht das widerlichste Video der ganzen Sammlung. In dem Film beugte sich die Hauptfigur – eine Frau – über einen vielleicht elfjährigen Jungen, der auf einem quietschenden Kunstledersofa saß, öffnete ihm die Hose und betrieb Fellatio bei ihm. Obwohl er die Frau schon auf vier anderen Bändern gesehen hatte, beschloss Caffery, exakt dieses Video abermals in das Gerät zu schieben und bis zum Anfang zurücklaufen zu lassen.

Als Benedicte schließlich vom Heulen und Schreien völlig erschöpft war, legte sie sich einfach neben dem Heizkörper auf den Rücken und stellte sich vor, dass sie noch ein Kind wäre: Über sich sah sie wieder das weiche, sanft lächelnde Gesicht ihrer Mutter, die sich zu ihr herabbeugte und ihr einen Gutenachtkuss auf die Wange hauchte. Sie dachte an Josh, den kleinen Josh – an die Zeit, als er noch ein Säugling gewesen war und sie ihn fast beneidet hatte, weil sie selbst nie wieder so absolut neu und unschuldig sein konnte. Und dann hatte Hal den kleinen Josh in die Luft geworfen, und der Junge hatte mit seinen dicken Beinchen gestrampelt, als ob er durch die Luft schwimmen wollte. Und wenn Josh dann mitten in der Nacht plötzlich Fieber bekommen hatte, waren sie beide in Panik geraten, da sie

Angst bekamen, ihn zu verlieren. Natürlich hatten sie immer gewusst, dass die Welt ihre schwarzen Löcher hatte: Sarah Payne; Jason Swift; ein kleiner Junge, den in Camberwell ein Lkw überfahren hatte; ein weiteres Kind, das aus dem vierzehnten Stock eines Hochhauses gestürzt war. Sie sah ihren kleinen Jungen vor sich, wie er vor dem Fernseher auf dem Boden lag und sich mit den Fingernägeln an seinem verkrusteten Knie zu schaffen machte. Damals hatte sie nur einen Wunsch verspürt: Sie wollte ihm unbedingt die Socken ausziehen und seine kleinen Zehen küssen. Ja, er konnte in Zukunft mit seinen dreckigen Gummistiefeln so viel im Haus herumlaufen, wie er wollte, er konnte sämtliche Wände beschmieren, jede einzelne Fensterscheibe mit dem Fußball zertrümmern, sie von früh bis spät schikanieren, sie beschimpfen – wenn sie ihn nur noch einmal wieder sehen durfte. Wenn sie nur noch einmal den Duft seines Haars riechen durfte. Nur ein einziges Mal.

Kurz vor Morgengrauen schlief Benedicte gegen ihren Willen ein, fiel in einen fiebernden, unruhigen Schlaf, sah im Traum die schrecklichsten Lichtblitze, hörte geisterhafte Stimmen.

In Croydon hatte sich der Himmel zwischen den Hochhäusern inzwischen hellblau verfärbt. Es war jetzt fast 6 Uhr, und unten im Hof brüllte ein Einsatzleiter irgendwelche Befehle. In dem Großraumbüro nebenan würde der Tag allerdings erst in zwei Stunden beginnen. Caffery sah sich das Video gerade zum zweiten Mal an und machte sich gedankenverloren einige Notizen. Als er den Film zum ersten Mal gesehen hatte, war er völlig baff gewesen: Immerhin wog die Frau in dem Video gut neunzig Kilo. Sie hatte eine platte Boxernase, eine unschön gefleckte Haut und glänzendes brünettes Haar. Sie war in einen schwarzen Bademantel gehüllt und trug Seidenschlappen an den Füßen. Der Junge blickte immer wieder fragend in die Kamera, als ob er sich vergewissern wollte, ob man mit seiner Darbietung zufrieden sei. Währenddessen machte sich die Brünette mit ihren rot-schwarz-lackierten Fingernägeln an der Innenseite seiner Oberschenkel zu schaffen und verzog dabei wollüstig den Mund.

Am Anfang des Videos erschien sie in dem Raum, setzte sich auf das Sofa und kam der Kamera so nahe, dass eine Tätowierung an ihrem Oberarm zu erkennen war: ein Herz hinter Gitterstäben. Caffery kritzelte das Motiv auf das Papier.

Caffery war jedoch nicht nur über die Erscheinung der Frau und darüber verblüfft, wie völlig ungeniert sie das Kind auf dem Sofa missbrauchte, noch erstaunlicher fand er die Tatsache, dass sie sich überhaupt keine Mühe gab, ihre Identität zu verbergen. Natürlich sollten die Bänder später noch geschnitten werden, und deshalb waren die Kinderschänder wohl in manchen Szenen deutlich zu erkennen. Üblicherweise waren Erwachsene, die in solchen Machwerken mitwirkten, darauf bedacht, ihr Gesicht unter allen Umständen zu verbergen. Deshalb wurde in diesen Filmen im Normalfall alles sorgfältig ausgeblendet, was auf die Identität der Täter hinweisen konnte: Bücherregale mit Betttüchern abgehängt, Etiketten aus den Kinderkleidern herausgetrennt. In den Filmen, die es bis ins Internet schafften, wurden kompromittierende Details im Allgemeinen sogar mithilfe eines Grafikprogramms wegretuschiert. Nicht so in diesen Videos. Immer wieder erschienen Gesichter, Schallplattenhüllen, CD-Titel kurz im Bild – und in diesem Fall sogar eine Tätowierung. In einigen der Filme war im Off Stimmengemurmel zu hören – Männer, die sprachen, das Geschehen vor der Kamera kommentierten, sich darüber unterhielten, wie sie sich an dem betreffenden Kind vergehen konnten. Caffery konnte sogar einige Namen verstehen: *Stoney, Rollo, Yatesy*. Er kritzelte alles, was er für wichtig hielt, auf seinen Notizblock.

Die Videos, in denen die Brünette auftrat, waren zwar ohne Ton, doch zumindest der letzte der Filme enthielt zahlreiche visuelle Hinweise, mit denen sich etwas anfangen ließ. So stand etwa hinter dem Kunstledersofa ein beleuchteter Vitrinenschrank, in dem diverse Andenken und Ziergläser zu erkennen waren – samt einem in Gold gerahmten Foto. Gleich am Anfang des Bandes war eine unglaubliche Szene zu sehen, die noch viel weitergehende Schlussfolgerungen erlaubte. Caffery drückte auf die Stop-Taste, dann auf Rücklauf, dann auf Play. Die Frau stand auf und ging quer durch den Raum. Er schaltete auf Rücklauf. Sie ging rückwärts durch das Zimmer, ließ sich auf das Sofa sinken und schlug die Beine übereinander. Stop. Play. Sie stellte ihre Beine wieder nebeneinander, stand auf und ging quer durch das Zimmer. Stop. Rücklauf. Zurück zum Sofa. Stop. Play. Rück- und Vorlauf. Schließlich stoppte er das Band genau an der Stelle, die ihm aufgefallen war. Während die Frau den Raum durchquerte, erschien kurz ein Fenster im Bild. Durch die nur halb geschlossenen Fenster konnte man ins Freie blicken. Obwohl es sich bei der Szene um maximal zehn Einzelbilder – also nicht einmal eine halbe Sekunde Filmzeit – handelte, war draußen vor dem Fenster etwas leuchtend Gelbes zu erkennen. Caffery beugte sich auf seinem Stuhl nach vorne, starrte aufmerksam auf den Bildschirm und ließ das Video auf dem technisch bereits veralteten Gerät immer wieder Bild für Bild ablaufen und die Brünette so lange zappeln, bis er den gelben Flecken identifiziert hatte. Dann drückte er auf Pause, riss das oberste Blatt von dem Notizblock ab und schnappte sich einen Stift. Sein Puls raste. Endlich konnte er genau erkennen, was es mit dem gelben Flecken auf sich hatte. Draußen vor dem Fenster stand ein Auto. Auf zwei Einzelbildern war sogar das Kennzeichen – wenn auch nur von der Seite – zu erkennen. Er notierte sich die Nummer und ging dann nach nebenan.

Der Zentralcomputer spuckte innerhalb von Sekunden den Namen des Fahrzeughalters aus. Bereits um 6 Uhr 05 wusste Caffery, wem das Auto gehörte. Dann rief er aus der neuen Datenbank Phoenix sämtliche Informationen ab, die die Polizei über den Besitzer des Wagens gespeichert hatte. Allmählich fügten sich die Details zu einem Gesamtbild. Er rollte mit dem Stuhl zu Kryotos' Schreibtisch hinüber. In der Ablage befanden sich noch die »Kurzberichte« seiner Kollegen, die Kryotos später für den Computer auswerten musste. Er wollte unbedingt wissen, ob die Pädophilie-Abteilung gestern einen Kollegen beauftragt hatte, sich mit einem gewissen Carl Lamb aus Thetford in Norfolk näher zu befassen.

19. KAPITEL

(24. Juli)

Vorne in der Diele war alles ruhig – bis auf das Ticken der Alarmanlage neben der Treppe. Weder ein Luftzug noch ein knarrendes Brett. Um 6 Uhr 30 morgens knackte der Mechanismus einmal kurz, und das Licht im Treppenhaus erlosch. Auf dem Läufer, der die Treppe hinaufführte, hatte jemand lehmige Fußspuren hinterlassen, und die Wände waren mit eigenartigen roten Buchstaben besprüht. Von der Diele aus waren allerdings nur die Buchstaben G È f À - zu erkennen. Die Lettern ḥR hingegen konnte man erst lesen, wenn man bereits oberhalb der Biegung auf der Treppe ṣtand. Sie waren auf die Tür des Gästezimmers gesprüht: G È f À ḥ R . Daneben das Symbol der Frauen: ein Kreuz und ein Kreis.

Noch bevor die Kollegen zum Dienst erschienen, verließ Caffery das Büro und nahm Pendereckis Videos mit nach Hause. Der schwarze Käfer mit der knallgelben Innenausstattung stand nicht vor dem Haus. Er schaute in sämtliche Zimmer und war fast ein wenig enttäuscht, dass Rebecca nicht mit einem Zigarillo zwischen den Zähnen in seinem Bett hockte. Sie hatte das Bett am Vortag frisch bezogen, die schmutzige Wäsche gewaschen und im Trockner liegen lassen. Ansonsten hatte sie kaum eine Spur hinterlassen. »Du hast es ja nicht anders gewollt«, murmelte er, »und jetzt musst du dich eben damit abfinden.«

Er packte die Videos in zwei Plastiktüten, umwickelte sie mit Klebeband, verstaute sie ganz hinten in dem Kämmerchen unter der Treppe und sperrte den kleinen Raum ab. Dann duschte er und legte sich zum Schlafen auf das Sofa, weil es im Schlafzimmer nach Rebecca roch. Während der nächsten zwei Stunden versank er in einen tiefen unruhigen Schlaf. Bereits kurz vor 10 Uhr trank er einen Kaffee und stieg dann in den Wagen. Es war heiß. Er trug ein kurzärmeliges Hemd und hatte die Sonnenbrille aufgesetzt, und so fuhr er bei offenem Fenster los. Er wusste genau, dass er in seinem Aufzug auch als Sicherheitsmann eines US-Südstaaten-Gouverneurs – vielleicht sogar Texas – durchgegangen wäre.

Carl Lamb war noch nicht mal einen Monat tot. Sein Vorstrafenregister gab Anlass zu der Vermutung, dass die Welt durch sein Hinscheiden vielleicht ein wenig sicherer geworden war. Allerdings hatte die Polizei nie herausgefunden, dass der Mann pervers gewesen war. Auch über seine Verbindung mit Penderecki war offiziell nichts bekannt. Seine Vorstrafen hatte er sich lediglich wegen Einbruchs, Körperverletzung, Autodiebstahls, Kreditkartenbetrugs und ähnlicher Delikte eingehandelt. Doch als Caffery nachgeprüft hatte, wann der Mann wo eingesessen hatte, stellte er fest, dass Lamb gleichzeitig mit Penderecki in Belmarsh gewesen war. So entstand allmählich ein etwas deutlicheres Bild. Penderecki hatte Caffery also tatsächlich ganz gezielt auf diese Reise geschickt.

Lamb hatte eine zweiundvierzig Jahre alte Schwester namens Tracey. Auch sie hatte bereits wegen diverser Delikte ein paar Mal gesessen. Auf der Fahrt durch Suffolk, durch ruhige Dörfer mit prachtvollen Rosengärten und weiß gestrichenen Taubenschlägen, fragte er sich immer wieder, ob diese Tracey Lamb wohl eine Tätowierung am rechten Arm hatte.

Als er dann weiter nördlich – an der Grenze zu Norfolk – in den ärmeren Teil von Suffolk kam, waren auf den Straßen kaum noch Autos unterwegs. Die Menschen hier lebten auf abgeschiedenen Einzelgehöften oder in Straßendörfern. Fast der einzige Hinweis darauf, dass er nicht völlig allein war, waren ausgebrannte Autos am Straßenrand und bisweilen eine Geistertankstelle mit verrosteten Zapfsäulen und unkrautüberwuchertem Vorplatz. Ringsum lag das – blutgetränkte – Land der keltischen Ikeni, und mitunter kam es ihm vor, als ob Boudikka höchstpersönlich ihn durch ihr Territorium geleitete. *Hier draußen kannst du anstellen, was du willst – erfährt ohnehin niemand.*

Einmal tauchte Rebeccas Gesicht in seinem Bewusstsein auf, doch er vermochte das Bild gerade noch rechtzeitig zu verdrängen. Fast hätte er die Abzweigung zwischen den Bäumen verpasst, die von der flirrend heißen Landstraße wegführte und lediglich durch ein rostiges Schild mit der Aufschrift »4 x 4-Reifen« markiert war. Er bremste scharf ab, setzte zurück und bog mit dem Jaguar auf einen Feldweg ein. Rechts und links standen efeubewachsene Bäume, die eine natürliche Allee bildeten. Zwischen den üppig wuchernden Brennnesseln entdeckte Caffery verlassene alte Wohnwagen und Autowracks, und an einer Stelle war zwischen den Bäumen ein mannshoher verrosteter Pkw-Anhänger senkrecht aufgestellt. Nach gut hundert Metern hielt Caffery an und stieg aus dem Wagen. *Besser, ich gehe zu Fuß weiter, das ist sicherer.* Im ersten Augenblick war er völlig überwältigt von der Stille ringsum – nur das Röhren eines Düsenjägers von der Luftwaffenbasis Honnington war in der Ferne zu hören.

Nach weiteren hundert Metern stand er am Rand einer Lichtung, die durch einen Kreis hoher Platanen vom übrigen Norfolk abgeschirmt war. Absolute Stille. Rechts von ihm ein Blechschuppen mit der fast verblichenen Aufschrift »Sportwagen«. Die Tür des Schuppens stand offen, und er blickte in eine Art Werkstatt mit einer baufälligen Werkbank, verrosteten Elf-Öldosen und in der Ecke gestapelten, geländetauglichen Reifen. Auf der anderen Seite des Schuppens lag eine unkrautüberwucherte Asphaltfläche und ein grob verputztes, quadratisches Haus, das an einen Atombunker erinnerte. Auch dort wieder Brennnesseln, die bis zu den Fensterbänken hinaufwuchsen. Irgendwo war ein Fernseher zu hören. Er ging ein paar Schritte weiter und sah, dass neben dem Haus zwischen den Brennnesseln der Fiat aus dem Video abgestellt war. An der Wagentür lehnte eine Maschendrahtrolle. Durch die Sitzflächen stachen die Spiralfedern. Trotzdem: Das Auto dort war der Wagen aus dem Video. Fast kam es Caffery vor, als ob er in eine eigens hergerichtete Kulisse geraten sei. Also musste das Video in dem Raum hinter dem Fenster dort drüben entstanden sein. Er trat näher heran.

Die Vorhänge waren zugezogen, und er musste direkt vor das Haus treten, um einen Blick durch den Spalt zu erhaschen: an den Wänden der Widerschein eines Fernsehers. Obwohl es in dem Raum sonst kein Licht gab, wusste er sofort, dass er dasselbe Zimmer vor sich hatte wie in dem Video: mit Möbeln voll gestellt, die Wände mit billigen Ölschinken bedeckt. Und dann war da noch eine grauenhaft protzige Standuhr. In einem Bücherregal lagen vier Stangen Rothman's-Zigaretten. *Ja, das ist es – genau das.* Und dann sah er die Frau.

Eine riesige Frau saß in dem düsteren Zimmer auf dem Sofa. Auf ihrem Gesicht war das bläuliche Flackern des Fernsehers zu erkennen. Sie trug einen hellen Nylonslip und einen schmuddeligen BH. Die Fettwülste an ihren Oberschenkeln waren so riesig, dass sie die Beine kaum mehr zusammenbrachte. Ihr blonder Pony fiel ihr in die Stirn, das Haar war streng zurückgebunden und mit einem schwarzen Band befestigt. In den Ohren hatte sie goldene Ohrringe. Neben ihr standen eine Tasse und ein Aschenbecher, und daneben lag eine Packung Silk Cuts. *Ist sie das? Die Haarfarbe ist anders.* Die Frau auf dem Video war brünett gewesen. *Wahrscheinlich hat sie in dem Video eine Perücke getragen.* In diesem Augenblick legte die Frau ihre Zigarette in den Aschenbecher. Sie hob einen kleinen Styroporbecher zum Mund, spuckte braunen Auswurf hinein, wischte sich den Mund ab, stellte den Becher auf ihrem Bauch ab, nahm die Zigarette und starrte dann wieder auf den Bildschirm. Als sie sich zurücklehnte, sah er die Tätowierung auf ihrem Arm und atmete erleichtert auf. Jedenfalls hatte er die lange Fahrt nicht umsonst gemacht.

Da die Hintertür verriegelt war, ging er um das Haus herum zum Vordereingang. Von der Tür blätterte die Farbe ab, und in dem mit Regenwasser voll gelaufenen Grillbecken auf der Terrasse schwammen tote Fliegen. Er spähte durch das Fenster und konnte die Blondine durch eine Tür am Ende des Gangs erken-

nen. Ihre fetten Beine waren durch das Flackern auf der Mattscheibe bläulich verfärbt. Er klopfte an das Fenster. Sie zuckte jäh zusammen, als ob eine Kugel sie getroffen hätte. Dann sprang sie auf, während ringsum diverse Gegenstände zu Boden fielen, und starrte entgeistert Richtung Tür. Er trat einen Schritt zurück, nahm die Sonnenbrille ab und wartete. Kurz darauf hörte er ihr Keuchen auf den anderen Seite der Tür.
»Wer ist da?«
»Tracey?«
»Ich hab gesagt: Wer ist da?«
»Jack Caffery.«
»Wer?«
»Jack Caffery.«
»Nie gehört.« Sie legte von innen die Kette vor und schob den Riegel zur Seite. Dann öffnete sich die Tür einen Spalt breit, und ihr riesiges Gesicht erschien in der Tür. Sie blinzelte in die Sonne. »Und wer sind Sie?« Inzwischen hatte sie sich einen leichten rosa Morgenrock übergeworfen. Trotz ihres vergilbten blonden Haars erkannte er in ihr jetzt definitiv die Frau aus dem Video wieder. Ihre Zähne erinnerten an das Gebiss eines alten Kaninchens. »Und – was wollen Sie? Ich brauch nichts.«
»Sind Sie allein?«
»Geht Sie einen verdammten Dreck an.«
»Caffery«, sagte er. »Jack Caffery.«
»Meinen Sie vielleicht, dass mir das was sagt?«
»Ivan Penderecki hat mich geschickt.«
Plötzlich veränderte sich ihr Gesichtsausdruck. »Wer?«
»Ivan Penderecki. Sie wissen genau, wen ich meine. Ein Freund Ihres Bruders.«
Wie auf ein Stichwort nahm sie einen Schlüsselbund vom Haken, kam heraus, zog die Tür hinter sich zu und schlang ihren Morgenrock um sich. »Reden Sie keinen Scheiß. Der hat Sie niemals geschickt.«
»Stimmt. Der konnte mich gar nicht mehr schicken – er ist nämlich tot. Eure Adresse hab ich rausgefunden, weil ich die Videos gesehen habe, die Penderecki für euch verwahrt hat.«

Traceys Lippen öffneten sich leicht. Sie stand breitbeinig da, hatte ihre dicken Arme unter der Brust verschränkt und verzog den Mund zu einer hässlichen Grimasse. »Wer sind Sie?«
»Inspector Jack Caffery. Mordkommission.« Er wusste genau, wie sie auf diese Mitteilung reagieren würde, und war entsprechend vorbereitet. Als sie versuchte, den Schlüssel in das Schloss zu stecken, trat er rasch vor und hielt sie an den Armen fest.
»Was soll das?«, schrie sie wütend. »Flossen weg!«
»Bleiben Sie stehen. Ich will bloß mit Ihnen sprechen.«
»Ich spreche nicht mit einem verdammten Bullen.«
»Bleiben Sie stehen, Tracey!« Sie gab den Versuch auf, ins Haus zu schlüpfen, und versuchte plötzlich, seitlich auszubrechen und um das Haus herumzulaufen. Doch er fing sie wieder ein und drängte sie gegen die Wand. »Das ist kein Spaß, Tracey. Bleiben Sie stehen.«
»Verpiss dich. Nimm deine dreckigen Flossen weg!« Sie senkte den Kopf und versuchte, ihn mit dem Knie zu treffen, doch er tänzelte wie ein Torero zur Seite und fasste ihren rechten Arm.
»Das hast du dir so gedacht – verdammtes Luder.«
»*Auuaa!*« Tracey Lamb war schon öfter festgenommen worden und kannte sich mit Polizeigriffen aus. Sie versuchte, den Arm durchzudrücken, doch Caffery packte sie bei den Haaren und drehte ihr schnell den Arm auf den Rücken. »*Aauuaa!*«
»Ganz ruhig – und hören Sie auf, sich zur Wehr zu setzen, Tracey, sonst machen Sie sich nur noch mehr verdächtig.«
»Nimm deine dreckigen Pfoten weg.« Sie wand sich, trat um sich und versuchte, mit der freien Hand seinen Arm wegzuziehen. »Du hast meine Titten begrapscht!«, kreischte sie. Auch wenn es keinen Zeugen gab – ihr Betragen erfüllte den Tatbestand des Widerstands gegen die Staatsgewalt. Schon bei der Festnahme versuchten Flittchen wie diese Tracey, dem verantwortlichen Beamten irgendwas anzuhängen. »Ja, du hast meine verdammten Titten angefasst ...«
»Also, jetzt reicht's aber.« Er zögerte einen Augenblick und

sah sich um. *Wo soll ich die blöde Kuh bloß hinbringen?* Ja, zum Auto.« Los, kommen Sie.« Er schob sie auf dem halb zugewachsenen Zufahrtsweg vorwärts. Seine Hand blutete, weil sie ihn gekratzt hatte. Über ihnen in der Luft krächzte eine Krähe oder eine Dohle und ließ sich in einem der riesigen Bäume nieder. Als sie sein Auto erreicht hatten, schob Caffery sie unsanft auf den Beifahrersitz und schloss die Tür hinter ihr ab. Sie versuchte, auf den Fahrersitz zu krabbeln, doch er kam ihr zuvor, riss die Tür auf, warf sich hinter das Steuer und stieß sie zur Seite. »Los, setzen Sie sich ordentlich hin – oder soll ich Ihnen vielleicht Handschellen anlegen?«

»Mieser Dreckskerl.«

»Ist mein völliger Ernst. Wenn Sie es nicht anders wollen, kann ich Ihnen gerne Handschellen anlegen.«

»Du verdammter Scheißer.« Sie stieß einen Seufzer aus und ließ sich dann in den Sitz zurückfallen.

»Schon besser ...« Er startete den Wagen und drehte die Belüftung voll auf. Ihm selbst war zwar nicht sonderlich warm, aber die Frau war im Gesicht rot angelaufen und rang keuchend nach Luft. »Und bleiben Sie gefälligst auf Ihrem Hintern sitzen. Wie wär's, wenn Sie sich zur Abwechslung mal ganz einfach wie ein normaler Mensch benehmen?«

»Unverschämtheit!« Sie richtete sich in ihrem Sitz auf und zeigte mit ihren abgenagten nikotingelben Fingern auf ihn. »Ist mir scheißegal, wer du bist – *so* redest du nicht mit mir, Drecksbulle!« Sie ließ sich keuchend wieder zurücksinken. »Wieso hab ich das nicht gleich gesehen, dass du ein Scheiß-Bulle bist? Diese bösen Augen. Typisch Bullen – wehrlose Frauen verprügeln, ja, das könnt ihr.«

»Jetzt beruhigen Sie sich doch endlich.« Er schob den Arm an ihr vorbei, und sie zuckte zusammen. »Ganz ruhig.« Dann zog er den Sicherheitsgurt auf ihrer Seite aus der Halterung. »Keine Angst – ich tue Ihnen nichts.«

Als er den Gurt vor ihrem mächtigen Leib vorbeiziehen wollte, senkte Lamb den Kopf und grub ihm die Zähne in den Arm.

»Verdammte Scheiße!« Ihre Kiefer umschlossen sein Fleisch

wie ein Schraubstock. Er griff in ihr Haar, riss ihren Kopf zurück und schüttelte sie hin und her.»Loslassen. Loslassen, verdammte Scheiße, lass endlich los, du verdammte Schlampe!« Sie stieß einen Seufzer aus und ließ los, und er inspizierte ungläubig die dunkelblauen Male, die ihre Zähne an seinem Arm hinterlassen hatten.»*Du miese kleine Hure!*«

Er fuhr mit ihr auf einen Parkplatz neben der A134 und hielt nahe einem mit Graffiti besprühten Transformatorhäuschen, das inmitten eines wild wuchernden Feldes stand. Er parkte den Jaguar mit der Beifahrerseite direkt neben einer dichten Hecke, schaltete den Motor aus und sah sie an.

»So – jetzt wollen wir mal Klartext reden.« Er holte den Tabak aus dem Handschuhfach und fing an, sich eine Zigarette zu drehen.»Keine Ahnung, wieso die Kollegen von der Sitte dich noch nicht in ihrem Computer haben, aber das könnte sich verdammt schnell ändern. Und dann kannst du dich auf sieben bis zehn Jahre Knast einrichten. Allerdings sind sie dir bisher ja noch nicht auf die Schliche gekommen – und du weißt ja sicher, wer dafür sorgen kann, dass das so bleibt.«

»Ich hab noch nie jemand verpfiffen, wenn Sie das meinen.« Die goldenen Ohrringe an ihren – durch schweren Schmuck – ausgeleierten Ohrläppchen fingen bedenklich an zu wackeln. Ja, er war sogar ziemlich sicher, dass er – wann immer Tracey den Kopf bewegte – durch die Löcher ein winziges Stück Himmel sehen konnte.»Wenn Sie deswegen hier sind, können Sie sich gleich wieder verpissen.«

»Was mich interessiert: Gibt es unter den perversen Kumpeln deines Bruders einen Kerl, der gern beißt? So 'ne miese Kreatur in Brixton, der gerne kleine Jungen beißt?« Er klebte das Zigarettenpapier zu und zeigte mit der Zigarette auf Tracey.»Jetzt wird es langsam ernst, Tracey, sehr ernst. Ich will von dir jetzt ein paar Namen hören – und zwar die Namen sämtlicher Freunde deines verblichenen Bruders.«

»Soll das 'n Witz sein? Mich kriegst du nicht klein – du kannst mich mal.«

»Du bist doch auf Kinder spezialisiert, richtig? Du und dein Bruder Carl – ihr habt zu einem Pädo-Ring gehört. Ich habe die Videos selbst gesehen.«
»Waren doch nur Fälschungen, du Scheißer. Fälschungen.«
»So ein Schwachsinn. Aber sagen wir mal, du hättest Recht, Tracey, dann würden wir dich eben wegen gefälschter Kinderpornos drankriegen, die sind nämlich ebenfalls verboten. Obwohl ich noch nie einem halbwegs intelligenten Menschen begegnet bin, der mir einen solchen Quatsch hätte erzählen wollen. Da musst du dir schon was Besseres einfallen lassen.«
»Ich hab nichts Verbotenes getan.«
»Du bist eine verdammte Lügnerin ...«
»Nein, bin ich *nicht*. Mit diesen Sachen hat mein Bruder sich beschäftigt. Die Videos haben ihm gehört – ich hab nicht mal gewusst ...«
»Trotzdem bist du 'ne verdammte Lügnerin – glaubst du etwa, ich erkenne dich nicht wieder?« Caffery legte die Zigarette in den Aschenbecher, inspizierte die Bissstelle an seinem Arm und vergewisserte sich, dass er nicht blutete. »Du hast damals 'ne Perücke aufgehabt und dich an einem etwa elf Jahre alten Jungen ...« Er hielt inne und blickte von seinem Arm auf. »Möglich, dass er sogar noch jünger war – ich kann das Alter von Kindern nicht sehr gut schätzen. Egal, jedenfalls hast du es mit ihm getrieben.« Er ließ den Arm sinken und sah ihr direkt in die Augen. »Du weißt schon, das Video, in dem du auf dem Sofa sitzt und einem – vielleicht elf Jahre alten – kleinen Jungen einen bläst. Außer dir waren noch drei andere Gestalten in dem Zimmer.«
»Hören Sie auf, mich zu erpressen.« Sie rieb sich die Brust. »Ich hab nämlich Probleme mit den Bronchien. Der Arzt hat gesagt, ich darf mich nicht stressen.«
»Mich schüchterst du nicht ein. Du bist ja nicht Cynthia Barrett. Würde doch keine Sau interessieren, ob du abkratzt – bis auf ein paar perverse alte Säcke vielleicht.«
»Ich hab ja nichts Schlimmes getan.« Ihr Gesicht lief dunkelrot an. »Er wollte es ja, der Kleine. Ja, er *wollte* es. Das sieht man

doch. Niemand kriegt einen verdammten Ständer, wenn er es nicht will.«

»Tracey, der Junge war noch ein *Kind*. Juristisch gesehen ist ein Kind in dem Alter noch gar nicht fähig, eine gültige Entscheidung zu treffen. Sie haben sich schon allein deswegen strafbar gemacht, weil Sie ihn in eine Situation gebracht haben, in der er ...«

»Sie stressen mich.« Sie holte rasselnd Luft. »Echt, Sie machen mich fertig, Mann.« Sie räusperte sich ein paar Mal, beugte sich dann vor und stützte den Kopf in die Hände.

»Wehe, du rotzt mir in den Wagen.«

»Wenn ich das Zeug nicht ausspucke, erstick ich.«

»Oh, verdammte Scheiße.«

Er warf sich zur Seite, kurbelte das Seitenfenster herunter und drückte ihren Kopf ins Freie. Sie spie hustend ihren Auswurf in die Hecke, und der braune Schleim blieb in Schulterhöhe an einem großen Blatt hängen. »Wirklich hinreißend.« Er zog sie wieder auf den Sitz. Sie saß da und verdrehte die Augen, schlug sich plötzlich die Hände vor das Gesicht und fing in einer Anwandlung von Selbstmitleid laut an zu schluchzen.

»Oh, mein Gott«, stöhnte er.

»Was haben Sie mit mir vor?« Ihre Nase fing an zu laufen. »Was haben Sie vor?«

Caffery beobachtete durch das Fenster die Autos, die draußen auf der A134 vorbeifuhren. Diese Tracey Lamb raubte ihm den letzten Nerv.

»Bitte, bitte lassen Sie mich nicht hochgehen. Ich will nicht in den Knast.«

»Musst du ja auch nicht, wenn du mir hilfst.«

»Aber ich kenne doch keinen Kerl, der kleine Jungs beißt – echt nicht.«

»Das ist mir zu wenig – viel zu wenig.«

»Aber ist doch *wahr*.« Tracey fing noch lauter an zu heulen.

»Oh, verdammte Scheiße.« Er blickte flehend zum Himmel hinauf. »Hier – vielleicht hilft dir ja 'ne Kippe auf die Sprünge.«

Sie wischte sich die Nase ab und sah ihm dabei zu, wie er ihr eine Zigarette drehte. Dann nahm sie den Glimmstängel entgegen, ließ sich von ihm Feuer geben und rauchte schweigend ein paar Minuten, bis sie sich wieder gefasst hatte. Er beobachtete sie aufmerksam. Natürlich wusste er, dass alles, was er bis dahin gesagt hatte, nur ein Vorgeplänkel gewesen war – dass er endlich auf den Punkt kommen musste. Er stützte sich mit dem Ellbogen auf das Lenkrad und sah sie direkt an.

»Also gut«, sagte er schließlich. »Jetzt sag ausnahmsweise mal die Wahrheit – kennst du meinen Namen?«

»Welchen Namen?«

»Caffery?«

Sie schüttelte den Kopf. Ihre Nase lief noch immer.

»Aber du hast doch sicher schon mal was von dem Jungen gehört, den Penderecki damals verschleppt hat?« Sie war plötzlich ganz Ohr. Sie öffnete den Mund ein wenig und sah ihn an. »Du kennst die Geschichte doch – oder? Hat Penderecki dir nichts davon erzählt?«

»Hm ...«

»Was ist damals passiert, Tracey? Los, sag schon: Was ist damals passiert?«

»Ich ... also ...« Plötzlich fing ihr Blick an zu flackern, und er spürte, dass er einen wunden Punkt getroffen hatte.

»Los, sag schon: Wo hat Penderecki ihn hingebracht?«

»Wieso wollen Sie das wissen?«

»Ist egal.« Caffery trommelte sich genervt mit den Fingern gegen die Schläfe, als ob er sich zu Tode langweilte. »Entscheidend ist, was mit *dir* passiert, wenn du nicht mit der Wahrheit herausrückst.«

Sie betrachtete aufmerksam sein Gesicht, als ob sie über etwas nachdachte, und dann veränderte sich allmählich ihr Ausdruck.

»Ach so«, sagte sie schließlich mit einem verdächtigen Glimmen in den Augen. »Und ich hab gedacht, du interessierst dich für einen Beißer. Hast du das nicht gesagt – dass du einen Kerl suchst, der kleine Jungs beißt?«

»Richtig. Aber im Augenblick möchte ich vor allem wissen, was aus dem kleinen Jungen geworden ist, den Penderecki damals entführt hat.«

»Wieso bist du eigentlich ganz allein hergekommen?«
»Weil ich der Einzige bin, der was von der Geschichte weiß.«
»Willst du mich vielleicht verhaften?«
»Wenn du Wert darauf legst – jederzeit.«
»Nein, du lügst.« Ihre Augen funkelten wie falsche Edelsteine. Ja, sie hatte ihn durchschaut. »Na, Freundchen, du bist inoffiziell unterwegs – was?« Sie lächelte und entblößte dabei ihre gelben Kaninchenzähne. »Du arbeitest für jemanden. Geht um Kohle – richtig? Du steckst mit jemandem unter einer Decke.«
»Ich will von dir nur die Wahrheit wissen.«
»Die Wahrheit? Die ganze Wahrheit?«
»Ja.«
Sie schwieg. Die beiden starrten einander lange an. Dann zog Tracey die Augenbrauen hoch und grinste.
»Was ist *los*?«
»Kann ich dir nicht sagen. Ich weiß nicht, was mit ihm passiert ist.«
»O Gott.« Er schüttelte den Kopf und vergrub das Gesicht in den Händen. »Hör endlich mit dem Schwachsinn auf«, sagte er müde. »Ist mein völliger Ernst, Tracey, hör endlich mit dem Unsinn auf. Ich will wissen, was aus ihm geworden ist.«
»Keine Ahnung – echt nicht. Ich weiß nur, dass Ivan mit meinem Bruder nicht darüber sprechen wollte, das ist alles. Ich schwör, ich hab keinen blassen Schimmer.«

20. KAPITEL

Caffery ließ sich erschöpft in seinen Sitz zurücksinken. Er drehte sich noch eine Zigarette und saß dann schweigend rauchend da. *Verdammte Scheiße.* Er nahm ihr sogar ab, dass sie ihm über Rorys Mörder tatsächlich nichts sagen konnte, aber er war sich ganz sicher, dass sie über Ewan mehr wusste, als sie zugab. Sollte er sich also wieder mal für dumm verkaufen lassen – wie ein verzweifelter hungriger Hund blindlings herumschnüffeln? *Was bleibt dir denn übrig?* Er sah Rebecca vor sich. Sie sah ihn amüsiert an, zog an ihrem Zigarillo und musterte ihn kühl. *Penderecki ist zwar nicht mehr da, trotzdem schafft es dein Bruder Ewan immer noch, dass du dich zum Vollidioten machst.*

Nein, dachte er, verdammt noch mal, nein. Er schnipste die Zigarette aus dem Fenster, ließ den Motor an und fuhr ein paar Meter vor. »Ich komme wieder.« Er griff an Tracey vorbei nach dem Türöffner auf der linken Seite und stieß die Tür auf. »Wenn du in Ruhe noch mal über alles nachgedacht hast.«

Sie beäugte skeptisch die Brennnesseln, die aus den Ritzen in dem heißen Asphalt wuchsen. »Ich steig doch nicht in Unterwäsche aus dem Auto. Können Sie mich nicht nach Hause fahren?«

»Nein.« Er öffnete ihren Sicherheitsgurt und versetzte ihr einen Stoß. »Los – raus.«

Sie hielt sich am Türrahmen fest. »Verdammter Scheißer. Was bildest du dir eigentlich ein ...?«

»Los, verpiss dich.«

»Du Schwein!« Tracey Lamb stieg schimpfend aus dem Wagen. »Dreckskerl.«

»Schon gut.« Er zog die Tür hinter ihr zu. »Also dann bis später.« Sie hatte nur ihre Unterwäsche und einen durchsichtigen Morgenmantel an und stand jetzt rund drei Kilometer von zu Hause entfernt barfuß auf dem Asphalt, doch das interessierte ihn nicht. *Blöde Kuh.* Er gab Gas und rauschte davon, seine Hände am Lenkrad zitterten. Er fuhr auf der A12 nach London zurück und dann direkt ins Zentrum, wo er nach Süden Richtung Shrivemoor abbog. Bevor er nach Hause fuhr, um zu schlafen, wollte er Souness noch von Pendereckis Versteck erzählen. Schlafen – das Wort erschien ihm wie ein großer Schluck Wasser aus einer kühlen Quelle.

Da er tanken musste, stoppte er an der Tankstelle gleich gegenüber dem Revier. Es war heiß, die Sonne stand in ihrem Zenit. Das Gras in den Vorgärten war schon ganz braun und das Laub an den Bäumen welk. Während er tankte, starrte Caffery gedankenverloren auf die Straße und sann darüber nach, dass er es wieder mal geschafft hatte, Rebeccas Vorurteile samt und sonders zu bestätigen. Ja, sie hatte natürlich Recht. Tatsächlich hätte er dieser Tracey Lamb im Auto am liebsten pausenlos die Fresse poliert. Er seufzte, hängte den Tankstutzen zurück an die Tanksäule und schraubte den Verschluss wieder zu. Er hatte die Nase bis obenhin voll. Wie kam er eigentlich dazu, sich für ein Kind abzustrampeln, das er nicht einmal kannte? Plötzlich war es ihm völlig egal, ob es ihm gelingen würde, Rory Peachs Mörder zu überführen. Es interessierte ihn nicht mal, ob der Perverse inzwischen eine andere Familie überwältigt hatte und bereits über den kleinen Sohn dieser bedauernswerten Leute hergefallen war.

Er ging zur Kasse, um zu bezahlen, kaufte ein Trüffeleis für Kryotos und marschierte über den kochenden Asphalt zu seinem Wagen zurück, als sich ihm jemand in den Weg stellte. »Mr. Caffery.«

Instinktiv legte er die Hand auf die Brust, um seine Brieftasche zu schützen. Ein riesiger hellhäutiger Mann mit blonden Locken stand ein paar Schritte von ihm entfernt am Rande des Vorplatzes. Er trug ein Cordhemd und dazu passend eine hellbraune Cordhose und hielt eine alte Argos-Einkaufstüte in der

Hand. »Sie sind doch Inspector Caffery?« Er legte schützend die Hand über die Augen. »Ich hab Sie mal in Brixton gesehen.«

»Kennen wir uns?«

»Nein. Aber einer ihrer Männer ist bei mir gewesen und hat mir Ihren Namen genannt.«

»Und wer sind Sie?«

»Ich heiße Gummer. Ich bin ...« Er sah sich nervös um. »Ich möchte gerne mit Ihnen über den Fall Peach sprechen.«

»Hm.« Caffery machte ein abweisendes Gesicht. Eigentlich hätte er Gummer die Hand reichen sollen, aber vermutlich wollte sich der Mann nur wichtig machen und hatte ihm ohnehin nichts Neues zu sagen. Ja, dieser Gummer sah aus, als ob er unbedingt eine Theorie loswerden wollte. Denkbar war aber auch, dass er Journalist war und ihn bloß hereinlegen wollte. »Warum vereinbaren wir nicht einfach einen Termin?«

»Könnten wir nicht vielleicht ...« Der Mann drehte sich halb um und deutete auf einige Geschäfte in der Nähe. »Also, darf ich Sie auf einen Kaffee einladen? Auf dem Revier kriege ich jetzt ohnehin keinen Gesprächstermin – dort würde man mich nur in der Sonne schmoren lassen.«

»Vielleicht sollten Sie sich einfach telefonisch anmelden.«

»Möglich.« Gummer machte sich nervös an seinem Hemd zu schaffen und stand wie ein begossener Pudel vor Caffery. Offenbar hatte er das Gefühl, dass er schon zu viel von sich preisgegeben, dass er sich durch sein Verhalten bereits zu weit aus dem Fenster gehängt hatte.

Caffery empfand beinahe so etwas wie Mitleid mit dem Mann. Er ließ die Hand sinken, die er noch immer schützend auf die Brust gelegt hatte. »Also, worüber möchten Sie denn mit mir sprechen?«

»Hab ich doch schon gesagt – die Familie Peach. Sie wissen doch – die Leute vom Donegal Crescent.« Er verschränkte die Arme vor der Brust und sah Caffery merkwürdig an. »Sie wissen doch, die Leute mit dem kleinen Jungen.«

»Ja, den Fall kenne ich zufälligerweise.«

»Ich habe da eine Theorie.«

Ah. Hab ich's doch gedacht. Also doch die richtige Vermutung.
»Passen Sie mal auf, Mr. Gummer, vielleicht sollten wir besser einen Termin vereinbaren – ganz offiziell.« Er wandte sich zum Gehen, doch Gummer stellte sich ihm abermals in den Weg.
»Nein.«
»Wir können auch sofort was vereinbaren.«
»Nein – lassen Sie uns irgendwo eine Tasse Kaffee trinken.«
»Wenn Sie mir etwas Wichtiges mitzuteilen haben, wieso sagen Sie mir dann nicht einfach, worum es geht?«
»Ich würde Sie lieber auf einen Kaffee einladen.«
»Und mir wäre es lieber, wir würden einen Termin vereinbaren.«
»Wie Sie meinen.« Gummer senkte den Blick, starrte auf seine abgetragenen Turnschuhe und trat nervös von einem Fuß auf den anderen. Anscheinend musste er seinen ganzen Mut zusammennehmen. Sein Gesicht lief rot an. »Hat Ihnen gegenüber mal jemand einen Troll erwähnt?«
Plötzlich erwachte Cafferys Interesse. »Wo haben Sie davon gehört?«
»Stand in der Zeitung. Der Kerl hat vor Jahren mal einen kleinen Jungen missbraucht.«
»Ach so«, sagte Caffery vorsichtig. »Und wann war das?«
»Schon lange her. Der Junge hieß Champaluang Keoduangdy.«
»Haben Sie ihn gekannt?«
»Nein, ich hab nur darüber gelesen.«
»Und trotzdem können Sie sich noch an den Namen erinnern? Kein ganz einfacher Name.«
»Hab ich mir eben gemerkt. Ich hab zu der Zeit in Brixton gewohnt. Und wissen Sie, wer das damals getan hat? Richtig – der Troll.« Inzwischen war auch sein Hals tiefrot angelaufen, er schien am ganzen Körper zu erröten.
»Haben Sie das von Ihren Kindern gehört?«
»Nein, nein. Nicht von *meinen* Kindern ...« Er schob die Hände in die Hosentaschen und scharrte unruhig mit den Füßen. »Also, ich habe ... gar keine.«

»Keine was?«
»Keine Kinder.«
»Und wer hat Ihnen dann von dem Troll erzählt?«
»Die Kinder, die ich unterrichte – im Schwimmbad. Die Schüler dort reden ständig über dieses Thema. Und …« Er hob den Kopf und sah Caffery an. »Und da hab ich mich gefragt, ob die Polizei überhaupt was über diesen Troll weiß.«
»Aber dieser Troll existiert doch bloß in der Fantasie der Kinder. Was hat das alles denn mit der Familie Peach zu tun?«
»Kinder sind nicht dumm. Wenn sie was von einem Troll im Park erzählen, einem Troll, der sie nachts im Bett beobachtet, dann sollte man vielleicht etwas genauer hinhören. Egal, wer diesen Champaluang missbraucht hat, jedenfalls hat der Junge sich das nicht eingebildet.«
»Das ist richtig.« Caffery hielt die Hand unter die Eiswaffel, weil er sich nicht bekleckern wollte. »Mr. Gummer. Die Kinder, die Sie unterrichten – hat eines von ihnen diesen Troll je wirklich *gesehen*? Hat eines von ihnen je behauptet, den Mann tatsächlich gesehen zu haben oder von ihm angesprochen worden zu sein?«
»So direkt vielleicht nicht, aber das ist kein Grund, die Geschichte einfach so *abzutun*. Sie sollten jede Spur verfolgen.«
»Ja. Genau das …«
»Und noch etwas«, unterbrach Gummer ihn aufgebracht. »Ich habe gelesen, dass die Familie Peach gerade in Urlaub fahren wollte – ist das richtig?«
»Wenn Sie es gelesen haben, wird es schon stimmen.«
»Dann sollten wir vielleicht mal überlegen, ob sich aus diesem Umstand irgendwelche Rückschlüsse ziehen lassen.«
»Ich glaube, dass jeder Ermittler, der seine Arbeit ernst nimmt, diese Frage mit der gebührenden Aufmerksamkeit behandeln würde. Oder zweifeln Sie vielleicht daran?«
»Ja, wenn er seine Arbeit wirklich ernst nimmt …« Gummer sah Caffery wütend an und sprach den Satz nicht zu Ende.
Caffery seufzte. Allmählich wurde ihm das Geplänkel in der Mittagshitze lästig. »Schauen Sie« – er zeigte Gummer die Eis-

waffel –, »das Eis fängt schon an zu schmelzen, ich muss jetzt leider gehen.«
Wieder trat Gummer von einem Fuß auf den anderen. »Typisch Polizei – ihr wollt euch ja nicht helfen lassen ...«
»Tut mir Leid.«
»Ihr seid doch alle gleich.« Er knüllte seine Plastiktüte zu einem kleinen Ball zusammen. »Bei euch ist alles Routine, und wenn dann jemand kommt und euch helfen will, müsst ihr unbedingt zeigen, dass ihr die Größten seid. Was andere zu sagen haben, das interessiert euch einen feuchten Dreck.«
»Mr. Gummer, das ist doch nicht wahr ...«
»Kein Wunder, dass die Leute euch nicht unterstützen.« Er drehte sich um und schlurfte davon. »Kein Wunder, weil ihr ja unbedingt die Größten sein müsst.«
Caffery stand in der heißen Mittagssonne und beobachtete, wie Gummer sich langsam entfernte. Er wartete, bis der Mann um die Ecke verschwunden war, stieß einen Stoßseufzer aus und ging zu seinem Jaguar.

Bela Nersessian wartete schwer atmend unten in der Halle auf den Lift. Sie trug einen mit Goldfäden durchwirkten Pullover und eng anliegende schwarze Leggings. Vor ihren Füßen standen drei Einkaufstüten. Caffery hatte völlig vergessen, dass er sie für heute einbestellt hatte.
»Hallo, Bela«, sagte er.
»Tag, mein Bester.« Sie streckte die Hand nach der Waffel aus. »Das da übernehme ich und« – sie wies mit dem Kopf auf ihre Einkäufe – »wenn Sie so lieb wären.«
»Gerne.« Er reichte ihr die Waffel, schnappte sich ihre Tüten und trat mit ihr in den Lift. Bela hängte sich vertrauensvoll bei ihm ein. »Ich stehe Ihnen zur Verfügung, so lange Sie möchten – Annahid ist nämlich mit ihrem Vater ins Kino gegangen.« Als die Türen zugingen, zog sie ein Taschentuch aus der Handtasche, betupfte sich damit den Nacken, den Brustansatz und die Achselhöhlen. Sie lächelte Caffery an. »Tut mir Leid, mein Lieber, aber ich muss mich erst etwas erfrischen.«

Souness holte die beiden am Lift ab. Sie war beunruhigt, weil sie sah, wie erschöpft Caffery war. »Alles in Ordnung, Jack?«, flüsterte sie, als die beiden Bela in ihr Gemeinschaftsbüro geleiteten. »Sie sehen aus, als müssten Sie sich jeden Augenblick erbrechen.«

»Ja. Erzähl ich Ihnen später.« Er ging kurz nach nebenan, um Kryotos das Eis zu überreichen, und kehrte dann zu den beiden Damen zurück. Mrs. Nersessian hatte es sich inzwischen bequem gemacht und war bereits voll in Aktion. Sie kramte in einer ihrer Einkaufstüten und brachte eine längliche Packung Dottato-Feigen und zwei Pakete Garibaldi-Biscuits zum Vorschein.

»Herrliche Feigen.« Sie inspizierte die Früchte und stieß dann einen ihrer lackierten Fingernägel in das weiche Fleisch. »Genau richtig. Feigen sind das Brot des armen Mannes, Mr. Caffery, sie enthalten reichlich Kalzium und sind gut für den Darm. Und nur wer einen sauberen Darm hat, kann auch klar denken. Könnten Sie bei Ihren Ermittlungen gut brauchen – einen klaren Kopf.« Sie schüttete ein paar Plätzchen auf den Schreibtisch und sah Caffery mit einem aufmunternden Lächeln an. »Los, nehmen Sie schon – was ist eigentlich mit Ihnen los, weshalb sind Sie nur so dünn? Bekommen Sie von Ihrer Frau etwa nicht genug zu essen?«

»Mrs. Nersessian ...«

»Nennen Sie mich ruhig Bela, mein Bester. Natürlich könnte ich Ihre Mutter sein, aber eine alte Frau bin ich noch nicht. Und Sie, meine Teuerste« – sie beugte sich über den Schreibtisch und legte Souness die Hand auf den Arm –, »natürlich möchte ich Ihnen nicht zu nahe treten, aber was sagt denn Ihr Ehemann zu Ihrem Gewicht? Nicht, dass ich was daran auszusetzen hätte – manche Männer haben ja sogar eine Vorliebe für ...«

»Bela«, unterbrach Caffery sie, »wir würden jetzt gerne mit Ihnen über Alek sprechen.«

»Ach ja!« Als sie ihm den Kopf zuwandte, klimperte ihr Goldschmuck. »Ach, Alek – das ist auch so ein Fall, der will seit Tagen nichts essen – sie sollten ihn mal sehen. Den ganzen Tag läuft

er nur herum – geht im Park auf und ab, der arme Mann. Die Familie ist wirklich nicht zu beneiden.« Sie legte ihre Hände wie im Gebet zusammen und drehte die Augen Richtung Decke. »Gott möge uns ersparen, was diesen Menschen widerfahren ist.« Dann ließ sie die Hände wieder sinken, schob sich eine dicke Feige in den Mund, saß kauend da und sah Caffery lächelnd an.
»Allerdings wäre ich mit den armen Leuten etwas einfühlsamer umgegangen, als Sie es für nötig befunden haben. Ja, ich hätte es ihnen etwas schonender beigebracht. Aber das soll natürlich keine Kritik sein.«
»Bela, reden wir jetzt mal über Carmel. Wie geht es ihr eigentlich?«
»Der Mann, den Sie vorbeigeschickt haben, hat mit ihr gesprochen, aber sie sitzt nur ständig da und starrt die Wand an.«
»Ja – haben wir schon gehört. Und – spricht sie wenigstens mit Ihnen?«
»Nein, nur mit Annahid.« Sie schob sich wieder eine Feige in den Mund und wählte mit den Augen aus den übrigen Früchten bereits den nächsten Kandidaten aus. »Die arme Frau – ständig weint sie, wenn Annahid mit ihr spricht, aber vielleicht hilft ihr das ja ein wenig.«
Souness rutschte unruhig auf ihrem Stuhl hin und her. »Bela – dieser Alek hat doch schon eine ganze Weile nicht mehr gearbeitet, ist das richtig?«
Bela blickte auf, als ob Souness von ihrem Stuhl aufgestanden wäre und ihr eine Ohrfeige verpasst hätte. »Der Mann ist doch *fix und fertig*.« Sie starrte die Polizistin mit offenem Mund an. »Wie soll er denn jetzt an Arbeit denken – er hat doch gerade erst seinen Sohn verloren.«
»Ich glaube, Inspector Souness meint *vor* dem Unglück.«
»Vorher? Ach so ...« Sie betupfte ihre Oberlippe, auf der sich ein paar Schweißperlen gebildet hatten. »Ach so. Na ja. Früher hat er mal 'ne Disko gehabt, wissen Sie, eine mobile Disko, und – ja – er liebt seine Plattensammlung und Amerika. Ja, er liebt Amerika, würde gerne drüben leben und glaubt, dass er mit seiner schwarzen Mähne wie Elvis aussieht. Der Mann hat seit Jah-

ren davon geträumt, mal mit Rory nach Graceland zu fahren. Aber er hat natürlich auch 'ne Menge Ärger gehabt. Man kann ja verstehen, dass die Familie nicht wollte, dass er Carmel heiratet. Aber *ich* persönlich hab nie was gegen ihn gehabt. Und auch nicht gegen Carmel.« Sie hielt Caffery eine Packung Garibaldi-Plätzchen unter die Nase. »Los, nehmen Sie schon. Tun Sie mir den Gefallen.«

»Vielen Dank.« Er nahm ein Plätzchen, obwohl er nicht den geringsten Appetit verspürte, und legte es auf den Rand seiner Tasse. »Sie haben gerade von Aleks Arbeit gesprochen, seiner Disko ...«

»Na ja, totgeschuftet hat er sich natürlich nicht – und dann noch der ganze Ärger. War für ihn nicht ganz einfach, aber lassen wir das ... Die Peaches sind nun mal keine traditionelle Familie, wissen Sie. Carmel ist nämlich eine *odar*, aber das kann man ihm natürlich nicht zum Vorwurf machen.«

»Entschuldigen Sie bitte: Wie war das: – *oh-dah*?«

»Ja, eine *odar*. Eine Außenstehende – eine, die nicht zu uns gehört.«

»Zu Ihnen gehört?«

»Ja – eine *Nicht-Armenierin*.«

»Ist Alek Peach denn Armenier?«

»O ja.« Sie dachte kurz nach. »Natürlich schert er sich nicht um die Tradition, aber er gehört zu uns.« Sie berührte mit ihren langen goldfarben lackierten Fingernägeln Cafferys Arm. »Natürlich hat er blaue Augen – aber das haben viele von uns, genau wie Sie, mein Guter. Die meisten Leute meinen, dass wir iranischer Herkunft sind, aber das stimmt nicht. Schauen Sie mich doch an.« Sie nahm die Sonnenbrille ab und sah ihn an. »Sehen Sie?«

»Ja.«

»Blau – interessant ist aber auch« – sie setzte die Brille wieder auf –, »interessant ist auch: Unsere Urgroßväter – also Aleks und mein Urgroßvater – waren dicke Freunde. Haben gemeinsam gegen die Türken gekämpft – und sind sogar zusammen gestorben. Unsere Großeltern sind dann nach Paris geschickt worden und ...«

»Aber Peach – das ist doch kein …«
»Armenischer Name? Nein. Natürlich nicht. Sag ich doch – Alek ist nun mal kein traditioneller Armenier. Ich glaube sogar, dass er sich seiner Herkunft schämt.«
»Hat er seinen Namen denn geändert?« Caffery spürte, wie Souness' Augen auf ihm ruhten, wie sie das Gespräch mit großer Aufmerksamkeit verfolgte. »Anglisiert?«
»Nur den Familiennamen. Seinen Vornamen natürlich nicht – Alek klingt schließlich …«
»Und sein richtiger Name? Wie heißt Alek wirklich?«
»Ach, den können Sie sowieso nicht aussprechen.« Sie machte mit ihrer schmuckbehängten Hand eine wegwerfende Bewegung. »Wenn Sie schon mit Nersessian Schwierigkeiten haben, dann können Sie Pechickjian erst recht nicht aussprechen.«

Nachdem Caffery Tracey Lamb an der A134 einfach aus dem Wagen geworfen hatte, blieb ihr keine andere Wahl, als den rund drei Kilomter weiten Rückweg zu Fuß anzutreten. *Wie ein Flittchen muss ich hier rumlaufen.* Der Himmel war an diesem Tag strahlend blau. In der Ferne war über den Bäumen die Rauchfahne zu erkennen, die von der Zuckerfabrik in Bury St. Edmunds aufstieg. Nur ab und zu kam ein Auto vorbei, der Asphalt brannte unter ihren nackten Füßen, und auf der ganzen Strecke gab es nur eine Telefonzelle, um die schnüffelnd ein kleiner gescheckter Hund herumschlich. Sie hatte nicht mal die zwanzig Pence in der Tasche, um ein Taxi zu rufen. Aber das hätte ihr auch gar nichts genützt, weil sie nicht genug Geld zu Hause hatte, um den Fahrer für seine Dienste zu entlohnen. Seit Carls Tod hatte sich ihre Situation zusehends verschlechtert. Sie hatte gerade noch vier Stangen Silk Cuts zu Hause, der Tank des Datsun war fast leer, und die Sozialhilfe deckte nicht mal einen Bruchteil ihrer Kosten. Und jetzt sah es auch noch so aus, als ob sie die Bullen am Hals hätte.

Tracey kannte niemanden, den sie nach diesem Inspector Caffery hätte fragen können. Früher hätte sie sich bei ihrem Bruder Carl erkundigen können, doch der war ja nicht mehr da. Sie und

Carl hatten seit dem Tod ihrer Eltern dreißig Jahre lang so eng zusammengeklebt, dass viele Leute schon die Nase gerümpft hatten. Sie hatten so vieles gemein: »Ja, wir haben sogar dieselben Zähne überkront«, hatte Carl manchmal gesagt und dabei die Oberlippe hochgezogen, damit jeder sehen konnte, was er meinte. Sein Zahn war ihm in Belmarsh abhanden gekommen, und Tracey hatte ihren verloren, als ihrem Bruder am St. Patrick's Day mal die Hand ausgerutscht war. Carl hatte viele »Freunde« gehabt. Tracey wusste alles über seine »Freunde« – einige hatte sie sogar persönlich kennen gelernt, als sie damals die Videos gemacht hatte.

Sie blieb einen Augenblick neben der Straße stehen, beugte sich vor und spuckte eine Ladung eklig-braunen Auswurf ins Gebüsch. Ein Auto fuhr laut hupend vorbei. Im Rückfenster sah sie höhnisch lachende Gesichter. Sie stützte die Hände auf die Knie, richtete sich mühsam wieder auf und blickte die flirrende Straße entlang. Das Auto entschwand allmählich in der Ferne. Nein, das konnte sie sich auf keinen Fall bieten lassen. Also nahm sie sich vor, zu Hause Carls Adressbuch herauszusuchen und seine Freunde anzurufen und zu fragen, was sie als Nächstes tun sollte. Im Grunde genommen hatte sie überhaupt keine Lust, diese Leute anzurufen. Einige von denen waren echt nicht ganz dicht – das hatte selbst Carl zugegeben. Einige dieser Gestalten trieben es mit allem und jedem: »Wenn es sein muss, schieben die ihr Teil sogar in den Auspuff eines alten Cortina«, hatte Carl bisweilen lachend gesagt. »Jedenfalls, wenn der Cortina scharf genug aussieht.« Trotzdem musste sie unbedingt was unternehmen.

Tracey humpelte mit schmerzenden Füßen weiter durch die Hitze. Von den wenigen Autos mal abgesehen, die vorüberfuhren, hatte sie seit über einer Stunde niemanden mehr getroffen – nur einen grauhaarigen alten Mann, der nahe West Farm am Ausgang eines alten Stollens herumkroch. Kurz darauf bog sie nach Barnham ab und ging an den verlassenen alten Kasernen mit den zugemauerten Fenstern und den mit Holz verkleideten Türen und dem verfallenen Flugzeughangar vorbei. Sie kam nur mühsam vorwärts, da sie alle paar Minuten stehen blieb, um nach Luft zu schnappen und ihren widerlichen Auswurf auszuspucken. Tracey hatte schon immer Probleme mit der Lunge gehabt – von Anfang an.

»Liegt natürlich nicht an den sechzig Kippen, die du täglich rauchst, Tracey«, hatte Carl bisweilen grinsend gesagt, wenn sie wieder mal eine Ladung Auswurf in ihren kleinen Styroporbecher gespuckt hatte. »Natürlich nicht.«

»Du kannst mich mal.« Dann hatte sie ihm den ausgestreckten Mittelfinger vor die Nase gehalten, und Carl hatte gelacht, und anschließend hatten beide wieder in die Glotze gestarrt. Er fehlte ihr, Gott sei seiner Seele gnädig. *Du fehlst mir, Carl.*

Als sie schließlich den kleinen Sandweg erreichte, der querfeldein an dem verlassenen Steinbruch vorbei- und zu ihrem Haus führte, waren ihre Füße wund gelaufen. Obwohl die Garage von der Straße noch ein ganzes Stück entfernt war, humpelte sie unverdrossen weiter. Ab und zu schoss ein Düsenjäger von der Basis Honnington mit Ohren betäubendem Lärm über den Himmel und war bereits Sekunden später hinter dem Horizont verschwunden, doch ansonsten lag die Landschaft friedlich im Sonnenschein. Sie kannte die Felder ringsum in- und auswendig – den Zaun dort drüben und den Weg, der weiter vorne nach links abbog. Das Haus und die Garage hatte Carl, kurz nachdem ihre Eltern gestorben waren, angemietet. Er war damals neunzehn, Tracey dreizehn Jahre alt gewesen. Sie wusste genau, womit er sein Geld verdiente. Sie wusste genau, was es mit dem Haufen zertrümmerter Autofenster auf sich hatte, den abmontierten Plaketten, den gefälschten Fahrgestellnummern. In der Garage war immer irgendein völlig auseinander genommenes Auto aufgebockt, und in der Küche hatte ständig ein Stapel gefälschter Kennzeichen herumgelegen. Außerdem war draußen neben dem Haus regelmäßig ein mit einer Plane abgedeckter Lieferwagen abgestellt gewesen. Manchmal hatte Carl ihr sogar erlaubt, einen kurzen Blick darauf zu werfen, doch dann hatte er die Plane meist sehr schnell wieder heruntergezogen und den Finger auf den Mund gelegt: *Kein Wort zu irgendeinem Men-*

schen über dieses Auto, ist das klar? Am besten, du tust so, als hättest du es nie gesehen. Manchmal fuhr auch ein Wagen vor, der eine dringende »Inspektion« benötigte. Bei solchen Gelegenheiten sprang Carl wie von der Tarantel gestochen auf und war die ganze Nacht in der hell erleuchteten Garage damit beschäftigt, einen anonymen Discovery oder Bronco umzubauen. In seiner Sammelwut machte er zwischen Menschen und Alteisen kaum einen Unterschied: In dem Haus herrschte ein ständiges Kommen und Gehen. Der eine brachte eine Auto-Stereoanlage, der Nächste irgendwelche Ersatzteile oder geschmuggelte Zigaretten. Schon seit Kindertagen kannte Tracey den satten Klang der Harleys, die ständig vor dem Haus ihres Bruders vorfuhren. Immer waren Leute da, mal übernachtete jemand im Bad, mal lag jemand in einem schmuddeligen Schlafsack in der Garage – eine nie abreißende Kette junger Männer, die bei Carl aus und ein gingen und ihm halfen, Autos umzuspritzen (und die gegebenenfalls auch für andere Dienstleistungen bereitstanden, daran hegte sie nicht den geringsten Zweifel). Knastbrüder hatte sie die jungen Burschen oft genannt, weil die ständig auf der Flucht waren und sich irgendwo verstecken mussten. »Das behältst du gefälligst für dich – verstanden, Tracey?« Alle Kumpels, mit denen Carl zu tun hatte, waren irgendwann mal im Knast gewesen – einschließlich des »Beißers«, nach dem Caffery sich erkundigt hatte.

»Völlig durchgeknallt, der Typ«, hatte Carl mal gesagt. »Für den sind alle Frauen schmutzig. Hättest du mal sehen sollen. Der hat sogar die kleinen Jungs nur mit Handschuhen angelangt, weil er nämlich Angst hatte, dass sie vielleicht mal 'ner Frau zu nahe gekommen waren.« Ja, der Kerl wohnte in Brixton. Dieser Caffery hatte zwar nicht erwähnt, *wo* dieser Perverse den kleinen Jungen gebissen hatte, aber Tracey konnte es sich schon denken: an den Schultern. Trotzdem hatte sie sofort begriffen, dass es Caffery gar nicht so sehr um diesen »Beißer« ging – sondern um etwas ganz anderes. Und als er dann auch noch angefangen hatte, sich nach Pendereckis Jungen zu erkundigen, hatte sie gleich gerafft, dass er sie in erster Linie wegen dieser Frage aufgesucht hatte.

Ja, Pendereckis Junge. Tracey wusste zwar, was der verschlagene alte Pole dem Jungen angetan hatte, doch sie hatte nie erfahren, wie der Junge eigentlich hieß und wo Penderecki ihn aufgegabelt hatte. Und weil Carl das Thema völlig totgeschwiegen hatte, war ihr von Anfang an klar gewesen, dass es jemanden geben musste, dem der Junge sehr viel bedeutete. Daraus wiederum hatte sie geschlossen, dass eine Menge Geld im Spiel sein musste. Ihre neueste Mutmaßung ging nun dahin, dass sich Caffery aus diesem Grund so sehr für die Geschichte interessierte.

Sie blieb stehen. Sie war jetzt nicht mehr weit vom Haus entfernt. Am Rande des Steinbruchs glitzerte in der Sonne der Fahrzeugpark, den Carl zurückgelassen hatte: ein alter Triumph, ein moosbewachsener Wohnwagen, ein ausgeschlachteter Ford. Nur noch zehn Minuten zu gehen, doch sie blieb plötzlich wie angewurzelt stehen. Ihre wund gelaufenen Füße waren vergessen, und sie bemerkte nicht einmal das Flattern der Fasane, die laut kreischend zwischen den Bäumen aufstiegen. Aus den dumpfen Tiefen ihrer Erinnerung kam unversehens etwas zum Vorschein, was mit einem Inspector Caffery zu tun hatte. Vielleicht war der Mann für sie gar nicht so bedrohlich – im Gegenteil, vielleicht konnte sie ja sogar von ihm profitieren.

Roland Klare hatte sich den ganzen Morgen eifrig Notizen gemacht, Alternativen erwogen, nach neuen Verfahren gesucht und war schließlich auf eine Möglichkeit gestoßen, wie er sein Problem lösen konnte. Er brauchte lediglich ein paar Blatt Fotopapier, einen Liter Fixiermittel und etwas Kodak-D76-Pulver. In der Anleitung stand klipp und klar zu lesen: Wenn er auf eine Dunkelkammerleuchte verzichtete, konnte der Film beschädigt werden. Trotzdem hatte er beschlossen, das Risiko einzugehen, und eine rote Fünfundzwanzig-Watt-Birne auf seine Liste gesetzt. Anschließend hatte er seine Hosentaschen und sämtliche Schubladen durchwühlt und mitsamt den Münzen, die er in diversen alten Cidre-Flaschen verwahrte, dreißig Pfund zusammengekratzt und in eine Mülltüte geschüttet, die er oben zusammenknotete und sich über die Schulter hängte.

Ganz schön schwer, das viele Kleingeld. Deshalb brauchte er eine Weile, bis er die Bushaltestelle erreicht hatte. Im Bus selbst warfen ihm einige Fahrgäste neugierige Blicke zu, als er sich mit seiner prallen Mülltüte in die hinterste Reihe hockte. Aber Klare kannte es schon, dass die Leute den Platz wechselten, wenn er sich neben sie setzte. Und so saß er friedlich da und beobachtete das Treiben auf der Straße, bis der Bus schließlich in Balham hielt.

Die Bushaltestelle war direkt vor dem Fotoladen, dessen Mülleimer er regelmäßig durchwühlte. Also verschwand er ganz automatisch erst einmal auf der Rückseite des Hauses. Dort legte er den Sack mit den Münzen auf den Boden, stellte sich auf eine alte Kiste und spähte in den größten der Müllbehälter. So eine Scheiße. Anscheinend war der Container gerade erst geleert worden. Sein einziger Inhalt war eine alte Jaffa-Orangen-Kiste. Klare stieg resigniert wieder von der Kiste herunter, rieb sich die Hände, schnappte sich den Sack mit den Münzen, ging um das Haus herum und betrat von der Straße her den Laden.

21. KAPITEL

Weder Caffery noch Souness konnten glauben, was sie da auf dem Bildschirm vor sich sahen. Sie saßen lange schweigend auf ihren Stühlen und starrten ungläubig auf den Monitor. Ihre Anfrage im Zentralcomputer hatte nämlich ergeben, dass Alek Pechickjian im Vorstrafenregister verzeichnet war, und zwar wegen Kindesmissbrauch. 1984 war er dafür zu zwei Jahren Gefängnis verurteilt worden.
»Nein.« Caffery schüttelte den Kopf. »Nein, das kann ich einfach nicht glauben. Auch wenn er vorbestraft ist, heißt das noch nicht ...«
»Aber immerhin wegen Kindesmissbrauchs.«
»O mein Gott.« Er stützte den Kopf in die Hände und dachte angestrengt nach. Die erste Straftat, die Peach begangen hatte, lag mehr als fünfzehn Jahre zurück und war im Vorstrafenregister nicht mehr im Detail dokumentiert. Sie hatten deshalb per E-Mail bei der zuständigen Stelle einen Mikrofilm angefordert. Doch der zweite Gesetzesverstoß, dessen Peach sich schuldig gemacht hatte, datierte erst von 1989. Damals, also kurz nach der Attacke auf Champ und dem Auftauchen der Fotos in einem Mülleimer in der Half Moon Lane war Peach zu einer Freiheitsstrafe verurteilt worden, weil er einem Siebzehnjährigen bei einer Prügelei ein Auge ausgeschlagen hatte. Caffery starrte ungläubig auf den Bildschirm. Peachs Aussage über die Vorgänge in seinem Haus am Donegal Crescent – etwa die Behauptung, dass dort keine Fotos gemacht worden seien und dass er von Rory während der fraglichen Tage überhaupt nichts gehört habe –, fiel plötzlich wie ein Kartenhaus in sich zusammen. Auch die Tatsache, dass Peachs Frau und sein Sohn erheblich dehydriert ge-

wesen waren, Peach selbst hingegen nicht, erschien jetzt plötzlich in einem neuen Licht.

Er stand auf und zog das Phantombild des Mannes, der Champ damals missbraucht hatte, aus der Mappe. Dann breitete er sämtliche Tatortfotos auf dem Schreibtisch aus. »Was meinen Sie?«

Souness beugte sich über das Phantombild und schüttelte den Kopf. »Ich weiß nicht recht. Und Sie – was glauben Sie?«

»Schwer zu sagen.« Er drehte das Bild langsam hin und her. »Möglich, aber nicht zwingend.« Er betrachtete die Tatortfotos.

»Glauben Sie, dass er sich vielleicht selbst einen Schlag auf den Hinterkopf ...« Sie beugten sich beide über den Schreibtisch und inspizierten den Abdruck, den Alek Pechickjian, alias Alek Peach, auf dem Boden hinterlassen hatte.

»Möglich, dass er sich zuerst an den Beinen gefesselt hat ...« Souness zeigte auf das Foto. »Und dann erst an den Händen. Na ja – denkbar ist es ...«

»Nein, nein. Augenblick mal.« Caffery schob seinen Stuhl zurück. Die beiden hatten Bela Nersessian gebeten, das Zimmer für ein paar Minuten zu verlassen, und sie saß nebenan bei Kryotos. Caffery sah, dass sie sich immer wieder den Hals verrenkte und neugierig durch die Scheibe in der Tür hereinstarrte. Er sah Souness an und senkte die Stimme. »Nein, ausgeschlossen. Dann müsste er ja zur Hintertür rausgestürmt sein, als der Ladenbesitzer geklingelt hat. Danach müsste er auf den Baum geklettert sein, um Rory dort zu deponieren. Anschließend müsste er wieder nach Hause gerannt sein und sich gefesselt haben. Und das alles noch vor dem Eintreffen der Polizei ...«

Er hielt mitten im Satz inne – und Souness nickte. Der Ladenbesitzer war zu Fuß zu seinem Geschäft zurückgegangen, um Alarm zu schlagen. Peach hatte also reichlich Zeit gehabt. Genügend Zeit, um sich selbst als Opfer eines Überfalls zu inszenieren. Caffery und Souness hatten beide schon von derartigen Inszenierungen gehört. Außerdem wussten sie aus Erfahrung, dass es Leute gibt, die sich selbst in die unmöglichsten Situationen bringen – sich selbst unvorstellbares Leid zufügen. Caffery dachte dabei nicht nur an autoerotisch verursachte Todesfälle. Ja, es gab arme Schweine, die in einem Zeltsack oder unter einer Gummimaske jämmerlich erstickt waren, andere, die sich schmutzige Unterwäsche über den Kopf zogen und sich dann an einem Flaschenzug unter die Zimmerdecke hievten. Es gab aber auch menschliche Tragödien, die auf den ersten Blick durchaus wie ein Mord erscheinen konnten. So hatte er beispielsweise einmal einen Selbstmörder gesehen, der sich selbst die Eingeweide aus dem Leib gerissen hatte, oder eine Frau, die sich in einem verschlossenen Kofferraum selbst angezündet hatte. Er wusste nur zu gut, wie leicht sich ein Mord als Suizid maskieren ließ und ein Suizid als Mord.

»Magst du deinen Papi ...?«, fragte er leise.

»Wie bitte?«

»Champaluang Keoduangdy – das hat dieser Kinderschänder damals zu ihm gesagt. ›Magst du deinen Papi?‹«

»Was?«

»Ja, genau das.« Er richtete sich in seinem Stuhl auf. In seinem Kopf rauschte das Blut. Sein Tagesausflug nach Norfolk und der Dauerstress, in dem er mit Rebecca lebte – das alles war plötzlich ziemlich weit weg.

»Augenblick mal.« Souness zog die Fotos zu sich herüber und betrachtete sie skeptisch. »Aber der Mann war doch halb tot, als man ihn gefunden hat.«

»Und wieso hat er dann derart aggressiv reagiert und herumgegiftet?« Caffery schob seinen Stuhl zurück. »Der Polizeiarzt war jedenfalls völlig perplex.«

»Aber der Mann hatte doch die Hose von oben bis unten gestrichen voll – glauben Sie etwa, dass er das auch nur gespielt hat?«

»Wahrscheinlich ist ihm dieser Gordon Wardell wieder eingefallen.«

»Was?«

»Erinnern Sie sich nicht mehr an die Geschichte?« Caffery nahm die Brille ab. »Dieser Wardell ist damals aufgeflogen, weil er sich während der langen Zeit, die er nach eigenem Bekunden

in Fesseln verbracht hatte, *nicht* in die Hose gemacht hatte. Daraus haben die Kollegen geschlossen, dass er seine Frau selbst umgebracht haben musste. Hat doch zwischen Brixton und Birmingham in sämtlichen Zeitungen gestanden. Falls die Medien darüber nicht groß berichtet haben, lade ich Sie zum Essen ein.«
Sie seufzte und schüttelte den Kopf. »Tja – sieht ganz so aus, als ob Sie Recht hätten, Jack.« Sie stand auf und machte sich an ihrem Hosenbund zu schaffen. »Und was machen wir jetzt?«
»Erst mal brauchen wir ein genetisches Profil.«
»Und – wie lange dauert das?«
»Weiß der Henker.« Caffery rappelte sich ebenfalls von seinem Stuhl hoch. »Was soll's? Es gibt nämlich noch einen anderen Weg.«

Während Souness die übrigen Beamten zu einer Krisensitzung zusammentrommelte, brachte Caffery Bela zurück nach Guernsey Grove. Er konnte es kaum erwarten, Alek Peach wieder zu sehen und im Licht der neuen Erkenntnisse abermals zu befragen. Als Souness ihn auf dem Weg zum Lift aufhielt und ihm zuraunte: »Jack, Sie wollten mir doch noch was erzählen«, schüttelte er nur den Kopf: »Ach, nichts Besonderes – nicht der Rede wert.«
Endlich hatte er etwas in der Hand. Er wollte unbedingt wissen, ob Peach die Polizei hereingelegt und sich lediglich als unschuldiges Opfer eines Verbrechens aufgespielt hatte. Er war völlig außer sich, hatte alles andere vergessen. Sogar seine Müdigkeit war wie weggewischt.
Es war nicht ganz einfach, Belas Neugier zu befriedigen, ohne etwas zu verraten: »Unsere Forensiker haben bei den Peaches in der Küche Zahnabdrücke an einigen Lebensmitteln entdeckt. Deshalb brauchen wir einen Gebissabdruck der Eheleute, damit wir feststellen können, von wem die Abdrücke stammen.«
»Hm. Ich glaube nicht, dass er da ist.« Sie ließ ihn mit ernstem Gesicht und klirrendem Goldschmuck in ihr blitzsauberes Haus eintreten. »Er ist heute Morgen schon sehr früh weggegangen.«

»Sehen wir mal.« Caffery warf durch die offene Tür einen Blick ins Wohnzimmer, doch dort war alles ruhig – bis auf die protzige Wanduhr, die gerade zu schlagen anfing. »Falls er nicht da ist, warte ich eben.«
»Schauen Sie doch mal im Garten nach.« Sie hängte ihre Handtasche hinter der Tür an einen Haken. »Ich mache Ihnen nur schnell eine Tasse Mokka, damit sie wieder auf die Beine kommen.«
»Sehr nett von Ihnen, Bela, aber das geht jetzt leider nicht.« Er trat in die Küche. Über der Spüle hingen Schnüre, an denen in Zucker getränkte Walnüsse aufgereiht waren. *Wie Mobiles*, dachte Caffery. Er sperrte die Hintertür auf, trat auf die kleine Zementterrasse hinaus und blinzelte in die Sonne. Auch der Garten war penibel gepflegt. Genau in der Mitte des kleinen Rasens war der Sockel der Wäschespinne in den Boden eingelassen. An dem frisch lackierten Geräteschuppen lehnte Annahids rosafarbenes Barbie-Fahrrad. Ansonsten war in dem Garten nichts Auffälliges zu sehen. Er machte die Tür wieder zu, sperrte sie ab und ging in die Küche, wo Bela gerade Wasser aufgesetzt hatte. »Trotzdem vielen Dank.«
»Sind Sie sicher?«
»Ja, bin ich. Wir kämpfen in dieser Sache gegen die Uhr.«
»Aber Sie müssen unbedingt mehr essen. Mag ja sein, dass es modern ist, superschlank herumzulaufen – aber gesund ist es nicht.« Bela ging schwer atmend hinter ihm die Treppe hinauf. Als sie sah, dass er ins oberste Stockwerk wollte, fasste sie ihn am Ärmel. »Sie wollen doch nicht etwa Carmel stören? Das sollten Sie nicht tun, die arme Frau hat doch ohnehin schon genug Kummer. Geht mich zwar nichts an, aber ich finde, dass Sie manchmal ruhig ein bisschen taktvoller ...«
Doch Caffery war schon oben und öffnete die Tür. Der völlig verqualmte Raum war von gleißendem Sonnenlicht erfüllt. Carmel lag mit dem Gesicht zum Fenster auf dem Bett – neben sich eine Packung Zigaretten und einen Aschenbecher. Als sie Caffery hörte, blickte sie ihm über die Schulter entgegen. Auf der anderen Seite des Bettes am Fenster stand mit einer Zi-

garette in der Hand Alek Peach und starrte in den Garten hinunter.

Caffery hatte nicht gewusst, was ihn hier oben erwartete. Aber Alek hatte wohl geahnt, was auf ihn zukommen würde, da er Caffery vermutlich unten im Garten gesehen hatte. Trotzdem wirkte er völlig ruhig. Er wandte sich langsam um, zog ein letztes Mal an seiner Zigarette und zerdrückte sie dann in dem randvollen Aschenbecher auf der Fensterbank. Sein großes Gesicht wirkte irgendwie stärker gerötet, als Caffery es in Erinnerung hatte, doch in Aleks Augen war auch jetzt wieder eisige Ablehnung zu erkennen. Falls er überrascht war, den etwas atemlosen Inspector Caffery in der Tür zu sehen, dann zeigte er es nicht.

Smurf hinkte keuchend und winselnd im Kreis herum und schien nach etwas zu suchen. Ihre alten Krallen kratzten über den Teppichboden. Aus der Bruchstelle an ihrem Bein quoll eine zähe helle Flüssigkeit hervor. Sie hatte sich inzwischen bereits zweimal in der Zimmerecke erleichtert. Der alte Hund schien vor Durst dem Wahnsinn nah. *Smurf, ich hab auch schrecklichen Durst.* Benedicte lag auf dem Rücken, lauschte auf die in der Ferne vorbeirollenden Züge und fuhr mit ihrer wunden und aufgeschwollenen Zunge immer wieder über die völlig ausgedörrte Schleimhaut in ihrem Mund, versuchte, ihre Lippen zu benetzen. Inzwischen war schon wieder ein Tag vergangen, seit sie sich vorübergehend der Illusion hingegeben hatte, dass die Rettung nahe sei. Am Vortag hatte es nämlich irgendwann am Morgen an der Tür geklingelt.

Ja! Vor Freude hätte beinahe ihr Herz ausgesetzt. »*Ja, ich bin hier!*«

Dann das Knirschen eines Schlüssels im Schloss.

Schlüssel?

Dann wurde die Haustür geöffnet, und sie begriff in einer Aufwallung von Panik und Verzweiflung ihren grausamen Irrtum. Sie hörte, wie der Eindringling die Treppe heraufrannte und wie wild mit den Fäusten gegen die Tür trommelte. Sie rollte sich vor dem Heizkörper zusammen und umklammerte schützend ihren Kopf. Ja, sie war am Ende.

In den folgenden Stunden war der Fremde dann noch häufiger durch die Haustür aus und ein gegangen. Beim Verlassen des Hauses schlug er sie zu, und wenn er dann zurückkam, klingelte er, um sich zu vergewissern, dass die Luft rein und inzwischen niemand in dem Haus aufgekreuzt war, der ihm die Party hätte verderben können. Benedicte wusste, dass er ihre Schlüssel benutzte – sie konnte hören, wie er unten im Gang mit dem Schlüsselbund klimperte. Wann immer der Troll von einem seiner Ausflüge zurückkehrte, rollte Benedicte sich stumm zusammen. Sie gab kein Lebenzeichen von sich, wollte nicht, dass er erfuhr, ob sie noch lebte oder schon tot war. Wann immer er das Haus wieder verlassen hatte, drehte sie sich auf den Bauch und versuchte, Josh und Hal laut schreiend Mut zu machen, und betete inständig, dass die beiden sie hören konnten.

Aus dem Rhythmus der Züge in der Ferne konnte sie erschließen, dass der Troll bereits seit vier Stunden unterwegs war. Und was – wenn er überhaupt nicht zurückkehrte? Hieß das etwa, dass schon alles vorüber war – dass Josh bereits ...

Und was war mit der Agentur, die ihnen das Haus in Cornwall vermittelt hatte? Würde man dort nicht Alarm schlagen? Denkbar war auch, dass ein Bauarbeiter den Troll in dem Haus ein und aus gehen sah. Oder vielleicht würde Ayo schon früher als geplant vorbeikommen. Oder jemand würde durch das Fenster einen Blick in die Garage werfen und dort den voll bepackten Daewoo sehen – und den gewiss schon verschimmelten Reiseproviant auf dem Rücksitz.

Schließlich beendete Smurf ihre ruhelose Wanderung und ließ sich – den Kopf auf dem gesunden Bein – stöhnend in der Ecke nieder. Die Wunde fing allmählich an zu riechen. Benedicte hatte beobachtet, dass immer wieder Schmeißfliegen an dem kaputten Bein herumkrabbelten. Sie hatte den Ärmel von Hals Hemd zerrissen und um den eiternden Bruch gewickelt. Allerdings hielt das die von dem Eitergeruch betörten Fliegen nicht davon ab, auch weiterhin ihr Glück zu versuchen. Selbst wenn sie in den nächsten Stunden gerettet wurden – für Smurf war es auf jeden Fall zu spät, so viel war klar. Allein der Gedanke brach Benedicte beinahe das Herz.

»Ist ja gut, Smurf, altes Mädchen ...«, murmelte sie. »Dauert nicht mehr lange – das verspreche ich dir.«

Sogar unterwegs im Auto hörte Peach nicht auf zu schimpfen. Er sei krank, sagte er, und zu schwach, um sich solchen Strapazen zu unterziehen – und so reihte sich Ausrede an Ausrede. Caffery sprach auf dem ganzen Weg nach Denmark Hill kein einziges Wort.

Dr. Ndizeye erwartete die beiden bereits lächelnd und schweißüberströmt vor dem Portal der Königlichen Zahnklinik. Unter seinem offenen weißen Kittel trug er ein T-Shirt, auf das vorne in blauen Lettern die Aufschrift »Programme Alimentaire Mondiale« gedruckt war.

»Hallo, Mr. Peach.« Er ergriff Peachs schlaff herabhängende rechte Hand und schüttelte sie. »Kommen Sie doch bitte hier entlang.« Er führte die beiden in das kleine Büro, in dem auch seine dentalpathologischen Lehrveranstaltungen stattfanden. Der Raum machte einen gemütlichen, wenn auch etwas chaotischen Eindruck. In der Mitte stand ein computerisierter Behandlungsstuhl, hingegen hatte sich auf einem alten Goniometer auf der Fensterbank bereits eine Staubschicht angesammelt. An den Wänden hingen nur wenige Bilder: ein paar Röntgenaufnahmen mit Schädeldarstellungen, das Porträt eines lächelnden Amerikaners (der auf einem kleinen Goldschildchen als Robert S. Folkenberg ausgewiesen war) und das Foto einer Frau mit zwei kleinen Mädchen, die sich offenbar für den Kirchgang zurechtgemacht hatten. Eine schweigende Assistentin war gerade damit beschäftigt, auf einem Stück Krepppapier einige Metallschalen anzuordnen.

»Herrlicher Tag heute«, sagte Ndizeye und öffnete das Fenster. »Trotzdem sollte man nicht vergessen: Der Herr lässt seine Sonne über den Guten und den Bösen gleichermaßen aufgehen, über den Gerechten und den Ungerechten.« Seine Augen hinter den dicken Brillengläsern schienen in zwei verschiedene Richtungen zu blicken. Dabei lächelte er wie ein Clown. Für einen Moment hatte Caffery die Bemerkung des Dentalpathologen fast auf sich bezogen. Peach legte sich auf den Behandlungsstuhl und starrte an die Decke, während die Assistentin ihm ein Lätzchen umband. Caffery nahm mit dem Rücken zum Fenster auf einem Aluminiumstuhl Platz, lutschte Pfefferminzpastillen und sah Ndizeye schweigend bei der Arbeit zu.

»Ich mache jetzt zunächst einen Abdruck, danach machen wir eine Aufnahme von der Kieferstellung und zum Schluss noch ein Orthopantogram.« Ndizeye beschrieb mit der Hand einen Kreis um seinen Kopf. »Also eine Rundumaufnahme, okay?«

Alek nickte. Er hatte seit ihrer Ankunft kein Wort gesprochen. Sein Gesicht war leicht gerötet, als ob er Fieber hätte. Trotzdem ließ er Ndizeye gewähren, als er ausprobierte, welche Abdruckform für Peachs Kiefer das richtige Format hatte. »Die hier müsste passen.« Ndizeye hielt die Form, die er zuletzt angemessen hatte, unter den Wasserhahn. »Das ist die größte Form, die wir haben. Sie haben wirklich einen mächtigen Kiefer, Mr. Peach. Gut – dann machen wir jetzt also drei Abdrücke von Ihrem Kiefer.«

Die Assistentin mischte das hellrosa Alginat mit Wasser, und aus der Rührschale stieg ein Geruch auf, der an Veilchen und warme Plastikmasse erinnerte. Ndizeye füllte die Mischung in die obere Abdruckschale. »Ich muss jetzt leider Ihre Oberlippe ein bisschen hochziehen, Mr. Peach.« Er schob Peachs Oberlippe mit den Fingern ein wenig nach oben und presste die Form mit der weichen Masse behutsam gegen dessen Oberkiefer. Zugleich achtete er darauf, dass sich in der Masse keine Blasen bildeten und die Zähne samt Zahnfleisch tief in das Material einsanken. »Und jetzt bitte den Mund nicht schließen – dauert nur eine Minute.«

Doch Peach warf sich – plötzlich mit Angstschweiß auf dem Gesicht – auf die Seite und versuchte sabbernd, sich die Form aus dem Mund zu reißen. »Ich fang gleich an sssu…«

»Bitte beruhigen Sie sich.« Ndizeye brachte Peach auf dem Stuhl wieder in Position. »Und tief durch die Nase einatmen.«

»Ich muss gleich kossen ...« Peach sprang mit ausgestreckten Armen aus dem Behandlungsstuhl auf. Dabei fiel ihm die Form aus dem Mund, und das Alginat platschte zu Boden.

Ndizeye drehte sich um und klopfte mit der Hand auf den Rand des Waschbeckens. »Kommen Sie hierher – bitte nicht auf den Boden.«

»Los, da geht's lang.« Caffery stand auf, ergriff Peach am Arm und schob ihn unsanft Richtung Waschbecken. »Da hinein.« Peach schaffte es kaum bis zum Waschbecken, bevor er eine braune kaffeeartige Flüssigkeit erbrach. Er stand würgend vor dem Waschbecken, und sogar aus seiner Nase lief Schleim.

Ndizeye lachte. Er zog einige Papiertücher aus dem Spender an der Wand und wischte sich den Schweiß von der Stirn. »Keine Sorge – das passiert gelegentlich. Bevor wir den Unterkieferabdruck machen, sprühe ich ihnen ein leichtes Anästhetikum in den Rachen.«

»Ich glaube, ich bin krank.« Peach klammerte sich an das Waschbecken und hob den Kopf. An seiner Unterlippe hing ein Speichelfaden und sein Gesicht war feuerrot. »Ich glaube nicht ...«

»Los.« Caffery hakte ihn unter und zog ihn wieder Richtung Behandlungsstuhl. Dann drückte er Peach einen Plastikbecher mit Wasser und ein Papiertuch in die Hand. »Los, machen Sie sich schon sauber.«

»Aber mir ist übel.«

»Das sehen wir.«

»Ich glaube, wir sollten warten, bis es Ihnen wieder besser geht«, sagte Ndizeye, zog ein weiteres Papiertuch aus dem Spender und ging zum Waschbecken hinüber. »Ja, wir warten am besten, bis Sie sich wieder etwas wohler fühlen.«

Peach hatte die Augen geschlossen. Er rollte den Kopf langsam von einer Seite auf die andere, um eine bequeme Position zu finden. Dabei betupfte er sich den Mund mit der Serviette und nippte an dem Wasser. Schließlich verschränkte er die Arme über der Brust und schob die Hände unter die Achseln.

»Alles in Ordnung?«
Peach nickte schwach.
»Geht es Ihnen jetzt besser?«
»Glaub schon.«
Ndizeye wischte den Rand des Waschbeckens ab und drehte den Wasserhahn auf. Plötzlich stutzte er und beäugte skeptisch die braune Flüssigkeit. »Mr. Peach? Wie geht es Ihrem Magen?« Peach schüttelte den Kopf. »Haben Sie Schmerzen?« Peach nickte. Trotz des feuerroten Gesichts erschienen seine Augen plötzlich ganz klein.
»Haben Sie was dagegen, wenn ich mal Ihren Bauch abtaste?« Peach sagte nichts, als Ndizeye vorsichtig auf die Bauchdecke drückte. Selbst Caffery konnte sehen, wie die Haut über Peachs Magen sich spannte und dass die Magenwand völlig hart war.
»Was ist los?«
»Nehmen Sie Ibuprofen, Mr. Peach?« Ndizeye beugte sich über das Gesicht des Mannes. »Nehmen Sie entzündunghemmende Mittel?«
Peach schüttelte den Kopf und stöhnte leise; seine Augen flackerten. Ndizeye ergriff die Hände des Mannes. »Heiß«, sagte er, »ziemlich heiß sogar.« Er betätigte mit dem Knie einen Knopf unter der Sitzfläche des Stuhls, und die Lehne sank nach hinten. »Ich glaube, wir sollten besser jemand kommen lassen, der Sie etwas gründlicher anschaut.«

Auf einem der Fotos der »dringend Verdächtigen«, die im Pädophilie-Dezernat im dritten Stock von Scotland Yard an der Wand hingen, war eine Frau im Halbprofil abgebildet. Sie war von der Taille aufwärts zu sehen und saß neben einem roten Vorhang. Die übergewichtige Brünette trug einen schwarzen BH. Auf ihrer Haut waren so viele rote Punkte zu erkennen, dass es fast so aussah, als ob ihr jemand eine Ladung Schrot in den Bauch geschossen hätte.
Niemand kannte ihren Namen. Bei dem Foto handelte es sich um ein Einzelbild aus einem Video, das die Beamten des Dezernats Anfang der Neunzigerjahre beschlagnahmt hatten. Ob-

wohl die Experten den Film bearbeitet und der üblichen Vergrößerungsprozedur unterzogen hatten, war auf dem Foto außer zwei John-Smith-Dosen und einem leeren Glas – das auf einem Nachttisch stand – lediglich eine Tätowierung zu erkennen, die gegebenenfalls bei der Identifizierung helfen konnte: ein Herz hinter zwei Gitterstangen. Die Experten in Denmark Hill hatten ein Einzelbild ausgewählt und vergrößert, auf dem die Frau der Kamera so nahe kam, dass die Tätowierung und ihr Gesicht deutlich zu sehen waren. Das Foto war schon dort gewesen, als Paulina in der Abteilung angefangen hatte. »Die Gesichter sind mir inzwischen so vertraut«, hatte sie einmal zu Souness gesagt, »dass ich die Leute gar nicht mehr erkennen würde, falls mir mal einer von denen in Waitrose zufällig über den Weg laufen sollte.«

Als Paulina abends in dem Büro aufkreuzte, das Souness und Caffery sich teilten, war die Frau in dem Video das Letzte, woran sie gedacht hätte. Eigentlich war sie nur gekommen, weil sie wissen wollte, wieso Danni so schlecht gelaunt war. Souness marschierte wie eine Dampfwalze durch das mit Schreibtischen voll gestellte Großraumbüro, inspizierte die Berichte der Beamten und bellte Befehle. Dabei wartete im Frederick's bereits seit zwanzig Minuten ein reservierter Tisch auf die beiden Damen. Als Paulina schließlich kapierte, dass sie Danni durch ihre wütenden Blicke nicht weiter beeindrucken konnte, ging sie nach nebenan und setzte sich in Cafferys leeren Stuhl. Sie saß mit gesenktem Kopf da, schob mit dem Zeigefinger die Nagelhäute an den Fingern der anderen Hand zurück und fuhr zwischendurch auf Cafferys Stuhl eine Runde Karussel.

Zwanzig Minuten später kam Souness herein. »Tut mir Leid, Süße.« Sie stand hinter Cafferys Stuhl und beugte sich zu Paulina hinab, um ihr einen Kuß auf den Kopf zu hauchen. »Tut mir wirklich Leid.«

Paulina blickte auf. »Dann wird es also heute Abend nichts mehr mit dem Essen?«

»Unser Hauptverdächtiger ist gerade auf der Intensivstation gelandet. Ich lade dich morgen ein – okay?«

»Hm.« Paulina zuckte die Schultern. »Unwahrscheinlich, dass wir im Frederick's diese Woche noch einen Tisch bekommen. Aber was soll's ...«

Souness realisierte kaum, wie ungewöhnlich glimpflich sie davongekommen war, denn sie wusste eines nicht: Paulina wäre gewiss aufgebrachter gewesen, hätte sie nicht zufällig auf Jack Cafferys Schreibtisch einen Schmierzettel mit einer hingekritzelten Zeichnung entdeckt. Und diese Zeichnung hatte sofort ihr Interesse geweckt.

22. KAPITEL
(25. Juli)

Als Roland Klare in dem kleinen Schrank im Schlafzimmer die Dunkelkammer fertig eingerichtet hatte, schloss er die Tür, versiegelte sie mit Klebeband, schaltete die rote Glühbirne ein und machte es sich bequem: Er setzte sich auf einen Hocker, legte sich den Sack mit der Filmrolle auf die Knie und schaute in das Buch, das er aufgeschlagen vor sich an den Fuß des Vergrößerungsapparates gelehnt hatte.

Auf der Fotografie in dem Buch war eine Frauenhand zu sehen, die mit einem Spezialwerkzeug den Deckel der Rolle öffnete. Klares Geld hatte für dieses Werkzeug zwar nicht mehr gereicht, »Sie können dazu aber ebenso gut einen Flaschenöffner verwenden«, hatte der Verkäufer in dem Laden gesagt und ihn skeptisch gemustert. Und der Mann hatte Recht – denn tatsächlich ließ sich der Deckel mit dem Flaschenöffner mühelos öffnen. Der nächste Schritt bestand nun darin, den Film in den kleinen Plastikentwicklungsbehälter zu transferieren.

Klare holte den Flaschenöffner aus dem Sack, ließ ihn zu Boden fallen, befeuchtete seinen Daumen und schlug in dem Buch die Seiten auf, auf denen der nächste Schritt dokumentiert war. Er beugte sich ein wenig vor und las, die Zunge zwischen den Zähnen, sorgfältig die Anweisungen. Dann schnitt er mit der rechten Hand den »Einfädelschwanz« ab und schob anschließend den Entwicklungsbehälter in den Sack. Er entfernte die Gummibänder von den Jackenärmeln, öffnete den Behälter und konnte den Film schließlich nach einigem Gefummel in der Mitte in den Spulenschlitz schieben. Nun drückte er auf den Knopf, der den Film auf der Spule fixierte, verschloss den Behälter, sodass der Film völlig lichtgeschützt war, und zog sie aus der Jacke ans Licht.

»Endlich!« Er stand auf, stellte den Behälter auf den Tisch und ging ins Wohnzimmer hinüber, um das Kodak-D76-Pulver anzumischen.

Smurf lag fiebernd da und schnarchte. Auf dem Notverband an ihrem verletzten Bein krabbelten zahlreiche Schmeißfliegen umher. Wo die wohl alle herkommen?, überlegte Benedicte. Anscheinend aus dem Nichts: Wie durch ein Wunder waren die kleinen Insekten aus den Wänden, dem Teppichboden, den Vorhängen zum Vorschein gekommen. Wenn der Hund zwischendrin einmal kurz zu schnarchen aufhörte, bemerkte Benedicte, wie still es unten im Haus war: kein Geräusch, kein Stimmengemurmel – nichts, nur das Brummen der Fliegen. Ansonsten registrierte sie nur, wie die Temperatur je nach Tageszeit schwankte.

Trotzdem war irgendetwas anders als vorher. Benedicte hätte zwar nicht zu sagen vermocht, was – es war nur so ein Gefühl. Der Troll war nämlich am Vorabend nicht zurückgekommen. Sie wagte nicht, sich auszumalen, was das für Josh bedeuten mochte.

Sieht ganz so aus, als ob wütende Verzweiflung im Gehirn eine chemische Reaktion auslöst, dachte sie irgendwann, als sie wie aus heiterem Himmel einen neuen Energieschub verspürte. Eine fast unnatürliche Ruhe und Sicherheit ergriffen von ihr Besitz. Jetzt, da sie wusste, dass sie ohnehin sterben musste, machte sich unversehens ein warmes Kribbeln in ihrer Wirbelsäule bemerkbar, und sie fasste den unerschütterlichen Vorsatz, ihr Kind und ihren Mann wenigstens noch einmal zu sehen. Was immer den beiden auch zugestoßen sein mochte, sie wollte sie wenigstens noch einmal betrachten.

Zum hundersten Mal inspizierte sie die Handschellen, zerrte daran. Sie ließ ihre Finger über das Kupferrohr gleiten – hatte sie nicht irgendwo gelesen, dass es Holzfäller gab, die ihren abgetrennten Arm kilometerweit durch Hickory- und Tannenwälder zur nächsten Siedlung getragen hatten? Vielleicht konnte sie ja ihren Fuß irgendwie abhacken. Schließlich hatte es in der Zeitung geheißen, dass Carmel Peach sich fast die Hand abgerissen

hatte, um sich von ihrer Metallfessel zu befreien? *Mein Gott, ist sie vielleicht eine bessere Mutter als ich?*
Sie hockte wie betäubt auf dem Boden und blickte sich in dem Zimmer um. Sie tastete an der Fußleiste entlang, suchte nach dem Telefonkabel – hielt sich, als sie nichts fand, verzweifelt an den Rippen des Heizkörpers fest und zermarterte ihr müdes, verzweifeltes Gehirn. War es vielleicht irgendwie möglich, die Fußbodendielen herauszubrechen? Konnte es nicht sein, dass es unter dem Holz in dem Rohr ein Verbindungsstück gab und sie die Handschelle irgendwie abstreifen konnte?
»Und wenn es mich das Leben kostet«, murmelte sie. »Ja, selbst wenn es den Tod bedeutet.«

»Nicht schon wieder«, raunten sich die Krankenschwestern zu und sahen sich viel sagend an, als Alek Peach auf die Intensivstation gebracht wurde. Bei der Endoskopie hatte man ein Magengeschwür entdeckt. Dr. Friendship, der Stationsarzt, konnte solche stressbedingten Geschwüre fast blind diagnostizieren, schließlich hatte man auf der Intensivstation ständig mit solchen Symptomen zu tun. Bisweilen führte ein schwerer Schock dazu, dass die Magenwand und der Darm eines Patienten nicht mehr richtig durchblutet wurden. Obwohl solche Patienten sofort Cimetidin erhielten, konnte es passieren, dass sie bereits wenige Tage später wieder eingeliefert wurden, weil sie Blut spuckten. Bei der Endoskopie hatte man gleich eine Dosis Adrenalin in Peachs Magengeschwür injiziert, um den Blutverlust zu stoppen, allerdings sprach vieles dafür, dass man es bereits mit einer Bauchfellentzündung zu tun hatte, die ein tödliches Risiko darstellte, falls es nicht gelang, die Krankheit mit hochdosiertem Antibiotikum niederzukämpfen. Bei diesem Patienten überließ Friendship nichts dem Zufall, schließlich bekundete die Presse ein reges Interesse an dem Fall. Deshalb hatte er sich vorgenommen, Alek Peachs Leben mit Zähnen und Klauen zu verteidigen.
Ayo Adeyami war nicht im Dienst gewesen, als man Peach eingeliefert hatte. Sie hatte gerade drei Tage frei gehabt – von de-

nen sie einen darauf verwendet hatte, sich von dem Champagner zu erholen, dem sie gemeinsam mit Ben allzu reichlich zugesprochen hatte. Am zweiten Tag hatte sie dann diverse Einkäufe erledigt und am dritten nur auf dem Sofa herumgelümmelt und sich mit ihrem Baby beschäftigt, das sich bereits durch Fußtritte bemerkbar machte. Dass auf der Station ein solcher Aufruhr herrschen würde, hatte sie natürlich nicht erwartet. Beide Ausgänge wurden von Polizisten bewacht, und das Pflegepersonal huschte nervös durch die Gänge. Eine der Nachwuchspflegerinnen, unter deren Klatschsucht Ayo schon des Öfteren zu leiden gehabt hatte, kannte natürlich die neuesten Gerüchte über die Familie Peach. Doch diesmal war selbst Ayo neugierig. Als sich die Situation auf der Station wieder ein wenig beruhigt hatte, zogen sich die beiden Frauen in die Kaffeeküche zurück, tranken Filterkaffee und machten sich über eine große Packung Käsegebäck her. Durch das offene Fenster wehte eine wohltuende Brise herein. Draußen auf dem Gang hatte ein bewaffneter Polizist in schusssicherer Weste neben der Tür diskret Stellung bezogen.

»Also so was – man sollte es nicht für möglich halten.« Die Pflegerin sah Ayo verschwörerisch an und legte sich seitlich die Hand an den Mund, damit der Polizist draußen im Gang sie nicht hören konnte. »Also, meine Schwester«, begann das Mädchen mit ihren orangefarbenen Lippen.

»Ja?«

»Also, meine Schwester ist Sprechstundenhilfe – und was glauben Sie, wo sie arbeitet?«

»Keine Ahnung.«

»Ausgerechnet bei dem Hausarzt dieser Leute. Bei dem Hausarzt der Familie Peach.«

Ayo hatte sich mittlerweile trotz gewisser Vorbehalte innerlich auf eine erstklassige Klatschgeschichte eingerichtet. Deshalb blickte sie kurz zur Tür hinüber, drehte sich dann auf ihrem Stuhl um und platzierte ihren kugelrunden Bauch so, dass ein Teil des Gewichts von der Stuhllehne abgefangen wurde. Sie zog die Stirn in Falten, rückte noch ein kleines Stück näher und sah die junge Schwester erwartungsvoll an. »Wirklich?«

»Ja, echt. Jedenfalls hat die Mutter ungefähr vor einem Monat in der Praxis angerufen und wollte unbedingt sofort einen Termin haben. Und dann hat sie erzählt, dass ihr Mann ihren Sohn geschlagen hat, weil der Kleine ...«

»Um Gottes willen.« Ayo blickte nervös um sich und gab sich redlich Mühe, nicht allzu neugierig zu erscheinen. »Davon hab ich in der Zeitung allerdings nichts gelesen.«

»Ich *weiß*. Sie wollte unbedingt mit dem Arzt sprechen, weil ihr kleiner Junge auf alle möglichen Sachen gepinkelt hat. Stellen Sie sich das mal vor – zum Beispiel auf Teppiche und so was.«

»Ein *achtjähriger* Junge?!«

»Ja, echt.« Die Schwester lächelte den Beamten draußen auf dem Gang freundlich an, als ob sie sich gerade über die neuesten Modetrends ausgelassen hätte, drehte sich dann wieder in Ayos Richtung und legte abermals die Hand an den Mund. »Doch dann ist die Frau zu dem vereinbarten Termin nicht erschienen, und das Nächste, was meine Schwester gehört hat, war, dass der Mann im Krankenhaus ist – und dass der kleine Junge ... na ja, Sie wissen schon.«

»Unglaublich.«

»Kann man wohl sagen.«

»Richtig unheimlich.« Ayo zog die Augenbrauen hoch. Ein Kind, das auf eine Bettdecke pinkelt – kam ihr das nicht irgendwie bekannt vor? Hatte nicht Bens alter Hund genau das Gleiche getan? Und hatte nicht Josh im Bad ...?

»Und ist das der Grund, weshalb jetzt die Polizei hier ist?«

»Passen Sie nur auf – das werden wir noch früh genug erfahren.«

Rebecca schlotterte am ganzen Körper. Draußen vor dem Fenster schien die Sonne, und die rostbraunen Blätter von Greenwich kontrastierten aufs Schönste mit dem blauen Himmel. Allerdings hatte ihr Zustand mit dem Wetter nichts zu tun. Die Kälte kam von innen, lastete wie Blei auf ihr. Sie stand in der Küche und packte die Einkaufstüten aus – drei Tüten Orangensaft, außerdem Milch, zwei Flaschen Wodka und ein Fertiggericht: Hühnchen in Estragon. Sie wusste, dass sie unbedingt etwas essen musste. In den letzten vierundzwanzig Stunden hatte sie fast nur getrunken, insgesamt nur drei Stunden geschlafen und nichts gegessen. Schon bei Sonnenaufgang war sie völlig verschwitzt und mit verfilzten Haaren wieder aufgewacht; in der Wohnung das reinste Chaos. Irgendwann in der Nacht hatte sie noch ein zweites Glas zertrümmert, diesmal im Atelier, und dann hatten überall die kleinen Papröllchen herumgelegen, die sie für ihre Joints gebraucht hatte. Nichts Essbares in der Küche, nur eine zehn Jahre alte Flasche Bailey's auf der Fensterbank, der von der Sonne schon eingetrübt war. Sie hatte so einen dicken Kopf gehabt, dass sie erst mal losgezogen war, um sich eine Packung Paracetamol zu besorgen. Jetzt legte sie sich die Hand auf die Stirn und betrachtete ihre Einkäufe. Verdammt – weit und breit kein Paracetamol. Dabei war sie doch extra rausgegangen, um sich Schmerztabletten zu besorgen – und mit zwei Flaschen Wodka zurückgekommen.

O Gott. Nein, sie konnte unmöglich noch einmal nach draußen in die helle Sonne gehen. Sie kramte in der Küche aus der hintersten Ecke des Schrankes ein verstaubtes Glas hervor, spülte es aus, öffnete eine der beiden Smirnoff-Flaschen und machte sich einen schwachen Wodka-Orange. Natürlich nur, um das Kopfweh zu besänftigen und endlich den ersehnten Schlaf zu finden – nein, auf keinen Fall wollte sie sich schon wieder betrinken. *Mein Gott, wie verdammt schwer es ist, zu schlafen, wenn draußen die Sonne scheint.* Sie schnüffelte an dem Getränk und kostete dann davon. Schon nach dem zweiten Schluck schmeckte die Mischung gar nicht mehr so bitter, sondern herrlich süß. Sie rollte die Ärmel ihrer Bluse hoch und ging mit dem Glas in das Atelier hinüber, um die Fensterläden zu schließen. Danach ging es ihr schon deutlich besser. Wenigstens konnte jetzt kein Mensch in Greenwich in ihre Wohnung glotzen und sehen, wie leer sie war. Allerdings schien durch das Küchenfenster noch immer die Sonne herein, also ging sie zurück und machte die Jalousien zu, wobei sie nicht vergaß, unterwegs noch einmal ihr Glas nachzufüllen.

»Jack«, murmelte sie und schwankte wieder Richtung Atelier. »O Gott, Jack ...«

In dem Ruhezimmer, das man direkt neben der Intensivstation des King's Hospital für Angehörige eingerichtet hatte, fuhr Caffery mit einem Ruck aus dem Schlaf auf, als ob jemand ihn beim Namen gerufen hätte. Er blinzelte benommen zur Decke hinauf und versuchte, sich darüber klar zu werden, wo er sich befand. Am Vorabend war Souness auf der Station erschienen, und dann hatten sie sich gemeinsam diesen Dr. Friendship vorgenommen. Doch aus ärztlicher Sicht rangierte die Polizei natürlich an zweiter Stelle, und so hatte dieser Dr. Friendship sie klipp und klar mit der Antwort abgespeist: »Nein, dazu ist es noch zu früh. Schließlich geht es hier um ein Menschenleben – und was immer Sie auf dem Herzen haben muss leider warten, bis er sich wieder stabilisiert hat.«

Und so war Souness mit Paulina nach Hause gefahren, und Caffery hatte die Nacht wieder einmal außer Haus verbracht und sich zum Schlafen im Ruhezimmer auf eine Pritsche gelegt. Wenn man die verschiedenen improvisierten Schlafmöglichkeiten in dem Raum betrachtete, hätte man sich ebenso gut irgendwo auf dem Flughafen Gatwick befinden können. Mal abgesehen von den weinenden Menschen. Am Abend war eine Frau mit schweren Hirnblutungen eingeliefert worden, und ihr Mann, der das mehr oder weniger tote Gesicht seiner Frau auf dem Kopfkissen nicht mehr ertragen konnte, saß völlig versteinert ganz allein in der Ecke und starrte auf den Boden. Er schien kaum zu bemerken, dass neben ihm am Boden ein Baby im Kindersitz lag, das laut schrie und das Gesicht verzog und die kleinen Fäuste ballte und nicht im Entferntesten ahnte, dass auf der angrenzenden Station auch über seine Zukunft entschieden wurde.

Caffery richtete sich müde blinzelnd auf und rieb sich das Gesicht. Sein Nacken war steif von der unbequemen Schlafposition. Er stand auf und ging direkt zum Haupteingang der Intensivstation hinüber, strich sich unterwegs das Hemd glatt und fuhr sich mit den Fingern durch die Haare. Höchste Zeit, mit den Ermittlungen weiterzumachen. Der bewaffnete Beamte gewährte ihm zwar sofort Zutritt, doch die Stationsschwester, eine beängstigend groß gewachsene, hochschwangere Frau, schien wild entschlossen, dem Patienten jegliche Aufregung zu ersparen.

»Tut mir Leid, Sir, aber Dr. Friendship hat gestern Abend ja bereits mit Ihnen gesprochen. Ich habe Anweisung, dass Sie mit dem Patienten erst sprechen dürfen, wenn der Mann außer Gefahr ist. Bis dahin darf ich Sie leider nicht in das Zimmer lassen. Sie können hier bei dem Beamten warten.«

»Ach, ich bin doch selbst dabei gewesen, als Mr. Peach kollabiert ist. Dauert nur einen Augenblick.«

»Dr. Friendship rechnet auf Ihr Verständnis, Sir. Im Augenblick ist es leider unmöglich.« Sie wies mit dem Kopf auf den Beamten, der ein paar Schritte entfernt auf einem Stuhl saß. »Immerhin haben wir Ihnen schon gestattet, einen Ihrer Männer hier zu postieren.«

»Wie Sie meinen. Ich nehme an, dass es auch nichts nützt, wenn ich Sie höflichst ersuche ...«

»Nein – völlig ausgeschlossen.« Sie lächelte. »Tut mir aufrichtig Leid.«

»Schon gut.« Er kratzte sich im Nacken und begutachtete die Sitzecke, in der es sich der Beamte bequem gemacht hatte. »Könnte ich denn wenigstens dort drüben warten – falls sich doch noch etwas ändern sollte?«

»Sieht ganz und gar nicht danach aus.«

»Hm. Aber vielleicht könnte ich trotzdem hier warten.«

»Ich kann Sie nicht daran hindern, aber von einer neuen Situation können wir erst ausgehen, wenn Dr. Friendship dies ausdrücklich bestätigt.«

»Okay.« Er zog die Jacke aus und nahm dem uniformierten Beamten gegenüber Platz, streckte die Beine aus und beobachtete, wie die Stationsschwester mit kleinen Schritten davontrippelte. Durch die offene Tür eines kleinen Vorratsraums sah ihn eine Schwester mit großen Augen unverwandt an. Der Uniformierte nickte Caffery zwar zu, doch die beiden sprachen kein Wort miteinander. Die Schwester kramte unterdessen in einem Karton herum und ging dann mit einem frischen Schlauch zu ihrem Patienten zurück. Kurz darauf erschien wieder die Stationsschwester und kam zu Caffery herüber. Sie lehnte sich mit verschränkten Armen an die Wand. »Und wieso ist es so dringend?«

Caffery stand halb von seinem Stuhl auf und dachte schon, dass sie ihre Meinung geändert hätte. »Wir wollen nur von ihm wissen, was genau passiert ist.«

»Schreckliche Geschichte, nicht wahr?«

»Ja, schrecklich«, pflichtete Caffery ihr bei. »Und Gott verhüte, dass der Täter noch mal zuschlägt.«

»Ach, Unsinn, sagen Sie doch nicht so was.«

»Solche Typen lassen es nicht bei einem Verbrechen bewenden. Macht ihnen einfach zu viel Spaß.«

»Ach, hören Sie doch auf. Das kann doch nicht Ihr Ernst sein.«

»So ernst wie ein Herzinfarkt.«

Sie zog die Augenbrauen hoch. »Das ist nicht ganz der Ton, der hier üblich ist.«

»Tut mir Leid.« Er richtete sich zu seiner vollen Größe auf und stand jetzt direkt vor ihr. Auf dem Schildchen, das auf ihrer Brust baumelte, konnte er ihren Namen lesen. »Tut mir Leid, ich wollte nicht unhöflich sein, Ayo.«

Sie lächelte und legte – halb verlegen, halb geschmeichelt – die Hand auf das Schild. Zum ersten Mal seit Monaten wäre sie froh gewesen, wenn ihr Bauch etwas weniger kugelrund gewesen wäre. »Keine Ursache. Wirklich eine schreckliche Geschichte.«

»Ja.« Er kratzte sich im Nacken und beugte sich etwas näher zu ihr vor. »Und der Kerl, der den kleinen Jungen auf dem Gewissen hat, ist verdammt schlau. Mir fehlen nur noch ein paar Steinchen, dann wäre das Mosaik komplett. Und wenn ich mit Mr. Peach sprechen könnte« – er ballte die Hand zur Faust –, »dann würde ich sehr schnell herausbekommen, was genau passiert ist. Aber sei's drum.« Er klopfte mit den Knöcheln gegen die Wand. »Können Sie mir wenigstens sagen, wo ich die Herrentoilette finde?«

»Durch die Eingangstür dort drüben und dann gleich rechts.« Sie wies den Korridor entlang.

»Danke.«

Auf der Toilette machte Caffery die Tür hinter sich zu und zählte bis fünf. Dann drehte er sich um, ging schnurstracks zum Eingang der Intensivstation zurück und klingelte Sturm. Ayo öffnete ihm.

»Ist das einer von Ihren Patienten?«

»Was?«

»Ich meine, der Mann, der in der Toilette am Boden liegt. Jedenfalls hängt er an einem Tropf. Ich hab bloß gedacht ...«

Ayo fuhr erschrocken zusammen und wusste nicht, was sie tun sollte.

»Liegt direkt hinter der Tür. Soll ich vielleicht jemanden holen?«

»Ja, den Stationsarzt!« Sie ging eilig den Gang entlang. Ihr Namensschild an der Kette schaukelte bei jedem Schritt hin und her. Sie drehte sich im Laufen um. »Bitte rufen Sie 455 an.«

»Wird gemacht.« Er wartete, bis sie durch die Tür verschwunden war, nickte dem Uniformierten zu und huschte in die Station.

Der Teppichboden löste sich rasch aus seiner Verankerung – wie ein Heftpflaster, das mit einem Ruck entfernt wird –, und die kleinen Stifte machten plopp, plopp, plopp. Sie zog die Isolierschicht beiseite und presste ihr Ohr gegen die nackten Dielen. Nichts. So blieb sie einen Augenblick liegen, berührte die Maserung des Holzes, ließ den Duft der kanadischen Wälder auf sich wirken. Doch sie hatte keine Zeit, um auszuruhen. Sie holte tief Luft, setzte sich auf und inspizierte das Stück des Bodens, das sie freigelegt hatte.

Die dünne Leiste, die den Teppich seitlich fixiert hatte, war auf den Brettern festgenagelt. Sie beugte sich zur Seite, schnappte sich den Draht, den sie aus ihrem BH entfernt hatte, und schob das

Ende unter der Leiste hindurch. »Hey, Smurf«, murmelte sie, »du kannst stolz auf Frauchen sein.« Sie zog das Hemd aus, wickelte es um ihre Hände und zog an dem Draht. Die Leiste quietschte und löste sich dann rasch aus dem Boden.
»Gut.«
Sie legte sich auf die Seite und inspizierte das Holzstück, aus dem die kurzen Nägel wie messerscharfe Zähne hervorstachen. Ein Werkzeug. Und wenn schon kein Werkzeug, dann wenigstens eine Waffe. Sie schob sich auf dem Hintern vorwärts und zog die Beine so stark an, dass sie direkt vor der Heizung hockte. Dann fing sie an, mit der Nagelleiste das Kupferrohr anzusägen – vor und zurück, vor und zurück. Nein, sie war nicht länger bereit, einfach tatenlos den Tod zu erwarten. Zuerst brauchte sie unbedingt Wasser, und dann würde sie schon weitersehen. Ja, so einfach war das.

Auf der Intensivstation war alles still. Nur das leise Piepen der Monitore war zu hören und gelegentlich das saugende Geräusch einer Beatmungsmaske, die eine Krankenschwester zur Überprüfung der Funktionstauglichkeit gegen ihre Hand presste. In dem Raum waren achtzehn Betten aufgestellt, zwischen denen blau gekleidete Pflegerinnen in weißen Stoffschuhen wortlos hin und her huschten. Die Atmosphäre kündete von hoher Professionalität. Caffery kam es fast so vor, als würde er die Szene durch eine Milchglasscheibe betrachten. Niemand sprach ihn an, als er so leise wie möglich durch den Mittelgang eilte. Doch als eine der Schwestern ihn mit leicht hochgezogenen Augenbrauen ansah, glaubte er das Spiel schon verloren – dachte, dass sie jeden Augenblick mit dem Finger auf ihn zeigen, ihn aufhalten und ihre Kolleginnen rufen würde. Aber sie lächelte nur und schob einen Metallständer vor sich her, an dem eine Tropfflasche baumelte.
Alek Peach lag in einem Privatzimmer mit zwei Betten. Caffery spähte durch das Fenster, trat dann ein und schloss die Tür leise hinter sich. An einem der Betten waren die Vorhänge ringsum zugezogen, in dem anderen lag Peach mit geschlossenen Augen auf dem Rücken, die Arme flach auf der Bettdecke.

An seiner Brust und an seinen Armen waren Schläuche befestigt, die mit diversen Flaschen oberhalb des Bettes verbunden waren: Einige der Infusionsmittel waren klar und enthielten Medikamente, andere waren farbig und versorgten den Patienten mit Nährlösung, und aus einer der Flaschen wurde ihm Blut zugeführt. Neben dem Bett waren auf einer Konsole mehrere Monitore mit flackernden bunten Lämpchen aufgebaut: der Elektrokardiograph und der Pulsoximeter mit ihren tanzenden Kurven.

Caffery zog die Vorhänge um das Bett zu, stellte sich neben Peach, stützte sich mit beiden Fäusten auf die Matratze und beugte sich so tief hinab, bis sich sein Mund direkt neben Peachs Ohr befand. »Es ist Zeit, dass Sie mir die Wahrheit sagen, Alek.«

Peachs Augenlider fingen an zu zucken. Er bewegte den Kopf und stöhnte leise auf.

»Ist mir scheißegal, wie Sie sich fühlen, Alek, scheißegal.«

Auf einem der Monitore über dem Bett spielte die EKG-Kurve plötzlich verrückt. Caffery hörte, wie irgendwo in einem Schwesternzimmer eine Alarmglocke schrillte. Er beugte sich noch tiefer hinab, bis er fast Peachs Ohr berührte. »Falls Sie es gewesen sind und noch jemand anderer daran beteiligt war, dann sagen Sie mir, wer. Ist mir egal, ob *Sie* abkratzen, aber ich werde nicht zulassen, dass noch jemand zu Schaden kommt.«

Plötzlich veränderte sich Peachs Gesichtsausdruck. Er fuhr sich mit seiner weißlichen Zunge über die Lippen, zuckte zweimal mit den Augen, öffnete sie dann und richtete sie auf Caffery, der fast einen Schritt zurückgewichen wäre, so viel Wut und Gemeinheit sprachen aus dem Blick. Dann fingen Peachs Lippen an, sich zu bewegen. Seine Stimme war nur ein Wispern – so leise, dass es von den Maschinen übertönt wurde.

»Was? Sagen Sie das noch mal, Sie kleiner Scheißer.«

Eine Schwester, die durch den Alarm in der Küche aufgescheucht worden war, schob ihr schockiertes Gesicht zwischen den Vorhängen hindurch. »Sir, lassen Sie bitte unverzüglich den Patienten in Ruhe ...« Irgendwo auf der Station rief jemand nach dem Sicherheitsdienst. »Sir – *bitte!*« Aber Peach bewegte immer noch die Lippen, und Caffery beugte sich tiefer hinab, um den Mann besser zu verstehen.

»Was? Wiederholen Sie das noch mal.«

In dem Augenblick, als die Stationsschwester aufkreuzte, als Caffery wusste, dass er rausfliegen würde, öffnete Peach noch einmal den Mund und sprach diesmal so laut, dass alle ihn verstehen konnten: »Sie können mich mal«, sagte er. »Verdammter Pisser.«

Aus dem Riss in dem Rohr traten Tröpfchen hervor, kein Rinnsal, nur winzige Wasserbläschen – bis ein richtiger Tropfen sich bilden würde, konnten noch Minuten verstreichen. Trotzdem umschloss Benedicte das Rohr mit den Lippen und saugte gierig daran. Das Tröpfchen benetzte ihre Zunge und hinterließ einen metallischen Geschmack, doch sie presste ihre aufgesprungenen Lippen mit der Inbrunst eines Säuglings gegen das Rohr und konnte mit Mühe einen weiteren Tropfen erhaschen. Sie drängte sich noch näher an den Heizkörper, umklammerte ihn mit einem Arm und saugte verzweifelt an dem Rohr. Fast zwanzig Minuten brauchte sie, um auch nur einen Fingerhut Wasser aus dem Rohr zu saugen, dann ließ sie sich erschöpft wieder zu Boden sinken. »Oh, verdammte Scheiße.«

Es dauerte eine Weile, bis sie sich wieder beruhigt hatte. Dann rief sie Smurf und versuchte, den Hund zum Trinken zu animieren, doch der Labrador wandte nur winselnd den Kopf ab. »Okay, Smurf, leg dich wieder hin.« Obwohl sie ihre Zunge nur mit einigen wenigen Tropfen Wasser benetzt hatte, fühlte Ben sich ein wenig gestärkt und war stolz auf ihre Leistung. »Dauert nicht mehr lange.«

Nun richtete sie ihre Aufmerksamkeit wieder auf die Bodendielen. Am Rand eines Brettes entdeckte sie ein kleines Astloch. Vielleicht ließ sich die Öffnung ja so weit vergrößern, dass sie die Finger hineinschieben konnte. Und sollte das nicht funktionieren, hatte sie sich eine Alternative überlegt: In dem Fall wollte sie nämlich mit der Nagelleiste ihr Bein durchsägen. Die Vorstellung erweckte in ihr nicht mal besonderen Widerwillen.

Auf dem Revier war der Teufel los. Die Beamten waren hochmotiviert. Seit man eine handfeste Spur hatte, waren alle ganz wild darauf, endlich richtig loszulegen. Caffery war kurz nach Hause gefahren, um zu duschen und sich umzuziehen – konnte allerdings keinen Hinweis darauf entdecken, dass Rebecca da gewesen war. Immerhin hatte die Dusche seine Lebensgeister neu geweckt, und er war fest entschlossen, abermals mit Peach zu sprechen und dazu alle Hebel in Bewegung zu setzen. Wenn dieser Dr. Friendship nicht auf ihn hören wollte, dann konnte Souness vielleicht etwas erreichen.

Als er auf dem Revier eintraf, klingelte gerade Kryotos' Telefon. Sie nahm ab und lauschte einige Sekunden. »Okay.« Sie klemmte sich den Hörer zwischen Schulter und Ohr, legte beide Hände auf den Schreibtisch und starrte auf einen Stapel Formulare, während sie weiter zuhörte. Caffery trat an ihren Schreibtisch, blieb neben ihr stehen und beobachtete ihr Gesicht. »Für Sie«, sagte sie schließlich.

»Okay. Ich geh in mein Büro.«

Sie stellte den Anruf durch. In seinem Büro nickte er Souness zu und nahm den Hörer ab.

»Caffery.«

»Jack«, sagte Fiona Quinn atemlos, »ich wollte, dass Sie es als Erster erfahren. Die DNS ist zurückgekommen.«

»Jesus.« Er machte die Tür zu und rückte mit pochendem Herzen auf seinem Stuhl näher an den Schreibtisch. »Und?«

»Wir haben ein komplettes männliches Profil. *Vollständig.* Absolut über jeden Zweifel erhaben.«

Caffery schnipste aufgeregt mit den Fingern, um Souness' Aufmerksamkeit zu erregen. Sie blickte überrascht auf. »*Was?*«

»*DNS*«, flüsterte er mit der Hand auf der Muschel. Sie rollte auf ihrem Stuhl zu seinem Schreibtisch hinüber und saß dann ganz nahe neben ihm und versuchte, dem Gespräch zu folgen. Fast hätte sie ihm den Hörer aus der Hand gerissen.

»Und wie lautet das Ergebnis, Fiona?«

»Sie werden es nicht glauben.«

»Vielleicht doch. Versuchen Sie es einfach mal.«

Der Himmel über dem Brockwell Park war strahlend blau, nur am äußersten Rand des Blickfeldes hingen ein paar Wolken, als ob sie – von ihrem Gewicht niedergedrückt – bis zum Horizont hinabgesunken wären. Roland Klare hätte den Himmel durch sein Fenster zwar sehen können, doch im Augenblick interessierte ihn nicht, was am Firmament geschah: Er hatte sich in das rot beleuchtete Kämmerchen weiter hinten in der Wohnung zurückgezogen. Wieder einmal hatte er die Zunge zwischen die Zähne geschoben, während er die Negative zerschnitt und das Erste in den Vergrößerer legte.

Er wusste, dass es bald so weit sein würde, und musste sich zwingen, nicht nervös mit dem Knie zu zucken, als er jetzt den Lampenkopf auf- und abwärts drehte, um das Bild passgenau auf das Fotopapier zu projizieren. Er stellte die Schärfe ein, schaltete die rote Glühbirne aus und das weiße Licht des Vergrößerers an. Auf dem Fotopapier erschien ein weißes Lichtdreieck, das sich scharf von der dunklen Umgebung abhob – genau wie es in dem Buch abgebildet war. Die Belichtungsschaltuhr funktionierte zwar nicht, aber Klare wusste sich zu helfen – er hatte irgendwo gelesen, dass die Dauer des Wortes »Fotografie« einer Sekunde entspricht. Daher setzte er sich, die Hände zwischen den Knien, auf den Hocker, starrte auf das Papier und zählte laut: »Eine Fotografie, zwei Fotografien, drei Fotografien.« Als zwanzig Sekunden verstrichen waren, knipste er die Vergrößerungsbeleuchtung wieder aus und trug das Fotopapier im Licht der roten Notbeleuchtung zu der Schale hinüber, in der er bereits die Entwicklerlösung vorbereitet hatte. Er beugte sich über das flache Gefäß, zog das Papier mehrmals durch die Flüssigkeit – wobei er im Kopf die Sekunden zählte – und starrte auf das Bild, das sich wie durch Magie allmählich auf dem Papier abzeichnete.

»Hundertundzwei Fotografien, hundertunddrei Fotografien, hundertund …« Er hörte auf zu zählen. Das Bild nahm auf dem Papier immer deutlicher Gestalt an. Aber es war noch verschwommen und wegen der schlechten Beleuchtung auch nicht klar zu erkennen, deshalb legte er es in das Unterbrecherbad und fixierte es anschließend. Er konnte kaum still sitzen, während er die vorgeschriebene Zeit verstreichen ließ. Dann ging er mit dem tropfnassen Foto in die Küche, ließ Leitungswasser darüber laufen und begutachtete anschließend das Ergebnis. Das Bild war ein wenig verschwommen – entweder weil der Vergrößerer nicht richtig funktioniert hatte, oder aber weil bereits das Negativ unscharf gewesen war. Mit klopfendem Herzen trat Klare ans Wohnzimmerfenster und betrachtete das Foto in der Sonne.

23. KAPITEL

Auf der Station war inzwischen wieder Ruhe eingekehrt – nur hier und da das Surren einer Infusionspumpe, ein kurzes Schrillen der Alarmglocke. Draußen herrschten hochsommerliche Temperaturen, und durch das Fenster im Schwesternzimmer, das einen Spaltbreit geöffnet war, wehte eine leichte Brise herein und versetzte die Vorhänge auf der Station sanft in Bewegung. Zehn Minuten vor der Mittagspause huschte eine Schwester durch die Station. Sie blieb abrupt vor dem Privatzimmer stehen und verharrte einen Augenblick, drückte dann die Klinke nach unten, trat rasch ein und schloss die Tür hinter sich. Nicht mal eine Minute später ging die Tür wieder auf, und dieselbe Frau trat heraus. Sie eilte mit den abgehackten Bewegungen einer Gliederpuppe den Gang entlang.

Ayo hielt sich für eine gute Intensiv-Krankenschwester und hatte normalerweise keine Probleme damit, zu ihren Patienten ein herzliches Verhältnis herzustellen, hinter all den Drähten und Schläuchen das Herz ihrer Schutzbefohlenen zu entdecken. Doch als sie die Tür aufmachte und diesen Alek Peach in seinem Bett betrachtete, dachte sie: *Nein – so einen Menschen wie diesen Alek Peach habe ich noch nie gesehen ...* Sie hatte das Gefühl, dass dort drüben in dem Bett nur eine leere Hülle lag, eine Form ohne Inhalt. Der Mann atmete zwar, und sein Herz schlug, sein Organismus funktionierte sogar ziemlich gut – aber offenbar war jegliche Wärme aus ihm gewichen, einfach spurlos verschwunden.

Ayo überlegte, wo ihr Mitgefühl geblieben war. Als Peach ein Auge geöffnet und sie angesehen hatte, war sie instinktiv einen Schritt zurückgewichen. Der Mann machte ihr Angst. Und noch bevor er auch nur ein Wort hatte sagen können, hatte sie das Zimmer eilends wieder verlassen. Als sie jetzt durch die Station ging, beschloss sie, diesen Inspector Caffery zu fragen, was er eigentlich von Peach wissen wollte, wieso am Eingang der Station ein bewaffneter Beamter postiert war und warum er sie getäuscht hatte, um sich Zugang zu dem Privatzimmer zu verschaffen. Normalerweise ließ die Polizei den Eingang der Station nur bewachen, wenn es sich bei dem Patienten um das schutzbedürftige Opfer einer Drogenfehde handelte – oder um einen Verdächtigen.

Sie blieb stehen, drehte sich nachdenklich um und warf noch einmal einen Blick auf Peachs Zimmertür. Hinter der Glastür bewegte sich eine schemenhafte Gestalt: eine Schwester, die den Tropf wechselte. Trotzdem erstarrte Ayo. *Verdammt noch mal, Ayo, du musst dich bei diesem Polizisten entschuldigen – sag ihm einfach, dass es dir Leid tut wegen heute Morgen, dass du deine Anweisungen hast, und dann solltest du ihm vielleicht noch von den verrückten Fantasien erzählen, die dich seit ein paar Stunden verfolgen.*

Ja. Aber was sollte sie nur Benedicte bei deren Rückkehr erzählen? Vielleicht: *Ich hab für alle Fälle mal die Polizei informiert.* Sie konnte sich die Situation lebhaft vorstellen: Da kamen die Churches in ihrem verstaubten Auto erschöpft von der Reise zurück, bogen in die Einfahrt zu ihrem Grundstück ein und sahen, dass die Polizei ihre Eingangstür aufgesprengt und das halbe Anwesen mit diesem komischen Plastikband abgesperrt hatte. *Ist mir wahnsinnig peinlich, das Ganze. Aber mir ist da etwas völlig Absurdes zu Ohren gekommen – nämlich, dass Rory Peach bei sich zu Hause auf irgendwelche Sachen gepinkelt hat, weißt du, genau wie Josh. Mein Gott, Benedicte, manchmal bin ich wirklich eine hysterische Kuh – tut mir echt Leid.*

Sie versuchte, die Vorstellung abzuschütteln, den Kopf wieder freizubekommen: *Mein Gott, Mädchen, reiß dich endlich zusammen, was soll dein Kind denn von dir denken –*, aber sie konnte das Gefühl einfach nicht los werden, dass dieser Peach sie noch immer beobachtete, selbst hier draußen auf dem Gang.

Auf der Fotografie, die Roland Klare am Fenster in das Licht hielt, war ein Mann zu sehen, der mit einem Jungen kopulierte. Genau genommen *vergewaltigte* der Mann den Jungen – das ließ sich von dem Gesichtsausdruck und der Körperhaltung des Kindes ablesen. Der ein wenig zur Seite gedrehte Kopf des Mannes war nur undeutlich zu erkennen, aber es handelte sich um ein Gesicht, das Roland Klare in letzter Zeit häufig gesehen hatte. Es war seit Tagen ständig in den Medien präsent. Es war Alek Peachs Gesicht.

In dem Augenblick ging knapp hundert Meter weiter unten ein Polizist vor dem Arkaig Tower Streife, und Klare zog plötzlich nervös die Vorhänge zu. Niemand konnte ihn hier oben deutlich erkennen, das wusste er genau, trotzdem fand er es sicherer, sich mit dem Foto auf das Sofa zu setzen und es dort mit pochendem Herzen zu betrachten.

Die Mitarbeiter der Mordkommission waren schockiert. Die DNS, die man an Rorys Körper gefunden hatte, stammte von seinem Vater Alek. Und hinzu kam noch: Auch die Fasern, die man in Rorys Wunden entdeckt hatte, waren inzwischen identifiziert. Sie gehörten zu dem T-Shirt, das Peach während des angeblichen Überfalls auf seine Familie getragen hatte. Er hatte zwar behauptet, während der ganzen Zeit, die der Täter im Haus der Peaches verbracht hatte, von seinem Sohn nicht einen Ton gehört zu haben, trotzdem waren die Fasern seines T-Shirts irgendwie unter das Seil gelangt, mit dem sein Sohn gefesselt worden war. Als die Ermittler weitere Auskünfte über den Mann einholten, stießen sie unversehens auf mehrere Leute, die sich schon immer gefragt hatten – *Wie gesagt, ist natürlich nur eine Vermutung* –, ob besagter Mr. Peach nicht die Gewohnheit gehabt habe, seinen Sohn Rory bisweilen zu schlagen.

»Scheint so, als ob sich die Dinge allmählich zu einem monströsen Bild fügen.« Souness saß vor ihrem Computer und verschickte ein ganzes Feuerwerk an E-Mails, während sie zwischendurch an einer Cola-Dose nippte. Sie blickte von ihrem Schreibtisch zu Caffery auf, der an der Tür stand. »Fällt Ihnen nichts

Besseres ein, als mit einem finsteren Gesicht dort an der Tür herumzulungern?«

»Danni.« Er schloss die Tür und kam herein. »Hören Sie mal ...«

»O Gott«, seufzte sie. »Ich weiß, ich weiß – Sie haben mal wieder was auf dem Herzen, hab ich Recht?«

»Ich möchte, dass Sie bei diesem Friendship im King's Hospital ein gutes Wort für mich einlegen. Der Kerl lässt mich einfach nicht an diesen Peach heran.«

»Wieso machen Sie sich darüber so viele Gedanken, Jack? Warten Sie doch einfach ab, bis es Alek besser geht, dann können wir ihn uns immer noch zur Brust nehmen.« Doch sie sah sofort, dass ihm diese Auskunft nicht reichte, also schob sie die Tastatur zur Seite, lehnte sich in ihrem Stuhl zurück und faltete die Hände vor dem Bauch. »Jack? Haben Sie ihn vielleicht offiziell festgenommen, bevor er ins Krankenhaus gekommen ist?«

»Nein.«

»Dann ist er also nicht in Untersuchungshaft. Folglich dürfen wir ihn noch ganze sechsunddreißig Stunden ausquetschen, sobald er wieder auf dem Damm ist.«

»Richtig.«

»Außerdem wird er rund um die Uhr bewacht.«

»Richtig.«

Sie hob die Hände. »Und wo liegt unter diesen Umständen das Problem? Wieso haben Sie es so verdammt eilig? Geben Sie dem Arzt doch die nötige Zeit.«

»O Gott ...« Er ließ sich auf seinen Stuhl fallen und rieb sich die Augen. »Also jetzt hören Sie mal zu. Ich hab keinen Schimmer, *woher* ich das weiß, aber ich bin mir absolut sicher, dass der Fall komplizierter ist.« Er beugte sich auf seinem Stuhl nach vorne und zeigte mit den zusammengelegten Händen auf Souness. »Ich bin mir völlig sicher, dass er noch einen Komplizen hat, Danni. Und wenn dieser Kerl inzwischen eine andere Familie überfallen und geknebelt und die armen Leute irgendwo angekettet hat, dann kann er bei diesen Opfern zu Hause ein und aus gehen, wie er gerade Lust hat ...«

»Jack ...«

»... und wenn es tatsächlich einen solchen Komplizen gibt, was glauben Sie, wie lange die Opfer dann überleben werden? Vier Tage? Möglich. Wenn sie nicht verletzt sind, können sie bei diesem Wetter vielleicht vier Tage durchhalten, falls sie *verdammt viel* Glück haben.« Er stand auf und legte die Hand auf die Türklinke. »Also sprechen Sie *bitte, bitte* mit diesem Arschloch im King's Hospital.«

Benedicte machte sich wie besessen mit der Nagelleiste am Fußboden zu schaffen. Sie sägte und sägte und fühlte sich von Minute zu Minute elender und schwächer. Jetzt, da der Troll das Haus verlassen hatte, war es ihr völlig egal, wie viel Lärm sie machte. Zunächst lösten sich nur feine Splitter aus dem Holz, dann immer größere Stücke. Alle paar Minuten musste sie innehalten und Luft holen, dann machte sie sich wieder mit der Nagelleiste an dem Brett zu schaffen. Zwischendurch drehte sie sich zur Seite, umschloss mit den Lippen das Heizungsrohr und sog gierig ein paar kümmerliche Wassertropfen in ihren ausgedörrten Mund. Obwohl sie zusehends schwächer wurde, hatte sie keinesfalls die Absicht, aufzugeben.

Sie brauchte etwa drei Stunden, um eine fünf Millimeter tiefe Rinne in den Boden zu sägen. Schließlich brach am Rand des Brettes ein kleines Stück Holz aus der Diele, sodass ein zirka zwei Finger großes Loch entstand. Sie legte die Nagelleiste beiseite und schob den BH-Draht so in die Öffnung, dass die Spitze durch das Astloch wieder zum Vorschein kam und sich als Griff verwenden ließ. Dann stützte sie sich mit den Füßen an der Wand ab, um sich mehr Stabilität zu verschaffen, ergriff die beiden Enden des Drahtes und zog mit aller Kraft daran. Die Blutgefäße in ihrem Kopf weiteten sich vor Anstrengung: *Hoffentlich platzt mir keine Ader im Kopf*, dachte sie, *bitte nicht.*

London war der reinste Glutofen. Im Brockwell Park hatten sich im Boden bereits tiefe Risse gebildet, und die Brixtoner Mädchen waren lediglich mit Denim-Shorts und Bikini-Oberteilen bekleidet und hatten das Haar mit rosa Bändern zurückgebunden. Fisch Gummer stand müde am Rand des dampfenden Schwimmbeckens. Seit seiner Begegnung mit diesem Inspector Caffery war er äußerst reizbar. *Von mir werden die Bullen nie mehr was erfahren.* Am Beckenrand standen die Acht- bis Neunjährigen, die an diesem Tag zum Schwimmunterricht erschienen waren. Er musterte mit zusammengekniffenen Augen die Kinder, die mit ihren bunten Schwimmflügeln wie Pinguine in einer Reihe standen. »Sind wir vollzählig?«

Die Kinder beugten sich vor und schauten neugierig nach rechts und links durch die Reihe.

»Josh.« Einer der Jungen präsentierte ihm grinsend seine Zahnlücken.

Josh Church. Der Junge war neu in der Gruppe. Er war bisher nur zweimal da gewesen und vorne am Eingang aus einem großen gelben Wagen gestiegen. »Hat er gesagt, dass er nicht kommt? Hat er zu einem von euch gesagt, dass er heute nicht erscheinen wird?«

Die Kinder sahen einander an und zuckten die Schultern. Josh war so neu in der Gruppe, dass ihn noch niemand richtig kannte. Für die anderen Kinder gehörte er noch nicht wirklich dazu.

»Also gut.« Er blies in seine Pfeife. »Wer möchte, kann sich zuerst abkühlen – und dann ab ins Wasser.«

Detective Constable Logan stand mit einer Tasse Kaffee an der Hand in der Eingangstür des Großraumbüros und inspizierte seinen Schlips, als ob er befürchtete, sich bekleckert zu haben. Als Caffery neben ihm stehen blieb, ließ er die Krawatte wieder fallen und sah ihn schuldbewusst an: »Alles klar?«

»Wie viele Häuser haben Sie bei der Haus-zu-Haus-Befragung geschafft?«

»Ach so – also ... Ich hab versucht, sehr gründlich vorzugehen.«

»Umso besser ...« Caffery schob die Hände in die Taschen, trat ein wenig näher an Logan heran und murmelte ihm ins Ohr: »Ich hab gerade Ihre Überstundenmeldung gesehen und mit der Anzahl der Befragungen verglichen, die Sie diese Woche gemacht haben, und dabei hat sich für mich ein Problem ergeben ...« Er drückte das Kinn herunter und hob die Augenbrauen.

Logan wusste genau, was Caffery meinte. Er senkte den Blick.

»Vergessen wir's, ich gebe Ihnen die Chance, Ihren Fehler wieder gutzumachen«, murmelte Caffery. »Ich hab da einen kleinen Job für Sie.« Er blickte über die Schulter. Danni hatte ihre Füße auf den Schreibtisch gelegt und telefonierte. »Sie finden in meinem Fach eine Straßenkarte und genaue Anweisungen. Und zwar werden Sie noch vor Sonnenuntergang an zwanzig Türen klingeln. Nur damit Sie Bescheid wissen.«

Logan stand mit schlaff herabhängenden Armen da, bis Caffery sich zum Gehen wandte. Dann strich er seine Krawatte gerade und sah Kryotos an: »Was, zum *Teufel*, ist denn in den gefahren?«, maulte er.

Kryotos zuckte die Schultern und beschäftigte sich wieder mit den Papieren auf ihrem Schreibtisch.

»Na endlich.« Inzwischen mühte sie sich bereits annähernd fünf Stunden ab, doch endlich spürte Benedicte, wie das Holz unter ihren Händen krachte. Schließlich gelang es ihr mit blutenden Fingern, ein Stück aus der Diele herauszubrechen und unter den Fußboden zu schauen. Sie bückte sich und spähte in den gut zwanzig Zentimeter tiefen – mit warmer Luft angefüllten – Hohlraum. Unten sah sie Rohre und Drähte, die an einem Balken entlangliefen. Die Luft, die aus der Öffnung drang, roch nicht etwa muffig, sondern nach frischem Holz und nach Harz. Sie richtete den Oberkörper wieder auf und riss das restliche Brett aus seiner Verankerung, dann spähte sie abermals in den Hohlraum.

Und jetzt? Direkt vor sich sah sie einen elektrischen Verteilerkasten, aus dem in alle Richtungen weiße Kabel herausführten. Eine der Leitungen führte in einen schwarzen Zylinder hinein, der aus dem Unterbodenputz ragte. Ben brauchte ein paar Sekunden, bis sie begriff, dass sie den Metallsockel der Küchenlampe vor sich hatte, der wie ein großer Becher durch ein rundes Loch in die Decke geschoben war.

Mein Gott, solche Zylinder wurden ohne Verschraubung oder irgendeine Art der Fixierung einfach durch den Deckenputz geschoben, das wusste sie ganz genau. Sie erinnerte sich noch gut, wie Ayos Mann Darren damals in Kennington in der Küche eines der Dinger aus der Decke gezogen hatte, um etwas zu reparieren. Der Blechzylinder hatte einfach an der Leitung gebaumelt.

Sie legte sich auf den Bauch, drückte beide Hände oben auf den Zylinder und schob ihn nach unten. Er gab mit einem schmatzenden Geräusch nach, wie wenn er in eine dicke Fettschicht eingelassen wäre, und rutschte an der Leitung ein Stück nach unten, während durch das Loch plötzlich helles Tageslicht zu Ben heraufdrang. Sie holte tief Luft. Die Lampe schaukelte wie ein Pendel unter der Decke hin und her. Als nichts passierte – als niemand die Treppe heraufgestürzt kam und die Tür aufriss, nahm sie ihren ganzen Mut zusammen und schob sich über das Loch. Sie wollte unbedingt wissen, ob sie unten in der Küche etwas erkennen konnte.

Also legte sie sich wie ein Schulmädchen im Schwimmunterricht mit ausgestreckten Armen auf den Boden, hielt krampfhaft beide Daumen umklammert und musste plötzlich an Josh denken, der erst vor wenigen Tagen nach dem Schwimmkurs in das Auto geklettert war und gefragt hatte: »Mami, was ist das – Aquadynamik?« Plötzlich fing die Gipsdecke unter ihrem Gewicht an zu knirschen. Sie fuhr entsetzt hoch und zog den Kopf aus dem Hohlraum zurück. »O mein Gott, o mein Gott …«

Sie hockte einige Sekunden keuchend da und befürchtete, dass jeden Augenblick die Decke einbrechen könnte. Doch als nichts passierte, wurde ihr Herzschlag wieder etwas ruhiger. Sie strich sich das Haar aus dem Gesicht und beugte sich ganz langsam und vorsichtig wieder hinunter. Diesmal passte sie besser auf. Sie stützte sich wie ein Gecko mit den Händen auf den Bodendielen ab und schob ihren Kopf ganz langsam in den Deckenzwischenraum, bis sie schließlich durch das Loch blicken konnte, in dem vorher der Zylinder gesteckt hatte.

Unten in der Küche war es strahlend hell. Drei Meter unter ihr lag Hal auf dem Boden. Auf dem Rücken – das Gesicht fast genau unter dem Loch.

»O mein Gott ...«

Seine Füße hingen in der Luft und waren einzeln an dem großen Griff des Backofens festgekettet. Seine Hände waren nach hinten ausgestreckt und mit Elektrokabeln an die Füße der Waschmaschine gefesselt. Der Eindringling hatte ihm zunächst die Shorts abgestreift und die Hose dann mit einer Beinöffnung über beide Beine gezogen. Außerdem hatte er die Beine noch mit dem orange-blauen Bungee-Seil vom Dach des Daewoos zusammengebunden. Hals Mund war mit braunem Klebeband verschlossen. Um ihn her bildeten seine Exkremente am Boden einen dunklen Flecken. Plötzlich bemerkte Ben, dass er schnarchte, als ob ihn die ganze Situation irgendwie langweile, als ob er gut zu Abend gegessen hätte und dann vor dem Fernseher eingenickt wäre.

Sie presste ihr Gesicht auf die Öffnung in der Decke und sagte flüsternd: »Hal?«

Seit der Effra-Fluss im vergangenen Jahrhundert in den Untergrund verbannt worden war, folgte die gleichnamige Straße parallel zum Brixton Hill seinem unterirdischen Lauf und verband die mondänen Brixtoner Wohnlagen mit den städtischen Mietblöcken in Streatham. DC Logan kämpfte sich in der Gluthitze des Sommertages zu Fuß den Hügel hinauf und war schweißgebadet. Der Boden war so stark aufgeheizt, dass sich an manchen Stellen die Pflastersteine angehoben hatten. In den Vorgärten dösten Katzen unter den Sträuchern vor sich hin und verscheuchten mit zuckenden Ohren die zahlreichen Insekten. *Mein Gott, dachte er, wenn es hier irgendwo ein kaltes Bier gäbe, könnte ich für nichts garantieren.*

Ein Stück weiter oben gab es linker Hand eine neue Wohnanlage – Clock Tower Grove hieß der Komplex –, und er konnte schon von weitem die Reklametafeln und die Flaggen erkennen und weiter hinten einen Betonträger, der an einem riesigen Kran hing. Auf der rückwärtigen Seite der Anlage gab es ein paar größere Häuser mit Blick auf den Park. Tja, es blieb ihm wohl nichts anderes übrig, als dort mal vorbeizuschauen und sich zu vergewissern, ob die Häuser schon bewohnt waren. Er wischte sich den Schweiß von der Stirn. In den nächsten Stunden musste er noch achtzehn Adressen abklappern, und er hatte nicht die Absicht, sich irgendwo länger aufzuhalten. Falls niemand öffnete, würde er einfach wieder gehen.

Etwa zur gleichen Zeit öffnete im Haus Nummer fünf Hal die Augen und glaubte, einen Engel zu sehen. Während der folgenden Sekunden gab es für ihn nichts als diese Augen. Die süße Geometrie ihres Gesichts in einem kreisrunden Rahmen.

Benedicte?

»Hal«, flüsterte sie.

Und dann wagte er erstmals wieder zu hoffen, dass es für sie vielleicht doch noch eine Chance gab. Er versuchte, mit dem Kopf zu nicken, um ihr zu zeigen, dass er sie gehört hatte, doch er konnte nicht. Tränen rannen aus seinen Augen.

»Hal«, murmelte sie mit kaum hörbarer Stimme. »Wo ist … *Josh*?«

Er bewegte die Augen zur Seite, um ihr die Richtung anzudeuten.

Sie zog den Kopf wieder aus dem Loch und versuchte, sich so in Position zu bringen, dass sie einen Blick in den Wohnbereich werfen konnte. Sie spürte die Luft in dem Zwischenraum, roch ihren eigenen Atem: Als ob ihre ungeheure Anspannung, ihr ganzes Elend sich in chemische Substanzen verwandelt hätte, die durch ihre Lunge entwichen waren. Sie schob den Kopf so tief in das Loch, bis sie einen Blick in das Zimmer unter sich werfen konnte. Ihre Augen öffneten und schlossen sich, wanderten im Kreis umher und erstarrten dann.

Josh saß mit angezogenen Beinen im Wohnbereich auf dem Boden und war an die Heizung gefesselt. Obwohl im Gesicht aschgrau, erschien er völlig gefasst und bemühte sich, das Seil aufzudröseln, mit dem er an die Heizung gefesselt war. Eine seiner Hände war bereits frei. Am Handgelenk hatten sich tiefe rot-blaue Furchen eingegraben, und am Mund hatte er einen Ausschlag von dem Klebeband, mit dem ihm der Troll die Lippen verschlossen hatte.

»Josh?«, sagte sie zuerst ganz leise, weil sie ihren Augen kaum traute. Dann lauter: »Josh!«

Er reagierte nicht sofort, war noch immer mit dem Seil beschäftigt. Es dauerte etliche Sekunden, bis er aus seiner Trance erwachte; dann sah er blinzelnd zu ihr hinauf.

»Josh!«

»M-mami?«

Ihr Kind hatte sich verändert. Der Kopf war schmal geworden, die Augen erschienen riesengroß. Der Junge sah genauso aus wie Hal – wie ein winziger, zwanzig Jahre alter Hal, an dessen Schläfen und Händen die Adern hervortraten. Armes vorzeitig gealtertes Kind. Er streckte ihr wortlos die Hand entgegen, als ob er ihr Gesicht berühren, sich von der Realität seiner Wahrnehmung überzeugen wollte. Dann ließ er die Hand wieder sinken, wandte sich abermals von ihr ab und machte sich von neuem an dem Seil zu schaffen.

»Josh!«

»Papi geht es gar nicht gut«, flüsterte er, ohne aufzublicken. »Er kann nicht sprechen.«

»Ich weiß, Liebling. Hast du was zu Trinken bekommen?«

Er schüttelte den Kopf.

»Nein?«

»Doch – ein bisschen.« Er sah sie nicht an. Er ist schon ein richtiger kleiner Mann, dachte sie, ein großer, großer kleiner Mann.

»Geht es dir gut, Liebling? Was macht dein Bauch?«

»Fühlt sich komisch an. Ich hab Durst, Mami.«

»Ist ja schon gut, wir besorgen dir bald was zu trinken.«

»Ich wollte es wirklich nicht, Mami. Aber ich habe mir in die Hose gemacht, tut mir Leid.«

»Ach, Liebling, das macht doch nichts. Mach dir deshalb keine Sorgen.« Am liebsten hätte sie laut losgeheult – wie sie da mit blutenden Fingern völlig erschöpft im ersten Stock am Boden lag. Dieser kleine Junge, um den sie sich die größten Sorgen gemacht hatte, hockte dort unten vor der Heizung und kümmerte sich um alles. Ja, er hatte das Seil inzwischen fast aufgetrennt. Statt – wie sie – zu jammern und mit dem Schicksal zu hadern, hatte er schweigend und entschlossen die Flucht vorbereitet. »Der böse Mann ist nicht mehr da, nicht wahr?«

Josh nickte. »Ja, er ist weg. Er war ganz böse, und die Polizei wird ihn bestimmt verprügeln und ins Gefängnis stecken und umbringen.«

»Hast du gehört, wie Mami gerufen hat?«

»Ja – aber ich konnte nichts sagen, weil er mir den Mund zugeklebt hat.«

»Macht nichts, mein Liebling. Ich habe dich sehr lieb.«

»Ich dich auch.«

»Was tust du eigentlich da unten?«

»Das Seil abmachen. Und dann komm ich und hol dich.« Er schwieg einen Augenblick und sagte dann, ohne sie anzusehen: »Mami?«

»Ja?«

»Vielleicht hat er Smurf umgebracht.« Sein Kinn bebte. »Ich weiß nämlich nicht ... wo Smurf ist.«

»Ach, Josh ...« Benedicte konnte kaum sprechen. »Du bist so ein ... so ein guter, so ein kluger ... tapferer kleiner Junge. Mach dir wegen Smurf keine Sorgen, Liebling, sie ist hier bei mir. Es geht ihr zwar nicht besonders gut, aber sie ist hier oben bei mir und kann es gar nicht erwarten, dich zu sehen.« Sie hielt inne, weil sie sah, dass seine Finger bluteten. »Josh, ich liebe dich, Mami hat dich sehr, sehr lieb ...«

Dann klingelte im Gang plötzlich die Glocke. Josh starrte entsetzt Richtung Tür, und Ben erstarrte. *Nein!* Sie konnte es einfach nicht glauben.

»Josh«, zischte sie. »Beeil dich. Los, mach schon, du musst die Fesseln durchtrennen ...« Unter ihr wälzte sich Hal in stummer Verzweiflung am Boden, und Ben kreischte plötzlich hysterisch: »Los, Josh. Beeil dich. Beeil dich!!«

Der Junge zog wie verrückt an dem Seil, zerrte mit den Zähnen daran. Sein Mund war blutverschmiert. Er hatte zwar starke Zähne, aber das Seil war ummantelt.

»Los, schnell!«

Er riss noch stärker an dem Seil und hielt dabei die Augen ständig auf die Tür gerichtet, rechnete jeden Augenblick damit, dass das Ungeheuer im Gang erscheinen würde. Dann sah Benedicte, wie ihr kleiner Junge eine Entscheidung traf.

»Nein!«, kreischte sie. Wieder bildete sich in der Decke unter ihr ein langer Riss. »Nein, Josh! Lauf weg! Lauf!«

Doch er hätte sich ohnehin nicht mehr rechtzeitig befreien können. Deshalb hob er den braunen Klebestreifen vom Boden auf und drückte ihn wieder sorgfältig auf seinen Mund, dann wirbelte er herum, ließ das Seil hinter seinem Rücken verschwinden und saß plötzlich wieder reglos vor dem Heizkörper. Bens Herz blieb beinahe stehen. »O Gott, *nein.*« Sie fing an zu weinen, und ihre Tränen tropften wie Silberperlen durch die Decke und landeten direkt neben Hals Gesicht. »Nein!«

Und dann klingelte es abermals.

Alle drei erstarrten. Ben hörte auf zu weinen, und Hal lag wieder reglos da. Josh sah seine Mutter an. Der Troll hatte nie häufiger als einmal geklingelt. Während der folgenden langen Sekunden wagten die drei kaum zu atmen. Wieder klingelte es, und die Klappe des Briefschlitzes wurde bewegt.

»Hallo?«, rief eine Männerstimme. »Haa-ll-oo?«

Die Polizei – vielleicht hat Ayo ja Alarm geschlagen ... vielleicht ... Benedicte öffnete den Mund, um zu rufen, doch etwas ließ sie schweigen, ein Überlebensinstinkt, der vielleicht älter war als ihre eigenen Zellen. *Nein, das ist nur wieder so ein mieser Trick – das kann nur der Troll sein. Ja, ganz sicher.* Im Wohnzimmer war Josh inzwischen wieder mit dem Seil beschäftigt.

»Josh, sag jetzt nichts, bleib ganz ruhig sitzen«, zischte sie. »Bleib ganz ruhig.« Er gehorchte ihr und saß völlig reglos da, und in der Stille konnte sie ihren eigenen Herzschlag hören. *Ist schon richtig so,* redete sie sich ein. *Falls es wirklich ein Polizist ist, dann muss er doch sehen, dass hier irgendwas nicht stimmt. Wahrscheinlich fordert er gerade Verstärkung an, und dann holen sie uns hier* raus. Aber wenn es dieses Monster ist, dann wollen wir es ihm nicht so leicht machen ...

Und dann klingelte es abermals. Sie holte tief Luft, biss sich auf die Unterlippe und bedeutete Josh durch Blicke, völlig reglos in seiner Position zu verharren. Das Klingeln der Glocke klang in der Stille nach. Vom Vorgarten aus wirkte das doppelt verglaste, wärmeisolierte Luxushaus der Familie Church mit der schweren polierten Eichentür völlig unbewohnt.

Souness kam herein und stützte sich mit beiden Händen auf die Schreibtischkante. »Das wäre geklärt.«

»So, so.« Caffery ließ den Stift auf den Schreibtisch fallen. »Und Sie haben sich bei diesem Doktor natürlich 'ne Abfuhr geholt – oder?«

Sie nickte. »Ja, stimmt. Wir haben vor allem über einen gewissen Inspector Caffery gestritten.«

»Super.«

»Jack, was *glauben* Sie eigentlich?« Sie zog ihren Stuhl näher heran und setzte sich. »Wenn wir Peach in seinem derzeitigen Zustand verhören, macht die Presse doch Hackfleisch aus uns.«

»Ist mir egal, Danni. Ich muss unbedingt mit ihm sprechen. Der Kerl hat einen Komplizen. Das weiß ich *ganz* genau.«

Sie schloss die Augen, schürzte die Lippen und schüttelte den Kopf. »Jack, machen Sie es mir doch nicht so schwer. Ich hab mit dem Chef gesprochen und von ihm ganz klare Anweisungen erhalten: Sie haben den Täter überführt, also schließen Sie den Fall jetzt möglichst rasch ab. Sobald der Mann gesundheitlich dazu in der Lage ist, können Sie ihn dann verhören. Es gibt da nämlich inzwischen einen weiteren dringenden Fall – eine Vergewaltigung in Peckham. Leider müssen wir Prioritäten setzen, Jack. Wir haben einfach nicht genügend Leute, um die Peach-Geschichte mit demselben Nachdruck wie bisher weiterzuverfolgen. Außerdem wissen wir jetzt doch, dass es sich bei der Geschichte um ein widerliches Familiendrama handelt ...«

»Wieso betrauen Sie nicht einfach jemand anderen mit den Ermittlungen?«

»Reden Sie keinen Schwachsinn ...«
»Immerhin denkbar, dass ich mich völlig verrannt habe.«
»Oh, bitte, keine melodramatischen Einlagen ...« Sie hielt inne. Caffery war aufgestanden. »Jack? Vielleicht könnten Sie sich mal ausnahmsweise der Mühe unterziehen, die Sache von meinem Standpunkt aus zu betrachten.«
»Aber gerne, Danni.« Er schnappte sich sein Schlüsselbund und seine Zigaretten und schob beides in die Tasche. »Obwohl ich, ehrlich gestanden, nicht weiß, ob ich mich in dieser Form bei einem Vorgesetzten anbiedern würde.«

Souness sprang auf. »Ich verbitte mir diesen Ton.« Sie zeigte mit dem Finger auf ihn, und ihre Lippen waren nur mehr ein dünner Strich. »Sie wissen genau, dass ich eine solche Anschuldigung nicht verdient habe – dafür werde ich Sie zur Rechenschaft ziehen.«

»Danke.« Er stand vor dem Schreibtisch, schob ein paar Papiere in die Schublade und sperrte sie ab. Dann legte er seine Schreibutensilien in die entsprechende Schale und schob seinen Stuhl mit einem Ruck unter den Schreibtisch. Sein Job hing ihm plötzlich zum Hals heraus. »Ich glaube, ich gehe jetzt besser. Wir können ja ohnehin nur mit hochgelegten Beinen hier rumhängen und darauf warten, dass dieser Peach wieder gesund wird.«

»Dann gehen Sie doch nach Hause, verdammt noch mal.« Sie rieb sich die Wangen, bis sie glühten. Ja, sie war stinksauer. »Vielleicht kommen Sie dann wieder zu Verstand.«

Doch als Caffery sich zum Gehen wandte, stand bereits Kryotos in der Tür und hielt ihm ein grünes Formular entgegen.
»Was ist das?«
»Ein Anruf aus dem Krankenhaus.«
»Besten Dank, Marilyn.« Souness nahm Kryotos das Blatt aus der Hand. »Aber das ist doch die falsche Nummer.«
»Nein – also der Anruf war nicht von der Zentrale des Krankenhauses, sondern von diesem Sergeant. Es geht um Alek Peach. Einer von Ihnen soll sofort kommen. So schnell wie möglich.«

»Josh ...« Im Haus war wieder alles still, und auch Benedictes Puls hatte sich wieder beruhigt. Inzwischen war sie davon überzeugt, dass sie sich getäuscht hatte. »Josh, pass mal auf ... du musst dich irgendwie von diesem Strick befreien.« Er nickte und nagte mit doppelter Anstrengung an dem Nylon. »Sehr gut, Liebling – hör mal zu. Sobald du dich befreit hast, gehst du in den Gang und machst die Eingangstür weit auf. Verstehst du – die schwere Eingangstür.« Josh sah mit weit aufgerissenen Augen abwechselnd seinen Vater und seine Mutter an. »Beeil dich, Liebling. Du brauchst keine Angst zu haben. Bitte beeil dich.«

Ein letzter Ruck an dem Seil, und Joshs Beine waren frei. Er stand mit seinen steifen Beinen schwankend auf, bemüht, das Gleichgewicht nicht zu verlieren – aber er stand. Er streckte seine dünnen Arme vor sich aus, als ob er sich in einem dunklen Zimmer zu orientieren versuchte, trippelte dann zum Spülbecken hinüber, drehte das Wasser an und trank gierig direkt aus dem Hahn. Benedicte konnte das kühle frische Wasser fast *riechen*. Als er sich schwer atmend und mit nassem Mund wieder aufrichtete, flüsterte sie: »Guter Junge, und jetzt mach schnell die Tür auf.«

Doch Josh holte ein Glas aus dem Küchenschrank, ließ es volllaufen und kniete sich neben Hal auf den Boden. Er zog das Klebeband vom Mund seines Vaters, legte das Glas an dessen Lippen und kippte es vorsichtig. Hal bäumte sich auf, bekam kaum Luft und trank dann gierig von dem Wasser. Benedicte sah ungeduldig zu und unterdrückte den Impuls, Josh zur Eile zu drängen. Der Junge hockte fachkundig wie ein Krankenpfleger neben seinem Vater, strich ihm mit der Hand über die Stirn und goss noch mehr Wasser in seinen Mund. »Du kommst gleich dran, Mami«, sagte er.

»Schon gut, Liebling – aber zuerst musst du die Tür aufmachen, bitte – die Tür. Vielleicht ist ja jemand draußen, der uns helfen kann.«

»Ja, gut.« Er stellte das Glas auf den Boden, stand dann unsicher auf, blickte zu Hal hinunter, der wild mit dem Kopf wackelte und stumm die Lippen bewegte. Josh stützte sich mit den Händen an den Küchenschränken ab und torkelte in den Gang hinaus Richtung Tür. Benedicte sah jetzt nur noch seine Füße und sein Spiegelbild auf dem Parkett. Armer kleiner Junge. Er stellte sich auf die Zehenspitzen, drehte mit ausgestrecktem Arm den Riegel um und öffnete die Haustür.

Sie schob den Kopf, so weit es ging, durch die Decke und registrierte wie eine Überwachungskamera die Vorgänge unten im Haus. Im Eingangsbereich blieb es mehrere Minuten lang absolut still. Sie stellte sich vor, dass er einfach aus der Tür in den Sommertag hinausgetreten war und vielleicht die Amseln beobachtete, die auf dem Weg zum Park durch die Luft flatterten.

Dann fiel die Tür wieder ins Schloss, und sie sah, wie das Spiegelbild näher kam: eine große Gestalt mit dichtem dunklem Haar und daneben ihr Sohn, der in das Zimmer zurückgeführt wurde – wie ein kleiner Junge, der mit seinem älteren Bruder durch einen Supermarkt schlendert. Nur dass Josh leise schluchzte.

Sie hätte die Decke durchbrechen, ihr eigenes Bein opfern sollen, um zu verhindern, dass jemand Josh etwas antat. Trotzdem zog sie – wie ein Kind wimmernd – instinktiv den Kopf zurück und zugleich den Zylinder, mit dem sie das Loch in der Decke wieder verschloss. Ein brennender Schmerz schoss durch ihr Bein, doch sie gab nicht einen Ton von sich.

Ja, sie kannte die Gestalt dort unten – sie wusste genau, wer das Monster war. Und jetzt ergab plötzlich alles einen Sinn.

Caffery stellte den Wagen auf dem Parkplatz ab, vergaß, einen Parkschein zu lösen, und eilte in das Gebäude. Zwei Stufen auf einmal nehmend, rannte er die Treppe hinauf, und das Quietschen seiner Schuhe auf dem blanken Linoleum sorgte für allgemeines Aufsehen.

Als er fast am Ende des langen Korridors angelangt war, flog die Eingangstür zur Intensivstation auf, und eine Schwester kam im Laufschritt heraus. Sie presste ein zerknülltes Papierhandtuch gegen ihre Schürze. Als Nächstes sah er, dass das Papier dunkel verfärbt war, und zum Schluss – die Schwester war jetzt direkt neben ihm – erkannte er, dass auch ihre Schürze blutgetränkt war. Dann flog die Tür abermals auf, und nun trat – blass wie eine Wand und mit blutverschmierten Händen – der Polizeibeamte heraus. »Dort drüben.« Er wies Caffery mit dem Kopf den Weg, und der stürmte an ihm vorbei in die Station.

Im Schwesternzimmer stand das Fenster offen, und von draußen wehte eine sanfte Brise herein. In Peachs Zimmer waren die Vorhänge um das Bett gezogen. Zwei ernst blickende Schwestern waren gerade dabei, den Boden und die Wände abzuwischen. Sogar der von innen her wie eine riesige Laterne leuchtende Vorhang war großflächig mit Blut getränkt. Und unter dem Bett, wo die Schwestern noch nicht gewischt hatten, sah Caffery direkt vor seinen Füßen eine große, fast schwarze Blutlache.

Rund drei Kilomter entfernt in Brixton tat sich Logan im Prince of Wales gerade an einem Red Stripe gütlich. Die Mädchen, die vorne am Eingang zur Clock-TowerGrove-Wohnanlage in einem Büro auf kaufwillige Kunden warteten, hatten sich über die dunklen Schweißflecken unter seinen Achseln lustig gemacht. Deshalb hatte er seine Nachforschungen eingestellt und war wieder den Hügel hinuntergegangen. Seinen Bericht konnte er ja genauso gut ein bisschen frisieren, beschloss er. Ohnehin war im Kollegenkreis allgemein bekannt, dass Jack Caffery in letzter Zeit nicht ganz richtig tickte. Hatte wahrscheinlich mit seiner durchgeknallten Freundin zu viel Dope geraucht oder so was. Ja, dieser Caffery war echt nicht ganz dicht. Wusste doch jeder, dass er zur Zeit ungenießbar war und ständig Streit suchte. Die versteckten Anspielungen auf seine Überstundenmeldung hatte Logan ihm besonders übel genommen. *Wohl nicht ganz dicht, der Typ*, dachte Logan und holte sich an der Bar noch ein Bier.

24. KAPITEL

In dem Wald oberhalb des Steinbruchs in Norfolk herrschte absolute Stille – nur das fast unwirkliche Geräusch fallender Regentropfen auf die Blätter war zu hören. Auf der knapp einen Kilometer entfernten Straße fuhr etwa alle zehn Minuten ein Auto vorbei. Einige der Wagen hatten das Licht eingeschaltet, obwohl es erst Mittag war. Tracey Lamb zündete sich eine Zigarette an, lehnte sich gegen den verrosteten alten Datsun und blickte auf die übrigen Autos, die dort oben herumstanden. Sie war bester Laune und sehr zufrieden mit sich. Am Vortag hatte sie sich gleich nach ihrer Rückkehr Carls Notizbuch geschnappt, sich in seinem Zimmer damit auf das Bett gesetzt – jenes am Kopf- und Fußbrett mit Spiegeln ausgestattete, schwarz-silber lackierte Bett, das sein ganzer Stolz und seine Freude gewesen war – und der Reihe nach seine alten Freunde angerufen. Keiner von ihnen hatte bisher etwas von Pendereckis Tod gehört – war diesen Typen natürlich ohnehin egal –, und als sie dann von dem Besuch dieses Inspector Caffery erzählt hatte, waren sie der Reihe nach in Panik geraten.

»Mein Gott, Tracey! Lass mich bloß mit deiner Scheiße in Ruhe.«

»Das ist nicht *meine* Scheiße ...«

Wieder absolute Paranoia am anderen Ende der Leitung. »Tracey? Tracey, von welchem Telefon aus sprichst du eigentlich? Doch nicht etwa von deinem eigenen Apparat?«

»Wieso?«

»Ach – du blöde Schlampe, du bist ja noch bescheuerter, als ich gedacht hatte ...« Und damit war das Gespräch auch schon beendet gewesen. Als sie schließlich weiter hinten im Alphabet anlangte, waren anscheinend bereits alle informiert, und sie hörte überall nur noch das Besetztzeichen. So hatte sie rauchend zwischen Carls Hanteln, Gewichthebergürteln und DVD-Sammlung gesessen. Am liebsten hätte sie angefangen zu heulen. Sie klopfte nur an verschlossene Türen – und war völlig mittellos. *Ihr könnt mich alle mal*, dachte sie, *jeder Einzelne von euch perversen Schweinen*. Ja, sie hätte diesem Caffery alles erzählen und die ganze Bande hochgehen lassen sollen – diese verdammten Arschlöcher.

Sie rieb sich das Gesicht, warf die Zigarette ins Unterholz, richtete sich zu ihrer ganzen Größe auf und hustete rasselnd. Ringsum nichts als hohes Gras und Farne, deshalb hatte Carl seine alten Schrottkisten hier auf der kleinen Lichtung deponiert. Weiter hinten, jenseits der Autowracks, fast am Rand des Steinbruchs, war zwischen Klatschmohn und allerlei wild wucherndem Unkraut der Wohnwagen abgestellt. Eine uralte Kiste – die an manchen Stellen schon mit Moos bewachsen war. Die zerkratzten Acrylfenster waren von oben bis unten dick mit Kondenswasser beschlagen. Die abblätternden Schriftzeichen an der Seitenwand erinnerten an Carls vergeblichen Versuch, einen Imbissstand zu etablieren. Das Geschäft hatte sich zwar als Flop erwiesen, doch die Beschriftung und sogar die verblasste Preistafel waren noch zu erkennen: »Hot Dog – 15 Pence«. Und dann gab es noch die zugenagelte Klappe, die er in die Seitenwand geschnitten hatte. Früher hatten die Borstal-Boys häufig in dem Wohnwagen übernachtet. Hatten sich ständig mit White-Lightning-Cidre abgefüllt und dann in den Steinbruch gekotzt. Carl, der immer jemanden brauchen konnte, der ihm zur Hand ging, hatte die Burschen gerne um sich gehabt, besonders Anfang der Neunzigerjahre, als er irgendwo die Lizenz ergattert hatte, Autos mit Totalschaden abzuschleppen. Die meisten der Wagen wurden allerdings mithilfe der Borstal Boys kurz darauf wieder in den Verkehr gebracht: neu zusammengeschweißt, frisch lackiert, mit Fiberglasfüllungen notdürftig ausgebessert und mit neuen Fenstern ausgestattet. Entlohnt wurden die Jungs von Carl mit zollfreien Zigaretten und dem Gin, den er von seinen Sauftouren in Calais mitbrachte. Oder aber er schenkte ihnen die Autoradios, falls es ihnen gelang, sie den trauernden Hinterbliebenen abzuluchsen. Unzählige Male war Tracey Zeugin gewesen, wie einer der Borstal Boys einem älteren Ehepaar klarzumachen versuchte, dass man ihnen das Radio aus dem Wagen ihres tödlich verunglückten Sohnes leider nicht aushändigen könne: »Das Radio befindet sich in einem sehr unschönen Zustand – am besten, Sie ersparen sich den Anblick.« Und wenn die Eltern hartnäckig blieben: »Ich wollte es ja eigentlich nicht so deutlich sagen – aber Sie können das Radio nicht bekommen, weil es völlig blutverschmiert ist. Außerdem ist das Kassettenfach verstopft – womit, möchte ich Ihnen lieber nicht so genau erklären.« Damit waren die Verhandlungen meist zu Ende gewesen.

Sie schlitzten die Autos auf wie Schlachtvieh und hatten für sämtliche Teile eine Verwendung. Carl wusste wirklich, wie es funktioniert – das Einzige, was er nicht vorausgesehen hatte, war der Krebs. Ja, er hatte genau an seinem achtundvierzigsten Geburtstag von der Krankheit erfahren – wahrlich ein schönes Geschenk.

Der Grund sind die sechzig Zigaretten pro Tag – genau wie damals bei Ihrer Mutter. Ist nun mal 'ne Familientradition. Carl war schon immer klapperdürr gewesen, doch als er schließlich starb, war er völlig ausgemergelt – wie einer dieser armen Menschen damals in den KZs, hatte sie gedacht. Und als er nicht mehr da gewesen war, hatten sich auch die anderen plötzlich nicht mehr blicken lassen, und nachts wehte der Wind von den Marschen herüber und ließ in der Garage lose Blechteile klappern.

Tracey zog die Schlüssel aus der Tasche und stieg wieder in den alten Datsun. Trotz des Regens glühte sie am ganzen Körper, und die Scheiben des Wagens waren sofort beschlagen. Sie schaltete das Radio ein, wendete das Auto und fuhr ruckelnd und polternd über die Schlaglochpiste am Rand des Steinbruchs entlang. Nasse Farne und Nesseln klatschten gegen die Windschutzscheibe, und hinter ihr wurde das Wohnwagenfenster mit der zugezogenen Gardine immer kleiner, bis es schließlich zwischen den tropfenden Bäumen verschwand.

Sie hatte sich etwas überlegt und gerade die ersten Schritte zur Verwirklichung dieses Planes unternommen. Ihr war klar, dass sie nicht mehr lange in dem Haus bleiben konnte – seit Carls Tod saß sie nämlich schlicht auf dem Trockenen. Sie wusste nicht, wovon sie die nächste Miete zahlen sollte – sie wusste nicht mal, wie hoch der Betrag war oder ob Carl irgendeine Vereinbarung mit dem Besitzer des Hauses getroffen hatte. Verdammt noch mal, sie wusste ja überhaupt nicht, *wem* die alte Bruchbude eigentlich gehörte. *Du hast nie mit mir über Geld gesprochen, Carl.* Trotzdem hatte sie ein paar nette Ideen. Vor rund zwanzig Jahren war Carl mal in Fuengirola an der Costa del Sol gewesen, um dort mit irgendwelchen finsteren Gestalten Geschäfte zu machen. War seine einzige Auslandsreise gewesen, und hinterher hatte er was von Cocktail-Partys auf herrlichen Yachten erzählt und eine Postkarte mitgebracht, auf der an einem Hang ein kleines mediterranes Dorf mit weißen Häusern zu sehen war. Einfach himmlisch, dieses spanische Dorf mit dem azurblauen Himmel und den Olivenbäumen und den leuchtend weißen Mauern, an denen sich farbenprächtige Pflanzen hinaufrankten. Tracey Lamb war sicher, dass sie dort glücklich sein würde. Und sie glaubte auch, zu wissen, wie sie das Geld, das sie für ihr neues Leben brauchte, beschaffen konnte, und zwar von diesem Inspector Caffery, der unbedingt wissen wollte, was aus Pendereckis Jungen geworden war.

Ayo trat zwischen den Vorhängen hervor und hielt eine Bettpfanne mit blutgetränkten Papierhandtüchern in der Hand.
»Oh!« Sie legte die Hand auf die Brust. »Mein Gott, haben Sie mich erschreckt.«
Wieder dieser gut aussehende Polizist – dem sie ihre unausgegorenen Fantasien hatte anvertrauen wollen. Ihre Wahnvorstellungen über Ben und Hal und über den kleinen Josh, der irgendwelche Sachen angepinkelt hatte. Vielleicht sollte sie ihm ja wirklich von ihren Überlegungen erzählen, um ihn zum Lachen zu bringen, um ihm zu zeigen, dass sie ihm nichts nachtrug.
»Was ist passiert? Was ist denn *hier* los?«

»Hm …? Ach so.« Sie warf einen Blick auf den Vorhang, hinter dem Alek Peach leise stöhnte. »Offenbar hat die Wirkung der Beruhigungsmittel nachgelassen, und da ist er völlig durchgedreht und hat sich den Katheter rausgerissen. Sieht schlimmer aus, als es ist.«

»Und das Blut?«

»Er hat gerade eine Transfusion bekommen, als er sich den Schlauch rausgerissen hat. Das meiste Blut« – sie wies mit dem Kopf Richtung Boden – »das Sie dort sehen, stammt aus dem Transfusionsbeutel und nicht von ihm selbst. Jedenfalls ist er nicht in Gefahr.«

»Umso besser.« Er machte Anstalten, an das Bett zu treten. »Dann kann ich ja mit ihm sprechen.«

»Oh …« Ayo verstellte ihm blitzschnell den Weg. »Tut mir Leid – Dr. Friendship hat dazu bisher nicht die Erlaubnis erteilt.«

»Dieser Dr. Friendship hat es offenbar in erster Linie darauf abgesehen, unsere Ermittlungen zu stören.«

»Darüber müssen Sie schon mit ihm *selbst* sprechen.« Sie hob die Hand, um ihn zur Tür zu geleiten. Als er einfach stehen blieb, neigte sie den Kopf zur Seite. »Tut mir wirklich sehr Leid, und das meine ich ganz ernst. Wenn ich hier das Sagen hätte …«

»Ayo, jetzt hören Sie doch mal zu«, zischte er. »Der Kerl da drüben ist der Täter. Er hat seinen Sohn umgebracht.«

Ayos Mund klappte zu. *Dann haben wir also einen Mordverdächtigen hier auf der Station – das hätte man uns auch sagen können.*

»Ayo, bitte lassen Sie mich jetzt …«

»Tut mir Leid.« Sie schloss die Augen und hob die Hand. »Danke, dass Sie so offen mit mir gesprochen haben, aber ich darf mich von Ihren *Verdächtigungen* nicht beeinflussen lassen.«

»Oh, verdammt noch mal. Immer diese beschissenen Gutmenschen.«

Sie riss die Augen weit auf. »Das ist wohl kaum der richtige Ton.«

»Ich weiß.« Er sah sich hilflos und frustriert in dem Zimmer um. »Aber Sie beweisen mir doch die ganze Zeit, dass Sie sich einen Scheißdreck dafür interessieren, was der Kerl getan hat. Haben Sie *zufällig* in der Zeitung gelesen, was mit Rory passiert ist? Haben Sie gelesen, was der Mann dort drüben *getan* hat? Was er mit seinem *eigenen* Sohn angestellt hat?«

Ayo schluckte und spürte, wie ihr Blutdruck langsam stieg. »Ich habe Ihnen doch bereits meinen – *unseren* – Standpunkt erklärt, also ...« Sie presste die Hand auf den Bauch. Das Kind in ihr hatte ungestüm zu strampeln angefangen, als ob es sauer auf sie wäre. »Wenn Sie so gut wären, jetzt zu gehen – bitte seien Sie doch vernünftig. Ich muss sonst den Sicherheitsdienst alarmieren.«

»Danke, Ayo«, sagte er. »Vielen Dank für Ihr Verständnis.« Er wandte sich zum Gehen. »Werde ich Ihnen nie vergessen.«

»Und kommen Sie bitte nicht wieder, bevor Sie von uns hören«, rief sie ihm nach, »und das kann noch Tage dauern.«

Als er weg war, stand sie zitternd da. Sie stellte die Bettpfanne beiseite und ging in das Schwesternzimmer, wo sie sich erst einmal auf eine Liege setzte, tief durchatmete und darauf wartete, dass ihr Herzschlag sich wieder beruhigte. Eine der jüngeren Schwestern fragte besorgt: »Hey – alles in Ordnung?«

»O Gott – ich weiß nicht. Ich denke schon.« Ayo lehnte den Kopf zurück und atmete durch die Nase. Ihr Puls raste, und ihr war plötzlich schrecklich übel. Wahrscheinlich eine Panikattacke, dachte sie. Die Schwester, die Ayos blasses Gesicht und ihre zitternden Hände sah, kam herein und machte Wasser heiß.

»Ich mach Ihnen jetzt erst mal einen Kamillentee. Sie sind im Augenblick einfach nicht belastbar – in Ihrem Zustand.«

»Vielen Dank – Sie sind ein Schatz.« Ayo lehnte sich zurück und schob den Gummizug ihrer Strumpfhose ein Stück nach unten. Dann setzten leichte Wehen ein, die sie durch ruhiges Atmen wieder zu besänftigen vermochte. Um Gottes willen – der Mann ist doch nur etwas laut geworden, und jetzt das hier. Hoffentlich führt das nicht zu einer Frühgeburt. Ach, mein armes, armes Kind, dachte sie zum tausendsten Mal: mit einer komplett neurotischen Mutter – was soll nur aus dir *werden*?

»Tut mir Leid, dass ich einen Fehlalarm ausgelöst habe.« Der Uniformierte stand draußen vor dem Eingang zur Intensivstation und trat von einem Fuß auf den anderen. »Wir haben hier nur die Alarmglocke gehört und gesehen, wie die Schwestern völlig konfus durch die Station gerannt sind, und da dachte ich, dass es besser ist, Sie zu informieren.«

»Schon gut.« Cafferys Handy klingelte. »Sie können mich jederzeit anrufen. Und bitte melden Sie sich sofort« – er zog das Telefon aus der Tasche, drückte den Okay-Knopf und legte den Daumen auf das Mikrofon – »wenn dieser nette Dr. Friendship uns endlich mit ihm sprechen lässt. Okay?« Er nickte knapp, drehte sich dann um und sprach in sein Telefon. »Ja? Caffery.«

»Ich bin's. Ich hab da was erfahren.«

Er zögerte, versuchte die Stimme einzuordnen. Als er kapiert hatte, mit wem er sprach, winkte er dem Uniformierten noch mal zu und ging dann den Korridor entlang. »Tracey«, sagte er, sobald er außer Hörweite war, »sagen Sie das noch mal.«

»Also, ich hab da was gehört, was Sie interessieren könnte. Es geht um die Sache, über die wir gesprochen haben.«

»So, so – aber wir haben den Fall inzwischen gelöst.«

Am anderen Ende der Leitung herrschte kurzes Schweigen. »Ich meine nicht die Geschichte in Brixton«, sagte sie. »Ich meine den Jungen, den Penderecki damals entführt hat.«

Benedicte lag mit brennenden Augen zusammengekrümmt vor dem Heizkörper. Sie hatte sich vorgenommen, zu kämpfen, ihre Familie zu retten. Stattdessen hatte sie nur den Kopf eingezogen und lag jetzt keuchend und weinend in der Dunkelheit – ein jämmerliches Häufchen Elend. *Schämen solltest du dich – du feiges Miststück.* Wenn sie sich auf den Rücken rollte, kam sie sich vor wie ein Insekt, das vor Schreck tot zu Boden gestürzt war. *Einfach lächerlich.*

Ihr einziger klarer Gedanke war: *Ja, er ist ein Monster. Josh hat Recht gehabt – ein Monster.*

Dicke rote Lippen, unbehaarte weiße Haut wie Schneewittchen. Sein schimmerndes dunkles Haar war so üppig, dass es fast unwirklich erschien – wie in einer Shampoo-Reklame. Seine Turnschuhe waren abgetragen und schmutzig, und die rote Adidas-Jogginghose war über und über bekleckert. Wahrscheinlich schauten aus diesen Hosenbeinen unten zwei gespaltene Hufe hervor. Und an den Händen trug er rosa Gummihandschuhe. Benedicte wusste genau, wann sie ihn schon einmal gesehen hatte – und zwar erst vor wenigen Tagen morgens in diesem Campingladen. Er hatte vielleicht eine Minute hinter ihr gestanden und ihr den Rücken zugekehrt, als ob er nicht gesehen werden wollte – das Gesicht unter einer Kapuze versteckt. Das Nächste, woran sie sich erinnern konnte, war, dass er draußen vor der Tür Smurfs Schwanz hochgehoben und ihr Hinterteil inspiziert hatte. Als sie so darüber nachdachte, war sie sich plötzlich ziemlich sicher, dass er sich vor Josh hatte verbergen wollen. Kannte Josh ihn vielleicht? Oder hatte sich dieses miese Schwein schon damals vor allem für Josh interessiert? Plötzlich blieb beinahe ihr Herz stehen. *Diese Familie Peach – hatten diese Leute nicht ebenfalls vorgehabt, am folgenden Tag zu verreisen?* Hatte der Kerl vielleicht gehört, wie sie dem Verkäufer von ihrem geplanten Cornwall-Urlaub erzählt hatte? Sie überlegte, was genau sie in dem Laden gesagt hatte. Irgendwas von einer langen Autofahrt, und – O, mein Gott, genau: Ganz sicher hatte er gehört, was sie gesagt hatte – dann hatte sie dem Mann sogar genau berichtet, *wann* sie nach Cornwall fahren wollten. Möglich, dass der Kerl ihnen anschließend gefolgt war und sie seither ständig beobachtet hatte. Und falls es sich wirklich so verhielt, war sie dann nicht selbst schuld an allem?

Plötzlich hob Smurf, die neben ihr lag, den Kopf und fing an zu heulen, ein gequältes Winseln, das von unbeschreiblichen Schmerzen kündete.

»Pssst ...« Benedicte versuchte, die Hündin zu beruhigen, streichelte das Tier, versuchte, sie dazu zu bringen, ein paar Tropfen von dem Heizungsrohr zu lecken, doch Smurf wandte sich nur ab und legte den Kopf auf den Boden. Ben lehnte sich an die Heizung und fing an zu beten: *Oh, Ayo – komm bitte, bitte früher als ausgemacht, und dann hol die Polizei – bitte.*

Caffery fuhr über die im Nachmittagslicht liegenden Landstraßen dahin. In Suffolk hatte es geregnet, doch inzwischen schien wieder die Sonne durch die Zweige der beschnittenen Weiden und verwandelte den Asphalt in einen Fleckenteppich. Er fuhr durch Alleen, vorbei an Gestüten, durch Reihen von Ahornbäumen – und sah rechts und links immer wieder niedrige Schmuckwacholder auf perfekt gepflegten Rasenflächen. Seine Hände waren feucht. *Rebecca hat völlig Recht – du bist so erpicht auf Ärger, dass du keine Chance auslässt. Am besten, du würdest dein Rückgrat gleich an der Garderobe abgeben, Jack?* Tracey Lamb, dieser elende egozentrische Fettkloß, musste bloß die Hand hinter ihrem Rücken verstecken, ihm ins Auge blicken und sagen: »Rate mal, was ich hier habe«, und schon hatte sie ihn wie einen Fisch an der Angel. Die kleinste Chance, die geringste Wahrscheinlichkeit, dass sie ihm etwas über Ewan verraten konnte, und er setzte sofort alles aufs Spiel.

Als er Bury St. Edmunds hinter sich gelassen hatte, beschlich ihn plötzlich das Gefühl, dass er verfolgt wurde. Im Rückspiegel blitzte ein Stück hinter ihm eine Windschutzscheibe im Sonnenlicht auf, ein glitzernder Kühlergrill, ein flaches rotes Auto – wie ein Sportwagen. Schon seit etlichen Kilometern hatte er den Wagen im Schlepptau. Er stellte den Spiegel ein, überlegte, ob er überwacht wurde. *Aber wieso sollte jemand hinter mir her sein?* Doch bevor er den Gedanken auch nur zu Ende gedacht hatte, war ihm plötzlich alles klar: Natürlich.

Rebecca hatte ihn verpfiffen.

Jesus, verdammte Scheiße, ja genau – Rebecca hat mich in die Pfanne gehauen. Es konnte gar nicht anders sein: Sie hatte den Kollegen verklickert, was er mit ihr und mit Malcolm Bliss angestellt hatte. Mit wild pochendem Herzen trat er plötzlich voll auf das Gaspedal, lehnte sich seitlich über den Beifahrersitz, öffnete das Handschuhfach und zog eine Straßenkarte heraus. Die Straße flog unter den Rädern des Jaguar nur so dahin, und der Tacho zeigte hundertdreißig, hundertvierzig Kilometer an. In einem Lehrgang in Hendon hatte man ihm beigebracht, wie man einen Verfolger abhängen konnte, doch dazu bedurfte es natürlich entsprechender Ortskenntnisse. Also klappte er den Atlas auf dem Lenkrad auseinander, steuerte den Wagen mit den Knien und blätterte wie besessen die Seiten durch. Er fand eine Karte, auf der Thetford verzeichnet war, hielt den Finger auf die betreffende Stelle und sah in den Rückspiegel.

Nein! Er ließ die Hand von der Karte gleiten. Er konnte es kaum glauben. Von dem Wagen hinter ihm war nichts mehr zu sehen. Er war allein auf der Straße.

»Scheiße.« Er umklammerte wieder das Lenkrad und starrte in den Rückspiegel, um sich zu vergewissern, dass er sich nicht täuschte. Nichts. Nur die leere Straße. Er kramte sein Mobiltelefon aus der Tasche, blickte auf das Display, um sich zu überzeugen, dass er keine Nachricht erhalten hatte. Wenn etwas gegen ihn vorlag, hätte Souness ihm ganz sicher eine Warnung geschickt – davon war er fest überzeugt. Doch auf dem kleinen Bildschirm war kein Nachrichtensymbol zu sehen, und die Straße hinter ihm war völlig verlassen. Alles nur Einbildung – eine Wahnvorstellung. *Wenn dir das noch immer nicht zu denken gibt ...*

»Ja, genau.« Er warf das Handy auf den Beifahrersitz, schob den Autoatlas wieder in das Fach und ließ den Wagen ein paar Kilometer einfach so dahinrollen. Ich bin fix und fertig, sagte er sich, als er seine zitternden Hände betrachtete. Sobald er wieder in London war, würde er Souness und Paulina alles erzählen, da diese Lamb ihn ohnehin nur reinlegen wollte. *Da brauchst du dir gar nichts vorzumachen.*

Immer wieder sagte er sich diesen Satz vor, während er nach Norfolk hineinfuhr – vorbei an verlassenen, mit Brettern zugenagelten Häusern, Müllhalden und verfallenen Gewächshäusern. Und als er schließlich vor Tracey Lamb stand, die die übliche Zigarette in der Hand hielt und in ihren fleischfarbenen Leggings, hochhackigen gelben Sandalen und einem Shania-Twain-T-Shirt auf den Stufen vor dem Hintereingang ihrer Bruchbude saß, hatte er sich zu dem Entschluss durchgerungen, sich ihre Lügen erst gar nicht anzuhören.

»Tracey«, sagte er, »was wollen Sie?«

Sie zog an der Zigarette, sah ihn durch den Rauch hindurch an und lächelte. »Wie wär's mit 'ner Tasse Tee?«

»Nein, danke – wirklich nicht.«

»Na gut.« Sie nickte. Sie hatte bereits beobachtet, wie er in seinem blütenweißen Hemd aus dem Wagen gestiegen war, und dann darauf gewartet, dass er von der Garage aus zu ihr herüberkam. Ja, sie hatte sich nicht getäuscht – das war von seinem Gesicht abzulesen. Als er näher kam und die Sonnenbrille abnahm, sah sie, dass er sich zweimal kurz prüfend umblickte. Und diese banale Kopfbewegung verriet ihr alles: *Dürfte eigentlich gar nicht hier sein, der verdammte Bulle, und das weiß er ganz genau. Der dreht irgendein linkes Ding. Ja, den hab ich durchschaut, den leg ich aufs Kreuz.* »Für wen arbeiten Sie eigentlich?«

Er schob den Autoschlüssel in die Tasche und wies mit dem Kopf auf die Tür. »Können Sie vielleicht die Musik etwas leiser machen.«

»Ich hab gefragt, für *wen* Sie arbeiten.«

Er stöhnte. »Ich arbeite für alle, ich bin nämlich bei der Polizei. Hab ich Ihnen doch schon gesagt.«

»Und wer interessiert sich dann so sehr für dieses Kind – Sie wissen schon, den Jungen, den Penderecki damals entführt hat?«

»Nur ich selbst.«

»Sie sind ein Lügner.« Wieder zog sie an der Zigarette und zeigte mit dem Finger auf ihn. »Solche Typen wie Sie kenne ich – ist für mich Kohle drin bei der Sache, richtig? Ich hab diesen Jungen zwar nicht gekannt, aber wissen Sie, was ich glaube? *Ich glaube, dass jemand sehr dringend daran interessiert ist, zu erfahren, was aus dem Knaben geworden ist.* Und wenn jemand so etwas unbedingt wissen will, dann ist er auch bereit, die nötige Kohle abzudrücken.« Sie wischte sich die Hände an ihren schmierigen Leggings ab, schob ihre fettigen Haare hinter die Ohren und verzog das Gesicht. Dann räusperte sie eine Ladung Auswurf nach oben und spuckte das Zeug auf den Boden. »Fünf Mille.«

»*Was?*«

»Fünf Mille – dann erzähl ich Ihnen …«

»*Fünf Riesen?* Sehe ich vielleicht aus wie …?«

»Ist mein letztes Wort. Fünf Mille, und ich erzähle Ihnen genau, was damals passiert ist.«

»Sie können mich mal, Tracey. Sie lügen doch wie gedruckt. Und wenn ich was aus Ihnen herausquetschen möchte, muss ich dafür wirklich kein Geld hinlegen. Ich brauch Sie bloß bei der Sitte anzuzeigen, und genau das werde ich tun, falls …«

»O nein.« Sie lächelte ihn verächtlich an. »Sie geben mir die Kohle.«

»Sind Sie nicht ganz dicht?« Er sah zum Himmel hinauf und fingerte in der Jackentasche nach dem Schlüsselbund. »Sie erzählen doch nur einen Haufen Scheiße.«

»Ich bin Ihre Informantin. Also müssen Sie mich offiziell registrieren. Haben Sie das getan?«

»Natürlich hab ich das.«

»Sie sind ein *dreckiger* Lügner.« Sie lächelte. »Solche Scheißer wie Sie, die kenne ich ganz genau – Sie sind noch viel schlimmer als unsereiner, denn Sie vertreten zufällig das Gesetz. Viel schlimmer.«

»Hören Sie endlich auf, mich zu bedrohen, Tracey …«

»Fünf Mille – und ich *zeig* Ihnen, was damals genau passiert ist.«

»Haha.« Er wandte sich zum Gehen. »Kommt mir vor wie in einem schlechten Film – Ihr Auftritt.«

»Passen Sie mal auf.«

»Nix da.« Er ging zu seinem Auto hinüber und hob zum Abschied die Hand. »Kommt überhaupt nicht in Frage.«

»Sie würden sehr überrascht sein, wenn ich Ihnen erzähle, was mein Bruder gewusst hat.« Sie sprang auf und war wild entschlossen, ihn nicht einfach so gehen zu lassen. Sie sah plötzlich ihre Chancen dahinschwinden. »Sie würden sehr erstaunt sein, wenn ich Ihnen sage, was aus Pendereckis Jungen geworden ist.« Caffery hatte seine Schritte inzwischen beschleunigt, und sie stakste mit ausgestreckten Armen wie ein langbeiniger Wasservogel in ihren gelben Sandaletten hinter ihm her. »Echt – was ich sage, ist wirklich wahr.« In ihren Bronchien rasselte der Schleim. »Ich kann Ihnen genau zeigen, was aus ihm geworden ist – nicht erzählen – *zeigen*.«

»Tracey.« Caffery blieb stehen und hob warnend den Finger. »Hören Sie endlich mit dem Schwachsinn auf, Tracey, das ist mein Ernst!« In den Bäumen hinter ihm flogen plötzlich hunderte von Krähen auf und verfinsterten mit ihren Flügeln den Himmel, als ob sie seinen Worten Nachdruck verleihen wollten. »Ich fahre jetzt direkt nach London zurück«, sagte er, »und ich werde die ganze Angelegenheit dort der Sitte übergeben – und behelligen Sie mich gefälligst nicht mehr mit Ihren idiotischen Lügen.«

»Aber ...«

»Nichts aber.« Er ließ den Schlüsselring um den Finger kreisen, stieg in seinen Wagen und ließ sie einfach neben dem verrosteten alten Fiat stehen.

»Scheiße«, murmelte sie deprimiert. Der Jaguar fuhr rückwärts durch die Zufahrt davon, und sie stand da und sah, wie der Krähenschwarm vor dem blauen Himmel hochflog. Als die Vögel hinter den Bäumen verschwunden waren, drehte sie sich um und hinkte zum Haus zurück.

Hinterher saß sie in der Eingangstür auf der Schwelle und starrte auf die Werkstatt, die rostenden alten Motoren und die von wildem Wein überwucherten Geländewagendächer. Sie hatte fast vergessen, dass sie eine Zigarette in der Hand hielt. Erst als sie sich die Finger verbrannte, warf sie die Kippe auf den Boden. Dann beugte sie mit finsterer Miene den Oberkörper vor, strich sich die Haare aus dem Gesicht und ließ eine riesige Portion Auswurf direkt auf die glimmende Kippe fallen. Sie war gerade damit beschäftigt, den Schleim mit dem Schuh auf dem Boden zu verteilen, weil sie Angst hatte, am nächsten Morgen darauf auszurutschen, als sie Reifen auf dem Kiesbelag knirschen hörte. Sie hob den Kopf und war plötzlich sehr nervös.

»O verdammt.« Sie rappelte sich keuchend auf, verriegelte die

Tür und eilte ins Innere des Hauses. *Und wenn er es nun wirklich ernst gemeint hat? Vielleicht sind das ja schon die Bullen ...* Sie hatte gerade den halben Korridor hinter sich, als sie von vorne eine Stimme hörte.
»Tracey!«
Sie blieb abrupt direkt neben der Küchentür stehen – ihr Herz schlug bis zum Hals. Sie schluckte, hielt sich mit ihren abgekauten Fingern am Türpfosten fest und spähte vorsichtig Richtung Eingang. Er stand im gleißenden Sonnenlicht in der Eingangstür – die Hände in den Taschen, das Gesicht ausdruckslos. Eine Wespe war ins Haus gelangt und flog verzweifelt immer wieder gegen die Decke. »Was?«, rief sie, »was wollen Sie?«
»Drei Riesen.«
»Was?«
»Ich hab gesagt drei Riesen – ich geb Ihnen drei.«

Roland Klare hätte der Polizei sagen können: *Sie brauchen bloß nach einem Mann wie Alek Peach Ausschau zu halten.* Ja, bloß diesen einen Satz hätte er zu sagen brauchen. Er kniete auf dem Sofa, presste die Nase und die Hände gegen die Fensterscheibe, zuckte nervös mit einem Bein und starrte auf die schönen Bäume und die verdorrten Rasenflächen unten im Brockwell Park. Auf den Fotografien, die er in seiner Dunkelkammer hübsch ordentlich aufgehängt hatte, war zu sehen, wie Alek Peach seinen Sohn vergewaltigte. Allerdings bewiesen die Bilder auch noch etwas anderes: nämlich dass Alek Peach zu dem fraglichen Zeitpunkt in seinem Haus nicht allein gewesen war. Sie zeigten, dass noch ein Dritter dort gewesen war, der die Kamera bedient hatte.

Klare schnalzte mit der Zunge, trommelte gegen die Scheibe und überlegte, was als Nächstes zu tun sei. »Hm, ja«, murmelte er. »Hm.« Er stand vom Sofa auf, blickte in sein Wohnzimmer und rieb sich nervös die Hände.

25. KAPITEL

Caffery war etwa gegen 18 Uhr wieder in der Shrivemoor Street. Als er den Wagen geparkt hatte, sah er, wie Kryotos in einer cremefarbenen Jacke gerade in das Auto ihres Mannes stieg. Er überquerte die Straße. »Irgendwas passiert?«, fragte er, stützte sich mit den Händen auf das Dach des Wagens und blickte zur Seite, um sich zu vergewissern, dass kein Auto kam. »Logan schon zurück?«

»Ist gleich wieder weg. Hat ein paar Berichte fotokopiert und in Ihr Fach gesteckt – nichts Besonderes.«

»Scheiße.« Er bückte sich tiefer, schaute in den Wagen und nickte Kryotos' Ehemann zu. »Verzeihen Sie meine derbe Sprache.«

»Keine Ursache.«

»Oben im Büro sind ein paar Nachrichten für Sie«, sagte Kryotos, legte den Sicherheitsgurt an und beäugte Caffery skeptisch. Er hatte wieder diesen gehetzten Ausdruck in den Augen. »Und dann hat noch dieser Zahnarzt angerufen und ein gewisser Gummer, und die Kollegen im West End haben diesen Champ Keodua-oder-so-ähnlich ausfindig gemacht, falls Sie mit ihm sprechen möchten.«

»Peach?«

»Nichts Neues.« Sie nickte zu den schusssicheren Fenstern hinauf, in denen sich die Sonne spiegelte. »Danni ist noch oben.«

»Scheiße.«

»Ich weiß. Sie ist ziemlich mies drauf.«

»Na gut.« Er richtete sich auf und klopfte auf das Wagendach. »Besten Dank auch Marilyn – bis morgen dann.«

Das Großraumbüro war leer, und Danni saß nebenan am

Schreibtisch und wühlte in irgendwelchen Papieren. Neben ihr stand eine offene Flasche Glenfiddich – ein kleines Geschenk einer Boulevard-Journalistin, die einen Artikel über Rasterfahndungen geschrieben hatte: Caffery und Souness hatten sie so reichlich mit Informationen eingedeckt, dass der Stoff für drei Artikel genügte.

»Danni?«

Sie blickte auf. »Oh«, murmelte sie. »Sie sind es.« Sie beugte sich wieder über ihre Arbeit.

Er stand verlegen an der Tür und beobachtete sie und wusste nicht recht, ob er bleiben oder besser wieder gehen sollte. Als sie ihn konsequent ignorierte, setzte er sich an seinen Schreibtisch, faltete die Hände über dem Bauch und starrte schweigend aus dem Fenster. Es dauerte eine Weile, bis Souness sich erweichen ließ.

»Und?« Sie unterschrieb ein Formular, ließ den Kuli auf den Schreibtisch fallen und lehnte sich in ihrem Stuhl zurück. »Was gibt's?«

»Na ja ...« Er legte seine Hände flach auf den Schreibtisch und blickte ein paar Sekunden aus dem Fenster, weil er nicht recht wusste, wie er anfangen sollte. »Ich ...« Er sah sie an. »Also – wegen heute Morgen.«

»Ja?«

»Tut mir Leid.«

Sie schürzte die Lippen und sah ihn aus ihren eng stehenden, blauen Augen misstrauisch an.

»War maßlos übertrieben – meine Reaktion«, fuhr er fort. »Mir geht diese Geschichte leider furchtbar nahe – die Gründe dafür kennen Sie ja, und ein bisschen Schlaf könnte ich auch mal wieder gebrauchen. Also – ich möchte mich entschuldigen.«

Sie sah ihn noch immer abweisend an. »Verstehe.« Sie nahm ihren Stift und klopfte damit auf den Schreibtisch, drehte ihn dann um, klopfte wieder und starrte auf ihre Hand. Sie schien etwas sagen zu wollen, überlegte es sich dann aber offenbar anders und kratzte sich am Kopf. Dann streckte sie die Arme in die Luft und sah aus dem Fenster. »Oh, verdammt«, murmelte sie schließlich, »wahrscheinlich bleibt mir nichts anderes übrig, als Ihre Entschuldigung anzunehmen.«

»Oh«, seufzte er, »äußerst nobel von Ihnen.«

»Schon gut.« Sie steckte den Finger ins Ohr, wackelte kräftig damit und sah ihn von der Seite an. »Übrigens glaube ich nicht, dass ich mich bei meinem Vorgesetzten in irgendeiner Form angebiedert habe. So einen Quatsch hätte ich von Ihnen eigentlich nicht erwartet.«

»Schon gut – ich werd mir in Zukunft Mühe geben.«

»Würde nicht schaden«, sagte sie und drehte sich mit dem Stuhl in seine Richtung. »Aber wie dem auch sei.« Sie fasste sich an den Bauch. »Ist Ihnen übrigens schon aufgefallen, dass ich abgenommen habe?« Sie sah ihn wild entschlossen an. »Und haben Sie nicht was von 'ner Essenseinladung gesagt?«

»Hab ich das?«

»Ja, haben Sie. Sie haben behauptet, dass damals sämtliche Zeitungen über diesen Gordon Wardell berichtet haben. Und falls das nicht stimmt, haben Sie gesagt, wollten Sie mich zum Essen einladen.«

»Ja – und hab ich vielleicht nicht Recht gehabt?«

»Ist doch völlig egal. Immerhin bin ich Ihre Vorgesetzte.«

»Dann hab ich also doch Recht gehabt.«

»Kann schon sein.«

»Eigentlich hatte ich ja gar keine andere Wahl, als Ihnen zu verzeihen, Jack, ich bin nämlich ohne Auto hier, Paulina ist mit dem BMW unterwegs.« Keiner von beiden verlor ein Wort über das Ziel ihres kleinen Ausflugs. Sie stiegen einfach in den Jaguar und fuhren völlig selbstverständlich Richtung Brixton, als ob eine magische Kraft sie gezwungen hätte, dem Lauf des einbetonierten Effra-Flusses zu folgen. In jenen Gegenden von Brixton, wo noch keine glitzernden Nachtclubs und Galerien das Bild bestimmten, wirkten die Viertel rechts und links der Straße auch weiterhin ziemlich bedrohlich und heruntergekommen. Hier gab es auf den Straßen noch abgehärmte Männer in schmuddeligen Trainingsanzügen und mit Strohhüten auf dem Kopf, die zu den

Sternen oder den Straßenlampen hinaufblickten und wütende Tiraden zum Mond schrien. Hier lagen etliche Straßen im Dunkeln, weil durchgeknallte Jugendliche sich ein Vergnügen daraus machten, die Laternen aus halb verfallenen Häusern kaputtzuballern. Und die einzige Beleuchtung in den Läden waren violett strahlende Würfel, die die Süchtigen aus den Hauseingängen vertreiben sollten, da sie bei diesem Licht ihre Armvenen nicht erkennen konnten. In Zentralbrixton war das Nachtleben noch nicht erwacht – dazu war es noch zu früh: die Bug Bar, das Fridge und das Mass – alles tot. Caffery wusste natürlich, dass sich die Gegend erst gegen Mitternacht in Klein-Ibiza verwandeln und im totalen Verkehrchaos versinken würde, dass erst zu vorgerückter Stunde die leicht bekleideten Mädchen oben aus den Schiebedächern der Autos herausschauen und den übrigen Nachtschwärmern fröhlich zuwinken würden. Als sie in der Coldharbour Lane parkten, war Caffery froh, dass es dort wenigstens einigermaßen hell war.

Er blieb an einem Geldautomaten stehen. »Ich hol mal schnell vierzig, fünfzig Piepen aus der Kiste.«

»Dürfte nicht ganz reichen. Ich bin nämlich ziemlich anspruchsvoll, wissen Sie.« Souness stand, die Hände in den Taschen, da, drehte ihm den Rücken zu und versuchte, mit Blicken die Bettlerin in Schach zu halten, die mit einem kleinen Kind direkt neben dem Automaten hockte. Caffery überprüfte seinen Kontostand. Es war kein Zufall, dass er Tracey Lamb ausgerechnet drei Mille angeboten hatte. Denn er wusste natürlich, wie weit er sein Girokonto belasten konnte. Das Limit lag exakt bei dreitausend Pfund. *Mein Gott, was man für dreitausend Piepen alles kaufen könnte.* Immer wieder redete er sich ein: *Die alte Kuh lügt ohnehin wie gedruckt.* Trotzdem konnte er die lächerliche Stimme in sich nicht zum Schweigen bringen, die ihm immer wieder vorgaukelte: *Und was, wenn sie ... Ja, was, wenn sie doch ...?*

»Okay.« Er schob das Geld in die Tasche, sah sich prüfend um, ob jemand ihn beobachtete, und nickte dann Richtung Coldharbour Lane. »Na, dann wollen wir mal.«

Die *Windrush*-Passagiere, die früher mal die umliegenden Straßen bevölkert hatten, waren inzwischen aus dem Zentrum von Brixton verdrängt worden und hausten nun in den engen Gassen ein Stück abseits. Richtige schwarze Kneipen gab es fast keine mehr – nur ein paar Lokale, in denen man sonntagnachmittags junge Männer dabei beobachten konnte, wie sie Domino spielten, herumbrüllten, sich auf die Schenkel schlugen, ihre Handys aus der Tasche zogen, um Freunde über den Fortgang des Spiels zu unterrichten. Ansonsten hatte man sich in der Coldharbour Lane auf die neuen Bewohner des Viertels eingerichtet. Caffery und Souness entschieden sich für die Satay Bar, ein hübsches Lokal mit Spiegeln an den Wänden und leuchtenden Papageienblumen in hohen Glasvasen. Sie bestellten zweimal Malay-Kebab mit Reiswürfeln und zwei Flaschen Singha-Bier und setzten sich direkt neben dem Fenster an einen winzigen Tisch. Souness öffnete ihre Jacke und machte es sich bequem – den Piepser vor sich auf dem Tisch.

»Gefällt mir – der Laden.« Sie beugte sich ein wenig vor und schaute aus dem Fenster. »Die Straße hier ist so verdammt *in*, dass man mit Sicherheit 'ne heiße Braut zu sehen bekommt, wenn man nur lange genug in einem der Cafés rumhängt. Dort drüben hab ich mal Caprice gesehen, jedenfalls glaub ich, dass sie es war. Sie hatte eine ...« Sie inhalierte hörbar und legte die Hände auf die Oberschenkel. »Also, sie hatte so eine kurze Latzhose an – und wie heißt noch mal diese Sängerin mit den großen Titten, die zwischendrin diese Fressorgien einlegt? Sie wissen schon – die mit dem großen Mund.«

»Keine Ahnung.«

Souness lächelte ihn ironisch an und schob ein Stück Fleisch in den Mund. »Das erste Symptom einer ausgewachsenen Depression.«

»Was?«

»Wenn man sich nicht mehr für Sex interessiert.«

»Über mangelndes Interesse an Sex kann ich mich eigentlich nicht beklagen.«

»Das glaube ich gerne.« Sie zeigte mit dem Kebab-Spieß auf

ihn. »*Sie* werden sich für Sex interessieren, solange Sie atmen, Jack Caffery.«

»Na ja, also ...« Er wickelte sein Besteck aus, zog den Teller näher zu sich heran und inspizierte eine Weile sein Essen. Dann beugte er sich vor und stützte sich mit den Ellbogen zu beiden Seiten des Tellers auf den Tisch. »Wie lange machen Sie den Job jetzt schon, Danni? Vierzehn – sechzehn Jahre?«

»Und so weiter. Ich weiß, dass ich mich gut gehalten habe, aber mein Dreißigster liegt jetzt auch schon neun Jahre zurück.«

»Dann versuchen Sie mal, sich zu erinnern, wie Sie sich damals gefühlt haben.«

»Na ja, war 'ne ziemlich aufregende Zeit für mich. Außerdem hab ich mich sofort geoutet. *Aber*«, sagte sie und fuchtelte mit dem Spieß in der Luft herum, »ich habe daraus nie einen Vorteil gezogen. Selbst als sich die Situation geändert hat und die Möglichkeit dazu bestanden hätte.« Sie schob sich die Gabel in den Mund und kaute genüsslich. »Was natürlich nicht heißt, dass ich nicht hier und da einem Kerl ein bisschen Honig um den Bart geschmiert hätte – oder einer dieser Karrierebräute.«

»Um den Bart?«

»Nein, wie soll ich das jetzt sagen ...?«

Er lächelte. »Und der Job, macht der Ihnen noch Spaß?«

»O ja. Ich hab die Entscheidung nie bereut – nicht einen Augenblick.«

»Und Sie haben noch nie das Gefühl gehabt, dass Sie vielleicht aus den falschen Gründen dort gelandet sind?«

»Nein.« Sie schob sich eine Gabel Reis in den Mund, sah sich dann kauend in dem Restaurant um und fixierte einen Punkt über seinem Kopf. »Aber natürlich hab ich als Kind auch nicht so was Schreckliches erlebt wie Sie.«

Caffery räusperte sich, lehnte sich auf seinem Stuhl zurück und beäugte das Essen auf seinem Teller. Er wusste, dass Souness ihm den Ball zugespielt hatte. Plötzlich verspürte er keinen Hunger mehr. »Sie wissen ja sicher« – er sah sie an – »also ... dass ich nur zur Polizei gegangen bin, weil ich gehofft habe, dass ich vielleicht Ewan ...« Er hielt inne. »Also, dass ich meinen Bruder vielleicht finden würde.«

»Um das zu kapieren, braucht man wahrlich kein Genie zu sein.«

Er beugte sich vor. »Nur dass ich ständig alles durcheinander werfe, Danni. Da krieg ich einen Fall wie diese Rory-Peach-Geschichte, und plötzlich bin ich wieder acht Jahre alt und möchte am liebsten alle verprügeln und wie bekloppt um mich schlagen.«

»Das heißt, dass diese alte Wut immer wieder in Ihnen hochkommt? Und weiter?«

»Und weiter?« Er zog seinen Tabak aus der Tasche und drehte sich eine Zigarette. »Und weiter? Na ja«, sagte er und zündete sich die Zigarette an. »Möglich, dass ich eines Tages mal voll ausraste, das seh ich schon kommen. Eines Tages wird mir irgend so ein Schwein in die Quere kommen, und dann werde ich die Selbstbeherrschung verlieren und etwas anstellen, was nicht wieder gutzumachen ist.« Er nahm einen tiefen Zug von seiner Zigarette, bog den Kopf zurück und schloss die Augen. Dann ließ er den Rauch langsam aus seiner Lunge entweichen und legte die Zigarette in den Aschenbecher. »Alles eine Frage der Perspektive, so sagt man doch – nicht wahr? Schauen Sie sich bloß mal an, wie ich mich in diesem Krankenhaus aufgeführt habe – oder wie ich Sie beleidigt habe, weil ich Sie unbedingt davon überzeugen wollte, dass es da noch jemanden gibt ...«

»Augenblick mal«, sagte Souness. »Ich weiß, worauf Sie hinauswollen.«

»Wirklich?«

»Ja.« Sie tauchte das Fleisch in die Erdnusssauce, nahm dann ein Stück davon zwischen die Zähne und zog den Spieß heraus. »Ja, und ich hab auch schon darüber nachgedacht. Sie glauben also, dass dieser zweite Mann schon wieder eine Familie in seine Gewalt gebracht hat.«

»Sehen Sie – ich hab nun mal diese fixen Ideen.«

»Okay, Jack«, erwiderte sie und kaute hingebungsvoll auf dem Fleisch herum. »Also, ich hab schon mit dem Boss darüber gesprochen – wir haben zwei Leute für Sie abgestellt. Sie können mit denen machen, was Sie wollen – solange Sie die armen Kerle nicht völlig überfordern – okay?«

Er starrte sie an. »Wollen Sie mich auf den Arm nehmen?«

»Nein, nein – überhaupt nicht. Kann ja sein, dass Sie Recht haben. Jetzt glotzen Sie mich nicht an, als ob Sie den Weihnachtsmann vor sich hätten – bedanken Sie sich lieber.«

Er schüttelte den Kopf. »Hm«, sagte er, »na ja, dann: Danke, Danni – vielen Dank.«

»Keine Ursache. Und jetzt machen Sie mal die *Kippe* aus.« Sie zeigte mit dem Spieß auf seine Zigarette. »Und dann essen Sie hübsch Ihren Teller leer. Sie sehen aus, als könnten Sie ein paar Kalorien gebrauchen.«

Er drückte die Zigarette aus und zog den Teller zu sich heran. Doch er hatte einfach keinen Appetit. »Was ist nur in diesem Haus passiert, Danni?«, sagte er. »Was, zum Teufel, ist dort abgelaufen?«

Souness streifte das restliche Fleisch mit der Gabel von ihrem Spieß und tauchte es in die Sauce. »Ganz einfach. Rory Peach ist vergewaltigt worden – und zwar von seinem eigenen Vater. Soll passieren, so was.«

»Und was war mit der Familie los?«

»Keine Ahnung.« Sie schob sich ein Stück Fleisch in den Mund und kaute andächtig darauf herum. »Ich denke manchmal darüber nach, was es für ein Gefühl sein muss, jemanden zu vergewaltigen. Für Frauen ist das nämlich schwer zu verstehen, was das für ein Gefühl ist – nicht etwa, vergewaltigt zu *werden*, sondern *selbst* zu vergewaltigen. Hätten Sie vermutlich nicht erwartet, dass 'ne alte Lesbe über so was nachdenkt, was?« Sie trank einen Schluck Singha und wischte sich dann den Mund ab. »Ich hab mich mal mit einem Sexualverbrecher unterhalten. Wissen Sie, was der gesagt hat? Der Kerl hat gesagt – das habe ich nie vergessen … Damals hab ich nämlich überhaupt erst kapiert, dass ich nie begreifen werde, was es bedeutet, ein Mann zu sein – da kann ich mir die Haare noch so kurz schneiden und meine Brüste noch so sehr einschnüren. Na ja, jedenfalls hat der

Kerl gesagt ...« Sie beugte sich vor und sah Jack in die Augen. »Er hat gesagt: ›Es ist, als ob es dir das Herz zerreißt, es ist, als ob du mit solcher Wut auf Leder beißt, dass es dir den Kiefer bricht, es ist wie der ultimative, der absolute Superständer, ja, es ist, als würde man dir die Seele durch den Schwanz rausreißen.‹« Souness lehnte sich zurück und stocherte mit der Gabel in ihrem Essen herum. »Ziemlich irrer Text, was?« Sie hielt inne. Caffery war aufgestanden. »Hey, wohin wollen Sie?«

»Möchten Sie noch was trinken?«

»Klar doch.« Sie war verwirrt. »Ja – noch 'n Bier.« Sie schob sich wieder eine Gabel in den Mund, sah kauend zu, wie er zur Bar ging, und überlegte, was sie Falsches gesagt hatte. Irgendwie tickte dieser Caffery nicht richtig – das war sonnenklar, manchmal hatte der Mann die Augen eines hungrigen Löwen. Er kam mit den Getränken zurück, stellte sie auf den Tisch und saß schweigend da.

»Jack – was ist denn los? Reden Sie doch mit mir.«

»Ich glaube, ich ruf kurz Rebecca an.«

»Ach ja, Rebecca. Wie geht es ihr eigentlich?«

»Gut.«

»Schön. Dann sagen Sie ihr einen Gruß.« Sie beugte sich vor und nahm seinen Teller. »Scheint so, als ob Sie keinen rechten Appetit hätten.«

»Nein – bedienen Sie sich.«

Sie kratzte die Reste seines Essens auf ihren Teller und machte sich dann genüsslich darüber her. Kurz darauf ließen sie die Rechnung kommen, und Caffery stellte fest, dass er das Geld, das er aus dem Automaten geholt hatte, gar nicht gebraucht hätte.

Rebeccas Stimme klang am Telefon irgendwie merkwürdig. »Jack, wo bin ich – o Gott ...« Sie holte Luft. »Tut mir Leid, ich meine, wo bist *du*?«

»Alles in Ordnung mit dir?«

»Ich bin – ich weiß nicht recht –, ich glaube ich bin total betrunken, völlig durcheinander, Jack.«

»Wo bist du denn?«
»In der – du weißt schon, in dieser Galerie.«
»Du meinst da, wo ich dich schon mal abgeholt habe?«
»Ja, glaub schon.«
»Ich bin gleich auf der anderen Straßenseite. Warte auf mich.«
Die Satay Bar war nur etwa hundert Meter von der Air Gallery entfernt. Er trat in den total verqualmten Raum und schob sich mit tränenden Augen zwischen Aluminiummobiles, in Harz gegossenen Säulen und messerscharfen Lichtstrahlen hindurch, wobei er die Blicke der coolen Jungmenschen, die sich dort versammelt hatten, tunlichst ignorierte. Als er Rebecca schließlich im ersten Stock entdeckte, blieb er einen Augenblick verwundert stehen und hatte das Gefühl, in eine völlig neue Welt zu blicken.

In einer Vitrine, die mit einer farbigen Flüssigkeit gefüllt war, schwammen im gleißenden Scheinwerferlicht Abgüsse weiblicher Genitalien. Direkt vor dem Glasbehälter saßen auf farblich genau auf das »Kunstwerk« abgestimmten Stühlen vier Mädchen mit blassem osteuropäischem Teint und geometrischen Frisuren. Sie hingen an den Lippen eines Mannes, der ihnen gegenüber auf einem roten Plastiksofa saß. Er war groß gewachsen und bot in seinem schwarzen Polohemd einen äußerst attraktiven Anblick. Caffery erkannte in ihm einen Journalisten, der im Fernsehen eine beliebte Late-night-Show moderierte.

»Wie die von Michelangelo verblendeten Fenster der Medici-Bibliothek führen auch die Vaginen dort in der Vitrine ins Nichts«, sagte er gerade und betonte dabei jedes einzelne Wort. »Sie versinnbildlichen die Umkehrung der natürlichen Ordnung der phallokratischen Gesellschaft. Sie bringen gerade dort das *Organische* ins Spiel, wo die männlich dominierte Auffassung eigentlich nichts als leeren Raum vermuten würde. Ja, sie scheinen uns sagen zu wollen: ›Schaut nur auf diese unglaubliche Präsenz des Fleisches, diese überwältigende Sinnlichkeit des Uranfangs, die Vagina als Abbild der Welt – und verschließt davor nicht länger die Augen!‹«

Rebecca saß neben dem Mann, während dieser über ihre Arbeiten sprach. Sie trug ein T-Shirt und einen libellenblauen Rock und hatte sich in die Ecke des Sofas gedrückt. Ihr Kopf war nach vorne gekippt. In den Händen hielt sie eine halb leere Flasche Absinth, die schräg auf ihren nackten Beinen lag. Obwohl keiner der Anwesenden es bemerkt zu haben schien, war sie sanft entschlummert.

»Becky.« Caffery schob sich zwischen die weiblichen Zuhörer und das Sofa und streckte ihr die Hand entgegen. »Los, komm schon, Becky.«

Der Journalist hörte auf zu sprechen und drehte sich nach Caffery um: »Ja bitte?« Er legte eine Hand auf die Brust und senkte den Kopf. »Haben Sie eine Frage?«

Caffery bückte sich, um Rebecca ins Gesicht zu sehen. »Rebecca?« Sie saß völlig apathisch da. Sie hatte sich das Haar kurz schneiden lassen, seit er sie zuletzt gesehen hatte, und ihr Gesicht war mit Make-up verschmiert. Sie erinnerte an ein junges Mädchen, das auf einer Teenagerparty zu tief ins Glas geschaut hatte, an einen betrunkenen kleinen Kobold. »Becky – los, komm schon.« Er nahm ihr die Flasche aus der Hand, und sie rekelte sich.

»Was iss'n?« Sie sah ihn verwirrt an. »*Jack?*« Ihr Atem roch nach Fusel.

»Komm schon.« Er stellte die Flasche auf den Tisch. »Komm, lass uns gehen.« Er legte ihren Arm über seine Schulter, beugte sich hinab und umklammerte ihre Taille.

»Will sie etwa gehen?«, fragte der Journalist herablassend.

»Genau.«

Der Mann zuckte die Schultern und wandte sich wieder den Frauen zu. »Nun gibt es natürlich Künstler, etwa einen Cornelius Kolig, die an die Frage des Sexualverbrechens ganz anders herangehen ...«

Die Frauen schlugen mit der Symmetrie einer Tanztruppe die Beine übereinander, würdigten Rebecca keines weiteren Blickes und nahmen jedes Wort des Journalisten begierig in sich auf.

»Ihr blöden Zicken«, sagte Rebecca plötzlich und machte sich von Caffery frei. »Merkt ihr denn gar nicht, dass der Kerl euch

bloß verarscht?« Sie schnappte sich die Absinth-Flasche, die auf dem Tisch stand, und fuchtelte damit so heftig in der Luft herum, dass sie den Boden mit der smaragdgrünen Flüssigkeit voll spritzte. Die Mädchen blickten sie überrascht an. »Das alles ist doch nur ein idiotischer *Witz* – rafft ihr das denn nicht? Und zwar ein Witz auf *eure* Kosten.« Sie hielt einen Augenblick schwankend inne und schien überrascht, dass sie überhaupt auf den Beinen stehen konnte. »Ihr ... also ihr ...« Sie trat einen Schritt zurück, verlor fast das Gleichgewicht und streckte eine Hand aus, um sich irgendwo festzuhalten. »O ...« Plötzlich verstummte sie, holte tief Luft und blickte hilflos um sich. »Jack?«
»Ja, komm schon.«
»Ich möchte nach ...« Sie stand torkelnd da und fing an zu weinen. »Ich möchte nach Hause.«
Irgendwie gelang es ihm, sie ohne größeres Aufsehen aus dem Club hinauszuschaffen. Als sie draußen die frische Nachtluft einatmete, kehrten ihre Lebensgeister allmählich wieder zurück. Sie ließ sich von ihm zu dem Jaguar bringen, wo er sie auf den Beifahrersitz verfrachtete und anschnallte. »Ich möchte nach Hause.«
»Schon gut.« Er zog sie auf dem Sitz in die Senkrechte, schob ihre schlenkernden Arme in den Wagen, wo sie auf ihrem Schoß liegen blieben, während ihr Kopf gegen das Seitenfenster sank. Als sie schweigend durch Dulwich fuhren, sah er sie von Zeit zu Zeit besorgt von der Seite an und überlegte, warum sie es zugelassen hatte, dass dieser Schwätzer sich derart auf ihre Kosten hatte profilieren können. Normalerweise war Rebecca nämlich von einem immensen Überlebenswillen beseelt. Das war das Erste gewesen, was ihm an ihr aufgefallen war – was ihn zugleich wahnsinnig angezogen und abgestoßen hatte. Deshalb erschien es ihm irgendwie unbegreiflich, dass sie jetzt so völlig hilf- und würdelos neben ihm auf dem Sitz hing. Im Licht der entgegenkommenden Autos wirkte ihr Gesicht grau, ihr Mund fast blau.
In Dulwich mussten sie an einer Ampel halten – direkt neben einem weißen Holzhaus, das auch in Pennsylvania in einem

Amish-Dorf hätte stehen können. Er streckte die Hand aus, um ihren Kopf zu berühren, um ihr kurz geschorenes, widerborstiges Haar zu streicheln. »Rebecca? Wie geht es dir?«

Sie öffnete die Augen und beglückte ihn mit einem benebelten Lächeln. »Hallo, Jack«, murmelte sie. »Ich liebe dich.«

Er lächelte. »Alles in Ordnung?« Ihr Mund war nur ein dünner violetter Strich. »Alles okay?«

»Nein.« Ihre Hände lagen willenlos auf ihrem Schoß. Sie zitterte am ganzen Körper. »Nein, überhaupt nicht.«

»Was ist denn los?« Sie suchte nach dem Türgriff, und ihre Beine fingen plötzlich an zu zucken. »Becky?« Doch bevor er an den Straßenrand fahren konnte, streckte sie den Kopf bereits aus der Tür und erbrach sich auf den Asphalt.

»Oh, mein Gott, Becky.« Caffery streichelte mit einer Hand ihren Rücken, beobachtete im Rückspiegel den Verkehr und hielt gleichzeitig nach einer Möglichkeit Ausschau, irgendwo auf dem Seitenstreifen zu parken. Rebecca zitterte am ganzen Körper und fing an zu weinen. Während sie sich mit der einen Hand den Mund abwischte, versuchte sie mit der anderen, die Tür zuzuziehen.

»Tut mir Leid, tut mir so Leid …«

»Ist schon gut. Augenblick noch, Moment …«

Die Ampel schaltete auf Grün, und er zog an den übrigen Autos vorbei, um auf dem Seitenstreifen anzuhalten. Rebecca ließ sich schluchzend in ihrem Sitz zurücksinken und presste die Hand vor den Mund. Er konnte sich nicht daran erinnern, wann er sie zuletzt hatte weinen sehen.

»Ist nicht so schlimm, Süße …« Er versuchte, sie an sich zu ziehen, doch sie stieß ihn weg.

»Nein – fass mich nicht an, ich bin schrecklich.«

»Becky?«

»Ich hab Heroin genommen.«

»Was?«

»Ja, Heroin.«

»Um Gottes willen.« Er seufzte, ließ sich auf dem Sitz zurücksinken und starrte zur Decke hinauf. »Wann?«

»Weiß ich nicht mehr genau – vielleicht vor 'n paar Stunden ...«

»Und *wieso*?«

»Ich ...« Sie sah ihn an, und er fragte sich plötzlich, warum ihm ihre glasigen Pupillen nicht schon vorher aufgefallen waren. »Ich wollte es einfach mal probieren.«

»Musst du denn *alles* ausprobieren? Jede gottverdammte Scheiße?«

Sie wischte sich den Mund ab und saß schweigend da. Die Fahrer der anderen Autos fuhren langsamer, um zu sehen, was in dem Jaguar vor sich ging – ob der Mann und die Frau in dem Wagen sich stritten. Er lehnte sich zu ihr hinüber und zog die Tür zu, damit man sie im Licht der kleinen Innenraumlampe nicht wie auf einer Bühne begutachten konnte. »Das erste Mal?«

Sie nickte.

»Okay.« Er legte den Gang ein. »Ich möchte dir jetzt keinen Vortrag halten. Am besten, wir fahren nach Hause.«

In Brockley half er ihr dabei, sich sauber zu machen, und kochte ihr dann einen Tee. Sie saß in einem seiner Hemden wie ein kleines Kind im Bett und hielt mit apathischem Gesicht den Becher umklammert.

»Am besten, ich hol einen Arzt.«

»Nein, ist schon in Ordnung.« Sie starrte in ihre Tasse. »Geht schon wieder viel besser. Kommst du« – sie sah ihn nicht an – »kommst du jetzt auch ins Bett?«

Er stand an der Tür, hielt sich am Rahmen fest und schüttelte den Kopf.

»Nein?«

»Nein.«

»Verstehe.« Sie schwieg einige Sekunden, als ob sie sich über die Bedeutung seiner Worte erst einmal Klarheit verschaffen müsse. Dann ließ sie plötzlich die Tasse fallen und schlug die Hände vors Gesicht. Der Becher rollte vom Bett herunter und zerbrach auf dem Holzfußboden. »Oh, *Jack*«, schluchzte sie, »ich bin *völlig* am Ende ...«

»Ist ja schon gut.« Er setzte sich zu ihr aufs Bett und streichelte ihr den Rücken.

»Ich bin völlig am Ende. Früher hab ich immer geglaubt, dass ich genau weiß, wo's langgeht – aber jetzt bin ich komplett durcheinander ...« Sie weinte herzzerreißend. Fast schien es, als ob sie alles betrauern wollte, was jemals in ihrem Leben schief gelaufen war – jede kleinste Enttäuschung, jeden noch so geringen Verlust.

»Becky« – er legte die Arme um ihre Schultern und küsste ihren Kopf –, »so kannst du nicht weitermachen.«

»Ich weiß.« Ihre Schultern bebten, und ihr Hals fühlte sich ganz heiß an. Sie schüttelte den Kopf. »Das weiß ich ja selbst.«

»Und wie willst du das ändern?«

»Weiß ich nicht ... also ich ...« Sie rieb sich die Augen, holte ein paar Mal tief Luft und versuchte, sich zu beruhigen.

»Rebecca?« Er beugte sich zu ihr vor und blickte ihr ins Gesicht. »Wie willst du das ändern?«

Sie wischte sich die Tränen von den Wangen und atmete wieder ruhiger.

»Und?«

»Pffff.« Sie drehte den Kopf zur Seite. »Also, zuerst mal muss ich dir die Wahrheit sagen – ja, die ganze Wahrheit.«

»Und das heißt ...?«

»Das ist mein *völliger* Ernst – ich muss dir die *ganze* Wahrheit sagen.« Sie hob die Hände, ließ sie dann wieder sinken. »Jack.«

»Ja?«

»Ich habe – also, ich habe dich angelogen. Ein bisschen wenigstens«, stammelte sie. »Nein – nicht ein bisschen ... ich habe dich richtig angelogen – die ganze Zeit. Und jetzt tut mir alles so Leid, und deshalb ist es zwischen uns so weit gekommen, und das ist alles meine Schuld, und ich bin ...«

»Hey – pssst, beruhige dich erst mal. Was heißt das – dass du mich angelogen hast?«

»Du bist bestimmt total sauer ...«

»Was heißt das – wieso hast du mich angelogen?«

»Wegen der Geschichte mit Malcolm damals.«

»Was ist damit?«
Sie holte tief Luft, kniff die Augen zusammen und presste die Wörter so mühsam hervor wie ein halb vergessenes Gedicht. »Ich weiß einfach nicht mehr, was damals passiert ist, Jack. Ich kann mich nur noch daran erinnern, dass ich auf mein Rad gestiegen und zu Malcolms Wohnung gefahren bin. Danach weiß ich nichts mehr. Das Nächste, woran ich mich erinnern kann, ist, dass du zu Pauls Beerdigung gegangen bist.« Schweigen. Sie öffnete die Augen und sah ihn an. »Jack – ich weiß, dass ich alles kaputtgemacht habe. Tut mir wirklich schrecklich Leid – aber ich hab nur gedacht, ach, ich weiß nicht, also ich hab gedacht, dass mit mir was nicht stimmt, wenn ich mich daran nicht erinnern kann, oder ...«

Er ließ seinen Arm von ihrer Schulter gleiten und saß lange schweigend da. Dann war *das* also der Grund gewesen. Er musste an die Aussage denken, die sie damals im Krankenhaus gemacht hatte, an die polizeiärztliche Untersuchung, an die Leiche ihrer Mitbewohnerin, die im Gang auf dem Boden gelegen hatte, an Rebecca, die in der Küche an der Decke gehangen hatte. Und dann begriff er, dass sie sich ihm gerade offenbart, sich ihm endlich geöffnet hatte, und plötzlich erschienen ihm die Dinge in einem neuen Licht.

»Und das war auch der Grund – weshalb du beim Sex ...?«
»Ja, ich hatte solche Angst, dass es mir vielleicht plötzlich wieder einfällt, wenn wir ... o verdammt.« Sie presste sich die Fingerknöchel in die Augenhöhlen. »Ich weiß ja, ist vielleicht total bescheuert ...«
»Weil ich immer wieder mit dir darüber sprechen wollte?«
Sie nickte – ihre Unterlippe zuckte. Ihr Gesicht war völlig mit Make-up verschmiert, und ihre Lider erschienen plötzlich weich und nackt.
»Dann hast mich also gar nicht angezeigt?«
»Natürlich nicht – du hast doch nicht etwa geglaubt ...?«
»Verdammt noch mal, Rebecca.« Er zog sie an sich und vergrub sein Gesicht in ihrem kurz geschorenen Haar. »O verdammte Scheiße.«

26. KAPITEL
(26. Juli)

»Ja, hallo?« Unten im Flur war auf dem Anrufbeantworter eine Frauenstimme zu hören. Benedicte lag oben neben der Heizung und schreckte aus ihrem Dämmerzustand auf.

»Hallo, ich möchte eine Nachricht für Mr. und Mrs. Church hinterlassen. Ich hoffe, ich habe die richtige Nummer gewählt. Mein Name ist Lea von der Ferienhausagentur in Helston. Hm ... Eigentlich hatten wir Sie Sonntagabend in dem Ferienhaus in Constantine erwartet. Ich rufe nur an, weil wir nichts von Ihnen gehört haben und um mich zu vergewissern, dass alles in Ordnung ist. Da Sie von dem Vertrag nicht offiziell zurückgetreten sind, müssen wir Ihnen leider die Miete für das Ferienhaus in Rechnung stellen und Ihre Kaution einbehalten, falls wir nichts von Ihnen hören. Aber vielleicht hat sich Ihre Abreise ja auch nur verzögert. Rufen Sie mich doch bitte an, damit wir Bescheid wissen.« Sie hielt kurz inne. »Also gut. Das wär's fürs Erste. Auf Wiederhören.«

»Nein!«

»Ach ja. Es ist übrigens 9 Uhr früh am Donnerstag. Vielleicht melde ich mich am Wochenende noch mal bei Ihnen, um mich zu vergewissern, dass alles in Ordnung ist. Vielen Dank.«

Der Hörer wurde aufgelegt, das Band surrte, und der alte Anrufbeantworter schaltete wieder auf Bereitschaft.

»Blöde Kuh, mieses Dreckstück.« Benedicte warf sich Richtung Tür und brüllte: »Ich bring dich um!« Sie trommelte mit ihren geschundenen Händen auf den Boden. »Du verdammtes Miststück! Du und deine verdammte Kaution, du beschissene Hure. Hal! – Josh! Könnt ihr mich hören? Könnt ihr mich hören? Ich liebe euch so sehr, ja, ich liebe euch so sehr ...«

Tracey Lamb war gut gelaunt. *Jetzt hab ich dich*, murmelte sie, *jetzt lass ich dich braten.* Sie drehte sich ein paar grell pinkfarbene Lockenwickler in das Haar, das wie Zuckerwatte leuchtete. Nachdem sie sie wieder rausgenommen hatte, hielt sie es für überflüssig, sich zu kämmen, und verpasste sich noch schnell eine Ladung Haarspray. Dann zog sie die Gummistiefel an, schnappte sich einen Becher Tee, einen Eimer mit allerlei Kleinkram, den Schlüssel und natürlich ihren Spucknapf, den sie in der Tasche ihrer Strickjacke verstaute. Schließlich ging sie zur Hintertür hinaus und dachte an Sangria und billige starke Zigaretten. Ja, sie summte sogar ein Lied vor sich hin.

Sie fuhr mit dem Datsun zum Steinbruch hinauf und parkte unter den Bäumen. Im Gebüsch saß ein klapperdürrer gescheckter Hund und starrte sehnsüchtig den Wohnwagen an.

»Hau ab!« Sie trat nach dem Hund, der sich in das Unterholz verdrückte. Seine Beine waren so krumm, dass sein Bauch fast den Boden berührte. »Los, verpiss dich. Hau ab.« Sie stellte den Teebecher auf die Motorhaube eines verrosteten alten Ford Sierra und suchte in ihren Taschen nach dem Schlüssel. Ständig hatte Carl ihr eingeschärft, niemandem zu verraten, was sie in dem Wohnwagen versteckt hielten, doch jetzt war Carl tot, und sie hatte keinen Grund mehr, ihm zu gehorchen.

Caffery und Rebecca schliefen, zu einem Knäuel verknotet, auf seinem Bett. Ihr Gesicht lag auf seiner Hand, und er spürte, wie ihr Mund und ihre Augen im Traum zuckten und sich bewegten. Sie hatte noch ihre Unterwäsche und ihr T-Shirt an. Obwohl er den Arm um sie geschlungen hatte, versuchte er, jede sexuelle Erregung zu vermeiden, und war darauf bedacht, sie möglichst nicht zu berühren. Am Morgen entzog er ihr behutsam seinen Arm und stand auf, ohne sie zu wecken. Er duschte, rasierte sich sorgfältig, zog einen gut geschnittenen italienischen Anzug an – das Geschenk einer Exfreundin –, band sich einen grauen Versace-Schlips um und bereitete sich innerlich auf das bevorstehende Gespräch mit dem Leiter der Bankfiliale vor.

Als er nach unten ging, war Rebecca bereits wach, tapste in

Jeans in der Küche herum und machte sich an der Kaffeemaschine zu schaffen. Mit ihrer neuen Kurzhaarfrisur sah sie beinahe wie ein zart gebauter Knabe aus. Dann bemerkte sie seinen Anzug und stieß einen Pfiff aus. »Mein Gott, was für eine grandiose Erscheinung.«
Er lächelte.
»Hast du was Besonderes vor?«
»Wieso? Ich geh bloß ins Büro – wie immer.« Er strich über die Krawatte und schenkte sich einen Kaffee ein. Sie sah ausgeruht aus. In Anbetracht des Zustands, in dem sie sich noch vor wenigen Stunden befunden hatte, schaute sie sogar verdammt gut aus. Als er so mit seinem Kaffee am Tisch saß und beobachtete, wie sie in der Küche herumtapste und den Kühlschrank öffnete, sah er plötzlich wieder optimistisch in die Zukunft. Alles erschien so einfach, doch dann fiel ihm ein: *Vielleicht ist es ja nur das Heroin. Sagt man nicht, dass Leute, die Heroin nehmen, in der Anfangsphase aufblühen ...?* Und dann dachte er daran, was er sich für den vor ihm liegenden Tag vorgenommen hatte – dass er die ganze Sache eigentlich abblasen und sich für das revanchieren müsste, was Rebecca getan hatte. Plötzlich fühlte er sich so elend, das ihm der Kopf brummte. Er kippte seinen Kaffee hinunter, stand auf und küsste sie flüchtig auf die Stirn. »Ich geh jetzt ins Büro.«

Als er weg war, trat Rebecca in den Garten hinaus und legte sich in das Gras. Ein herrlicher Tag – über ihr ein strahlend blauer Himmel mit einigen wenigen Schäfchenwolken. Sie lag schweigend da und versuchte, sich Klarheit über ihre Gefühle zu verschaffen. Ja, sie hatte es getan. Ja, sie hatte den Schritt gewagt, einen Riesenschritt. Sie hatte einen der wichtigsten Londoner Kunstkritiker brüskiert, und jetzt überlegte sie, ob sie versuchen sollte, die Sache irgendwie wieder einzurenken. Doch eigentlich fand sie an ihrem Verhalten nichts auszusetzen. Sie versuchte ernsthaft, über ihren Auftritt vom vergangenen Abend nachzudenken, konnte sich aber nicht konzentrieren. Immer wieder schweiften ihre Gedanken ab, drifteten in dem flirrenden Licht ziellos dahin. Vielleicht lag es ja an dem Heroin –

möglich, dass Junkies die Kotzerei am Anfang einfach in Kauf nehmen, weil man danach von dieser unglaublichen Ruhe erfüllt ist. Aber eigentlich hätte die Wirkung doch schon nachlassen müssen. Sie hatte das Gefühl, dass etwas sehr Wichtiges geschehen war, dass sie den Blick endlich in die richtige Richtung gewandt und ebenso viel Grund zur Angst wie zur Freude hatte. Und dann dachte sie an Jack, daran, wie er sie auf den Kopf geküsst hatte – *Jack, ich bin ja so froh, dass du nicht sauer reagiert und mich rausgeschmissen hast* –, und sie wusste plötzlich, dass alles okay war, dass sie ganz ruhig sein konnte. Sie schlug die Hände vor das Gesicht und stellte verwundert fest, dass sie lächelte.

Das Gehirn ist eine puddingartige Masse, die wie auf einer Säule sitzt und in einer molkeartigen Flüssigkeit schwimmt. So ist es vor leichteren Erschütterungen geschützt. Diese Masse nimmt Schaden, wenn sie zusammengepresst wird oder auch nur kurzfristig unter Sauerstoffmangel leidet. Aber natürlich gibt es auch noch andere Möglichkeiten, dieses hochempfindliche und überaus komplexe Organ zu schädigen. So kann es geschehen, dass das Gehirn durch eine Blutung oder einen Tumor gegen die Schädeldecke gepresst oder nach einem Schlaganfall oder Trauma nur unzureichend durchblutet wird. Es kann aber auch passieren, dass die graue Masse durch Stöße oder Schläge im Schädel kräftig hin und her geschüttelt wird, dass Teile des Gewebes reißen. Außerdem kann das Gewebe durch Schwellungen und Blutungen so stark nach unten gedrückt werden, dass es durch das Loch an der Basis des Schädels auszutreten droht, oder es kann so kräftig erschüttert werden, dass es völlig unkontrolliert gegen die Schädeldecke prallt. Wenn man zum Beispiel ein Kleinkind rückwärts auf einen Betonfußboden fallen lässt, wird sein Gehirn durch die Saugwirkung und die Kräfte der Beschleunigung und der Trägheit zunächst nach hinten und im Augenblick des Aufpralls wieder nach vorne geschleudert und kann sich an den kantigen Vorsprüngen des knöchernen Schädels verletzen. Man spricht in diesem Zusammenhang von einem »Contrecoup«-Trauma. Und genau diese Art von Verletzung hatte Ivan Penderecki einem kleinen Jungen zugefügt, den er vor vielen Jahren in einem feuchten Wellblechschuppen in den Romney-Marschen gefangen gehalten hatte.

Durch einen merkwürdigen Zufall war Carl Lamb Zeuge des Vorfalls geworden. Passiert war das Verbrechen in einer kalten Novembernacht in den Siebzigerjahren. Lamb hatte am Fenster der Hütte gestanden und eine Zigarette geraucht, während der hünenhafte Pole sich an dem Jungen vergangen hatte. Danach wollte er selbst das Kind missbrauchen. Plötzlich kam es zwischen dem Mann und dem Jungen zu einem Kampf, und als der Junge mit dem Kopf voraus zu Boden stürzte, wusste Lamb sofort, dass etwas Schlimmes passiert war. Obwohl der Junge keine sichtbare Verletzung davongetragen hatte, starrten seine Augen plötzlich ins Leere, und er hatte jegliche Beherrschung über seinen Körper verloren.

»Oh, Scheiße«, sagte Carl, schnipste die Zigarette aus dem Fenster und geriet in Panik. »Verdammte Scheiße – was sollen wir jetzt nur machen?«

Für Penderecki stellte sich die Frage allerdings völlig anders. Ihn interessierte nicht, was *sie* jetzt zu tun hatten, sondern was *Carl* zu tun hatte. Denn *Carl* musste sich der Sache annehmen und das Kind irgendwie aus dem Weg räumen. Carl war gerade Anfang zwanzig und hatte einen Mordsrespekt vor Penderecki, der damals der unbestrittene Chef des Rings gewesen war. Also gehorchte er ohne Widerworte, hob den schlaffen kleinen Körper vom Boden auf und war davon überzeugt, dass das Kind bereits wenige Minuten später nicht mehr leben würde, und dann müsste er die Leiche des Jungen irgendwo entsorgen. Und so hatte er sich mit dem Wagen auf den langen Heimweg gemacht. Auf dem Rücksitz lag unter einer Decke das zuckende Kind. Er war an Speicherseen und Weihern vorbeigekommen und hatte sogar die Themse unterquert, die im silbernen Mondlicht der Mündung entgegenfloss. Natürlich hätte er auch anhalten und das Kind einfach in den Fluss werfen können. Doch dazu fehlte ihm einfach der Mut. Auch wenn er in seinem kurzen Leben schon eine Menge angestellt hatte – eine Leiche entsorgt hatte er noch nie. Und so fuhr er einfach immer weiter – ob nun aus Feigheit oder weil er sich der Ungeheuerlichkeit eines solchen Verbrechens nicht gewachsen fühlte. Zu Hause in Norfolk deponierte er den Jungen auf dem Sofa, besorgte sich ein Bier, legte eine Platte auf und setzte sich dann in einen Sessel und wartete darauf, dass der Junge endlich sterben würde. Er überlegte, wie er die Leiche am besten verschwinden lassen konnte, grübelte darüber nach, ob er es über sich bringen würde, das Kind zu zerlegen, ohne zu kotzen. So wurden aus Minuten Stunden, und das Gesicht des Jungen schwoll immer mehr an. Aus Stunden wurden Tage, und das Kind atmete immer noch, während sich aus seinem Mund ein dünner Speichelfaden in das Kissen ergoss. Manchmal fing sein rechter Arm oder sein rechtes Bein plötzlich an zu zucken. Als Carl dem Jungen dann am dritten Tag die Hand auf die Schulter legte und ihn kräftig schüttelte, richtete sich das Kind plötzlich auf und erbrach sich, bis sein senfgelbes T-Shirt völlig besudelt war.

»Verdammte Scheiße.« Tracey, damals noch ein Teenager, war stinksauer über den Eindringling gewesen. Sie rannte ins Freie, steckte sich neben dem Schuppen erst mal eine Malboro an und kehrte dem Haus demonstrativ den Rücken. Doch Carl ignorierte sie einfach. Er ging in dem Zimmer auf und ab und dachte darüber nach, ob er das Kind nicht am besten an Ort und Stelle umbringen sollte. Natürlich konnte er mit dem Kleinen auch zur Autobahn fahren und ihn dort einfach aus dem Wagen werfen. Allerdings wusste er nicht, ob der Junge sich noch an die Nacht in der Wellblechhütte erinnerte. Er konnte ihn aber natürlich genauso gut nach London bringen. Sollte Penderecki doch sehen, wie er den Burschen los wurde. Allerdings hatte er Angst vor Penderecki. Tja, genau genommen saß er ganz schön in der Klemme. Er betrachtete das Kind, versuchte, sich darüber klar zu werden, ob es für den Jungen noch einen Verwendungszweck gab. Das Gesicht des Kindes war auf der rechten Seite völlig entstellt. Die Wange war dick angeschwollen und hing schlaff nach unten. Ständig lief Speichel aus seinem Mund. Nein, der kleine Kerl war zu nichts mehr nütze. Während der folgenden Tage nahm Carl sich immer wieder vor, es endlich hinter sich zu bringen. Ihm blieb keine Wahl: Er musste den Jungen umbringen. Doch genau dazu fehlte ihm der Mut. Und dann wurde er ohne eigenes Zutun unversehens von seiner Unschlüssigkeit befreit. Denn der Junge fing plötzlich an, sich zu verändern.

Alles ging ganz langsam. Doch allmählich ließ die Gesichtslähmung nach, und auch der Speichelfluss hörte auf. Noch immer zog der Junge die furchtbarsten Grimassen, litt unter unkontrollierbaren Zuckungen und warf den Kopf ungestüm vor und zurück – wie ein Kleinkind, das verzweifelt versucht, aus seinem Stuhl zu steigen. Und als der Kleine dann rund einen Monat später aufstand und zu gehen versuchte, wies sein rechter Fuß wie ein Pferdehuf nach unten, doch solche Kleinigkeiten waren für Carl kein Problem. Unversehens eröffneten sich ihm ganz neue Perspektiven.

Natürlich blieb Tracey nicht verborgen, dass Carl plötzlich wieder Spaß am Leben hatte. Gott sei Dank. Er wurde von Tag zu Tag freundlicher, und selbst seine ständigen Wutanfälle hörten langsam auf. Eines Nachts hörte sie im Bad ein brünstiges Stöhnen, das durchs ganze Haus hallte, und das rhythmische Klatschen eines Körpers, der gegen die gusseiserne Badewanne prallte. Als sie auf Zehenspitzen nach oben ging, sah sie gerade noch, wie Carl mit grimmiger Miene aus dem Badezimmer trat. Er war schweißgebadet und mied ihren Blick, doch sie wusste instinktiv, dass der Junge jetzt für Carl eine ganz besondere Bedeutung hatte.

Und sie hatte sich nicht getäuscht. Wenn er am Wochenende einen seiner Saufexzesse zelebrierte, kam Carl im Laufe des Abends irgendwann in seinem T-Shirt und seiner Latzhose – eine Kippe zwischen den Zähnen – die Treppe herunter und erschien im Wohnzimmer, wo Tracey und der Junge fernsahen. Er stand nur wortlos da und machte das Licht an, damit die beiden aufblickten. Dann wartete er einfach so lange an der Tür, bis der

Junge schließlich aufstand und aus dem Zimmer hinkte. Sobald der Junge das Zimmer verlassen hatte, stellte Tracey die Glotze lauter, rauchte noch mehr als sonst und versuchte zu verdrängen, was oben gerade passierte. Hinterher verfiel der Junge tagelang in völlige Apathie und saß mit einer Decke über dem Kopf wimmernd in der Ecke.

»Am besten, du tust einfach so, als ob er unser Bruder ist«, sagte Carl. »Sag einfach, dass er einen Geburtsfehler hat, okay? Und einen Namen braucht er natürlich auch – sagen wir Steven.« Und so hielten sie es dann auch: Steven war fortan Carls und Traceys geistig behinderter Bruder. Die Borstal Boys machten sich ein Vergnügen daraus, »Steven« regelmäßig zu vermöbeln: Tracey entdeckte ihn immer wieder nebenan im Schuppen, wo er wimmernd am Boden lag und mit dem Kopf wackelte. Nach ein paar Jahren hatte auch Carl genug von dem Jungen. Steven hatte heimlich zu rauchen angefangen und schnitt Fotos von Debbie Harry und Jilly Johnson aus den *News of the World* aus und klebte sie an die Wand. Eines Morgens war Carl aufgewacht und hatte entdeckt, dass Steven einen Stapel runderneuerter Reifen durch eine achtlos weggeworfene Zigarette in Brand gesetzt hatte. Zur Strafe hatte er dem Jungen die Nase zertrümmert. Inzwischen hatte Steven kaum mehr etwas von einem Kind an sich, er war fast ausgewachsen. Carl rannte durch das Haus und hatte alle fünf Minuten einen Tobsuchtsanfall und brüllte jeden an, der ihm gerade in den Weg kam. Natürlich war das meistens Steven, aber auch Tracey oder die Borstal Boys, oder aber er schimpfte über die alten Drecksautos in der Garage. Steven war inzwischen kein Kind mehr, und Carl hatte jegliches Interesse an ihm verloren, brachte es allerdings nicht über sich, sich seiner zu entledigen. Und so machte er es sich zur Gewohnheit, den Jungen abends mit einem leeren Eimer in seinem Zimmer einzuschließen. »Ist ja nur zu deinem eigenen Besten – kleiner Scheißer.«

Tracey war über diese neue Entwicklung ungemein erfreut. Sah ganz danach aus, als ob Steven seine Daseinsberechtigung verwirkt hatte. Doch dann entdeckte Carl eines Tages zufällig, dass Steven die gleiche Arbeit verrichten konnte wie die Borstal-Boys. Er wurde Zeuge, wie die Burschen es sich mit ihren Cidre-Flaschen bequem machten und dem Jungen dabei zuschauten, wie der einen ganzen Stapel Autofenster mit eingeritzten Fabrikationsnummern an einer Seilwinde in das Geäst eines Baumes hinaufhievte und von dort zu Boden stürzen ließ. Steven verstand sich auch darauf, die Blechschildchen mit den Chassis-Nummern zu entfernen. Und so machte er sich in der Garage allmählich unentbehrlich. Einen richtigen Satz konnte er zwar nicht sprechen, dafür schweißte er innerhalb von Sekunden ein Blechschild über eine Chassis-Nummer. Und das brachte Carl auf eine Idee. Wenn Steven die Arbeit der Jungs übernehmen konnte, »wieso sollte ich dann meinen schönen Gin und meine Kippen zum Fenster rauswerfen?« Und so dauerte es nicht lange, bis der Junge den ganzen Tag in der Werkstatt schuftete – schraubte, hämmerte und schweißte. »Der verlangt ja von mir noch nicht mal 'ne Schutzmaske, wenn er einen Wagen umspritzt«, sagte Carl. »Ist ja viel zu doof, der Junge – völlig hinüber.« Also waren jene Jungs, an denen Carl kein sexuelles Interesse hatte, fortan überflüssig, und der Wohnwagen stand jetzt meistens leer.

Und dann sprach Steven eines Tages völlig unerwartet Pendereckis Namen aus. Carl zuckte unwillkürlich zusammen. »Was hast du da gesagt?« Er sah ihn über die *News of the World* hinweg wütend an. »Sag das noch mal.«

»AhhhBan.«

»Was?« Carl sah seine Schwester an, die neben ihm stand und an ihren Fingernägeln herumkaute. »Was hat er gesagt?«

»Weiß ich doch nicht.«

»Iibaaan.«

»Scheiße.« Carl knüllte die Zeitung zusammen und sprang auf. »Er hat Ivan gesagt. Hab ich Recht? Du hast Ivan gesagt?«

»Unnnng.« Steven warf den Kopf zurück und machte sich mit den Händen an seinem Kinn zu schaffen. »Ung.«

»Was soll das heißen – Ivan? Ist das sein richtiger Name?«, fragte Tracey.

»Nein – das ist der Name von Penderecki – blöde Kuh.«
»Uh-hh.« Steven warf den Kopf zurück und fuchtelte mit seiner verkrümmten Hand in der Luft herum. Seine Pupillen fingen an zu flackern, und er verdrehte die Augen, bis nur mehr das Weiße zu sehen war.
»Sag das noch mal. Wer hat dir damals den Kopf zertrümmert?« Schweigen. »Los, sag schon, du dreckiger kleiner Scheißer. Wer hat dir die Birne kaputtgemacht? War es Penderecki?«
Schweigen.
»Los, sag schon – hat Penderecki dir die Birne kaputtgemacht?«
Der Junge zuckte zusammen und verdrehte die Augen. »Ung.«
»Wer?«
»BBeMBe – rrrrr-kki...«
»Genau.« Carl war völlig baff. »Und wer hat dir hinterher geholfen? Was? Wer hat dir später geholfen? Hab ich dir nicht immer geholfen? Hat Carl dir nicht geholfen?«
»Ung – *ung*.« Steven warf den Kopf in den Nacken und verdrehte die Augen. Das hieß: Ja. Carl setzte sich auf das Sofa und hatte plötzlich eine Idee.
»Dieser polnische Dreckskerl!« Er schlug sich mit der Faust in die Hand, und Tracey zuckte ein wenig zurück, weil sie nicht genau wusste, was als Nächstes folgen würde. »Jetzt hab ich ihn an den Eiern, den alten Sack.«
Dann erklärte Carl ihr, dass Penderecki allmählich alt wurde, langsam austrocknete, kein Interesse mehr an kleinen Jungen hatte und schon völlig vergessen hatte, dass er überhaupt was zwischen den Beinen hatte. Deshalb brauchte er – Carl – dem alten Schwein bloß zu stecken, was wirklich aus dem Jungen geworden war, und dann würde Penderecki ihm aus der Hand fressen. Ja, das alles klang in Traceys Ohren ziemlich einleuchtend. Und dann konnte Carl in London übernachten, wann immer er gerade Bock darauf hatte, und er konnte sich außerdem Pendereckis Kontakte zu Nutze machen, und er hatte einen Platz, wo er seine Videosammlung verstecken konnte, »wenn es hier in der Garage mal zu heiß wird oder wenn ich mal irgend-

wohin muss. Mit seinem Leben wird mir der alte Sack für die Videos bürgen, falls er weiß, was gut für ihn ist.« Carl war inzwischen in Hochstimmung. »Aber du darfst auf keinen Fall jemandem sagen, wer Steven ist – kapiert? Sollte dieser Ivan aus irgendeinem Grund mal hier aufkreuzen, dann halt die Schnauze – und überlass mir das Reden.«

Und so wurde Steven wieder in den Haushalt aufgenommen, und die Geschwister gewöhnten sich daran, dass er pausenlos von Zimmer zu Zimmer wanderte. Er hatte einen Lieblingshut – eine Strickmütze in den Farben von Manchester United, die er sich tief in die Stirn zog und »Bobah« nannte. Niemand wusste, warum. Wenn jemand ihm Bobah wegnahm, fing er an zu weinen. Falls Tracey mal wieder mies drauf war, versteckte sie die Mütze, bis der Junge, in Tränen aufgelöst, wimmernd am Boden lag. Doch er schien ihr nie etwas nachzutragen, ja, es sah ganz so aus, als ob er solche Vorfälle auf der Stelle wieder vergaß. Und so kam Tracey allmählich darauf, dass er fast alles vergessen hatte, was seit seiner Ankunft in Norfolk mit ihm passiert war. Das Einzige, was ihn interessierte, waren Schokolade und Karamellriegel, und allmählich wurde er immer fetter. Anfangs legte er eine abgöttische Liebe für Madonna an den Tag, später für Kylie Minogue und Britney Spears. Wenn Carl nicht da war, machte Tracey sich ein Vergnügen daraus, Steven zu quälen. Sie ließ ihn das ganze Haus putzen, während sie auf dem Sofa saß und sich die Zehennägel lackierte und er von Raum zu Raum ging und stolz verkündete, was er gerade tat. »Taub wisssen«, sagte er, wenn er die Möbel und Flächen abstaubte. »Taub sssauen« bedeutete Staubsaugen. Und »uttzzen« hieß schlicht putzen.

»Wieso schaffst du ihn nicht einfach auf die Seite? Ist doch bloß ein Idiot. Wieso hängst du eigentlich so an ihm?«

»Geht dich einen Scheißdreck an, Tracey.«

Doch da war sie anderer Meinung. Schließlich war sie ja nicht blöde und hatte schon lange kapiert, dass Carl ihr nicht alles über den Jungen erzählt hatte. Sie spürte, dass es da noch ein Geheimnis gab – und falls sie ihren Bruder Carl nicht völlig falsch einschätzte, hatte die Sache irgendwas mit Geld zu tun.

Und so ging es immer weiter. Als Carl dann starb, blieb Steven in Traceys Obhut zurück. Immer wieder dachte sie daran, sich an Penderecki heranzumachen, grübelte stundenlang darüber nach, während sie sich in der Glotze *Ricki Lake* reinzog und eine Zigarette nach der anderen qualmte. Und dann hatte vor ein paar Tagen dieser Inspector Caffery vor der Tür gestanden, und alles hatte plötzlich einen Sinn ergeben. Jetzt begriff sie endlich, warum Carl so an dem Jungen gehangen hatte – ja, es ging tatsächlich um Kohle. Hatte sie ja schon immer gesagt. »Siehst du, Carl, ich bin nicht annähernd so blöde, wie du immer gesagt hast.«

Nachdem dieser Caffery da gewesen war, hatte sie sich als Erstes überlegt, wo sie Steven unterbringen konnte. Der verdammte Bulle durfte den Idioten unter gar keinen Umständen bei seinem nächsten Besuch mit einem Staubwedel in der Hand und einem blöden Lächeln im Gesicht im Haus herumtapsen sehen. Also hatte sie Steven am Vortag in den Datsun verfrachtet – »Und Bobah kannst du auch mitnehmen« – und war mit ihm zu dem Wohnwagen oben am Steinbruch hinaufgefahren. »Und Britney bring ich dir später vorbei.«

»Bwidney ...«

»Ja, bring ich dir später vorbei – versprochen.«

Und das tat sie sogar. Sie brachte ihm seine sämtlichen Britney-Poster und die einzige Britney-Kassette, die er besaß, und den Walkman, den Carl ihm vor vier Jahren zu Weihnachten geschenkt hatte, und bugsierte den Jungen dann mitsamt einigen Karamellriegeln und ein paar Dosen Cola in den Wohnwagen, legte von außen ein Schloss vor, stand rauchend im Regen und beobachtete die Autos, die drüben auf der Straße mit eingeschalteten Scheinwerfern vorbeifuhren, und fand sich sehr mutig und irrsinnig clever. Und jetzt, da Caffery jeden Augenblick mit dem Geld aufkreuzen musste, kam sie sich sogar noch mutiger vor. Das Wetter war sonnig und klar. Sie blieb kurz vor dem Wohnwagen stehen, um auszuspucken. Wie konnte sie nur beweisen, dass »Steven« tatsächlich Pendereckis Junge war? Der Junge hockte in dem Wagen und versuchte lallend einen Song mitzusingen: »Ooopsh, ah did id ug-ed«. *Scheiß Britney Spears.* Er hatte nur diese eine verdammte Kassette und konnte trotzdem nicht genug davon bekommen. Tausendmal hatte er die Kassette schon gehört und konnte den Text trotzdem noch immer nicht richtig mitsingen. Sie öffnete das Vorhängeschloss und betrat den Wagen. Die Vorhänge waren ganz klamm, und es stank nach Schimmel.

»Pass mal auf, Steven.« Sie stellte den Eimer auf den Boden, setzte sich neben ihn auf die Liege und zog ihm den Kopfhörer von den Ohren. »Steven …«

Er grinste sie begeistert an und warf den Kopf vor und zurück. »Ssssöööön …«

Sie lächelte und gab sich Mühe, geduldig zu erscheinen. »Hör mal zu.« Sie schaltete den Walkman aus und legte das Gerät beiseite. »Ich möchte dich was fragen, okay?«

Er saß einen Augenblick nachdenklich da, seine Augen irrlichterten umher, und er rieb sich heftig die Hände.

»Okay?«

Offenbar versuchte er, sich zu konzentrieren. Dann nickte er ungestüm mit dem Kopf. »'kay.«

»Gut. Jetzt hör mal zu. Weißt du noch den Namen von dem Kerl damals in London?«

Steven hörte auf zu nicken. Er atmete gurgelnd ein und aus und verdrehte die Augen, bis sie an Britney Spears hängen blieben, die an der Tür klebte: Britney lag auf dem Bild in einem rotblauen Cheerleader-Kostüm rücklings auf der Ladefläche eines Pick-up.

»Steven?«

Wieder wackelte er aufgeregt mit dem Kopf, und Tracey sah, dass er etwas zu sagen versuchte. Sie beugte sich näher zu ihm hinüber.

»Was? Was sagst du da?« Er steckte sich den Finger in die Nase. »Nein, hör auf mit dem Blödsinn.« Sie zog seine Hand zur Seite. »Los, sag schon. Früher hast du es doch auch gewusst – du Scheißer. Los, der Kerl, der deinen Kopf kaputtgemacht hat?«

Er zog die Stirn in Falten, und seine Augen erschienen plötzlich ganz glasig. Dann hob er das Kinn und wackelte mit dem Kopf Richtung Fenster, als ob er jeden Augenblick einen Lachanfall bekommen würde. Doch er lachte nicht etwa, nein, er versuchte zu nicken.

»Weißt du den Namen noch?«

»Uuuuunung.«

»Und wie heißt er?«

»AahhhBaaan ...«

»Ivan? Meinst du das – Ivan?«

»Ung.« Er nickte eifrig – war stolz, dass er sich noch erinnern konnte.

»Also gut. Wenn dich jemand fragt: ›Wer hat dir das angetan?‹, dann sagst du einfach: ›Ivan, Ivan Penderecki.‹«

»Aaaaahh-Baannn Bemmb-bbbemmb ...« Er sah aus, als ob er jeden Augenblick in Tränen ausbrechen würde, weil er die Silben kaum über die Lippen brachte. »Aaaah-Bann. Bember – Ahhbann Bemmbereddddih.«

Das reichte fürs Erste. Tracey lehnte sich zufrieden zurück und zündete sich eine Zigarette an. Sie war guten Mutes – sehr zuversichtlich sogar. Britney Spears lächelte den beiden vor der Kulisse des Times Square entgegen.

Caffery rief Souness vom Jaguar aus an, den er vor der Bank in Lewisham geparkt hatte: »Ich kann heute früh leider nicht ins Büro kommen – tut mir Leid. Ich glaube, das Essen gestern Abend ist mir nicht bekommen oder so was.«

»Oh, verdammt, Jack.« Die beiden Beamten, die sie eigens für ihn abkommandiert hatte, waren schon da. »Die sitzen drüben im Büro und sehen aus wie zwei kleine Jungs, die darauf warten, dass ihr Papi ihnen endlich sagt, was sie tun sollen.«

»Okay, okay – stellen Sie mich mal durch.« Er sprach ungefähr zehn Minuten mit einem der Beamten und erklärte ihm, wo er und sein Kollege mit der Haus-zu-Haus-Befragung beginnen sollten. Die Westseite des Parks hatte Logan schon abgegrast, also gab er den beiden die Order, die Ostseite abzuklappern.

Hinterher sprach er noch mit Kryotos und bat sie, Champaluang Keoduangdy anzurufen und ihn um die Mittagszeit in ein Restaurant zu bestellen.

»Und ich dachte, Ihnen ist übel.«

»Marilyn, bitte, ich brauche nur ein bisschen Ruhe.«

»Okay, verstanden, ich sag auch niemandem etwas.«

»Ich leg den Hörer neben das Telefon. Am besten, Sie rufen mich auf dem Handy an, wenn irgendwas ist.«

»In Ordnung.«

Nach dem Telefonat streifte er sich die Krawatte ab und schob sie in die Tasche. Während des Gespräches mit dem Filialleiter war er sich in seiner Aufmachung wie eine Figur aus einem Kaufhauskatalog vorgekommen. Immerhin hatte er jetzt das Geld – es steckte in einem braunen Kuvert in der Innentasche seiner Jacke –, den Rest würde er sehen, wenn er dieser Tracey gegenüberstand. *Echt absurd. Wie kannst du von deiner fixen Idee nur so besessen sein, dass du einer schmierigen alten Vettel für ihr Geschwafel mehr als ein Monatseinkommen hinlegst und zudem noch deine sämtlichen Kollegen belügst?* Und dann legte er ein Gelöbnis ab: *Nur noch dieses eine Mal, dann ist die Geschichte für mich endgültig und unwiderruflich erledigt.* Er steuerte den Jaguar Richtung Norfolk, öffnete das Fenster und schaltete das Funkgerät erst gar nicht ein. Falls er in den nächsten Stunden nichts erreichen sollte – nahm er sich vor –, dann wollte er die Sache auf sich beruhen lassen und das Beweismaterial an die Pädophilie-Abteilung weiterleiten. Außerdem wollte er gegenüber Rebecca feierlich erklären, dass sie ihren Willen bekommen sollte und dass die Ewan-Geschichte für ihn ein für alle Mal erledigt war. Doch während er so dahinfuhr, bemerkte er im Rückspiegel ein paar Mal diesen eigenartigen Blick in seinen Augen – und dieser Blick sprach von Hoffnung. Mochte es auch völlig absurd sein, irgendwie hatte er das lächerliche Gefühl, dass ihm sein Bruder Ewan fröhlich lachend entgegenstürmen würde, sobald er – Jack Caffery – vor Tracey Lambs alter Bruchbude aus dem Wagen stieg. Und er war sogar davon überzeugt, dass er seinen Bruder in derselben kurzen Hose und dem senfgelben T-Shirt antreffen würde, das Ewan an jenem Tag getragen hatte.

Jetzt reiß dich zur Abwechslung mal zusammen. Was hast du denn schon zu erwarten?

Vielleicht einen alten Kinderschuh oder einen Knochensplitter. Und für eine solche Reliquie wollte er dieser Tracey schlappe dreitausend Pfund in die schmierigen Finger drücken. Und wieso sollte sie ihm nicht einfach einen halb vergammelten alten Tierknochen überreichen? Ja, er wusste nur zu gut, dass dieses Miststück ihn ohnehin hereinlegen würde. Und trotzdem gelang es ihm nicht, jenen letzten Funken Hoffnung in seiner Brust zu unterdrücken.

Tracey Lamb begriff instinktiv, was los war, als sie durch die Tür ins Haus trat. Zwar war niemand zu sehen, weil die verdammten Bullen natürlich clever genug gewesen waren, ihr Auto zu verstecken, trotzdem wusste sie Bescheid. Sie stellte den Eimer ab und drehte sich in Richtung Tür, um abzuschließen, als ein uniformierter Arm ihr den Haftbefehl unter die Nase hielt.

»Miss Tracey Lamb?«

»Was habt ihr verdammten Bullen in meinem Haus zu suchen?« Sie schlug die Hand zur Seite und drehte sich um, sodass sie den ganzen Gang vor Augen hatte. »Hab ich euch vielleicht hereingebeten?«

»Natürlich nicht – aber Sie waren ja nicht hier.«

»Ihr *Schweine*!«

Überall im Haus Polizisten. Sie gingen hemdsärmelig von Zimmer zu Zimmer, ließen sich durch Traceys Gejammer nicht im Geringsten irritieren, sondern streiften sich gemächlich ihre Latex-Handschuhe über. Oben auf dem Treppenabsatz unter der Luke, die zum Dachboden hinaufführte, war eine Trittleiter aufgestellt, auf der die hübschen Beine einer Frau in braunen Stöckelschuhen zu erkennen waren. Tracey hörte, dass jemand dort oben umherging, sah den Strahl einer Taschenlampe aufblitzen.

»Was habt ihr auf meinem verdammten Speicher zu suchen?«, kreischte sie die Treppe hinauf.

Ein Beamter legte ihr die Hände auf die Schulter. »Miss Lamb, ich glaube, dass es besser ist, wenn Sie uns einfach unsere Arbeit machen lassen.«

»Ihr Schweine ... o Gott ...« Natürlich wusste sie, dass sie völlig machtlos war. *Caffery – dieses bescheissene Bullen-Arschloch.* Sie sank zu Boden, raufte sich die Haare. »Ihr Schweine!«

Die Frau, die oben in der Speicherluke stand, kletterte jetzt vorsichtig wieder nach unten und reichte dem Uniformierten am Fuß der Leiter einen über und über mit Spinnweben bedeckten, blauen Schuhkarton. Der Mann drehte sich um und brachte den Karton nach unten.

Als Lamb sah, was er in der Hand hielt, rastete sie völlig aus. Sie hielt ihn an einem Bein fest. »Das gehört mir – die Kiste gehört mir, du Schwein!«

»Ja, ja.« Der Beamte versuchte, sein Bein zu befreien, und hielt den Karton in die Luft, doch Tracey ließ sich nicht so leicht abschütteln. »Kann mich mal jemand von dieser Frau befreien?«

»Miss Lamb«, sagte ein anderer Beamter. »In dem Karton befinden sich Beweisstücke.«

»Ich weiß, was in dem Karton ist – du *Scheißer*. Der verdammte Karton gehört mir ...«

»Los, verdammt noch mal, jetzt helft mir doch endlich!«

Mit erstaunlicher Behändigkeit sprang Lamb auf die Füße und verpasste dem Beamten einen so heftigen Schlag, dass der Karton zu Boden stürzte. »O Mann – du blöde *Kuh* ...« Der Inhalt der Schachtel schlitterte über den Boden. Sämtliche Anwesenden starrten etliche Sekunden konsterniert die Bilder an, die am Boden verstreut lagen. Sogar Lamb schien im ersten Moment über den Anblick schockiert. Sie stand mit eingeknickten Knien und vornüber geneigtem Oberkörper über den Bildern. Ihr Gesicht war schneeweiß, und es sah fast so aus, als ob sie jeden Moment auf die Knie fallen wollte.

»Tracey, jetzt hören Sie doch auf mit dem Quatsch ...«

»Verpisst euch!«

Auf dem Boden lagen rund dreißig grobkörnige Fotografien, die noch den früher üblichen, weißen Rand hatten. Auf den Bildern war ein etwa sechs Jahre altes blondes Mädchen zu sehen, das auf einer Gartenbank saß. Die Kleine trug eine knapp geschnittene kurze Latzhose, auf die vorne ein Häschen aufgestickt war. Ihr schulterlanges Haar war wie bei einer erwachsenen Frau – im Stil der Sechzigerjahre – an den Spitzen nach innen gedreht. Auf einigen der Fotos spielte sie mit einem Wasserball, auf anderen war der Latz heruntergelassen, und die Kleine präsentierte stolz ihre noch völlig unentwickelte weiße Brust, während sie den Kopf kokett zur Seite geneigt hielt. Auf zwei Fotos, die unweit der rückwärtigen Tür zwischen den Füßen eines verlegenen Beamten gelandet waren, war dasselbe kleine Mädchen auf einem Bett zu sehen. Sie hockte völlig nackt rittlings auf dem Gesicht eines erwachsenen Mannes.

»*Nein!*« Lamb warf sich auf den Boden, landete mit dem Gesicht direkt auf den Bildern. »Nein – die gehören mir, bitte nehmt sie mir nicht weg – *bitte!*« Sie ruderte wie wild mit den Armen – wie ein Schwimmer, der sich mit letzter Kraft über Wasser zu halten versucht – und schob die Fotos unter ihren Körper.

»Jetzt beruhigen Sie sich doch, Miss Lamb«, sagte jemand und legte ihr die Hand auf die Schulter. »Los, stehen Sie schon auf, und ziehen Sie gefälligst Ihren Rock herunter ...«

»Verpiss dich ...« Sie schlug die Hand zur Seite. »Loslassen!« Der Beamte, der Angst hatte, dass Lamb sich auf den Rücken drehen und nach ihm treten könnte – oder schlimmer noch, dass sie ihm präsentieren könnte, was sich unter ihrem Rock verbarg, trat irritiert einen Schritt zurück und sah hilfesuchend seine Kollegen an.

»Miss Lamb«, sagte jetzt eine Beamtin. »Was Sie da unter sich begraben haben, sind wichtige Beweisstücke. Wenn Sie jetzt nicht sofort zur Vernunft kommen, muss ich Sie augenblicklich festnehmen. Begreifen Sie denn nicht, was mit dem armen kleinen Mädchen auf diesen Bildern passiert?«

Tracey Lamb lag – alle viere von sich gestreckt – wie ein müde zappelnder Frosch am Boden. Als sie hörte, was die Polizistin sagte, wurde sie plötzlich ganz still. Die beiden Polizisten sahen sich erstaunt an. Dann drehte sich Lamb auf die Seite, bedeckte das Gesicht mit den Händen und fing an zu schluchzen.

»Miss Lamb, Sie müssen jetzt aufstehen – haben Sie überhaupt gesehen ...«

»Ja, *hab* ich – ich *kenne* die Bilder doch«, heulte sie. »Was glaubt ihr denn, wer auf den Fotos zu sehen ist, ihr Arschlöcher? Ja, was glaubt ihr denn, wer das ›arme kleine Mädchen‹ auf den Bildern ist?«

Die Polizisten mussten sie zu zweit aus dem Haus zum Auto schleppen – vorbei an verrosteten Ölkanistern und einem vergammelten Motorblock. Als Caffery gegen 11 Uhr eintraf, legte einer der Beamten Tracey Lamb gerade die Handschellen an.

Es dauerte bis mittags, bis sämtliche Formulare ausgefüllt waren und Tracey Lamb wegen der unsittlichen Handlungen, derer sie sich – Beweis waren die Videos – an einem minderjährigen Jungen schuldig gemacht hatte, in U-Haft genommen wurde. Die mit der Vernehmung befassten Beamten – die normalerweise in der Pädophilie-Abteilung von Scotland Yard tätig waren – hatten das Video mitgebracht. Bereits seit zehn Jahren suchte die Polizei nach der Frau, die in dem Video zu sehen war, so lange befand sich das Material nämlich bereits in der Asservatenkammer. Sie sei auf dem Video natürlich sehr leicht zu identifizieren, erklärten die Beamten, auch wenn sie damals eine Perücke getragen habe. Dann wurde sie offiziell in U-Haft genommen, doch die Pflichtverteidigerin, eine gewisse Kelly Alvarez, erwirkte, dass sie gegen Kaution unverzüglich wieder auf freien Fuß gesetzt wurde.

Draußen auf dem frisch gemähten Rasen vor dem Polizeirevier zündete sich Tracey erst mal eine Zigarette an und stand einen Augenblick unschlüssig da. Sie hatte weder einen Blick für die Zivilbeamten, die aus dem Gebäude herauskamen, um sich etwas zu essen zu besorgen, noch für die Wolkentürme, die sich am Himmel gemächlich dahinschoben. *So eine Scheiße.* Einfach unglaublich. Die vernehmenden Beamten hatten sie bereits darauf hingewiesen: Sie musste damit rechnen, dass man ihr »im weiteren Verlauf der Ermittlungen« noch andere Verstöße gegen das Jugendschutzgesetz zur Last legen würde. Doch die mexikanisch aussehende Pflichtverteidigerin hatte sie kurz darauf wieder beruhigt und gesagt, dass es nicht so schlimm kommen werde. Schließlich habe die Polizei ja nur das eine Video, erklärte Kelly Alvarez, »und die Fotos, die man als Kind von Ihnen gemacht hat, belegen unzweifelhaft den immensen Einfluss, den Ihr Vater und später Ihr Bruder auf Sie ausgeübt haben. Also, Kopf hoch, Tracey, vielleicht kommen Sie sogar mit einer Bewährungsstrafe davon.«

Trotzdem war sie völlig durcheinander. Klar, es war nicht das erste Mal, dass die Bullen sie festgenommen hatten, und gesessen hatte sie auch schon mehrmals – trotzdem war sie stinksauer, und zwar wegen der Kohle. Als die Beamten sie aus ihrem Haus zu dem Polizeiwagen geschleppt hatten, da hatte sie nämlich Caffery zwischen den Bäumen stehen sehen. Und wenn sie nicht alles täuschte, hatte der Mann ziemlich überrascht gewirkt. Deshalb wusste sie beim besten Willen nicht mehr, was sie denken sollte.

»Wie haben die Bullen mich denn überhaupt gefunden?«, hatte sie ihre Anwältin gefragt. »Wer hat mich verpfiffen?«

Alvarez hatte nur die Schultern gezuckt. »Die haben doch schon seit Jahren dieses Video.«

»Aber wieso haben sie mich darauf erkannt?«

»Ich geh der Sache nach – versprochen. Und jetzt machen Sie nicht so ein bekümmertes Gesicht – wird alles nicht so schlimm werden.«

»Natürlich nicht«, murmelte Tracey und setzte sich in Bewegung. *Wie 'ne Pennerin – mit meinen verdammten Gummistiefeln.* »Natürlich nicht.«

Plötzlich blieb sie stehen. Den Wagen dort drüben am Straßenrand – den kannte sie doch. Sie machte auf dem Absatz kehrt und marschierte in die entgegengesetzte Richtung, zog ihr T-Shirt fast über die Ohren, um sich zu verstecken.

Caffery hatte beobachtet, wie sie weiter vorne um die Ecke bog, und sofort den Motor angelassen. Er stand unter Hochspannung, war so hellwach, dass ihm die Augen schmerzten. Lamb hatte mehrere Stunden auf dem Polizeirevier verbracht, und in dieser Zeit war ihm alles klar geworden: Er begriff plötzlich, dass der rote BMW, den er am Vortag im Rückspiegel gesehen hatte, ihm tatsächlich gefolgt war. Souness' roter BMW. Rebecca hatte ihn jedenfalls nicht angezeigt. Also deutete alles auf die wasserstoffblonde Paulina mit ihren unschuldigen blauen Augen hin. Immerhin arbeitete sie in der Pädo-Abteilung, und es sah ganz so aus, als ob sie ihm irgendwie auf die Schliche gekommen wäre. Hing ja auch schon seit Tagen ständig in dem Büro herum, das er gemeinsam mit Souness benutzte. Offenbar hatte sie von Pendereckis Tod erfahren und sich ihm – Caffery – an die Fersen geheftet. Allerdings hatte Souness am Vorabend, als sie zusammen essen gewesen waren, nicht die geringste Andeutung gemacht. *Natürlich hat sie davon gewusst – sie wusste, dass Paulina mit dem Wagen unterwegs ist. Aber was hat es mit dem ganzen Toleranz- und Vertrauens- und Liebesgeschwafel von gestern Abend auf sich?* Doch jetzt konnte er nur noch warten, ob Souness oder die Pädo-Abteilung ihn weiter oben angeschwärzt hatten. *Na, wie viele Dienstverstöße haben wir denn da? Korruption, Missbrauch der Amtsgewalt.* Er wusste genau, dass er jeden Augenblick hochgehen konnte – wusste, dass ihm vielleicht gerade noch ausreichend Zeit blieb, einen letzten Versuch zu starten.

Er legte den Gang ein und fuhr langsam neben Lamb her, bevor sie sich in eine Seitenstraße verdrücken konnte. Dann öffnete er das Fenster auf der Beifahrerseite. »Tracey.«

Sie ignorierte ihn völlig, ging einfach weiter. Er fuhr weiter neben ihr her und beugte sich über den Beifahrersitz: »*Tracey* – hören Sie mal zu, ich hab mit der ganzen Geschichte nichts zu tun, das schwöre ich –, ich hab nichts damit zu tun.« Er legte die Hand auf das Kuvert in seiner Brusttasche, da es auf den Beifahrersitz zu rutschen drohte. »Hier ist das Geld – hier in meiner Tasche.«

»'n bisschen spät – finden Sie nicht?«

»Nein, es gibt keinen Grund, weshalb wir nicht miteinander reden könnten.« Er sah sie an. »Kommen Sie, ich möchte mit Ihnen über die Sache sprechen.«

Sie blieb stehen, saugte die Unterlippe unter ihre langen Zähne und beugte sich ein wenig nach unten, um zu sehen, was er in der Innentasche des Jacketts hatte. Die Frau war so geldgeil, dass ihr – wie einem Hund, der die Fährte eines Wildes aufgenommen hat – fast der Speichel aus dem Mund tropfte. Ja, sie hatte angebissen.

Sie kam einen Schritt näher, und er öffnete langsam das Jackett und ließ sie einen Blick in die Innentasche werfen. *Ja, so ist's recht, genau so – noch ein bisschen näher ...* Caffery sah im Rückspiegel, wie vor dem Gerichtsgebäude jemand über den Rasen ging, und hatte plötzlich Angst, mit Lamb gesehen zu werden. Diese kurze Unsicherheit reichte aus, um alles kaputtzumachen. Als er wieder in Lambs Richtung blickte, war der Faden plötzlich gerissen. Sie hatte das Flackern in seinen Augen registriert und war seinem Blick gefolgt, hatte gesehen, wohin er schaute. Wie auf Knopfdruck war das alte Misstrauen wieder da. Sie trat einen Schritt zurück und beäugte zuerst das Gerichtsgebäude und dann wieder ihn.

»Tracey ...«

»Was?«

»Los, kommen Sie schon – ich möchte mit Ihnen sprechen.«

»Nein, ich wüsste echt nicht, worüber. Ich hab Sie ohnehin die ganze Zeit belogen.« Sie trat den Rückzug an.

»Scheiße.« Er schlug mit der Faust auf das Lenkrad und fuhr weiter neben ihr her. »Tracey.«

»Nein, es gibt nichts zu reden.« Sie blickte stur nach vorne und setzte ihren Weg unbeirrbar fort. Er musste sogar beschleunigen, um mit ihr Schritt zu halten.

»Tracey.«

»Ist mein völliger Ernst – ich hab Sie die ganze Zeit belogen. Mensch, Sie sind doch nicht blöde. Sie haben doch von Anfang an gewusst, dass ich lüge.« Dann zog sie ein letztes Mal an ihrer

Zigarette. Doch sie wollte nicht extra stehen bleiben, um die Kippe auszutreten, deshalb warf sie den glimmenden Stummel einfach durch das offene Fenster in Cafferys Wagen, verschränkte wütend die Arme vor der Brust und bog in eine Grünanlage ein, in die Caffery ihr mit dem Jaguar nicht folgen konnte.

27. KAPITEL

Er versuchte, nicht allzu betroffen zu reagieren – es einfach an sich abprallen zu lassen. Ja, er verhielt sich genau so, wie er es sich vorgenommen hatte – zog einen Strich unter die Geschichte. Er hatte an diesem Morgen wahrlich schon genug Zeit verplempert. Er schob sich eine Zigarette zwischen die Lippen, band sich den Schlips wieder um, betrachtete sich kurz im Rückspiegel, setzte die Sonnenbrille auf und kramte sein Handy aus der Jackentasche. Was Souness wohl gerade machte? Ob sie im Büro hockte, die Minuten zählte und darauf wartete, dass er zur Tür hereinspaziert kam, um ihn mit Fragen über Tracey Lamb und seine Ausflüge nach Norfolk zu löchern? Ja, es war Zeit, endlich die Karten auf den Tisch zu legen.

»Und?«
»Und – was, Jack?«
»Irgendwas Neues?«
»Was meinen Sie? Die beiden Beamten sind jedenfalls noch nicht wieder da, aber die wollten sich ja ohnehin direkt telefonisch bei Ihnen melden.«
»Sonst irgendwas?«
»Jack, jetzt hören Sie mal zu. Ich möchte Sie wirklich nicht nerven, aber der Chef schickt mir pausenlos E-Mails, der Bezirkskommandant ruft alle zehn Minuten an, und dann muss ich auch noch den Abschlussbericht schreiben. Also, bei aller Liebe ...«

Er ließ sich in den Sitz zurücksinken und starrte auf die Buchenallee hinaus, die auf die Abtei zuführte. Also wusste sie nichts. Souness hatte keine Ahnung. Was, zum Teufel, war hier eigentlich los?

»*Jack*? Ich möchte Sie ja nicht nerven, aber ...«
»Okay, Danni. Tut mir Leid. Würden Sie mich bitte mit Marilyn verbinden?«
Kryotos versprach, Champ anzurufen und das Treffen zu verschieben. Champ war gerade im West End. Er wollte unbedingt irgendwas zu Mittag essen und könnte sich um halb drei mit Caffery in Soho treffen, falls er bis dahin dort sein konnte. Also fuhr Caffery auf die M11: Während der Fahrt nach London sah er am Horizont fast eine ganze Stunde Canary Wharf. Um 14 Uhr 15 traf er schließlich in Soho ein, stellte den Wagen auf einem der teuren Parkplätze der Gegend ab, ging in eine Filiale seiner Bank, zahlte die dreitausend Pfund direkt wieder auf sein Konto ein und schlenderte dann gemächlich Richtung Shaftesbury Avenue.
Champ war zwar erst vierundzwanzig, besaß aber bereits auf der anderen Seite von Chinatown einen Elektronikladen. »Ich weiß eben, wie's im Geschäftsleben läuft, wissen Sie. Dabei kommt mir mein laotischer Name zu Gute, obwohl in meinen Adern fast ausschließlich chinesisches Blut fließt.« Er musste früher mal Akne gehabt haben, hatte aber schönes Haar und trug einen schiefergrauen Armani-Anzug und makellos gepflegte Lederschuhe. »Solange ich niemandem auf die Füße trete, lässt man mich in Ruhe. Ich kenne die Regeln des *Guan-xi* und weiß, wie man mit Chinesen Geschäfte macht.« Die Jungs, die am Soho Square in der Sonne hockten, blickten auf, als Champ und Caffery an ihnen vorbeigingen.
Die beiden betraten ein gutes italienisches Lokal in der Dean Street: von Hand bemalte Amalfi-Teller an den Wänden, Strega- und Amarettoflaschen auf einem Regal direkt über den Köpfen des Küchenpersonals. Caffery bestellte Fisch und saß – mit dem Rücken zum Fenster – Champ gegenüber, der seine *spaghetti alle vongole* geschickt um die Gabel wickelte. Der junge Mann beugte sich bei jedem Bissen über den Teller, um auf seinem Anzug Saucenspritzer zu vermeiden.
»Als diese Geschichte damals passiert ist, waren plötzlich alle da, sämtliche Wohltäter – und alle wollten mir helfen. Aber ich

hab trotzdem die Klappe gehalten. Schließlich hab ich schon gearbeitet!«
»Gearbeitet?«
»Der Typ, der mich damals missbraucht hat, war eigentlich ein Freier.«
»Ein *Freier*?« Caffery überlegte, ob vielleicht eine Verwechslung vorlag. »Aber Sie waren doch erst ...«
»Richtig – noch nicht ganz zwölf, und der Typ war nicht der Erste.« Er schob sich eine Portion Spaghetti in den Mund und zeigte mit der Gabel auf Caffery. »Wahrscheinlich würden Sie jetzt gerne hören, wie schlimm das alles für mich gewesen ist – mit diesen Typen. Aber einige von denen hatten mehr Zeit für mich als meine eigene Mutter. Mit zwei Jahren war ich mal ein ganzes Jahr in einem Heim.« Er kaute und schluckte. »Irgendwer hat mich damals total voll geschissen in meinem Bett gefunden. Angeblich hab ich nur reglos dagelegen und nicht mal geweint.« Wieder wickelte er ein paar Nudeln um seine Gabel und schob sie sich in den Mund. »Meine Mutter war schon immer 'ne Schlampe.« Ohne Caffery aus den Augen zu lassen, griff er kauend in seine Jackentasche und brachte einen Zettel zum Vorschein. »Das hier hab ich Ihnen mitgebracht.« Es handelte sich um eine zerknüllte Anzeige aus einer Stadtteilzeitung. »Über diese Anzeige hat er mich damals gefunden.«

Ich bin 18 Jahre alt und sehe wegen eines Unfalls wie ein Zehnjähriger aus. Telefon ...

Caffery schob den Zettel wieder über den Tisch. »Sie haben schon mit elf Jahren solche Anzeigen aufgegeben?«
»Ja, ich war schon immer ein ziemlich cleveres asiatisches Äffchen. Wir Asiaten sind nämlich ziemlich fix in der Birne, wissen Sie, schlauer als die meisten anderen Leute. Sie brauchen sich doch bloß anzuschauen, was ich in meinem Alter schon erreicht habe – und wissen Sie, wieso? Weil ich nie was mit Rauschgift am Hut gehabt habe wie die anderen Kids. In dem Park konnte man doch alles kriegen – Amphetamin, Methadon –, alles, was

man gerade wollte. Aber ich hab mein Geld lieber gespart.« Er fuchtelte mit der Gabel in der Luft herum. »Hab ich ja schon gesagt, dass ich eigentlich Chinese bin.«

»Dieser Typ hat sich damals nach Ihrem Papi erkundigt.«

Champ schnaufte. »Richtig. Hatte ich ganz vergessen. Das war das Erste, was er am Telefon gesagt hat – ob ich meinen Papi mag. Ich hab das überhaupt nicht kapiert – heute weiß ich, dass das der übliche Schwulen-Jargon ist.«

»Und dann hat er Fotos von Ihnen gemacht?«

»Ja, aber ich hab das Gesicht von der Kamera abgewandt. Allerdings war ich ziemlich in Sorge, weil ich Angst hatte, dass er Fotos von mir gemacht hat, als ich schon ohnmächtig war. Jedenfalls kann ich mich noch vage an ein Blitzlicht erinnern.« Er nahm ein Stück Brot, tupfte damit die Sauce von seinem Teller und zuckte dann die Schultern, als ob ihn der damalige Vorfall nicht weiter bekümmert hätte. »Eines können Sie mir glauben: Bevor diese Geschichte passiert ist, hab ich gedacht, dass ich schon alle Perversionen kenne. Sie können sich nicht vorstellen, auf was für Sachen diese Typen manchmal stehen. Da gab es zum Beispiel welche, die hatten es gerne gelb – wenn Sie wissen, was das bedeutet.«

»Hm – ja.«

»Und braun und rot – Sie wissen schon: mit der Faust. Ach ja, Sie sind ja Polizist, da kann Sie natürlich nichts mehr erschüttern.«

Caffery betrachtete den Fisch auf seinem Teller. »Kann schon sein.«

»Aber der besagte Typ – der war völlig meschugge, absolut durchgeknallt. Zuerst hat er gesagt, dass er mich beschützen will. Und später hat er dann irgendwas davon gemurmelt, dass er gerne mal bei mir vorbeikommen und mich in meinem Bett anschauen möchte.«

»Und was hat er damit gemeint?«

»Keine Ahnung. Vielleicht nur irgendeinen Schwachsinn. Jedenfalls ist er sofort zur Sache gekommen und hat sich an mir zu schaffen gemacht, und ich sag: Hey, Mann – Augenblick mal, ohne Gummi geht nichts – *die* Zeiten sind vorbei. Und als ich mich dann umdrehe und ihn etwas genauer inspiziere, da hat der Typ ein total mickriges Ding, einen total kleinen ...« Er deutete mit Daumen und Zeigefinger ungefähr die Größe an. »So was hatte ich bis dahin noch nie gesehen: einen echten Minipimmel, und einen Ständer hat er auch nicht gekriegt. Hat einfach keinen hochgekriegt. Aber der hatte ja ohnehin was Besseres vor.« Champ schob sich das Brot in den Mund. »Als er mir dann dieses Kabel in den Arsch gerammt hat, bin ich umgekippt.«

Caffery legte die Hände zu beiden Seiten des Tellers auf den Tisch und ließ kurz den Kopf sinken. Sein schwarzer Fingernagel nahm sich vor dem weißen Tischtuch fast violett aus. »Und er ist nie erwischt worden?«

»Nein. Ist danach nie mehr aktiv geworden – hat einfach Schluss gemacht. Ich hab ihn auch nie wieder gesehen. Ich hab den Kerl damals Troll genannt, weil er so riesig und so *unglaublich* hässlich war. Und ich hab den anderen Jungs von ihm erzählt – ich meine, den anderen Strichern –, und so hat sich der Name allmählich herumgesprochen, ist fast so 'ne Art Legende geworden. Später haben dann die Kinder aus den bürgerlichen Familien ebenfalls angefangen, über den Troll im Park zu quatschen, sich die wildesten Schauermärchen zu erzählen und vor lauter Angst in die Hose zu machen.«

»Wir glauben, dass wir ihn haben.«

Champ kaute unbeeindruckt weiter. Er schob ein Stück Muschelfleisch auf eine Ecke Brot und beförderte dann beides in den Mund. »Hab ich mir schon gedacht, als Sie angerufen haben. Und was ist das für ein Vogel?«

»Ich hab hier ein Foto von ihm. Meinen Sie, dass Sie ihn noch erkennen würden?«

»Aber klar – natürlich würde ich den wieder erkennen. Schwarzes Haar – aber weißhäutig ... aber er hatte glänzendes schwarzes Haar.« Er hob die Hand und zeigte auf seinen eigenen Kopf. »So wie ich. Und riesengroß war der Kerl – fast zwei Meter, schätz ich. Außerdem war er noch verdammt jung, wissen Sie. Höchstens sechzehn.«

»*Sechzehn*? In Ihrer Aussage haben Sie damals aber gesagt, dass er über zwanzig war.«

»Na ja, ich war doch erst elf – deshalb ist er mir natürlich ziemlich alt vorgekommen. Aber ich glaube nicht, dass er *viel* älter war als ich.«

Caffery saß schweigend da. Sein Mund war leicht geöffnet, und er starrte gedankenverloren auf die Tassen, die auf der Cappuccino-Maschine gestapelt waren. Champ kaute währenddessen unverdrossen weiter und beobachtete ihn. Nach einer Weile beugte er sich vor und sagte: »Irgendwelche Probleme?«

Caffery klappte den Mund zu und drückte das Kinn nach unten. »Nein, nein – alles in Ordnung.« Er schob seinen Teller zur Seite und tastete unter dem Tisch nach seiner Mappe. »Ich kann Ihnen ja mal das Bild zeigen – falls Sie sich erinnern.«

»Den Kerl werde ich nie vergessen – den Troll.« Champ beugte sich vor und beäugte das Foto von Peach, das Caffery vor ihm auf den Tisch gelegt hatte. »Nein, das ist er nicht.«

»Sicher nicht?«

»Ganz sicher nicht.« Er legte die Gabel auf den Teller und tupfte sich den Mund mit der Serviette ab. »Wie wär's mit einem Dessert?«

»Was hast du da nur wieder angestellt?« Tracey Lamb war stinksauer. Während sie auf dem Polizeirevier gewesen war, hatte Steven versucht, aus dem Wohnwagen auszubrechen – hatte sich gegen die Wand geworfen und einen langen Riss in das Acrylfenster geschlagen und den Eimer mit seiner Notdurft umgeworfen. Jetzt saß er auf seiner Liege und schaukelte – den Kopf in die Hände gestützt – vor und zurück. »*So* lange bin ich doch gar nicht weg gewesen.« Sie versprühte ein Duftmittel, das unter dem Waschbecken stand, fasste ihn dann bei der Hand und zog ihn auf die Beine. »Oder? Du kleiner *Scheißer*. War ich *so* lange weg.« Sie rüttelte wütend an seinem Arm. »Und was hast *du* hier angerichtet?«

»Traaythee...« Seine Unterlippe war nach außen gestülpt. Er sah aus, als würde er jeden Augenblick in Tränen ausbrechen.

»Ach, hör doch auf, verdammte Scheiße.« Sie drückte ihm einen Lappen in die Hand und zog ihn dann runter auf die Knie. »Los, wisch schon den Boden auf, du dreckiger kleiner Scheißer.«

Er wischte mit dem Lappen über den Boden, und Tracey ließ sich auf die Liege fallen, zündete sich eine Zigarette an und sah ihm zu. Auf dem Rückweg vom Polizeirevier hatte sie das Problem Steven wieder und wieder überlegt. Als die Bullen sie festgenommen hatten, war ihr erster Gedanke gewesen, dass Caffery sie verpfiffen, dass sie sich in ihm getäuscht hatte, dass er gar nicht auf Abwege geraten war. Während des Verhörs hatte sie sich dann allmählich wieder beruhigt und noch mal über alles nachgedacht. Und plötzlich hatte sie sich gefragt, ob ihr Gefühl nicht vielleicht doch richtig gewesen war. Sie hatte genau gespürt, dass dieser Caffery ebenso viel Schiss vor der Sitte hatte wie sie selbst. Auch am Vortag, als er bei ihr aufgekreuzt war, hatte er sich ständig umgedreht, als ob er ahnte, dass jeden Augenblick irgendwer aufkreuzen konnte. Ja, der Bursche hatte Dreck am Stecken. Und als die Bullen sie heute früh verhaftet hatten, da hatte er sich ebenfalls verpisst – hatte nur einen Blick auf die Polizeiautos geworfen und sich dann hinter den Bäumen versteckt, bevor einer der Beamten ihn gesehen hatte. Offenbar hatte er mit dieser Aktion nicht gerechnet – und zwar, *weil der Kerl Dreck am Stecken hat*, dachte sie. Und dann die Situation draußen vor dem Gerichtsgebäude. *Hab ich doch selbst gesehen: Der Kerl hatte echt ein ganzes Kuvert voller Geldscheine in der Tasche.*

Kelly Alvarez hatte Tracey versprochen herauszufinden, wie man ihr auf die Schliche gekommen war. Möglich, dass Scotland Yard sie schon länger suchte, und dieser Caffery hatte wahrscheinlich herausgefunden, dass die Bullen hinter ihr her waren, und wollte seinen Kollegen noch schnell zuvorkommen. Vielleicht war der Typ ja wirklich an Steven interessiert. Langsam fühlte sie sich wieder etwas besser. *Vielleicht kannst du die drei Mille ja doch noch an Land ziehen, Tracey.* Und so beschloss sie, ihn am folgenden Tag gleich nach der Kautionsverhandlung anzurufen und ihm ein bisschen auf den Zahn zu fühlen. Sie drückte die Zigarette im Waschbecken aus. Was immer Caffery auch im Schilde führte: Eines wusste sie genau: nämlich dass der Krüppel, der vor ihr auf allen vieren den Boden aufwischte, für ihn viel wichtiger war als dieser Perverse in Brixton – der Typ mit den krankhaften Fotos und diesem idiotischen Hygienewahn.

Die Barrakudas hießen zwar wie die berühmten kleinen Amazonasfische, aber sie waren keine richtigen Fische, denn richtige Fische wären in dem Chlorwasser sofort krepiert. »Das Wasser schmeckt so merkwürdig, weil es mit Chlor angereichert ist«, erzählte Gummer jedem Kind, das neu zu der Gruppe stieß. »Und das Chlor erfüllt einen ganz bestimmten Zweck. Es schützt uns vor Keimen und Krankheitserregern, die sich sonst in dem Wasser ausbreiten würden.«

Aber über die Bedeutung des Chlors brauchte er den Barrakudas nun wirklich nichts mehr zu erzählen – denn die Barrakudas wussten ohnehin schon viel zu viel. Sie befanden sich nämlich gerade in einem ziemlich gefährlichen Alter. In der Ausbildung erfuhren die künftigen Schwimmlehrer nicht nur, wie sie sich gegenüber den Kindern zu verhalten hatten, sie wurden auch über die Symptome aufgeklärt, an denen sich – mit hoher Wahrscheinlichkeit – erkennen ließ, ob ein Kind missbraucht wurde. Und Gummer wusste nur zu gut, dass es durchaus Leute gab, die durch Kinder in Badetextilien sexuell erregt wurden. Einmal war in dem Schwimmbad sogar ein Mann auf der Tribüne erschienen und hatte völlig ungeniert die Barrakudas fotografiert, die sich gerade im Wasser tummelten. Gummer hatte zwar darauf verzichtet, Alarm zu schlagen, aber er hatte am Beckenrand gestanden und dem Mann so lange warnend zugewinkt, bis der Spanner schließlich abgezogen war. Das war eine große Erleichterung für Gummer gewesen, denn er wollte nicht, dass die Polizei aufkreuzte und ihn nach dem Vorfall befragte und in ihm *selbst* die falschen Dinge wieder aufrührte. Ganz sicher hätte er seine Betroffenheit vor den Beamten nicht geheim halten können. *Besser, wenn sie gar nicht erst zu fragen anfangen.* Und so war der geheimnisvolle Mann unbehelligt davongekommen.

Fotografien ...

Gummer, der in seinem T-Shirt und mit der Bademütze auf dem Kopf am Beckenrand stand, dachte an die Fotos, die er zu Hause hatte – ein neunjähriger schöner Junge, *so schön.* Er hatte sie in einem der rückwärtigen Schlafzimmer an die Wand gehängt. Niemand würde ihm deswegen Fragen stellen, denn kein Mensch würde sie je zu Gesicht bekommen, weil ihn nämlich nie jemand in seiner Wohnung besuchte, und das sollte auch so bleiben. Dann schweiften seine Gedanken ab, und plötzlich sah er im Geiste Rory Peach vor sich, den kleinen nackten Rory, der mit gekreuzten Armen an einen Heizkörper gefesselt war. Doch davon – von dem Heizkörper – war in den Zeitungen natürlich keine Rede gewesen, trotzdem wusste Gummer, dass es so gewesen war. Dann dachte er an Josh Church und an *damals* ... Auch davon gab es eine Fotoserie. Wo mochten die Bilder jetzt sein? *In irgendeiner Wohnung? An irgendeiner Wand?* Er überlegte, ob die Polizei sie wohl finden würde.

»Schauen Sie mal – ich bin eine Nixe.«

Gummer erstarrte. Die Barrakudas – besonders die Mädchen – kamen ihm immer so nahe, dass ihm ganz mulmig wurde. Wenn eines der Kinder ihn berührte, bekam er sofort eine Gänsehaut.

»Können wir jetzt bitte spielen?« Vor ihm im flachen Wasser hüpften und kreischten die Kinder herum, ein oder zwei kletterten aus dem Becken, ein paar hingen am Rand und plantschten mit den Füßen im Wasser. »Wir möchten jetzt das Spiel spielen.«

»Nein, das lassen wir lieber.«

»Doch!« Unten im Becken breitete ein kleines Mädchen Arme und Beine aus. »Ich stelle mich breitbeinig ins Wasser, und dann müssen Sie durch meine Beine schwimmen.«

»Nein, so was machen wir hier nicht.« Jetzt stiegen immer mehr Kinder aus dem Becken, und er wurde zusehends nervöser. Es waren einfach zu viele, die ihn umringten. Und wenn er nervös war, errötete er sofort am ganzen Körper – vom Kopf bis in die Finger- und Zehenspitzen. »Ich glaube, wir sollten jetzt wieder ins Wasser gehen.«

»Und dann schwimmen wir durch Ihre Beine.« Sie kannten seine Unsicherheit ganz genau und legten es darauf an, ihn zu quälen. Ja, sie umdrängten ihn, zogen an seinen Händen, versuchten, ihn ins Wasser stoßen, ärgerten ihn, rieben sich an ihm.

»Und anschließend schwimmen Sie dann durch unsere Beine.«

»Nein – kommt gar nicht in Frage ...«

»Wir spielen jetzt Nixe. Schauen Sie mal ...«

»Loslassen!« Gummer zitterte am ganzen Körper. Obwohl er morgens seine Pillen genommen hatte, war seine Anspannung so groß, dass er nicht mehr ein noch aus wusste. Am liebsten hätte er angefangen zu weinen. Immer mehr kleine Mädchen umdrängten ihn, bis sich ihm am ganzen Körper die Haare sträubten. Er konnte ihre Berührung einfach nicht ertragen – sie durften ihn auf keinen Fall berühren. Das war nicht richtig, das durfte nicht sein – sonst ...

»Aufhören!«

Er brüllte so laut, dass die anderen Schwimmlehrer und die Zuschauer auf der Tribüne zusammenschreckten. »Hört endlich auf!« Ein schriller Pfiff aus seiner Pfeife, und einige nass glänzende Köpfe schossen aus dem Wasser empor und starrten schockiert und verständnislos zu ihm hinauf. »Nein heißt nein!« Die Kinder, die ihn gerade noch umringt hatten, wichen zurück. Er zitterte am ganzen Körper und war tiefrot angelaufen, fast so rot wie seine Badekappe. Doch diesmal lachte keines der Kinder. »Verstanden!« Er wies mit der Hand in die Richtung der Umkleideräume. »Die Stunde fällt heute aus. Ihr wollt euch nicht an die Regeln halten, deshalb fällt die Stunde heute aus.«

Es war schon spät, trotzdem war der Parkplatz des King's Hospital noch voll besetzt. Caffery musste lange herumkurven, bevor er den Jaguar schließlich auf halbem Weg nach Brixton in einer Seitenstraße abstellen konnte. Souness hatte sich noch nicht gemeldet. Auf dem Weg zum Krankenhaus verfiel er zweimal in einen leichten Trab, um den Gedankenwirrwarr in seinem Kopf zu besänftigen. In seiner Vorstellung überstürzten sich die Bilder, die Stimmen – er blickte einfach nicht mehr durch. Dann war dieser Alek Peach vor zehn Jahren also doch nicht der Täter gewesen, *aber an Rory hast du dich trotzdem vergangen. Was wird hier eigentlich gespielt? Versuchst du etwa, jemanden zu kopieren?* Das alles ergab einfach keinen Sinn. Er war benommen. Müde und aufgewühlt blieb er auf dem Gang vor der Station stehen, um sich noch schnell einen Kaffee aus dem Automaten zu besorgen.

»Mr. Caffery.«

Er blickte auf. Ndizeye stand ein paar Meter entfernt im Gang. Offenbar hatte er Caffery zufällig entdeckt. Der Mann war nämlich bereits einige Schritte an ihm vorbei gewesen und hatte sich halb umgedreht. Er hielt einen Stapel Röntgenbilder unter dem Arm, und auf seiner schweißnassen Nase war die Brille nach vorne gerutscht.

»Mr. Ndizeye.« *Scheiße – ich hab völlig vergessen, ihn zurückzurufen.* Caffery richtete sich auf. »Oh, tut mir Leid – eigentlich wollte ich Sie ... also ...« Er verstummte und starrte verlegen in den leeren Styroporbecher in seiner Hand. »Wie geht's der Familie?«

»Sehr gut. Meine Familie ist ein Himmelsgeschenk.« Ndizeye schob die Brille auf seiner Nase nach oben und kam dann näher, während Caffery seinen Plastikbecher in Stellung brachte.

Der Dentalexperte blieb schweigend neben Caffery stehen und lächelte ihn an. Caffery richtete sich leicht irritiert auf und sah den Mann an. »Wollten Sie mit mir über den Fall sprechen, oder geht es um Ihr Honorar? Sie können die Rechnung einfach an unser Büro schicken.«

»Kein Problem. Hab ich schon gemacht.«

»Umso besser.«

»Na ja, also ...« Ndizeye presste die Röntgenbilder gegen seinen gewölbten Bauch. »Tut mir Leid, dass es nicht so gut läuft, wie Sie gehofft hatten.«

»Mir auch – das können Sie mir glauben.«

»Haben Sie vielleicht noch einen weiteren Verdächtigen auf Lager, den ich mir mal näher anschauen sollte?«

»Sobald wir wieder so einen Fall haben, melden wir uns natürlich sofort bei Ihnen. Inzwischen liegt uns allerdings eine DNS-Analyse vor. Und natürlich wird man Sie vor Gericht anhören. Aber das kann noch eine Weile dauern.«

»Sagen Sie mir bitte eines.« Ndizeye lehnte sich gegen den Kaffeeautomaten. »Haben Sie nicht gerade gesagt, dass Sie über eindeutiges Beweismaterial verfügen?«

»Ja, wir haben einen genetischen Fingerabdruck, der beweist, dass dieser Scheiß-Peach seinen eigenen Sohn vergewaltigt hat.«

Ndizeye blinzelte hinter seinen Brillengläsern. »Aber wer, zum Teufel, hat den Jungen dann gebissen?«

»Wie bitte?«

»Ich hab gesagt: Wer – zum Teufel – hat Rory gebissen? War zwar derselbe Typ, der damals im Park diesen Jungen gebissen hat – aber Alek Peach war es auf keinen Fall.«

Ein merkwürdiger Sonnenuntergang – fast so, als ob die Erde seitlich weggekippt wäre und sich ein rosafarbenes Licht aus einer anderen Galaxie in die Sonnenwinde eingeschmuggelt hätte. Caffery fuhr langsam durch Brixton, betrachtete die Lichter in den Häusern und dachte nach. Schließlich parkte er in der Dulwich Road und ging durch den Park, während in den umliegenden Straßen der Wind irgendwelche Dinge vor sich her trieb.

Das Haus Nummer dreißig war von der Polizei bereits wieder freigegeben worden, deshalb hätte er genau genommen Carmel Peach um Erlaubnis fragen müssen, aber die war noch bei der Familie Nersessian, und er hatte ja noch den Zweitschlüssel. Am Donegal Crescent war alles ruhig – nicht ein einziges Auto fuhr vorüber. Nur in dem hell erleuchteten Wohnzimmer eines Nachbarhauses hörte er einen Fernseher, und in einem der nach hinten hinausführenden Gärten bellte ein Hund. Er spürte die Taschenlampe in der Tasche. Ihr Gewicht wirkte irgendwie beruhigend.

Vorne im Gang war es dunkel. Die abgestandene Luft hatte einen bitteren, salzigen Geruch. Er tastete nach dem Lichtschalter, und dann fiel es ihm wieder ein ... *Scheiße.* Der Schlüssel für den Stromzähler: Souness hatte ihn abgezogen und oben auf den Kasten gelegt, als sie das letzte Mal hier gewesen waren. Er schaltete die Taschenlampe an, ging in die Küche und steckte den Schlüssel wieder in den dafür vorgesehenen Schlitz. Das Licht ging an, und der Kühlschrank schaltete sich polternd ein. Caffery war im ersten Augenblick geblendet – seine Nerven waren angespannt. Schon der Weg durch den Gang in die Küche – mit dem dunklen Wohnzimmer rechts und der Kellertür links von ihm – war ihm schwer gefallen. *So kenn ich mich gar nicht ...* Es dauerte einen Augenblick, bis sein Herzklopfen wieder nachließ.

Er öffnete den Kühlschrank, an dem noch das Fingerabdruckpulver haftete, das Detective Sergeant Quinn auf die Flächen aufgetragen hatte – ansonsten haftete an den Innenwänden grüngrauer Schimmel. Ein Geruch wie in einer Pilzkultur, aber da war noch was anderes, was seine Nase irritierte: der Geruch, den Souness wahrgenommen hatte, als sie zuletzt hier gewesen waren – diesmal jedoch intensiver. Er zog den Kühlschrankstecker heraus, um das Stromkontingent nicht unnötig zu strapazieren, ging dann wieder zur Küchentür und tastete im Gang nach dem Lichtschalter. Alles noch genau so, wie er es in Erinnerung hatte: die gerahmten Drucke an der Wand, der Plastikläufer auf dem Teppichboden, Rorys Turbo-Wasserpistole auf der Treppe. Nur der Geruch – der war jetzt stärker.

Er wandte schnüffelnd den Kopf und versuchte, den Geruch zu identifizieren. Es roch beinahe, *allerdings nur beinahe*, so süßlich wie in Pendereckis Haus. Er fühlte sich irgendwie an den Geruch des Todes erinnert. *Ob die Spurensicherung vielleicht was übersehen hat? Ob es in dem Haus womöglich etwas gibt, das niemand bemerkt hat?*

Ja, es musste in dem Haus noch etwas geben, was niemandem aufgefallen war. Außerdem war eine fremde Person hier in diesen Räumen gewesen – da war er sich ganz sicher.

Er schob die Taschenlampe in die Hosentasche und ging zum Fuß der Treppe. Das Letzte, woran Peach sich angeblich erinnern konnte, war, dass er unten an der Treppe gestanden und nach oben geschaut hatte. Caffery hängte seine Jacke an den unteren Geländerpfosten und ging langsam die Stufen hinauf. Je höher er stieg, umso intensiver wurde der Geruch. Oben auf dem Treppenabsatz blieb er stehen und stützte sich mit den Händen gegen den Wäscheschrank. Der merkwürdige Text war immer noch dort – an den Stellen, an denen Fiona Quinn Farbproben entnommen hatte, allerdings verschmiert und verkratzt. GEFAHR – und daneben das Frauensymbol. In diesem kleinen Schrank hatte Carmel Peach mehr als drei Tage verbracht. In diesem Schrank hatte sie – halb irre vor Schmerzen und mit blutenden Handgelenken – zusammengekrümmt gelegen und ihren kleinen Sohn unten schreien hören.

Falls sie die Wahrheit sagte.

Na, dann los.

Er öffnete die Tür. Hinten in dem Schrank waren Regalbretter angebracht, auf denen Handtücher gestapelt waren. Wieder wandte Caffery schnüffelnd den Kopf hin und her, er kauerte sich sogar auf den Boden und beschnüffelte den Teppich. Carmels Urin war durch die Ritzen des Schranks in den Boden auf dem Treppenabsatz gesickert, und es lag noch immer ein beißender Geruch in der Luft. Am liebsten hätte sich Caffery die Nase zugehalten. *Trotzdem ist das nicht der Geruch, den du meinst – nein, es muss hier noch was anderes geben …* Er richtete sich wieder auf, drehte sich um und betrachtete den Treppenabsatz.

Das eheliche Schlafzimmer befand sich auf der Vorderseite des Hauses – direkt gegenüber lag das Bad. Die Bodendielen quietschten, als er sich den beiden Türen näherte, sie öffnete, das Licht einschaltete und kurz in beide Räume hineinsah. Nichts. Der Boden des Schlafzimmers wurde von dem orangefarbenen Licht der Straßenbeleuchtung überflutet. Auf dem Ankleidetisch lag ein Exemplar des *Hello!*-Magazins, dahinter waren Carmels Kosmetika aufgereiht, auf dem Boden lagen eine Strickjacke und ein Paar Socken. Im Badezimmer waren in einem Plastik-Wäschekorb unter dem Waschbecken Rorys Badespielsachen versammelt. Caffery drehte das Licht aus und trat wieder auf den Treppenabsatz hinaus. *Er beobachtet sie, er beobachtet sie im Bett.* Dann ging er – an dem Wäscheschrank vorbei – zur anderen Seite des Hauses hinüber. Dort befand sich Rorys Zimmer. Er drückte die Tür auf und blieb reglos stehen.

Ein hübsches quadratisches Zimmer oberhalb der Küche – mit einem großen Flügelfenster. Sergeant Quinn hatte die Vorhänge zugezogen, um etwaigen Gaffern den Blick zu versperren, doch der Spalt in der Mitte war so breit, dass man die Bäume sehen konnte, die sich weiter hinten im Park im Wind bewegten. Der Geruch war hier deutlicher wahrzunehmen.

Plötzlich hatte Caffery das Gefühl, dass jemand hinter ihm oben auf dem Treppenabsatz stand. Er fuhr herum. Nichts. Nur das Licht der Straßenlaternen, das durch die offene Schlafzimmertür drang. *Jetzt siehst du schon Gespenster ... fängst an, dir Sachen einzubilden ...* Er trat leise in Rorys Schlafzimmer, bückte sich, um Spielsachen aufzuheben, versuchte sich vorzustellen, wie jemand vom Park aus durch das Fenster hereinstarrte und Rory beim Spielen zusah. Von einem X-men-Poster, das neben dem Bett an der Wand hing, blickte ihm Wolverine entgegen – auf dem Boden lagen diverse Spielzeuge. *Und jetzt versuch mal, dir vorzustellen, wie der kleine Rory hier am Boden hockt und mit seinen Sachen spielt und jemand ihn beobachtet.* Er drehte sich um. In dem schmalen Spalt zwischen den Vorhängen spiegelte sich die nackte Glühbirne in der Fensterscheibe. Er machte das Licht aus und öffnete die Vorhänge. Die Bäume auf der anderen Seite des kaputten Zaunes waren vielleicht vierzig Meter entfernt.

Er hat gesagt, dass er mich gerne im Bett anschauen würde ...

Es war eine jener merkwürdig wolkenlosen Nächte, in denen die Sterne in ihrer ganzen Pracht an einem makellos azurblauen Himmel prangen. Im Park bewegten sich die Bäume, und ihre Blätter raschelten im säuselnden Wind. Caffery stand reglos da und inspizierte aufmerksam die Wände und die Decke des Zimmers. Dann sah er aus dem Fenster, blickte in den Garten hinunter und dann auf die Bäume im Park. Ob jemand, der in einem der Bäume dort drüben hockte, tatsächlich erkennen konnte, was in diesem Zimmer vor sich ging? Jemand, der gerne kletterte?

Er ging zu Rorys Bett hinüber und legte sich darauf, spürte das nackte kalte Fenster zu seiner Rechten. Er zog die Taschenlampe aus der Tasche, legte sie auf seinen Bauch, verschränkte die Hände hinter dem Kopf, starrte zur Decke hinauf und wusste selbst nicht recht, worauf er eigentlich wartete. *Eine Möglichkeit, sich zu verstecken, gibt es immer.* Und meist genau dort, wo man es am wenigsten vermutet. Über seinem Kopf schwankte die Glühbirne in sanften Pendelbewegungen hin und her. Er blickte verträumt in das Licht, dachte an Ewan – fühlte sich plötzlich in eine andere Zeit versetzt. Rorys Federbett roch nach Weichspüler und frischem Laub, und Caffery lag mit halb geschlossenen Augen da, genoss den Duft, dachte an das Baumhaus zurück. Tracey Lamb ... hatte sie nun gelogen ... oder wusste sie wirklich was?

Plötzlich fuhr er hoch. Die Taschenlampe fiel polternd zu Boden. Aus der Rosette, unter der oben an der Decke die elektrischen Anschlüsse versteckt waren, kroch eine Fliege hervor.

Er stellte sich auf das Bett und drehte an der Rosette. An einer Stelle befand sich in dem Plastik eine kleine rechteckige Öffnung. Er steckte den Finger hinein, spürte den aufgerauten Rand. Anscheinend hatte jemand das Rechteck mit einem Messer in die Rosette hineingeschnitten.

Fiona? Sein Herz fing plötzlich an zu rasen, und das Blut dröhnte in seinen Ohren. *Ob vielleicht die Spurensicherung das Stück herausgeschnitten hat? Ach, das ist völlig lächerlich.*

»Hallo, Hal, ich hoffe, dass ihr euch in Cornwall gut amüsiert. Hier spricht Darren, altes Haus. Natürlich sehen wir uns ohnehin, wenn ihr zurück seid. Aber Ayo hat mich gebeten, euch anzurufen und euch zu sagen, dass sie es nicht geschafft hat, eure Blumen zu gießen. Tut ihr furchtbar Leid. Aber gestern Abend ist unser Baby zur Welt gekommen.« Er hielt kurz inne, und Benedicte sah ihn vor sich, wie er von einem Fuß auf den anderen trat und nach den passenden Worten suchte. »Also, unser Kind ist ein bisschen zu früh gekommen – einen Monat, genau genommen –, aber Ayo hat in der Arbeit mit einem ziemlich unverschämten Polizisten Ärger gekriegt, und der Kerl hat sie so schikaniert, dass plötzlich die Wehen eingesetzt haben. Ist völlig richtig, was du über die Bullen gesagt hast, Josh. Jedenfalls ist der kleine Errol, also, das ist der Name unseres kleinen Jungen – ja, er muss zur Zeit noch im Brutkasten liegen, aber sonst geht es ihm gut ...« Wieder hielt er inne und dachte offenbar darüber nach, was er sonst noch sagen wollte. »Na ja, also unserem Sohn geht es so weit recht gut, nur dass wir leider die Blumen nicht gießen konnten, und das tut uns echt Leid. Wenn ihr wieder da seid, werden wir natürlich 'ne Flasche aufmachen und ein bisschen feiern, das ist ja sowieso klar.« Er hustete. »Tja, das war's, glaube ich erst mal. Also dann: viele Grüße und bis bald.«

Benedicte lag vor der Heizung und presste sich die Hände ans Gesicht.

Sie hatte Kopfschmerzen und Krämpfe in den Beinen, und trotz der Wassertropfen, die sie gierig aus dem Heizungsrohr sog, war ihr Mund so total ausgetrocknet, dass sie ihn kaum schließen konnte. In den Zeitungen hatte es geheißen, dass Carmel Peach bei der Hitze keine weiteren vierundzwanzig Stunden überlebt hätte, falls die Polizei nicht erschienen wäre. Smurfs Atem ging immer schwerer, und es war offensichtlich, dass ihr Zustand sich rapide verschlechterte. Sie war alt und verwirrt und starrte mit glanzlosen Augen stumpf vor sich hin. Schon seit Stunden hatte sie sich nicht mehr bewegt – nur ab und zu gestöhnt oder gewimmert. Ben ließ die Hände sinken und atmete ein paar Mal tief durch, versuchte, die Tränen zu unterdrücken. Dann hatte Ayo also ein Kind bekommen, und sie selbst und Josh und Hal waren zum Sterben verurteilt.

Caffery entdeckte in einem Schrank in der Küche einen Mopp und ging damit nach oben. Er schaltete im ersten Stock sämtliche Lichter ein und stand dann auf dem Treppenabsatz und blickte zu der Dachbodentür in der Decke hinauf. Immer wieder kam es vor, dass Eltern, die ihr Kind als »vermisst« meldeten, ihren Nachwuchs kurz darauf auf dem Dachboden entdeckten: *Und vergessen Sie nicht, hinter dem Wassertank nachzuschauen.* Auch das Einsatzteam, das gleich nach dem Alarm bei den Peachs eingetroffen war, hatte natürlich auf dem Speicher nach Rory gesucht. Ob die Beamten etwas übersehen hatten?

Er zog an dem Griff der Klappe. Sie ließ sich problemlos nach unten ziehen. Als er die Hand nach oben streckte, entdeckte er in der Klappe einen Lichtschalter und eine ausziehbare Metallleiter. Das Licht ging an, und der Dachstuhl erschien, von unten betrachtet, plötzlich wie das Gewölbe einer Kirche. Er schob sich die Taschenlampe hinten in den Hosenbund, zog die Leiter nach unten und kletterte dann hinauf.

Caffery war genau eins achtzig groß und musste sich bücken, weil er auf dem Speicher nicht aufrecht stehen konnte. Auf dem Dachboden hatte alles seinen Platz. Caffery sah einige Kartons: »Rory/Kleider« hatte jemand auf eine der Kisten geschrieben, »Küche« auf eine andere. Außerdem gab es dort noch ein paar Rollen Isoliermaterial, und hinten in der Ecke, wo das Licht kaum mehr hinreichte, lehnte ein Weihnachtsbaum an der Wand – daneben eine Woolworth-Tüte mit Weihnachtskugeln. An den Dachwänden waren Spinnweben, sogar über der Glühbirne – fast wie eine Geisterbahnkulisse. Ein beißender Geruch stieg Caffery in die Nase. Es musste hier oben irgendwas geben, was den Kollegen, die sich auf dem Speicher umgesehen hatten, entgangen war. Er drehte sich langsam um die eigene Achse, achtete auf jedes Detail – und dann sah er plötzlich, wonach er suchte.

Am anderen Ende des Speichers direkt über Rorys Schlafzimmer befand sich ein eigenartig geformter, kleiner Haufen, der sich kaum von dem braunen Holz des Fußbodens abhob. Über dem Gebilde schwirrten zahlreiche Fliegen.

Er ging vorsichtig darauf zu und hielt schützend die Hand vor den Mund. *Ziemlich unheimlich hier oben – was?* Einen halben Meter vor dem Haufen blieb er stehen und verscheuchte die Fliegen. Vor sich sah er eine Ansammlung von Speiseresten: halb gegessene Hamburger, ein paar McDonald's-Becher, zusammengeknüllte Servietten. Daneben ein Haufen Kot, der oben mit einem Stück Papier abgedeckt war. Und in der Mitte ein rundes Loch, das jemand in die Isolierung geschnitten hatte. Durch das Loch drang von unten her ein dünner Lichtstrahl herauf. Als er sich über die Öffnung beugte, stellte er fest, dass er durch ein kleines Loch direkt auf Rorys *South-Park*-Federbett starrte.

Jemand hatte sich hier oben häuslich eingerichtet – es sich gemütlich gemacht, seine Zeit hier verbracht, sogar in aller Ruhe geschissen und Rory beobachtet und wahrscheinlich außerdem masturbiert. *Du mieses Schwein.* Caffery richtete sich auf und blickte sich um. Ungefähr zwei Meter entfernt lehnte ein Stück Hartfaserplatte an der Stirnwand des Hauses, an die unmittelbar das Nachbarhaus angrenzte. Die Platte ließ sich mit einem Handgriff entfernen, und Caffery stellte sie einfach ein Stück weiter seitlich an die Wand. Er stützte sich mit der Hand gegen die nackte Wand und bückte sich, um nachzusehen, was sich hinter der Platte verbergen mochte.

Verdammte Scheiße – so ein gottverdammtes Schwein.

Neun oder zehn Steine waren aus der Wand herausgebrochen. Caffery stellte sich mit den Füßen auf zwei Deckenbalken, rollte die Ärmel hoch und schob dann ganz vorsichtig – als ob er Angst hätte, sich zu schneiden – die Hand in das Loch. Dann betastete er in der Dunkelheit des angrenzenden Speichers die andere Seite der Wand. Anschließend richtete er sich wieder auf, zog die Taschenlampe aus dem Hosenbund, bückte sich abermals und richtete den Strahl auf das Loch. Auf der anderen Seite war ein fast identischer Dachboden, allerdings völlig ungenutzt. Im Fußboden waren schemenhaft die Umrisse der von unten beleuchteten Klappe zu erkennen. In der Wohnung darunter lief ein Fernseher. Er richtete die Taschenlampe auf die gegenüberliegende Wand und entdeckte dort, was er erwartet hatte: wieder eine Hartfaserplatte, die am Mauerwerk lehnte.

Jemand hatte sich über die Dachböden der Häuser seinen Weg zu Rory Peach gebahnt.

Caffery knipste die Taschenlampe aus, stieg durch die Luke nach unten, ging ins Freie und trat dann – die Hände in den Taschen – auf die Straße hinaus und inspizierte die Dächer. Die Dachstühle der angrenzenden Reihenhäuser waren so niedrig, dass sie für einen Ausbau nicht geeignet waren. Wenn es also jemand darauf anlegte und sich mit der Bauweise der Häuser auskannte, dann war es tatsächlich relativ einfach, sich vom Anfang bis zum Ende der Häuserzeile über die Dachböden einen Weg zu bahnen. Allerdings musste sich der Betreffende zunächst Zugang zu einem der Häuser verschaffen …

Plötzlich schrak er zusammen.

Zwei Häuser von den Peachs entfernt befand sich ein eingerüsteter Rohbau, den er zusammen mit einem uniformierten Beamten bereits am ersten Tag durchsucht hatte. *Scheiße – ja, genau.* Er zog das Handy aus der Tasche und tippte Fiona Quinns Nummer ein.

28. KAPITEL

Eine Hyäne hinterlässt eine Fährte, das hatte Detective Sergeant Quinn schon immer gewusst, nicht gewusst allerdings hatte sie, wo sie im Haus Nummer dreißig nach einer solchen Spur Ausschau halten sollte. Ein altes Problem der Spurensicherung: Ohne brauchbare Zeugenaussagen tappten die Beamten im Dunkeln – schließlich konnten sie nicht ein ganzes Haus einstäuben. Sie brauchten vielmehr eine ungefähre Vorstellung davon, worauf sie ihr Augenmerk zu richten hatten. Durch seine Entdeckung hatte Caffery den Kollegen jetzt allerdings tatsächlich völlig neue Möglichkeiten eröffnet. Quinn wusste, dass sich aus dem Kot Mitochondrien-DNS gewinnen ließ. Ferner vermutete sie, dass sich auf dem Dachboden noch weitere Körperflüssigkeiten nachweisen ließen – Speichel, Blut oder Samenflüssigkeit –, die ausreichen würden, um ein vollständiges genetisches Profil zu erstellen.

Inzwischen hatte sie ihren Schutzanzug übergestreift, der sie vor den für ihre Arbeit unverzichtbaren UV-Strahlen schützte. Und natürlich hatte sie ihr wichtigstes Arbeitsmittel mitgebracht: ein auf einen Teleskopstab montiertes Gerät, mit dem sich langwellige UV-Strahlen erzeugen ließen und das mit einer Kamera kombiniert war.

Caffery konnte sich noch gut daran erinnern, dass früher vier Männer nötig gewesen waren, um ein solches UV-Gerät zu tragen. Inzwischen waren diese Apparate in einem winzigen schwarzen Kasten untergebracht. Nur an den strikten Sicherheitsvorschriften hatte sich nichts geändert. Deshalb hatten sich die übrigen Mitarbeiter der Spurensicherung gemeinsam mit Caffery in eines der Schlafzimmer zurückgezogen und hockten dort vor dem Monitor, während über ihnen die Deckenbalken knarrten, als Quinn den Speicher inspizierte. Plötzlich erschien auf dem Monitor ein blauer Kreis, das Suchlicht, mit dessen Hilfe Quinn auf dem Dachboden die Oberflächen abtastete, bis sie schließlich auf etwas Organisches stieß und ein weißes Flirren auf dem Bildschirm erschien. Quinn wusste, dass sie an der betreffenden Stelle eine Probe nehmen musste.

»Sehen Sie das?« Caffery zeigte auf den Bildschirm. »Durch dieses Loch im Boden hat er Rory beobachtet.«

»Was, zum Teufel, ist hier eigentlich los?«, fragte Souness leise. Man hatte sie auf einer Wohltätigkeitsveranstaltung in Victoria telefonisch informiert, und sie trug noch ihren schwarzen Seidenanzug samt Fliege. Natürlich war sie nicht besonders begeistert über den Anruf gewesen, aber sonst deutete absolut nichts darauf hin, dass sie etwas über den Vorfall mit Paulina und Lamb wusste – nicht die geringste Irritation in ihrer Stimme. Sie hatte sich sofort auf den Weg gemacht und unterwegs in Brixton noch schnell den Beamten abgeholt, der beim ersten Einsatz den Speicher durchsucht hatte. Der Mann hieß Palser und saß sichtlich verlegen in der Ecke. Souness wandte ihm den Rücken zu und ließ den Mann ein bisschen schmoren.

»Und was hat Ihnen dieser Ndizeye erzählt?«, fragte sie Caffery, nahm ihre Fliege ab und öffnete den Kragen ihres Smokinghemds. »Und Champ – hat der Ihnen was Neues sagen können?«

»Die Abdrücke stimmen nicht mit Peachs Gebiss überein. Außerdem hat Champ Peach auf dem Foto nicht wieder erkannt. Er sagt, dass Peach ganz sicher nicht der Mann ist, der ihn damals missbraucht hat.«

»Und was ist dann mit dem DNS-Test? Stimmt mit der Analyse vielleicht irgendwas nicht?«

»Quinny sagt, dass sie die Tests noch mal wiederholen lässt, aber ...«

»Aber was?«

»Ich weiß nicht.« Er kaute auf seinem schwarzen Fingernagel herum. »Ich weiß nicht so recht.«

Als Fiona Quinn fertig war, traten Caffery und Souness wieder auf den Treppenabsatz hinaus und warteten, bis sie durch die Luke nach unten stieg.

»Da oben gibt es jede Menge Beweismaterial – wirklich jede Menge.« Sie nahm die Schutzbrille ab und sah die beiden blinzelnd an. »Daraus erstelle ich Ihnen ein erstklassiges genetisches Profil, Jack, versprochen.«

»Schaffen Sie das innerhalb von zwölf Stunden?«

»Wieso denn so eilig?« Sie öffnete den Reißverschluss ihres Schutzanzugs und streifte ihn ab. »Offenbar verschweigen Sie mir etwas. Sieht ganz so aus, als ob Sie auf etwas völlig Neues gestoßen wären.«

»Kann man so sagen – ja.« Er fuhr sich mit der Hand über das Kinn, spürte die Bartstoppeln. »Wenn ich Ihnen sage, was wir vermuten, würden Sie wahrscheinlich an meinem Verstand zweifeln.«

»Und – sollen wir die DNS-Tests nun wiederholen?«

»Ja bitte.«

»Wird gemacht.« Sie sah Palser aufmunternd an. »So was kann jedem passieren.«

»Ja«, murmelte er, ohne sie anzusehen.

»Also gut. Der Speicher steht jetzt zu Ihrer Verfügung.«

Palser schwieg betreten, als die drei die Leiter hinaufkletterten. Erst als er anfing, ihnen zu erklären, wie er damals bei der Durchsuchung vorgegangen war, erwachte er allmählich aus seiner Erstarrung. »Hat doch niemand was davon gesagt, dass ich hier oben nach Lebensmitteln Ausschau halten soll«, verteidigte er sich. »Ich hab schließlich nach einem Kind gesucht. Von Lebensmitteln war doch überhaupt nicht die Rede.«

»Aber alles, was wir jetzt hier sehen, war schon da, als Sie hier oben waren?«

»Na ja, also – kann ich nicht genau sagen ...« Er zeigte verlegen auf den merkwürdigen Haufen. »Jedenfalls glaub ich nicht, dass es damals hier so gerochen hat.«

»Und das Loch da drüben? Haben Sie das gesehen, als Sie hier oben waren?«

Caffery hockte an der Stelle, wo die Balken des Dachstuhls auf der Außenwand auflagen. Er stützte sich auf eine Hand und wies auf ein Loch, durch das man unter der Traufe hindurch in den Garten schauen konnte. Jemand hatte dort ein Brett entfernt. Ungefähr sechs Meter weiter unten auf der Terrasse standen zwei schmutzige Milchflaschen. Jemand hatte sich hier ein Guckloch geschaffen. Wenn man sich auf den Bauch legte und den Kopf durch das Loch schob, befand man sich direkt über Rorys Fenster.

Im Freien war es in dieser Nacht ungewöhnlich kalt, als ob die gesamte Hitze des Tages himmelwärts entwichen wäre. Caffery und Souness standen eine Weile schweigend da und starrten zu den Sternen hinauf. Nach dem Aufenthalt auf dem stinkenden Dachboden tat es gut, tief durchzuatmen. In dem Wagen der Spurensicherung waren die Techniker damit beschäftigt, diverse Proben zu präparieren und in die bereitstehenden Kühlschränke zu verfrachten. Neuerdings wurden die meisten Proben tiefgefroren, obwohl niemand so recht wusste, wieso. Doch tatsächlich ließ sich DNS wesentlich leichter aus gefrorenen Substanzen gewinnen als aus normal temperierten Materialien. Caffery drehte sich eine Zigarette und blickte zum Himmel hinauf, wo sich der sichelförmige Mond so klar abzeichnete, als ob jemand ihn dort oben hingeklebt hätte. Er dachte daran, dass der Mond für Tracey Lamb derselbe war wie für ihn. *Mein Gott, jetzt reicht's aber ...* Er sah Souness an, die neben ihm stand. »Danni?«
»Ja.«
»Gibt es etwas, das Sie mir sagen möchten?«
Sie sah ihn überrascht an. »Nein. Wieso denn?«
»Na gut.«
»Was soll diese merkwürdige Frage? Was ist denn los?«
»Ach, gar nichts.« Er zündete die Zigarette an. »Nein, wirklich nicht.« Er glaubte ihr – sie wusste von nichts. Falls Paulina hinter Lambs Verhaftung steckte, dann wusste Souness jedenfalls nichts davon.

Rebecca ahnte, dass sich ihr Leben über Nacht völlig verändert hatte. Wie im Zeitraffer war alles passiert, und plötzlich war nichts mehr wie vorher. Wie der erste Frühlingshauch nach einer langen Winterstarre. Ihr Körper musste das Heroin inzwischen abgebaut haben, trotzdem war sie von einer fast unnatürlichen Ruhe erfüllt – als ob sie schließlich doch noch den richtigen Weg eingeschlagen hatte. Sie hatte ihren Agenten angerufen und die Ausstellung in Clerkenwell abgesagt und den Mann beauftragt, sämtliche Arbeiten, für die bereits Angebote vorlagen, sofort zu verkaufen. Im Laufe des Tages sprach sich die Neuigkeit in der Kunstszene herum, und ihr Agent trieb die Preise immer mehr in die Höhe. »Rebecca – das kannst du dir nicht vorstellen. Ich sitze hier in meinem Büro und schaue auf die Straßen von Soho hinaus, und draußen stehen die Leute Schlange, weil sie unbedingt was von dir kaufen möchten. Die hätten mir selbst deinen Klodeckel aus der Hand gerissen.«

Sie verbrachte den Tag in Cafferys Haus, machte es sich im Garten bequem, rauchte, das Handy am Ohr, Zigarillos und konnte kaum glauben, dass die Wahnsinnspreise, die ihr Agent ihr telefonisch durchgab, etwas mit ihr zu tun haben sollten. *Ob da nicht vielleicht doch ein Missverständnis vorliegt?* Sie beobachtete den Rauch, der sich über ihrem Kopf in der Luft kringelte, und dachte über diese merkwürdige Wende in ihrem Leben nach. Sie überlegte, was Jack wohl zu alledem sagen würde – was er jetzt über sie denken mochte. *Dabei könnte ich es dir nicht mal verübeln, wenn du mich einfach rausschmeißt, Jack, echt nicht.*

Als er spätabends nach Hause kam, sah er total fertig aus – er war ganz grau im Gesicht. »Kaum zu glauben, was für dreckige Schweine es auf der Welt gibt«, sagte er, holte sich ein Bier aus dem Kühlschrank, leerte das Kleingeld aus seinen Taschen und steckte seine Jacke in den Sack mit den Sachen für die Reinigung. »Unglaublich – was für ein mieses Pack.« Doch als sie ihn mit Fragen bedrängte, war nichts aus ihm herauszuholen. Er zog die Hose aus, steckte sie ebenfalls in den Sack und ging dann auf Socken nach oben ins Bad.

Während er duschte, öffnete sie eine Flasche Wein, eine große blaue funkelnde Flasche, und brachte sie nach oben. Sie füllte zwei Gläser, stellte seines mitsamt der Flasche auf den WC-Spülkasten, trank einen Schluck und wusste nicht recht, wie sie anfangen sollte.

»Ich hab die Ausstellung abgesagt«, sagte sie schließlich, während sie am Waschbecken lehnte und seine Silhouette in der Dusche betrachtete.

»Was?«

»Ich hab die Ausstellung im Zinc abgesagt.«

Er zog den Duschvorhang zur Seite und wischte sich den Schaum aus dem Gesicht. »Was?«

»Ich verkaufe die Arbeiten, für die es Interessenten gibt – und die ich eigentlich behalten wollte. Genau genommen sind sie schon verkauft.«

»Becky ...« Er drehte das Wasser ab, griff sich ein Badetuch und wischte sich den Schaum aus dem Gesicht. »Das ist doch unmöglich. Das kannst du doch nicht machen.«

»Doch – das kann ich sehr wohl.« Sie beugte sich zur Seite, nahm sein Glas von dem Spülkasten und reichte es ihm. Von seinen Armen, seinem Bauch und seinen Beinen tropfte Schaum in die Wanne. Noch vor wenigen Tagen hätte sie ihn angestarrt und irgendwas über seine Superfigur gesagt, doch an diesem Abend verzichtete sie auf solche Äußerungen. »Ich kann es, und ich hab es sogar schon getan. Und weißt du, was?« Sie drehte das Glas in der Hand und starrte etwas verlegen hinein. »Eine Therapie werde ich auch machen.« Sie streckte ihm die Zunge heraus und lächelte. »Und natürlich wirst du niemandem davon erzählen.«

Er stand schweigend da. Dann setzte er sich mit dem Rücken zu Rebecca auf den Rand der Wanne und starrte in sein Weinglas. Sie hatte keine Ahnung, woran er dachte. Nach einer Weile drehte er sich um, schwang die Beine aus der Wanne, stellte das Glas auf den Boden und streckte ihr die Hand entgegen.

»Komm mal her.«

Sie nahm seine Hand, und er zog sie auf seinen Schoß, umschlang sie mit seinen schaumbedeckten Armen. »Das ist gut«, sagte er. »Das ist wirklich gut.«

Sie legte den Kopf an seine Schulter und lächelte, hatte jetzt selbst Schaum im Gesicht. Ihr T-Shirt war auch schon völlig durchnässt.

»Mein T-Shirt ist nass«, sagte sie. »Schau mich doch bloß mal an.«

»Wollen wir ins Bett gehen? Mal sehen, ob es diesmal klappt?«

Sie lächelte. »Nicht, so lange du von oben bis unten eingeschäumt bist.«

»Ist mir doch egal. Los, komm schon.«

Und dann krochen sie nass und schaumbedeckt zwischen die Laken, und er zog ihr das T-Shirt über den Kopf und wischte sich damit den Schaum von der Brust, dem Bauch und den Beinen und warf es auf den Fußboden. Dann stürzte er sich auf sie und machte sich an ihrem BH zu schaffen. »Becky – wenn schon ein bisschen Heroin ausreicht, um bei dir solche Wunder zu wirken ...«

»Ach, hör auf.« Sie trat ihm gegen das Schienbein. »Hör auf, mich zu ärgern. Du weißt, das ist nicht der Grund.«

»Ja, ich weiß.« Er lächelte, als er ihr die Shorts abstreifte und sich mit seinem harten feuchten Körper an sie drängte, und sie musste sich zwingen, ihm nicht wie eine komplette Idiotin direkt ins Gesicht zu sagen: *Ich bin mir ganz sicher, absolut sicher, dass sich alles doch noch zum Guten wenden wird.*

29. KAPITEL

(27. Juli)

An dem Morgen, als Lamb wegen der Kaution wieder vor dem Haftrichter erscheinen musste, sorgte sie dafür, dass Steven in ihrer Abwesenheit nicht abermals irgendeinen Unsinn anstellen konnte. »Los, setzt dich schon hin.« Sie legte ihm ein paar Cola-Dosen, einige Schokoriegel und eine Stange Kekse auf das Bett. »Los, setzt dich schon hin – und dann machen wir ein Spiel.«
Die Schokoriegel und die Aussicht auf ein Spiel hoben seine Stimmung sichtlich. Er setzte sich auf seinen Schlafsack, der noch auf dem Bett lag, schaukelte grinsend vor und zurück und entblößte dabei die Zahnlücken, die er dem allzu reichlichen Konsum süßer Sachen verdankte. »'pielen – 'pielen.«
»So ist's gut. Und jetzt reich mir deine Hände.«
Er streckte sie ihr entgegen und war ganz begeistert, dass Tracey sich mit ihm beschäftigte.
»Gut. Und jetzt schön still halten, während ich ...« Sie fesselte seine Hände mit einem Elektrokabel. »Sehr schön.« Dann führte sie das Kabel hinter seinem Rücken entlang und wickelte es ganz langsam ein paar Mal um seinen Körper. Dabei lachte sie und stieß ihm in die Rippen, um ihn bei Laune zu halten. »Ist das nicht lustig? Siehst du – Tracey kann Steven nicht mal richtig fesseln. Steven kann sich sofort wieder befreien, wenn er will.«
»Joo.« Er nickte grinsend. »Joo.« Er schaute ihr hingerissen dabei zu, wie sie ihm einen Arm seitlich am Körper festband. Dann stand sie auf und zog das verbliebene Kabelstück durch die Griffe der Schränke und verknotete es an dem Bein des im Boden fest verankerten Tisches. Jetzt konnte er sich nur noch in einem beschränkten Radius bewegen. Das Kabel war gerade so lang, dass Steven bis zum Waschbecken gehen konnte, während

das Fenster und die Tür außerhalb seiner Reichweite lagen. *So, jetzt kann er keinen Unsinn mehr anstellen.*

»Na also.« Sie trat zurück und wischte sich die Hände an ihren Leggings ab. »Wetten, dass Steven es schafft, sich von dem Kabel zu befreien? Steven ist doch viel schlauer als Tracey – hab ich Recht?«

»Joo.«

»Dann wollen wir mal sehen. Und jetzt zeig mir mal, wie du dich von dem Kabel befreist.«

»'kay, 'kay.« Er grinste, schaukelte vor und zurück und verdrehte die Augen. Er mühte und wand sich, und das Kabel grub sich immer tiefer in seine Handgelenke, bis das Fleisch zu Wülsten zusammengequetscht war und die Adern an seinem Hals hervortraten. Tracey stand mit verschränkten Armen da und sah ihm zu. *Ja, jetzt versuch mal, dich von dem Ding zu befreien – kleiner Scheißer.*

Und dann war er plötzlich frei. Er sprang mit schlenkernden Armen auf – wie ein Baby, das es geschafft hat, sich aus seinem Stühlchen zu befreien –, ein breites Grinsen auf dem Gesicht.

»Gehafft.«

Ach, du verdammter kleiner Scheißer. Sie trat mit dem Fuß gegen das Tischbein. »Ja, du hast es tatsächlich geschafft.«

»'wonnen, 'wonnen.«

»Gut – dann versuchen wir's noch mal.«

»Joo, joo.« Er hüpfte aufgeregt auf der Stelle.

»Aber diesmal muss Tracey sich mehr anstrengen.«

Diesmal fesselte sie ihn noch zusätzlich mit einem zweiten Kabel und holte außerdem noch das Abschleppseil aus dem Kofferraum des Datsun. Dann fesselte sie ihn so, dass eine seiner Hände frei blieb, und obwohl er sich zehn Minuten abmühte, vermochte er sich nicht wieder zu befreien. Sie stand an der Tür und beobachtete ihn mit einem kühlen Lächeln. Schließlich hockte er sich mit angezogenen Beinen auf die Liege und sah sie grinsend an. Obwohl völlig außer Atem, strahlte er ihr begeistert entgegen. Er war noch immer der Meinung, dass alles nur ein Spiel sei.

»Gut gemacht.« Tracey schob mit dem Fuß den Eimer in seine Richtung. »Okay, dauert nicht lange. Ich bin heute Nachmittag zurück. Und wenn du ganz artig bist« – sie beugte sich zu ihm hinab und grinste –, »wenn du ganz artig bist, dann bring ich vielleicht noch jemanden mit.«

»Auf Ihrer Liste Nummer hundertdrei die Nummer sieben, Sir.« Der Gerichtsdiener zeigte dem Haftrichter, wo der Fall in der Liste vermerkt war. »Es handelt sich um Miss Tracey Jayne Lamb, die durch Kelly Alvarez vertreten wird.«

Das Gericht von Bury St. Edmunds war in einem roten Backsteingebäude mit mächtigen Gewölben untergebracht und befand sich jenseits der verfallenen Abtei. Die Wände im Innern des Gebäudes waren mit schweren Holzvertäfelungen und riesigen Teppichen verkleidet. Kelly Alvarez trug ein fast weißes Kostüm und eine rote Seidenbluse und saß auf der den Verteidigern vorbehaltenen Bank direkt unter der großen Kuppel. Rechts von ihr stand Tracey Lamb mit ihrem unvermeidlichen Styroporbecher in der Hand und kaute gleichgültig auf einem Kaugummi.

Der Gerichtsdiener verlas die Klage: »Tracey Jayne Lamb. Ihnen wird zur Last gelegt, sich in Komplizenschaft mit Dritten, deren Identität nicht bekannt ist, der gemeinschaftlichen Unzucht mit Minderjährigen schuldig gemacht zu haben.«

Der Haftrichter sah Lamb mit hochgezogenen Augenbrauen an, als ob er sie bis dahin noch gar nicht bemerkt hätte. Ja, er schien über ihren Anblick fast ungehalten – als wäre sie einfach unangemeldet hereingeplatzt.

»Miss Lamb.« Er nahm die Brille ab, legte die Hände flach auf den Tisch und beugte sich in seinem großen, mit Leder bezogenen Stuhl nach vorne. »Sie wissen sicherlich, dass dies ein schwerwiegender Vorwurf ist und dass wir den Fall hier heute nicht abschließend verhandeln können. Im Augenblick geht es also nur darum, ob wir Sie in Untersuchungshaft nehmen oder gegen eine angemessene Kaution bis zur Hauptverhandlung wieder auf freien Fuß setzen.«

Lamb quittierte diese Auskunft mit einen spöttischen Lächeln und sah ihn an, als ob er gefragt hätte, wie viel zwei Mal zwei ist.
»Ja-a.« Sie schob sich den Kaugummi hinter die Zähne, spie eine Ladung Auswurf in ihren Becher, nahm Haltung an und lächelte dreist. »Das weiß ich.«
»Also gut.« Er schloss angewidert die Augen und wandte sich dem Anklagevertreter zu. »So weit aus meinen Unterlagen ersichtlich, haben Sie nichts dagegen einzuwenden, die Angeklagte gegen Kaution wieder auf freien Fuß zu setzen?«
»Richtig.«
»Sind Sie ganz sicher, dass Sie dagegen keine Einwände haben?«
»Ja, bin ich.«
»Sie wissen, dass ich berechtigt bin, mich über diesen Antrag hinwegzusetzen.«
»Ja, aber ...«
»Na gut.« Er klopfte mit dem Füllfederhalter auf den Tisch. »Und genau das ist meine Absicht.«
»Sir.« Alvarez hatte sich halb erhoben und stieß versehentlich ihren Kuli vom Tisch. »Sir. Ich gebe zu bedenken, dass dieses Vergehen schon sehr lange zurückliegt. Außerdem deutet nichts darauf hin, dass die Angeklagte noch in Kontakt zu dem damaligen Opfer steht.«
Tracey schob ihren Kaugummi nervös im Mund hin und her und sah den Haftrichter konsterniert an. Niemand hatte ihr gesagt, dass ihr Ersuchen auch abgelehnt werden konnte. Ja, sie hatte diese Möglichkeit nicht einmal in Betracht gezogen. Auch der Anklagevertreter war inzwischen aufgestanden und nickte.
»Das ist jedenfalls die übliche Praxis, Sir. Ich kann mich in dem Punkt nur der Verteidigung anschließen.«
»Außerdem« – Alvarez schob sich das Haar hinter die Ohren – »hat sich die Angeklagte während der vergangenen acht Jahre nichts zu Schulden kommen lassen. Miss Lamb ist gegen Kaution aus dem Polizeigewahrsam entlassen worden und heute pünktlich hier zu diesem Termin erschienen. Es gibt keinen Grund zu der Annahme, dass sie versuchen könnte, sich der

Hauptverhandlung zu entziehen.« Sie überflog ihre Papiere. »Sie hat seit dreißig Jahren einen festen Wohnsitz, und das Vergehen, das ihr zur Last gelegt wird, hat vor über zwölf Jahren stattgefunden. Außerdem ist der Herr Anklagevertreter mit der Gewährung einer Kaution einverstanden.«

»Augenblick mal, Augenblick mal.« Der Richter kratzte sich am Kopf. »Wir haben es hier mit einem sehr schwer wiegenden Tatvorwurf zu tun. Schließlich handelt es sich nicht um einen Ladendiebstahl. Wir müssen deshalb sorgfältig abwägen, was in diesem Fall zu tun ist.«

»Sir«, unterbrach ihn Alvarez, »ich bitte um eine vertrauliche Unterredung mit meiner Mandantin.«

»Na gut.« Er warf seinen Füller auf den Tisch und lehnte sich in seinem Stuhl zurück. »Genehmigt.« Er machte eine Handbewegung in ihre Richtung. »Na, dann reden Sie mal.«

Alvarez wandte sich halb von ihm ab und legte eine Hand auf das Geländer. Sie sah Lamb beschwörend an. »Ich möchte ihm eine Sicherheit anbieten«, flüsterte sie. »Gibt es jemanden, der für Sie ...«

»Ich hab gedacht, er lässt mich sofort wieder raus.«

»Wird schon klappen – kommt für mich ebenfalls sehr überraschend.« Sie biss sich auf die Unterlippe. »Die Anklage hat mit einer solchen Entwicklung offenkundig ebenso wenig gerechnet. Also, ich brauche irgendeine Sicherheit. Gibt es vielleicht jemanden, der für Sie eine gewisse Geldsumme ...«

»Nein, ich hab doch niemand.« Plötzlich geriet Tracey in Panik. Wenn sie in Untersuchungshaft genommen wurde, was sollte dann aus Steven werden? *Ach, der schafft es schon irgendwie, sich von dem Kabel loszumachen ...* Doch als sie sich vorstellte, wie er an dem Kabel herumzerrte, wie wahnsinnig daran nagte, wurde ihr plötzlich klar, dass er es vielleicht doch nicht schaffen würde. »Aber Sie haben doch gesagt, die Verhandlung ist reine Formsache.«

Alvarez senkte den Blick und rieb sich die Nase. »Tracey, denken Sie mal nach, bitte ... Gibt es vielleicht irgendjemanden ...«

»Miss Alvarez?« Der Richter verlor langsam die Geduld.
»Ja, Sir. Ich versuche herauszufinden, ob wir Ihnen eine Sicherheit bieten können.« Sie sah Tracey wieder an und fragte flüsternd: »Sind Sie sicher, dass Sie keine Sicherheit ...?«
»Nein, hab ich doch schon gesagt.«
»Miss Alvarez, ich weiß zwar nicht, ob jemand für Ihre Klientin eine Sicherheit bereitstellen kann, aber das ist ohnehin eine akademische Frage.« Er räusperte sich und legte die Finger an den Mund. »Weil ich nämlich das Gefühl habe, dass Miss Lamb – also, dass Miss Lamb möglicherweise zur nächsten Verhandlung nicht erscheinen wird.«
»Das stimmt nicht ...«
»Sir!« Alvarez ging rasch zu ihrem Platz zurück. »Sir, die Angeklagte war sich über die Schwere des Tatvorwurfs völlig im Klaren und ist heute trotzdem hier vor Gericht erschienen. Ich bin ganz sicher, dass Miss Lamb mit sämtlichen Auflagen einverstanden ist, die Sie für nötig halten. Auch würde sie sich natürlich so häufig bei der Polizei melden, wie Sie es verfügen. Ferner ist sie bereit, ihre Heimatgemeinde nicht zu verlassen.«
»Also, passen Sie mal auf.« Der Haftrichter schüttelte bedauernd den Kopf. »Es ist nicht meine Sache, Ihnen die Regeln des Strafrechts zu erläutern, aber wir haben es hier mit einem schwerwiegenden Tatvorwurf zu tun.« Er zeigte mit seinem Schreiber in Lambs Richtung. »Außerdem ist Ihre Mandantin mehrfach vorbestraft.«
»Ja, aber wegen völlig anderer Delikte.«
»Aber Sie *weißt*, welches Strafmaß sie erwartet.« Er hielt inne, bis Alvarez sich wieder gesetzt hatte. »Sie kennt das Strafmaß, das ihr im Fall einer Verurteilung droht – also ...« Der Haftrichter machte sich eine Notiz in seinem Register, neigte sich zu dem Gerichtsdiener hinüber, flüsterte ihm etwas zu und sah dann wieder die anderen Anwesenden an. »Also – *nein*. Der Antrag ist abgelehnt.« Er drehte sich auf seinem Stuhl, bis er Tracey Lamb direkt ins Gesicht schaute. »Egal, was Sie mir anbieten, meine Entscheidung ist unwiderruflich. Also, Miss Lamb, wenn Sie sich jetzt bitte erheben.«

Sie stand mit zusammengekniffenen Augen auf, kaute mechanisch auf ihrem Kaugummi und sah ihn wütend an.

»Ich habe ja bereits gesagt, dass ich den Fall wegen der Schwere des Tatvorwurfs hier nicht verhandeln kann. Außerdem müssten zunächst noch etwaige Zeugen angehört werden. Deshalb halte ich es für angeraten, den Fall vor einem Gericht zu verhandeln, das über die Möglichkeit verfügt, sich das Beweismaterial gegebenenfalls auf Video anzuschauen – wenn Sie verstehen, was ich meine.« Er ließ sie erst gar nicht zu Wort kommen. »In der Zwischenzeit werden Sie in Untersuchungshaft genommen, weil nach meiner Auffassung ein erhebliches Risiko besteht, dass Sie sich der Hauptverhandlung entziehen könnten. Sie können heute in einer Woche – also am dritten – wieder vor diesem Gericht erscheinen, und dann werden wir uns abermals mit Ihrem Fall befassen. Vielen Dank.« Er sah den Gerichtsdiener an und zog die Augenbrauen hoch. »Können wir jetzt weitermachen?«

Wieder ein Morgen. Sie hatte kaum mehr Kraft in den Armen, und jetzt war noch etwas Neues hinzugekommen: Die Luft war von einem bestialischen Gestank erfüllt. In der Nacht hatte Smurf etwas erbrochen, das wie Kaffeesatz aussah. Als Benedicte die stumpfen Augen der Hündin sah und den verkrusteten Schleim an ihrer Schnauze, wusste sie Bescheid. Sie schlang einen Arm um den Hals der alten Hündin und presste den Mund gegen ihr Ohr. »Smurf – es tut mir so Leid.«

Benedicte hatte Smurf vor zwölf Jahren als Welpen aus einem Tierheim in Battersea geholt und sie an einer roten Leine nach Hause gebracht. Der kleine Hund war an der Bushaltestelle aufgeregt zwischen ihren Beinen herumgehüpft und hatte wie wild mit dem Hinterteil gewackelt. Jeder Waschtag war seither eine mittlere Katastrophe gewesen, da kaum ein Sockenpaar vor dem verspielten Hund sicher war. Außerdem liebte es Smurf, während der sommerlichen Cornwall-Aufenthalte der Familie mit Josh im Meer herumzupaddeln. Da sie nicht genau wussten, wann die Hündin geboren war, ernannten sie den Valentinstag zu ihrem offiziellen Geburtstag. Jetzt roch Smurfs Atem nach Ammoniak, sie röchelte nur noch und ließ die Luft pfeifend zwischen den ausgedörrten Lefzen entweichen.

»Ich liebe dich – gute, alte Smurf.« Benedicte lag neben dem Hund und presste das Gesicht gegen den seidigen Kopf, spürte, wie der Hund blinzelte, strich über die nach Rost riechenden grauen Haare. Ja, sie küsste den Hund sogar einmal, und zwar unterhalb des Ohres, wo das Fell besonders weich war. Smurf wandte nur leicht den Kopf und stöhnte. Sie hob kurz den Schwanz und legte eine abgemagerte Pfote auf Benedictes nackten Fuß.

Es hat alles keinen Sinn, am Ende siegt ohnehin nur das Böse – egal, was du tust, egal, wie sehr du dich auch anstrengst. Keine Mauer ist dick genug, um …

Als Benedicte eine halbe Minute später den Kopf hob, hatte Smurf aufgehört zu atmen.

Caffery wachte früh auf – früher als geplant – und sah sofort Alek Peachs Gesicht vor sich. Rebecca lag neben ihm und schlief. Er legte den Kopf auf den Arm und beobachtete, wie sie ein und aus atmete – ihr kleines Koboldgesicht war glatt und völlig entspannt. Er überlegte, ob er sie wecken und sie noch einmal mit derselben Leidenschaft lieben sollte wie am Vorabend. Doch dann hatte er plötzlich wieder Peachs Gesicht vor sich, und als sich das Bild nicht verdrängen ließ, stieg er schließlich aus dem Bett und ging ins Bad.

Im Haus Nummer dreißig am Donegal Crescent war etwas unvorstellbar Grauenhaftes passiert, und er glaubte allmählich, dass Alek – nach seinem Sohn Rory – am meisten unter dem Verbrechen gelitten hatte. Während er duschte, ließ er sich alles noch mal durch den Kopf gehen, machte sich dann einen Kaffee und bügelte ein Hemd. Rebecca schlief noch, als er das Haus verließ. Er weckte sie nicht auf und bedauerte auf dem ganzen Weg zum Revier, dass er sie nicht wenigstens geküsst hatte. Doch als er schließlich im Büro ankam, ergriff erneut Alek von seinen Gedanken Besitz.

Er las die Berichte durch, die die beiden Beamten am Vortag geschrieben hatten, und gab ihnen dann Anweisungen für ihr weiteres Vorgehen. »Sie können mich jederzeit anrufen. Wirklich *jederzeit*.« Als die beiden schließlich weg waren, bat er Kryotos, im Archiv anzurufen und Peachs Akte anzufordern. Um 11 Uhr lagen die gewünschten Papiere vor. »Machen Sie sich auf einiges gefasst.« Kryotos saß mit der Akte auf den Knien neben ihm auf einem Stuhl. Sie sah erstaunlich vital aus, und ihr Gesicht leuchtete beinahe im Licht des späten Vormittags. Blitzartig wurde ihm seine eigene Müdigkeit bewusst. »Inzwischen hab ich auch herausgefunden, um wen es sich bei dem minderjährigen Mädchen handelt, dem Peach damals zu nahe getreten ist.«

»Und wer ist es?«

»Carmel Regan. Seine Frau. Die Geschichte ist zwei Tage vor ihrem dreizehnten Geburtstag passiert. Peach selbst war damals neunzehn. Natürlich war ihr Vater stinksauer und hat Peach angezeigt. Aber selbst als Peach im Knast war, haben die beiden den Kontakt aufrechterhalten. Und dann wäre da noch etwas.«

»Und was?«

»Quinn hat inzwischen erste – vorläufige – Ergebnisse.«

»Ja und?«

»Die DNS, die sie aus dem Dreckskram oben auf dem Dachboden herausgefiltert hat, stimmt nicht mit Peachs genetischem Profil überein.«

»So, so. Hab ich mir schon gedacht.« Caffery verschränkte die Hände und ließ den Kopf kreisen, als ob er einen steifen Nacken hätte. »Gut«, sagte er schließlich und kratzte sich am Hals. »Verdammt noch mal, Marilyn. Ich kann diese ganze Geschichte fast nicht glauben – ist doch der helle Wahnsinn.«

»Tja, ich weiß. Und dann wär da noch etwas.«

»*Noch* was?«

»Das Labor hat noch mal die Samenflüssigkeit untersucht, die man an Rory gefunden hat, und …«

»O nein«, stöhnte er. »Bitte nicht …«

»Wieder dasselbe Ergebnis. Die DNS stammt von Alek Peach.«

Als Souness im Büro eintraf, erwartete Caffery sie bereits an der Tür. Er hatte sich noch einmal alles durch den Kopf gehen lassen. Hatte gewagt, das Unmögliche zu denken. »Wir müssen unbedingt mit Alek Peach sprechen. Ich glaube, ich weiß jetzt, was passiert ist. Außerdem halte ich es für ratsam, seine Bewachung zu verstärken.«
»Wieso denn das?«
»Weil ich annehme, dass er selbst einem Sexualverbrechen zum Opfer gefallen ist.«

Tracey Lambs Name war auf der Tafel im Empfangsbereich des Holloway-Gefängnisses verzeichnet. Es hieß dort, dass sie um 14 Uhr einen Termin mit ihrem Rechtsbeistand hatte. Um 13 Uhr 45 wurde sie mit den anderen Frauen in die Sammelzelle geführt: »Schlampenecke« wurde der Raum noch immer genannt, genau wie beim letzten Mal, als sie hier gewesen war.
»Für Sie steht das Besprechungszimmer Nummer eins bereit.« Zimmer eins: das klang plausibel. Dort gab es nämlich eine Überwachungskamera, und man konnte sie die ganze Zeit im Auge behalten. »Hier können Sie Ihre Sachen verstauen.« Lamb sah die Beamtin finster an, machte die Selbstgedrehte mit den Fingern aus und warf sie in die Schublade, um später weiterzurauchen. »Und jetzt die übrigen Sachen.« Die Frau rüttelte an der Schublade. Gehorsam brachte Lamb den Tabak zum Vorschein, den sie in der Brusttasche ihres T-Shirts verwahrte. Als Untersuchungshäftling bekam sie eine Zuwendung von dreißig Pfund pro Woche, und das musste für ihren Bedarf an Toilettenartikeln und Rauchwaren reichen.
Drei Mille – verdammt noch mal. Drei Mille hast du dir durch die Lappen gehen lassen, weil du so blöd warst!
»Los, kommen Sie schon. Raum eins. Folgen Sie mir.«
Sie wurde aus der Zelle und dann durch einen verglasten Gang in den Raum geführt, in dem Kelly Alvarez, diverse Papiere vor sich auf dem Tisch, sie bereits erwartete.
»Hallo, Tracey.«
»Was wollen Sie?«

»Ich möchte nur wegen der Kautionsverhandlung nächste Woche einiges mit Ihnen abklären. Diesmal will ich besser vorbereitet sein. Ich möchte denen nämlich einen Deal anbieten.« Sie blickte ihre Mandantin an und wartete gespannt auf deren Reaktion.

Tracey nahm ihr gegenüber Platz und sah sie finster an. »Mit keinem Wort haben Sie die Möglichkeit erwähnt, dass dieser Richter mich heute in U-Haft nimmt.«

»Ich weiß, ich weiß. Tut mir Leid, Tracey.«

»Ich wär zu dem Termin gar nicht erschienen, wenn ich gewusst hätte, dass es so ausgeht.«

»Tracey, dieser Haftrichter ist für seine Strenge bekannt. Ich hab hinterher mit dem Anklagevertreter gesprochen, und der Mann war genauso überrascht wie ich selbst.« Sie lächelte und entblößte dabei ihre gelben Zähne. »Aber nächste Woche stellen wir einen neuen Antrag, und dann geht alles wie von selbst.«

»Echt?« Lamb hob ein wenig den Kopf und inspizierte Alvarez skeptisch. In einer Woche konnte Steven schon tot sein. Falls es ihm nicht gelang, sich irgendwie zu befreien, würde er die ganze Zeit gefesselt in dem Wohnwagen verbringen. *Sieben Tage – wie lange dauert so was eigentlich? Und was soll ich hinterher mit der Leiche anstellen?* Das Einzige, was er zu trinken und zu essen hatte, waren die paar Dosen Cola und die Schokoriegel, die sie ihm heute früh gebracht hatte – und dann noch ein bisschen Wasser in der Flasche unter dem Waschbecken. »Und woher wissen Sie so genau, dass Sie mich beim nächsten Mal rausholen?«

»Weil ich mir inzwischen ein paar Informationen besorgt habe.« Sie zwinkerte Tracey zu. »Der Richter, der heute früh den Vorsitz geführt hat, ist nächste Woche in Urlaub – wir haben es also mit jemand anderem zu tun. Wird ganz sicher keinen Ärger geben, das verspreche ich Ihnen.«

Lamb nickte nachdenklich. Da sie stets argwöhnisch und auf der Lauer war, hatte sie für bestimmte Dinge ein feines Gespür. Deshalb ahnte sie, dass Kelly Alvarez den Anforderungen ihres Berufes nicht gewachsen war. Sie wusste instinktiv, dass sie es

bei Alvarez mit einer Idealistin zu tun hatte, die ihren Mandanten unbedingt gefallen wollte, und diese Schwäche wusste sie auszunutzen. »Haben Sie inzwischen herausgefunden, wie die Bullen mich gefunden haben?«
»Sie haben ein Video von Ihnen.«
»Nur eines?«
»Nur dieses eine.« Sie hielt ihr eine Kopie entgegen. »Möchten Sie es sehen?«
»Nein.« Lamb rutschte auf ihrem Stuhl hin und her. »Und was mache ich auf dem Video?«
»Sie ...« Alvarez hielt sich die Hand vor den Mund und hüstelte. »Sie vergehen sich an einem kleinen Jungen.«
»Haben Sie es gesehen?«
»Ja.«
»Und? Wo ist die Aufnahme entstanden? Was habe ich an?«
»Sie befinden sich auf einem Bett.«
»Mit einer getigerten Decke?«
»Genau. Die Polizei hat das Band schon seit Jahren.« Alvarez neigte den Kopf zur Seite. »Das musste ja irgendwann passieren, Tracey. Das Gute ist, dass die Geschichte schon so lange zurückliegt ... Wir können die Geschworenen bestimmt davon überzeugen, dass Sie mit solchen Sachen heute nichts mehr zu tun haben.«
»Keine Internet-Bilder?«
»Hm ...« Alvarez wurde die Unterhaltung allmählich unangenehm. »Nein«, sagte sie vorsichtig. »Das Video ist das einzige Beweisstück, das bisher gegen Sie vorliegt.«
»Na gut.« *Unter den Sachen, die Penderecki in Verwahrung genommen hat, sind mindestens noch vier weitere Videos von mir – und dann noch ein ganzer Stapel mit Carls Internet-Schrott. Diese Beweise hätte Caffery ganz sicher abgeliefert, falls er tatsächlich was mit den Ermittlungen zu tun hatte.* Lamb rieb sich das Gesicht und sah sich misstrauisch in dem Raum um. »Okay.« Dann beugte sie sich über den Tisch und sagte flüsternd: »Ich hab Sie doch nach diesem Inspector Caffery gefragt.«
»Ja.« Alvarez war offenbar glücklich, dass sie endlich das

Thema wechseln konnte. »Ich hab mich mal umgehört und bei der Staatsanwaltschaft nachgefragt, aber die haben noch nie was von ihm gehört.«
»*Sicher* nicht?«
»Nein, sicher nicht. Ich hab ein paar Erkundigungen eingezogen. Der Mann ist in einer völlig anderen Abteilung und hat absolut nichts mit dem Pädophilie-Dezernat zu tun und mit den Ermittlungen, die gegen Sie laufen, auch nicht. Wieso? Woran denken Sie denn?«
»Ach, an gar nichts.« Aber sie dachte sogar sehr angestrengt nach. In ihrem Kopf überschlugen sich die Gedanken, und sie wollte mit jeder Faser ihres Körpers nur eines: das verdammte Geld. »Dann glauben Sie also, dass sie mich nächste Woche wieder aus der U-Haft entlassen?«
»O ja – das garantiere ich Ihnen.«

30. KAPITEL

Caffery begriff sehr schnell, dass Carmel Peach unter Medikamenteneinfluss stand. Alek war nachts auf eine andere Station verlegt worden, und Carmel saß jetzt am Fußende seines Bettes und entfernte mit einem Löffel sorgfältig die Zwiebeln aus einer Schüssel Minestrone und schaufelte sie in eine Serviette. Sie wirkte, als ob alles Blut aus ihrem Körper gewichen und von ihr nichts zurückgeblieben wäre als ihre ausgetrocknete Hülle. Sie hatte sich den Nagellack abgekratzt, und die Splitter hingen noch an ihrem T-Shirt und an ihrer Jeans. Als Caffery und Souness das Zimmer betraten, blickte sie kurz auf, erkannte die beiden aber nicht wieder. Sie nahm die Polizisten kaum zur Kenntnis und beschäftigte sich sofort wieder mit ihrer Gemüsesuppe.

»Alek.« Souness setzte sich am Fußende auf sein Bett. Caffery schloss die Tür und zog dann das Rollo herunter. »Alek«, sagte Souness leise, »Sie wissen doch sicher, weshalb wir hier sind.«

»Um mir noch mehr Kummer zu bereiten?« Er trug ein schwarz-silbernes Elvis-T-Shirt und saß – von zwei oder drei Kissen gestützt – halb aufrecht im Bett. Seine Koteletten waren inzwischen bis zu den ergrauenden Schläfen hinauf frisch geschnitten, und an dem mobilen Tisch neben ihm klebte eine mit Buntstift ausgeführte Kinderzeichnung. »Das ist Kenny aus *South Park*«, hatte Rory mit Filzstift unten an den Rand geschrieben. »Aber Sie können mich ohnehin nicht mehr verletzen.« Er starrte auf seine riesigen Hände, ließ den Kopf hängen. »Jetzt nicht mehr. Tun Sie also, was Sie tun müssen.«

»Tut uns furchtbar Leid.« Caffery sprach in demselben verständnisvollen Tonfall wie zuvor Souness. Er setzte sich ebenfalls auf das Bett und war sich der fast intimen Nähe des anderen

Mannes bewusst. »Wir sind gekommen, um uns zu entschuldigen, um Ihnen zu sagen, dass es *mir* ganz schrecklich Leid tut, wie ich mich Ihnen gegenüber verhalten habe ... Trotzdem, Alek, Sie verschweigen uns etwas. In Ihrem Haus ist noch irgendwas anderes passiert ...« Er räusperte sich. »Vor Rorys Entführung muss noch was anderes passiert sein. Wir haben natürlich unsere Mutmaßungen, aber wir würden gerne von Ihnen selbst Näheres erfahren, weil ...«

Caffery hielt inne. Carmel saß plötzlich kerzengerade da. Sie schleuderte wortlos die Serviette zu Boden, rappelte sich auf, schob ihre Füße in ein Paar ausgelatschte Turnschuhe, ging ziellos in dem Raum umher, summte laut eine Melodie aus einer Autoreklame vor sich hin, nahm irgendwelche Gegenstände in die Hand und stellte sie wieder an ihren Platz, öffnete schließlich die Nachttischschublade, kramte einige Sachen hervor und warf sie dann polternd wieder hinein. Als Alek ihren Gesichtsausdruck sah, stützte er den Kopf in die Hände und saß etliche Sekunden in stummer Verzweiflung da. Caffery neigte sich ein wenig vor und sagte leise: »Tut mir Leid, Alek. Möglich, dass Sie mich für gefühllos halten, trotzdem muss es sein.«

»Da – da da *da*!« Carmel sang jetzt immer lauter. Caffery blickte auf und sah, dass sie ihn wütend anstarrte. »Da-da – da-*da*!«

»Carmel, Liebes«, sagte Peach, »geh jetzt bitte nach draußen.«

Wütend kramte sie ihre Zigaretten und ihr Feuerzeug aus der Handtasche, ohne die Augen von Caffery abzuwenden, stolzierte dann aus dem Zimmer und knallte die Tür hinter sich zu. Caffery starrte auf die geschlossene Tür und brauchte ein paar Sekunden, bis es ihm gelang, ihren zornigen Blick zu verdrängen. Dann rutschte er auf dem Bett ein wenig hin und her und sah Souness an, die die Schultern zuckte.

»Mr. Peach ...« Caffery unternahm einen neuen Versuch, bemühte sich, seiner Stimme einen festen Klang zu geben. »Alek.«

Peachs Kiefer fing an zu mahlen, als ob er auf einer widerlichen harten Knorpelmasse herumkaute, die er am liebsten hinuntergeschluckt oder aber ausgespuckt hätte. Er schob die Suppenschale zur Seite und lag schweigend da.

»Wir begreifen, wie entsetzlich Sie sich fühlen müssen. Wir haben sogar einen speziell geschulten Beamten, der sich darauf versteht, Menschen zu helfen, die etwas so Grausames durchgemacht haben.«

Peach richtete den Blick ausdrücklich auf Souness. »Ist er deshalb hergekommen? Um mir was von Ihren Spezialbeamten vorzulabern?«

Caffery seufzte. »Ich verstehe, wie schwierig die Situation für Sie ist, Alek.«

»Ach, wirklich?« Peach sah Caffery mit kalten Augen an. »Meinen Sie tatsächlich, dass Sie das verstehen?«

»Ja, ich glaube, ich ...«

»Sie glauben also tatsächlich, dass Sie das verstehen?« Er ballte die Hände zu Fäusten. »Da schneit ihr beschissenen Bullen mal kurz hier herein und wollt mir weismachen, dass *ihr* versteht, was *ich* durchgemacht habe? Sie haben ja nicht mal einen blassen *Schimmer*, was wir erlebt haben ...«

»Also, eigentlich wollte ich nur sagen ...«

»*Nein!*« Peach wies mit dem Finger in Cafferys Richtung. »Nein, jetzt sage ich *Ihnen* mal, was Sache ist.« Sein Kopf fing an zu wackeln, und die Sehnen an seinem Hals traten hervor. »Und wenn Sie mir genau zuhören, dann könnte es sein, dass Sie vielleicht eines Tages *irgendwas* begreifen. Und ich wünsche Ihnen von Herzen, dass Ihnen mal genau dasselbe passieren wird. Ja, ich hoffe aufrichtig, dass es Ihnen dann genauso dreckig geht wie mir jetzt und dass dann irgendein Schwachkopf daherkommt und Ihnen erzählt, wie *beschissen* gut er Sie versteht. *Sie* haben doch noch nie vor einer Entscheidung gestanden, wie ich sie zu treffen hatte – noch *nie*.« Er ließ den Kopf nach hinten auf das Kissen sinken und atmete schwer. »Sie haben ja nicht mal Kinder – das seh ich doch in Ihren Augen.«

Caffery starrte auf Rorys Buntstiftzeichnung. Er wusste: Eigentlich sollte er Mitleid mit Alek Peach haben. Er wusste: Im Grund genommen konnte einem der Mann nur unendlich Leid tun, aber da war plötzlich wieder diese irrsinnige Wut, die wie Feuer in ihm brannte. Ja, er hatte erwartet, dass dieser Peach seine – Cafferys – aufrichtig gemeinte Mitleidsbekundung annehmen würde. Jetzt versuchte er es erneut. »Mr. Peach, ich möchte doch nur ...«

»Ach, hören Sie doch auf.«

»Ich möchte doch nur ...«

»Auf Ihr Verständnis kann ich *verzichten*.«

Scheiße. Caffery sprang wütend auf, ging erregt neben dem Bett auf und ab, sah Souness flehend an. »Ich hab ja nur versucht, es Ihnen möglichst leicht zu machen«, murmelte er.

Souness wandte den Blick von Peach ab und berührte Caffery am Handgelenk. »Am besten, Sie überlassen das mir.«

»Klar – nichts lieber als das.« Caffery ließ sich in den Sessel in der Ecke fallen. Er hatte ohnehin genug von diesem Alek Peach. Er streckte die Beine aus, stützte den Kopf in die Hand und sah einfach nur zu.

»Na dann ...« Souness rieb sich die Stirn und überlegte, wie sie am besten anfangen sollte. »Alek, nach dem Stand unserer Ermittlungen hat der Eindringling Sie dazu gezwungen, Rory etwas anzutun ...« Sie hielt inne. Peach atmete schwer und starrte wütend auf seine Hände. »Da wir bisher noch nie mit einer derartigen Situation konfrontiert waren, sind wir auf Ihre Hilfe angewiesen. Doch zuerst brauchen wir mal eine Aussage.«

Schweigen. Caffery saß in der Ecke und beobachtete die beiden. *Sie wird ihn genauso wenig zum Sprechen bringen wie ich – diesen Scheißtyp.*

»Tut uns sehr Leid, Mr. Peach.« Sie drückte ihm mitfühlend die Hand. »Aber wir müssen es in Ihren eigenen Worten hören.«

Plötzlich warf Peach den Kopf zurück. Tränen standen in seinen Augen und rollten ihm über die Wangen. Dann holte er tief Luft. »Na ja, was soll's – ich bin ohnehin so gut wie tot«, murmelte er. »Ich hab mit dem Leben sowieso abgeschlossen, also kann ich Ihnen die Geschichte genauso gut erzählen. Wirklich wahr – ich bin tot. Aber wenigstens sehen können Sie mich noch.« Er wies mit seiner dick aufgeschwollenen, dunkel verfärbten Hand auf seine Brust. »Kann sein, dass Sie mich in meiner sterblichen Hülle hier vor sich sehen, doch in Wahrheit bin ich schon ganz weit weg – falls Sie verstehen, was ich meine. Ja, ich bin in Wahrheit gar nicht mehr hier.« Er presste sich die Handgelenke in die Augenhöhlen, um den Tränenfluss zu stoppen. »O Gott, o Gott ...«

Als es vorbei war, blieben Caffery und Souness draußen vor dem Eingang der Station stehen und sahen beide auf die Uhr. Sie waren kreidebleich. Peach hatte sich lange geziert, doch dann hatte er die ganze widerliche Geschichte auf einmal ausgespuckt – hatte es aus sich herausgerissen und ihnen wie ein blutiges Stück Fleisch vor die Füße geworfen. Er hatte alles zugegeben – zugegeben, dass es noch irgendwo Fotos geben musste, dass er, entgegen seiner ursprünglichen Aussage, Rory sehr wohl gesehen und gehört hatte. Außerdem hatte der Eindringling ihm selbst und Rory während der drei Tage gelegentlich etwas Wasser gegeben, damit sie bei Kräften blieben. Und am Ende ließ Peach den Kopf nach vorne sinken und gab schluchzend zu, dass der Fremde ihn gezwungen hatte, das Schlimmste, das Unaussprechliche überhaupt zu tun. Der Troll hatte Alek damit gedroht, dass er Rory aus dem ersten Stock auf die Zementterrasse werfen würde, falls Peach sich nicht gefügig zeigte.

Als die Vernehmung schließlich vorbei war, saßen sie alle drei zitternd da. Erst jetzt begriff Caffery, wie wenig er bisher darüber nachgedacht hatte, was im Haus Nummer dreißig wirklich passiert war. Peachs Geständnis ließ ihn verstummen. Vielleicht hatte Peach sich deswegen so abfällig über seine – Cafferys – Augen geäußert, vielleicht hatte er einfach Angst gehabt, dass Caffery ihm direkt ins Herz blicken und dort all die Lügen sehen könnte, die Peach zunächst über Rory erzählt hatte.

Sie gingen schweigend die Treppe hinunter. Souness besorgte ihnen vorne am Automaten einen Kaffee, und dann traten sie in das grelle Sonnenlicht hinaus. Im Auto herrschte eine Bullenhitze. Sie öffneten die Türen und setzten sich – die Beine noch draußen – in den Wagen und tranken ihren Kaffee.

»Und«, sagte Souness nach einer Weile, drehte den Rückspiegel in ihre Richtung, um ihr Aussehen zu überprüfen, und entfernte einen kleinen Schmutzpartikel aus ihrem Augenwinkel, »wie geht es jetzt weiter?«

Caffery schwieg. Er saß breitbeinig da, hatte die Ellbogen auf die Knie gestützt und starrte in seinen Kaffee. Sie hatten von Peach erfahren, dass der Troll völlig ausgerastet war, als es vorne an der Tür geklingelt hatte, wie er wimmernd in der Küche umhergerannt war und nach einem Fluchtweg gesucht hatte. Allerdings hatte Peach zu dem Zeitpunkt eine Binde vor den Augen gehabt und konnte den Mann deshalb nicht genauer beschreiben. Trotzdem hatte eine seiner Aussagen bei Caffery wie ein Blitz eingeschlagen.

»Jack. Ich hab Sie was gefragt?«

»Ja – 'tschuldigung.« Er trank seinen Kaffee aus und drückte den Plastikbecher zusammen. »Wie spät haben wir's eigentlich?« Er sah auf die Uhr. »Okay, meine Jungs müssten inzwischen mit der Haus-zu-Haus-Befragung durch sein. Würden Sie wohl so nett sein und die Berichte der beiden für mich lesen?«

»Und Sie – wohin gehen Sie?«

»Ich fahre nach Hause.«

»Wollen Sie mich etwa hier mitten in dem beschissenen Camberwell auf die Straße setzen?«

»Nein, nein. Natürlich fahr ich Sie erst noch zurück.« Er zog den Autoschlüssel aus der Tür und schob ihn in das Zündschloss. »Nach der Leistung, die Sie eben erbracht haben, hätten Sie eigentlich einen livrierten Chauffeur verdient.«

Souness, die ihren Kragen geöffnet hatte und sich gerade frische Luft in den Ausschnitt fächelte, erstarrte. Sie sah ihn misstrauisch an. »Jack? War das vielleicht ein Kompliment, was ihnen da entschlüpft ist?«

»Jetzt heben Sie bloß nicht ab. Los, machen Sie schon die Tür zu.«

Es war seit langem das erste Mal, dass Caffery so früh nach Hause kam. Als er das Haus betrat, sah er im Sonnenlicht die Staubpartikel, die er durch das Öffnen der Tür aufgewirbelt hatte, und auch die Fenster gehörten mal wieder geputzt. Der An-

rufbeantworter blinkte. Er legte seine Mappe auf das Sofa, öffnete die Terrassentür und hörte die Nachricht ab, während er auf der obersten Stufe der Gartentreppe saß und sich die Schuhe und Socken auszog.
»Hier spricht Tracey. Ich sitze in U-Haft.«
Interessiert mich nicht, Tracey. Er tappte in die Küche. *Du bist eine verdammte Lügnerin, und ich hab endgültig genug von dem Spiel.*
»Ich bin zur Zeit in Holloway, falls Sie mich besuchen wollen.« Sie zögerte, als ob ihr etwas auf der Zunge lag, und Caffery, der gerade in der Küche vor dem Kühlschrank hockte und eine einsame alte Dose Heineken aus der hintersten Ecke angelte, hielt inne und wandte den Kopf Richtung Diele. »Na ja – jedenfalls bin ich dort anzutreffen. Und ein paar Kippen könnten Sie mir auch mitbringen«, sagte sie dann noch mit leidender Stimme, »wenn Sie wollen. Und eine Telefonkarte.«
Das würde dir so passen – alte Schlampe. Er knallte die Kühlschranktür zu. *Immer nur auf deinen eigenen Vorteil aus.* Er ging wieder in die Diele, um die Nachricht zu löschen, und sah plötzlich Rebecca, die auf der Treppe stand und ihn ansah.
»Wer ist Tracey?«
Er kam sich vor wie ein Kind, das etwas ausgefressen hat.
»Hab dein Auto gar nicht gesehen.«
»Ich hab um die Ecke geparkt. Hier in der Straße war nirgendwo ein Parkplatz zu finden.« Sie kam zwei Stufen weiter nach unten und befand sich jetzt mit ihm auf Augenhöhe. »Wer ist diese Tracey?«
Er seufzte und wich ihrem Blick aus.
»Sag schon.«
»Völlig belanglos.« Er wandte sich ab und wollte wieder in die Küche gehen. War doch klar, dass es nur Streit geben würde, falls er ihr die Wahrheit sagte. Natürlich wollte Rebecca, dass er sich für ihr Entgegenkommen erkenntlich zeigte und endlich Ewan aus seinem Leben strich. Und es würde ihr ganz sicher zutiefst missfallen, dass er noch immer wie ein Fisch an der Angel zappelte. »Die Frau ist absolut belanglos.«

»Jack, ich möchte es aber wissen.« Sie kam noch mal zwei Stufen nach unten. »Jack ...«
»Nein – besser, wir reden nicht darüber.«
»Bitte!«
»Was ist denn *los*? Ich hab doch schon gesagt, dass es besser ist, wenn wir nicht darüber reden – also hör doch endlich auf.«
Doch sie war unerbittlich. »Ich möchte nur wissen, wer sie ist.«
»Eine dreckige Schlampe, die sich einen Spaß daraus macht, mich zu quälen.«
»Und wieso?«
Er holte Luft, um ihr zu antworten, überlegte es sich dann aber wieder anders. »Nein, hör auf – hat mit Ewan zu tun.«
»Oh.« Sie stand schweigend da, biss sich auf die Unterlippe und machte sich mit dem Daumennagel am Treppengeländer zu schaffen. Er wollte in die Küche gehen, doch sie hielt ihn auf. »Jack.«
»Was?«
»Geht schon in Ordnung, das weißt du doch.«
»Was?«
»Deine Ewan-Obsession – ist schon okay. Ein Mann kann doch nicht über Nacht sein Leben ändern, bloß weil seine blöde neurotische Freundin das möchte.«

Er war beschämt. Sie saßen in der Küche am Tisch und redeten miteinander, und er erzählte ihr den ganzen Hergang der Geschichte: Wie er die Videos entdeckt hatte – »die liegen schon 'ne ganze Weile in dem Kämmerchen unter der Treppe« – und dass er Tracey aufgesucht hatte. Und dann berichtete er ihr noch von der Festnahme und dass er das Geld wieder auf der Soho Bank eingezahlt und sich vorgenommen hatte, die ganze Geschichte ein für alle Mal zu vergessen. Sie saß ihm gegenüber, zog nachdenklich an ihrem Zigarillo und stellte nur ab und zu eine Zwischenfrage. Er konnte es kaum glauben, dass sie einfach so beisammen saßen, ohne dass Rebecca seine Argumente abtat oder mit bissigen Kommentaren reagierte.

»Jack«, sagte sie und starrte auf die Glut ihres Zigarillos, »du weißt ja, wie furchtbar mich das alles mitnimmt.« Sie fuhr sich mit der Hand übers Gesicht und rieb sich die Nase. »Aber« – sie ließ die Hand wieder sinken und blickte ihn an –, »aber nur, weil ich solche *Angst* habe. Nur weil ich Angst davor habe, dass du irgendwann total ausrastest und jemandem was antust – oder vielleicht auch dir selbst.«

»Kann ich gut verstehen.« Er seufzte und schüttelte den Kopf. »Ich hab nämlich auch Angst.« Er drückte ihr die Hand. »Rebecca ...«

»Ja?«

»Wir müssen später noch mal darüber sprechen.«

Sie hob die Hände. »Ist schon in Ordnung – echt.«

»Ich will mich wirklich nicht drücken, aber ich muss unbedingt was herausfinden – ich bin da an einer ganz, ganz schlimmen Sache dran.«

»Schon gut.« Sie drückte das Zigarillo aus und machte Anstalten, aufzustehen. »Lass dich durch mich nicht aufhalten.«

»Ich glaube, es ist besser, wenn du nach draußen gehst.«

»Wieso?«

»Vertrau mir – ist wirklich besser, wenn du nach draußen gehst.«

Roland Klare holte die Kamera aus der Blechbüchse, packte alles in eine Tasche und ging aus der Wohnung. Er war so nervös, dass er fast den Wohnungsschlüssel hätte fallen lassen, und er war schweißgebadet. Trotzdem stand sein Entschluss fest. Ja, es war an der Zeit.

Der Lift fuhr ohne Zwischenstopp nach unten. Klare trat aus dem Arkaig Tower, blieb – in Selbstgespräche vertieft – unschlüssig draußen auf der Straße stehen und wusste nicht recht, wohin er sich wenden sollte. Ein paar Passanten musterten ihn misstrauisch, aber diese befremdeten Blicke kannte er bereits und streckte den Leuten einfach die Zunge heraus: *Ach, ihr könnt mich mal – ich hab was Wichtiges vor, das keinen Aufschub duldet.* Schließlich drehte er sich einfach um, presste sein

Bündel gegen die Brust und marschierte nach rechts Richtung Dulwich Road.

Einige Leute blieben stehen und beäugten die exzentrische Figur, die in ihren schlecht sitzenden, schmuddeligen Kleidern Richtung Zentralbrixton eilte. Doch dann setzten sie ihren Weg fort und dachten nicht mehr an den merkwürdigen Mann. Ja, so war das nun mal in Brixton – ständig musste man auf die eigenartigsten Menschen gefasst sein.

Gegen 17 Uhr fand Caffery schließlich, wonach er suchte. Sobald Rebecca mit einer Tasse Tee und einer Illustrierten in den Garten hinausgegangen war und versprochen hatte, an die Terrassentür zu klopfen, falls sie hereinkommen wollte, holte er die Videos aus dem Kämmerchen und legte sich seine Notizen zurecht. Peach hatte in seiner grauenhaften Schilderung unter Tränen etwas gesagt, was Caffery nicht mehr aus dem Kopf ging: »Ständig hat der Kerl behauptet, dass es im ganzen Haus nach Milch riecht. Er hat überall herumgeschnüffelt und sich darüber beklagt, dass alles nach Milch riecht.« Caffery wusste, dass auf einem der Videos ein ähnlicher Satz zu hören war, konnte die merkwürdige Feststellung aber mit keiner bestimmten Szene mehr in Verbindung bringen. Also überflog er die Notizen, die er sich im Büro gemacht hatte, und legte einen Großteil der Bänder gleich beiseite. Auf etlichen davon war überhaupt nichts zu hören oder lediglich eine einzelne Stimme, die einem – in die Kamera blinzelnden – kleinen Kind Anweisungen erteilte. *Ja, so ist es schön – sehr schön …* Aber es gab drei Videos, auf denen im Off genuschelte Gespräche zu hören waren, und diese Bänder schaute sich Caffery nun noch einmal an. Im Grund genommen suchte er nur einen völlig belanglosen Gesprächsfetzen, und als er schließlich fand, wonach er suchte, war er fix und fertig.

Ja, auf diesem Band muss es sein.

Dieses spezielle Video fand er besonders widerlich, weil das Kind, das zu sehen war – ein vielleicht neunjähriger Junge –, so offensichtlich darum bemüht war, tapfer zu sein und es der Kamera recht zu machen, und weil in dem Film so deutlich zu sehen war, dass der Junge sich seines Körpers schämte. Er war übergewichtig und hatte allem Anschein nach nicht einmal so viel Angst vor dem Missbrauch selbst, der mit ihm getrieben wurde. Seine Hauptbefürchtung schien zu sein, dass er die Erwartungen nicht erfüllte und dass er wegen seines Übergewichts vielleicht nicht gefallen könnte.

Die Szene spielte in einem überraschend gepflegten Badezimmer. Genau genommen in einem typischen Vorstadtbad aus den Achtzigerjahren. Die Wände waren in einem hellen Rosaton gehalten, und die Tür wurde von einem rosa-grauen Blumenmuster eingefasst. Dazu flauschige rosa und weiße Handtücher, die über einer Metallstange hingen. Das mit vernickelten Wasserhähnen ausgestattete Waschbecken hatte die Form einer Muschel. Anscheinend war das Video im Winter entstanden, denn von Zeit zu Zeit zitterte das Kind am ganzen Körper. Die übrigen Mitwirkenden – zwei erwachsene Männer – trugen Gummimasken.

»Ein richtiger Sonntagsbraten«, flüsterte jemand im Off. Nun folgte etwas, was Caffery nicht verstehen konnte, und dann das Wort »schwabbelig«.

»Fett wie 'ne Sau«, sagte kichernd eine andere Stimme. »Echt fett wie 'ne Sau.«

»Wie findest du ihn, Rollo?«, fragte eine weitere Männerstimme.

Caffery rutschte auf dem Sofa ein wenig nach vorne.

»Er riecht.« Eine monotone, desinteressierte Stimme. »Er riecht nach Milch.« Dann ein Schlurfen im Off, und etwas fiel um. Die Aufnahme wurde gestoppt, und als das Band weiterlief, erschien eine volle Badewanne im Bild, und der Junge lag im Wasser und schob seinen Unterleib so weit nach oben, dass sein noch unentwickeltes Glied aus dem Wasser ragte.

»Okay, das sieht gut aus – und jetzt fass dich mal da unten an …«

Caffery stoppte das Band, ließ es ein paar Bilder zurücklaufen und drückte dann wieder auf Start.

Ein richtiger Sonntagsbraten … schwabbelig.

Fett wie 'ne Sau. Echt, fett wie 'ne Sau.
Wie findest du ihn, Rollo ...?
Er riecht. Er riecht nach Milch.
Okay, das sieht gut aus ...
Er ließ das Band wieder zurücklaufen.
... Sau.
Wie findest du ihn, Rollo ...?
Er riecht. Er riecht nach Milch.
Okay, das ...
Rücklauf. Start.
Er riecht. Er riecht nach Milch.
Okay, das ...
Rücklauf. Start.
Er riecht, er riecht nach ... riecht nach Milch ... riecht, riecht nach Milch, riecht ... Rollo? Er riecht. Er riecht nach Milch. Okay, das sieht gut aus ... Wie findest du ihn, Rollo? Er riecht, riecht nach Milch, wie findest du ihn, Rollo, Rollo, Rollo.
Caffery suchte in seiner Jackentasche nach dem Handy. Ihm blieb vor Beginn der Besuchszeit noch gerade genügend Zeit, sich in der Gefängnisverwaltung anzumelden und dann durch den dichten Nordlondoner Verkehr nach Holloway zu fahren.

Er hatte sich unter dem Namen »Essex« registrieren lassen – Paul Essex – und sich mit Essex' Führerschein ausgewiesen. Er wollte nicht, dass der Name Jack Caffery in der Besucherliste auftauchte, und ebenso wenig wollte er, dass jemand in dem Gefängnis erfuhr, dass er Polizist war. Im Besucherzentrum schaltete er sein Handy aus und legte es zusammen mit seinen übrigen Sachen in eines der mit einer Glastür ausgestatteten Schließfächer. Dann ließ er sich von der Aufsichtsbeamtin wie ein Teenager, der abends eine Disko besucht, einen – unsichtbaren – Stempel auf den Handrücken drücken.

Er war schon dutzende von Malen hier gewesen, trotzdem war dieser Besuch für ihn eine neue Erfahrung. Das wurde ihm bewusst, als er an der Plastikbanderole entlangging, die den Besuchern den Weg wies. Er sah die kalt prüfenden Blicke des

Wachpersonals, und dann kam die Mundkontrolle: »Und jetzt bitte die Zunge heben, Sir, und jetzt drehen Sie den Kopf bitte in diese Richtung, gut, und jetzt zur anderen Seite.« Plötzlich wurde ihm klar, dass er die üblichen Gefängnisrituale an diesem Nachmittag mit völlig neuen Augen sah – *Weil du heute nämlich auf der anderen Seite stehst, ob es dir nun passt oder nicht: Du stehst jetzt auf der anderen Seite.* So war es also, wenn man den Knast als Außenstehender erlebte – ein bedrohliches bürokratisches Ungetüm. Die Beamtin, die ihm den Hosenbund rundum abtastete und dann vorne an seiner Hose zog, sah ihm nicht ins Gesicht. »Danke, Sir.« Dann winkte sie ihn durch.

Als er sich vor dem Besucherzimmer der Reihe Wartender anschloss, ging ein Beamter mit einem desinteressiert scheinenden Drogenhund an ihnen vorbei. Offenbar spürte das Tier Cafferys Unbehagen. Es blieb neben ihm stehen, drehte den Kopf ein wenig zur Seite und sah ihn kalt an – *fast so, als ob der verdammte Hund weiß, auf welcher Seite du wirklich stehst.* Durch den Blick des Hundes irritiert, öffnete Caffery den obersten Knopf seines Hemdes, wandte den Blick ab und spürte, wie der Beamte ihn von der Seite musterte. *Um Gottes willen ... nun geht schon weiter ...* Doch dann verlor der Hund das Interesse und lief weiter an der Reihe entlang und blieb schließlich neben einer Frau stehen, die einen Kinderwagen schob. »Gnädigste.« Sah ganz so aus, als ob der Hund wegen des Babys stehen geblieben war. Durchaus nichts Ungewöhnliches, dass Drogen in Säuglingswindeln eingeschleust wurden. »Wenn Sie mir bitte folgen würden.«

»Mr. – hm ... – Essex.« Die Beamtin neben der Tür markierte auf ihrer Liste Cafferys falschen Namen, entriegelte dann die Tür und wies mit dem Kopf auf einen Tisch ganz in der Nähe. »Setzen Sie sich bitte dort an den Tisch in der Sektion Neuzugänge.«

Diese Sektion war den Häftlingen vorbehalten, die erst im Laufe der vergangenen Woche eingeliefert worden waren. Caffery setzte sich auf den roten Plastikstuhl und drehte der Aufsichtsbeamtin den Rücken zu. Dann sah er sich ein wenig in dem

Raum um. Von der Decke hingen Styroporpaneele herab, auf dem Teppichboden waren reichlich Teeflecken. Ja, so war das nun einmal: Einige der Häftlinge flippten völlig aus, wenn sie Besuch bekamen, und dann konnte es leicht passieren, dass sie vor lauter Aufregung ihren Tee verschütteten. Hatte er schon x-mal erlebt. Schließlich öffnete eine Beamtin die Tür der Sammelzelle, und es erklang lautes Gemurmel. Dann strömten die Häftlinge in den Besucherraum, und durch die Tür drang ein Schwall Zigarettenrauch in den Raum. Caffery legte die Hände auf den kleinen Holztisch und senkte den Blick. Und so saß er wartend da und starrte auf seine Hände, bis Tracey in einem hellblauen T-Shirt, einer bis zu den Waden hochgezogenen Jogginghose, ausgelatschten Turnschuhen und mit einer Fußfessel auf der anderen Seite des Tisches erschien. Sie hatte das Haar am Hinterkopf zusammengebunden und trug Ohrringe. Nachdem sie sich am Teeausschank einen Styroporbecher organisiert hatte, ließ sie sich ihm gegenüber auf den blauen Häftlingsstuhl fallen. Zugleich inspizierte sie mit ihren funkelnden kleinen Augen seine Kleidung, sein Gesicht und seine Augen.

»Sie haben sich hier unter einem anderen Namen registrieren lassen«, sagte sie. »Die Aufseherinnen haben gesagt, dass mich ein gewisser Essex besuchen will.«

»Ein alter Freund von mir.« Er suchte in seiner Jackentasche nach Kleingeld. »Was möchten Sie, Tracey – Tee, Kaffee?«

»Gar nix. Haben Sie die Kippen dabei?«

»Sie wissen doch ganz genau, dass man hier keine Zigaretten hereinbringen darf.«

»Na gut«, sagte sie leichthin. Caffery bemerkte sofort, dass sie bester Laune war. Offenbar fand sie es sehr erfreulich, dass ein einziger Anruf genügt hatte, um ihn zu einem Besuch zu animieren. Aber natürlich wollte sie nicht gleich die Karten auf den Tisch legen. »Und wie komme ich zu der Ehre?«

Er beugte sich vor und legte die gefalteten Hände vor sich auf den Tisch. »Wer ist Rollo?«

»*Was?*«

»Rollo. War bei einem von Carls Videos dabei.«

»Was, zum Teufel, wollen Sie denn von *dem*? Den kriegen Sie sowieso nicht – der kann euch Bullen nämlich nicht ausstehen.«

»Er wohnt irgendwo in Brixton in der Nähe des Parks – richtig?«

»Na und?« Sie zog die Stirn in Falten und kratzte sich nervös am Innenarm. »Was, zum Teufel, hat *der* denn mit der Sache zu tun?«

»Wie heißt er richtig?«

»Glauben Sie vielleicht, dass ich jemanden verpfeife – von mir erfahren Sie nichts!«

»O doch, Tracey – sonst werd ich das gesamte Videomaterial bei der Sitte abliefern.«

Sie starrte ihn wütend an. »Ach, Quatsch …«, sagte sie. »Sie haben doch vor der Sitte viel mehr Schiss als ich. Außerdem haben Sie die Videos ja schon lange nicht mehr, Sie haben das Zeug doch schon längst vertickt.« Sie spuckte in ihren Styroporbecher, wischte sich dann den Mund ab und sah ihn an. »Ich weiß doch genau, was Sie wollen – und ich kenn sogar Ihre Verbindungen.«

Er saß schweigend da und stützte sich mit den Handflächen auf den Tisch. Hinter ihr in der Kinderkrippe herrschte ein lebhaftes Treiben. Ein strampelndes Baby wurde gerade frisch gewickelt. Sollte Lamb doch glauben, dass sie ihn an der Angel hatte – sie hatte ohnehin bereits mehr preisgegeben, als ihr bewusst war.

»Also gut.« Er stand auf und wandte sich zum Gehen. »War mal wieder ein außerordentliches Vergnügen, Sie zu sehen, Tracey.«

»Augenblick mal.« Sie hatte sich jetzt ebenfalls halb erhoben und sah ihn verzweifelt an.

»Wieso?«

Sie blickte nervös zu der Aufseherin hinüber und fuhr dann flüsternd fort: »Wollen Sie denn gar nichts über den Jungen wissen – ich meine, Pendereckis Jungen?« Sie ließ sich wieder auf den Stuhl sinken, schob sich das Haar hinter die Ohren und starrte auf den Tisch. »Ich dachte, dass wir *darüber* sprechen wollten«, presste sie zwischen den Zähnen hervor.

»Nein.« Er beugte sich vor, stützte sich mit den Händen auf den Tisch und sah sie aus nächster Nähe an. »Nein, Tracey. Ich hab es nämlich bis obenhin satt, mich von Ihnen verarschen zu lassen.«
»Aber ich weiß etwas.«
»Glaub ich nicht. Sie lügen mich doch ohnehin nur an. Aber das kenn ich schon, ist nicht das erste Mal.«
»Herbst 1975«, sagte sie.
Caffery, der gerade Luft holte, um etwas zu sagen, war völlig perplex. Er starrte sie an, inspizierte ihr Gesicht und glaubte im ersten Augenblick, sich verhört zu haben. *Woher kann sie wissen, wann es passiert ist?* Kleinlaut setzte er sich wieder hin und stützte den Kopf auf die Hände. So saß er wohl eine Minute schweigend da, hasste die Frau von ganzem Herzen, hätte sie am liebsten geschlagen. Sie hatte ihn mitten ins Herz getroffen und weidete sich auch noch an seinen Qualen, und er konnte nichts dagegen tun. »Also gut – dann schießen Sie mal los.« Er hob den Kopf und fuhr sich erschöpft mit den Händen über das Gesicht. »Legen Sie endlich die Karten auf den Tisch.«
»Das könnte Ihnen so passen.« Lamb sah ihn mürrisch an. Sie kratzte sich unter dem Arm, schnaubte vernehmlich und blickte mit erhobener Nase in dem Raum umher. »So einfach geht das nicht«, sagte sie und sah zur Decke hinauf. »Da müssen Sie sich schon was Besseres einfallen lassen. Was glauben Sie denn?« Sie beförderte eine Portion Auswurf zu Tage, spuckte das Zeug in den Styroporbecher, wischte sich den Mund ab und sah ihn mit hochgezogenen Augenbrauen an. »Da müssen *Sie* sich schon was Besseres einfallen lassen. Zuerst müssen Sie mir mal beweisen, dass Sie nicht von der Sitte sind. Ist nämlich ziemlich merkwürdig, dass diese Leute ausgerechnet nach Ihrem ersten Besuch bei mir aufgekreuzt sind.«
Er nickte, fixierte sie und strich sich über das Kinn – wie ein Therapeut, der sich einen Eindruck von einem Patienten verschafft. Hätte Tracey Lamb ihn besser gekannt, dann hätte sie es bei dieser Attacke bewenden lassen – ihn nicht bis zur Weißglut gereizt. »Also?«, sagte sie, neigte den Kopf zur Seite und lächel-

te. »Los, fangen Sie schon an. Und vergessen Sie nicht, dass Sie *besonders* nett zu mir sein müssen.«

Damit hatte sie den Bogen endgültig überspannt. Jetzt war es zu spät. Er rutschte auf seinem Stuhl nach vorne und sprach ganz leise: »Hören Sie auf, mich zu verarschen, Tracey.« Und dann sagte er ihr direkt ins Gesicht: »Sollte ich Ihnen noch einmal auf der Straße begegnen, bring ich Sie um.«

»So, so«, sagte sie schelmisch. »Na ja, wenn Sie's genau wissen wollen: Sie können mich mal. Gut möglich, dass ich ohnehin nichts weiß.«

»Was für eine Überraschung.« Er erhob sich von seinem Stuhl. »Nur dass ich wirklich *meine*, was ich sage.«

Er ging zur Tür, schob den Ärmel hoch, um den kleinen Sicherheitsstempel zu entblößen. Eine Beamtin mit einem klirrenden Schlüsselbund erschien neben ihm, führte ihn zu einem kleinen schwarzen Kasten und schob seine Hand in das UV-Gerät. »So, das war's auch schon.« Die Markierung auf seiner Hand leuchtete auf, sie schob einen ihrer zahlreichen Schlüssel in das Schloss und hielt ihm die Tür auf. Auf der Schwelle blieb er noch mal kurz stehen und drehte sich halb zu Tracey Lamb um, die an dem Tisch stand und sich mit den Händen aufstützte. Sie murmelte irgendwas und hob die Augenbrauen, doch Caffery wandte sich einfach ab, bedankte sich bei der Beamtin und verschwand durch die Tür. Er zitterte am ganzen Körper.

Scheiße. Lamb ließ sich wieder auf den Stuhl fallen und trat zornig gegen die Tischbeine. Sie konnte es nicht fassen, dass er einfach weggegangen war. Dabei hatte sie ihn schon beinahe so weit gehabt – das Spiel *fast gewonnen*. Sie blickte um sich, sah all die Mütter und Töchter und Babys und wusste plötzlich, dass sie allein war. Ganz allein.

Sie bohrte die Fingernägel in ihren Styroporbecher und bemerkte, dass eine der Aufseherinnen sie beobachtete. »Was ist denn?«, fragte sie und sah die Frau böse an. »Wieso starren Sie mich so an?«

31. KAPITEL

Auf dem Revier herrschte Feierabendstimmung. Die meisten Computer waren bereits abgeschaltet, und Kryotos hatte sogar schon die Tassen gespült. Sie wollte gerade das Büro verlassen und zog sich schon die Jacke an, als Caffery aus dem Lift trat. Sie kannte den Mann inzwischen gut genug und wusste, dass es völlig sinnlos war, mit ihm zu streiten, wenn er mit diesem Gesicht herumlief. *Mein Gott, macht der heute ein Gesicht.* »Na gut«, sagte sie und zog ihre Jacke wieder aus, ohne auch nur abzuwarten, was er ihr zu sagen hatte. Die beiden gingen gemeinsam zu Kryotos' Schreibtisch hinüber, und sie schaltete den Computer wieder ein und gab die Suchdaten ein, die er ihr nannte: Haftstrafen seit 1989, Tätlichkeiten gegen Polizeibeamte mit einem Messer oder einer Rasierklinge, außerdem Adressen in SW2-London, besonders im Umkreis des Brockwell Parks.

»Wo haben Sie denn diese Daten schon wieder aufgegabelt, Jack?« Souness kam hemdsärmelig von nebenan herein. In der einen Hand hielt sie eine Tasse Kaffee, in der anderen einen Stapel Dokumente. Sie blieb hinter Caffery und Kryotos stehen. »Wo kommt das ganze Zeug denn her?«

»Keine Ahnung.« Er wich ihrem Blick aus. »Nur ein Versuchsballon.«

Noch während er sprach, spürte er, wie sie ihn mit diesem skeptischen Röntgenblick ansah, und er wandte den Kopf ab, damit sie sein Gesicht nicht sehen konnte.

»Jack?« Er wollte sich schon aus dem Staub machen, nach nebenan gehen, doch Souness hatte ihn bereits erwischt, und das wusste sie auch. Sie musste ihn nur noch ein wenig weich klopfen. »Jack, Sie brauchen doch nicht vor mir wegzulaufen.« Sie ging ihm einfach nach. »Mir können Sie doch nichts vormachen.«

»Es handelt sich um eine persönliche Geschichte, Danni.« Er setzte sich an seinen Schreibtisch. *Muss man hier denn alles von sich preisgeben?*

Aber sie lehnte bereits am Türrahmen und nippte an ihrem Kaffee. »Dann hat Jack Caffery also ein kleines Geheimnis.« Sie sah sich um, machte die Tür zu und kam in das Zimmer. Sie stellte den Kaffee auf den Schreibtisch, neigte sich zu ihm herab und sagte leise: »Jack, mir wäre wohler, wenn Sie hier nicht den Geheimniskrämer spielen würden.«

Er blickte ihr direkt ins Gesicht und imitierte ihren Tonfall: »*Was wollen Sie denn wissen, Danni?*«

»Sie könnten mir, zum Beispiel, sagen, ob Sie in irgendwas verwickelt sind, was Ihre berufliche Zukunft gefährdet.«

»Na gut«, sagte er, lehnte sich auf seinem Stuhl zurück und öffnete die Hände. Jetzt war es also so weit. »Also gut. Eigentlich hab ich das schon längst erwartet.«

Sie legte beschwichtigend einen Finger an die Lippen. »Wie kommt es eigentlich, dass meine große Liebe seit einiger Zeit ein derart gesteigertes Interesse an Ihrer Person bekundet, Jack? Wieso hat Paulina neuerdings das Bedürfnis, in jeder Unterhaltung irgendwann das Gespräch auf Sie zu lenken?« Sie wies mit dem Kinn auf das Telefon. »Ich hab gerade mit ihr gesprochen – und wieder musste sie von Ihnen anfangen.«

»Keine Ahnung, Danni. Sie vielleicht?«

»Wollen Sie mich verarschen?« Sie senkte den Kopf und blickte ihn mit hochgezogenen Augenbrauen an. »Könnte ich ja noch verstehen, wenn sie mal etwas Abwechslung bräuchte, sich mal wieder mit einem attraktiven Kerl vergnügen möchte. Jedenfalls traue ich Ihnen zu, dass Sie auf dem Sektor einiges zu bieten haben – das muss ich immerhin einräumen. Trotzdem glaube ich nicht, dass das der Grund ist. Es steckt was anderes dahinter.«

Er saß schweigend da. Souness' Gesicht war jetzt direkt vor ihm. Er senkte den Blick und starrte auf seine Hand, öffnete und schloss sie mechanisch. Er wollte den Namen auf keinen Fall zuerst aussprechen. Sollte sie die Partie doch eröffnen.

»Also, um wen geht es?«, fragte sie schließlich. »Hm? Wer hat so viel Macht über Sie, dass Sie aussehen, als ob Sie am liebsten jemanden umbringen würden?«

»Niemand.«

»Sie lügen. Den ganzen Nachmittag waren Sie verschwunden, und jetzt schneien Sie hier plötzlich mit einem Gesicht herein, als ob Sie am liebsten jemanden in seine Bestandteile zerlegen würden. Und das Ziel dieser Wut ist genau die Person, der Sie diese neuen Informationen verdanken.«

Er schüttelte den Kopf. »Nein.«

»Mit mir können Sie jedenfalls nicht rechnen, falls Sie hochgehen sollten. Das ist Ihnen doch hoffentlich klar.«

»Ist auch nicht nötig.«

»Sogar Ihren *Namen* werde ich vergessen, wenn es um meinen eigenen Arsch geht.«

Er nickte. »Dazu wird es nicht kommen. Darauf können Sie sich verlassen.«

»Jack.« Kryotos stand kühl lächelnd in der Tür. Souness richtete sich wie ein ertapptes Kind auf und brach ihr Verhör augenblicklich ab.

»Marilyn.« Caffery schob den Stuhl zurück. »Was gibt's denn?«

»Das hier.« Sie hielt einen Ausdruck in der Hand. »Der Kerl war lange in Sicherheitsgewahrsam – muss völlig durchgeknallt sein. Kann ich jetzt gehen?« Sie hatte allen Grund, stolz auf sich zu sein. Sie hatte sämtliche neue Daten in den Computer eingegeben und aus der Suppe diesen einen Namen herausgefischt.

Als Caffery den Ausdruck sah, schüttelte er den Kopf. »Scheiße.« Er gab Souness das Blatt. »Den Namen kenne ich.«

Niemand öffnete die Tür. Sie hatten vergeblich geklopft und gerufen. Inzwischen hatten einige Nachbarn in den angrenzenden Wohnungstüren Aufstellung bezogen, und im Hintergrund liefen ein paar Fernseher. Caffery öffnete den Briefschlitz und spähte hindurch.

»Was halten *Sie* von der Sache?«, fragte Souness, die neben ihm stand. Die beiden hatten Paulina während der gesamten Fahrt mit keinem Wort erwähnt. Sie waren einfach stillschweigend übereingekommen, die Sache vorerst auf sich beruhen zu lassen und zunächst diesen Einsatz hinter sich zu bringen.
»Ist nicht da.«
»Sind Sie sicher?«
»Ja.« Er richtete sich auf und zog das Jackett aus. »Der Kerl ist auf Achse.« Er gab Souness die Jacke und öffnete die Krawatte. »Wahrscheinlich hat er sich wieder bei irgendwelchen Leuten eingenistet.«
»Um Gottes willen.« Als sie sah, was er vorhatte, wandte sie sich rasch an die Zuschauer. »Bitte, gehen Sie wieder in Ihre Wohnungen. Danke.« Sie winkte ein paar Mal mit der Hand, als ob sie die Leute in die Wohnungen zurückscheuchen wollte. »Also, bitte, gehen Sie schon. Hier gibt es nichts zu sehen.« Widerwillig zogen sich die Leute in ihre Wohnungen zurück und machten die Türen hinter sich zu. Souness drehte sich wieder in Cafferys Richtung. »Jack«, zischte sie. »Wir wissen doch nicht mal, ob er es wirklich gewesen ist.«
»Werden wir gleich wissen.« Er leerte seine Taschen aus und reichte ihr sein Schlüsselbund und ein paar Münzen.
»Das ist Hausfriedensbruch. Könnte Ärger geben.«
»Macht nichts.« Er ging einen Schritt zurück. »Ist mir völlig egal.« Dann trat er mit voller Wucht gegen die Tür. »*Polizei!*« Seine Stimme hallte durch das Treppenhaus. Hinter ihnen wurden vorsichtig Briefschlitze geöffnet. Dann noch ein Tritt. Die Tür erbebte, schien sich in der Mitte durchzubiegen, doch die beiden Riegel hielten stand. »Das ist ein doppeltes Sicherheitsschloss, Jack.«
»Weiß ich. Polizei!« Er trat auf Höhe der Riegel abermals gegen die Tür, spürte einen scharfen Schmerz im Knie. Der obere der beiden Riegel löste sich aus seiner Verankerung, doch der untere hielt stand. Caffery wurde durch den Aufprall zurückgeschleudert, konnte sich aber noch rechtzeitig fangen. »Scheißding!«

»So ein Mist«, sagte Souness ungeduldig und suchte in ihren Taschen nach dem Handy. »Das schaffen Sie nicht mit dem Fuß. Dazu brauchen wir unsere Spezialisten. Ich ruf mal schnell an.«

»Okay, okay – nur noch einen …« Er trat zurück, strich sich das Haar aus der Stirn und traf die Tür beim dritten Versuch genau an der richtigen Stelle – ungefähr zehn Zentimeter rechts neben dem Riegel. Die dünne äußere Schicht der Tür zersplitterte krachend. Mit dem nächsten Tritt durchbrach Caffery das Holz. »Na also.« Er hüpfte auf einem Bein zurück, entfernte dann die Holzsplitter aus dem Loch und machte sich keuchend daran, die Öffnung mit den Händen zu vergrößern. Schließlich schob er die Hand durch das Loch und tastete sich innen an der Tür entlang. »Sehr gut.« Er sah Souness an. Der größere der beiden Riegel war mit einem Drehknopf ausgestattet. »Geschafft.« Die Wohnung lag nun offen vor den beiden Polizisten.

Keiner von beiden sagte ein Wort. Sie standen nur da und spähten vorsichtig in den dunklen Gang.

Souness holte tief Luft. Sie schob das Handy wieder in die Tasche, gab Caffery seine Jacke und die Schlüssel zurück und trat als Erste über die Schwelle. Aus der Dunkelheit schlug ihr ein beißender Geruch entgegen. Sie blieb zögernd stehen und tastete nach der schweren Taschenlampe, die sie vorsichtshalber mitgebracht hatte. »Sind Sie sicher, dass er nicht da ist?«

»Ja, bin ich.« Trotzdem flüsterte er. Vorsichtig schaltete er das Licht ein, und sie starrten in den Gang. Eine typische Sozialwohnung. Ein paar Meter weiter hinten am Ende des Gangs befand sich eine Tür. Sie inspizierten die nackten Bodendielen, die Rauhfasertapete an den Wänden und die beiden Türen, die rechts und links in weitere Zimmer führten. »Hallo?«

Stille.

»Polizei – Mr. Klare.«

Wieder nichts.

Draußen im Treppenhaus erneut das Quietschen eines Briefschlitzes. »Sensationsgeile Idioten.« Souness stieß die zertrümmerte Tür mit dem Fuß zu und drehte sich dann nach Caffery um, der mit erhobenen Händen vor einer der Türen stand und in Gedanken versunken war.

»Jack?«

Er stand schweigend da und dachte nach. Jemand hatte in winzigen Buchstaben das Wort GEFAHR an die Tür geschrieben.

Er sah Souness an – und lächelte.

Draußen wurde es schon dunkel. Von dem Fenster aus bot sich ihnen ein Ausblick über die ganze Stadt. Sie sahen die riesigen Wolkentürme, die sich über den Park schoben, den Sonnenuntergang, der den ganzen Horizont in ein rötliches Licht tauchte. Souness erledigte ein paar Anrufe, beauftragte das zuständige Polizeirevier, sämtliche Streifenwagen zu informieren, beorderte einige Beamte zur Überwachung der Wohnung herbei und ließ die Spurensicherung anrücken. Vielleicht gab es ja in der Wohnung verwendbares Genmaterial, das man mit den bereits untersuchten Proben vergleichen konnte. »Das wäre erledigt«, sagte sie schließlich. »Am besten, wir schauen uns noch ein wenig hier um, bevor die Kavallerie eintrifft.«

Sie schickten sämtliche Aufzüge in den obersten Stock und blockierten sie dort. Außerdem ließen sie die Wohnungstür offen, damit sie Roland Klares Schritte im Treppenhaus hören konnten, sollte er bereits vor Eintreffen der angeforderten Einsatzkräfte nach Hause kommen. Dann teilten sie die Wohnung unter sich auf: Souness streifte sich Gefrierbeutel über die Hände und übernahm das Wohnzimmer und das Bad, während Caffery die Küche und das Schlafzimmer inspizierte. Das Licht schalteten sie lediglich in den fensterlosen Räumen ein. In den übrigen Zimmern nahmen sie mit dem noch spärlich vorhandenen Tageslicht vorlieb. Klares Wohnung war eine Art Lagerhaus, das war ihnen schon nach wenigen Minuten klar: Alle nur vorstellbaren Objekte waren dort versammelt, angefangen von einer ganzen Staubsaugerkollektion bis hin zu einer braunen Eule in einem Glasbehälter. In einigen Bereichen der Wohnung starrten die Räume vor Schmutz – ja, im Bad herrschte ein so bestialischer Gestank, dass Souness sich bei einem ersten Inspektionsgang die Hand vor den Mund hielt –, und in dem gut bestückten Kühlschrank gammelten diverse Lebensmittel vor sich hin. Eigentlich sprach alles dafür, dass Klare für das Chaos auf dem Speicher der Familie Peach verantwortlich sein musste. Doch andererseits herrschte in der Wohnung eine geradezu pedantische Ordnung. Der Boden in der Küche war spiegelblank, und die Arbeitsfläche wurde von Klare offenbar mit so manischer Gründlichkeit gereinigt, dass sie an einigen Stellen buchstäblich durchgescheuert war. Auf dem Herd stand ein großer Kochtopf voll Wäsche. Auch die nackten Fußböden waren tadellos gepflegt.

Als Souness sich im Wohnzimmer umsah, wurde sie sofort fündig. »Hey, Jack«, rief sie, »schauen Sie sich das mal an.«

Er kam in das Wohnzimmer, wo er sie im Widerschein des Abendhimmels vor dem Schreibtisch stehen sah. Sie starrte in eine geöffnete Schublade. »Was ist das denn?«

»Weiß der Henker.« Sie zog das merkwürdige Ding aus der Lade: ein zerfleddertes Notizbuch, das von einem Gummiband zusammengehalten wurde. »Und – was fällt Ihnen dazu ein?«

Er fasste sie am Ellbogen und hob ihren Arm so weit in die Höhe, dass er den Gegenstand in ihrer Hand in dem spärlichen Licht etwas deutlicher sehen konnte. Auf der vorderen Einbandklappe klebte ein Etikett mit der Aufschrift »Die Behandlung«. Viele der Blätter waren in einer winzigen krakeligen Schrift mit merkwürdigen Formeln und Schnörkeln voll gekritzelt. An anderen Stellen waren Zeitungsausschnitte in das Buch geklebt, Artikel über den Fall Rory Peach. Caffery lief ein kalter Schauder über den Rücken. »Das nehmen wir auf jeden Fall mit.«

»Einverstanden.« Souness ließ das Notizbuch in eine Gefriertüte gleiten und schob es dann in ihre Jackentasche. Dann blickte sie sich wieder in dem dämmerigen Wohnzimmer um. »Na, dann machen wir mal weiter.«

Während der nächsten zehn Minuten durchforsteten sie die übrige Wohnung, ohne recht zu wissen, wonach sie eigentlich suchten. In einem Zeitungsständer entdeckte Souness eine Karte, auf der ein frisch gewickelter Säugling abgebildet war. Darunter stand: »TUT MIT LEID, DASS ICH DICH MIT EINEM PERSÖNLICHEN PROBLEM BEHELLIGEN MUSS ...« Als sie die Karte aufklappte, sprangen ihr die Worte »ABER ICH BIN GEIL« entgegen. In einer Schublade im Schlafzimmer fand Caffery eine aufblasbare männliche Kinderpuppe, an deren Fuß ein japanisch beschriftetes Etikett haftete. Ja, sie waren genau am richtigen Ort. *Merkwürdig*, dachte Caffery, *wie in einem Museum*. Klare hatte seine Sammlung sorgfältig auf Klapptischen aus Metall arrangiert, wie man sie vielleicht auf einem Flohmarkt findet. Caffery fiel auf, dass Klare kein einziges Objekt am Boden deponiert, sondern seine sämtlichen Fundstücke auf diesen Tischen ausgebreitet hatte. Plötzlich fiel ihm wieder ein, wo man den kleinen Rory Peach gefunden hatte. *Ja, das perverse Schwein hat seine Beute wie eine Raubkatze im Geäst eines Baumes versteckt.*

Er war noch immer mit diesem Gedanken beschäftigt, als er einige Minuten später im Schlafzimmer eine Schranktür öffnete und entdeckte, wonach er schon die ganze Zeit Ausschau gehalten hatte. »Hey, Danni«, rief er, »haben Sie mal 'n Augenblick Zeit?«

»Was ist denn?« Sie kam aus dem Wohnzimmer herüber und schob sich mit erhobenen Armen zwischen den Tischen hindurch. »Was ist denn los?«

»Keine Ahnung.« Er betastete die Innenwand des Wandschranks und schaltete das Licht ein.

»Rote Glühbirne«, murmelte Souness und spähte misstrauisch in den Schrank. »Seltsam.«

»Eine Dunkelkammer.«

»Was?«

»Das ist eine Dunkelkammer – schauen Sie nur.« Er wies auf einen niedrigen Plastiktisch, auf dem einige Flaschen mit chemischen Substanzen standen, daneben ein Vergrößerungsgerät. Ein Stück weiter hinten auf dem Tisch war eine mit braunem Klebeband umwickelte Keksdose abgestellt. »Eine Dunkelkammer-Ausrüstung.« Caffery zog sein Armeemesser aus der Tasche, schlitzte das Klebeband auf, öffnete den Deckel der Dose und schaute hinein. »Ach du Scheiße.«

»Was ist denn jetzt schon wieder?«

»Da sind sie ja.« Er gab Souness die Taschenlampe und brachte einen Stapel Papier zum Vorschein. »Fotos.«

»Was?«

»Schauen Sie mal.«

Souness kam näher, leuchtete in die Dose und blickte plötzlich in menschliche Gesichter. »Oh, Gott«, sagte sie und wich ein wenig zurück. Auch wenn die Fotos verschwommen waren, glaubte sie trotzdem, zu wissen, was sie da vor sich hatte, denn der karierte Linoleumboden kam ihr nur allzu bekannt vor. »Rory Peach?«

»Sieht ganz danach aus.«

»Herrgott.« Sie nahm das oberste Foto von dem Stapel und starrte es an. »Armes Kind.« Jetzt sahen sie schwarz auf weiß vor sich, was in dem Haus Nummer dreißig am Donegal Crescent mit Alek und Rory passiert war. Souness erbleichte. »Schrecklich, dass dieses Schwein den armen Jungen auch noch derart gequält hat, bevor er gestorben ist«, sagte sie leise.

»Ja.« Caffery kramte wieder in der Dose. Unter den Rory-Peach-Bildern entdeckte er ein altes Foto, auf dem ein Kind mit zugeklebtem Mund zu sehen war, das in zerrissene Betttücher eingewickelt war. Die Arme des Jungen waren wie auf alten Pharaonendarstellungen auf der Brust gekreuzt. Caffery wusste sofort, was er vor sich hatte, denn er erkannte die Tapete wieder – und das *Teenage Mutant Ninja Turtles*-Poster. »Ja, er hat Recht gehabt«, sagte er und gab Souness das Foto. »Er hat sogar verdammt Recht gehabt – das war alles andere als ein übler Scherz.«

»*Wer* hat Recht gehabt?«

»Dieser Inspector Durham.« Weiter unten lagen noch weitere Fotos, auf denen dasselbe Kind zu sehen war. »Verstehen Sie? Das sind die Bilder von der Familie aus der Half Moon Lane.«

»O Gott. Was mag nur aus den Leuten geworden sein?«

»Keine Ahnung. Weiß ich nicht.« Noch weiter unten in der

Dose fand er ein Bild von einem Jungen, der mit heruntergezogener Hose bäuchlings in welkem Laub lag. Das konnte nur Champaluang Keoduangdy sein, den Roland Klare vor gut zwölf Jahren als eines seiner ersten Opfer missbraucht hatte. »Herrgott«, murmelte er. »In dieser verdammten Dose ist alles versammelt.« Als er die Dose anhob, entdeckte er vier weitere Fotos. Auf ihnen war ein Kind zu sehen, das – vor einer orangefarbenen Wand – an einen weißen Heizkörper gefesselt war. Der Junge, denn es handelte sich zweifellos um einen Jungen, lag auf der Seite. Er war weißhäutig und etwa im selben Alter wie Rory Peach, und er trug Sandalen, ein blaues T-Shirt und eine kurze Hose – genau wie das Kind aus der Half Moon Lane. Das Gesicht des Kindes war halb abgewandt, trotzdem konnte man auf seiner Wange noch das Ende eines Klebebandstreifens erkennen. Der Reißverschluss seiner Hose war halb geöffnet, sodass die Unterwäsche zu sehen war. Doch es handelte sich weder um Rory Peach noch um das Kind aus der Half Moon Lane. Souness trat nervös von einem Fuß auf den anderen, als Caffery ihr das Bild zeigte. »Oh, mein Gott«, murmelte sie. »Oh, mein Gott, ich hab da eine fürchterliche Ahnung. Verdammt, sieht ganz so aus, als hätten Sie Recht gehabt ...«

»Vermutlich die Familie, mit der er sich im Augenblick gerade vergnügt.« Er sah sie an. »Oder was meinen Sie?«

»Sieht ganz danach aus. Los, schaffen wir das Zeug ins Büro.« Sie schob sich die Taschenlampe in den Hosenbund, sammelte die Fotos wieder ein und legte sie zurück in die Dose. »Los, kommen Sie schon.«

Sie schob sich zwischen den Tischen hindurch zum Schlafzimmerfenster und sah hinaus. Unten auf der Straße fuhren – klein wie Ameisen – mehrere Autos vor und stoppten vor dem Eingang des Gebäudes. »Gut – unsere Leute sind da.«

»Na endlich.« Er schloss die Schranktür und kam hinter den Tischen hervor. »Lassen Sie mich noch kurz drüben im Gang nachschauen, was sich hinter der einen Tür verbirgt.«

»Ich dachte, das hätten Sie schon gemacht.«

»Nein. Los, kommen Sie.«

Im Gang blieb er einen Augenblick stehen und stützte sich mit den Händen gegen die Tür. Logan war schon am ersten Tag der Fahndung hier oben gewesen. Caffery wusste noch, dass der Name Roland Klare in einem der Berichte aufgetaucht war, allerdings war das Wort »GEFAHR« so klein geschrieben, dass Logan es leicht übersehen haben konnte. Er versuchte, sich die Größe des Raums hinter der Tür vorzustellen. Vielleicht noch ein Schlafzimmer? Keine Türklinke, nur ein Messingknauf – also vielleicht ein Wandschrank? Schließlich hatte Klare das Wort »GEFAHR« auch auf die Tür des Wandschranks geschmiert, in den er Carmel Peach gesperrt hatte.

»Los, kommen Sie schon, Jack.« Souness stand neben ihm und presste sich die Dose gegen den Bauch. »Ich glaube, wir sollten uns ...«

»Augenblick noch.« Er öffnete die Tür und blickte in einen kleinen Wandschrank. Die Glühbirne war kaputt, und er brauchte einen Augenblick, um sich an die Lichtverhältnisse zu gewöhnen. Doch dann schrak er plötzlich zurück und hielt sich am Rahmen der Tür fest.

»Was gibt's denn?«

»Weiß nicht.« Er wischte sich über den Mund. »Ist so dunkel hier – geben Sie mir mal die Taschenlampe.«

Souness reichte ihm die Taschenlampe, und er ließ den Strahl in dem kleinen Verschlag umherwandern. Auf der Rückseite des Schrankes war ein hüfthoher Glastank installiert. Fast wie ein Aquarium. »Hinten in dem Schrank steht so ein merkwürdiger Behälter.«

»Ja, dann schauen Sie doch nach.«

»Ja.« *Ja klar, natürlich*. Der Tank war zu etwa zwei Dritteln mit einer trüben Flüssigkeit gefüllt, und nahe der Oberfläche schwamm ein merkwürdiges Gebilde. *Ja, da schwimmt irgendwas, aber das ist nicht so wichtig ...*

»Los, Jack, machen Sie schon. Wir haben es eilig.«

»Es stinkt – wollen *Sie* nicht lieber nachsehen?«

»Ach Jack, seien Sie kein Feigling.«

»Wenn Sie so mutig sind – dann schauen Sie doch nach.«

»Kommt nicht in Frage – das ist ein Männerjob.«

»Also gut.« Er holte tief Luft und trat in den Schrank. »Also, da liegen irgendwelche Sachen am Boden.« Er richtete den Lichtstrahl nach unten. »Kleider«, sagte er. »Ein Kleiderhaufen auf dem Fußboden.« Doch darum konnten sie sich später noch kümmern. »Und dann ist da so ein Tank ...« Er trat näher, richtete die Taschenlampe auf den Behälter und erkannte, was in der gelben Flüssigkeit schwamm: Kleider, die in – er bückte sich ein wenig –, Kleider, die in ... »Verdammt noch mal.« Völlig konsterniert trat er einen Schritt zurück.

»Was gibt's denn?«, wollte Souness wissen. »Was ist denn los?«

»Pisse. Ein paar hundert Liter Pisse.«

»O weh ...«

»Dieses perverse Schwein.« Caffery richtete den Strahl der Taschenlampe in den Tank. Männerkleider, ein Trainingsanzug mit Kapuze, drei Paar Turnschuhe. Dieser Roland Klare verwahrte doch tatsächlich seine Kleider und Schuhe in einem Glastank, der fast einen halben Meter hoch mit Urin gefüllt war. »So ein elendes perverses Schwein ...«

Benedicte fieberte und war nahe dem Delirium. Ihre Haut juckte, und das Saugen an dem Heizungsrohr hatte in ihrem Mund offene Stellen hinterlassen. Sie hatte fast einen ganzen Tag gebraucht, um Smurfs Kadaver so weit wie irgend möglich von sich wegzuschieben. Dann hatte sie Hals Hemd über das tote Tier geworfen, was die Schmeißfliegen jedoch nicht davon abhielt, sich gierig auf das verwesende Fleisch zu stürzen. Jedes Mal wenn sie die Augen öffnete, hatte sie das Gefühl, dass sich die Zahl der Insekten in der Zwischenzeit verdoppelt hatte.

Manchmal war sie sich bewusst, dass sie wach war, mitunter zweifelte sie allerdings daran. Sie verdrehte die Augen, sah zuckende Lichtblitze, und bruchstückhaft zog das Leben an ihr vorbei, das sie bisher geführt hatte: jenes glückliche unbeschwerte Leben. Plötzlich sah sie sich mit Josh und Hal und Smurf auf dem Rasen sitzen. Es war Sommer, und sie trugen kurze Hosen. Joshs Pocari-Sweat-Dose stand auf den Stufen vor der Küchentür, irgendwo spielte ein Radio, und als Josh aufstand, um in das Planschbecken zu springen, klebte hinten an seinen Beinen frisch gemähtes Gras. Dann hörte sie plötzlich, wie Josh im Erdgeschoss schrie. *Josh?* War das wirklich Josh? Und das andere Geräusch? Was konnte das nur sein? Ein grunzendes Tier? Oder ein Mann?

Ben – jetzt reiß dich zusammen, wach endlich auf!

Josh? Schwitzend und mit rasendem Herzen öffnete sie die Augen. Ringsum alles dunkel. An der Decke silbernes Mondlicht. Drüben in der Ecke die Umrisse ihres toten Hundes. Ja, sie war wach. Richtig wach. Aber hatte Josh nun wirklich geschrien? Sie drehte sich auf die Seite und presste das Ohr gegen die Bodendielen und lauschte, ob sie unten etwas hören konnte. Stille.

Offenbar eine Einbildung.

Sie riss die Augen weit auf, versuchte, das Bild wieder heraufzubeschwören: Josh und Hal auf dem Rasen. Doch ihr Gehirn kam ihr plötzlich dick angeschwollen vor, drückte auf ihre Augen, und das Bild wollte sich einfach nicht wieder einstellen. Nein, sie konnte die Gesichter der beiden nicht mehr sehen. Nach nur fünf Tagen hatte sie nur noch eine verschwommene Vorstellung davon, wie ihr kleiner Sohn und ihr Mann wirklich aussahen – Josh, ein hilfloses kleines Wesen mit ausgestreckten Armen, und Hal eine dunkle Landschaft, die nachts neben ihr im Bett gelegen hatte.

»Oh, Josh«, flüsterte sie. »Hal, Josh, ich liebe euch.«

Im Haus war alles still, als sie die Augen wieder schloss. Oben am Himmel hörte sie ein Flugzeug. Plötzlich fiel ihr der Sonnenaufgang wieder ein, den sie gesehen hatte, als sie mit Hal nach Kuba geflogen war – zu einer Zeit, da noch niemand nach Kuba gereist war, als man im Reisebüro noch ausgelacht wurde, wenn man nach Kuba fahren wollte, und man noch auf diversen karibischen Inseln zwischenlanden musste, um überhaupt dorthin zu kommen. Aber Hal hatte sich durch nichts beirren lassen, weil ihn die Möbelfabriken in Holguín interessierten. Sie vergrub das Gesicht in den Händen, versuchte, sich ein Meer vorzustellen, das sie schon immer hatte sehen wollen – eine magische See, vielleicht die See des Cortez –, ein mysteriöses Meer, wo die Wale sich zur Paarung einfanden und wo in der Abenddämmerung über dem Wasser ein seltsamer Gesang erklang …

So lag sie – noch immer an den Heizkörper gefesselt – träumend und schaudernd da und hatte nicht mehr die Kraft, die Fliegen zu verscheuchen, die in ihrem Gesicht umherkrabbelten.

Als die beiden unten auf den Stufen vor dem Arkaig Tower angelangt waren, verlangsamte Souness plötzlich ihr Tempo. Schon im Aufzug hatte sie in dem »Behandlung«-Heft geblättert – jenem merkwürdigen Notizbuch, das sie in Klares Schreibtisch gefunden hatte – und immer wieder verwundert den Kopf geschüttelt. Jetzt war sie von Klares Notizen so gebannt, dass sie beinahe stehen blieb. Auch Caffery blieb stehen und drehte sich nach ihr um: »Danni?«

»Einfach unfassbar.« Sie schüttelte den Kopf und pfiff leise durch die Zähne. »Kompletter Wahnsinn.«

»Wieso?«

Sie sah ihn an. »Steht alles hier drin.«

Er stellte sich hinter sie, blickte ihr über die Schulter und las: »›Kontakt mit weiblichen Hormonen …‹ Was soll das heißen?« Er wollte ihr das Buch aus der Hand nehmen, aber sie schob ihn mit der Schulter beiseite.

»Lassen Sie mich in Ruhe.« Sie las noch immer kopfschüttelnd in Klares Aufzeichnungen: »›Milchgerüche – äußerst unangenehm. Prolaktine sind …‹«

»Was ist denn das – Prolaktine?«

»Weiß der Teufel.« Sie klappte das Buch zu und schob es in die Tasche. »Wir fahren jetzt erst mal ins Büro, und dann schauen wir uns das Buch näher an. Vielleicht enthält es ja einen Hinweis darauf, wo wir die armen Leute finden können, bei denen er sich zur Zeit eingenistet hat.« Sie hob den Kopf und blickte um sich.

Die Straßen ringsum lagen verlassen da. »Hm ... verdammt noch mal – wo haben wir denn das blöde Auto eigentlich geparkt?«

Sie beriefen eine Krisensitzung ein, um alle Kräfte auf die Fahndung nach Roland Klare zu konzentrieren. Während sie auf die Kollegen warteten, saßen sie in ihrem gemeinsamen Dienstzimmer und brauten sich einen Kaffee. Zuerst rief Caffery Rebecca an, um sich zu entschuldigen – »Kein Problem, ehrlich, Jack. Ich schau mir ohnehin gerade 'ne Wiederholung von *Eurotrash* an.« Er hätte sie umarmen mögen, so gerührt war er. Dann war Souness an der Reihe und verklickerte Paulina denselben Text. Caffery saß währenddessen auf der anderen Seite des Schreibtischs, schaute im Fenster sein Spiegelbild an und wartete darauf, ob Souness und Paulina über ihn sprechen würden. Doch das war nicht der Fall. Sobald Souness den Hörer aufgelegt hatte, beschäftigte sie sich sofort wieder mit dem Buch. Er war erleichtert – ihre unausgesprochene Vereinbarung war also noch in Kraft. In den nächsten Stunden galt das Interesse der beiden Polizisten einzig Roland Klare ...

Sie saßen Schulter an Schulter wie Kinder auf der Schulbank und lasen Klares merkwürdiges Elaborat fast wortlos von vorne bis hinten durch. Natürlich begriffen sie sofort, dass das Buch tiefe Einblicke in die Psyche des Mannes gewährte, in schriftlicher Form Aufschluss über seine Motive gab. Ja, Souness hatte bisweilen fast das Gefühl, Klares zuckendes Herz wie auf einem Präsentierteller vor sich zu sehen. Der Mann beschrieb in der Kladde minutiös seine sämtlichen Rituale und Ängste, seine Vorliebe für schattige Plätze hoch über dem Boden, und er hatte außerdem notiert, wie er Carmel Peach außer Gefecht gesetzt hatte. Die beiden Polizisten fanden in dem Buch sogar detaillierte Auskünfte über seine Impotenz und über seinen Wunsch, Alek Peach dabei zuzusehen, wie er seinen eigenen Sohn vergewaltigte. Außerdem berichtete Klare in dem Heft über sein zwanghaftes Verlangen, die verschiedensten Dinge mit seinem Urin »zu neutralisieren und zu reinigen«. Und sie erfuhren sogar, warum er Handschuhe getragen hatte: nicht etwa, weil er der Spurensicherung ein Schnippchen schlagen wollte, sondern ebenfalls wegen seines krankhaften Reinlichkeitswahns. Auf einer der letzten Seiten entdeckte Caffery dann etwas, was sein Blut in Wallung versetzte:

Identifizierung neuer Zielgruppe/Familie abgeschlossen ...
... sämtliche durch weibliche Nutzung verunreinigten Objekte eruieren und neutralisieren (erledigt!)

Er griff nach dem Buch.

Neue Familie: oberserviertes Kind gut, Vater gut
Probleme: 1. Frau, 2. Hund

»Damit können nicht die Peachs gemeint sein. Die haben doch keinen Hund.«
»Nein. Das ist die Familie, bei der er sich inzwischen eingenistet hat.« Caffery saß noch immer wie erstarrt auf seinem Stuhl. Irgendwo in seiner Erinnerung regte sich etwas. Ein Hund – war da nicht was gewesen? Und diese Fotos von dem Jungen an dem Heizkörper – und die blass orangefarbene Wand, ein nagelneuer weißer Heizkörper – *und war da im Freien nicht noch ein dunkles Gebilde gewesen, das sich so merkwürdig auftürmte? Ein Hügel vor einem Fenster? Bäume?* Er wusste schon kaum mehr, an wie viele Türen er in den ersten Tagen der Ermittlungen geklopft hatte. Außerdem hatten doch Logan beziehungsweise die zwei Spezialbeamten, die Caffery seit einigen Tagen unterstützten, die Adressen hinterher allesamt noch einmal abgeklappert. Trotzdem blieb da diese dumpfe Ahnung. Und als er schon glaubte, dass es ihm jeden Augenblick wie Schuppen von den Augen fallen müsste, klingelte draußen auf dem Gang die Aufzugsglocke, und er verlor plötzlich den Faden und starrte wieder gedankenverloren das Foto eines namenlosen Kindes in einem namenlosen Raum an und glotzte auf das voll gekritzelte Notizbuch, das vor ihm auf dem Schreibtisch lag. »Scheiße.«

Fiona Quinn und zwei ihrer Mitarbeiter erschienen vorne im Gang und blickten verstört um sich. Offenbar hatten sie eine Art Begrüßungskomitee erwartet. »Sind wir etwa die Ersten?«

»Ja.« Souness und Caffery standen auf. »Kommen Sie doch herein.«

Caffery kochte noch mal Kaffee und bot Fiona einen Stuhl an.

»Haben Sie Carmel Peach getestet?«, wollte Souness als Erstes wissen. »Haben Sie ihr Blut untersucht?«

Quinn legte die Stirn in Falten. Konnten einen ganz schön nervös machen – diese beiden Polizisten, die ständig unter Volldampf standen. »Aber wonach denn?«

»Medikamente? Beruhigungsmittel? Sonstige Drogen?«

»Hat mir doch niemand gesagt. Als ich die Aussagen bekommen habe, hab ich sofort ...«

»Haben Sie denn von ihr noch eine Blutprobe?«

»Ja – haben wir. Ich veranlasse sofort die entsprechenden Tests.«

»Und haben Sie im Haus der Peaches Urinproben genommen? Hat der Kerl dort möglicherweise die Möbel angepisst?«

»Sie wissen doch selbst, dass dort alles mit Urin getränkt war.«

»Und, haben Sie Proben genommen?«

»Sie wissen doch, dass wir uns nur auf die Aussagen stützen können, die wir von Ihnen bekommen. Kein Mensch hat uns darüber aufgeklärt, dass der Mann möglicherweise irgendwelche Sachen angepinkelt hat.«

»Aber Sie haben doch gerade selbst gesagt, dass überall Urin war.«

»Sicher. Aber wir waren der Meinung, dass das Zeug von den Peaches stammt.«

Caffery und Souness saßen nachdenklich da.

»Also – ich hab doch von alledem überhaupt nichts gewusst.«

»Schon in Ordnung, ist nicht Ihr Fehler.«

Die Krisensitzung dauerte bis 2 Uhr früh – sogar ein Vertreter der Staatsanwaltschaft war anwesend und außerdem der Distriktschef, der eigens von einem Abendessen in seinem Golfclub herbeigeeilt war. Während der gesamten Sitzung musste Caffery immer wieder die Fotos mit dem Kind anstarren, das vor dem weißen Heizkörper kauerte. Orangefarbene Wände. Woher kannte er nur diese Wände? Und als er dann die Fotos betrachtete, auf denen das verschwommene Gesicht des Mannes aus der Half Moon Lane zu sehen war, schrillte in seinem Kopf ebenfalls eine Alarmglocke. Die Form seines Kopfes und die Art und Weise, wie er gefesselt war – die Arme über der Brust gekreuzt –, das erinnerte ihn doch an irgendwas. Wäre er nicht so müde und so völlig übernächtigt gewesen, dann hätte ihm sein Gedächtnis wahrscheinlich bessere Dienste erwiesen. Aber es wollte ihm beim besten Willen nicht einfallen. Nach der Sitzung fuhr er wieder nach Brixton zum Arkaig Tower und klopfte gegen das Fenster des blauen Mondeo, der unweit des Eingangs stand. Der uniformierte Beamte ließ ihn hinten in den Wagen steigen, und dann saßen sie schweigend da. Caffery rauchte, schluckte Pfefferminzpastillen und Schmerztabletten und horchte unentwegt in sich hinein. *Der Hund – ja, da war doch irgendwo ein Hund – verdammte Scheiße: Wo ist das gewesen?* Um fünf Uhr früh schlief er endlich, die Brille auf der Nase, ein. Sein Kopf kippte einfach nach hinten und ruhte auf der Oberkante der Rückenlehne, zwischen den Fingern hielt er eine Selbstgedrehte.

32. KAPITEL

(28. Juli)

Tracey Lamb hatte in der vergangenen Nacht kaum geschlafen. Sie hatte sich in ihrer Zelle auf der Liege hin und her gewälzt und die drei übrigen Insassinnen genervt: ständig an ihren Fingernägeln herumgekaut und alle zehn Minuten einen langen Zug von ihrer Selbstgedrehten genommen und den verdammten Glimmstängel hinterher gleich wieder ausgedrückt. Doch allmählich kehrte ihre Zuversicht zurück. Nicht mal mehr sechs Tage bis zur nächsten Verhandlung. Und wenn sie erst wieder auf freiem Fuß war, dann wollte sie sich umgehend ins Ausland absetzen. Vorher musste sie sich allerdings noch mal diesen Inspector Caffery zur Brust nehmen – musste doch möglich sein, den Kerl irgendwie zu knacken.

Sie hatte sich selbst recht und schlecht eingeredet, dass Steven die nächsten Tage schon irgenwie überleben würde, dass die paar Dosen Cola, die Schokoriegel und die Flasche Wasser unter dem Waschbecken ausreichen würden. Außerdem bestand ja noch die Möglichkeit, dass er sich von seinen Fesseln befreien konnte. Am Morgen war sie jedenfalls wieder so weit hergestellt, dass sie den nächsten Schritt ins Auge fassen konnte. Immerhin hatte man sie nicht als selbstmordgefährdet eingestuft. Sie konnte also über eine Telefonkarte verfügen, weil in dem Knast niemand davon ausging, dass sie sich damit die Pulsadern aufschlitzen würde. Und so schnappte sie sich direkt nach dem Wecken besagte Telefonkarte und rief Caffery an. Seine Handy-Nummer hatte sie zu Hause gelassen. Also blieb ihr nichts anderes übrig, als im Telefonbuch seine Privatnummer nachzusehen und bei ihm zu Hause anzurufen. Es war zwar noch früh am Morgen, doch der Anrufbeantworter trat sofort in Aktion. Sie wartete einen Augenblick und nuschelte dann in den Hörer: »Hallo, hier spricht Tracey ...«

Es regnete in Strömen. Caffery wurde durch das Prasseln auf dem Autodach geweckt und durch das leise Pfeifen des Beamten, der sich vorne auf dem Fahrersitz offenbar langweilte. Er gähnte und rekelte sich und ließ den Kopf ein paar Mal nach rechts und links sinken. Das Funkgerät war eingeschaltet, und die Uhr am Armaturenbrett zeigte 9 Uhr 45. Scheiße. Er presste sich die Fingerknöchel in die Augen. So ein Mist. Er hatte länger geschlafen, als er eigentlich vorgehabt hatte.

Draußen war es trübe. Die Fenster waren total beschlagen, und die Regentropfen liefen außen an dem Glas entlang, nur vorne hatte die Belüftung die Windschutzscheibe wenigstens teilweise freigehalten. Die Beamtin auf dem Beifahrersitz war ebenfalls sanft entschlummert. Ihr Kopf hing seitlich auf der Schulter, und ihr Ohrring grub sich in ihre Wange. Vielleicht lag es daran, dass sie sich mit zwei Männern allein in dem Wagen befand, jedenfalls hatte sie instinktiv die Arme vor der Brust gekreuzt.

Caffery beugte sich vor, um durch die Windschutzscheibe zu blinzeln. »Tut sich nicht viel da draußen – was?«

Der Beamte sah ihn im Rückspiegel an. »Nein.«

»Na gut.« Er kramte in seinen Taschen nach dem Tabakbeutel, blinzelte ein paar Mal und versuchte, seine Gedanken zu sortieren. Dann drehte er sich eine Zigarette, zündete sie an und wollte es sich gerade wieder bequem machen, als die schlafende Frau auf dem Beifahrersitz ihn plötzlich auf eine Idee brachte.

Er hatte die Zigarette schon halb zum Mund geführt, als er abrupt innehielt und die Frau auf dem Vordersitz anstarrte. Am meisten faszinierten in ihre in Pharaonenmanier vor der Brust gekreuzten Arme. Sah fast so aus, als ob sie ein Amulett an sich presste. Eine Weile saß er völlig reglos da und war so mit seinen Gedanken beschäftigt, dass der andere Beamte allmählich unruhig wurde.

In Brixton goss es wie aus Kübeln. Der Regen spülte den Unrat von den Straßen und riss ihn gurgelnd mit sich fort. Von der Großfahndung nach Roland Klare war jedoch kaum etwas zu spüren – nur ein paar zusätzliche Streifenbeamte und dann noch die Einsatzwagen, die an einigen Straßenkreuzungen standen. Caffery stand vor der Schwimmhalle und blickte zu den beschlagenen Fenstern hinauf. Die gellenden Schreie der badenden Kinder waren hier draußen nicht zu hören, und auch von dem Chlorgeruch keine Spur. Mit Kryotos' Unterstützung und dank eines auskunftsfreudigen Nachbarn in der Effra Road hatte Caffery herausgefunden, dass Chris Gummer hier in diesem Schwimmbad arbeitete. Als Gummer ihn vier Tage zuvor vor dem Revier angesprochen und sich dazu geäußert hatte, wie Rory Peach oben in dem Baum festgebunden gewesen war, hatte der Mann eine merkwürdige Tauchbewegung gemacht und die Arme vor der Brust gekreuzt. Caffery konnte sich plötzlich wieder ganz genau erinnern: Genau so – nämlich mit gekreuzten Armen – waren auf den Fotos aus der Half Moon Lane auch der Vater und der Sohn zu sehen. Auch wenn die Qualität der Bilder zu wünschen übrig ließ, sprach vieles dafür, dass es sich bei Chris Gummer um den Vater handeln musste, der auf diesen Fotos abgelichtet war.

Er blieb einen Augenblick vor der Glasscheibe stehen und beobachtete die Badegäste. Vorne im flachen Wasser saßen zwei dicke Frauen mit rosageblümten Badekappen, nicht weit davon entfernt standen einige glatzköpfige Männer mit dünnen Armen und unterhielten sich. Weiter hinten im tiefen Wasser kreischten Kinder, andere sprangen fröhlich von einem der Sprungbretter. Chris Gummer schien von alledem nichts mitzubekommen.

Er hatte eine Badekappe aufgesetzt und zog seinen langen weißen Körper mit müden Schwimmbewegungen durch das Wasser. Sein Kopf ragte hoch aus dem Wasser, und er hatte die Augen halb geschlossen und bewegte den Mund wie ein Fisch …

Ja, das ist er, dachte Caffery, *das muss er sein …*

Er klopfte an die Scheibe. Gummer blickte auf, sah Caffery und trat ein paar Mal auf der Stelle, als ob er überlegte, was zu tun sei. Dann veränderte sich plötzlich sein Gesichtsausdruck. Er holte tief Luft und schwamm zum Beckenrand am hinteren Ende des Bassins. Caffery klopfte abermals, und diesmal drehte Gummer sich nicht einmal um.

»Wie du meinst.« Caffery drückte die Tür auf, betätigte einen roten Alarmknopf und trat dann an den Beckenrand. Irgendwo fing eine Sirene an zu heulen, und die Rettungsschwimmer in ihrer Kabine blickten sich verwirrt um. Gummer hatte inzwischen den Beckenrand erreicht und begriff plötzlich, was gespielt wurde. Die Bademeister pfiffen auf ihren Trillerpfeifen. Gummer hielt sich am Beckenrand fest und starrte Caffery entgegen, der mit großen Schritten näher kam.

»Was wollen Sie?« Gummer hangelte sich am Beckenrand entlang und blickte zu ihm hinauf. »Lassen Sie mich in Ruhe.«

»Los, kommen Sie aus dem Wasser heraus. Ich muss mit Ihnen sprechen.«

»Worüber?«

»Los, kommen Sie schon raus, dann sag ich's Ihnen.«

Eine kurzhaarige Frau in Shorts und mit Plastikschlappen an den Füßen stellte sich Caffery wie ein Verkehrspolizist in den Weg und streckte ihm abweisend die Hand entgegen, als ob sie hoffte, den fremden Mann allein durch ihr strenges Gesicht aufzuhalten.

»Los, kommen Sie schon raus.« Caffery zog seine Kennmarke aus der Tasche und hielt sie ihr unter die Nase. »Gehen Sie mir aus dem Weg!«

»Ich bin hier für das Wohl der Badegäste verantwortlich ...«

Durch die Kennmarke eingeschüchtert, hatte sie allerdings bereits den Rückzug angetreten und überlegte, ob an den Spekulationen über Gummer tatsächlich etwas dran sein mochte. »Ihre Schuhe, Sir ...«, gab sie noch kläglich zu bedenken.

»Los, kommen Sie schon, Chris.« Caffery ging neben Gummer her. Er sah die geröteten Augen in dem weißen Gesicht, die glänzende Badekappe und die gefurchte Stirn. »Ich muss mit Ihnen reden. Sie haben mir etwas verschwiegen.«

»Hauen Sie ab.« Gummer streckte die Beine aus, bis er festen

Boden unter den Füßen hatte. »Als *ich* Sie um ein Gespräch gebeten habe, da haben *Sie* mich abblitzen lassen.« Er stieß sich vom Beckenrand ab und watete mit zur Seite ausgestreckten, weißen Armen in die Mitte des Bassins. Caffery ging in aller Ruhe zum Nichtschwimmer-Bereich des Beckens hinüber und stieg dann – noch bevor einer der Bademeister ihn aufhalten konnte – vollständig bekleidet und mit den Schuhen an den Füßen in das Wasser. Die übrigen Badegäste wichen erstaunt zurück, als zwischen ihnen plötzlich ein bekleideter schlanker Mann durch das Wasser watete, und Gummer, der jetzt die Mitte des Beckens erreicht hatte, begriff, dass es kein Entkommen gab. Er drehte sich um, streckte Caffery seine schaufelartigen Hände entgegen und murmelte: »Schon gut, schon gut. In Ordnung.«

Sie setzten sich in dem Schwimmbad-Café an einen Ecktisch. Beide rochen nach Chlor, und Cafferys Hose war bis zu den Knien klatschnass. An einem benachbarten Tisch hockten ein paar Jugendliche und machten sich über die anderen Gäste lustig. Ständig sprang einer von ihnen auf, um an dem Automaten an der Wand Schokoriegel oder eine neue Dose Red Bull zu organisieren. Caffery wandte den jungen Leuten den Rücken zu und sah über den Tisch hinweg Gummer an, der sich eine Tasse Kaffee und zwei Schokoriegel besorgt hatte, die er in vier Teile zerbrach und vor sich auf einen Papierteller legte. Während des gesamten Gesprächs rührte keiner der beiden Männer eines der Schokoladenstücke an.

»Also, Chris.« Cafferys Tabak hatte den kleinen Ausflug in das Schwimmbecken schadlos überstanden, und er schob etwas davon auf einem Blättchen zurecht. »Tut mir Leid wegen vorhin. Aber ich muss unbedingt mit Ihnen sprechen.«

»Ursprünglich wollte *ich* unbedingt mit *Ihnen* sprechen.« Gummer hatte ein abgenutztes kariertes Hemd übergestreift, das an einigen Stellen bereits fadenscheinig war. Sein feines Babyhaar stieß hinten auf den Kragen auf, und sein Gesicht glänzte wie ein gepelltes Ei. »Schließlich bin ich deswegen extra nach

Thornton Heath gefahren. Aber das hat Sie ja nicht interessiert.«

»Tut mir Leid. Wird mir eine Lehre sein.«

Gummer zuckte die Schultern und blickte versonnen über Cafferys Kopf hinweg. Seine Augen waren noch immer gerötet. Caffery zündete die Zigarette an und zog den kleinen Alu-Aschenbecher näher zu sich heran. »Chris, sagen Sie mir bitte eines. Weshalb sind Sie so gut über diese Champaluang-Geschichte informiert?«

»Hab ich doch schon gesagt. Stand alles in der Zeitung.«

»Und dabei ist Ihnen auch zum ersten Mal der ›Troll‹ untergekommen?«

Gummer nickte. »Sie hätten bloß hinzuhören brauchen.«

»Ja, ich weiß.« Caffery starrte nachdenklich auf seine Zigarette und drehte sie zwischen den Fingern hin und her. »Chris, wenn ich was Falsches sage, unterbrechen Sie mich bitte. Also … als Sie damals erfahren haben, was mit dem kleinen Champaluang passiert ist … na ja, also haben Sie da nicht … und als Sie dann auch noch was über den ›Troll‹ gelesen haben … sind Sie da nicht auf die Idee gekommen, dass es sich um denselben Menschen handeln könnte, der damals auch in Ihr Haus eingedrungen ist …?«

Gummer schnappte erschrocken nach Luft. Obwohl er die Lippen bewegte, brachte er keinen Ton heraus. Er schlug die Augen nieder, drückte die Schultern nach vorne und schob die Hände zwischen die Knie. Caffery sah, dass der Mann am ganzen Körper bebte.

»Chris?«

Gummer starrte reglos zu Boden. Caffery streifte in dem Alu-Aschenbecher die Asche von seiner Zigarette ab, blickte auf den nur spärlich behaarten Kopf des Mannes vor sich und überlegte, was er sagen sollte. »Ich glaube nämlich, dass dieser Troll auch mal bei Ihnen zu Hause gewesen ist. Natürlich schon vor ziemlich langer Zeit. Hab ich Recht?«

Gummer schwieg. Caffery dachte an die Fotos aus der Half Moon Lane, die in seiner Tasche steckten. *Soll ich ihm die Bil-*

der zeigen? Und wenn ich mich täusche?* »Sagen wir es mal so: Es gibt Leute, die mit den aberwitzigsten Wahnideen herumlaufen. Oder ist Ihnen noch nie so ein Mensch begegnet?«

Gummer zuckte die Schultern. Er hatte den Blick jetzt vor sich auf die Schokoriegel gerichtet.

Oh, verdammt – das könnte echt problematisch werden ...

»Es gibt, zum Beispiel, Leute ...« Caffery rutschte auf seinem Stuhl hin und her und schlug dann die Beine übereinander. »Also, es soll Leute geben, denen es Spaß macht, einem Mann dabei zuzusehen, wie er ein Kind vergewaltigt. Halten Sie so was für denkbar?« Gummer hüstelte und stützte die Stirn in die hohle Hand. Caffery sah, wie sein Kopf tief errötete. »Zum Beispiel einen kleinen Jungen. Können Sie sich vorstellen, dass es Leute gibt, die auf so was stehen?«

Gummer legte beide Hände flach auf den Tisch und holte immer wieder tief Luft. Caffery sah, wie sich die Augen des Mannes unter den geschlossenen Lidern bewegten.

Du darfst nicht aufgeben ...

»Denen es, zum Beispiel, Spaß macht, einen Vater dabei zu beobachten, wie er seinen Sohn vergewaltigt.«

»Ich bin kein Päderast«, sagte Gummer plötzlich und öffnete die Augen. »Ich habe meinen Sohn über alles geliebt.«

»Und warum sind Sie dann nicht zur Polizei gegangen?«

»Wollte ich ja – ich hab doch versucht, mit Ihnen zu sprechen. Aber Sie wollten mir ja nicht zuhören.«

»Ich meine früher. Damals, als es passiert ist.«

Gummer holte tief Luft und schüttelte vehement den Kopf. »O nein, nein, nein, nein.« Wieder schüttelte er den Kopf. »Nein, meine Frau wollte nichts davon wissen. Sie hat gesagt, dass es besser ist, die Polizei aus der Sache rauszuhalten.«

»Sie wollte also nicht, dass die Wahrheit herauskommt?«

»Überrascht Sie das vielleicht?«

»Na ja – immerhin hätte man den Täter suchen können.«

»Ach, tatsächlich?« Gummer machte sich an der ausgefransten Manschette seines Hemdes zu schaffen und starrte erneut auf die Schokoladenriegel. »Meinen Sie etwa, dass Ihre Kollegen meine Frau davon abgehalten hätten, mich zu verlassen – und unseren kleinen Sohn mitzunehmen?«

»Kann ich nicht sagen«, erwiderte Caffery. »Kann ich wirklich nicht sagen.«

»Sie hat ihn mir einfach weggenommen. Nachdem diese Sache damals passiert ist, wollte sie mich nicht mehr in seine Nähe lassen. Keine Ahnung, wo die beiden jetzt sind.« Er öffnete einen Beutel und kramte ein reichlich zerfleddertes Foto hervor, das mit Tesa geflickt war. Dann zog er sich den Ärmel über die Hand, wischte den Tisch damit ab, legte das Foto vor Caffery auf den Tisch und strich mit liebevoller Sorgfalt die Ränder glatt.

»Ihr Sohn?«

»Ja, mein Sohn. Mit neun Jahren. Ich hab noch mehr Fotos zu Hause, aber das hier ist mein Lieblingsbild. Schauen Sie mal.« Er versuchte, die Ränder mit seinen langen weißen Fingern nach unten zu drücken. »Ist natürlich ziemlich mitgenommen, der Abzug. Ich hab das Bild immer sorgfältig behandelt, aber nach so vielen Jahren ... Meine Frau täuscht sich übrigens in mir. Ich bin kein Päderast, wissen Sie, ich bin nicht pädophil. Selbst wenn ein Mensch unter Zwang so etwas tut, heißt das noch lange nicht, dass er es auch gewollt hat – oder gar wiederholen möchte. Ich bin wirklich nicht pädophil.«

»Aber die Kinder da drüben ...« Caffery wies mit dem Kopf über die Schulter Richtung Schwimmbecken. »Wieso arbeiten Sie dann hier?«

»Ich rühr sie nicht an. *Niemals*! Aber ich liebe sie nun mal, verstehen Sie – wirklich. Ich hab doch sonst überhaupt keinen Kontakt mehr ... Und sie hat mir doch meinen ...« Er schüttelte den Kopf. »Aber pädophil bin ich ganz sicher nicht.«

»Glaub ich Ihnen ja. Und natürlich hatten Sie damals keine andere Wahl.« Caffery beobachtete Gummers maskenhaft erstarrtes Gesicht. Es war ihm alles andere als angenehm, den armen Mann mit solchen Fragen zu behelligen. »Ich nehme an, der Typ hat gesagt, dass er Ihren Sohn umbringt, falls Sie ihn nicht ... hab ich Recht?«

Gummer nickte. Eine Träne tropfte auf die Tischplatte. Caffery rutschte ein wenig näher. »So ist es doch gewesen, Chris, nicht wahr? Er hat gedroht, Ihren Sohn umzubringen?«

»Ja, er wollte ihm den Kopf mit einem Pflasterstein zertrümmern, wenn ich es nicht tue. Mit einem Pflasterstein hinten aus dem Garten. O Gott ...« Gummer griff plötzlich in seinen Beutel, zog ein Fläschchen Pillen hervor, schüttelte zwei davon in die hohle Hand und schob sie sich in den Mund.

»Was ist das?«

»Zur Beruhigung.« Gummer verstaute das Fläschchen wieder in dem Beutel, rutschte auf seinem Stuhl nach vorne und drehte die Hände um, sodass Caffery seine Handgelenke sehen konnte. Dann sah er den Polizisten an. Seine geröteten Augen waren mit Tränen gefüllt – fast hätte man meinen können, dass sie bluteten. »Natürlich ist es nicht richtig, alles hinzuschmeißen. Doch in manchen Situationen erscheint einem das Leben unerträglich lang.«

Die Jungen an dem Automaten hatten inzwischen mitbekommen, dass Gummer weinte. Sie drehten sich der Reihe nach um und starrten zu den beiden Männern herüber. Caffery beugte sich etwas vor und senkte die Stimme. »Chris, ich glaube, wir sollten das besser woanders besprechen – finden Sie nicht? Würden Sie mit mir aufs Revier kommen?«

Gummer nickte, starrte durch das Fenster auf die verregnete Straße hinaus und biss sich auf die Unterlippe. »Ist diese Familie genauso misshandelt worden? Ich meine die Peaches.«

Caffery schwieg. Er stand auf, legte die Hände auf den Tisch und sagte dann leise: »Wäre besser gewesen, wenn Sie schon damals mit jemandem gesprochen hätten.«

»Wir haben doch damals noch in einer völlig anderen Welt gelebt.«

Nur ein paar Tage, nachdem Gummers Frau ihren Mann verlassen hatte, war Champaluang vergewaltigt worden. Gummer hatte in der Südlondoner Presse von dem Verbrechen gelesen und sofort vermutet, dass es sich bei dem jungen Mann, den Champ als »Troll« bezeichnet hatte, um denselben Jugendlichen handeln musste, der auch sein Leben zerstört hatte. Seither hatte er in der Presse ständig Ausschau nach ähnlichen Meldungen gehalten, war allerdings bis zu dem Vorfall am Donegal Crescent nur einmal auf ein Verbrechen gestoßen, das die Handschrift des Trolls getragen hatte. Nachdem er mit Caffery aufs Revier gegangen war, fanden die beiden bald heraus, warum.

Klare war nämlich elf Jahre in den Hochsicherheitstrakten diverser psychiatrischer Kliniken untergebracht gewesen. Kryotos hatte die Akte vor sich auf dem Schreibtisch und fotokopierte mehrere der Blätter. 1989 hatte Klare bei dem Versuch, vor einem Supermarkt in Balham einen kleinen Jungen zu entführen, eine Polizistin mit einem Messer verletzt. Auf diese Weise war er in die Mühle der Psychiatrie geraten. Er war zu dem Zeitpunkt gerade erst achtzehn Jahre alt gewesen. Die Polizistin hatte ihn im Treppenhaus eines städtischen Mietshauses gestellt, und er war mit einem Springmesser auf sie losgegangen. Das Kind war zwar unverletzt davongekommen, doch die Polizistin hatte an den Händen mehrere Schnittwunden davongetragen.

»Allerdings hat man Klare damals wegen der versuchten Kindesentführung nicht belangt«, sagte Kryotos leise. Gummer hockte – außer Hörweite – neben der Tür zu Cafferys und Souness' Büro auf einem Stuhl. Er saß da, als ob er jeden Augenblick in Tränen ausbrechen wollte. »Die Eltern des Jungen haben nämlich auf eine Klage verzichtet, weil sie dem Kind die seelischen Strapazen eines Verfahrens ersparen wollten. Deshalb ist Klare nur wegen Körperverletzung angeklagt worden.« Das Gericht hatte ihn für schuldig befunden und wegen verminderter Schuldfähigkeit seine Unterbringung in einer psychiatrischen Abteilung angeordnet. Vor fünfzehn Monaten hatten die psychiatrischen Gutachter dann geglaubt, ihn medikamentös so gut eingestellt zu haben, dass es vertretbar sei, ihm den Status eines Freigängers einzuräumen, und im vergangenen April war er schließlich wieder entlassen worden. »Was hätten wir unter solchen Umständen im Zentralcomputer denn finden sollen? Selbst sein Vorstrafenregister hätte uns nichts genützt ...« Sie schüttelte den

Kopf. »Schließlich ist er damals ja bloß wegen Körperverletzung verurteilt worden. Also wäre er ohnehin durch den Raster gefallen.« Sie hielt inne und sah Caffery an, der reichlich mitgenommen vor ihr stand. »Sie stinken, Jack. Sie stinken wie ein ganzes Schwimmbad.«

»Danke, Marilyn.«

»Keine Ursache. Wie wär's mit etwas Gebäck?«

»Nein, danke, Marilyn.«

»Demnächst werd ich Sie gar nicht mehr fragen.«

»Das kann ich mir nicht vorstellen.«

Da Souness mit den übrigen Ermittlern in Brixton unterwegs war, führte Caffery Gummer in sein Büro, bat ihn, Platz zu nehmen, und ließ sich dann die ganze Geschichte noch mal von Anfang an erzählen.

Angefangen hatte alles 1989. Die Familie Gummer hatte damals einen Urlaub in Blackpool geplant, sodass in ihrem Bekanntenkreis niemand merkte, dass die Leute aus Brixton überhaupt nicht herausgekommen waren. Trotzdem hatten die Freunde und Bekannten der Familie später den Eindruck gewonnen, dass sich während jener Urlaubstage etwas Schlimmes zugetragen haben musste. Denn die Familie war plötzlich wie verwandelt. Doch wusste natürlich niemand etwas von dem hoch aufgeschossenen Jugendlichen, der wie aus dem Nichts plötzlich in der Diele des kleinen Reihenhauses erschienen war. Auch wusste niemand, dass dieser Jugendliche Gummers Ehefrau im Obergeschoss in einem der Schlafzimmer angekettet und dann von außen ein »X« an die Tür gesprayt hatte. Niemand wusste, was Gummer unter Zwang mit seinem Sohn gemacht hatte. Auch erfuhr niemand etwas davon, dass er hinterher – in einer Ecke zusammengekauert – unter Tränen hatte mit ansehen müssen, wie Klare selbst versucht hatte, sich an dem Neunjährigen zu vergehen. Als sich jedoch gezeigt hatte, dass Klare keine Erektion zu Stande brachte, hatte er dem Jungen aus Wut wie ein Tier mit den Zähnen die Schulter zerfleischt.

»Hat er damals einen Gürtel verwendet?« Caffery hatte aufrichtig Mitleid mit Gummer. Der Mann hatte die Arme um die

Knie geschlungen, als ob ihn fröstelte, und starrte mit hochgezogenen Schultern in das verregnete Croydon hinaus. Aber er konnte ihm die Frage trotzdem nicht ersparen: »Hat er Ihren Sohn mit einem Gürtel gewürgt?«

»Nein, einen Gürtel hat er nicht gehabt. Aber er hat ihn geschlagen ... und gebissen.«

Sieht ganz so aus, als ob du die Technik mit dem Gürtel erst später im Knast kennen gelernt hast, du Schwein. »Und – hat er irgendwas Besonderes gesagt, woran Sie sich noch erinnern können?«

»Nein. Ich hab mir tausendmal den Kopf zermartert. Natürlich hat er sich zu rechtfertigen versucht, das können Sie sich ja vorstellen. Ja, und dann hat er noch behauptet, dass er nicht anders kann, dass er sich selbst therapiert. Für mich war das alles nur völlig hirnrissiges Geschwafel – nur eine bequeme Ausrede ...«

»Sie meinen, dass er sich selbst therapiert?«

Gummer sah ihn erstaunt an. »Was?«

»Ja, dass er sich selbst behandelt«, sagte Caffery leise und dachte an das Notizbuch, das jetzt in Souness' Schublade lag. Er sah Gummer an. »Tut mir Leid – ist völlig nebensächlich –, aber nach unserer Auffassung ist dieser Klare schizophren. Also, er ist ...«

»Der Kerl ist total verrückt – ja, komplett wahnsinnig.«

»Ja, kann schon sein.« Caffery trommelte mit den Fingern auf die Schreibtischplatte. »Na ja, vergessen wir das erst mal. Sie fahren jetzt am besten mit Ihrer Schilderung fort.«

Als Klare schließlich verschwunden war, wollte Gummer zur Polizei gehen. Doch seine Frau lehnte das rundweg ab und gab ihm mit einigen unmissverständlichen Worten zu verstehen, dass er in der Öffentlichkeit als *Kinderschänder* dastehen würde, falls etwas von dem Vorfall bekannt wurde. Ein Kinderschänder! *Niemand darf je etwas davon erfahren. Sonst sind wir für den Rest unseres Lebens gezeichnet.* Doch schließlich war das eiserne Schweigen unerträglich geworden. Deshalb hatte Gummers Frau eines Tages ihre Schallplatten, ihre Jane-Fonda-Aerobic-Videos

459

und ihren Sohn eingepackt und Gummer so gut wie mittellos in London zurückgelassen. Nicht mal ein Kopfkissen oder Bettwäsche oder Handtücher hatte sie ihm dagelassen – das Einzige, was Gummer blieb, war eine klebrige Flasche Tomatenketchup in dem sonst leeren Kühlschrank. Außerdem hatte Gummers Frau ihren Mann davon überzeugt, dass er pervers sei – sonst hätte er es gar nicht geschafft, seinen eigenen Sohn zu schänden. »Stellen Sie sich das mal vor – meinen eigenen Sohn. Hätte ich niemals für möglich gehalten, wenn es nicht wirklich passiert wäre.«

»Gab es in Ihrem Haus einen Speicher?«

»Ja. Wir hatten einen Dachboden.«

Caffery stellte sich vor, wie Klare wie eine Spinne auf dem Speicher hockte, seine Opfer ausspähte und geduldig wartete, bis er aus seinem Versteck herauskommen und ungestört seine perversen Gelüste ausleben konnte. »Ich glaube, dass er sich über den Dachboden Zugang zu Ihrem Haus verschafft hat.«

»Weiß ich.«

»Das *wissen* Sie?«

»Hab ich später herausgefunden. Abgehauen ist er zwar durch den Vordereingang – ist einfach vorne zur Tür rausspaziert. Aber ich hab mich die ganze Zeit gefragt, wie er eigentlich ins Haus gekommen ist. Deshalb bin ich hinterher mit der Leiter auf den Speicher gestiegen und hab den Misthaufen entdeckt, den er dort hinterlassen hatte.« Gummer zuckte die Schultern. »Außerdem hat meine Frau schon in den Tagen zuvor immer wieder gesagt, dass in unserem Haus irgendwas nicht stimmt.«

»In den Tagen *zuvor*?«

Gummer nickte. »Ja, sie hat ständig behauptet, dass es im ganzen Haus so merkwürdig riecht. Ich hab davon zwar nichts bemerkt, aber sie wollte das Haus unbedingt noch vor unserem Urlaub von diesem Geruch befreien. Sie war sogar der Meinung, dass vielleicht ein Tier unter den Bodendielen verendet ist. Wahrscheinlich hätte sie die ganze Bude auseinander genommen, wenn ich sie nicht gebremst hätte. Heute weiß ich natürlich, dass das ein Fehler war ...«

Er hielt inne. Caffery saß plötzlich kreidebleich vor ihm.

»Dann hat Ihre Frau den Dreck auf dem Speicher also schon *vorher* gerochen?«

»Ja, sie hat deswegen ständig herumgemault. Ich selbst hab allerdings nichts gerochen, aber man sagt ja, dass Frauen eine feinere Nase haben als wir Männer.«

Caffery stand abrupt auf und ging nach nebenan. Er trommelte nervös mit den Fingern auf Kryotos' Schreibtischplatte.

»Marilyn. Wo steckt eigentlich Danni?«

»Sie hat gerade angerufen – wird ungefähr in fünfzehn bis zwanzig Minuten hier sein.«

»Okay. Kann ich Ihnen so lange Gummer überlassen? Vielleicht können Sie ihm einen Tee machen oder irgendetwas.«

»Ich werd ihm erst mal einen schönen Teller Gebäck verpassen. Und wohin wollen Sie?«

»Nach Brixton. Sagen Sie Danni, dass ich mich später melde.«

33. KAPITEL

Was für ein Geräusch hatte sie da aus ihrem langen tranceartigen Schlaf geschreckt? Eine Stimme? Ja, dachte Benedicte – eine murmelnde Männerstimme. Sie öffnete die Augen. Eine Schmeißfliege hatte sich in Smurfs Schnauze häuslich eingerichtet. Benedicte lag auf der Seite und starrte gedankenverloren auf das Insekt, wusste nicht recht, ob sie träumte oder ob sie wirklich unten in der Küche eine Männerstimme gehört hatte.

Hal? Ob das Hals Stimme war? *Was ist hier eigentlich los?* Sie hob den Kopf. Ob der Troll sich vielleicht endlich davongemacht hatte? Vielleicht sprach Hal ja mit Josh. *Ja, richtig – der Troll ist weg, und ich hab nichts davon mitbekommen, weil ich geschlafen habe.* Sie rollte sich auf den Bauch und legte die Hände auf die zersplitterten Bodendielen. Die Haut an ihren Händen war dünn wie Pergament. Sie hätte sich nicht gewundert, wenn sich die Adern darunter wie tiefschwarze Fäden abgezeichnet hätten. Ihre Kehle war so ausgedörrt, dass sie wie ein bleischwerer Klumpen in ihrem Hals zu stecken schien.

Hatte da nicht schon wieder jemand unten in der Küche gesprochen?

Hal?

Unter irrsinnigen Schmerzen rutschte sie ein Stück zur Seite und schob den Kopf über das Loch im Boden. Jede kleinste Bewegung kostete sie unendlich viel Zeit, und bei jeder noch so geringen Anstrengung fing das ganze Zimmer an zu tanzen, bis sie nur noch vage Konturen vor sich sah. Sie ließ die Hand in den Schacht in der Decke gleiten. Unten in der Küche brannte das Licht, das spürte sie, weil die Rosette ganz warm war. Dann schob sie die Kappe nach unten, bis diese mit einem leisen Geräusch an dem Kabel nach unten glitt und die Lampe leicht zu schaukeln anfing. Benedicte blieb einen Augenblick erschöpft liegen und keuchte. *Ich bin krank,* dachte sie. *Das Schwein bringt uns um.* Unter Aufbietung ihrer letzten Kräfte schob sie ihr Gesicht über das Loch, und augenblicklich stieg ihr ein Geruch in die Nase, der an ein brünstiges Tier erinnerte.

Mein Gott, ist das miese Schwein immer noch da?

Und dann sah sie, was unten los war. Instinktiv wollte sie den Kopf aus dem Loch zurückziehen, blieb aber starr vor Entsetzen einfach liegen.

Hal lag nicht mehr an der Stelle, wo sie ihn zuletzt gesehen hatte. Dort war jetzt nur noch ein großer dunkler Fleck zu sehen. Neben dem Flecken stand der Polstersessel, der sich vorher im Wohnzimmer neben dem Fenster befunden hatte. Mit dem Gesicht Richtung Wohnzimmer hockte nur drei Meter unter ihr der Troll wie ein Vogel in dem Sessel und machte sich mit den Händen zwischen den Beinen zu schaffen.

Sie atmete so leise wie möglich ein. *Du hättest es wissen müssen – wie konntest du nur so naiv sein?* In den beiden Räumen unten waren sämtliche Lichter eingeschaltet, die Vorhänge zugezogen. Auf dem Boden neben dem Troll lag eine Kamera. Er hatte nicht gehört, wie sich die Rosette von der Decke gelöst hatte, weil er gebannt auf etwas starrte, das sich außerhalb ihres Blickfelds im Wohnzimmer abspielte. Sein Gesicht war völlig verzerrt und vor Aufregung gerötet, und an seiner Unterlippe hing ein Speichelfaden. Als sie genauer hinsah, erkannte sie, dass er den Gürtel gelöst und die Hose oben geöffnet hatte und sich mit einer Hand selbst massierte. *O Gott.* Eine Welle der Übelkeit ergriff von ihr Besitz. *O Gott – dieses elende Schwein.* Er hörte kurz auf zu masturbieren und spuckte sich in die Hand, und Benedicte erhaschte einen Blick auf seinen kleinen schlaffen Penis.

»Los, mach schon«, brummte er. »Fang endlich an.«

Was beobachtet das dreckige Schwein da nur? Wohin glotzt die miese Sau? Hoffentlich kann Josh ihn nicht sehen.

»Los, mach schon«, sagte er. »Los, tu es endlich.« Seine Unterlippe hing schlaff nach unten, und aus seinem Mund rann Speichel, während er sich mit seiner klebrigen Hand an sich selbst zu schaffen machte. *Mit wem spricht er eigentlich?* Ben schloss die Augen und sah auf ihrer Netzhaut zuckende Blitze. *Ob das alles vielleicht nur eine Halluzination ist? Kann es sein, dass ich träume? Mein Gott, Josh. Wo ist Josh?*

Im Wohnzimmer erklang eine schauderhaft heulende Stimme. Sie riss die Augen auf. War das nicht Hal? Er wimmerte mit schluchzender Stimme etwas, was sie nicht richtig verstand: »IchkannnichtIchkanneseinfachnichtNeinichkannesnicht. *Bitte-Gottlassmichsterben* ...«

Dann holte er schluchzend Luft, und diesmal konnte sie deutlich verstehen, was er sagte: »Bringen Sie mich um. Bitte, bringen Sie mich lieber um.«

»Los, runter da. Los, weg da.« Der Troll stieg von dem Sessel und stieß mit dem Fuß einen schweren Gegenstand aus Bens Blickfeld. Dann zog er den Gürtel aus seiner Jeans. »Los, runter da.« Er wickelte sich den Gürtel um die Faust und straffte mit der anderen Hand das verbliebene Ende. Die Jeans rutschte ihm bis auf die Knöchel herunter. Dann ließ er sich wie ein Tier auf alle viere nieder.

Mein Gott, was hat er nur vor? Sieht aus, als ob er ...

Sie konnte nur seinen Unterleib sehen, die heruntergelassene Jeans, den schmutzigen grauen Slip. Dann setzte sich sein Hinterteil in Bewegung – wie bei einem fressenden Tier. Wie bei einer Katze, die etwas ...

Ja, genau – die etwas kaut ...

Ein spitzer Schrei. Die Hinterbacken des Trolls zuckten. Jetzt endlich begriff Benedicte, was los war. Josh. »Nein!« Sie ließ sich in das Loch gleiten. »*Nein!* Lass ihn in Ruhe – du *Schweeeiiin*.«

Der Mann unter ihr erstarrte.

»Du verdammtes Schwein, lass ihn in Ruhe – sonst bring ich dich um!«

Nichts. Das Einzige, was sie hörte, war ihr wild pochendes Herz. Dann plötzlich erschien sein Gesicht direkt unter dem Loch – sie konnte seinen Atem riechen, sah das Blut an seinen

Zähnen. *O mein Gott.* Sie fuhr zurück, stieß mit dem Kopf gegen ein Brett, prallte zurück in das Loch. *Nein!* Sie versuchte sich aufzurappeln, ruderte wie wild mit dem Fuß ihres freien Beines, suchte nach einem Halt auf dem Boden, erwartete jeden Augenblick den stinkenden Atem über sich. Sie hörte, wie er ängstlich anfing zu keuchen – *Wovor sollte der sich denn fürchten?* –, erhaschte einen Blick auf seine weit aufgerissenen, nervös flackernden Augen, sah, wie er sich mit den Händen an den Mund fasste, als ob *er* Angst vor *ihr* hätte. Dann fing er an zu schnüffeln und mit wild zuckenden Lippen zu wimmern, und diesmal gelang es ihr, sich mit letzter Kraft aus dem Loch herauszustemmen. Kaum hatte sie den Kopf aus dem dunklen Loch gezogen, als es unten an der Tür klingelte.

Caffery stand im strömenden Regen draußen vor der Tür. Er atmete schwer. Er war um die ganze Clock-Tower-Grove-Baustelle gelaufen – vorbei an schweren Maschinen und Kabelrollen. *Champ, ja – in Zukunft werd ich wohl immer an diesen Champ denken, wenn ich irgendwo ein verdammtes Kabel sehe.* Dann rannte er über den Weg, der zu den Häusern führte. Bis auf die Nummer fünf war noch keines der Häuser bewohnt. Im Haus Nummer fünf waren die Vorhänge zugezogen. Als er das sah, beschleunigte er abermals das Tempo und fing an zu rennen, bis er vor der Tür stand und mit dem Daumen auf die Klingel drückte.

»Mrs. Church?« Er läutete abermals und presste den Handrücken gegen den Klingelknopf. Im Haus war alles still. Er stellte sich auf die Zehenspitzen und spähte in die Garage und sah dort im Dämmerlicht einen gelben Daewoo. Möglich, dass er sich täuschte. Er konnte sich noch an die Frau erinnern, die ihm vor über einer Woche die Tür aufgemacht hatte. Er wusste noch, dass sie etwas über den Geruch in dem Haus gesagt hatte – genau wie Gummers Frau vor mehr als zehn Jahren und wie Souness, als er mit ihr im Haus der Familie Peach gewesen war. Und auch an den Hund konnte er sich noch erinnern. Er öffnete den Briefschlitz.

»Mrs. Church?«

Und dann roch er den Uringestank, der ihm durch den schmalen Schlitz entgegenströmte. *Mein Gott, der Dreckskerl hat ja wie ein Tier gewütet.* Auf dem Boden lagen überall Fast-food-Verpackungen. Irgendwo weiter hinten im Haus lief ein Fernseher. Und oben auf dem Treppenabsatz war etwas an die Wand gesprüht.

Er ließ die Klappe wieder zufallen und zog mit wild pochendem Herzen das Telefon aus der Tasche.

»Jack, hören Sie mir gut zu«, sagte Souness. »Betreten Sie das Haus auf gar keinen Fall, bevor wir da sind. Warten Sie auf uns. Haben Sie mich verstanden?«

»Ja, natürlich.«

Das war ehrlich gemeint. Er schob das Telefon wieder in die Tasche und stand mit dem Jackett über dem Kopf im strömenden Regen vor der Tür, trat von einem Fuß auf den anderen, blickte an der Fassade des Hauses empor und drehte sich dann um und hielt Ausschau nach den Einsatzwagen des örtlichen Polizeireviers. So vergingen ein paar Minuten, als er plötzlich hinter sich in dem Haus ein Geräusch hörte. Wieder riss er den Briefschlitz auf und sah gerade noch, wie jemand aus der Küche in den Gang und dann die Treppe hinaufrannte. Die riesige Gestalt trug etwas auf dem Arm, und Caffery sah Blutspuren auf dem Boden. Er zog das Jackett aus, wickelte es sich um den Arm und rammte den Ellbogen durch die Glasscheibe, öffnete dann den Riegel, drückte die Klinke herunter, und schon stand er in dem Haus und rannte in die Küche, während hinter ihm die Tür krachend ins Schloss fiel. In der Küche war es stickig – ja, den Gestank kannte er inzwischen nur zu gut. *Mein Gott, was ist hier nur passiert?* Sämtliche Lichter brannten, die Vorhänge waren geschlossen, und vor ihm auf dem Boden lag eine zitternde Gestalt in ihrem eigenen Kot. *Das kann nur Mr. Church sein,* war Cafferys erster Gedanke. Oh, mein Gott. Church sah ihn an, schloss die Augen und wandte den Kopf ab. *Lass ihn einfach, wo er ist – zuerst musst du unbedingt das Kind finden.* Über ihm knirschten und ächzten die Bodendielen. Jetzt wusste Caffery, was Klare auf dem Arm gehabt hatte.

»*Polizei!*« Er rannte wieder in den Gang hinaus, krallte sich in das Treppengeländer und eilte – zwei Stufen auf einmal nehmend – die Treppe hinauf. Oben auf dem Treppenabsatz blieb er stehen. Sein Herz raste.

»Hierher!« Eine Frauenstimme. »Hierher!« Er fuhr herum. Im Treppenhaus und im ersten Stock war es fast dunkel. Es roch nach Urin. Vor ihm noch eine Treppe, die weiter nach oben in die Finsternis hinaufführte. Hinter ihm eine Tür, linker Hand eine weitere Tür und rechts noch eine Tür, die in roter Farbe mit dem Wort GEFAHR bekritzelt war.

»Mrs. Church?«

»Ja, hier.« Ihre Stimme klang schwach. »Hier …«

»Bleiben Sie ganz ruhig – ich bin gleich zurück.«

»Mein kleiner Junge …«

»Keine Sorge – haben Sie noch etwas Geduld.«

Sie fing an zu schluchzen, doch Caffery hatte Dringlicheres zu tun. *Alles der Reihe nach. Sie scheint so weit in Ordnung zu sein. Das Wichtigste ist jetzt das Kind.* Oben im zweiten Stock knarrte auf dem Treppenabsatz ein Brett. Caffery wirbelte herum und starrte auf die dunkle Treppe. *Wo ist das verdammte Licht?* Er tastete die Wände ab, fand aber nichts. Wieder knarrte ein Brett, und jetzt hörte er weiter oben die Stimme eines weinenden Kindes. Der Kleine schrie nicht etwa um Hilfe, nein, er weinte, als ob er schon lange die Hoffnung aufgegeben hatte, dass jemand ihn hörte. *Wie heißt der Junge noch mal? Verdammt – streng gefälligst dein Gehirn an.* Caffery legte die Hand auf das Geländer und sah, dass über der Treppe an der Wand das Foto eines kleinen Jungen hing, der grinsend eine Ziege fütterte. Und plötzlich fiel es ihm wieder ein. *Josh.*

»Josh?«, schrie er nach oben. »Josh, ich kann dich hören. Ich bin von der Polizei. Du brauchst keine Angst zu haben – ich bin gleich bei dir. Bleib ganz ruhig, okay?«

Das Weinen hörte auf. Stille. Caffery holte tief Luft und ging leise die beiden ersten Stufen hinauf. »Josh?« Oben blieb alles still – nur ein Keuchen, das so leise war, dass er es schon fast für eine Einbildung hielt. »Josh?«

Plötzlich stürzte ihm von oben aus der Dunkelheit etwas entgegen.

»Jesus ...«

Er drückte sich instinktiv gegen die Wand, war aber nicht schnell genug und erhielt einen Schlag in den Magen, dessen Wucht ihn in die Tiefe riss. Er versuchte vergeblich, irgendwo einen Halt zu finden, und knallte gegen die Tür des Bades, während ihm das Telefon aus der Tasche rutschte und polternd über die Treppe ins Erdgeschoss stürzte. Wieder Stille. Er blinzelte. »*Josh?*« Der nackte, angststarre Junge war rund einen Meter von ihm entfernt direkt am Fuß der oberen Treppe gelandet. Sein Mund war mit braunen Klebeband verschlossen. »Josh?«, zischte Caffery. »Alles in Ordnung?« Das Kind sah ihn mit schreckgeweiteten Augen an. Die Tränen hatten weiße Linien auf sein Gesicht gezeichnet. Auch seine Handgelenke waren mit Klebeband umgewickelt. »Komm hierher.« Caffery rappelte sich auf und öffnete die Badezimmertür. »Geh da rein. Los, schnell.« Der Junge gehorchte sofort und wankte in das Bad, als ob er betrunken wäre. Trotz des schlechten Lichts sah Caffery auf dem Rücken des Kindes eine klaffende Bisswunde. Er hätte heulen mögen. »Und nicht das Licht anmachen«, zischte er. »Ich komme gleich zurück.« Er zog die Tür hinter sich zu und blickte wieder die Treppe hinauf.

»Klare – du mieses Schwein.«

Er wartete. Keine Reaktion.

Er schlich zur Treppe hinüber, ging leise Stufe um Stufe hinauf, blieb immer wieder stehen und lauschte nach oben. *Was, zum Teufel ...?* Weiter oben hörte er quietschendes Metall. *Ach ja, die Leiter zum Speicher – die beschissene Leiter.* Er gab sich einen Ruck und stürmte in blinder Wut nach oben, sah nicht einmal die Tür, die ganz oben von dem engen Treppenabsatz in ein weiteres Schlafzimmer führte –, den Blick starr auf die Aluminiumleiter gerichtet, die zum Dachboden hinaufführte. Klare befand sich inzwischen auf halber Höhe – wollte sich davonstehlen. »Stehen bleiben – du Schwein ...« Caffery stürzte sich auf die Leiter, während Klare behände hinaufkletterte. Caffery griff nach seinen Beinen, und die Leiter quietschte unter dem Gewicht der beiden Männer. Doch Klare war bereits durch die Luke geschlüpft, und Caffery verlor ihn kurz aus den Augen, sah nur noch die Sohlen seiner Turnschuhe, hatte den Geruch des Perversen in der Nase, hörte das Knarren der Deckenbalken. *Scheiße.* Er zog sich die letzten Sprossen hinauf, schob den Kopf in den dunklen Speicher. Der Regen prasselte auf die Dachziegel über seinem Kopf, während Klare weiter hinten im Halbdunkel verschwand. Ja, natürlich, klar: *Das Schwein will sich ins Nachbarhaus retten.* Der Gestank verrotteter Lebensmittel stieg ihm in die Nase, dann stand er bereits vor der Mauer, ertastete die von Klare geschaffene Öffnung, schob sich hindurch, zerriss seine Hose, stieß mit dem Kopf gegen das Mauerwerk, stand dann geduckt auf dem benachbarten Speicher und streckte die Hände vor sich aus. *Verdammt – total dunkel hier.* Er blieb einen Augenblick stehen, verschnaufte kurz, lauschte auf Klares Atem. Am anderen Ende des Speichers schoss plötzlich ein Lichtstrahl von unten in den Dachstuhl hinauf. Klare war jetzt deutlich zu sehen, drückte die Schwingklappe nach unten.

»*Stehen bleiben!*«

Doch Klare stand bereits breitbeinig über der Luke, ließ gerade die Aluleiter hinunter. Caffery sprang – mit rasendem Herzen – geschmeidig von Balken zu Balken. *Wahren Sie stets den nötigen Sicherheitsabstand ... Noch ein paar Schritte, dann bist du der Situation rettungslos ausgeliefert, riskierst womöglich dein Leben. Ob dies der geeignete Ort ist ...?*

Doch Klare ließ sich nicht beirren. Er drehte sich blitzschnell um und verschwand in der Luke, schien die Leiter kaum zu berühren. Sekunden später hatte Caffery die Leiter erreichte, krachte mit den Knien gegen die Sprossen, landete auf einem Teppichboden, stand auf einem nagelneuen Treppenabsatz, sah die geblümten Wände, erhaschte einen Blick in das Bad, wo das Waschbecken und die Toilette noch mit Plastik verhüllt waren. Rechts verschwand Klares Kopf gerade im Treppenhaus, krachte gegen die Wand. Caffery rannte ihm nach, drückte sich auf dem unteren Treppenabsatz gegen die Wand, verschaffte sich rasch einen Überblick, stürzte dann – drei Stufen auf einmal nehmend – die untere Treppe hinunter, landete im Erdgeschoss, rang taumelnd um sein Gleichgewicht, stolperte über die Kartonage, mit der die Handwerker den Boden abgedeckt hatten, während Klare weiter vorne in der Küche verschwand. Mit dem Aufschrei »*Du Schwein!*« stürzte Caffery ihm nach und starrte plötzlich in die gleiche Küche, die er schon nebenan bei den Churchs gesehen hatte, hielt sich am Türrahmen fest.

Roland Klare hatte inzwischen die Tür zum Garten erreicht, rüttelte verzweifelt an der Klinke, warf sich gegen das Holz, wäre fast zu Boden gestürzt. Doch die Tür war verriegelt.

»Stehen bleiben!«, brüllte Caffery. *Reiß dich gefälligst zusammen, Jack, was ist eigentlich deine Priorität: der Typ oder die Tür...?*

»Bleiben Sie stehen!«

Klare drehte sich keuchend um. Sein graues T-Shirt hob und senkte sich, sein weiches Frauenhaar klebte ihm im Gesicht. »Nein...« Er streckte Caffery die Hände entgegen. »Nein! *Fassen Sie mich nicht an*!«

»Was soll das heißen? Sie sind verhaftet – Sie mieser Scheißer!«

»*Nein!*« Der Reißverschluss vorne an seiner Hose stand noch offen. »Nein, nein, nein – bitte, bitte nicht.« Klare trat einen Schritt zurück, hielt sich die Ohren zu. »Ich hab es nicht gewollt.« Er sackte vor dem Waschbecken zusammen, vergrub das Gesicht in den Händen. »Ich hab es doch gar nicht gewollt.«

»Was – Sie haben es nicht *gewollt*? Erzählen Sie doch keine *Scheiße*. Was wollten Sie *denn*? Los, sagen Sie schon, was *wollten* Sie?« Caffery trat einen Schritt vor und verpasste Klare probehalber einen Tritt in die Seite. Der riesige Mann seufzte leise auf, leistete aber keinen Widerstand, also verpasste Caffery ihm gleich einen zweiten Fußtritt. »Los, ich will wissen, wieso Sie das getan haben!«

»Ach, lassen Sie mich doch in Ruhe.« Auf Klares Gesicht erschien ein Ausdruck tiefsten Selbstmitleids. Er vergrub seine Finger in seinem Haar. »Fassen Sie mich nicht...«

»Und was haben Sie sich dabei gedacht, als sie einen achtjährigen Jungen dem Tod preisgegeben haben? Was? Los – was haben Sie sich dabei gedacht?« Wieder versetzte er ihm ein paar Tritte in die Seite und – als Klare sich kurz umdrehte – einen weiteren in die Nieren. »Ich rede mit dir, du Scheißhaufen. Was haben Sie sich dabei gedacht?«

»Bitte, hören Sie auf, *bitte* ...« Klares Gesicht war tränenüberströmt. »Ich hab es wirklich nicht gewollt. Ich kann einfach nicht anders – ich hab es echt nicht gewollt.«

»Das hast du schon *mal* gesagt!« Caffery verpasste dem Mann in rascher Folge zwei weitere Fußtritte – einen gegen die Brust, den anderen ins Gesicht. Klares Nase fing heftig an zu bluten. »Das hast du schon mal gesagt, du *stinkender* Scheißhaufen – dass du es nicht gewollt hast!« Er wandte sich von ihm ab, ging erregt in der Küche auf und ab, ballte die Hände zu Fäusten. Klare stammelte etwas vor sich hin – das Blut, das aus seiner Nase strömte, tropfte zu Boden. »Und was hast du dir dabei gedacht, als du den armen Mann nebenan in seiner eigenen Scheiße hast liegen lassen? Was?«

»Bitte *nicht*. Ist doch nicht meine Schuld. Ist doch nur wegen der Therapie ...«

»Schnauze.« Caffery ging wieder zu Klare hinüber, wäre fast in dessen Blut ausgerutscht, und trat dem Mann mit voller Wucht in die Rippen. »Ich hab gesagt: Schnauze!«

»Jack!«

Caffery drehte sich keuchend um. Sein Gesicht war schweißüberströmt. Souness stand draußen im Gang. Neben ihr zwei martialisch gekleidete Beamte mit Schutzhelmen. Danni war kreidebleich. Ihr erster Blick galt Klare, der in seinem eigenen Blut schwamm, dann sah sie Caffery an, der – wie ein lauerndes Raubtier – mitten in der Küche stand.

»Jack, verdammt noch mal, was *machen* Sie denn da?«

Nachmittags hing eine tiefe Wolkendecke so schwer über der Stadt, dass sie fast die Schornsteine und die Straßenlaternen zu berühren, ja beinahe die Straßen einzunebeln schien, als ob vorzeitig der Abend hereingebrochen wäre. Rebecca lag in Jacks Bett und döste vor sich hin. Sie hatte in der vergangenen Nacht nicht gut geschlafen. Gegen 23 Uhr hatte Caffery angerufen. Anschließend war sie – während im Hintergrund der Fernseher lief – im Haus umhergegangen und hatte sich davon zu überzeugen versucht, dass kein Grund zur Sorge bestand. Immer wieder hatte sie sich eingeredet, dass er sich schon irgendwie beherrschen würde, dass er schließlich kein Kind mehr war und durchaus selbst auf sich aufpassen konnte. Sie hatte nur zwei Wodka getrunken, und Gott sei Dank hatte auch niemand angerufen und gesagt: »Miss Morant, vielleicht sollten Sie sich besser erst mal setzen.« Deshalb ging sie davon aus, dass nichts Schlimmes passiert war. Morgens hatte sie dann Einkäufe erledigt, war mit dem Käfer zu Sainsbury's gefahren und später im strömenden Regen mit riesigen Tüten voller Weinflaschen und Früchte zurückgekehrt. Als sie ins Haus gekommen war, hatte der Anrufbeantworter geblinkt und eine Nachricht angezeigt. Eigentlich war es nicht ihre Art, Cafferys Nachrichten abzuhören – so weit war es mit ihr gottlob noch nicht gekommen –, doch als sie dann in der Küche gerade mit dem Auspacken der Einkäufe beschäftigt war, hatte das Telefon wieder geklingelt, und diesmal hatte sie alles mitgehört: »Ich bin's noch mal. Wollte nur wissen, ob Sie meine Nachricht wegen Montag erhalten haben. Montag um 13 Uhr.«

Rebecca stand mit einer Tüte Mandarinen in der Hand in der Küche und starrte in den Gang hinaus. Ja, das war wieder diese Tracey. *Lass uns bitte mit deinem Schwachsinn in Ruhe, Tracey – jetzt, wo wir die Dinge gerade halbwegs auf die Reihe kriegen.* Nachdenklich legte sie die Tüte auf den Tisch, ging in die Diele hinaus und schaltete den Anrufbeantworter ein. Das Band lief zurück, und die erste Nachricht wurde abgespielt: Zunächst Schweigen. Offenbar musste diese Tracey ihren ganzen Mut zusammennehmen. Dann: »Also hier spricht Tracey. Hm – also worüber wir gesprochen haben. Ich komm am Montag wieder raus. Wenn Sie mehr wissen wollen – eh ...« Sie hielt inne, und Rebecca konnte hören, wie die Frau an ihrer Zigarette zog. »Ich bin dann gegen eins wieder bei mir zu Hause – Sie wissen ja, wo das ist.«

Rebecca verspürte plötzlich eine diffuse Angst, und das, obwohl sie sich gerade erst vorgenommen hatte, sich nicht mehr so leicht aus der Bahn werfen zu lassen. Sie hörte nochmals beide Nachrichten ab und schrieb dann mit einem Filzstift auf ihren Handrücken: *Tracey/Montag/13 Uhr.* Dann ließ sie das Band zurücklaufen. Sollte vor Jacks Rückkehr ein weiterer Anruf eingehen, dann würden Traceys Nachrichten eben gelöscht. Außerdem war das Blinklicht jetzt deaktiviert, sodass Caffery eigentlich keinen Grund hatte, das Gerät abzuhören, sofern sie ihm nichts von den Anrufen sagte. *Vielleicht ist es am besten, du verheimlichst ihm einfach, dass diese Tracey angerufen hat – sagst ihm einfach nichts davon ... Möglich, dass er dann den ganzen Schwachsinn allmählich vergisst ... Wenigstens ist dieser Penderecki endlich krepiert ...* »O verdammt, was redest du denn da?!«

Sie blickte Richtung Küche. *Vielleicht solltest du zur Beruhigung doch lieber ein Glas trinken.* Nein – sie wollte nicht rückfällig werden. Also packte sie weiter ihre Einkäufe aus, machte die Küche sauber, steckte eine Ladung Wäsche in die Maschine, aß zum Mittagessen ein Sandwich und ging dann nach oben. Im Schlafzimmer zog sie ihre Jeans und das T-Shirt aus, legte sich auf Jacks Bett und schlief ein.

So lag sie noch immer im Halbschlaf da, als später am Nachmittag unten sein Wagen vorfuhr. Er war heute viel früher dran, als sie erwartet hatte. Sie sprang auf, eilte zum Fenster und blinzelte verschlafen nach draußen, wo er gerade aus dem Jaguar stieg. Am Gartentor blieb er einen Augenblick unschlüssig stehen und starrte mit einem merkwürdigen Gesichtsausdruck auf die Eingangstür – als ob er sich über etwas klar zu werden versuchte oder über eine Telefonnummer oder etwas anderes nachdachte, was ihm gerade entfallen war. Dann ließ eine Windböe den Regen fast waagerecht niederprasseln, und die Bäume vorne im Garten bogen sich, und Jack erwachte aus seiner Erstarrung und kam ins Haus. Sie hörte, wie er seine Schlüssel unten in der Diele auf das Tischchen warf und dann die Treppe hinaufeilte.

Sie warf sich rasch eines seiner Hemden um und ging ihm entgegen. Die Badtür stand offen, und er hatte sich über die Toilette gebeugt und hielt sich mit den Händen am Spülkasten fest, als ob er sich erbrechen müsste.

»Jack?« Er verharrte in seiner Stellung. »Jack – ist alles in Ordnung?«

Er schüttelte den Kopf. Sie legte ihm die Hand auf den Rücken und sah, dass das Regenwasser, das aus seinen Hosenbeinen floss, rot verfärbt war. Auf den Fliesen bildete sich eine Lache aus verdünntem Blut.

»Jack?«

Er spuckte in die Toilette. »Ja?«

»Du blutest ja.«

Er blickte auf den Fußboden. »Ja, das ist Blut.«

»Bist du verletzt?«

»Nein.«

»Nein?« Sie war wie vom Donner gerührt. »Dann ... o Gott ...« Sie presste sich die Hand auf den Mund. Unten klingelte jemand an der Tür. »Jack? O Gott, Jack, was ist denn passiert? Was hast du getan?«

»Alles in Ordnung. Ich hab noch rechtzeitig aufgehört ...«

»Was soll das heißen ...?«

»Bevor ich ...«

»Bevor du *was*?«

»Bevor ich ... ach, Scheiße ...« Er ließ den Kopf sinken. Wieder klingelte es an der Tür – diesmal länger. »Würdest du bitte aufmachen?«

»Ich hab dich *gewarnt*.«

»Becky ...«

»*Was?*«

»Die Tür.«

»Die Tür?«

»Ja, die Haustür.«

»Ach so, ja – natürlich.« Sie rannte die Treppe hinunter: *Ich brauch unbedingt einen Drink – und Jack, von dieser Tracey erzähl ich dir kein Wort, ja, ich lüg dich einfach an ...* Unten öffnete sie die Tür, und vor ihr stand Souness mit rotem Gesicht und trat sich die Füße warm.

»Danni ...«

»Becky ...« Souness kam unaufgefordert herein und hinterließ auf dem Boden eine Wasserpfütze. »Wo ist er?«

»Was? Oh ... ach so.« Rebecca fuhr sich mit der Hand über die Stirn. »Er ist oben im Bad. Danni, was ist denn los?«

Oben spuckte Caffery in die Toilette und wischte sich dann den Mund ab. Ja, er hätte diesen Klare tatsächlich am liebsten umgebracht. Die Tritte, die er ihm verpasst hatte, hatten eigentlich Penderecki gegolten. Und als Klare geschrien und ihn abzuwehren versucht hatte, da hatte Caffery sich vorgestellt, dass er Pendereckis Schreie hörte, ein Vergnügen, das ihm nie vergönnt gewesen war. Ja, ihn hatte buchstäblich eine Mordswut überwältigt, und dieses Gefühl wollte einfach nicht aufhören – war immer noch da, saß ihm wie ein brennender Schmerz in den Eingeweiden.

»Ist Ihnen schlecht?« Souness stand mit verschränkten Armen direkt neben ihm.

Er schüttelte den Kopf.

»Was dann?«

»Am liebsten würde ich kotzen, wenn ich nur könnte.«

»Hm – überrascht mich nicht. Ich würde mir nämlich auch die Seele aus dem Leib kotzen, wenn ich meinen Partner derart hätte hängen lassen.«

»Ich brauch unbedingt was zu trinken.« Rebecca stand in der Tür, ihre Stimme zitterte. »Vielleicht sollte ich uns allen einen Drink machen.«

»Nein, Becky, im Augenblick nicht.« Souness stützte sich mit den Händen auf die Oberschenkel und sah Caffery von der Seite an. »Ich hab hier erst noch was zu regeln. Der Typ da – ist nämlich einfach abgehauen.«

»Ich konnte nicht anders.« Er richtete den Oberkörper ein wenig auf, wischte sich den Mund ab und atmete tief ein und aus. »Sie wissen doch, ich konnte einfach nicht anders.«

»Und mich in der Scheiße sitzen lassen, Jack? Wir haben Klare gerade in Brixton eingesperrt, und ich brauche Sie dort. Ich bin mit der Geschichte allein überfordert.«
»Nein, am besten, Sie entziehen mir den Fall.«
»*Was?*«
»Ich möchte, dass sie mir die Ermittlungen entziehen.«
»Na, so was.« Sie spreizte die Hände und blickte ratlos um sich, betrachtete ungläubig die Wände, die Spiegel, das Waschbecken. »Was für einen Schwachsinn reden *Sie* denn da?«
»Sie haben doch gesehen, was ich vorhin getan habe.« Er drängte sich an ihr vorbei und ging zum Waschbecken, drehte den Hahn auf und schöpfte sich Wasser in den Mund. »Das können Sie doch nicht dulden.«
»Was hat er denn getan, Danni?«
»Sie haben doch *selbst* gesehen, was ich getan habe, Danni.«
»Also, ich hab nur einen miesen Scheißhaufen – genau genommen einen Kindermörder – gesehen, der sich der Festnahme widersetzt hat. Und wissen Sie, was? Ich hab extra noch mal die beiden Beamten angerufen, die bei der Festnahme dabei waren, und sie gefragt, was sie gesehen haben. Die beiden haben erklärt, dass ich die Situation völlig richtig sehe – dass ich mir also nichts eingebildet habe. Die beiden haben genau das Gleiche gesehen wie ich.«
Caffery schüttelte den Kopf. »Nein, Danni.«
»Das kommt nun mal vor, wenn jemand sich der Verhaftung widersetzt – manchmal muss man eben ein bisschen nachhelfen. Besonders, wenn man es mit solchem Abschaum zu tun hat.«
Er schaute lange in den Spiegel über dem Waschbecken und sah sie an. »Dann glauben Sie echt, dass Sie mich da raushauen können?«
»Ja, sieht ganz danach aus.«
»Aber Sie haben doch gesagt, dass ich auf Sie nicht zählen kann, wenn ich Scheiße …«
»Na ja – fragen Sie mal Paulina, was von meinen Versprechungen zu halten ist. Ein kleiner Luxus, den ich mir manchmal leiste – wegen der vielen Schufterei, wissen Sie.«

»Na gut.« Er ließ die Zunge im Mund kreisen. Sie musste unbedingt begreifen, wie sehr ihn dieser Fall innerlich und äußerlich mitgenommen hatte. Ja, er wollte, dass sie kapierte, wozu er in seiner Besessenheit fähig war. »Augenblick noch.«

Er rannte die Treppen hinunter, riss die Tür zu dem Kämmerchen auf und wühlte darin herum, bis er unter den übrigen Sachen die zugeklebte Schachtel fand. Jetzt würde endlich alles auffliegen. Er hatte nur noch einen Wunsch: reinen Tisch zu machen. Mit der Schachtel auf dem Arm ging er wieder die Treppe hinauf.

Oben im Bad stand Rebecca schweigend neben der Tür. Souness hatte den Klodeckel heruntergeklappt, sich rittlings auf das WC gesetzt und trommelte nervös mit den Fingern auf das Holz – offenbar ein Rock-Song, der ihr gerade im Kopf herumging. Caffery stellte die Kiste auf den Boden, zog sein Schweizer Armeemesser aus der Tasche, klappte es auf und durchtrennte das Klebeband.

»Was ist das?« Souness hörte auf zu trommeln. »Was haben Sie da?«

Er schwieg, sah, wie Rebecca die Arme verschränkte und die Augenbrauen hochzog. Dann öffnete er den Deckel der Schachtel und kippte den Inhalt auf den Boden. Pendereckis Kinderpornosammlung lag jetzt direkt vor ihnen. Ein aufgeschlagenes Magazin, in dem ein vorpubertäres Mädchen zu sehen war, landete vor Rebeccas Füßen. Das Kind hielt sich einen Vibrator an die Wange, als ob es mit ihrem Teddybären spielte oder eine Blume an sich drückte. Rebecca warf einen kurzen Blick auf das Foto, klappte das Heft dann mit einem sanften Fußtritt wortlos zu, setzte sich auf den Rand der Badewanne und vergrub das Gesicht in den Händen.

»Das hier.« Caffery richtete sich auf und sah Souness an. »Das hier ...«

Niemand sagte ein Wort. Rebecca massierte sich grüblerisch die Kopfhaut und starrte auf ihre nackten Knie. Souness schlug die Beine übereinander, zog die Jacke vor der Brust zusammen und verschränkte die Arme.

»Sehen Sie das? Sehen Sie den ganzen Dreck dort?« Er trat mit dem Fuß gegen einige der Magazine und Videos, die am Boden lagen. »Das ist der Grund, weshalb sich Paulina so wahnsinnig für mich interessiert. Ich hab den ganzen Schrott für mich behalten. Das alles gehörte Penderecki. Natürlich hätte ich das Zeug beim zuständigen Dezernat abliefern müssen, aber ich hab es einfach behalten, weil ich gehofft habe, dass ich in dem Dreck vielleicht einen Hinweis auf *Ewan* finde …«

»Jack«, unterbrach ihn Souness.

»Was.«

»Ich weiß Bescheid.«

»*Was* wissen Sie?«

»Ich sag doch: Ich bin informiert worden. Ich weiß Bescheid über diese Tracey Lamb. Bereits seit gestern.«

»Und wieso haben Sie nicht …« Er hielt inne. »Dann hat Paulina Ihnen also erzählt, dass ich die Pädo-Fritzen am Hals habe?«

»Hm – nein. Da täuschen Sie sich. Sie haben *Paulina* am Hals und nicht etwa die ganze Abteilung.« Sie seufzte und verschränkte wieder die Arme. »Sie hat ihren Kollegen zwar Lambs Namen genannt, allerdings gesagt, dass sie einen anonymen Tipp bekommen hat. Paulina ist nämlich ein gutes Mädchen. Sie weiß, wie ich zu Ihnen stehe. Und sie weiß auch, was Ihnen dieser dreckige Penderecki angetan hat.« Souness stand auf und schaute aus dem kleinen Fenster oberhalb der Toilette. Sie öffnete es, und plötzlich drang grünliches Licht den Raum. »Muss irgendwo da drüben gewesen sein – richtig?« Sie wies mit dem Kopf Richtung Bahndamm. »Eines der Häuser dort drüben?«

Er seufzte. »Ja.«

»Und das da …« Souness stützte sich auf die Fensterbank und lehnte sich noch etwas weiter hinaus. »Dann ist das da drüben also das Bahngleis, an dem Sie den kleinen Ewan zuletzt gesehen haben?«

»Ja.« Er drängte sich an ihr vorbei und schloss das Fenster. »Danni.«

»Ja, bitte?«

Er sah sie an. »Bitte, entziehen Sie mir die Ermittlungen.«

»Oh, mein Gott ...« Sie blickte zu Boden und strich sich mit beiden Händen über den Kopf – wieder und wieder. Dann ließ sie die Arme sinken, und auf ihrer Kopfhaut und in ihrem Gesicht waren rote Flecken zu erkennen. »Na ja – mal sehen. Für heute vergessen wir das Thema. Wir sollten noch mal darüber schlafen. Mit Klare komme ich schon zurecht.« Sie legte Caffery die Hand auf den Arm. »Am besten, Sie entspannen sich erst mal ein bisschen. Und wenn Sie sich halbwegs beruhigt haben, kommen Sie einfach ins Büro und schreiben Ihren Bericht. Wir regeln das schon irgendwie. Ich möchte nämlich unbedingt eine Untersuchung vermeiden – sonst nehmen sie mir nachher noch die ganze Abteilung auseinander. Und der Dreck dort ...« Sie stieß mit dem Fuß gegen die Pornohefte am Boden. »Also, davon möchte ich nichts mehr hören. Ich weiß, dass Ihnen schon das Richtige einfallen wird.« Sie seufzte und zog an ihrem Hosenbund. »Und jetzt könnte ich einen Drink gebrauchen, Rebecca ...«

Rebecca ließ die Hände sinken und blickte auf. »Dann haben Sie also Ihre Meinung geändert?«

»Sieht ganz danach aus.«

Souness stand schweigend in Cafferys Wohnzimmer neben der Terrassentür und nippte an ihrem Scotch-Cola, den Rebecca ihr zur Feier des Tages in einem kostbaren Kristallglas gereicht hatte. Sie hatte die freie Hand in die Hosentasche geschoben, wippte auf den Fußballen auf und ab und schaute durch den verregneten Garten zu Pendereckis Haus hinüber. Ja, sie wirkte fast wie ein Gutsherr, der wohlgefällig seine Ländereien betrachtet. »Danke, Becky.« Als sie ausgetrunken hatte, reichte sie Rebecca das leere Glas. »Besten Dank auch.«

Dann verabschiedete sich Souness. Rebecca blieb allein im Wohnzimmer zurück, stellte sich an dieselbe Stelle wie zuvor die Polizistin und starrte auf den Garten und die Buche hinaus, in der sich früher einmal das Baumhaus befunden hatte. Draußen regnete es in Strömen. Der frische Geruch der Erde und der

Pflanzen draußen im Garten drang durch das Fenster herein. Ihr Magen krampfte sich zusammen. *Er muss unbedingt etwas unternehmen – so kann es nicht weitergehen.*

»Becky?« Caffery stand in der Tür und sah erschöpfter aus, als sie ihn je gesehen hatte. So erschöpft, dass die Hautpartie um seine Augen fast zu glühen schien – als ob der seelische Druck ihn zu sprengen drohte. »Ist alles in Ordnung?«

Sie schwieg. *Am besten, du bleibst ganz ruhig und sagst nichts.* »Becky?«

Sie biss sich auf die Unterlippe und wandte sich ab. Sie war fix und fertig. Sie trat in den Gang hinaus und aktivierte den Anrufbeantworter. Caffery folgte ihr und stand hinter ihr, als in dem kleinen Haus Tracey Lambs Stimme erklang:

»Also hier spricht Tracey. Hm – also worüber wir gesprochen haben. Ich komm am Montag raus. Wenn Sie also mehr wissen wollen – eh ... Ich bin dann gegen eins wieder bei mir zu Hause – Sie wissen ja, wo das ist.«

Rebecca drehte sich um und sah, dass Jack schneeweiß geworden war. Ja, schneeweiß. In seinen Augen ein Flackern. Er trat einen Schritt vor – und noch bevor sie ihn aufhalten konnte, hatte er den Anrufbeantworter bereits auf den Boden geknallt. Das Gehäuse des Gerätes war geplatzt: Überall Drähte, das rote Licht blinkte, und die Mechanik lief wie besessen vor und zurück. Er schleuderte den Apparat mit dem Fuß gegen die Wand, drehte sich um, ging in die Küche, öffnete den Kühlschrank, goss sich ein Glas Wein ein und setzte sich an den Tisch.

Sie ging ihm nach, nahm ihm gegenüber am Tisch Platz und wollte seine Hand nehmen, doch er schob sie beiseite. Er sah sie an: *Mein Gott, der Mann sieht ja furchtbar aus.* »Du hattest völlig Recht«, sagte er. »Ich meine – mit dem, was du über Bliss gesagt hast.«

Sie ließ sich auf ihrem Stuhl zurücksinken. »Okay«, sagte sie dann vorsichtig und versuchte, die Ruhe zu bewahren. »Soll das heißen, dass ich mit meiner Vermutung Recht gehabt habe?«

Er leerte sein Glas in einem Zug, füllte es sofort wieder nach und sah durch das Fenster in den verregneten Garten hinaus.

Einen Augenblick schien es so, als ob er ihre Anwesenheit völlig vergessen hätte. Seine Hände zitterten.

»Jack? Hast du gehört, was ich ...?«

»Ja.«

»Ja – *was*? Soll das heißen, dass du gehört hast, was ich gesagt habe, oder dass ich mit meiner Vermutung richtig liege?«

»Ja, ich hab ihn umgebracht. Du hast mit deiner Vermutung völlig Recht gehabt. Kann sogar passieren, dass ich demnächst wieder voll ausraste und noch mal jemanden umbringe. Ja, und der Grund ist tatsächlich Ewan.« Er starrte auf seinen Daumennagel. Den schwarzen Daumennagel. Sein Stigma. Seit siebenundzwanzig Jahren hatte sich sein Blut dort eingekapselt. »Ja, du hast völlig Recht.«

Sie legte sich die Hand auf die Stirn. Sie hatte Kopfweh. »Jack – jetzt hör mir mal zu.« Sie holte tief Luft, beugte sich ein wenig vor und nahm seine Hand, die locker das Glas umschloss. »War eine gute Entscheidung, dass du Danni gebeten hast, dir die Ermittlungen zu entziehen.«

»Und was ist mit *ihr*?« Er wies mit dem Kopf auf den zertrümmerten Anrufbeantworter draußen in der Diele. »Was soll ich bloß mit dieser schrecklichen Frau machen?«

»Keine Ahnung. Musst du selbst entscheiden.«

Er entzog ihr die Hand und saß lange schweigend da.

»Jack?«

Er schwieg. Er sah im Geist Tracey Lamb vor sich – sah, wie sie mit ihrem Kaninchenlächeln auf dem Rasen vor dem Gerichtsgebäude näher kam und ihm ihre geldgeilen Krallen entgegenstreckte. Und er wusste nur zu gut, dass er sie quälen, sie genauso misshandeln wollte wie erst Stunden zuvor diesen Klare. Nach den Erfahrungen, die er mit Penderecki gemacht hatte, war für ihn das Maß einfach voll. »Dieser Dreck oben im Bad«, sagte er plötzlich und inspizierte erneut seinen Daumennagel. »Wenn ich das Material weiterleite, dann kommt sie am nächsten Montag ganz sicher nicht frei.«

»Und wem willst du das Zeug geben – etwa Paulina?«

»Nein, die hat schon genug für mich getan.«

»Und wem dann?«

»Am besten, ich schick die Sachen einfach anonym an das Pädo-Dezernat. Dann werden sie diese Lamb ganz sicher so lange in U-Haft behalten, bis ich ...«

»Bis du dich wieder halbwegs gefangen hast?«

Er nickte.

»Odysseus«, sagte Rebecca sanft.

»Was?«

»Wie Odysseus: Du versuchst dich an den Mast zu fesseln, damit die Sirenen dir nicht gefährlich werden können.«

»Ist mir egal, wie du es nennst, mich interessiert nur, dass es funktioniert.«

34. KAPITEL

(3. August)

In der folgenden Woche brachte die Polizei die Familie Church in ihr Haus zurück. Der Bauarbeiter beäugte den Streifenwagen, der in die Zufahrt einbog. Jeder wusste, dass die armen Leute fast verhungert und verdurstet waren, alle redeten ständig darüber, wie es wohl in dem Haus gewesen sein mochte – »direkt vor unserer Nase« –, weshalb niemand etwas bemerkt hatte. Der Arbeiter hatte leichte Schuldgefühle. Er hatte Roland Klare ein- oder zweimal kommen und gehen sehen, allerdings nicht weiter darüber nachgedacht. Und natürlich hatte er niemandem etwas davon gesagt. Jetzt legte er seine Werkzeuge beiseite und rutschte auf dem Stahlträger ein Stück nach vorne, damit er die Churches besser sehen konnte. Er war überrascht – die Leute hatten tatsächlich abgenommen. Die übergewichtige Familie war plötzlich superschlank.

Ein Uniformierter stieg aus dem Wagen und breitete die Arme aus, als ob er die Familie vor neugierigen Augen schützen wollte, die ihm über die Schulter blickten. Doch es gab sonst keine Zuschauer: weder Presseleute noch Nachbarn – nur den Bauarbeiter. Trotzdem schien der Polizeibeamte sich irgendwie dafür verantwortlich zu fühlen, die Familie zu schützen. Und so stellte er sich fürsorglich vor die Frau, die gerade aus dem Wagen stieg. Obwohl sie am Fußgelenk einen Verband hatte, sah sie echt super aus in ihrem blauen Sommerkleid – fand der Arbeiter. Und verdammt schlank. *Echt 'ne heiße Braut.*

Sie öffnete die Tür zum Fond und streckte ihrem Sohn die Arme entgegen. Eigentlich war der Junge ja schon zu alt, um getragen zu werden, und sie konnte ihn kaum heben, trotzdem klammerte er sich schweigend wie ein Äffchen an seine Mutter und starrte auf ihren Hals. Hal Church war bereits ausgestiegen und stand mit einem merkwürdigen Gesichtsausdruck ein Stück abseits. Er starrte zu Boden. Dann schloss er die Autotür und ging mit gesenktem Kopf ein paar Meter hinter seiner Frau und dem Polizisten her. Als sie vor der Tür angelangt waren, überließ er es dem Polizisten, seine Frau und seinen Sohn in das Haus zu begleiten, während er selbst in einigem Abstand folgte.

Erstaunlich, dass ein paar Kilo weniger so viel ausmachen, dachte der Arbeiter. Echt Wahnsinn. Sehen echt toll aus, die Leute. Dann beschäftigte er sich wieder mit seiner Arbeit. Glück gehabt – die Herrschaften.

Souness hatte sich erweichen lassen und Caffery zwei Wochen Urlaub gegeben, damit er noch einmal in aller Ruhe über alles nachdenken konnte. Und so hatten Rebecca und er beschlossen, ein paar Tage nach Norfolk zu fahren. Sie hatten dafür gute Gründe. Bevor sie aufbrachen, fuhr er noch schnell ins Büro, um das Verhaftungsprotokoll durchzusehen. Er machte sich früh auf den Weg, während Rebecca noch duschte und sich um das Gepäck kümmerte. Dann saß er mit Souness in ihrem gemeinsamen Dienstzimmer, trank mit ihr einen Kaffee und sprach noch mal alles mit ihr durch. Ein heißer Augustmorgen – so heiß, dass draußen vor dem Fenster die Luft flirrte. In der Ferne ragte wie ein silbernes Gebirge die Croydoner Skyline empor. Souness berichtete ihm, dass man Roland Klare inzwischen in die Psychiatrische Abteilung der Haftanstalt Brixton eingewiesen und ihn dort gezwungen hatte, Kleider anzuziehen, die nicht nach Urin stanken. »Natürlich ist er krank«, sagte sie, »trotzdem ist er ein mieses Schwein. Am besten, Sie hören endlich auf, sich Vorwürfe zu machen, weil Sie bei seiner Verhaftung ein bisschen ausgeflippt sind. Der Kerl ist ein pathologisches Dreckschwein, hören Sie also endlich auf, mich so schuldbewusst anzusehen.«

Als sie dann seinen Bericht durchsprachen und ihre Aussagen aufeinander abstimmten, hatte Caffery ein mulmiges Gefühl. Er glaubte fest daran, dass ihn seine Strafe schon noch ereilen und der Finger Gottes ihn irgendwann wie ein Blitzstrahl treffen würde. Und dann überlegte er, ob er es in Zukunft wohl noch häufiger mit Figuren wie Klare oder Bliss zu tun bekommen würde. Und er fragte sich, wohin das alles führen sollte.

»Das wär's dann.« Er schob seinen Schlüssel in die Tasche und stand auf. »Also, dann verdrück ich mich jetzt mal.«

»Ich nehme an, dass Sie ein paar Tage mit Becky wegfahren?«

»Richtig.«

»Ein bestimmtes Ziel?«

»Nein«, log er. »Nichts Bestimmtes.«

Nebenan lehnte Kryotos mit verschränkten Armen an ihrem Schreibtisch und beobachtete ihn, als er aus dem Büro trat. Sie trug ein luftiges Sommerkleid, hatte die Schuhe abgestreift und versperrte ihm mit einem Bein den Weg. Er blieb stehen und betrachtete etwas verlegen ihren nackten Fuß. Sie lächelte ihn an, und er ahnte schon, was als Nächstes kommen würde. »Marilyn ...«

»Sie sind einfach brillant, Jack.« Obwohl niemand in Hörweite war, beugte sie sich ein wenig zu ihm hinüber und flüsterte ihm ins Ohr: »Sie sind sogar absolute Klasse. Gott sei Dank, haben Sie dieses verdammte Schwein aus dem *Verkehr* gezogen.«

Caffery stand verlegen da und mied ihren Blick. Er hatte eine Hand in die Tasche geschoben und kratzte sich mit der anderen verlegen im Nacken. Trotzdem verkniff er sich die Bemerkung: Nein, Marilyn, Sie verstehen ganz und gar nicht, was mit mir los ist. Sie haben nicht den geringsten Schimmer, wie es um mich steht.

»Danke, Marilyn, sehr nett von Ihnen.«

»Keine Ursache.« Sie holte eine Plastiktüte aus ihrem Schreibtisch und wühlte darin herum. »Orangenplätzchen?«

»Nein, ich ...«

»Verdammt noch mal, Jack, jetzt stellen Sie sich nicht so an.« Dann hielt sie ihm eine Tupperware-Schüssel entgegen. »Die sind für Sie und Rebecca – seien Sie so lieb.« Sie war unerbittlich. »Los, nehmen Sie schon, genieren Sie sich nicht.«

Er schüttelte den Kopf, lächelte sie von der Seite an und

seufzte: »Mein Gott, Marilyn, geben Sie denn niemals auf?« Dann nahm er den Behälter entgegen. »Na ja – haben wir wenigstens unterwegs was zu knabbern. Vielen Dank auch.«

Ein strahlend blauer Tag: genau das richtige Wetter zum Tennisspielen – oder um am Ufer eines Sees im Gras zu liegen. Caffery steuerte den Wagen auf der M11 Richtung Norden und war froh, dass er London endlich hinter sich lassen konnte. Rebecca hatte die Wanderschuhe, ihre Farben, eine Staffelei und Kryotos' Orangenplätzchen im Kofferraum verstaut. Sie trug ein grünes Kleid und eine neue Ray Ban und saß schweigend neben ihm und betrachtete die Baumreihen auf den Hügelketten in der Ferne und die in der Sonne blitzenden Traktoren auf den Feldern. Schon die ganze Woche trug sie jetzt ihren sich selbst verordneten Frohsinn zur Schau. Und sie war fest entschlossen, sich von ihrem Vorsatz nicht abbringen zu lassen, auch wenn ihr mitunter gewisse Zweifel kamen.

Caffery bog von der Hauptstraße ab, und kurz darauf rollten sie bereits über aufgeplatzte enge Nebenstraßen mit Begrenzungspfählen aus Zement. Rechts und links Weidezäune. Fast wie ein aufgelassener Truppenübungsplatz, die Gegend. »Schau mal.« Er drosselte das Tempo. »Da drüben – das ist ihr Haus.«

Sie fuhren langsam an einer unauffälligen Abzweigung vorbei. Rebecca lehnte sich aus dem Fenster und inspizierte die schmale Zufahrt. An einem Tor hing ein verrottetes Schild, und dahinter verlor sich der Weg allmählich zwischen den Bäumen. Ein Stück weiter entdeckte Rebecca einen verlassenen Steinbruch, dessen Außenwände von langen rostfarbenen Adern durchzogen wurden. Weiter oben unter den Bäumen stand ein ausrangierter Wohnwagen, über den gerade einige Fasane hinwegstrichen. Sie kurbelte das Fenster wieder nach oben, und Jack gab Gas, und so fuhren sie weiter Richtung Bury. Rebecca sprach ein stilles Stoßgebet und flehte zum Himmel, dass Jack nicht die Nerven verlieren möge – was immer der Tag auch bringen mochte.

Das Zentrum von Bury St. Edmunds war ein einziges Blumenmeer: In den Blumenkästen an den Fenstern wuchsen Vergissmeinnicht, und an den niedrigen Gartenmauern wucherten Rosen, Pfingstrosen und Akeleien empor. Als sie in den Ort hineinfuhren, schlugen in dem normannischen Turm der Abtei gerade die Glocken. Sie parkten direkt neben dem Gericht, besorgten sich in einem Laden zwei Becher Kaffee und warteten im Freien auf den Beginn der Verhandlung gegen Tracey Lamb.

»Wird schon gut gehen«, sagte Rebecca. Sie standen ein wenig versteckt hinter dem weißen Gefängniswagen, der vor dem Gebäude abgestellt war. Caffery wollte nicht von den jungen Anwälten gesehen werden, die in dem knirschenden Kies auf und ab gingen, in ihre Handys sprachen oder Golfschläge übten. Möglich, dass er einen der Männer kannte. »Ich bin sicher, dass es klappt, Jack. Du brauchst dir keine Sorgen zu machen. Wenn der Richter von den Videos erfährt, lässt er diese Lamb bestimmt nicht wieder raus.«

»Hm, ich weiß nicht.« Entweder lag es an dem Kaffee, oder aber er war nervöser, als ihm bewusst war. Seine Hände zitterten. »Mir ist nicht ganz wohl bei der Sache.«

»Ach Quatsch – was soll denn schon schief gehen?«

Als schließlich der Fall Tracey Lamb verhandelt wurde, machten die beiden ihre Zigaretten aus, traten in das Gebäude und gingen die schmale Treppe zur Zuschauergalerie hinauf. Im Gerichtssaal, über den sich eine Glaskuppel wölbte, war es strahlend hell und brüllend heiß. Dienstbeflissene Justizangestellte eilten schwitzend hin und her. Die Zuschauergalerie bestand lediglich aus einer harten Bank direkt hinter der Anklagebank und war vom übrigen Gerichtssaal nur durch eine Glasscheibe getrennt. Caffery und Rebecca nahmen ihre Plätze ein. Caffery öffnete die Manschetten seines Hemds und rollte die Ärmel hoch, Rebecca zupfte nervös am Kragen ihres Kleides herum und fächelte sich frische Luft zu.

»Nummer hundertelf auf Ihrer Liste. Tracey Lamb, Rechtsbeistand Alvarez.«

Alvarez vermutete Caffery, das konnte eigentlich nur die

südamerikanisch aussehende Frau sein, die auf der rechten Seite des Tisches saß – klein gewachsen und eher gedrungen und in diesem etwas ungepflegten himmelblauen Kostüm wie eine Flugbegleiterin in einem Urlauberjet. Aber der Anklagevertreter? Caffery musterte die Gesichter – *kein Schimmer, welche von den Gestalten dort unten der Anklagevertreter sein soll.* Er brauchte einen Augenblick, bis er begriff, dass es sich bei dem Staatsanwalt um den grauen Mann mit dem Froschhals handelte, der es mit seinem himmelblauen Hemd und der gelben Krawatte modisch fast mit Alvarez aufnehmen konnte.

Caffery rutschte auf der Bank ein wenig zurück, um sein Gesicht hinter dem Geländer zu verstecken. Er legte keinen Wert darauf, dass der Staatsanwalt dort unten ihn allzu genau erkennen konnte. *Nervös, Jack? Ganz schön nervös, was?*

Dann wurde Lamb hereingeführt und ging die beiden Stufen zur Anklagebank hinauf. Caffery konnte ihren rasselnden Atem sogar hinter der dicken Glasscheibe hören. »Ist sie *das*?«, zischte Rebecca, rutschte auf ihrem Platz nach vorne und versuchte, einen Blick auf das Gesicht der Frau zu erhaschen. Lamb trug über ihrem weißen T-Shirt eine Nike-Jacke, wandte den beiden den Rücken zu und musterte aufmerksam die Richterin und die Beisitzer. Jemand hustete.

»Der Tatvorwurf stützt sich auf ein Video, das der Polizei bereits vor etlichen Jahren in die Hände gefallen ist.« Der Anklagevertreter hatte sich inzwischen erhoben und begann mit seinen Ausführungen. »Die Frau in dem Video konnte unlängst von den ermittelnden Beamten als die Frau identifiziert werden, die dort drüben auf der Anklagebank sitzt.«

Caffery rutschte unruhig auf seinem Platz hin und her. Rebecca drückte ihm besänftigend die Hand, doch er stand total unter Strom. Tracey Lamb – beziehungsweise ihr Rücken – war nur gut einen halben Meter von ihm entfernt. Sie stellte ihren kleinen Styropor-Spuckbecher neben sich auf ein Brett und zog ihre Jacke aus. Das T-Shirt schmiegte sich hauteng an die Fleischwülste ihres massigen Oberkörpers an. Caffery brauchte nur die Augen zu schließen und sich vorzustellen, dass er ein Messer in der Hand hätte – die restlichen Bilder erschienen dann wie von selbst. Ja, er konnte sich sogar sehr gut vorstellen, wie er der fetten Schlampe vor ihm die Klinge in den Rücken rammte, wusste genau, wie das Resultat aussehen würde, schließlich hatte er auf dem Autopsietisch schon jede Menge Fettklöße gesehen. Er stellte sich vor, wie das vergrößerte Elefantenherz der Frau das Blut durch ihre Rippen pumpte.

Als ob sie seine Gedanken gelesen hätte, inszenierte Lamb genau in diesem Augenblick einen kleinen Hustenanfall. Sie hielt sich die Hand vor den Mund, senkte den Kopf und drehte ihn etwas zu Seite, sodass sie einen Blick auf die Zuschauergalerie hinter sich werfen konnte. Im ersten Augenblick schien sie überrascht, ihn zu sehen. Sie beäugte Rebecca und dann wieder Caffery. Die beiden tauschten einen langen Blick. Dann ließ Tracey Lamb die Hand nach unten sinken und lächelte. Ihre langen Kaninchenzähne bohrten sich in ihre Unterlippe. Sie zwinkerte ihm zu.

»Miss Lamb – wenn Sie jetzt bitte mich anschauen würden.« Die Bezirksrichterin Bethuen war eine groß gewachsene Frau mit einem majestätischen Hals, die als Einzige der Anwesenden nicht zu schwitzen schien. Sie saß in ihrem karierten Jaeger-Jackett direkt unter dem Wappen aufrecht in ihrem roten Lederstuhl und blickte über ihre Brille hinweg in Lambs Richtung. »Die Straftat, die wir hier heute verhandeln, ist äußerst schwerwiegend – ich hoffe, Sie sind sich darüber im Klaren.«

»Ja.« Lamb wandte das Gesicht wieder dem Gericht zu. Auf auf ihren Lippen spielte ein Lächeln. »Ja – das weiß ich.«

»Gut. Dann sollten Sie die Verhandlung vielleicht etwas konzentrierter verfolgen.« Bethuen hatte das Protokoll der ersten Verhandlung vor sich auf dem Tisch und las sorgfältig, was ihr Kollege dort vermerkt hatte. »Ich sehe hier, dass ein gewisser Mr. Cook sich letzte Woche geweigert hat, Sie aus der Untersuchungshaft zu entlassen.« Sie nahm die Brille ab und blickte in den Saal. »Und das, obwohl der Anklagevertreter dies nicht einmal verlangt hat.« Sie hob eine Augenbraue. »Irgendwie beruhigend, dass der Geist des Drako auch im einundzwanzigsten Jahrhundert noch lebendig ist, nicht wahr? Na gut.« Sie musterte den Anklagevertreter. »Wie ich sehe, haben wir heute erneut über die Frage zu befinden, ob es vertretbar ist, die Angeklagte bis zur Hauptverhandlung auf freien Fuß zu setzen. Sehe ich das richtig?«

»Ja, das ist richtig.«

Alvarez, die auf dem Platz der Verteidiger saß und unaufhörlich mit einem Kugelschreiber an der Drahtspirale des Notizblocks vor sich auf dem Pult entlangfuhr, nickte kurz. Auf ihrem Gesicht lag der Anflug eines zuversichtlichen Lächelns. »Bethuen spielt gerne die gnadenlose Richterin«, hatte sie noch kurz vor der Verhandlung zu Tracey gesagt. Sie hatte ihre Mandantin bereits morgens in der Zelle aufgesucht und sie mit ihrem schönsten Pferdelächeln begrüßt. »Guten Morgen, Tracey.« Dabei hatte sie mit der Munterkeit eines Guten-Morgen-DJs gesprochen und das »r« in Traceys Namen besonders betont. »Also, diese Bethuen präsentiert sich zwar sehr gerne als Ungeheuer, doch hinter ihrer strengen Fassade schlägt in Wahrheit ein liberales Herz. Verlassen Sie sich darauf: Sie werden schon in einer Stunde auf freiem Fuß sein.«

Und jetzt hockte auch noch dieser Jack Caffery in seinem hellblauen Freizeithemd hinter ihr auf der Zuschauergalerie. Dann hatte er die Nachricht auf dem Anrufbeantworter also bekommen. Allerdings war er reichlich früh aufgekreuzt, und natürlich musste sie ihn sich wenigstens so lange vom Hals halten, bis sie in dem Wohnwagen alles in Ordnung gebracht hatte. Doch am wichtigsten war, dass er überhaupt gekommen war. Falls er die Kohle dabeihatte, konnten sie vielleicht heute schon handelseinig werden.

»Dann erteile ich hiermit der Staatsanwaltschaft ...« Der Anklagevertreter stand auf. Er legte die rechte Hand auf seinen absurden gelben Schlips, als ob er einen feierlichen Eid ablegen wollte, und verneigte sich knapp vor dem Gericht. »Die Staatsanwaltschaft ist im Besitz ...« Er blickte vor sich auf den Tisch und starrte auf ein Blatt Papier. »Also, die Staatsanwaltschaft verfügt seit kurzem über *neues* Beweismaterial.« Auf der Zuschauergalerie drückte Caffery Rebeccas Hand. »Wir können daher einer Aufhebung der Untersuchungshaft nicht zustimmen, da diese neuen Beweise vermuten lassen, dass Miss Lamb jederzeit wieder straffällig werden könnte.«

Alvarez sprang auf. »Madam.«

»Ja, bitte?«

»Sollte die Staatsanwaltschaft tatsächlich über neue Beweismittel verfügen, hätte ich es für ein Gebot der Höflichkeit gehalten, dass man mir diese zur Kenntnis bringt.«

»Vielleicht sollten wir uns zunächst einmal anhören, was es mit diesem neuen Beweismaterial auf sich hat.« Bethuen schob sich die Brille auf die Nase und blickte dann mit einem kühlen Lächeln den Anklagevertreter an. »Es handelt sich also um Informationen, die ein erhöhtes Rückfallrisiko belegen? Das würde ich gerne genauer hören.«

Alvarez setzte sich wieder auf ihren Platz.

Der Anklagevertreter räusperte sich. »Die ermittelnden Beamten der Polizei haben vier neue Videos in Augenschein genommen, in denen die Angeklagte sich ähnlicher Handlungen schuldig macht, wie sie bereits auf dem ersten Band dokumentiert sind – nur, dass diese Videos wesentlich später entstanden sind.«

Lambs Schultern fingen an zu zucken. Sie blickte abwechselnd zu Alvarez und dem Anklagevertreter hinüber. Einen halben Meter hinter ihr ballte Caffery die Hände zu Fäusten. Bethuens Stimme gefiel ihm überhaupt nicht – sie klang so, als ob sie den Argumenten des Staatsanwaltes nicht sehr viel Gewicht beimaß. *Aber es muss funktionieren.* Er atmete tief ein und aus und blickte dann – mit zusammengebissenen Zähnen – durch das Glasdach in den blauen Himmel hinauf. Ja, er betete inständig, dass sein Plan gelingen würde.

Dann erläuterte der Anklagevertreter dem Gericht detailliert, was auf den neu aufgetauchten Videos zu sehen war, und Lamb erstarrte immer mehr. Sie saß wie ein Eisberg auf ihrer Bank, sah immer wieder die Richterin an und hielt mit ihren zitternden

Händen die Bank umklammert. Bethuen machte sich eine Notiz, legte dann den Stift beiseite und blickte in die Runde. »Da die Hauptverhandlung bereits für den dreißigsten September angesetzt ist, gehe ich davon aus, dass alle Beteiligten mit der Situation leben können.« Sie nahm die Brille ab und stützte sich auf die Ellbogen. »Bleibt nur noch die Frage, ob es vertretbar ist, die Angeklagte unter diesen Umständen aus der Untersuchungshaft zu entlassen.«

Rebecca drückte aufmunternd Cafferys Arm. Er sah sie nicht an. *Bitte, lass es funktionieren – bitte ...*

Die merkwürdig krächzenden Geräusche, die aus dem Wohnwagen drangen, hallten durch den Steinbruch und waren sogar noch in dem Wald und in den Feldern ringsum zu hören. Fünf Kühe, die in der Nähe weideten, hoben kurz die Köpfe. Wie die Schreie eines seltenen Vogels oder eines gequälten Tieres. Ein kleiner gescheckter Hund, der häufig in der Gegend unterwegs war, blieb wie angewurzelt stehen und blickte mit aufgestellten Ohren zu dem Steinbruch hinüber.

Ewan Caffery wusste nicht, wie lange er schon gefesselt war – dass schon sieben Tage verstrichen waren, seit Tracey ihn im Stich gelassen hatte. Ebenso wenig wusste er, dass er das letzte Wasser aus der Flasche unter dem Waschbecken vor drei Tagen getrunken hatte. Völlig erschöpft gab er es auf, zu schreien, und ließ sich seitlich auf die Liege sinken, so weit seine Fesseln es eben erlaubten. Er zerrte noch ein paar Mal an den Seilen, war aber zu schwach, um sie zu zerreißen. Und so legte er sich geduldig auf die Seite und ließ seinen Blick auf Britney Spears ruhen, die ihm in einem mittelwestlichen Weizenfeld von einem Pick-up aus entgegenlächelte.

Draußen auf der Wiese senkten die Kühe wieder die Köpfe und wedelten mit den Ohren, um die Insekten zu verscheuchen. Auch der Hund verlor das Interesse. Er saß einfach da und kratzte sich am Kinn.

»Also gut.« Bethuen setzte die Brille ab und sah Tracey freundlich an. »Und was fangen wir jetzt mit Ihnen an, Miss Lamb?« Sie faltete die Hände und lächelte. »Schwierige Frage. Trotzdem hege ich keinen Zweifel daran, was die kompetentesten Juristen mir raten würden. Diese Damen und Herren Kollegen würden mir nämlich raten, das neu aufgetauchte Beweismaterial sehr ernst zu nehmen.« Sie hielt inne. »Mir bleibt also keine Wahl, als Sie bis zur Hauptverhandlung wieder in Gewahrsam nehmen zu lassen.«

»Nein!« Lamb sprang auf.

Doch. Caffery drückte Rebeccas Hand.

»Die Verhandlung ist beendet.« Bethuen nickte den Wachleuten zu, setzte die Brille wieder auf und schrieb etwas in das Register. Lamb drehte sich um und sah wütend Caffery an. Er betrachtete sie mit einem kühlen Blick, und sie warf sich gegen die Trennscheibe und trommelte wie besessen mit den Fäusten gegen das Glas. »Du dreckiges Schwein!«, brüllte sie und trommelte gegen die Scheibe. »Du mieses Arschloch! Du mieser Wichser!«

»Miss Lamb!« Bethuen hatte sich erhoben, und die Wachleute eilten bereits herbei.

»Bitte, Miss Lamb ...«

»Das wirst du mir ...«

»Tracey!« Alvarez schob sich zwischen den Bänken hindurch. »Beruhigen Sie sich doch.«

»Nein!« Ein Wärter hatte Lamb inzwischen einen Arm auf den Rücken gedreht, doch sie trommelte weiterhin wie besessen mit der anderen Hand gegen die Scheibe. »Das wirst du mir büßen!« Sie drehte sich blitzschnell herum, griff sich ihren Styroporbecher und schleuderte ihn in Cafferys Richtung. »Du verdammter Wichser. Du mieses Arschloch!« Der Becher prallte gegen die Scheibe, und sein Inhalt rann träge an dem Glas herab. Caffery stand auf, nahm Rebeccas Hand und ging mit ihr Richtung Treppe. Dabei wandte er das Gesicht von Lamb ab, damit sie sein Siegerlächeln nicht sehen konnte.

»So – jetzt wirst du es nie mehr erfahren«, kreischte sie den beiden hinterher. »Nie wirst du was erfahren!«

Unten am Fuß der Treppe schlossen sie die Tür hinter sich, eilten durch die Eingangshalle und standen kurz darauf im Freien, wo die Anwälte noch immer im strahlenden Sonnenschein ihre Golfschläge übten. Weiter hinten waren die Buchenallee und die Gärten von Bury St. Edmunds zu erkennen.

35. KAPITEL

Caffery und Rebecca blieben noch eine Weile in Norfolk, und zwar nördlich von Bury St. Edmunds – nicht weit von Lambs Haus entfernt. Sie quartierten sich in einer strohgedeckten Pension ein, zu der auch zwei schöne Irish Setter gehörten, die ausgelassen im Garten herumtollten. Das Fenster war mit Clematis umrankt, und auf dem Kopfkissen fanden sie bei ihrer Ankunft je eine Rose vor und auf einem Tablett einen Wasserkocher, einige Tütchen Nescafé und ein paar in Zellophan verpackte Gebäckstücke. Am nächsten Morgen kochte Rebecca zwei Tassen Kaffee und kam dann wieder ins Bett gekrochen, schmiegte sich an ihn und rieb ihre neue Kurzhaarfrisur an seiner Brust und an seinem Bauch. So vergingen einige Tage.

Manchmal malte er sich ihre gemeinsame Zukunft in den schönsten Farben aus, dann wieder erschien sie ihm wie eine Straße, die sich irgendwo in der Unendlichkeit verlor. Wenn Rebecca plötzlich in Schweigen verfiel oder in lautes Gelächter ausbrach, ahnte er, dass es schwierig werden würde. Und natürlich war er sich darüber im Klaren, dass sie die Vergangenheit nicht einfach über Nacht abstreifen konnten. Und trotzdem lächelte er sie an, schlief mit ihr, hielt ihre Hand, wenn sie nachts neben ihm lag, setzte sich morgens zu ihr auf den Rand der Badewanne, wenn sie ein Bad nahm, sah ihr dabei zu, wie sie ihr Haar mit Shampoo einschäumte und mit ihren kräftigen Fingern ihre Kopfhaut massierte.

In einem Oxfam-Laden hatte sie sich einen verrückten Panamahut zugelegt. Sie drehte Joints und steckte sie zusammen mit irgendwelchen Blumen in das Hutband. Sie sah einfach umwerfend aus, und das sagte er ihr auch. »Wie eine exzentrische

Elfenbeinhändlerin oder so was.« In Kings Lynn kaufte sie merkwürdige Lilien und weißen Mohn und nahm die Blumen mit in die Pension, stellte sie dort in ein Weckglas und verwandelte sie draußen auf dem Rasen im Licht der untergehenden Sonne in ein Gemälde. Am zweiten Tag unternahmen sie einen langen Spaziergang durch die uralte Landschaft. Früher einmal waren hier ganze Dörfer unter den Sanddünen verschwunden. Sie gingen vorbei an verfallenen Farmgebäuden und quälten sich durch den Treibsand. Sie sprachen über die Träume, die sie sich erfüllen konnten, falls Caffery das Haus verkaufte – »Wie froh ich bin, dass du dich endlich von deiner Vergangenheit gelöst hast, Jack« –, sprachen von der Zukunft, die ihnen dank Rebeccas Geld und Jacks Unabhängigkeit offen stand. »Warum kaufst du dir nicht einfach eine Wohnung in Thornton Heath? Nicht mal einen Kredit müssest du dazu aufnehmen.« Rebecca wiederum konnte mit ihrem Geld ein Häuschen auf dem Land erwerben, vielleicht in Surrey, oder etwas Größeres hier draußen in Norfolk. Natürlich konnten sie auch eine große Reise machen, »vielleicht nach Südamerika«, sagte sie. »Oder warum nicht nach Mexiko?« Und so spazierten sie immer weiter – Rebecca mit ihrem verrückten Hut auf dem Kopf, und Caffery ging schweigend neben ihr her und dachte nur unentwegt: *Nein, das kann ich nicht, Rebecca, ganz unmöglich.*

Als die Sonne dann allmählich unterging, legten sie an einem Hang oberhalb eines flachen Tales eine kleine Pause ein. Auf der anderen Seite der Senke hatte die Sonne die Baumkronen in orangefarbenes Licht getaucht, ließ sie wie gemalt erscheinen, und dann blitzte drüben auf der anderen Seite plötzlich etwas in der Sonne auf, und die reflektierten Strahlen leuchteten Caffery und Rebecca grell ins Gesicht. Caffery machte die Augen ein paar Mal auf und zu und sah dann, dass sich das Licht in dem Fenster eines Wohnwagens brach. Plötzlich wurde ihm bewusst, dass der Wagen in der Nähe von Lambs Haus oberhalb des Steinbruchs stehen musste. Den ganzen Tag hatte er nicht *ein Mal* daran gedacht, dass Lambs Haus irgendwo in der Nähe sein musste. Sein erster Impuls war, sofort umzukehren und mit Rebecca zurück zur Pension zu gehen.

»Du zitterst ja«, sagte Rebecca plötzlich. »Das Haus wirst du ohnehin nicht verkaufen – das spüre ich genau.« Sie sah ihn nicht an, während sie sprach. Sie stand einfach neben ihm und schaute in den Sonnenuntergang. »Und auch die Ewan-Geschichte treibt dich noch immer um.«

»Stimmt doch gar nicht.« Er nahm ihre Hand. Es war Zeit, zu gehen. »Ehrlich – damit hab ich ein für alle Mal abgeschlossen.«

»Hast du nicht. Am liebsten würdest du diese Tracey noch heute Abend in Holloway besuchen.«

»Nein, das ist doch Unsinn.«

Aber in Wahrheit log er. Natürlich log er. Aber er konnte ihr das alles einfach nicht erklären. Er konnte ihr beim besten Willen nicht erklären, wieso ihn in dem sandigen Heideland, in dem sie gerade unterwegs waren, alles, aber auch alles an Ewan erinnerte. Ja, tatsächlich war das Gefühl hier draußen sogar noch schlimmer als in London. Schweigend fuhren sie zurück zu der Pension, und Rebecca verlor während der folgenden Tage kein weiteres Wort über das Thema.

Und dann wachte er eines Morgens auf und hatte plötzlich das Gefühl, dass Ewan gerade in den Raum getreten war.

Er setzte sich im Bett auf. Es war 6 Uhr 20, die Sonne schien durch die Vorhänge herein, und neben ihm lag Rebecca und schlief. Er blickte sich mit pochendem Herzen verwirrt in dem Zimmer um und erwartete eigentlich, dass Ewan in seinem senffarbenen T-Shirt, seiner kurzen Hose und mit Clarks-Sandalen an den Füßen mit baumelnden Beinen auf der Fensterbank sitzen würde.

»Ewan?« Nichts war mehr wie zuvor. Das ganze Zimmer wirkte plötzlich schwerelos, alles schien seine gewohnte Bedeutung verloren zu haben. Auch er selbst fühlte sich unsagbar leicht, als ob er eine schwere Last von sich abgeworfen hätte. Ja, fast kam es ihm vor, als ob er jeden Augenblick zur Decke emporschweben werde.

»Ewan?«

»Jack? Was ist denn los?« Rebecca legte ihm im Halbschlaf die Hand auf den Rücken und kratzte ihn träge an den Schulterblättern. »Was gibt's denn?«

»Gar nichts.« Er ließ den Kopf auf das Kissen sinken und legte einen Arm auf seine ungestüm pochende Brust. »Ich glaube, ich hab nur geträumt – sonst nichts.«

Die Behandlung

Datum: 5. Juni (seit 2 Monaten nicht mehr im Heim – vor 14 Monaten aus Broadmoor entlassen)
Stimmung: Gut (bin entschlossen zu handeln – aktiv zu werden)
Symptome: hatte um 6.00 Uhr früh Erektion, instabil
Ursachen und/oder Stressfaktoren:

Anmerkungen: Hab den Bericht eingesehen, den der Leiter der Psychiatrie in Broadmoor nach meinem Antrag auf Entlassung aus der geschlossenen Abteilung 1996 für das zuständige Referat des Ministeriums verfasst hat. Jetzt erst begreife ich, welche FALSCHEN ANGABEN, ja, LÜGEN über mich im Umlauf sind:

KEINE WAHNVORSTELLUNG
◁ TATSACHE   also, dass ich "nicht kommen" kann

> 6. Dezember 1996
> Der Patient klagt über erektile Dysfunktion und (Anorgasmie.) Er lebt in der (Wahnvorstellung,) dass die Symptome auf Kontakt mit (weiblichen) Hormonen (besonders mit Prolaktin und luteotropem Hormon, LTH) zurückzuführen sind. Der Patient halluziniert regelmäßig weibliche Stimmen vor seiner Zelle und glaubt, dass insgeheim immer mehr weibliche Patienten in die Männerabteilung eingeschleust werden. Den genannten Symptomen sind keine eindeutigen Ursachen zuzuordnen (auch die neurophysikalische Evaluation ist ohne Befund). Da der Patient die entsprechenden Symptome aufwies, wurde empfohlen, ihn unverzüglich mit (Clozapin) (300 mg 2x täglich) und Carbamazepin (600 mg) zu behandeln, und zwar in Verbindung mit einem Anticholinerikum (z. B. Disipal). Weiterhin werden Kontrollen des weißen Differentialblutbildes empfohlen. Der Patient selbst lehnt diese Therapie ab. Er glaubt, dass er unter einer Dysfunktion des endokrinen Systems und nicht etwa unter einer (Psychose) leidet, und hält eine Behandlung mit Neuroleptika deshalb für wirkungslos. Allerdings ist der Leiter der Psychiatrie gesetzlich befugt, sich über diese Ablehnung des Patienten hinwegzusetzen. Makropsie, Mikropsie, Dissoziationen und Hypergraphie sind seither nicht mehr aufgetreten. Allerdings waren weiterhin Geruchshalluzinationen zu verzeichnen, die offenbar mit den oben genannten Wahnvorstellungen (insbesondere dem angeblich persistierenden Milchgeruch) zusammenhängen.

♀

Diese Behandlung hat doch noch nie etwas genützt. Diese Art von Medikation – das sind doch NAZIMETHODEN!!

Wie soll denn eine antipsychotische Medikation die Dysfunktion meines ENDOKRINEN Systems beheben – schließlich handelt es sich NICHT um eine Psychose?? SCHIZOFRENIE ist KEIN Thema!!

Getroffene Entscheidungen, wichtige Lektionen, Unerledigtes:

habe beschlossen, Clorazil ABZUSETZEN!!!
habe beschlossen, meine Symptome selbst zu THERAPIEREN.

Wichtige Besorgungen bzw. Bereitstellung aus eigenem Fundus:

heute nichts

Datum: 19. Juni (vor 2½ Monaten aus dem Heim entlassen)
Stimmung: ängstlich, weil Symptome nicht nachlassen
Symptome: weiterhin keine Erektion, wundgescheuert wegen exzessiver Masturbation
Ursachen und/oder Stressfaktoren: keine Ahnung. Habe alle Maßnahmen ergriffen, um Kontakt mit Frauen ♀ auszuschließen.

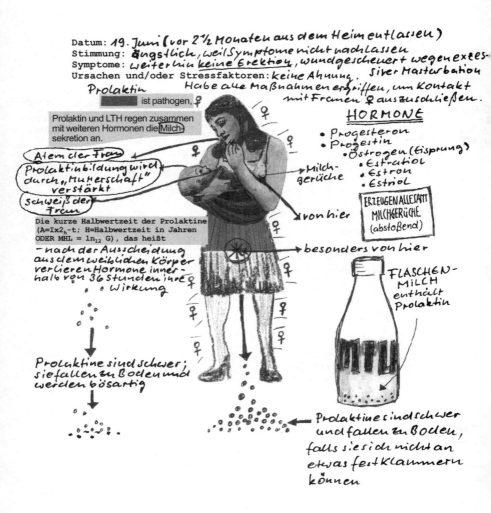

Prolaktin ist pathogen, ♀

Prolaktin und LTH regen zusammen mit weiteren Hormonen die Milch-sekretion an.

- Atem der Frau
- Prolaktinbildung wird durch „Mutterschaft" verstärkt
- Schweiß der Frau

Die kurze Halbwertzeit der Prolaktine
($A = I \times 2_h - t$; H=Halbwertzeit in Jahren
ODER MHL = $\ln_{12} G$), das heißt
– nach der Ausscheidung aus dem weiblichen Körper verlieren Hormone innerhalb von 36 Stunden ihre Wirkung ♀

Prolaktine sind schwer; sie fallen zu Boden und werden bösartig

HORMONE
- Progesteron
- Progestin
- Östrogen (Eisprung)
- Estradiol
- Estron
- Estriol

Milch-gerüche

ERZEUGEN ALLESAMT MILCHGERÜCHE (abstoßend)

von hier

besonders von hier

FLASCHEN-MILCH enthält Prolaktin

Prolaktine sind schwer und fallen zu Boden, falls sie sich nicht an etwas festklammern können

Getroffene Entscheidungen, wichtige Lektionen, Unerledigtes:
Unbedingt nach neuer Stimulation Ausschau halten!!!
Neues Stimulationsobjekt!!!

Wichtige Besorgungen bzw. Bereitstellung aus eigenem Fundus:

Datum: 1. Juli (vor 3 Monaten aus dem Heim entlassen)
Stimmung: Unverändert
Symptome: Unverändert
Ursachen und/oder Stressfaktoren: Hab versucht, das Fotomaterial von 1989 zur Stimulierung zu verwenden. Kein Ergebnis. Brauche lebendes Stimulierungsobjekt.
Anmerkungen: Probleme mit dem Objekt – unklar, ob Objekt ausreichend GEREINIGT ist. Außerdem besteht das Risiko, dass Außenstehende (z.B. Carl Lamb) wegen unzureichender persönlicher Hygiene WEITERE pathogene Substanzen ins Spiel bringen, weil sie sich nämlich nach dem Kontakt mit Frauen nicht die Hände waschen. Habe beim Verkehr mit Objekten, deren HINTERGRUND unklar war, immer Gummihandschuhe getragen (z.B. auf den MEISTEN VIDEOS UND BEI DIESEM VERSUCH von 1989)

HMM ADVERT

1989 Part of the South London Weekly News Group Est 1982 No

Warnung an alle Eltern: Lassen Sie Ihre Kinder nicht unbeaufsichtigt in den Park

Grausames Sexualverbrechen an Elfjährigem im Brockwell Park

Ein elfjähriger Junge ist nach Polizeiangaben am Donnerstagabend im Brockwell Park einem grausamen Sexualverbrechen zum Opfer gefallen. Der Junge, dessen Name ungenannt blieb, befindet sich inzwischen im King's College Hospital in Denmark Hill, wo er wegen seiner Verletzungen behandelt wird. Sein Gesundheitszustand gilt als stabil.

Die Polizei wurde gegen 19:00 Uhr von einem Passanten alarmiert, der im Brockwell Park ein Geräusch gehört hatte, das

werden noch Zeugen gesucht, doch DS Durham, der Sprecher der Brixtoner Polizei, zeigte sich besorgt, dass das Monster abermals zuschlagen könne. Er rät deshalb allen Eltern, ihre Kinder keinesfalls allein zum Spielen in den Park zu lassen.

Der Junge, der mit seiner Mutter in der Coldharbour Lane wohnt, hatte gegen 18:00 Uhr noch im Park gespielt, als er angeblich von einem Mann von Anfang Zwanzig angesprochen wurde, den er als sehr groß bezeichnete

‚Troll', allerdings konnte er uns bisher nicht erklären, wieso er den Verbrecher so nennt."

„Wir haben es hier mit einem äußerst brutalen Verbrechen zu tun", fügte er noch hinzu. „Und meiner Meinung nach spricht vieles dafür, dass es sich nicht um einen Ersttäter handelt.

Vermutete Ursache für das Nichtzustandekommen einer Erektion. Das Kind war durch Kontakt mit Mutter ♀ noch infiziert.

LÜGNER!! Was heißt hier „SPIELEN"?

Getroffene Entscheidungen, wichtige Lektionen, Unerledigtes:
Besser, wenn es sich um zwei männliche Objekte ♂+♂ handelt als um eines. Sollten allerdings vorher in Abwesenheit von Frauen ♀ ein Weile gereinigt werden. Muss (1) die Objekte identifizieren und (2) Kamera vorbereiten

Wichtige Besorgungen bzw. Bereitstellung aus eigenem Fundus:

1. Streichholzschachtel in ZONE 1C QUADRAT 4
2. FUNKGERÄTE IN ZONE 2A INSTELLUNG BRINGEN
3. SÄMTLICHE FUNKSPRÜCHE KATALOGISIEREN
4. RAUM 2 SAUBER MACHEN.

Datum: 10. Juli (3 Monate nach meiner Entlassung aus dem Heim)
Stimmung: Gut!!
Symptome: Noch spürbar, aber ich habe eine Lösung gefunden!!
Ursachen und/~~oder Stressfaktoren~~: Habe neues Objekt identifiziert!! UND verfüge über Mittel gegen Prolaktin.

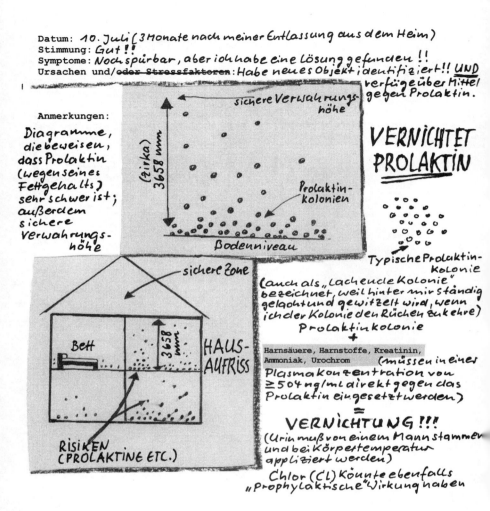

Getroffene Entscheidungen, wichtige Lektionen, Unerledigtes:
Rundfunk-Magazine 1970-1973 (Nr. 2-3 fehlen) müssen in Quadrat (3b verbracht werden. Prüfen, ob Kamera funktioniert. Zu Reinigungs- und Neutralisationszwecken stets Urin verwenden!!!

Wichtige Besorgungen bzw. Bereitstellung aus eigenem Fundus:
Film (36 exp. 100 ASA) 2x, Marigoldhandschuhe (groß), Hamburger (als Proviant) Kalziumhydrogenkarbonat
(100-mg-Tabletten)

Datum: 17. Juli
Stimmung: EXTREM irritiert, EXTREM nervös, EXTREME Verschlechterung
Symptome: EXTREME erektile Dysfunktion
Ursachen und/oder Stressfaktoren: UNTERBRECHUNG!! (durch Klingeln an der Tür)
Anmerkungen: Musste Objekt gezwungenermaßen sicher deponieren.

Diagramm zeigt Notversteck des Objekts

♂ zeigt Position des Objekts

SICHER

3658 mm

Bodenniveau

Prolaktine und sonstige Risiken wegen Frauen

Angst vor Impotenz
+
Haus mit PROLAKTINEN verseucht: Frau neutralisieren
+
Objekt eunwillig
+
Unterbrechung
+
Habe Aufnahmegerät unweit des Notverstecks weggeworfen (Kamera)
+
Kamera kaputt
=
KEINE VISUELLE STIMULIERUNG

Getroffene Entscheidungen, wichtige Lektionen, Unerledigtes:
Muss mir entweder Zugang zum Objekt verschaffen oder den Film wieder an mich bringen.

Wichtige Besorgungen bzw. Bereitstellung aus eigenem Fundus:

Datum: 19. Juli
Stimmung: HÖCHST BEUNRUHIGT
Symptome: Hoher Blutdruck UND KEINE EREKTION!
Ursachen und/oder Stressfaktoren: WICHTIGSTER Stressfaktor (außer Frauen und Unerreichbarkeit des Objekts): MUSS MIT POLIZEI SPRECHEN
Anmerkungen: (diese Leute sind wie BLUTHUNDE und RICHTER und nicht sonderlich CLEVER!!!)

Objekt wegen UNERTRÄGLICHER Überpräsens der Polizei nicht erreichbar →

RORY LÄUFT DIE ZEIT DAVON

Führende Vertreter der Polizei räumen ein, dass für den am Montag entführten kleinen Rory Peach die Zeit immer knapper wird.

„Wir machen uns große Sorgen wegen Rory", erklärte Detective Chiefinspector Daniella Souness. „Jede weitere Stunde, die verstreicht, verstärkt unsere Befürchtungen."

In einer Pressekonferenz in Brixton, kaum einen Kilometer vom Tatort entfernt, erklärte DCJ Souness gegenüber der Presse, dass die Polizei alles Menschenmögliche unternehme, um den kleinen Rory, ein-

Polizei räumt ein: „Seine Sicherheit ist von Stunde zu Stunde mehr bedroht"

EXKLUSIV
VON AIDA REDLYNCH

eine Soko im Einsatz sei und dass man den gesamten Park und die angrenzenden Straßen abgesperrt habe und von einer Spezialeinheit durchsuchen lasse. Allerdings brauche die Polizei dringend weitere Informationen und Zeugenaussagen

und das, obwohl bei der Polizei inzwischen mehr als vierhundert Hinweise eingegangen sind.

Gebete
„Mr. und Mrs. Peach sind weiterhin zuversichtlich, dass Rory wohlbehalten aufgefunden wird", sagte sie. „Im Übrigen ersuchen sie ihre Mitbürger, Rory in ihre Gebete einzuschließen, und danken der

überwältigende Anteilnahme der Öffentlichkeit. Wir bitten alle, die sich zwischen Freitagmittag und Montagabend im Bereich des Donegal Crescent aufgehalten haben, sich bei uns zu melden. Egal, für wie belanglos Sie Ihre Beobachtungen auch halten, wir möchten trotzdem unbedingt mit Ihnen sprechen.

Bösartig
Sonderfahnder der Polizei führen Ermittlungen durch gegen Pädophile, die sich hinter einer Fassade bürgerlicher Wohlanständigkeit verbergen. Einige dieser Einsatzgruppen operieren sogar landesweit. Die erste

Objekt für mich derzeit unerreichbar

RUHE UND SELBSTDISZIPLIN bewahren

Getroffene Entscheidungen, wichtige Lektionen, Unerledigtes:
Reservekamera für Reparaturen

Wichtige Besorgungen bzw. Bereitstellung aus eigenem Fundus:
Phytosterin, Bleichmittel (2×2 Liter), 1 Thunfisch (Dose 140g) 4×1-Liter-Container, WD-40 (klein), Streichhölzer (abwischen), neue Gummihandschuhe.

Datum: 21. Juli
Stimmung: ÄNGSTLICH. SEHR ERREGT. GEFÜHL VÖLLIGEN SCHEITERNS
Symptome: KEINE BESSERUNG. ANGST VOR Prolaktin UNERTRÄGLICH
Ursachen und/oder Stressfaktoren: VERLUST DES OBJEKTS (siehe unten),
direkte visuelle Stimulierung unmöglich, Austrocknung des
Anmerkungen: SAMENLEITERS (AKUT)

Scotland Yard: „Jetzt handelt es sich um einen Mordfall"

EXKLUSIV
VON NORMAN DUNKEL

Heute Nacht um 0:40 Uhr hat die Kriminalpolizei bestätigt, dass es sich bei der Kinderleiche, die Polizei-Spürhunde im Brockwell Park entdeckt haben, um den achtjährigen Rory Peach handelt, der seit Montag vermisst wird. Der Junge war von einem bisher nicht identifizierten Eindringling aus dem Haus seiner Eltern am Donegal Crescent entführt worden. Letzte Nacht hatte die Polizei die grausame Pflicht, Rorys verzweifelten Eltern Alek und Carmel Peach die traurige Nachricht zu überbringen.

Albtraum
„Die Obduktion der im Brockwell Park gefundenen Leiche hat ergeben, dass es sich mit Sicherheit um Rory Peach handelt", erklärte ein Scotland-Yard-Sprecher. „Man kann eigentlich nur von einer Katastrophe sprechen, und wir sind in diesen schweren Stunden in Gedanken natürlich alle bei der Familie Peach. Ein solches Verbrechen ist für Eltern der grauenhafteste Albtraum

RUHE IN FRIEDEN, RORY

Objekt von den Behörden entfernt.
Habe Schwierigkeiten, mich mit dem Verlust meines UREIGENEN HEILMITTELS abzufinden, für das ich GEKÄMPFT und das ich mir VERDIENT hatte

doppelte Steppnaht
doppelte Steppnaht
Gummibänder zum fest verschließen
Steppnaht

Getroffene Entscheidungen, wichtige Lektionen, Unerledigtes:
Versuche immer noch, den Film aus der Kamera zu bekommen. Bemühe mich, neues Objekt auszukundschaften.

Wichtige Besorgungen bzw. Bereitstellung aus eigenem Fundus:
Jacke, Heftklammern, noch mehr Kalzium, Gummibänder

Datum: 22. Juli
Stimmung: etwas besser
Symptome: Noch immer keine Besserung. Bin jedoch zuversichtlich. Siehe unten!
Ursachen und/oder Stressfaktoren: Neues Objekt identifiziert. Visuelle Stimulierung durch ♂ und ♂ garantiert. Fotoausrüstung gerettet!!!
Anmerkungen: Zonen und Prolaktinkolonien bereits neutralisiert: einige Milchprodukte im Haus; Bad ♀ und Bett von weiblichen Schadstoffen befreit ♀
Ausspähung neuer Objekt-Familie erledigt!!!

NEUES ZIELOBJEKT   PLÄNE UND STANDORT

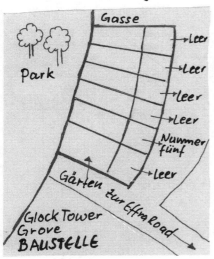

Neue Familie:
Kind (observiert)   gut ✓
Vater   gut ✓
Probleme: 1. Frau 2. Hund ist weiblich ♀
Sämtliche mit weiblichen ♀ Schadstoffen infizierte Zonen
überprüfen und neutralisieren (erledigt)

Werde morgen in das Haus eindringen??

Getroffene Entscheidungen, wichtige Lektionen, Unerledigtes:
Unverzügliche Neutralisierung sämtlicher bisher unbehandelter Milch- und Molkereiprodukte. Eindämmung des weiblichen ♀ Risikos und Neutralisierung mit Urin (1ml pro 5qcm). Sämtliche Kleider genau überprüfen und zur Vorsicht Schutzhandschuhe (Gummi) überstreifen.

Wichtige Besorgungen bzw. Bereitstellung aus eigenem Fundus:
GHB (für den Kaffee der Frau), bereits vor dem MASSclub (Brixton) besorgt. Araldit (Harz und Härtemittel 15ml) Kodak D76-Pulver, rote Glühbirne.

Datum: 25. Juli
Stimmung: ruhelos, da Desinfektion noch nicht abgeschlossen
Symptome: Immer noch keine Besserung!
Ursachen und/oder Stressfaktoren: Wegen der Frau noch immer (abstoßende) Milchgerüche im Haus
Anmerkungen: Sedierung der Frau? – erledigt
Ausschaltung der beiden männlichen Wesen ♂♂ – erledigt
Ausschaltung des Hunds – erledigt

Die Fotos, die ich von den vorhergehenden Objekten gemacht habe, sind inzwischen entwickelt.

Vermutete Prolaktinkolonien	Neutralisiert	Noch Aktiv?
Tür zum Zimmer der Frau	JA	NEIN – TOT!!
Vorhänge im Wohnzimmer	JA	JA (trotzdem habe ich heute Gelächter gehört, als ich mit dem Rücken zu den Vorhängen stand)
Läufer auf Treppe 1	JA	WEISS NICHT
Läufer auf Treppe 2	JA	WEISS NICHT

HÖHNENDE KOLONIEN (LACHENDE KOLONIEN) REAGIEREN BÖSARTIG, WENN MAN SIE AUS IHREN NESTERN SCHÜTTELT

Getroffene Entscheidungen, wichtige Lektionen, Unerledigtes: Kamera erst verwenden, wenn sämtliche Kolonien eliminiert sind (Infektionsgefahr) Ruhe bewahren. (Am besten, ich schaue im Ziel-Haus aus dem Fenster in den Park, um Gefühl der RUHE-LOSIGKEIT zu beherrschen.
Wichtige Besorgungen bzw. Bereitstellung aus eigenem Fundus:

Datum: 27. Juli
Stimmung: ~~Optim~~ ~~Optim~~ hoffnungsvoll
Symptome: Keine Besserung. ABER MORGEN WERDE ICH MIT
Ursachen und/oder Stressfaktoren: DER THERAPIE BEGINNEN!!!

Anmerkungen:

Vermutete Prolaktinkolonien	Neutralisiert	Noch Aktiv?
Tür zum Zimmer der Frau	JA	NEIN (TOT)
Vorhänge im Wohnzimmer	JA	NEIN (TOT)
Läufer auf Treppe 1	JA	NEIN (TOT)
Läufer auf Treppe 2	JA	NEIN (TOT)

ALLE VORBEREITUNGEN ERLEDIGT!!!

Getroffene Entscheidungen, wichtige Lektionen, Unerledigtes:
Werde morgen mit Therapie beginnen!! (Erwarte keine Störung)
Bringe Kamera ins Haus.

Wichtige Besorgungen bzw. Bereitstellung aus eigenem Fundus:

DANKSAGUNG

Herzlichen Dank an alle, die sich wertvolle Zeit genommen haben, um mir zu helfen: **AMIT, Beckenham:** DI Duncan Wilson und DC Daisy Glenister (außerdem André Taylor und John Good bei der OCU Eltham). **Air Support Unit, Lippits Hill:** Inspector Philip Whitelaw, PC Terry White, Paul Watts, PC Howard Taylor und Richard Spinks. **Metropolitan Police Paedophile Unit:** DI Bob McLachlan und Marion James. **HMP Holloway:** David Lancaster (Governor) und Senior Officer Peter Collett. **South London Scientific Command Unit:** Dave Tadd.

Außerdem: D Supt Steve Gwilliam, Adrian Millsom, Neil Sturtivant, Neil Fairweather, Ashley Smith, Dr. Heywood aus der Neurochirurgie des Yeovil District Hospital, dazu alle Ärzte auf der Intensivstation des Kings Hospital, London (allen voran Laura Falvey), den Leuten vom West Somerset Coroners Office und den Dozenten und Studenten der Geisteswissenschaftlichen Fakultät der Bath Spa University. Besonderer Dank an DI Cliff Davies bei der OCG, der mir seine Zeit stets äußerst großzügig gewidmet hat.

Dank auch an Jane Gregory und Lisanne Radice, Patrick Janson-Smith, Simon Taylor, Jo Goldsworthy, Selina Walker, Prue Jeffreys, Jim Brooks, die Laydons, Rilke D., Norman D. und die klugen Frauen Margaret Murphy, Carolina Shanks, Linda und Laura Downing.